Matthias Frings

Der letzte Kommunist

atb aufbau taschenbuch

Matthias Frings, 1953 in Aachen geboren, war Journalist und Fernsehmoderator und lebt als Schriftsteller in Berlin. Er veröffentlichte mehrere erfolgreiche Sachbücher, darunter »Liebesdinge. Bemerkungen zur Sexualität des Mannes«. Bekannt wurde er als Moderator der Fernsehsendung »Liebe Sünde«. Im Frühjahr 2011 erscheint im Aufbau Verlag sein erster Roman »Ein makelloser Abstieg«.

Im Sommer 1980 zieht Ronald M. Schernikau nach Westberlin. Der 20-Jährige ist eine Lichtgestalt der deutschen Literatur, Autor der erfolgreichen »Kleinstadtnovelle«. Voller Elan stürzt er sich ins Nachtleben. Er lernt die Welt der Schwulenkneipen, der Saunen und Discos kennen. Er trifft die Liebe seines Lebens und Freunde, die wie er die Welt erobern wollen, darunter den jungen Schauspieler / Kellner / Autor Matthias Frings. Doch in einem Punkt unterscheidet sich Schernikau von den anderen: Er ist Kommunist. Obwohl seine Mutter 1966 mit ihm im Kofferraum eines Diplomatenwagens über die innerdeutsche Grenze geflohen war, setzt er alles daran, am Literaturinstitut in Leipzig zu studieren. Es gelingt ihm, und er fasst einen großen Entschluss: Zum Entsetzen seiner Freunde will er DDR-Bürger werden. Im September 1989 erfüllt sich sein Lebenstraum. Doch kurze Zeit später ist Ronald M. Schernikau schon wieder am falschen Ort. Die Mauer fällt, und er erhält eine tödliche Diagnose.

»Der letzte Kommunist« war nominiert für den Preis der Leipziger Buchmesse und wurde in den Medien furios besprochen: „Ein persönliches, liebevolles, dabei dokumentarisches Werk.«

Süddeutsche Zeitung.

»Eine einfühlsame Biographie des Autors und Kommunisten Ronald M. Schernikau, die seinem Leben gerecht wird.«

Dietmar Dath

Matthias Frings

Der letzte Kommunist

Das traumhafte Leben
des Ronald M. Schernikau

atb aufbau taschenbuch

FSC
www.fsc.org
MIX
Papier aus verantwortungsvollen Quellen
FSC® C083411

ISBN 978-3-7466-7082-9

Aufbau Taschenbuch ist eine Marke
der Aufbau Verlag GmbH & Co. KG

1. Auflage 2011

Die Erstausgabe erschien 2009 bei Aufbau,
einer Marke der Aufbau Verlag GmbH & Co. KG
Umschlaggestaltung
Originalcover hißmann, heilmann, hamburg
unter Verwendung eines Fotos von Hans Pieler
grafische Adaption capa, Anke Fesel
Druck und Binden CPI – Clausen & Bosse, Leck
Printed in Germany

www.aufbau-verlag.de

Prolog

Was für ein Bild: Während sich im Herbst 1989 Tausende Ostdeutsche in den Westen aufmachen, läuft der junge Dichter als Einziger in die entgegengesetzte Richtung, schlaksig, fragil und von einer Schönheit, als hätte ihn sich Thomas Mann in einer schwachen Stunde ausgedacht. Für den Fall, dass Götter über unser Schicksal wachen, müssen sie ihren boshaften Tag gehabt haben. Sein ganzes Leben eine Bewegung Richtung Osten, und als er endlich ankommt, findet er sich mitten im Westen wieder.

1.

Mein Name ist Helmut Frings. So stand es jedenfalls 1980 noch in meinem Pass. Ich war siebenundzwanzig Jahre alt, arm und bester Laune. Vor drei Jahren war ich aus der rheinischen Provinz in die Mauerstadt gezogen, um das Theater neu zu erfinden. Ein frischgebackener »Magister Artium«, hellgrün hinter den Ohren und auf Arbeitssuche als Dramaturg oder Regisseur. Staatstheater kamen nicht in Frage, da saß die alte Garde. Eine freie Gruppe musste es sein, aufregend, provokant, experimentell.

Mit dem ahnungslosen Optimismus einer Provinzmaus klapperte ich sämtliche Ensembles ab und kam aus dem Staunen nicht heraus: Niemand redete über Theater, alle über Politik. Natürlich war ich politisch nicht unbeleckt, wie sollte man anders durch die Siebziger gekommen sein? Die Nachwehen von Achtundsechzig, der gummiartige Toleranzterror der Sozialdemokratie, erste Bürgerinitiativen, der Atomstreit und schließlich der Deutsche Herbst hatten niemanden kaltgelassen. Und wer nicht politisch war, tat wenigstens so.

Die undogmatische Linke, *Spontis* sagte man damals, war meine politische Heimat. Aber was die freien Theatergruppen in den Bewerbungsgesprächen von mir wissen wollten, war denn doch eine saftige Überraschung: Wie ich zur DDR stehe und zu China, was ich vom Marxismus-Leninismus halte, vom Trotzkismus und Stalinismus, ob ich den Arbeiterkampf lese oder Die Wahrheit? Ich las Theaterstücke, traute mich aber nicht, das zu sagen. Diese jungen Schauspieler schienen sich für alles Mögliche zu interessieren, nur nicht für ihre Kunst.

Aber ich hatte Anfängerglück. Das Zan Pollo Theater suchte dringend einen Mitarbeiter. »Hast du Schauspielerfahrung?«, hatte man gefragt, und ich antwortete versuchsweise mit ja. Das war gelogen, doch schon wenige Wochen später stand ich als durchgeknallter Marquis in einer Molière-Collage auf der Bühne. Dann kam eine zweite Produktion, eine auf Polit getrimmte Adaption von »Gullivers Reisen«. Es gab durchaus Talente in der Gruppe. Ich gehörte nicht dazu. Sonderlich viel ausgemacht hat es mir nicht, schließlich wollte ich Regisseur werden und nicht Jutta Lampe.

Unmerklich aber hatte mein Theatertraum schon begonnen, sich aufzulösen. Das Zan Pollo Theater stand der SEW nahe, der Sozialistischen Einheitspartei Westberlin, einem Ableger der ostdeutschen SED. Die Gruppe sollte sozialistisch und demokratisch sein, aber komischerweise hatte außer der Leitung niemand etwas zu sagen. Kritik von unten war »individualistisch« und damit zersetzend. Mir wollte das nicht in den Kopf, Individualismus fand ich gut.

Noch etwas anderes ließ mich zweifeln, ob diese Bühnenwelt auch die meine sei: Diese Theatermenschen waren so dünnhäutig, so feinstofflich, stets kurz vor einer Hysterie oder einer Intrige. Abends wurde erst getrunken und dann geweint. Auch andere Schauspieler, die ich im Lauf der Zeit kennenlernte, schienen sich ihre besten Auftritte für das Privatleben zu reservieren.

Nie im Leben wäre es mir in den Sinn gekommen, zu robust für die ätherische Künstlerwelt zu sein. Doch ich fühlte mich fehl am Platz und brauchte Zeit zum Nachdenken, so leicht gibt man schließlich seinen Jugendtraum nicht auf. Wenn schon handfest, dann auch richtig, dachte ich mir und begann im respektablen Beruf des Kellners zu arbeiten.

Meine neue Bühne hieß nun Schwarzes Café, ein Treff für Spontis und Anarchos, Feministinnen und Schwule. Das meistgehörte Wort an den gescheuerten Holztischen war »Projekt«, dicht gefolgt von »kiffen«. Es war eine gute Zeit, die Bezahlung anständig – 15 Mark die Stunde – und die Kundschaft interessant. Neben den üblichen Studenten und jungen

Müttern kamen auch Maler und Literaten, Politaktivisten, Kommunarden, Schauspieler und Journalisten. Die Schwestern Kinski schauten genauso vorbei wie die Schauspielerfamilie Bennent, wenn sie gerade in der Stadt war. Das Supermodel dieser Zeit, Veruschka, kam barfuß, ellenlang und wunderschön. Sie bestellte ein Spiegelei und sagte, dass ihr Freund Mario das Café empfohlen hätte. Das war Mario Adorf. Alle mochten die Atmosphäre des Cafés, das sich von den üblichen schmuddeligen Alternativprojekten deutlich unterschied. Die Möbel waren nicht vom Sperrmüll und der Kuchen vom Feinsten. Außerdem stand in der ersten Etage eine klitzekleine Bühne zur Verfügung. Falco und Georgette Dee sangen hier lange, bevor sie berühmt wurden. Ob Demonstration oder Premiere eines Frauenkabaretts, wir wussten als Erste davon. Oft wurden die neuesten Projekte am großen Kollektivtisch gleich neben dem Tresen ausgeheckt. Im Hinterzimmer war sogar die taz gegründet worden.

Mein Kellnerjob war als Zwischenstopp gedacht. Einmal am Feierabend die Arbeit wirklich hinter sich lassen können und die freie Zeit nutzen für das Nachdenken über die Zukunft.

Das Nachdenken wurde mir überraschend schnell abgenommen. Wenn es irgend ging, arbeitete in meiner Schicht auch Elmar Kraushaar, ein Zweimetermann von unzeitgemäßer Leibesfülle und nicht gerade arm an Kopf- und Körperbehaarung. Hin und wieder legte er rosa Lidschatten auf und wirkte damit wie eine Riesengeisha. Etwas weniger unauffällig war meine Wenigkeit: Gelbe Schuhe, knallrote hautenge Cordjeans, T-Shirts mit Trompetenärmeln in allen Farben des verfügbaren Spektrums. Dazu schulterlange blonde Locken und ein halbes Pfund Kajal um die Augen. Dezenz sah anders aus. Kein Wunder, dass uns ein Demo-Transparent besonders gefallen hatte: *Wir bleiben unserem Motto treu, schwul, pervers und arbeitsscheu!*

Kraushaar hatte sich als Herausgeber der Anthologie *Schwule Lyrik – Schwule Prosa* einen Namen gemacht. Schon damals wurde hitzig darüber diskutiert, ob ein Konzept wie »schwule Literatur« überhaupt tragfähig sei. Was genau hatte das Begehren eines Schriftstellers in seiner Kunst zu suchen? Würdigte man sie so nicht zum profanen Bekenntnis herab? Andererseits beschrieben heterosexuelle Autoren mit großer Selbstverständlichkeit ihre Sexualität. Hatte man je von einem Hetero-Autor gehört, der sich aus künstlerischen Gründen die Beschreibung seiner Lebenswelt verbot? So entstand die Unterscheidung zwischen »schwulen Autoren« und »Schwulenautoren«, Zuschreibungen, über die bis heute mit Lust gefochten wird.

Elmar Kraushaar hatte die Idee, ein Sachbuch zu schreiben. Es sollte selbstbewusst und vergnüglich sein, politisch Stellung beziehen und gleichzeitig einen hohen Gebrauchswert haben: *Männer. Liebe. – Ein Handbuch für Schwule und alle, die es werden wollen.* Jeder junge schwule Mann sollte es ohne Probleme am Bahnhofskiosk kaufen können. Also verbot sich ein Verlag der »Gemeinde« wie *Rosa Winkel*, dessen Erzeugnisse nur in linken Buchläden erhältlich waren. Kraushaar wollte zu Rowohlt, wohl wissend, dass es bei den Großen noch nie ein solches Buch gegeben hatte. Heute kaum vorstellbar, aber 1980 galt dies in der Szene als Skandal: Wie konnte man nur beim »Feind« veröffentlichen? Sie lagen schon sehr eng an, die linken Scheuklappen.

Zwischen Milchkaffee und Käsekuchen fragte Kraushaar, ob ich sein Co-Autor sein wolle. Ausgerechnet ich. Außer für die Studentenzeitung und eine Handvoll kleiner Publikationen hatte ich nichts geschrieben und auch keinerlei Ambitionen. War der Mann von Sinnen? Ein Buch mit einem völlig unerfahrenen Co-Autor, und dann auch noch ganz bescheiden bei Rowohlt?

»Lass uns mal ein Exposé machen«, drängelte Kraushaar. Das war meine Rettung: Wir würden ein kompromissloses Konzept entwerfen, jede Menge Absagen erhalten, und damit wäre das Thema vom Tisch. Also schrieben wir unser Exposé, tüteten es ein und schickten es tapfer nach Reinbek. Drei Wochen später erhielt ich einen Anruf. Ein gewisser Ludwig Moos, Lektor bei Rowohlt. Das sei alles sehr interessant, wann wir denn, bitte, den Vertrag machen könnten?

Ich war am Boden zerstört. Mein Leben lang hatte ich höchste Achtung vor Büchern gehabt. Schriftsteller nahmen uneingeschränkt den ersten Platz bei meinen Hausheiligen ein. Und jetzt sollte ich ein Buch schreiben? Ich? Ein BUCH? Ich musste einen triftigen Grund finden, dieses Buch abzusagen. Ich bekam Durchfall.

Aber nicht ein einziges Gegenargument wollte mir einfallen. Das Konzept war gar nicht so schlecht. Also fuhren wir nach Reinbek, unterschrieben den Vertrag und begannen mit der Arbeit. So kam es, dass ich überraschend an einem Buch arbeitete, als ich den Jungautor Ronald Schernikau kennenlernte.

***

Hätte es damals schon die Erfindung des »Fräuleinwunders« im deutschen Literaturbetrieb gegeben, Schernikau wäre sein erster Protagonist gewesen. Wir alle kannten seinen Namen, hatten sein erstes Buch gelesen. Wann hatte es das zuletzt gegeben: Ein blutjunger Schüler aus der Provinz schreibt über einen blutjungen Schüler aus der Provinz und macht damit Furore? Mit siebzehn hatte er ein Manuskript mit der Frage begonnen: »wie wirkt, worin wir leben?« Jetzt war er zwanzig und hatte im Rotbuch-Verlag seine *Kleinstadtnovelle* veröffentlicht. Gleich nach dem Abitur war er nach Berlin gezogen, genau wie der Held am Ende seines Buchs. *Life imitates art.*

Schon nach wenigen Tagen war die Erstauflage verkauft, der Verlag musste kräftig nachdrucken. Anfangs hatte die Lektorin Schernikaus Alter für eine Fiktion gehalten. Sie sah darin einen leicht lächerlichen Versuch der Legendenbildung. Die *Kleinstadtnovelle* kam so reif daher, so frisch und heiter, gleichzeitig souverän in den erzählerischen Mitteln, dass sich die Medien mit Verve auf ihn stürzten. Man sah ihn im Fernsehen und hörte ihn im Radio. Es gab zahlreiche Rezensionen, selbst im SPIEGEL, was ihn besonders stolz machte. Eine positive Besprechung inklusive Foto, der junge Dichter umschlungen von einem Palästinensertuch. Sogar auf eine Lesereise hatte man ihn geschickt. Ebenfalls sehr erfolgreich. Welcher Debütant zieht schon fünfhundert Interessierte in einer Kleinstadt wie Düren an?

Kleinstadtnovelle erzählt die Geschichte eines Gymnasiasten – Schernikau nennt ihn b. –, der sich in einen Mitschüler verliebt. Auf einer Klassenfahrt wird die Beziehung auch körperlich. Die Verbindung fliegt auf, der Angebetete distanziert sich feige, und die Schule hat ihren Skandal. Bemäntelt von allerlei Toleranzgefasel, legt man b. nahe, die Schule zu verlassen.

Was sich wie eine klassische Coming-out-story anhört, ist viel mehr. Deshalb die Medienwirkung. Die Novelle ist das Porträt einer Generation, die Parolen mit Politik verwechselt, die nicht versteht, dass ihr Stillstand Anpassung bedeutet. »meine freizeit wäre das gegenteil von nichtstun, weiß b., und er weiß es wie jeder andere: ob er che an der wand hängen hat, den es an jeder ecke zu kaufen gibt, oder bruce lee, was die hilfloseste form von protest ist. sie können popkonzerte veranstalten oder lange haare schön finden, wichtig ist, daß sie dir beibringen: es gibt keine alternative zum nichtstun.«

Hier nimmt jemand politisch Stellung, aber der Text ist weit entfernt vom Politkitsch. Der junge Autor weiß, wie die Struktur einer Novelle aussieht und hat sie präzise ausgearbeitet. Und als wäre das nicht schon ein Pfund, fügt er noch etwas hinzu: Heiterkeit. Das war nun ganz unerhört. Ein politisches, schwules, literarisch ambitioniertes Werk, bei dem man sogar lachen durfte. Ein Lachen, das sich aus der Technik ergibt, scheinbar naiv die Logik auf ihre Spitze zu treiben. »hallo! sagt b. beim eintreten: ich möchte ne jeans, die gut sitzt und vor allem billig ist. die verkäuferin sagt: das wollen alle. na fein, freut sich b., bei dieser nachfrage muß das angebot ja überwältigend sein.«

Das Wunderkind lebte seit kurzem in Berlin und zog seine ersten Runden. »Den musst du kennenlernen«, hatte Kraushaar gesagt und ein Treffen arrangiert. Wer jetzt an Weißwein und Wasabibohnen denkt, liegt satte fünfundzwanzig Jahre daneben. Wir trafen uns ganz unmondän in einer Bar an der Grenze zwischen Kreuzberg und Neukölln. Für die Charlottenburger war hier »Proletentown«. Ihr absurder Name sprach schon Bände: Sie hieß Hoppla Sir.

2.

Ein Samstagabend im Spätherbst 1980. In der Luft hing schon der Geruch von Briketts und Eierkohle, Erkennungszeichen der ärmeren Viertel Berlins. Gleich am Hermannplatz lag das Hoppla Sir, eine Hochburg der Vorstadtschwulen. Die modebewussten KaDeWe-Tunten wären lieber tot umgefallen, als hier gesehen zu werden. Das war zu nah an ihrer eigenen unglamourösen Herkunft und nicht trashig genug, um schon wieder chic zu sein. Meine Freunde und ich mochten den Laden. Am Wochenende mieden wir konsequent die Ausgehmeile rund um den Nollendorfplatz, »Bermuda-Dreieck« genannt, weil man dort so schnell versacken konnte. Besonders an Samstagen waren die Bars dort überbelegt mit frisch gebadeten Männern. Der Konsum von Parfüm und Haarpflegemitteln war genauso hoch wie die Erwartungen. Man stand scheinbar gelangweilt herum und wartete in drangvoller Ödnis auf Mr. Right. Stundenlang ging das so, bis gegen Morgengrauen der Grabbeltisch eröffnet wurde, grob aber zutreffend »Resteficken« genannt.

Meine WG-Mitbewohner und ich mochten es buntgescheckter. Unter der Woche auch im »Bermuda-Dreieck« zu Hause, schätzten wir am Wochenende die Vorstadtschwulen. Man kam leichter mit ihnen ins Gespräch, und pro Nacht wurde mindestens ein großes Beziehungsdrama aufgeführt. Hier war man nicht zurückhaltend, sondern deftig und laut. Kraushaar hatte uns früh bestellt. Dreiundzwanzig Uhr war deutlich vor meiner Zeit, Profis gingen nie vor ein Uhr nachts aus dem Haus. Aber ich war brav und pünktlich. Kraushaar bestellte sein übliches Wasser, ich mein Bier plus Wodka. Ich war aufgeregt. Schernikaus Buch hatte mich beeindruckt, und ich wollte den intellektuellen Ansprüchen des jungen Erfolgsautors genügen.

Eine Viertelstunde später klingelte es an der Tür. Damals sahen die meisten Homobars noch wie eine Festung aus. Der Barmann öffnete die kleine Sichtklappe und bat die beiden Neuankömmlinge herein. Schernikau hatte seinen Freund mitgebracht, einen gutaussehenden Mittzwanziger, groß, blond, mit breiten Schultern und gelegentlichem breiten Grinsen. Schernikau trug sein Palästinensertuch. Er war so … jung! Als er auf uns zukam, wirkte er gleichermaßen fragil wie selbstbewusst. Sehr groß und sehr dünn, streckte er eine schmale Künstlerhand zur Begrüßung aus. Das Gesicht war wie mit feiner Kohle gezeichnet. Vollkommen symmetrisch mit prägnanten Augenbrauen, einer geraden, makellosen Nase und vollen Lippen. Darüber ein flaumiger Möchtegernschnäuzer, der ihm bis zuletzt etwas Spätpubertäres gab. Die Haut war von irischer Blässe und so transparent, dass manches Starlet dafür gemordet hätte. Aber es waren die Augen, die einen sofort in ihren Bann schlugen: blaugraue, kluge Augen, sehr klar, die ohne großen Aufwand alles registrierten. Im Moment schauten sie freundlich neutral, aber ich sollte noch lernen, wie schnell sich dieser Blick verhärten konnte.

Ich fürchte, ich sagte so etwas wie: »Hallo, Hübscher!« Während ich überlegte auszuwandern, ging ein Strahlen über sein Gesicht, und er zeigte seine perfekten Zähne. Auch das noch, Tadzio trifft Tonio Kröger trifft Felix Krull. Sein Freund Thomas stellte sich mit geübter Schauspielerstimme vor, die besonders bei der Modulation der Vokale die Wiener Herkunft verriet. Sein erstes Engagement am Staatstheater Oldenburg hatte ihm an diesem Wochenende Zeit gelassen, Ronald zu besuchen. Thomas bestellte einen Weißwein und für Ronald eine Cola.

Nun kam der unumgängliche Moment: Worüber redet man mit einem Literaten? Im Kopf wälzte ich verzweifelt intelligente Bemerkungen zu seinem Buch. Doch Ronald rettete mich vor mir selbst.

»Howard Carpendale!«, rief er und gestikulierte begeistert Richtung Diskjockey.

»Du magst Howard Carpendale?«, fragte ich erstaunt. »Kennst du von ihm *Johannesburg*? Ein frühes Lied gegen die Apartheid, ganz im Ernst.«

»Hast du das? Muss ich unbedingt hören, ja? Und was ist mit *Die Rose von Chile* von Chris Doerk? Kennst du dieses Meisterwerk des politischen Lieds?«

Kraushaar schaltete sich ein. Im heimischen Nordhessen hatte er oft heimlich DDR-Fernsehen geschaut, besonders die Schlagersendungen. Und schon entspann sich eine Diskussion über Gaby Rückert und Uschi Brüning, die Single *Unsere LPG hat 100 Gänse*, über Frank Schöbel und Aurora Lacasa. Ja, wurde ich aufgeklärt, das sei der künstlichste Echtname der Welt und die Dame Tochter eines spanischen Widerstandskämpfers. Ah ja.

So also lief ein Gespräch mit einem bekannten Jungliteraten. Wie angenehm! Ronald lachte, schmiss den Kopf in den Nacken, gestikulierte wild, flirtete, kurz: Er benahm sich wie ein Teenager, der er ja auch war. Inzwischen hatte sich die Bar gefüllt. Die meisten trugen weite Bügelhemden über unvernünftig engen Hosen. Im Hoppla Sir konnte man sich gehen lassen. Die verwegen geschwungene Bar, das rote Licht, die

Mucke – alles hier war in den tiefen Siebzigern hängengeblieben. Eine Hochburg von Boney M. und Gloria Gaynor. Man konnte erwachsene Männer dabei ertappen, wie sie selbstvergessen ganze Liedtexte von Gitte mitsangen.

»Wie lebt es sich denn in Oldenburg?«, wollte Kraushaar von Thomas wissen.

»Weihnachtsmärchen, eben was man im ersten Engagement so macht.«

»Und wovon lebst du?«, wollte ich von Ronald wissen.

»Ein echtes Drama! Berühmter Dichter muss sich als Gouvernante verdingen!«

Von jedem verkauften Buch erhielt er 70 Pfennige, brutto. Das reichte nicht zum Leben, also hielt er sich mit Babysitten über Wasser. Der Rest kam von seiner Mutter. Das Geld nahm er ohne Skrupel. Es war ja nicht für ihn, sondern Kapital, um schreiben zu können. Mit den Tantiemen aus dem Buchverkauf, Babysitten und dem Taschengeld von Mama kam er auf läppische 500 Mark im Monat. Das leidige Geld. Nie ging es um Luxus oder Status, immer nur ums Überleben.

Durch das Kellnern und den Vorschuss von Rowohlt war ich ausnahmsweise nicht knapp bei Kasse und schmiss eine Runde. Ronald prostete mir zu, und erst dabei fiel mir der kleine Lenin-Sticker an seinem Hemd auf. Ich hob mein Glas: »Na dann, auf den Genossen Lenin!«

»Ich arbeite gerade an einem Gedicht über Lenin und Thomas«, sagte Ronald, nachdem er an seiner Cola genippt hatte. »Mich hat das ungeheuer irritiert, dass ich den Thomas liebe, dass ich fähig bin, jemanden zu lieben. Ich habe mir überlegt, wie das kommt, warum ich auf die gleichen Strukturen reagiere wie der Rest der Welt. Und dann habe ich mir vorgenommen, in wenigen Zeilen auszudrücken, was das ist.«

»Wie kriegt man Lenin und Thomas zusammen?« Kraushaar war skeptisch. »So etwas lässt sich doch nicht wirklich leben?«

»Das ist wie Milva mit ihrer Kommunismusnähe und ihren Brecht-Liedern, und dann das sentimentale *Auf den Flügeln bunter Träume*. Diese beiden Seiten sehe ich auch bei mir. Und ich will sie auch!«

Thomas grinste breit. Ein Thema, zu dem er wohl schon eine Menge gehört hatte.

»Hab mir bei deinem Buch schon gedacht, dass du zu dieser Fraktion gehörst«, sagte ich und tippte Lenin an die Blechstirn.

Ronald ballte die Faust: »Schlimmer noch. Seit kurzem Mitglied der Sozialistischen Einheitspartei Westberlin!«

»Nichts für mich! Ich bin einer der wenigen, die wirklich aus einer Arbeiterfamilie kommen. Und ich sage dir eins: Da vergeht dir jede Proletarier-Romantik! Im Gegensatz zu den Salon-Kommunisten weiß ich nämlich, wovon ich rede.«

Ronald lächelte nachsichtig. »Immerhin bist du jetzt über die Klassenfrage im Bilde!« Dann machte er die Geste, die wir noch so oft bei ihm sehen würden: Mit der rechten Hand warf er sein langes Haar über die Schulter. Das Kinn gereckt, ein selbstironisches Lächeln um die Mundwinkel.

Die Welt des Ronald Schernikau war immer Möglichkeit, sein Blick ging in die Zukunft. Eine Jungdiva aus der deutschen Provinz, das literarische Starlet der Saison, was hieß das schon? Ein armer Schlucker ohne eigene Wohnung, der sich mit dem zweiten Buch beweisen muss – das wäre der Blick, der am Alltag kleben bleibt. Deshalb die Ironie im Gestus. Im gleichen Augenblick zeigt sich darin eine fast abgeklärte Ambition. Hier will einer etwas – persönlich, beruflich, politisch. Vielleicht ist es ein Erkennungszeichen von Einzelkindern und Einzelgängern, sehr früh ein Bild vom Selbst entwickelt zu haben. Die Zukunft detailliert ausgedacht, dann ruhigen Schritts voran. Niemand wird ihn aufhalten können, nicht einmal die Realität. Kraushaar und ich mussten nicht lange überlegen. Wir wollten mit diesem netten Exoten ein Interview für unser Buch führen.

Ronald war geschmeichelt: »Aber nur, wenn ich es zum Gegenlesen kriege!« Dann schaute er mich gespielt kokett an und sagte: »Na, Schätzchen, und was machen wir heute Nacht noch so?«

3.

In der Thälmannstraße herrscht Stille. Schönebeck, in der Nähe Magdeburgs, ist an diesem Mittag im September wie ausgestorben. Das kleine Ladengeschäft mit der Aufschrift »Briefmarken und Münzen« hat wie die meisten anderen Läden für zwei Stunden geschlossen. Selbst im Hinterzimmer, wo eben noch rege Geschäftigkeit herrschte, ist Ruhe eingekehrt.

Ellen Schernikau hat ihren Kopf an die Schulter von Lorenz gelehnt. Sie zieht die Decke ein wenig höher über ihre verschwitzten Körper. Beide schweigen, sind ganz im Augenblick und nirgendwo. Ellen hat wie so oft in den letzten Monaten die Mittagsstunden dazu genutzt, ihre Liebe ganz für sich zu haben. Wenn ihr Dienstplan es zulässt, fährt die Krankenschwester heimlich die zwanzig Kilometer von Magdeburg nach Schönebeck. Sie muss doppelt vorsichtig sein: Ihre Mutter lebt hier und auch Lorenz' Ehefrau. Zwar will er sich scheiden lassen, aber noch wohnt er bei ihr.

Also das winzige Hinterzimmer in seinem Briefmarkenladen, karg mit schmaler Liege und nur einem Stuhl. Aber Ellen ist glücklich. Sie liebt diesen großen schlanken Mann mit den dunkelblonden Haaren, die sich nie so ganz zu einer Frisur ordnen wollen.

Vor einem Jahr hatte sie ihn zum ersten Mal gesehen, ganz en passant im Wartesaal des Bahnhofs. Mit ihrer Freundin Gisela wollte sie nach Magdeburg. Aus einer Laune heraus stiegen sie ins selbe Abteil wie er. Sie fand den großen Mann sehr sympathisch. Sein Ehering war ihr zwar nicht entgangen, dennoch hatte sie ein wenig geäugelt, ganz harmlos. Beim Aussteigen hatte er »Auf Wiedersehen!« gesagt, und sie »Ach ja, auf Wiedersehen!« Mit einer ganz kleinen Betonung. Das war's.

Manchmal ging Ellen mit Freunden ins Tanzlokal Stadt Prag. Ihren Beruf nahm sie ernst, aber sie war auch jung, erst zweiundzwanzig, und tanzte gern. Es war schon spät, man wollte bald aufbrechen. Die Freunde holten die Mäntel, und Ellen saß allein am Tisch, als ein Mann das Lokal betrat. Den kenne ich, dachte sie. Auch der Mann stutzte, trat dann an ihren Tisch.

»Wollen wir tanzen?«

Beim Foxtrott dann eine angespannte Stille, zwei Gehirne auf Hochtouren.

Plötzlich sagt er: »Jetzt weiß ich es: Im Zug!«

Da wusste Ellen es auch. Die Freunde gingen. Ellen blieb.

***

Lorenz fährt ihr übers Haar und sie kuschelt sich noch ein wenig fester an ihn. Verliebte wie aus dem Bilderbuch. Sie haben eine eigene Sprache, fallen im Stadt Prag auf, weil sie verrückte Tanzschritte probieren. Und ihre Körper auf der Liege passen so gut ineinander.

Leider ist das Leben kein Bilderbuch. Da ist der Ring an seinem Finger, aber gut, er will sich ja scheiden lassen. Nachdem sie sich ein Vierteljahr kennen, noch ein Geständnis: »Die Elke kriegt ein Kind von mir.«

»Wer ist Elke?«

Nun ja, es war ein Zufall, hatte nichts zu bedeuten. Kennengelernt beim Tanzen eben, und diese Elke war so braungebrannt. Und so weiter ... Jetzt ist sie schwanger, will das Kind behalten. Was soll man da machen?

»So kannst du nicht weitermachen«, hatte Gisela gesagt, mit der sie sich ein Zimmer im Schwesternwohnheim teilt. «Das nimmt ein schlimmes Ende. Du hast 'ne leichte Ader!« Sogar den Zimmerschlüssel hat sie mal beim Abendbrot versteckt, damit Ellen nicht zu ihrem Lorenz kann. Eine Rangelei, lächerlich eigentlich. Ellen gewinnt, zieht ihre roten Schuhe an und geht zu Lorenz.

Natürlich will sie was Festes. Ich will für immer mit ihm zusammen sein, denkt sie und ist bestürzt, weil sie so noch nie gefühlt hat. Manchmal ist er ihr fremd. »Meine kleine Genossin«, so von oben daher gesagt, als er das Parteiabzeichen an ihrem Mantel sieht. Sie nimmt das nicht tragisch. Manche Leute sind halt so, wollen alles und sind nicht bereit, etwas dafür zu tun.

Einmal, Ellen ist gerade im Laden, kauft er einer alten Dame ein Album ab. Hundert Mark gibt er ihr und springt hinterher vor Freude in die Luft. »Ein tolles Geschäft, dafür kriege ich sicher tausend Mark!« Sie ist schockiert. Das ist doch Betrug. So etwas sollte man mit Menschen nicht machen.

Ellen steht auf, ordnet ihr Haar, schlüpft dann ins dunkelrote Kleid. Eine attraktive junge Frau, schlank, großgewachsen, mit vollen Brüsten. Das Gesicht schmal, Augenbrauen, Augen und der volle Mund ganz gerade ins Gesicht gesetzt. Die Konstruktivisten hätten eine Freude an ihr gehabt.

»Du, das kommt dir jetzt vielleicht blöd vor, aber ich glaube, ich bin schwanger!«

»So ein Quatsch!« Lorenz ist amüsiert. »Woher willst du das wissen?«

»Wer ist denn hier die Krankenschwester? Ich kenn mich aus mit dem menschlichen Körper!«

***

Eine gute Woche später wäre ihre Periode fällig gewesen. Sie bleibt aus. Ellen macht einen Termin in der gynäkologischen Abteilung ihres Krankenhauses. Sie springt fast in den Untersuchungsstuhl, als sie endlich an der Reihe ist. Der Arzt prüft, ob die Gebärmutter vergrößert ist. Er macht sich ein paar Notizen und klappt dann die Patientenkarte zu.

»Tja, Schwester Ellen, an dem Ergebnis gibt es nichts zu rütteln. Sind Sie verheiratet?«

»Nein«, sagt Ellen erstaunt und schiebt ein trotziges »Wieso auch?« hinterher.

»Weil es dann wohl der Klapperstorch war, der Sie gebissen hat!«

Ellen springt von der Liege und führt einen Freudentanz auf. Von wegen Klapperstorch! Sie kennt sogar das genaue Datum der Zeugung: der 26. September 1959. Sie klatscht in die Hände, Tränen in den Augen. Der Arzt schaut sie verwundert an. Selten reagieren ledige Frauen so euphorisch auf eine Schwangerschaft.

Ledig oder verheiratet, was heißt das schon? Die DDR tut sich leichter mit unehelichen Kindern als der Adenauer-Staat. Man braucht Kinder für den Aufbau des Sozialismus. Hier ist für alles gesorgt, denkt Ellen. Krippe, Kindergarten, alles da. Und sie wird weiter arbeiten können. Lorenz ist zwar verheiratet, noch, Elke erwartet ein Kind von ihm, aber das war wohl mehr ein Unfall, die übliche männliche Schwäche. Hatte Lorenz nicht gesagt: »Wenn ich ein Kind will, dann nur von dir!«

Mehrmals hatte er das beteuert, beschwörend fast. Es gab keinen Grund zu zweifeln.

4.

Die Arbeit an unserem Buch *Männer.Liebe.* ließ sich erstaunlich geschmeidig an. Ein eigenartiges Machtgefühl, Herr über 370 Buchseiten zu sein. Auch verstand ich, warum Buchautoren oft so selbstbezogen sind, überzeugt wie überzeugend. Selbst ein kleiner Sachbuchautor wie ich, der nicht wie ein Romancier ganze Welten erschuf, spürte Anwandlungen von Genialität. Wie musste es da erst Schernikau gehen? Mit siebzehn eine Novelle beginnen, mit niemandem darüber sprechen, nicht einmal mit der Mutter. Woher kommt das

Selbstbewusstsein, die Disziplin, den Erzählbogen zu halten und das Werk auch zu beenden? Oder ist man mit siebzehn nur ein Bündel aus Ambition, Arroganz und Gottvertrauen?

Ich jedenfalls war siebenundzwanzig und mir der Fallhöhe sehr bewusst. Zusätzlich traf mich ein weiteres Klischee mit voller Härte: Schreiben macht einsam. In Filmen schaut das hübsch elegisch aus, der Schriftsteller ganz allein mit sich und der Literatur. Die Wirklichkeit war grauer. Nach dem Frühstück an den Schreibtisch und ran an die Buchstaben. Tage, Wochen, Monate. Immer derselbe Tisch, dasselbe Fenster, der Blick nach draußen, mal Laub auf den Bäumen, mal Schnee. Genügend Zeit, um eine Paranoia zu entwickeln. Dasistnichtgutgenug war mein Mantra, gesteigert durch ein hämisches Dubistnichtgutgenug. Es sollte noch zwei weitere Bücher dauern, bis diese Selbstkasteiungen nachließen.

Elmar Kraushaar und ich hatten uns eine *tour d'horizon* vorgenommen. Wir schrieben über Politik und Sexualität, Beziehungen, Psychiatrie, Feminismus, Porno, Philosophie. Es sollte Fotostrecken und Illustrationen geben, etwas zum Lachen, Staunen und Spielen – ein Überraschungsei für Homoeroten. Fürs Verspielte war ich zuständig. »Ich hab dafür kein Händchen«, sagte Kraushaar. Nun wurde mir klar, warum er gerade mich als Co-Autor wollte. Und es machte Laune, sich allerlei Possen auszudenken: Ein großes Homo-ABC von den Unterhosenmodellen im Quelle-Katalog bis hin zur geheimnisvollen Tatsache, dass alle Schwulen, aber auch wirklich alle in der Schule im Schlagballweitwurf versagen – eines der letzten ungelösten Rätsel. Es gab Fotos mit Brüderpaaren, bei denen die Leser raten konnten, wer der Schwule war, Texte über Rock 'n' Roll und Schwanzlutschen, Filmemacher, Literaten und die kulturhistorische Bedeutung von Disco. Dazwischen ganz selbstverständlich die Theorien von Michel Foucault und Roland Barthes. Es war ein hartes, schönes Jahr zwischen Panikattacken und Selbstdisziplinierung.

Tatkräftig unterstützt wurde ich von meiner neuen Wohngemeinschaft. Uli, Matze und ich hatten das große Los gezogen: eine Wohnung am Kreuzberger Paul-Lincke-Ufer mit Blick auf den Landwehrkanal. Matze, unser Nesthäkchen, hatte etwas vollkommen Irrsinniges getan. Er setzte eine Zeitungsannonce auf: »Drei schwule Männer suchen eine schöne, große, billige Traumwohnung.« Tolle Idee! Man würde uns mit Angeboten nur so überschütten. Besonders im ummauerten Berlin der Achtziger, wo Tausende von Wohnungen fehlten. Und dann meldete sich ein tapferer Hausbesitzer und bot uns 120 edle Quadratmeter dort an, wo alle wohnen wollen. Zauberhafte Uferlage, Vorderhaus, hohe Decken, Balkon. Für 600 Mark! Wir sagten nicht nein.

Matze jobte mal hier, mal da, eine typische Kreuzberger Existenz. Arbeitsplätze gab es genug und obendrauf die Berlin-Zulage. Uli studierte Medizin und arbeitete wie ich viel zu Hause. Täglich so gegen Mitternacht machten wir uns ausgehfertig. Das dauerte. Irgendwann zwischen zwei und drei Uhr Nachts tauchten wir in den Bars auf. Das allseits bekannte Trio vom Paul-Lincke-Ufer, vergnügungssüchtig und flirtbereit. Selten kamen wir vor sieben Uhr morgens ins Bett. Dann aufstehen, Aspirin einwerfen und ab an den Schreibtisch.

***

Ronald hatte sich zum Kaffeetrinken angesagt, meine Frühstückszeit. Kaffeetrinken sollte für immer eines seiner Erkennungszeichen bleiben. Wollte er jemanden kennenlernen, Peter Hacks oder Elfriede Jelinek etwa, bot er an, gemeinsam eine Tasse Kaffee zu trinken. Das war sein Synonym für reden.

Ich sprang noch schnell unter die Dusche. Eine Vorsichtsmaßnahme, vielleicht würden wir den Besuch ja zwischen den Laken fortsetzen. Wir schmusten manchmal eine Runde, steckten uns gegenseitig die Zungen in den Hals, doch dann kam unweigerlich der Moment, in dem wir lachen mussten. Vielleicht lag es daran, dass zwei Schreibmaschinen aufeinander klapperten. Jedenfalls war es noch nicht »zum Äußersten gekommen«, wie Ronald es formulierte.

Schernikau, bekennend unsportlich, stakste atemlos die vier Treppen hoch. An der Wohnungstür drückte er mir einen fetten Kuss auf den Mund, damals die gängige Begrüßung sogar für entfernte Bekannte. »Dreckmist!«, sagte er, als er sich in meinem geräumigen Arbeits-, Schlaf- und Wohnzimmer umsah. »So was will ich auch!«

»Suchst du was Neues?«

»Es kommt drauf an, ob Thomas hier ein Engagement findet. Dann könnten wir zusammenziehen.« Seine Augen verdüsterten sich für einen Moment. »Aber vielleicht ist das auch gar nicht gut, so nah.«

Mein Zimmer war groß und weiß, dominiert von einem selbstgebauten Bett in optimistischer Größe. Dazu ein Schreibtisch, der mit weißem Papier bezogene Küchentisch meiner Großmutter, ein IKEA-Sofa und, frisch vom Sperrmüll, ein Nierentisch aus den Fünfzigern mit passenden Cocktailsesseln. Kleidung und Frisur hingen noch zwischen Hippie und Glamrock, die Einrichtung kündete schon von der kühleren Ästhetik des neuen Jahrzehnts.

»Ach, du schreibst den ersten Entwurf!« Ronald griff nach dem fetten Manuskriptstapel auf meinem Schreibtisch und nickte anerkennend.

»Und du? Geht's voran mit dem zweiten Buch?«

»Nein ... ja ... doch. Die Hälfte habe ich schon. Das Schreiben ist nicht das Problem, aber mir fehlt die Zeit. Würde ich in der DDR leben, wäre alles viel einfacher.«

»Klar Süßer, sie würden dir Heldendenkmäler bauen!«

»Das will ich aber hoffen«, grinste Ronald. Dann, ganz sachlich: »Die Miete ist dort billiger, das Essen, einfach alles. Du betreust einen Kreis schreibender Arbeiter, und das reicht zum Leben. Die ganze restliche Zeit nur fürs Schreiben! Und als Bonus haben die Schriftsteller in der DDR ein viel höheres Ansehen als hier.«

»Träum weiter!«

»Ist doch wahr. Die Uni, die Partei, das Babysitten, manchmal komme ich nur dazu, Kleinkram zu schreiben.«

»Und woran arbeitest du gerade, was ist dein Thema?«, bohrte ich neugierig.

»Die Politik und die Liebe, wie immer«, sagte Ronald vage. Er grinste und wechselte flugs das Thema: »Woran arbeitest du gerade?«

»Es geht um Treuebedürfnis kontra Begehren. Trieb und Kultur, wenn du so willst. Aber am Ende ist es mir zu moralisch geraten.«

»Och, das ist einfach! Eine Moral darfst du nie ans Ende setzen. Pack sie ganz nach vorne, da wirkt sie weniger aufdringlich!«

Ich habe mich bis heute daran gehalten. Meistens.

Es klopfte an meine Zimmertür. Matze war von der Arbeit gekommen und Uli, diskret wie immer, sah jetzt auch eine Möglichkeit, meine dichtende Neuerwerbung kennenzulernen.

Uli war unsere Sexbombe, gut gewachsen, mit scharf geschnittenen Gesichtszügen, einer spitzen Nase und blonden Haaren bis an die Ellenbogen. Matze und ich behaupteten gern, man müsse im Treppenhaus sehr vorsichtig über all die Herzen steigen, die er gebrochen hatte. Matze gab mit seinen knapp zwanzig Jahren das Kind in unserer WG. »Niedlich« war das Wort, das im Zusammenhang mit ihm am häufigsten fiel. Er hasste das. Er war groß, hellhäutig und schmal. Dunkle, raspelkurze Haare, zwei Schlitzaugen und ein bläulicher Bartschatten gaben ihm einen Hauch von Erdtier, gemildert durch ein großzügiges Lippenpaar. Gesegnet mit einem an Loriot geschulten Humor, der sich an den kleinen Unpässlichkeiten des Lebens ergötzte, blieb er in Gesellschaft meist wortkarg. Uli sowieso. Der war ein begnadeter

Schweiger, und wir zogen ihn gern damit auf, dass ausgerechnet er einen Preis für seinen Abituraufsatz gewonnen hatte. Ulis Schweigen war für seine vielen Verehrer die große Attraktion. Jedes dunkle Geheimnis ließ sich in ihn hineinphantasieren. Uli und Matze sollten mehrmals in Ronalds Büchern auftauchen, ohne je ein einziges Wort zu sprechen. Während wir Kaffee tranken, flirtete Ronald nicht gerade dezent mit Uli. Zurückhaltung in diesen Dingen war seine Sache nie. Nina Hagen sang ihm aus dem Herzen: *Wenn du scharf bist, musst du rangehn!*

Er begann ein Gespräch, blieb aber wie so viele in Ulis freundlicher Einsilbigkeit stecken. Dann eben ein Versuch mit Matze. Immer interessiert an der Arbeitswelt anderer, fragte Ronald nach dessen aktuellem Job. Matze zierte sich. Momentan arbeitete er als Propagandist im KaDeWe, eine Tätigkeit mit hohem Comedypotential. Eine amerikanische Großbrauerei versuchte mit viel Einsatz, ein amerikanisches Bier auf dem deutschen Markt durchzusetzen. Wie so oft war die Insel Westberlin ein idealer Testmarkt. Neben aufwendigen Plakaten hatte man im KaDeWe einen auf Texas getrimmten Stand errichtet. Matze, ausstaffiert mit rotem Karohemd und Cowboyhut, sollte die Kunden zum Probetrinken animieren. Wir fanden das außerordentlich komisch. Der dünnste Cowboy der Welt mit einem ebensolchen Bier! Sein Spruch war immer derselbe: »Möchten Sie einmal probieren? Dieses Bier ist nicht so stark gehopft und schmeckt deshalb besonders den Damen!« Er brachte das so, nun ja, niedlich, dass die Damen wirklich gern einen Schluck nahmen und heftig mit ihm flirteten.

Als die beiden sich verabschiedet hatten – Uli musste noch büffeln und Matze vorschlafen für unser Nightlife – fiel mein Energiespiegel rapide ab. Ich gähnte theatralisch.

»Zuviel am Schreibtisch gesessen?«, fragte Ronald.

»Eben nicht. It was a hard day last night!«

»Du gehst zuviel aus, trinkst zuviel und fickst zuviel.« Ronald drohte ironisch mit dem Zeigefinger, meinte es aber durchaus ernst.

»Letzteres geht nicht! Aber du hast recht. Heute komme ich jedenfalls nicht mehr zum Schreiben. Muss gleich los, Spätschicht im Café.«

Ich zog meine gelben Schuhe an und kämpfte mich in die zentnerschwere Lederjacke, die ich für zwanzig Mark auf dem Flohmarkt gekauft hatte.

»Ich komme mit zur U-Bahn«, sagte Ronald.

Ein sibirischer Wind pfiff uns um die Ohren. Mit hochgezogenen Schultern stapften wir zum Kottbusser Tor. Seit kurzem gab es hier eine neue folkloristische Attraktion: Punks. Der Kotti war ihr Sammelplatz, sogar bei dieser Kälte. Die spitzen Haare, jede Menge Sicherheitsnadeln und Reißverschlüsse hatten ihren Weg direkt von den Plattencovern bis vor unsere U-Bahn gefunden. Auch wenn das ewige »Haste ma ne Maaak?« nervte, waren sie stets friedlich, ein merkwürdiger Kontrast zu ihren finsteren Mienen. Nur die obligatorischen Schäferhunde konnte ich mir nicht erklären. Die sporadisch aus den Hemdkragen auftauchende Ratte war einleuchtend, aber warum hatten sie ausgerechnet des deutschen Spießers Leittier zu ihrem Lieblingshund gewählt?

Es begann zu schneien. Der von extrem hässlichen Neubauten umrahmte Platz nahm seine typisch winterliche Matschfarbe an. Hundekacke, Dönerreste, Spritzen, der Geruch von Pisse und Bier – ich mochte mein Kreuzberg. Hier sah es aus wie im richtigen Leben.

Auf dem oberen Bahnsteig ging ich noch eben zu der beeindruckend unfreundlichen Kioskdame, um Zigaretten zu kaufen. Das war meine tägliche Übung in Demut. »Wo musst du eigentlich hin, Roni?«

»Wir haben Parteisitzung.«

Ich steckte mir eine Roth-Händle an. »Was steht an?«

»Diskussion zu Solidarnoćś«, sagte er kurz angebunden.

»Find ich gut.«

»Wer eine Gewerkschaft will, wird auch Unternehmerverbände bekommen!« Damit war für ihn alles zu diesem Thema gesagt.

5.

Das österreichische Fernsehen hat zu seiner Talkshow Club 2 geladen. Live, zwei Stunden mindestens, open end. Sprechstunden mit Anspruch. Es ist noch nicht die Zeit der Promis und Skandale. Hier haben die Themen »gesellschaftliche Relevanz«.

Der schnauzbärtige Peter Huemer, Moderator mit Bedenkenträgerstimme, macht das gleich zu Beginn klar: »Deutschland. Woher? Wohin?« lautet die bescheidene Fragestellung des Abends.

Bernt Engelmann, Vorsitzender des Schriftstellerverbandes, streitet mit der säuselnden Demoskopin Elisabeth Noelle-Neumann. Manfred Geist ist da, Chef der Welt am Sonntag, und Armin Mohler, ein altgedienter Publizist, der mit sehr schwarzer Tinte schreibt. Wie es die ungeschriebenen Gesetze einer Talkshow verlangen, fehlt noch ein Vertreter der jungen Generation. Ein bisschen keck soll er sein und dosiert provokant.

Diese Rolle spielt Schernikau, als einziger in Pullover und Jeans. Die Herren tragen Jackett und Krawatte. Weil er für die Jugend sprechen soll, wird er in der Einblendung stets als Student inseriert, nicht als Schriftsteller. Da arbeitet man fleißig am Ruhm und dann das: »Student«. Na, prima.

Immerhin erwähnt der Moderator zu Beginn die *Kleinstadtnovelle* und kommt dann zu seiner ersten Frage: »Herr Schernikau, in Ihrem Buch lese ich den Satz: ›Es gibt keine Alternative zum Nichtstun.‹ Was heißt das?«

Ronald atmet auf. Kalter Kaffee, die Frage wird in jedem Interview gestellt. »Das war der Eindruck einer Stimmung. Ich bin bis vor kurzem zur Schule gegangen und habe erlebt, dass zwar ständig Stunden ausfielen für die Schülerselbstverwaltung, für Diskussionsgruppen, dass aber nichts von dieser Arbeit eine Auswirkung hatte. Weder auf das Selbstbewusstsein der Schüler noch auf das Selbstverständnis der Lehrer.«

»Wir werden zu diesen Jugendfragen später zurückkehren«, sagt der Moderator etwas herablassend und stellt mit Grabesstimme die weiteren Gäste vor. Die schauen in die Kamera, als würden sie zur Hinrichtung geführt. Ernste Mienen, hoher Ton. Sind Österreicher die besseren Deutschen? Noch nicht mal die dritten Programme der ARD kommen so bleiern daher. Passend dazu ist das gesamte Studio schwarz abgehängt. Nur die senffarbenen Sitzelemente bringen etwas Farbe in die Sendung.

Ronald steht im Abseits, fast eineinhalb Stunden lang. Die anderen sind ein eingespieltes Team. Jeder ein Meister des Monologs, jeder mit gut sitzender Charaktermaske. Ronald hat noch keine. Er gibt das gescheite Talent, will kluge Sätze sagen und davon möglichst viele. Das wirkt etwas naseweis und angestrengt. Im Fernsehen gewinnt, wer authentisch wirkt, »rüberkommt«, wie die Redakteure sagen. Man muss es gar nicht sein, eher im Gegenteil. In der Kunstwelt TV wirkt jede echte Natürlichkeit nur naiv. Glaubwürdigkeit erlangt man durch Routine. Und hat man sie erlangt, ist sie zur Pose geworden.

Aber Schernikau lässt sich nicht so leicht aufs Abstellgleis schieben. Die Runde schwadroniert über die Bundestagswahl, Schmidt gegen Strauß, das Geschichtsverständnis der Deutschen, die Neurotisierung der Gesellschaft und endet unvermeidlich bei der unbewältigten Vergangenheit. Business as usual. Nach neunzig schwerblütigen Minuten hat man einmal die Runde gemacht und landet wieder bei Schmidt und Strauß und »Freiheit statt Sozialismus«.

Ronald hat die Nase voll und beugt sich vor: »Es läuft auf eine Scheindiskussion hinaus, Straußsche Diktion oder Schmidtsche Arroganz zu beurteilen. Es gibt immer die Freiheit von etwas, für etwas. Es geht hier vor allem um die Benutzbarkeit von Freiheit. Benutzbarkeit in gesellschaftlichen Verhältnissen, Benutzbarkeit gegen gesellschaftliche Verhältnisse. Wir sollten uns fragen: Wer benutzt uns?«

Die Runde schaut verdutzt. Engelmann nickt.

Ronald setzt nach. »Politik ist bei uns zu einem Krieg um Wörter geworden statt eines Krieges um Sachen!«

Er spricht pointiert, wirkt jetzt lebendiger und selbstbewusster. Da hat einer Blut geleckt. Als Noelle-Neumann zum wiederholten Mal die Demoskopie preist und postuliert, unsere Wertesysteme hätten sich komplett verschoben, hakt er sofort ein: »Ich glaube das nicht. Ein Konsens ändert sich ja auf Grund von Realitäten. Ich kann da eine kleine persönliche Anekdote erzählen, die sogar über eine Moral verfügt. Ich habe lange als Vegetarier gelebt und irgendwann, übertrieben gesagt, mit einem Salatblatt in der Hand gelesen, dass Hitler Vegetarier war. Und ich biss frohgemut in ein Fleischsalatbrot und wusste, Ideologie ist nicht alles. Irgendwas muss da noch sein.«

Alle lachen, und der Moderator erinnert sich jetzt auch wieder an seinen jungen Gast.

»Kommen wir jetzt zum Punkt der jungen Leute. Ich möchte einen Satz aus Ihrem Buch vorlesen, der …«

»Nennen Sie doch noch einmal den Titel, vielleicht kaufen die Leute es.«

Die Runde kichert. Nur der Mann von der Welt sagt spitz: »Wenn Sie so weitermachen, sind Sie bald Teil des Establishments!«

»Ich hoffe doch!«, tönt es zurück. Ronald wirft die frischgewaschenen Haare in den Nacken und lümmelt sich ins Sitzelement. Jetzt wird der Moderator nachdrücklich.

»Ein in den Rezensionen sehr häufig erwähnter Satz lautet: ›wozu dich die schule erzieht: wenn schon alles scheiße ist, dann aber auch totale flucht aus allem. bloß keine anpassung, gegenwehr ist kackmist, zum scheitern verurteilt, lohnt nicht. flasche bier ist besser odern joint.‹ Nun die Frage: Anpassung ist Scheiße. Gegenwehr ist Scheiße, übrig bleibt nur die Flucht. Ist das nicht ein wahnsinnig gefährlicher Satz?«

»Ja. Eben.« Ronald ist verdutzt. Versteht der Mann gar nichts? »Aber genau das wird ja vorgeführt. Im Buch gibt es den Jungen mit dem *Atomkraft? Nein Danke!*-Sticker: ›wenn wir nur genug rauchen, hörn die schon auf mit ihren akws.‹ Das ist ein absurder Satz. Das ist das, wozu die Schule dich erzieht, das ist das, was sie brauchen kann.«

»Wenn ich es recht verstanden habe, ist aber genau das passiert, dass viele diesen Satz als Legitimation für ihre eigene Flucht genommen haben, die gesagt haben, da sitzt jemand, der Herr Schernikau, der hat die *Kleinstadtnovelle* geschrieben ...«

»Danke!«

»... und der weiß endlich, was mich bewegt. Das halte ich für gefährlich.«

»Das ist ja das Tolle, dass die Leute auch noch das Absurdeste hinzunehmen bereit sind!«

Herr Geist ist sehr unruhig geworden. »Wenn ich das höre, bin ich mir nicht ganz sicher, ob wir beide noch im selben Land leben. Ich bezweifle, ob Herr Schernikau für eine Mehrheit spricht.«

Armin Mohler will auch mal, ganz jovial, so von oben herab: »Ich kenne das ja von meinen Söhnen, diesen Reflex, zu glauben, es gäbe herrschaftsfreie Zeiten. Glauben Sie das wirklich?«

»Ich finde es ganz toll, dass Sie das sagen.« Ronald strahlt. »Das ist genau die Haltung, die in mir und meinen Mitschülern erzeugt wurde: Es gibt keine Gerechtigkeit, wir sind nur Spielsteine, was dann umkippt in *Wir können nichts machen*. Also, was soll's, sind wir also zufrieden.«

Geist schaltet sich wieder ein. »Glauben Sie denn wirklich, dass eine Gesellschaft ohne Herrschaft möglich ist?«

»Ich glaube, dass ohne diese Hoffnung nicht zu arbeiten ist. Ich verstehe überhaupt nicht, wie Pessimisten arbeiten können.«

***

Fernsehauftritte und Zeitungsinterviews galten Schernikau als wohlverdiente Anzahlung auf Dinge, die da kommen sollten. Licht an – und er schillert, ist witzig, kontrovers, flamboyant. Der Alltag allerdings knipst das Licht ganz schnell wieder aus.

Die Taschen sind leer, die Tantiemen mager, das Kinderhüten bringt nicht genügend Geld, und Mutters Portemonnaie ist auch nicht übermäßig gefüllt. Da ist man froh über ein warmes Bett und einen Tisch zum Schreiben. Anfangs hatte er es für großes Glück gehalten: Frisch aus der Provinz, und gleich ein Zimmer in der Wohngemeinschaft von vier Rotbuch-Mitarbeitern. Mitten im Zentrum, und dann auch noch zusammen mit Buchmenschen, perfekt.

Die Mitbewohner, drei Männer und eine Frau, waren satte zehn Jahre älter als er, und es war kein Zufall, dass sie nicht in Kreuzberg lebten, sondern in einer Altbauwohnung in Charlottenburg. Statt Klo auf halber Treppe Stuck an der Decke. Beim Essen hatten sie ihre Ansprüche. Keine Dosensuppen von ALDI, keine Zweiliterflaschen Lambrusco. Und die Arbeit im Kollektiv hatte durchaus ihre Vorteile: Rotbuch kam für fälligen Zahnersatz auf und manchmal sogar für eine Psychoanalyse.

Jeder zahlte das Gleiche in die Haushaltskasse. Das war für Ronald, der sich problemlos tagelang von Butterbroten ernähren konnte, deutlich zuviel. Außerdem nervte die WG. Die einzige Frau war schwanger, und ihre Gemütslage wechselte auf beängstigende Weise. Mit großem Trara setzte sie alle paar Tage den Kindsvater vor die Tür. Schernikau war besorgt wegen der Höhe des Haushaltsgelds, und ihm fehlte die Muße zum Arbeiten. Nichts bewachte er eifersüchtiger als seine Zeit für Lektüre und Schreiben.

Mit dem leicht überforderten Blick aller Erstsemester trabt Schernikau durch die zweckmäßige Architektur der Freien Universität. Zweckmäßig heißt billig, meint Plastikwände und Plastikmöbel. Zweckmäßig bedeutet, sich durch statisch aufgeladene Teppichböden an jeder Türklinke einen kleinen Stromschlag zu holen. Die Studenten haben einen wirkungsvollen Weg gefunden, die Tristesse unsichtbar zu machen: Sie kleistern die grauen Wände mit bunten Flugblättern zu.

Die Perser sind wie immer an vorderster Front, so höflich, so hübsch mit ihren Kohlenaugen. Bis vor einem Jahr haben sie gegen das Schah-Regime gekämpft, nun ist es der aus dem französischen Exil heimgekehrte Schiitenführer Chomeini, gegen dessen Fundamentalismus sie sich wenden. Aber auch die Deutschen sind nicht untätig. Besonders vor den Wahlen zum Studentenausschuss liefern sich diverse Hochschulverbände eine Papierschlacht: Sozialdemokraten gegen Marxisten-Leninisten, die undogmatische Linke gegen beide, und alle gegen den Ring christlich-demokratischer Studenten. Konservative sind hier exotische Gewächse, nicht belächelt, eher verlacht. Der Zeitgeist ist links, warum sonst wäre man nach Berlin an die FU gekommen, die in Westdeutschland als ideologieverseucht gilt und akademisch unterdurchschnittlich.

Schernikau sind die akademischen Weihen schnurz. Er will nicht Lehrer werden wie die Meisten hier, er ist Schriftsteller. Am Studium interessiert ihn die Krankenversicherung, was nicht bedeutet, dass er seine Seminare lasch absolviert. Im Gegenteil: Wenn er mal eben seine Meinung zum deutschen Idealismus kundtut, über Hegel, Schelling und Hölderlin plaudert oder Heinrich Mann gegen Bruder Thomas verteidigt, wissen die Kommilitonen sofort, wer hier *primus inter pares* ist. Gegen einige Versuchung spielt er diese Rolle nicht aus. Den anderen gegenüber gibt er sich freundlich und interessiert, anfangs. Er trifft sich mit ihnen auch außerhalb des Seminars. Zur Bundestagswahl etwa hockt man mit Bier und Cola gemeinsam vor dem Fernseher.

Ronald traut seinen Ohren nicht, als der SPD-Vorsitzende Willy Brandt in einem Interview vehement bestreitet, Helmut Schmidt wolle die soziale Revolution. Ronald lacht schrill und höhnisch auf – wie kann man die soziale Revolution nicht wollen? Doch die Kommilitonen bleiben ungerührt, niemand sonst lacht.

»Die sehen das nur als Kasperletheater«, erzählt er später. »Sie alle wissen, dass sich nichts bewegen wird. Und dass niemand, zwischen denen sie zu wählen haben, etwas bewegen will!« So dauert es nicht lange, bis man von ihm zum Thema Studium nur noch ein verächtliches Schnauben hört.

***

Wann immer der Spielplan es zuließ, kam Thomas zu Besuch, sehnsuchtsvoll erwartet. Dann lagen die beiden auf dem Hochbett, redeten und vögelten um ihr Leben. Zwei talentierte Debütanten gaben sich gegenseitig Halt.

Der Schauspielerei hatte Thomas sich mit vorsichtigen Schritten genähert. Dem Wiener Kleinbürgertum entstammend, versuchte er sich, ganz der brave Sohn, zuerst in den Fächern Theologie und Germanistik. Vater, lebenslang Manager bei Siemens, und Mutter, in der dritten Generation Grundschullehrerin, waren zufrieden: Eine akademische Karriere sollte es schon sein. Nicht umsonst hatten sie bei der Erziehung großen Wert auf Bildung gelegt. Aber Thomas war vom Bühnenvirus infiziert. Schon als Kind regelmäßig ins Theater mitgenommen, entwickelte er ein leidenschaftliches Interesse an der darstellenden Kunst. Die Germanistik und besonders die Theologie mochten durchaus Berührungspunkte aufweisen, aber der junge Idealist setzte alles auf eine Karte und wechselte aufs Schauspielseminar. Nach seinem Abschluss hatte er in Salzburg debütiert. Nun stand die übliche Ochsentour durch die Provinz an.

Zwei junge Männer, eine Konstellation: Der Schauspieler und der Schriftsteller, beide in einer fremden Stadt, beide voller Zuversicht, sich einen Namen zu machen. Herrlich, sich ein Leben in Großbuchstaben zu erträumen.

Eine Geschlechtskrankheit hatte sie zusammengeführt. Im Wartezimmer seines Arztes hatte der unglücklich tropfende Thomas im SPIEGEL geblättert und war dabei auf die Rezension der *Kleinstadtnovelle* gestoßen. Er hatte das Buch gekauft und war begeistert. Daraus musste sich doch etwas machen lassen, eine szenische Lesung oder vielleicht sogar eine Dramatisierung. Flugs schlug er einem Dramaturgen am Oldenburger Theater den Stoff vor. Der Mann war interessiert. Thomas selbst nahm Kontakt zu Schernikau auf, um die Sache zu beschleunigen.

So hatte er also im Herbst 1980 mit Ronald in der WG-Küche gesessen, Kaffee getrunken und fasziniert beobachtet, wie der seinen Kaffeebecher halb mit Kondensmilch füllte und dann seelenruhig fünf Löffel Zucker unterrührte. Was für eine süße Person, war sofort sein erster Gedanke gewesen.

Im Gegensatz zum einladenden Äußeren hatte Ronald sich zunächst unnahbar gegeben. Vielleicht war er nur vorsichtig, wollte sich nicht vorschnell auf Unausgegorenes einlassen. Er klopfte den jungen Österreicher ab, fragte nach Lektüre und Theater, nach politischem und gewerkschaftlichem Engagement. Heimlich führte er seinen kleinen Privattest durch, er nannte es »die einfache Probe«: Frage jemanden nach seinem Ideal und der Wirklichkeit. Spricht er vom Ideal, ist er interessant, fängt er an, über die Wirklichkeit zu lamentieren, kann man ihn vergessen. Also erkundigte er sich diskret nach Thomas' Utopie vom Theater, nach seinen inhaltlichen und ästhetischen Vorstellungen.

Obwohl Ronald distanziert tat, war er angetan, Thomas hatte die Prüfung bestanden. Außerdem passten junge Männer mit breiten Schultern in sein Beuteschema. Zeit für die nächste Stufe. Ronald schlug einen Kinobesuch vor, Fellinis *Stadt der Frauen*. Vor dem Cinéma Paris war es dann passiert. Wie in einem Film, der urplötzlich in Zeitlupe umschlägt, hatte sich ihr Schritt verlangsamt. Regungslos standen sie voreinander. Ihr erster Kuss war selbst eine Filmszene. Mitten auf dem geschäftigen Boulevard stehen sie und sind sich selbst genug. Sogar Berlin spielt brav seine Rolle. Ganz Metropole, die es nicht ist, nimmt es das Spektakel nonchalant hin. Ein amüsiertes Kichern hier und da, ansonsten freundliches Desinteresse. Von hier an ist alles einfach. Von Fellini haben sie nicht allzu viel mitbekommen und gleich nach dem Filmende die weitere Handlung in Ronalds Bett verlegt.

Ab sofort also der romantische Stress einer Fernbeziehung. Anfangs trafen sie sich nur in Berlin. Thomas vermisste die Großstadt. Berlin war gut für ihn. Hier konnte er die aktuellen Inszenierungen sehen, in Ost wie West. Natürlich war Ronald neugierig auf Thomas' Wohnung. Vor allem aber wollte er ihn endlich einmal auf der Bühne erleben.

»Ich freu mich schon so drauf, Mauselchen«, grinste er. »Ich will doch mal dein Bücherregal begutachten!«

»Famos«, sagte Thomas mit seiner besten Schauspielerstimme. »Vielleicht sollte ich dir vorher noch von Fritz erzählen!«

6.

Ellen Schernikau nimmt beim Treppensteigen immer noch zwei Stufen auf einmal. Ihr Bauch, schon deutlich sichtbar, wirkt wie ein kleines Kraftwerk. Handfest war sie schon immer, jetzt scheint ihre Kraft grenzenlos. Sogar Polka hat sie getanzt in ihrem Zustand.

»Schwester Ellen, Sie sollten ständig schwanger sein«, sagen die Kollegen. »Es macht Sie so schön!«

Ellen hat zu tun. Eine imposante Medizinische Akademie mit über tausend Beschäftigten. Vieles ist neu: Sie leitet jetzt eine Station mit vierzig Patienten in der Chirurgie, und man muss sich daran gewöhnen, eine 60 hinter die 19 zu schreiben. Sie ist stolz auf sich, aber es ist auch reichlich Verantwortung für eine junge Frau. Dann die Verpflichtungen, alle mit Kürzel versehen: HGL, AGL, BSG, DSF. Sie sitzt in der »Hochschulgewerkschaftsleitung«, kümmert sich als Vorsitzende der »Abteilungsgewerkschaftsleitung Chirurgie« um Beurteilungen und Prämien. Vergnüglicher schon die »Betriebssportgruppe« und die Mitarbeit in der »Deutsch-Sowjetischen Freundschaft«.

Ellen will mittun. Sie ist stolz auf ihr Parteiabzeichen. Jeden Morgen nimmt sie es vom Kleid des vorherigen Abends und steckt es an ihre Kostümjacke. Wegen seiner ovalen Form nennen alle es nur »Bonbon«. Manchmal fehlt bei einem Kollegen das Abzeichen. Vergessen heute Morgen, heißt es dann. Na, denkt Ellen, wer's glaubt.

Einmal im Monat ist Parteigruppe, nichts Großes, zwei Stunden nur. Schließlich Parteilehrjahr, merkwürdiger Name eigentlich. Ebenfalls zwei Stunden monatlich, offen auch für Nichtgenossen. Sie findet das gut, eine offene Diskussion über Marx und die Religion etwa. »Heute ist wieder Rotlichtbestrahlung«, sagen die ohne Parteiabzeichen, gehen aber trotzdem hin.

Nie hat sie begreifen können, dass Leute an gar nichts denken außer Geld und Karriere. Manchmal spricht sie mit Genossen darüber. Diese Menschen seien noch nicht soweit, heißt es dann, das muss man im Zusammenhang betrachten.

Ellen ist wohl aus der Art geschlagen. Ihre Schwester interessiert sich nicht für Politik, und die Mutter findet, dass

Hitler kein schlechter Mann war. Dann erzählt sie die Geschichte, wie der Führer der kleinen Ellen mal die Hand gegeben hat. Furchtbar findet sie das, peinlich.

Schwanger von Lorenz, schon das ist ein Glück. Jetzt hat sie auch noch eine Betriebswohnung zugeteilt bekommen. Nicht gerade einen Palast, aber endlich kann sie auch mal privat sein. Die Einraumwohnung hat sie mit einem Schrank und einer Wolldecke abgeteilt. Sie schläft auf der Couch. Neben dem Herd wartet schon das Babybett, das Kleine soll es warm haben.

Lorenz freut sich riesig auf sein Kind. Der schönste Mann der Welt, denkt sie, so gewandt, so humorvoll. Und wie er sie anguckt auf diese Art, ihr durchs Haar streicht und »mein Mädel« sagt.

Aber Lorenz ist auch Lorenz. Sie fragt ihn, ob seine Frau von der Schwangerschaft weiß. Ja, ob die es nun glauben will oder nicht. Die Frau wollte Geld von ihm, und er hat gesagt: »Ich habe nichts. Ich muss schließlich meine Kinder ernähren!«

Ehrlich ist er immer gewesen, verletzend ehrlich. Hochschwanger will Ellen ihn im Laden besuchen, doch er schickt sie weg. Zuerst denkt sie, ein Kunde, ein Geschäftsfreund. Er schwimmt und rückt dann raus damit: Da war so eine, war so niedlich, da will er mal hin … Er weiß, dass er ihr weh tut. So ist er nun mal. Das wird schon, glaubt sie. Das Kind und er und ich. Sie geht nach Hause.

***

An einem Montag dann endlich das Kleine, ein Junge, alles dran. Es ist einundzwanzig Uhr siebenundvierzig. Um zwei hatte man sie in den Kreißsaal geschoben. Zwei Frauen kamen nach ihr und waren vor ihr fertig. Aber es ist ja ihr erstes. Lorenz ruft immer wieder an, muss er eben warten. Später darf er kommen und überreicht einen Nelkenstrauß. Am Telefon hatte man ihm keine Auskunft geben wollen, ob es ein Junge oder Mädchen ist. Am nächsten Tag wird er wieder Blumen mitbringen, diesmal Rosen. Es ist schließlich ein Junge! Dann das obligatorische Foto. Der Kleine döst in ihrem Arm, er sitzt daneben. Eine richtige Familie. Sie lächelt, Lorenz strahlt.

Nach der Entlassung aus der Klinik hat Ellen acht Wochen Mutterschutz. Herrlich, eine eigene Wohnung und der Kleine. Der hat jetzt auch einen Namen: Ronald. Ihr Klavierlehrer vor allerlei Jahren hatte einen Sohn namens Ronald. Den hatte sie noch nie gehört. Etwas unüblich, aber schön. Das findet Lorenz auch.

Lorenz gibt noch etwas mehr hinzu als seinen Samen: Die Anfangsbuchstaben von Ronald und Lorenz zusammengezogen ergibt Rolo. So werden sie ihn nennen und er sich.

Lorenz kommt vorbei, so oft er kann. Noch ist er bei seiner Frau gemeldet. Er kann nicht einfach in eine neue Wohnung, die wird zugeteilt – und dafür müsste er sich erst scheiden lassen. Trotzdem sind sie eine kleine Familie, fast. Dem Baby geht es gut, Lorenz ist da, und es ist Sommer. Es wäre schön, sich nur um das Wurm kümmern zu können, aber sie muss ja arbeiten. Und wie eine Glucke zu Hause zu sitzen wäre auch nicht ihre Sache. Also geht sie nach acht Wochen wieder auf Station. Ronald kommt in die Betriebskrippe mit Rund-um-die-Uhr-Betreuung. Die Krippe ist auf dem Klinikgelände, zehn Minuten braucht sie bis dorthin, wenn sie zum Stillen geht. Die zählen mit zur Arbeitszeit, das ist gesetzlich geregelt.

Eines Abends, Rolo ist gerade drei Monate, kommt Lorenz vorbei. War gar nicht abgesprochen. Lorenz schaut auf seinen Sohn, der ruhig im Bettchen schläft. Dann ein Blick zu Ellen, ganz fremd.

»Was ist los mit dir?«, fragt Ellen.

Es gab ein Treffen mit Briefmarkenhändlern in Cottbus, und er hat hinter vorgehaltener Hand einen Tipp gekriegt. Die Steuerprüfung, jetzt sind gerade die Briefmarken dran. Lorenz hat seine Bücher nicht korrekt geführt. Es wird auffallen. Er muss weg.

Ellen ist zu verwirrt, um entsetzt zu sein. Das geht doch nicht. Sie muss etwas missverstanden haben.

»Die Bücher sind ein Witz«, sagt Lorenz. »Ich gehe in den Westen!«

Und wenn er sich stellt?

»Dann bin ich dran. Die stecken mich in den Bau!«

Also keine Wahl, so oder so ist er weg.

Er gibt ihr ein paar Alben mit wertvollen Marken zum Verscherbeln. Ellen kann gar nicht denken. Zu viele Fragen auf einmal. Soll sie mit ihm gehen? Sie kennt niemanden im Westen, er eigentlich auch nicht. Und was ist mit Arbeit? Hier geht es ihr gut. Freunde, Familie, Klinik – alles da. Und das Baby ein Vierteljahr erst. Meine Güte.

Ellen bringt ihn zur Straßenbahn, ein Auto hat er nicht. Die besten Alben, ein paar persönliche Sachen, viel ist es nicht. Es wird eine kurze Verabschiedung. Sie klammern sich aneinander.

Lorenz sagt: »Ich hole euch nach!«

7.

Ronald, die Sau. Wettet, dass sich im Bücherregal von Thomas »mit absoluter Sicherheit« Werke von Hermann Hesse finden. Hesse und Schernikau, das ist wie FAZ und taz.

Ich finde das schuftig, muss aber grinsen: »Was ist los, Roni? Bist doch sonst nicht so gehässig?«

»Erstens ist es wahr, wirst sehen, und zweitens fahre ich ja nicht nach Oldenburg, um recht zu behalten.«

Wenn Ronald mich besuchte, dauerte es nie lange, bis er ans Kopfende meines Bettes ging und meine Lektüre zur Hand nahm. Er kommentierte selten, aber wenn ich eine leicht hochgezogene Augenbraue sah, wusste ich, es handelte sich um einen der angelsächsischen Autoren, die ich so mochte. Britische Schriftsteller gingen noch, von den Amerikanern hielt er nichts. Die hatten »keine Klassiker«, basta.

Kein Wunder also, dass die Hesse-Frage ihn beschäftigte. Aber da war noch etwas anderes. Über ihm schwebte eine Zorneswolke. Ich hatte schon bemerkt, wie zugeknöpft er häufig in Gefühlsdingen war, probierte es aber trotzdem, subtil wie immer.

»Is' was?«

»Nö.«

»Ronald, ich höre!!!«

Er drehte sich Verlegenheitslocken ins Haar. Dann platzte er raus: »Fritz, das Fladengesicht! Die Schlampe, mit der Thomas seit Jahren was hat!«

»Ja und?« Ich war erstaunt. Fast alle von uns hatten mehrere Beziehungen von unterschiedlicher Intensität. »Du fickst doch auch rum, warum soll Thomas das nicht dürfen?«

»Es geht nicht ums Ficken, sondern um unsere Beziehung. Aber das werde ich am Samstag schon klären!«

Das klang nicht nach Wochenend und Sonnenschein. Thomas hatte ihm verboten, nach Oldenburg zu kommen. Er stehe vor eine Premiere und müsse Text lernen. »Text lernen, ja?«, höhnte Ronald. »Mit einem Schwanz im Mund, oder was?!« Ich verkniff mir ein Lachen, als ich seine bittere Miene sah. Dieses vehemente Festhalten am Glück zu zweit war erstaunlich unzeitgemäß.

»Aber weißt du was: In Wirklichkeit besucht ihn dieser Wiener Schauspielschüler!« Er betonte das Wort auf den letzten beiden Silben. »Und ich fahre doch!«

»Tu das nicht«, sagte ich.

***

Ronald ist ebenso neugierig wie eifersüchtig auf das Leben, das Thomas ohne ihn führt. Oldenburg ist eine typische deutsche Provinzstadt mit Schloss, Fachwerkhäusern und ein paar hübschen klassizistischen Gebäuden. Hier ist so wenig los, dass das Fremdenverkehrsamt mit dem einheimischen Buchhändler werben muss, der die Ansichtskarte erfunden hat. Und mit der ältesten bestehenden Sparkasse der Welt. Nicht gerade süffige Gründe, warum ein junger Schauspieler sich hier wohl fühlen soll. Thomas wohnt in einem charakterlosen Neubau. Auf dem Klingeltableau sucht Ronald seinen Namen.

»Keck!«

»Ich bin's, Ronald.«

Unheilvolle Pause. Dann: »Ich habe dich mehrmals gebeten, nicht zu kommen. Ich habe zu tun. Geh weg.«

Ein elektronisches Knacken. Thomas hat den Hörer der Gegensprechanlage aufgelegt. Na gut, Ronald klingelt Sturm, wütend, verzweifelt. Keine Reaktion. Thomas kann stur sein, das weiß er. Also versucht er es mit anderen Klingelknöpfen, so lange, bis ihm jemand aufmacht. An der Wohnungstür dann die gleiche Show: Dringliches Läuten, trommelnde Fäuste.

»Lass mich sofort rein«, brüllt er und legt noch einen Zahn zu.

»Jetzt ist Schluss!«, tönt es durch die geschlossene Tür. »Ich lasse mich nicht erpressen! Hau ab!«

Schernikau sieht rot. Vollkommen außer sich, beginnt er wild gegen die Tür zu treten.

»Du Sau, du blöde scheiße Sau!«

Die ersten Splitter krachen aus dem Holz. Wohnungstüren werden geöffnet, Gesichter schieben sich verstohlen aus dem Türrahmen. Gerade als Ronald noch einmal kräftig mit dem Fuß ausholt, öffnet Thomas die Tür. Der Krach, die Nachbarn, die Peinlichkeit – Thomas ist der Vernünftige. Aber auch der Verlierer. Ronald hatte einen Kampf gewonnen und den Krieg. Jetzt weiß er, wie es geht.

Kopf an Kopf stehen sie sich im Junggesellenapartment gegenüber, sprachlos vor Zorn. Ein Zimmer, ein fensterloses Bad, immerhin ein Balkon. Auf dem Boden zwei Matratzen, das übliche Billy-Regal, keine Bilder. An der Wand ein großer Bogen Packpapier mit aufgeklebten Zitaten. Ronald steht verheult im Zimmer, Rotz im Gesicht. Auf dem mit Nessel bedeckten Tapetentisch entdeckt er die Strichfassung des Stückes, in dem Thomas gerade spielt. Von Fritz keine Spur.

»Was bildest du dir ein«, brüllt Thomas. Es ist keine Frage.

Bis zum Ende wird das so gehen. Ronald will Thomas. Er will diese Liebe beherrschen wie einen Text.

Wenige Tage später wird er die Arbeit an seinem zweiten Buch unterbrechen und eine Selbsttherapie versuchen: *fritz, liebesfilm*, der bitterböse Ausdruck seiner Gefühlslage. Klug genug, um zu wissen, dass therapeutische Sitzungen vertraulich sind, bleibt der Text unveröffentlicht.

Ronald ist »franz«, Thomas »paul«. Das restliche Personal wird bei den Echtnamen genannt, inklusive Fritz. Das Manuskript ist ganz nah an den Geschehnissen, aber auch Kunstwelt, Pamphlet, eine Abrechnung.

Schernikau stellt die Hauptpersonen vor und wird deutlich. Sein Alter Ego ist Sänger, nicht Autor, ansonsten aber mehr als kenntlich:

»f hat lange, gemachte eingedrehte rot gefärbte Haare, mit denen er sehr aufmerksam ist. er trägt meistens weiße sachen, jedenfalls ausgesuchtes. er ist jemand, der kein image braucht, weil er eins ist. er hat sich einen traum erfüllt (umjubelt werden) und kämpft um ihn, als er merkt, dass er das muss.« Thomas gibt den »paul«, »unbedarft aber klug«. Er wirkt wie ein Alternativer, »ist aber keiner. er wirkt eher männlich. p ist scheinbar weniger spontan, sein gucken ist ruhiger, er scheint weniger leicht zu verunsichern. als er merkt, dass sicherheit auch hindern kann, versucht er f in seine sicherheit reinzuziehn. die leute die er kennt, sind normal. beides, normalsein und rumflippen, sind für jeweils den anderen ungewöhnlich.«

Da stehen sie also, ratlos und abgekämpft im Oldenburger Neubau, der endlich auch seinen Skandal hat. Das aufgeklappte Rollenbuch setzt Ronald ins Unrecht. Dann entdeckt er auf dem Tisch einen Brief. Ohne Scham reißt er ihn an sich. »Zwerglein« lautet die Anrede, der Kosename von Fritz für Thomas.

»liebstes allerliebstes zwerglein, du mein wichtigstes sein. ich hab dich so unheimlich lieb, wie es überhaupt kein brecht ausdrücken kann.. (...) jetzt weiß ich, dass das die einzige existenzangst ist, die es für mich gibt, nämlich die angst, ohne dich leben zu müssen (abblende).«

Gift schießt durch seinen Körper. Kopflos rennt er ins Badezimmer. Dort sieht er die Fotos. Aufgereiht wie Beweisstücke hängen sie an einer Wäscheleine. Thomas und Fritz in Finnland. Thomas hatte die Fotos selbst entwickelt und zum Trocknen aufgehängt. Sie zeigen ein Paar, das sich lange kennt, zufrieden herumalbernd, die Gesten mühelos. Ronald greift sich die Fotos, reißt sie in tausend Stücke. Er stürzt zurück ins Zimmer, planlos, die Fetzen in der Hand. Dann sieht er einen Kessel mit Porree-Eintopf auf dem Herd und rührt mit grimmiger Entschlossenheit sämtliche Schnipsel unter.

»ich werde hinfahrn. ich werd ihn fragen wie er dazu kommt. was er sich einbildet. was ich mir. wie das passieren konnte. ob er dich freigibt. ob du frei bist. bist du frei, sag nichts. ich werde ihn kennenlernen. ich werde alles klären. ich werde klagen. ich werde ihm geld geben. schweigegeld. loslassgeld. ich werde weinen. ich werde kekse essen. ich werde ihm prospekte von klöstern mitbringen. ich werde ihm eine telefonnummer in casablanca dalassen.«

Ronald sackt auf einen Stuhl und verstummt. Immer wenn die Worte nicht reichen, wird er stumm. Kein Kontakt. Thomas will sprechen. Er weigert sich zu wählen, fühlt sich nicht frei von Fritz, den er seit Jahren kennt. Sie machen es wie die meisten Paare, gehen ins Bett und vögeln sich die Seele aus dem Leib ohne ein Wort.

In der Nacht steht Ronald auf, geht zum Bücherregal und entdeckt mehrere Bände von Hermann Hesse.

8.

Während Ronald noch für die ungeteilte Liebe kämpfte, waren wir restlichen Sterblichen pragmatischer geworden. Die Gebote der Siebziger lagen hinter uns. Damals war eine Zweierbeziehung genauso verpönt gewesen wie Eifersucht. Nun machten wir es wie mit den meisten anderen Moden dieser Zeit: Wir schmissen sie über Bord. Wer eine Zweierbeziehung wollte, sollte sie haben. Wer sich als sexueller Landstreicher wohl fühlte, durfte auch das. Die Erfahrung der Siebziger hatten uns gelehrt, nicht alle Menschen in ein ideologisches Korsett aus Gesellschaftskritik, Sozialismus und Psychoanalyse zu pressen. Manche waren eifersüchtig, andere nicht. So einfach war das. Wir hörten auf, einem liebeskranken Freund vorzuwerfen, er leide an »bourgeoiser Besitzstandswahrung«. Die Achtundsechziger, die den Muff der Nachkriegsgesellschaft vertreiben wollten, hatten sich mir ihren Verhaltensregeln selbst in Gewahrsam genommen. Damit musste Schluss sein.

Auch optisch hatten die Achtziger begonnen. Uli schnitt seine langen Haare ab. Er trug jetzt eine lustige Igelfrisur. Das gefiel mir, und ich opferte meine goldenen Locken, die von der Firma Clairol stammten. Zum ersten Mal seit fünfzehn Jahren hatte ich kurze Haare. Ziemlich gewöhnungsbedürftig, denn man konnte sich nicht mehr hinter der Matte verstecken. Als nächstes verschwanden die Hippieklamotten. In Second-Hand-Läden besorgten wir uns schwarze Stoffhosen, spitze Schuhe, weiße oder graue Hemden. Sogar Krawatten. Vor einem Jahr noch wären wir dafür erschossen worden.

Ich fand es herrlich. Wir wußten noch nicht, wie zweischneidig die neue Kleiderordnung war. Man war deutlich New Wave, die modische Variante des Punk. Aber ein Waver musste nur das Gel aus den hochstehenden Haaren waschen und sich einen Scheitel ziehen, um fit für die Arbeitsstelle in der Stadtsparkasse zu sein. Von New Wave zu Boss war es nur ein kleiner Schritt. Wer heute auf die Idee kam, Bars mit Musiktapes von angesagten elektronischen Bands zu versorgen, arbeitete morgen an der Börse.

***

Angefeuert durch die Mission, etwas für »die Bewegung« zu tun, arbeitete ich wie entfesselt an unserem Buch. Kraushaar mochte meine Texte, was ich von seinen nicht gerade behaupten konnte. Das lag daran, dass es keine gab. Kraushaar und ich waren in puncto Arbeitsmoral wie Nord- und Südpol. Ich hatte meinen Teil schon zwei Monate vor Abgabe fertig. Er schrieb noch im Zug sein letztes Kapitel, neben sich den Manuskriptstapel, den er zum Rowohlt Verlag bringen sollte. Er brauchte Druck und Drama, ich meinen Seelenfrieden.

Unser Interview mit Ronald war hübsch geworden. Die Überschrift stammte aus einer verkicherten Bemerkung während des Gesprächs: »Ich bin die Milva der deutschen Literatur – es weiß nur noch keiner.« Er erzählte von seiner Schulzeit und warum Literatur sein Rettungsanker war.

»Ich fühlte mich sauschlecht. Das waren Erfahrungen von etwas ganz Unerträglichem, bis zum Schluss, bis zu den letzten Minuten, die ich in der Schule sein musste. Ich habe Schule und Lehrer und Mitschüler immer als sehr schlimm in Erinnerung. Es gab also die Außenwelt, und zu Hause die Welt in den Büchern.«

Das Milvahafte, die Verbindung von Sentiment und Politik, spiegelte sich deutlich in seiner Lektüre: Mit Büchern wolle er sich wohl fühlen, da sei er ganz altmodisch, aber dieses Grundmuster könne auf unterschiedliche Art erfüllt werden. Sein Spektrum reichte von Illustrierten mit sehr bunten Bildern bis hin zu Lehrbüchern über den dialektischen und historischen Materialismus.

»So etwas habe ich schon mit vierzehn gelesen«, gab er kopfschüttelnd zu. Große Kenntnisse über den Materialismus, aber keine Ahnung, warum Mutter soviel Miete bezahlt. »Völlig verrückt, oder!?«

Grundzüge seiner Poetik hatte er schon klar herausgearbeitet: Literatur, die nur den Spiegel vorhält, fand er sehr schonungs- und ebenso wirkungslos. Sicher hatte es vielversprechend angefangen, der Welt zu zeigen, wie sie sei, aber inzwischen zeige sie sich so kaputt, dass ihre Beschreibung nur noch selbstmitleidig mache. »Der Spiegel ist nicht mehr schrecklich, er ist nur noch wahr!«

Als Mitglied der Sozialistischen Einheitspartei Westberlin gehörte er zu einer aussterbenden Spezies, und genau das interessierte uns.

»Das ist etwas, das ich ganz für mich will. Ich glaube auch, man kann in einer kommunistischen Partei nur mit einer gehörigen Portion Egoismus sein. Ich glaube niemandem, der sagt, er ist drin, weil er von sich absieht. Ich will etwas und glaube, dass ich das nur als Mitglied dieser Partei verwirklichen kann. Das hat wenig damit zu tun, wie meine konkrete Situation in dieser Partei aussieht.«

Und wie sieht die aus?

»Ich bin ja nicht in dieser Partei, weil ich mit den Leuten so gut auskomme oder weil ich so gerne auf die Massenveranstaltungen gehe – also all das beileibe nicht. Sondern weil ich den Umstand, dass ich will, dass mir Thomas in einem Lokal in den Mantel hilft, nur aushalte, wenn ich gleichzeitig Mitglied der Kommunistischen Partei bin.«

Obwohl er freundlich war und sich geduldig erklärte, fühlten viele Leser sich durch dieses Interview provoziert. Er eckte mal wieder an. »Politischer Wirrkopf« oder »vollkommen Verrückter« waren noch die schmeichelhaftesten Bezeichnungen.

Ronald war nicht nur ein untypisches SEW-Mitglied, er sah auch so aus. Und er legte Wert darauf. Der Fototermin mit ihm war die Hölle. Er hatte genaue Vorstellungen davon, wie sein Porträt auszusehen habe, und kam gut vorbereitet ins Studio. Alles musste weiß sein, Hintergrund und Kleidung. Nur Kopf und Hände sollten wirken. Die Haare waren frisch getönt und schimmerten rötlich. An schwarzem Kajal um die Augen hatte er nicht gespart. Es gab ihm einen Hauch von Greta Garbo, zu ihrer Stummfilmzeit. Leider war er nicht die Garbo, sonst hätte er die selbstgestellte Aufgabe leicht erfüllt: Eine einzige Träne sollte über seine Wange laufen, eine Reminiszenz an das berühmte Tränenfoto von Man Ray.

Doch keine Träne wollte fließen. Auch für diesen Fall hatte er vorgesorgt. Er kramte eine Zwiebel aus der Tasche, schnitt sie auf und hielt sie sich unter die Augen. Immer noch Sahara. Das Studio stank nach Zwiebel, Kraushaar und ich schluckten Bemerkungen runter, und auch der geduldige Fotograf übte sich in genau dieser Tugend der Liebenswürdigkeit. Nichts half. Monsieur saß auf dem Trockenen. Fast hätte er die Session abgebrochen, so schwer konnte er sich von der fehlenden Träne trennen. Nur unsere Drohung, im Zweifelsfall das Interview ohne sein Foto zu drucken, ließ ihn einlenken. Künstlich sollte die Inszenierung wirken, kalt, abweisend und dadurch lächerlich. So sagte er jedenfalls. Ich glaubte ihm kein Wort. Er wollte einfach ein erlesenes, stilvolles Porträt. Und von wegen kalt und lächerlich: Die Serie gehört zu den schönsten Fotos, die je von ihm gemacht wurden.

Geschafft in jeder Hinsicht. Bis auf ein Detail, das ihn fast das Interview zurückziehen ließ. Er bestand darauf, den Text in Kleinschreibung gedruckt zu sehen, sein Erkennungszeichen. Jetzt wurden wir bockig. Das war unser Buch und unsere Schreibweise. Eine nicht hohe Anzahl an Wörtern musste gewechselt werden, bis Ronald einverstanden war, murrend und eingeschnappt.

Seine geliebte Kleinschreibung war schon lange ein Streitpunkt zwischen uns. Ich hielt sie nicht nur für affig, sondern fand sie unpraktisch, eine Zumutung. Sogar Satzanfänge schrieb er klein, was die Orientierung im Text ungeheuer erschwerte. Offiziell gab er an, die sogenannten Hauptwörter könnten nicht das Interesse für sich beanspruchen, das man ihnen so unermüdlich entgegenbrächte. Großartige Begründung, aber im Vertrauen gestand er mir, dass er auf diese Art einfach schneller tippen konnte. Unser Streitpunkt blieb, die Kleinschreibung auch.

***

Unser neuer Freund konnte so empfindlich sein wie eine Orchidee, aber meist war er schlicht ein guter Kumpel. Wir sahen ihn gern bei uns in der Wohngemeinschaft. Wenn er zu einem unserer Essen stieß, gab er den Sonnenschein, lachte viel und mochte schlechte Witze, die er noch schlechter erzählte. »Kommt 'ne Frau zum Arzt: Herr Doktor, Herr Doktor! Ich bin schon seit drei Jahren verheiratet, und es klappt immer noch nicht mit dem Kinderkriegen! Sagt der Arzt: Na, dann zeigen Sie mal Ihr Geschlechtsteil! – Öffnet die Frau den Mund und macht: Aah!« Bei uns wurde fast täglich gekocht, und die Freunde wussten das. Wer Hunger hatte, kein Geld oder beides, kam einfach vorbei. Weiß der Teufel, was man uns ins Trinkwasser getan hatte, aber es gab nie den legendären Streit um Einkaufen, Kochen und Saubermachen. Wir hatten genug vom »Ausdiskutieren«. Ein Abwasch war schneller erledigt als die Diskussion darüber.

Zum Essen oder danach bevölkerte eine bunte Menagerie unsere Räume. Da waren Filmvorführer und Filmemacher, Journalisten und Buchhändler, Taxifahrer und Taugenichtse. Der Friseur, der zu uns ins Haus kam, trug Rastalocken bis an die Kniekehlen, war aber in Wirklichkeit, wie jeder Zweite in Berlin, Musiker. Er hatte den reizenden Song »Geil in Magdeburg« geschrieben. Es gab eine türkische Jazzsängerin, einen Stricher mit Hollywoodgesicht und einen Mann namens Doris. Die Krönung war ein blitzgescheiter Liechtensteiner, Spross einer millionenschweren Dynastie, der das Gesicht eines sechsjährigen Kinderschänders hatte. Er schrieb philosophische Bücher und dealte mit Haschisch.

Gegen Mitternacht rüschten wir uns auf – »Wer hat die Two-Tone-Jacke gesehen?« –, und ab ins Vergnügen. Erster Einsatzort war die Gigolo-Bar, ein winziger Raum mit ovalem Tresen und vier Liliputanertischen. Man saß rund um die Bar und schaute Boris zu, dem besten Barkeeper der Welt. Er wusste stets, wann er reden oder einen in Ruhe lassen musste, hatte ein freundliches Wort oder einen dreckigen Witz genau dann parat, wenn man es brauchte. Und er war freigiebig. Unser schmales Budget dankte es ihm.

Attraktion des Ladens waren die Pornofilme. Auf dem Tresen knatterte ein seniler Super-8-Projektor und warf tiefschürfende Tatsachen auf die Leinwand. In regelmäßigen Abständen schmorte der Film durch. Großes Gejohle wie im Klassenzimmer. Boris schnitt die Stelle säuberlich raus und klebte die Enden mit Tesafilm zusammen. So entstanden recht eigenartige Filmkunstwerke, eher experimentell als erregend. Aber sehr lustig.

Die Musikauswahl von Style Council bis Elvis Costello war ungewöhnlich gut und das Publikum äußerst gemischt. Der brave Familienvater, der Punk, der Gymnasiast mit Dauererektion, sie waren alle da. Manchmal verirrten sich ältere Touristen in die Bar. Wir forderten Boris dann auf, die armen Leute darüber aufzuklären, wo sie gelandet waren.

»Mensch Kinners«, sagte der vergnügt, »lasst die doch auch mal was erleben!«

Und wirklich: Mama, Papa, Onkel und Tante fühlten sich pudelwohl und erzählten sich aufgeregt schon mal probeweise, was sie zu Hause alles zu berichten hätten. Die Herren tranken viel Bier gegen ihre roten Ohren, während die Damen verträumt die turnerischen Fähigkeiten der Pornodarsteller bewunderten.

Die Berliner Nächte waren ein Gegenentwurf zum Tag. Hast und Effizienz machten einem lässigen Abwarten Platz. Ein Ausgehprofi musste nichts tun, er ließ geschehen, eine Art Flanieren im Sitzen. Die Gigolo-Bar war die Kehrseite bürgerlicher Wohlanständigkeit, auch wenn hier so mancher Biedermann verkehrte. Die schienen die Gerüche der Nacht besonders intensiv aufzusaugen. Ausdünstungen begehrender Körper, dazu Rauch, Bierdunst, hoffnungsvolle Parfümverschwendung und der Angstschweiß der Hässlichen. Das Rotlicht, die Drinks und die Verlockungen brachten im Personal der nächtlichen Inszenierung andere Saiten zum Klingen: Manche wurden depressiv und weinten, brave Ehemänner entpuppten sich als Lustmolche, und schöne Callboys gestanden nach dem fünften Ouzo ihre Liebe zu den Werken von Robert Musil.

Glücklicherweise spielten Drogen noch keine Hauptrolle. Gekifft wurde gerne und öffentlich, das war gemütlich. Manchmal gab es ein wenig Koks bei den Waschgelegenheiten, doch Kokain war sehr teuer, Extasy und Crystal Meth noch nicht in Umlauf. Das ersparte uns das hirnlose Rumrennen, die chemische, unvernünftige Geilheit, die Jahre später die Nächte prägen sollte.

Gegen drei war es Zeit, die anderen Läden zu inspizieren. Nun war freie Bahn für die Experten. Wir gingen ins Fugger-Eck mit dem reservierten Tisch für den Kritiker Friedrich Luft, ins Pussycat mit seinen nächtlichen Beziehungsdramen zwischen Schwulen und Lesben. Das Blueboy hatte eine hysterisch geschmacklose Musikbox zu bieten, im Querelle war man schön und eiskalt, und Tom's bot ein unterirdisches Labyrinth für den schnellen Sex zwischendurch.

Meist trafen wir Freunde, oft neue Bekannte. Man fiel aus der Zeit. Ab einem gewissen Zeitpunkt war noch das absonderlichste Verhalten ganz selbstverständlich. Der splitternackte Mann auf dem Barhocker, der ungerührt eine Bulette aß. Der zutrauliche heterosexuelle Zuhälter, der hochinteressant von seinem Beruf erzählte und tatsächlich mehrere fette Goldketten über haariger Brust trug.

Weltweites Erkennungszeichen der Schwulenbars ist die Klassenlosigkeit. Beruf, Status, soziale Herkunft spielen eine untergeordnete Rolle. Die Hautfarbe meist auch. Es finden sich immer Liebhaber von Schwarzen, Latinos, Asiaten oder Bayern. Manchmal macht die Hautfarbe den größten Teil der Attraktion aus, ein eigenartig spiegelverkehrter Rassismus. Fast demokratisch ist diese kleine Welt im Unterschied zu den Hierarchien des Tages. Eine Währung allerdings zählt doppelt: Jugend. Aber die hatten wir ja, darüber brauchten wir nicht nachzudenken.

Das nächtliche Angebot war, was Berlin so gern sein wollte und stets verfehlte: Weltklasse. Es gab Läden für Junge und Alte, politische Aktivisten und Discomäuse. Ledermänner, Tunten, Stricher, Freier, Vorstadtschwule und Citybewohner. Der Hohenzollerndamm hatte sogar eine öffentliche Bedürfnisanstalt zur Kontaktanbahnung, die »Inti-Klappe« genannt wurde, der Treffpunkt der Intellektuellen. Wir hüpften gut gelaunt über die Kästchen hinweg, waren genauso bei den Ledermännern zu Hause wie im plüschigen Pussycat. Dort konnte ich nie zur Toilette gehen, ohne aufdringlich mit meiner Vergangenheit konfrontiert zu werden. Zwischen die Blüten der Rosentapete hatte ein Exfreund Hunderte Male »Helmut, ich liebe dich« geschrieben. Noch Jahre später, als dieser Helmut schon lange tot war, fand sich hier sein Epitaph.

Schernikau war kein Ausgehprofi, ließ sich aber gerne zu einem Zug durch die Gemeinde überreden. »Es gibt zwei Milliarden Männer auf der Welt«, sagte er. »Packen wir's an.«

Er mochte männliche Männer, schaute gern kräftigen Prolls hinterher. Manchmal schnitt er aus ostdeutschen Sportzeitschriften Fotos von jungen Kraftsportlern aus. Das war neu: Man hörte davon, dass Bodybuilder in den USA das Image der Lächerlichkeit abgestreift und einen neuen Trend kreiert hätten. Fitness-Studios schössen dort wie Pilze aus dem Boden. Die Siebziger mit ihren langen Haaren und den schlanken Körpern hatten die Androgynität gefeiert. Auch jetzt kannten wir nicht eine einzige Person, die Sport machte. Hätte uns jemand gesagt, er stemme Gewichte, wir hätten ihn für pervers gehalten. Langsam aber sollte das Zeitalter von Bizeps, Trizeps und Pectoralmuskeln anbrechen.

Selbst gertenschlank und biegsam, waren Ronald und ich eines Nachts einem braven Angestellten mit dem Körper eines Gladiators begegnet. Ronald legte sich mächtig ins Zeug und verschwand nach einer Weile satt grinsend mit dem Muskelmann. Einige Tage später traf ich die Sportskanone zufällig wieder. Wir tranken etwas zusammen, und er erzählte, dass die Vervollkommnung des Körpers seine ganz private Obsession sei. Er liebe die kontemplative Ruhe der Übungssätze, das einsame, narzisstische Training vor dem Spiegel. Sexuell bevorzuge er große dünne Männer wie Ronald. Und mich.

Es wurde eine merkwürdige Nacht, die Diskrepanz zwischen zartem Gemüt und martialischem Körper. Nicht unangenehm, aber fremd. Wie Bergsteigen. Ich hatte das Gefühl, diesen Körper nicht wirklich berühren zu können, abzuprallen an einem Panzer unnützer Männlichkeit.

9.

Kraushaar und Frings – wir nannten uns nur beim Nachnamen – zählten zur »Bewegung«. Kraushaar war in den Siebzigern Mitglied der HAW gewesen, der Homosexuellen Aktion Westberlin. Anfangs hatten sich etwa fünfzig Männer getroffen, um eine Grundsatzerklärung zu verfassen. Ziel war die »massenhafte« Organisierung im Kampf um die rechtliche und soziale Gleichstellung in einer sozialistischen Gesellschaft. Die Mitglieder, fast ausschließlich Studenten, sahen die Unterdrückung der Homosexuellen nur als Spezialfall der allgemeinen Unterdrückung – das war der Standardsatz. Den konnte jeder auswendig.

Emanzipation war im Zusammenhang mit der Unterdrückung der Frauen zu diskutieren. Dazu kamen ökonomische, juristische und staatstheoretische Fragen, kurz: Es ging um die Verfasstheit der Gesellschaft. Ganz bescheiden, dieser Anspruch, der sich natürlich nicht einlösen ließ. So beschloss man, sich zuerst an einer vorläufigen Grundsatzerklärung abzuarbeiten. Unzählige Seiten Gesellschaftstheorie wurden diskutiert, verfasst und verabschiedet. Eine endgültige Grundsatzerklärung hat es nie gegeben. Dennoch entwickelte sich aus der HAW das erste selbstverwaltete Schwulenzentrum, eine Zeitschrift, ein Verlag und der Buchladen Prinz Eisenherz.

Die meisten Mitglieder waren aus anderen politischen Zusammenhängen gekommen. Sie hatten die Strategie verfolgt, bei Bündnispartnern das schwule Emanzipationsmoment einzubringen. Das war nicht immer von Erfolg gekrönt. Die sozialistischen Gruppierungen sahen Homosexualität als »Nebenwiderspruch«. Die entwickelte sozialistische Persönlichkeit war schlicht nicht schwul. Die DKP grenzte zwar Schwule und Lesben aus ihren Reihen aus, diskutierte aber trotzdem, wie man deren emanzipatives Potential nutzen konnte. Die Schwulen ihrerseits fragten sich, wie man ein Leben als Nebenwiderspruch leben solle und beschlossen nach und nach, auf Demos nicht weiter bei DKP, KPD oder GEW zu marschieren, sondern sich in einem eigenen Block zu organisieren. Von nun an gab es schwule Linke und linke Schwule.

Kraushaar und ich beschränkten uns nicht auf unseren rosa Winkel. Wir waren geprägt von den Vorkommnissen des Deutschen Herbstes, wo der Staat als Reaktion auf die RAF-Anschläge, Entführungen und Ermordungen jedes Maß vergessen und faschistoide Züge angenommen hatte. Die damals eingeführte Rasterfahndung und die Denunziation als »Sympathisant« eines jeden, der die polizeistaatlichen Methoden kritisierte, hatten uns aufgeschreckt. Und wie sollte man auf eine Sozialdemokratie setzen, die ausgerechnet unter Willy Brandt die unsäglichen Berufsverbote eingeführt hatte? Dazu kamen der Atomstreit, Fragen der Abrüstung und Friedenssicherung. Im Spätsommer 1981 marschierte ich auf der großen Demonstration gegen Aufrüstung mit einer halben Million Menschen durch den Bonner Hofgarten. Die Polizei sprach von dreihunderttausend. Ich war tief berührt, besonders, weil sich hier nicht nur Studenten trafen. Viele ältere Bürger nahmen teil und sogar die »Masse der Arbeiter«, die die Achtundsechziger so erfolglos hatten beglücken wollen.

Wir brauchten allerdings nicht nach Bonn zu pilgern, um Politik hautnah zu erleben. In Berlin herrschte beinharter Häuserkampf. Wohnungen waren ebenso begehrt wie rar. Die Inselbewohner hatten keine Alternative, man konnte nicht einfach ins Umland ziehen. Ein Fest für Spekulanten. Nach der brachialen Abrisspolitik der Siebziger stellte man nun in den übriggebliebenen Altbauten künstlich Leerstand her. Schöne Gründerzeithäuser verfielen. Dann kamen Abriss und gewinnbringende Neubauten. Berlin war in Gefahr, sein Gesicht zu verlieren. Und wo keine Abrissbirne wütete, wurde luxusmodernisiert. Beides mit gleichem Ergebnis: Die alten Mieter mussten raus.

Die Politik deckte nicht nur diese Praktiken, sie mischte kräftig mit. Das Wort von der »Filzokratie« machte die Runde, die Allianz von regierender SPD, öffentlichem Dienst, landeseigenen Unternehmen und bevorzugten Architekten und Bauträgern.

Dagegen hatte sich Widerstand gebildet, pragmatischer und wirkungsvoller als bei den Prinzipienreitern der Studentenbewegung. Im Sommer 1981 waren schon 169 Häuser besetzt. Selbst der Schultheiss-Berliner, benannt nach dem zweitschlechtesten Bier der Stadt, konnte diesen Protest verstehen. Es ging auch um seine Altbauwohnung mit den hohen Decken und der bezahlbaren Miete. Zwar versuchte die Springer-Presse wie gehabt, die Hausbesetzer als »Terroristen« und »Chaoten« zu diffamieren, aber als im September der Demonstrant Klaus-Jürgen Rattay von einem BVG-Bus überfahren und getötet wurde, stand die Stadt unter Schock.

Mit Tränen in den Augen nahmen wir am abendlichen Trauermarsch teil und staunten, wie viele ganz gewöhnliche Berliner gekommen waren. Die Hetze von B. Z. und BILD griff nicht mehr. Von unserer vorherigen Wohnung am Kreuzberger Chamissoplatz aus hatten wir miterleben können, was im Journalistendeutsch »gewalttätige Auseinandersetzungen zwischen Demonstranten und Polizei« hieß. Vom Fenster unseres Gemeinschaftsraums aus sahen wir Tränengas und Wasserwerfer. Hunderte Polizisten jagten die Demonstranten wie Kaninchen. Ich sah junge Frauen straucheln, und jeder Polizist, der an ihnen vorbeistürmte, versetzte ihnen einen Tritt oder Hiebe mit dem Schlagstock. Ein befreundeter Modellbauer, der an der Ecke seinen Laden hatte, steckte neugierig den Kopf aus der Tür und erhielt mehrere brutale Schläge über den Schädel. Wochenlang lag er im Krankenhaus. Er behielt eine lebenslange Hirnschädigung zurück. Das alles war brutal, rechtswidrig und unvernünftig. Hier agierte nicht die

Polizei, sondern eine paramilitärische Einheit. Wir stellten unsere Lautsprecherboxen ins Fenster und spielten brüllend laut einen Song der Fehlfarben: »Keine Atempause, Geschichte wird gemacht, es geht voran!«

10.

Sie findet keine Ruhe. Es ist schon nach Mitternacht, aber Ellen wälzt sich auf der Schlafcouch hin und her. Ihre Beine haben sich in den Laken verfangen. Zu viele Gedanken im Kopf, zuviel Gefühl im Leib. Immer das Bild auf der Netzhaut, wie Lorenz in die Straßenbahn steigt und wegfährt. Wie er ihr Land verlässt und ihr Leben. Nichts konnte sie umhauen bisher, nicht seine Ehefrau, nicht seine Affären. Nach vorne schauen und sich das Glück vorstellen mit ihm und dem Kleinen, so hat Ellen gelebt. Jetzt ist er weg und wird nie zurückkehren können.

Eine einzige Frage im Kopf, die immer wieder ausradiert wird: Und wenn sie mit ihm gegangen wäre? Aber man zieht nicht mit einem drei Monate alten Baby ins Ungewisse. Das macht keine Mutter. Am nächsten Tag auf der Station ist sie stumm. Was soll sie auch sagen? Viele sind weg Richtung Westen. Manchmal erfährt man es erst durch eine freie Wohnung oder die Versteigerung von Mobiliar. Es gibt mehr Geld im anderen Land, und manche machen sogar eine eigene Praxis auf. Sind sie eben weg, sagen die Kollegen lau. Lass mich doch in Ruhe mit der Sache, am liebsten mit der ganzen Politik.

Ellen versteht das nicht, die hatten hier doch alles. Sie versteht auch nicht, warum nur im kleinen Kreis darüber gesprochen wird. In der Parteigruppe stets Sonnenschein, das Abhauen kein Thema. Da macht man doch nicht die Augen zu und den Mund erst recht nicht.

Die üblichen Handgriffe, die Scherze mit den Patienten, tröstliche Routine. Dazwischen immer die Sorge: Was macht Lorenz wohl gerade? Zwölf Tage arbeitet sie am Stück, von sechs bis elf und wieder von vier bis acht. Dann zwei Tage frei: Das große Glück! Sie kann Rolo aus der Krippe holen und ins verschnörkelte Kinderbettchen legen neben dem Herd. Diese Innigkeit, wenn er an ihrer Brust liegt und satt wegdöst beim Nuckeln. Zum Glück muss sie noch stillen, so sieht sie ihn mehrmals täglich. In der Mittagspause hat sie oft Sehnsucht, aber man sieht das nicht gern in der Krippe. Die Kleinen brauchen ihren Mittagsschlaf, das müssen Sie doch verstehen! Manchmal kann sie nicht anders, rennt zur Krippe, vollkommen hysterisch, heult: »Ich brauche jetzt mein Kind!« Dann geht es auch. Mit Murren.

Aus heiterem Himmel kommt eine Karte von Lorenz: »Es hat geklappt. Ich bin jetzt hier. Ich melde mich wieder.«

Auf Station! Ist der verrückt geworden? Ellen hat doch nichts erzählt, und nun kann es jeder lesen. Sie schämt sich. Warum muss gerade ihre Liebe einer von denen sein, die gehen? Die Kollegen haben natürlich alles mitgekriegt, sind neugierig. Was er angestellt habe und ob er wirklich weg musste? Ellen wird bedauert, scheußlich. Wie sie denn jetzt rüberkommt, wollen manche wissen und fragen gar nicht, ob sie will.

Sie schreiben sich Briefe, telefonieren manchmal. Lorenz fragt viel nach dem Kleinen. Er bittet um Fotos, und Ellen schickt sie ihm.

Kurz vor Weihnachten dann ein Brief: Er will sie treffen. Er hat wieder ein Briefmarkengeschäft. Leider nur mit Hinterzimmer ohne Fenster. Da geht es nicht. Aber man könnte sich in Westberlin sehen, im Hotel. Ellen ist schrecklich aufgeregt, geht zum Bahnhof und kauft eine Fahrkarte.

***

Rolo kann in der Krippe bleiben, und so legen Ellen und Lorenz sich drei volle Tage ins Westberliner Hotelbett. Er hat Magdeburg furchtbar vermisst und sie ihn. Alles ist wie immer. Wenn man eine Uhr zurückstellt, sieht sie ganz normal aus, zeigt aber eine falsche Zeit an.

Lorenz hat gute Antennen und spürt Ellens Zweifel. Sie soll nachkommen, was sonst? Allein schon wegen des Jungen. Sie will schon, aber Magdeburg auch nicht verlassen. Er drängt sie nicht und ist wie immer ehrlich: Das neue Geschäft läuft zwar, aber er wohnt noch in dem Hinterzimmer. Es ist nicht leicht, im Westen eine Wohnung zu finden. Ellen glaubt ihm, doch in ihrem Inneren rührt sich eine verzagte Stimme: Was, wenn er es nicht ernst meint? Vielleicht passt es ihm ganz gut in den Kram, noch keine Wohnung zu haben? Ach Unsinn, das würde sie merken.

Lorenz will alles wissen. Was sie den ganzen Tag macht? Wie es Rolo geht? Wie er aussieht? Sie erzählt, und wenn sie eine Pause macht, sagt er: »Weiter!« Ganz nah liegen sie Seite an Seite. Sie liebkost seine Brust, und es ist, als berühre sie sich selbst. Ein einziges Wesen nur im gemieteten Bett. Das ist es, denkt Ellen, er ist mein Zuhause.

***

Zurück in Magdeburg ist alles wie immer. Sie ist wieder die patente Schwester, die gebraucht wird. Aber auch die, deren Kerl ihr ein Kind gemacht hat und dann abgehauen ist. Wie immer arbeitet sie zwei Wochen durch, bis sie den Jungen endlich zwei Tage nur für sich hat. Kostbare achtundvierzig Stunden. Schlimm der Montagmorgen, wenn der Kleine zurück in die Krippe muss. Auf dem Rückweg heult sie sich die Augen aus. Bitter, bitter. Aber vielleicht hat sie Glück. Sie hat sich als Vertretung für eine schwangere Kollegin beworben, deren Dienstplan viel günstiger ist. Wenn es klappt, könnte sie Rolo vier Monate lang jeden Abend zu sich holen. Zukunftsmusik, genauso wie die Sache mit Lorenz. Seltsam, dass sie sich nie eine eigene Wohnung vorstellt, da drüben. Erst recht keine Arbeitsstelle. Eigentlich geht sie dieser Westen nichts an. Erfolg, Kleidung, Geld – da kribbelt bei ihr nichts. So ist sie nicht gebaut. Was soll sie tun, wenn er tatsächlich eine Wohnung findet und sie beide holen will? Es ist ihm ernst, da ist sie sicher. Sie will zu ihm, nicht weg.

Ein Sonntag im August. Rolo ist bei ihr, und sie freut sich auf den Tag. Gemütlich frühstücken, und dann raus an die Luft. Den Wagen schieben wie all die anderen Mütter und stolz sein.

So nebenher schaltet sie das Radio ein. Keine Morgenmusik? Ein Ansager spricht mit Bleistimme. Man weiß sofort: Es ist ernst.

»Die westdeutschen Revanchisten und Revisionisten missbrauchen die Friedenspolitik der Sowjetunion und der Staaten des Warschauer Vertrags in der Deutschland-Frage, um durch feindliche Hetze, durch Abwerbung und Diversionstätigkeit nicht nur der Deutschen Demokratischen Republik, sondern auch anderen Staaten des sozialistischen Lagers Schaden zuzufügen. Aus all diesen Gründen beschließt der Ministerrat der Deutschen Demokratischen Republik in Übereinstimmung mit dem Beschluss des Politischen Beratenden Ausschusses der Staaten des Warschauer Vertrages zur Sicherung des europäischen Friedens, zum Schutze der Deutschen Demokratischen Republik und im Interesse der Sicherheit der Staaten des sozialistischen Lagers folgende Maßnahmen: Zur Unterbindung der feindlichen Tätigkeit der revanchistischen und militärischen Kräfte Westdeutschlands und West-Berlins wird eine solche Kontrolle an den Grenzen der Deutschen Demokratischen Republik einschließlich der Grenze zu den Westsektoren von Groß-Berlin eingeführt, wie sie an den Grenzen jedes souveränen Staates üblich ist. Es ist an den Westberliner Grenzen eine verlässliche Bewachung und eine wirksame Kontrolle zu gewährleisten, um der Wühltätigkeit den Weg zu verlegen. Diese Grenzen dürfen von Bürgern der Deutschen Demokratischen Republik nur noch mit besonderer Genehmigung passiert werden.«

Ellen schaltet das Radio aus. Sie muss sich setzen. Es ist vorbei. Sie versteht sofort, dass auf absehbare Zeit niemand diese »besondere Genehmigung« erhalten wird. Die Welt wird anders sein nach diesem Tag, aber sie hat keinen Gedanken für die Welt. Für sie ist alles aus – keine Liebe, keine Familie, kein Vater für Rolo. Vorbei und aus. Scheiße. In ihrem Herzen – sie glaubt es kaum – auch Luft. Da hat ihr jemand die Entscheidung abgenommen. Sie kann bleiben.

11.

»Ich habe im Schwarzen Café gekündigt!«

Ronald und ich stapften über die Wiesen des Kreuzbergs, um im nahe gelegenen Café Lila etwas zu trinken.

»Was ist passiert?«

»Sie haben bei der letzten Versammlung allen Ernstes verlangt, wir müssten sämtliche Trinkgelder abgeben. Es sei schließlich ein Kollektiv.« Ich war immer noch in Rage und fuchtelte mit den Armen.

Ronald schaute mich fragend an. »Klingt doch vernünftig.«

»Ja, aber leider ist das Café kein Kollektiv. Es sieht zwar so aus, gehört aber drei Brüdern. Trinkgeld gibt's doch wohl für den Kellner und nicht für die Inhaber, oder? Ich blöde Kuh hab mich natürlich gewehrt und wurde dafür als privatistisch und konsumgeil gegeißelt!«

»Von den Besitzern?«

»Bingo!«

Kein Kollege hatte mich unterstützt. Wahrscheinlich hatte jeder für sich längst beschlossen, das Trinkgeld einfach einzustecken.

»Ich für meinen Teil bin jedenfalls fertig mit Kollektiven!«

Ronald schwieg. Mir war klar, dass die Idee des gemeinsamen Wirtschaftens zum Kern seiner Weltsicht gehörte. Aber wie fast immer verzichtete er auch jetzt auf eine Politpredigt.

In den letzten Jahren hatte ich viele Kollektive gesehen. Jedes einzelne davon war zerbrochen. Oft mangelte es am Geschäftssinn oder Engagement des Einzelnen. Aber in der Hauptsache fehlten – ich traute mich kaum, das zu denken – Hierarchien. Niemand traf Entscheidungen. Weil alles gemeinschaftlich geregelt werden sollte, hatte man sich schachmatt gesetzt. Nächtelange Sitzungen, Ausdiskutieren bis zum Nervenzusammenbruch und persönliche Schlammschlachten waren das Ergebnis. So entstanden halbgare, übermüdete Kompromisse. Überarbeitet, unterbezahlt und ausgelaugt vom ewigen Labern, ließ dieser Sozialismus im Kleinen eine ermattete Generation zurück.

»Und wovon willst du leben?«, wollte Ronald wissen.

»Na, ich hoffe auf den Buchverkauf. Außerdem wollen Kraushaar und ich mehr als Komparsen arbeiten.«

Unser Filmdebüt hatten wir schon gegeben. Gila von Weitershausen war aus einer Haustür gekommen, dann an einer Schlange von Kinobesuchern vorbeigestürmt und hatte sich hinter das Steuer ihres Wagens gesetzt. Diese kurze Einstellung dauerte zehn Stunden. Ein Teil der Kinoschlange waren Kraushaar und ich. Zehn Mark die Stunde gab es nur fürs Herumstehen. Als der Film dann in die Kinos kam, waren wir rausgeschnitten.

»Wie steht's denn mit deinen Finanzen, Roni?«

»Ich würde das schöne Wort ›knapp‹ für angemessen halten. Ich arbeite gerade für Ute Erb und setzte ihre Texte am Composer.«

Ute Erb war zwar zwanzig Jahre älter, doch die beiden Schriftsteller hatten gleich mehrere Berührungspunkte: Die Rheinländerin war 1949 als Neunjährige zu ihrem Vater nach Halle (Saale) gezogen. Sie wurde Jungpionierin, trat danach in die FDJ ein, verließ aber schon acht Jahre später illegal und ohne Wissen ihrer Eltern die DDR, »aus Heimweh nach einem Deutschland, das es gar nicht gab«. In der BRD wurde sie jedoch genauso wenig heimisch. Obwohl Verfechterin eines Sozialismus ohne Dogmen, war sie 1970 in die SEW eingetreten. Schernikau schätzte sie als Lyrikerin. Außerdem war sie Genossin, wie er eine Wandererin zwischen den politischen Systemen, vor allem aber gab sie ihm Gelegenheit zu einer Lohnarbeit, die seinen Interessen immerhin nahe kam.

Obwohl die Sonne sich langsam schon verabschiedete, wimmelte der Kreuzberg noch von Menschen, die sich nackt oder halbnackt auf den Wiesen lümmelten. Ronald zog seine Stoffjacke aus. Woher nur hatte er das labberige weiße T-Shirt und die olle Hose? Wir anderen hatten auch kein Geld, aber wir kannten erstklassige Second-Hand-Läden. Der Geruch von Grasjoints lag in der Luft. Aus allen Ecken hörte man die unvermeidlichen Bongos. Die Trommler mit ihren blöde entrückten Gesichtern liebten ganz offensichtlich die Musik. Leider stieß dies nicht auf Gegenliebe.

»Guck mal da drüben.« Ich deutete auf einen mächtigen Eichenbaum. »Da hatte ich letzten Sommer einen Zusammenstoß mit der Polizei.«

»Politisch?«

«Nee, sexuell. Ich war mit Ralf zum Picknicken da. Weißt schon, der Niedliche mit der Pudelfrisur. Na ja, und als es dunkel wurde, haben eben die Hormone triumphiert. Plötzlich, wir sind gerade mittendrin, oder besser: Ich bin mittendrin, strahlen uns zwei grelle Scheinwerfer an. Peepshow im Park!«

»Wie furchtbar!«, rief Ronald und klatschte begeistert in die Hände.

»Allerdings. Da steht ein Bullenwagen mitten im Park, strahlt uns an – und dann fahren die Spanner seelenruhig wieder weg.«

»Hättest sie einladen sollen!«

»Igitt! Ich war erst starr wie 'ne Stabheuschrecke. Und dann dachte ich mir: Ich lass mir doch von den Bullen nicht den Abend versauen. Was soll ich sagen, es wurde noch sehr … unterhaltsam!«

Inzwischen hatten wir das Café Lila erreicht. Noch ein alternatives Projekt, das sich am Schwarzen Café orientierte. Auch hier hatte man gewisse Ansprüche an Professionalität. Aber es wollte nie so recht klappen. Das Mobiliar sah nach Sperrmüllbarock aus, angemalt zwar, aber Sperrmüll. Die müslihafte Bedienung war außerdem bekannt für recht eigenwillige Hausregeln. Freunde von uns hatten hier eine Runde Canasta gespielt und waren deshalb vor die Tür gesetzt worden: »Mackerspiele« dulde man nicht!

Ronald bestellte eine Tasse Kakao, den er aus unerfindlichen Gründen immer »Kaukau« nannte.

»Wie geht's mit dem zweiten Buch, kommst du voran?«

»Fertig«, sagte Ronald. »Fast fertig. Noch die letzten Korrekturen. Und ich muss was finden, wo ich umsonst kopieren kann. Dann geht das Ganze an Rotbuch.«

Ronald setzte seine Brille ab, die er meist nur am Tag trug. Er rieb sich die geröteten Augen. Erst jetzt bemerkte ich, wie müde er aussah. Die Haut unter den Augen war transparent und schimmerte bläulich.

»Sonst alles in Ordnung?«

»Abgesehen vom Zustand der Welt schon.« Ronald versuchte ein kleines Lächeln. »Einfach viel zu tun. Die Revolution fordert ihren Preis.«

»Du bist so tapfer! Aber die Aussichten auf Revolution stehen nicht gerade gut.«

»Ach«, seufzte er, »da bin ich abgehärtet. Ich habe noch nie eine politische Aktion gemacht, die direkte Erfolge gehabt hätte. Weder in der SDAJ noch bei der DKP. Das schreckt mich nun wirklich nicht.«

»Ich könnte das nicht: Statuten, Tagesordnungen, Leitanträge. Und dann diese Vereinsmeierei. Von den schluffigen SEW-Typen in ihren Schafswollpullovern mal ganz abgesehen.«

Ich zündete mir eine Roth-Händle an, was mir vom latzbehosten feministischen Nebentisch böse Blicke einbrachte.

»Ich bin ja nun kein Gott.« Ronald machte eine luftige Geste, die dem Gesagten widersprach. »Du kannst mir glauben, dass ich zu jeder einzelnen Parteisitzung grauenhaft ungern gehe. Natürlich macht das keinen Spaß. Aber so ist Erwachsenwerden. Nicht nur gucken, wie ich mit mir selbst zurechtkomme, sondern sehen, wie die Welt gemacht ist.«

»Schöner Satz, Mausi.«

»Den ich ernst meine. Aber ich gebe zu, dass ich schwänze, wo immer ich kann! Übrigens, bei den Männern in der SEW gibt es schon den einen oder anderen Schnuckel. Bei den Frauen sowieso.«

In der Tat waren viele SEW-Frauen für ihren Chic bekannt. Die männlichen Genossen pflegten im besten Fall die vielen Haare auf ihrem Kopf und zwischen den Ohren. Ansonsten hatten sie Besseres zu tun, es ging schließlich um den Klassenkampf.

Den Leninschen Prinzipien folgend, kämpfte jeder an seinem Platz. Arbeiter waren in Betriebsgruppen organisiert, Hausfrauen und Schüler in ihrer Wohngebietsgruppe. Die Studenten hatten ihre Hochschulgruppe. Weil zu viele Genossen an der FU studierten, hatte man Sektionen gebildet. Ronald nahm alle zwei Wochen an der Sitzung der »Sektion Germanistik« teil. Dreißig Mitglieder, davon gut die Hälfte Aktive. Dazu kamen die »ADSen«, die »Arbeitsgemeinschaften von Demokraten und Sozialisten«, die sich ebenfalls zweiwöchentlich trafen. Hier suchte die SEW Bündnispartner, auch ohne Parteibuch. Zwischen drei und vier Stunden dauerten solche

Treffen, die sich hauptsächlich mit Hochschulpolitik beschäftigten, ziemlich langweilig. Aber man diskutierte auch über Berufsverbote, den NATO-Doppelbeschluss, Friedensfragen und die Organisation von Demonstrationen.

In der »Sektion Germanistik« ging es locker, aber zielorientiert zu. Nur Ronald fiel manchmal durch Schwätzen auf. Man besprach die Aufgabenstellung, die sich aus den letzten Parteitagsbeschlüssen ergab, und überlegte, wie man sie umsetzen könne. Wandzeitung? Infotisch? Oder vielleicht eine Rede auf der nächsten Versammlung des Fachbereichs? Bei jedem zweiten Treffen stand zusätzlich Schulung auf dem Programm: Ökonomie, Probleme der politischen Wissenschaft und der internationalen Entwicklung. Nicht zu vergessen der Kleinkrieg gegen »Spaltergruppen«, tolle Abkürzungen wie KPDML oder KPDAO. Das war die sogenannte Abweichlerdebatte, eine fiese Spezialität der Linken. Die spiegelte sich bis in die eigene Sektion. Hatte jemand öffentlich Positionen vertreten, die mit dem Kommunismus nicht zu vereinbaren waren? Bierernst nahm man diese »Kaderfragen« allerdings nicht. Meist ging es nur darum, dass jemand seinen Beitrag nicht gezahlt hatte oder zu selten auftauchte.

Wenn Schernikau zu den Sitzungen erschien, fiel er nicht gerade durch übermäßiges Engagement auf. Ohne groß darüber zu sprechen, spielte er eine Sonderrolle. Das war sofort akzeptiert. Seine Erscheinung wirkte auch hier. Er war anders, er war der Künstler.

Trotzdem hielt er Referate und stand bei Wind und Wetter hinter Infotischen. Zum sanftmütigen Engel der Entrechteten taugte er allerdings wenig. In verzweifelter Heiterkeit schrieb er sich den Frust von der Seele:

»um diese poplige unterschrift zu kriegen, eine anstrengung!, muss man wie immer erde und himmel in bewegung setzen. und für diese apathiker friere ich mir die beine in den bauch, dreckmist. mit ihren modisch geschnittenen mänteln beugen sie sich über meinen tisch und studieren die liste. soll ich das unterschreiben? ja da, genau da, den vollen namen bitte und die anschrift. ob man das wieder ausradieren kann? du drecksau, blöde! du muhkuh! du nulpe! mach dich fort! hinweg! die syph sollst du kriegen und kein penicillin! wir machen den kommunismus auch ohne dich, wetten?«

»Ich bin so gar nicht der Typ für Gremienarbeit«, entschuldigte ich mich und steckte mir noch eine Zigarette an, um die Feministinnen zu ärgern. »Da gibt es diese schöne Moral im *Kaukasischen Kreidekreis*: Der soll das tun, der gut dafür ist. Und bei mir ist es das Schreiben. Hat ja auch eine gesellschaftliche Dimension, nicht?«

Ich war zufrieden mit mir.

»Ja, schön«, sagte Ronald. »Das westliche Drama ist nur: Jeder weiß alles, und keiner tut was. Hohes Bewusstsein bei null Aktivität!«

»So einfach ist das nicht.« Ich geriet in Erklärungsnot. »Die marxistische Kritik am Kapitalismus kann ich in vielen Punkten teilen, bin schließlich Proletarierkind. Gerecht ist unsere Gesellschaft nicht, und Materialismus kann nicht alles sein. Dummerweise haben wir aber vor unserer Haustür einen realen Sozialismus. Und keine zehn Pferde könnten mich dazu bewegen, in dieser piefigen DDR zu leben.«

Ronald hörte mit unbewegter Miene zu. Mir war nicht klar, wie sehr ich ihn kränkte.

»Ich mag es einfach, das westliche Flimmern. Fernsehen und Filme und Moden ohne jeden Nutzen. Die strahlenden Fassaden eben. Die DDR ist dagegen, pardon, einfach ungeil.«

Ronald grinste und sagte den Satz über mich, den ich, leicht peinlich berührt, noch in zwei seiner Bücher lesen würde: »Du wärst ein guter Kommunist. Aber du würdest die Weltrevolution verpassen, wenn was Gutes im Fernsehen kommt!«

Wahrscheinlich wurde ich rot, musste aber trotzdem lachen. »Hast ja recht. Ich bin eine verdorbene Westschlampe, die den Kommunismus am ehesten in Form von weißrussischen Matrosen mit hohen Wangenknochen schätzt.«

»Sozialismus«, korrigierte Ronald freundlich. »Der Kommunismus wäre die letzte Stufe.«

***

Sozialismus fängt im Kleinen an. Vor kurzem hatte Ronald das Niedersächsische Nachwuchsstipendium für besonders begabte junge Künstler erhalten. Viertausend Mark! Ein Segen bei seiner notorisch leeren Kasse.

Und was tut er? Er spendet die Summe dem Genossen Dietrich Kittner, den die örtliche Presse einen »unbotmäßigen Kabarettisten« nennt. Kittner war die Förderung für sein kleines Theater entzogen worden. Schernikau gibt eine Pressemitteilung heraus. Es muss ihm wichtig gewesen sein, denn ausnahmsweise verzichtet er auf seine geliebte Kleinschreibung.

»Vor zwei Jahren wurde dem Theater an der Bult alle Unterstützung aus Landesmitteln gestrichen. Das Gericht, das ansonsten die Streichung für rechtswidrig erklärte, ging davon aus, dass es einen Anspruch auf Förderung nicht gebe. Wir sind sehr dankbar, wir haben es zu sein. In einem Interview erklärt Herr Pestel, er habe das Theater an der Bult nicht länger gefördert, um dessen Unabhängigkeit zu bewahren. Heißt das, der Minister fördert die, die er abhängig haben will? Wir Geehrten sind gewarnt. Einen Anspruch auf Förderung gibt es nicht. Auf beiden Seiten nicht. Ich habe heute Vormittag auf das Konto des Freundeskreises Theater an der Bult viertausend DM überwiesen.«

Schernikau hatte listig dafür gesorgt, dass die Landesregierung gegen ihren Willen doch noch das Theater unterstützte. So jedenfalls lautete die offizielle Version der Geschichte. Die ganze Wahrheit aber war pfiffiger: Kittner und Schernikau hatten diesen Coup abgesprochen. Weit vor der Zeit, wo so viele versuchen würden, die Mediengesellschaft mit ihren eigenen Waffen zu schlagen, hatten die beiden sich diesen Streich ausgedacht: Schernikau gibt seine Presseerklärung heraus, Presse und Radio stürzen sich drauf, und sowohl das bedrohte Theater als auch der junge Schriftsteller haben etwas davon. Und es funktionierte! Heimlich bekam Ronald seine viertausend Mark zurück, und die beiden lachten sich ins Fäustchen.

12.

Ronald war aus dem Häuschen. Nachmittags hatte er mit sich überschlagenden Silben angerufen: »Das wird so wunderbar! Musst unbedingt mitkommen. Stell dir vor, ein Filmball!«

»Beruhige dich,« sagte ich. »Großbuchstaben zuerst.«

Ich ging gern und oft ins Kino, aber ein Bankett mit dekolletierten Filmschauspielerinnen haute mich nicht gerade vom Hocker.

»Wer veranstaltet das?«, fragte ich misstrauisch.

»Die unabhängigen Filmemacher.«

»Ah gut, dann wird es klein und lässig. Viel Diskussion, viel Rotwein.«

»Nein, es ist ein richtiger Ball! Die haben das ganze Europa-Center gemietet. Kommste?«

»Wenn es Freidrinks gibt, immer. Aber wie kommst du eigentlich zu der Einladung?«

»Über Erika. Um acht, ja. Ich muss in die Badewanne!«

Erika war Erika Runge, eine erfolgreiche Dokumentaristin. Mit ihren Bottroper Protokollen war sie bekannt geworden. Interviews mit Arbeitern, Hausfrauen, ganz gewöhnlichen Bürgern eben. Sie war eine der ersten, die erzählte Geschichte veröffentlichte, *oral history*, wie es später auf gut Deutsch hieß. Es waren spannende Lebensgeschichten, die dem Klischee vom kleinen Leben der kleinen Leute widersprachen. Die Menschen hatten viel zu sagen – man musste nur fragen. Das tat Erika auch im Film. *Warum ist Frau B. glücklich?* und *Ich heiße Erwin und bin 17 Jahre* waren ihre bekanntesten Filme.

Ronald schätzte Erikas Arbeit, mehr aber noch sie selbst. Auch sie war in der SEW und spielte seine Berliner Ziehmutter. Er vertraute ihr, besonders ihrem literarischen Urteil. Außerdem war sie eine »berühmte Filmemacherin«, wie er gern sagte. Groß, aber zierlich wirkend, verströmte sie eine freundliche Autorität, die nichts beweisen musste. Sie unterwarf sich nicht dem herrschenden Schlampenlook anderer Filmemacherinnen, sondern trug gern Rock und Bluse. Dazu eine schöne Kette, schlicht, aber Gold. Sie hatte warme, kluge Eichhörnchenaugen, umrahmt von Lachfalten. Erika war eine Dame, eine Seltenheit in dieser distanzlosen Zeit. Sie zeigte sich interessiert an jedem und hatte immer eine Aufmunterung parat. Es wäre ihr nie in den Sinn gekommen, einen ganzen Abend lang zu jammern. So etwas tat man nicht.

Das hatte sie mit Ronald gemein. Der hatte sich auf Hochglanz poliert und für ein schwarzes Outfit entschieden. Als er Erika zu Hause abholte, war sie noch nicht mit sich zufrieden. Doch Ronald wusste genau, was er zu sagen hatte: »Du bist fertig. Du siehst ganz wunderbar aus!«

»Ich danke dir«, strahlte Erika.

Wenn nur alles auf der Welt so leicht zu verstehen wäre wie Frauen.

Meine U-Bahn hatte sich verspätet, und ich traf auf einen hibbeligen Ronald.

»Sind schon ganz viele Leute da, die nicht reinkommen«, registrierte er befriedigt. Dann stellte er mich Erika vor. »Und guck mal, überall Fotografen!«

Wir waren erstaunt, wie gut es sich in einem Einkaufszentrum feiern ließ. Die verschiedenen Ebenen waren mit Rolltreppen verbunden. So konnte man mit einem Glas in der Hand stundenlang flanieren, ohne auch nur einen Fuß vor den anderen zu setzen. Ein Kindertraum: So lange Rolltreppe fahren, bis einem schlecht wird.

Ronald hielt nach Prominenten Ausschau und entdeckte zu seiner Freude einige Filmgesichter. Die Herren standen in Grüppchen zusammen und machten Rauch in jeder Hinsicht. Die Damen übten Schaulaufen. Kniehohe Lederstiefel und wallendes Dunkelrot schienen die Knaller der Saison zu sein. Erika stand in der großen Halle und hielt Hof.

»Wie alt ist sie eigentlich?«, fragte ich.

»Kommt drauf an.« Ronald machte ein geheimnisvolles Gesicht. »Offiziell ist sie 1939 geboren. Aber ich weiß, dass sie gemogelt hat. Außerdem hat sie sich die Nase machen lassen. Und dafür liebe ich sie!«

Als wir von Rolltreppen und Rotwein genug hatten, schauten wir wieder bei Erikas Grüppchen vorbei. Erika stellte mir ihren Dramaturgen Michael vor, einen Mann in meinem Alter.

»Ach hallo!«, sagte er. »Ich kenne dich von den Stücken des Zan Pollo Theaters.« Ronald war beeindruckt. Und ich erst.

Als die Häppchen alle waren, gingen wir mit Michael noch auf einen Absacker ins Andere Ufer. Die erste schwule Bar der Welt, in die jeder Passant ungehindert hineinschauen konnte. Die bodentiefen Fenster eines ehemaligen Ladenlokals hatte man nicht wie üblich mit Folien verklebt. Auch gab es weder Sichtklappe noch Einlasskontrolle. Eine neue Offenheit im wahrsten Wortsinn. Das Ufer war chic in Schwarz-Weiß gehalten und berühmt für seine wechselnden Ausstellungen. David Bowie hatte zu seiner Berliner Zeit im Hinterhaus gewohnt und hier auch öfter seinen Tee genommen.

»Netter Mann«, sagte ich zu Ronald, als Michael zur Toilette ging.

»Stimmt. Und er hat auch eine nette kleine Tochter!«

»Ach so. Das lohnt nicht. Die Zeiten, in denen ich Heten umgedreht habe, sind lange vorbei.« Damit war für mich die Sache erledigt.

***

Anderthalb Wochen später rief Michael an. Ob wir einen Kaffee trinken? Klar, aber lieber Bier und lieber abends. Ich war im Endspurt für unser Buch und brauchte die Nachmittage zum Schreiben.

In den letzten Wochen war Erika fleißig bedient worden. In diesem Fall eine Erika in Anführungszeichen, meine Schreibmaschine – ein gusseisernes Reisemodell aus den Zwanzigern, noch mit Glasplättchen auf den Tasten. Schön und schwer.

Erika war eine alte Dame, die es etwas härter brauchte. Wenn ich kräftig in ihre Tasten griff, schnurrte sie. Überhaupt hatte ich das Gefühl, dass sie zu mir sprach. Sie mochte die deftigeren Formulierungen, die Polemik, den Angriff. Wenn ich zu abwägend schrieb, streikte sie. Ihre Typen verhakten sich dann und spielten Mikado. Beim Auseinanderpulen hatte ich genügend Zeit, noch einmal über die Formulierung nachzudenken. Oft behielt Erika recht. Sie war schließlich älter und erfahrener als ich.

Der Dramaturg der echten Erika kam Abends um acht. Er gab Uli und Matze, die gerade aus der Küche kamen, höflich die Hand und machte es sich auf meinem gelben Cocktailsessel bequem. Kaum hatte ich mich zu ihm gesellt, klopfte Matze an die Tür.

»Ja, ähem, kannst du mal eben … also … was helfen?«

Hä? Hatten wir nicht eben zu Abend gegessen? Irritiert folgte ich ihm in die Küche, wo Uli schon wartete. Beide hatten den Mund voller Fragezeichen: Wer ist denn dieser Mann? Woher kennst du den? Habt ihr was miteinander? Dann kamen die Ausrufezeichen: Der ist ja so bezaubernd! So hübsch! So attraktiv! Zwei mehr oder weniger erwachsene Männer, die sich aufführten wie hormongeschüttelte Teenies.

»Ihr spinnt doch!«, sagte ich und drehte mich auf dem Absatz um. »Das ist ein braver Familienvater.«

Kopfschüttelnd ging ich zurück, um mir das angebliche Weltwunder noch einmal genauer anzuschauen.

Die beiden hatten recht. Als hätte man mir die passende Brille aufgesetzt, sah ich einen schönen Mann vor mir. Groß von Statur, Schwimmerschultern, elegante Hüften. Alles war so stimmig und am rechten Platz wie kein Fitnesstudio der Welt es hätte herstellen können. Erst jetzt bemerkte ich seine hellen Augen, das schnittige Kinn, die feine Adlernase, die dem Gesicht seinen kühnen Schwung gab. Ein Achill, der Bücher liest. Warum war mir das nicht aufgefallen? Ich hatte mich von den gescheitelten Haaren und der artigen Hose-Hemd-Pullover Aufmachung täuschen lassen.

Ich wollte mir eine Zigarette anzünden, nur um von Michael freundlich darauf hingewiesen zu werden, dass ich schon einen brennenden Glimmstängel in der Hand hielt. Höchste Zeit, in die Offensive zu gehen. Was genau er für Erika Runge arbeite?

Michael hatte gerade sein Studium abgeschlossen, jetzt wollte er sein Glück als Drehbuchautor versuchen. Er hatte Erika in der Partei kennengelernt und half ihr bei einem Spielfilmskript, ein guter Einstieg. Na prima, dachte ich, du bist auf dem Weg, ein richtiges Kommunistenflittchen zu werden.

Michael erzählte, die Zeit der Dokumentarfilme und Sozialreportagen sei vorbei, kein Hahn krähe mehr danach. Die Fernsehfritzen bestanden neuerdings auf Diätkost. Alles sollte unterhaltsamer und konsumiger werden. Jetzt musste sich auch die Runge in buntere Gewänder kleiden. Die beiden arbeiteten momentan an einer Liebesgeschichte. Mit Anspruch. Amerikanische Zeiten warfen ihre Schatten voraus.

Michael war im Gegensatz zu unseren leicht verrückten Freunden äußerst wohlanständig. Er sprach liebenswürdig und ruhig, aber die roten Flecken auf seinen exquisiten Wangenknochen waren nicht zu übersehen.

»Wer weiß«, sagte er. «Wenn unser Film es durch alle Gremien schafft, ist vielleicht auch eine Rolle für dich dabei!«

»Um Gottes willen, das war nur eine Phase. Wie die Masern. Ich bin definitiv der schlechteste Schauspieler der Welt.«

»Gar nicht. Du warst wirklich gut, viel Temperament und Spielfreude.« Meine Güte, der Mann hatte eine goldene Zunge.

»Das war nur Verzweiflung. Pure Flucht nach vorn.«

»Es gibt noch einen weiteren Grund, warum du mir auf der Bühne so gut gefallen hast.« Michael machte eine lange Pause. Die roten Flecken hatten sich zu einem Flächenbrand ausgeweitet. »Es … ich … es ist so: Ich habe dich mehrmals gesehen, nicht nur auf der Bühne. Und ich habe mich in dich verliebt.«

Jetzt war es an mir zu schlucken. »Aber du bist verheiratet, du hast eine Tochter. Ich meine, du bist …«

»Heterosexuell?«

»Ja.«

»Nein.« Michael studierte lange den abgetretenen Parkettboden. »Nein, heterosexuell bin ich wohl nicht.«

»Ich mache jetzt doch einen Kaffee. Leg ruhig eine Platte auf, wenn du magst«, sagte ich und spurtete in die Küche.

Ich brauchte Zeit zum Nachdenken. Da saß dieses irgendwie homosexuelle, verheiratete, kommunistische Model mit Tochter in meinem Zimmer und machte mir eine Liebeserklärung. Was wurde hier gespielt? Was wollte er? Was wollte ich?

Während ich die Kaffeemaschine bestückte, musste ich an mein eigenes Coming-out denken, die verlorenen Jahre zwischen dreizehn und achtzehn. Während nichts in Körper und Leben richtig funktionierte, klappte es mit der Verdrängung prima. Ich war nicht hinter den Mädchen her, mochte sie aber. Sie mich auch. Dass sie mich für etwas schüchtern hielten, erhöhte nur den Reiz. Ich machte alles wie die anderen Jungs, »ging« mit der einen oder anderen, hielt Händchen, küsste, fummelte. Und die ganze Zeit dachte ich: Das soll alles gewesen sein? Das ist es, worüber die Menschheit unablässig redet, schreibt, singt? Ich war weder angezogen noch abgestoßen, ich langweilte mich.

Mit achtzehn, ich war mit zwei Kumpels per Interrail durch halb Europa gefahren, lag ich auf einem Felsblock an der Küste nicht weit von Epidauros. Überraschend, ganz sonnensatt und leger, dann der Gedanke: Du bist schwul. Es spielte sich nur im Kopf ab, keine Emotion. Ein schöner, kristallklarer Gedanke, so unübersehbar wie die Werbebanner, die Flugzeuge hinter sich her ziehen.

»Ich bin schwul!«, sagte ich zu meinem Kumpel Herbie, der neben mir lag.

Wir packten unsere Sachen, gingen zurück in unsere Läusepension und schliefen miteinander.

»Ich bin nicht schwul«, sagte Herbie hinterher. Es hörte sich erfreut an.

»Ich schon!«, sagte ich.

Das war's. Keine Panik, nur Erleichterung. Und ein kleines Bedauern über die verschwendete Zeit.

Wenn es bei mir schon so lange gedauert hatte, wie erst musste es da Michael gehen? Fünf wichtige Jahre hatte ich in der Pubertät verloren. Bei ihm war es ein halbes Leben. Alles ist auf die Schiene geschoben: Studium, Frau, Familie, Karriere, und plötzlich stellt man fest, dass der Zug einem ganz anderen Fahrplan folgt. Und nun? Was ist mit der Frau, was mit dem Kind? Bleiben sie an seiner Seite? Wollen und sollen sie? Kann man es ihnen zumuten?

Als der Kaffee fertig war, griff ich mir den Brandy, den Uli vom letzten Spanienurlaub mitgebracht hatte. Sah so aus, als würden wir ihn brauchen können.

Michael hatte eine Platte von Yazoo aufgelegt. Die Soulstimme von Alison Moyet erfüllte den Raum. Er saß im Schneidersitz vor meiner Single-Sammlung und betrachtete mit ungläubiger Miene das Sammelsurium. In der Hand hielt er die Hülle von Ketten, Mauern und Stacheldraht, einem rummeligen Westschlager gegen die Mauer, streng antikommunistisch.

»Das Duo Nina und Mike, die schärfste westliche Waffe im Kalten Krieg«, erklärte ich, stellte Kaffee und Brandy auf den Boden und hockte mich neben ihn. »Gegen diese Imperialisten ist die NATO ein Scheißdreck!«

»Unglaublich. So was sammelst du?«

»Nur die Perlen. Gibt kein besseres Mittel zur Erkenntnis der Wirklichkeit. Der deutsche Schlager weist uns den Weg. Brandy?«

»Ich trinke eigentlich nicht viel«, sagte Michael und goss sich eine doppelte Portion in den Kaffee.

Er nahm einen Schluck und starrte lange ins Nirwana. Dann setzte er die Tasse hart auf den Boden. Mit einem Finger fuhr er mir feierlich über die Wange.

»Es ist gleich beim ersten Mal passiert. Ich habe dich in dem Molière-Stück gesehen und wusste sofort: Der ist es! Ich habe mich rettungslos verliebt.«

Mir wurde eng ums Herz und weit.

»Manchmal habe ich dich im Schwarzen Café gesehen«, fuhr er fort, »Einmal auch mit Ronald. Aber ich wusste nicht, was ich machen sollte. Ich war so unsicher.«

»Und jetzt bist du sicher?«

»Ja.«

»Du bist plötzlich schwul geworden?« Eine blöde Frage, aber ich musste dringend ein paar Worte zwischen uns legen, irgendetwas, egal was.

»Ich sehe jetzt ganz klar.« Michael lauschte jeder Silbe nach. »Ich habe Männer immer mit diesem eigenartigen Gefühl angeschaut. Die ganze Zeit habe ich es gewusst, all die Jahre. Und das Verrückte ist: Ich wusste sogar, dass ich es weiß. Aber ich habe mich nicht verstanden.«

»Man wendet unglaubliche Kraft auf, um diesen einen Satz nicht denken zu müssen.«

»Genau.«

»Und deine Frau, deine Tochter?«

»Ich liebe sie beide.«

Michael ließ den Kopf nach vorne fallen und schloss die Augen. Ich nahm sein Kinn in die Hand und drehte es zu mir hin. Er öffnete die Augen.

»Aber jetzt ist Schluss mit Einbahnstraße«, sagte er.

***

Zwei Brandys und einige Stunden später stand ich auf und öffnete das Fenster. Eine mondlose Nacht. Der Landwehrkanal reglos und schwarz wie Teer. Sogar die Punks fehlten. Gewöhnlich hockten sie mit ihren Hunden am Ufer und warfen Bierdosen ins Wasser. Nackt beugte ich mich vornüber. Zu viel Frischluft. Ich zündete mir eine Zigarette an und jaulte auf: Schmerzende, zerküsste Lippen.

»Was ist denn?« Michael räkelte sich wohlig und ließ die Knochen knacken.

»Mein ganzes Gesicht brennt. Ich werde dich immer vorher rasieren müssen.«

»Immer«, sagte Michael erfreut. Das leise mitschwingende Fragezeichen überhörte ich nicht.

Ich brauchte mich nicht umzudrehen, um sein Bild vor Augen zu haben. Die Sommersprossen auf den Schultern etwa, rührend verletzlich. Den Mann, der tagelang mit klopfendem Herzen vor dem Telefon gehockt und meine Nummer halb gewählt hatte, gab es nicht mehr. Nicht in dieser Nacht. Jede seiner Berührungen war so gewesen, als wäre sie ihm ein leichtes, so selbstverständlich wie die morgens aufgehende Sonne.

Michael schälte sich aus den Laken und stellte sich neben mich. Mit dem Handrücken rubbelte er vorsichtig über mein Kinn.

»Dich müssen wir aber auch vorher rasieren.« Versonnen schaute er in die Dunkelheit. »Ich habe mir alles vorgestellt, aber nicht, wie es sich anfühlt, wenn zwei Wesen mit Bartstoppeln sich küssen.«

Ein kleiner Seufzer, dann begann er seine überall verstreute Kleidung einzusammeln.

»Gehst du?«

»Ich muss nach Hause. Meine Frau wird sich Sorgen machen.«

Meine Frau – das klang so routiniert. Was bedeuteten diese beiden Worte jetzt – meine Frau?

»Natürlich musst du zu deiner Familie.«

»Ich kann wirklich nicht bleiben.« Einen Moment lang hatte ich das Gefühl, er wolle aufgehalten werden. »Weißt du, sie kann nicht schlafen, wenn ich weg bin.«

Niemand ahnte, dass die Götter in dieser Nacht ein Todesurteil gefällt hatten.

13.

Rolo trödelt. Langsam wird es Zeit für den Kindergarten. Damit haben sie Glück gehabt: Ein großer Garten zum Toben und gleich daneben ein Schwimmbad, ideal für die Kinder. Die ehemalige Waldschule liegt zwar am Stadtrand, ist aber nur fünf Minuten von der Medizinischen Akademie entfernt, in der Ellen arbeitet. Sie legt Rolos schwarze Kapuzenjacke bereit. Dann füllt sie den kleinen Tornister mit Frühstücksbroten und Saft. Kein Obst, leider. Einmal, als Rolo erkältet war, hatte sie Lorenz berichtet, dass es keine Südfrüchte gebe momentan. Da schickt er einen Zentner Apfelsinen, der Idiot. Sie hat ihn gehasst dafür. Diese herablassende Haltung, na, ihr Kommunisten, tun wir euch mal was Gutes. Sie nahm immer wieder welche mit zur Arbeit und machte Apfelsinenkuchen. Aber wieviel Kuchen muss man backen, um einen Zentner zu schaffen?

In jeder Hinsicht ist Ellen die Treppe raufgefallen. Lehrausbilderin ist sie jetzt, weist Schwesternschülerinnen in den Beruf ein. Ab halb vier hat sie frei und die Wochenenden ganz. Viel mehr Zeit jetzt für den Kleinen und auch kein schlechtes Gewissen, meistens. Dazu durch die Arbeiter-Wohnungsbau-Genossenschaft eine neue Wohnung. Sie liegt im Hinterhaus eines Altbaus, ist aber eine Zweiraumwohnung!

Ronald schneidet Grimassen, und sie muss lachen. Seine Lieblingsrolle ist »ermordet werden«. Sie findet es richtig gruselig, wie er sich nach dem »Schuss« zusammenkrümmt, auf den Boden sinkt und einen starren Blick bekommt.

»So, du Schauspieler, wir müssen los!«

Schnell noch das Bettzeug runter von der Schlafcouch und zugeklappt das schwere Ding. Ein richtiges Wohnzimmer haben sie jetzt. Tisch, Stühle, Couch, ein Wohnzimmerschrank, unten Holz, oben Glas. Nur mit der hässlichen Blumentapete muss sie sich etwas einfallen lassen. Das Beste: Der Kleine hat jetzt ein Zimmer für sich. Noch ein Blick zum wuchtigen Kachelofen – nein, Briketts reichen, sie muss nicht in den Keller.

Auf dem Weg zur Straßenbahn macht Rolo weiter Faxen. Momentan pflegt er eine Phantasiesprache, und Ellen macht gerne mit bei dem Quatsch.

»Halakelesi du Bu?«

»Gekapalase mu Bulu!«

Wie normal das alles ist, wie man sich gewöhnt an die Umstände: Lorenz weg, und die Mauer da. So ist es jetzt. In der Parteigruppe haben sie darüber gesprochen, und Ellen konnte endlich über sich hinaus denken. Hätte doch so nicht weitergehen können. Holen sich eine prima Ausbildung hier, die Ärzte, die Ingenieure, und wenn sie fertig sind, machen sie rüber. Fehlen dann hier natürlich! Kostet den Staat Unsummen. Die aus Westberlin fahren massenhaft mit Schwarzgeld in die Hauptstadt und decken sich ein mit Milch und Brot und Wurst. Und mit Konsumgütern. Auch das fehlt bei uns.

Ist ja alles viel billiger hier, weil die Regierung die Preise niedrig hält, damit jeder sich die Waren für die Grundversorgung leisten kann. Gut, dass man jetzt das Land in Ruhe aufbauen kann.

Oft kommt ihr Lorenz in den Sinn. Es wird ihm schon gut gehen, der ist ein Stehaufmännchen.

Bei völlig belanglosen Unterhaltungen wird sie urplötzlich melancholisch. Von der Familie erzählt jemand, was Papa unternommen hat mit den Kindern am Wochenende, ganz banal. Aber Ellen spürt einen Stich und denkt: Was mach ich bloß, was hab ich dem Kleinen angetan?

Einsam ist sie nicht. Sie hat Freunde, und man unternimmt was. Mit einer Kollegin – die hat auch was Kleines ohne Mann – dreht sie am Monatsende das Portemonnaie um. Viel Geld ist es ja nicht. Aber sie tun sich zusammen und gehen schwofen. Ziehen dabei rotzig über die Kerle her. Ganz ohne geht aber auch nicht. Ellen hat Affären, meist was Kurzes für eine Nacht, nur für die Sinnlichkeit. Oder verheiratete Männer. Sie will nichts auf Dauer. So ist es bequem, auch wenn es schon mal tief geht. Sie hat schließlich einen Mann.

»Latz! Latz!«, ruft Rolo in der Straßenbahn. Er will einen Sitzplatz für seine Mutti.

Ellen setzt sich und betrachtet ihr Spiegelbild in der Scheibe. Was die Männer wohl sehen? Sie ist ungeschminkt wie immer. Make-up findet sie affig. Manchmal, ganz selten, malt sie ihre Fingernägel mit farblosem Lack an. Das ist ihre Idee von Luxus. Ich muss mein Leben gut einrichten, überlegt sie. Ich liebe meinen Sohn, ich liebe meinen Beruf.

Als Ronald zum Gotterbarmen schnieft, wird sie aus ihren Gedanken gerissen.

»Nicht hochziehen!«, sagt Ellen und hält ihm ein Taschentuch unter die Rotznase.

Nicht schon wieder eine Erkältung. Er ist oft krank, hat ein schwaches Immunsystem. Er fängt sich alles, was rumfliegt. Und nicht nur was fliegt. Im Haus wohnt eine Familie mit zwei Kindern, mit denen er manchmal spielt. Wanzen hat er sich da angelacht, gleich zwei Mal. Ellen hatte sie auch. Immer die Praktische, schnappt sie sich ein Lexikon und liest, dass man sie zerdrücken soll. Wenn es nach Marzipan riecht, sind es wirklich Wanzen. Seitdem kann sie Marzipan nicht mehr sehen.

Die Straßenbahn legt sich in die Kurve und fährt unter einer Brücke durch.

»Issn das?«, ruft Ronald und zeigt auf eine Parole.

»Das ist ein Satz, an die Wand geschrieben. Da steht: ›All unsere Schöpferkraft für die Stärkung des Sozialismus.‹«

Rolo fixiert den Schriftzug. »Sozzazilismus, Mutti?«

Die anderen Fahrgäste verziehen keine Miene, aber ihre Ohren sind drei Meter lang geworden. Gespräche verstummen. Gott, ist das peinlich. Aber wieso eigentlich? Ellen fasst sich ein Herz.

»Das soll den Menschen Mut machen. Sozialismus ist, wenn es allen gut geht, wenn jeder Arbeit hat und etwas für andere tut, so wie ich im Krankenhaus. Dann haben alle gleich viel zu tun, und keiner muss hungern.«

»Mmh«, sagt Ronald.

***

Eines Tages ein Brief von Lorenz. Er hat eine Idee: Warum treffen wir uns nicht in Bulgarien!? Ich kann da hin, du kannst hin. Gibt viele, die das machen. Daran hatte sie noch gar nicht gedacht. Warum soll das nicht gehen? Jetzt muss sie nur einen Platz kriegen. Sie geht zum Reisebüro, und siehe da: klappt! Dann zur Krippe, gefragt, ob sie den Kleinen nehmen für die Zeit. Die sind nett. Sicher, machen Sie sich ein paar schöne Tage. Wir kümmern uns.

Ellen ist selig. Zwei Wochen mit Lorenz. Und Sonne und Strand. Das Paradies.

14.

Bei Schriftstellern wimmelt es nur so vor Marotten. Der eine kann ausschließlich am eigenen Schreibtisch arbeiten, die andere auf der ganzen Welt, nur nicht zu Hause. Manche brauchen ein spartanisches Büro, andere ein möglichst volles, möglichst lautes Café. Man findet jede Spezies: die Sitzenden und die Stehenden, Frühkreative und Nachtschichtler, Traditionalisten mit Stift und Papier, sowie Computernutzer, bei denen handschriftlich gar nichts geht. Und während früher der Alkohol zum Schriftsteller gehörte wie die Farbe zum Maler, scheint heute der Marathonlauf die Droge der Wahl zu sein.

Diverser noch wird es bei der Organisation des Materials: Bauplan oder Intuition, Ratio oder Musenkuss? Chronologie oder Collage? Zuerst die Struktur, dann deren Ausformung, oder assoziatives Schreiben mit späterer Herausarbeitung eines Leitmotivs?

Schernikau bereichert die Schriftstellergilde nicht mit sonderlich exotischen Grillen. Als Kunstarbeiter gehört er zur disziplinierten Sorte. Sein Anspruch an Professionalität erfordert ein hohes Maß an Ordnung. Den Schreibtisch mag er groß und aufgeräumt. Zwar kann er unterwegs schreiben, zieht jedoch die Klarheit des eigenen Schreibtischs vor. Außerdem schreibt er am liebsten gleich in die Maschine. Links liegen Schreibmaschinen- und Durchschlagpapier, rechts die fertigen Seiten. Fehlen Kaffee und Ruhe.

Weil das Geld knapp ist, versucht er Papier zu sparen. Daher der Anspruch, einen Text möglichst durchgearbeitet in die Maschine zu tippen. Manchmal gelingt ihm das. Er kann ein Sonett aufs Papier bringen und das Metrum passgenau treffen. »Hab nur ein einziges Wort gestrichen!«, sagt er dann stolz. Das Sommerstück *so schön* hatte er in wenigen Tagen aus dem Kopf gezaubert, doch das bleibt die Ausnahme. Alle größeren Arbeiten, auch die journalistischen, gehen durch drei, vier Fassungen. Er ist ein planender Autor, rauschhafte Ergüsse sind ihm suspekt. So etwas passt für Romantiker, er aber sieht sich als Klassiker.

Schernikau gehört nicht zu den Schriftstellern, die bei Kapitel eins beginnen und sich bis zum ENDE durchkämpfen. Er ist Jäger und Sammler, seine Schubladen quellen über vor Notizen und Fundstücken. In den verschiedenen Fassungen finden sich Rudimente einer durchgehenden Geschichte, aber im Grunde seines Herzens ist er Collagist. Sein »Kleinkram« hat Methode: Ein schönes Wort hier, eine interessante Situation dort, alles ist Rohstoff. Dieser Materialberg kreißt dann und gebiert ein Buch.

Das Handwerk des Schreibens darf man bei ihm wörtlich nehmen. Oft sieht man ihn mit verklebten Fingern. Montage, das heißt in den Achtzigern ausschneiden und wieder zusammenkleben. Da es noch keinen PC gibt, ist alles mühsame Handarbeit, die den bekennend unpraktischen Autor auf eine harte Geduldsprobe stellt. Von Fassung zu Fassung sieht das Manuskript immer mehr wie Origami aus. Einzelne Blätter hätte man als Kunstwerk rahmen können. Auf nur einer Seite finden sich aufs Blatt getippte Abschnitte, fotokopierte Zeilen, Passagen auf Durchschlagpapier und handschriftliche Ergänzungen.

Eine Collage hat den Vorteil, abwechslungsreich zu sein, schillernd, lebendig. Erlebte und beobachtete Momente verdichten sich zu einem, im besten Fall, lebensnahen Panorama der Möglichkeiten. Gefahr droht allerdings durch Beliebigkeit, dem Fehlen eines ordnenden Prinzips. Schernikau versucht dem entgegenzuwirken und entlehnt Strukturen aus den unterschiedlichsten Genres. Für *so schön* übernimmt er die Konstruktion des Films *Cabaret*, und bei der *legende* steht nichts Bescheideneres als die *Bibel* Pate. Andere Arbeiten wie *Die Tage in L.* bearbeitet und stellt er so lange um, bis sich eine überzeugende innere Zwangsläufigkeit ergeben hat.

Dennoch bereitet die Konstruktion ihm stets Kopfzerbrechen. Das Erzählen einer fesselnden Geschichte gehört nicht zu seinen Talenten. Mag sein, dass ihm sein analytischer Kopf im Weg steht, vielleicht sind auch seine inhaltlichen Ansprüche zu erdrückend, jedenfalls ist er von dem, was man saftiges Erzählen nennt, weit entfernt. Seinem Tagebuch vertraut er an: »geschichtenerzählen ist unsicher. geschichten sind verwandt mit sprichwörtern: sie brauchen einfach nicht zu stimmen.« Obendrein bringt es sein Stil mit sich, dass er sich gerne meinungsstark zwischen Leser und Text schaltet, was Identifikation bewusst verhindert. »Ich kann keine Konstruktion«, seufzt er zuweilen. Daher die geborgten Strukturen. Manchmal aber ergibt sich eine überzeugende Dramaturgie nur aus dem Material. *Irene Binz* ist auch deshalb gelungen, weil Ellens Geschichte in sich schon eine Art Entwicklungsroman darstellt. Die Ereignisse entwickeln sich so zwangsläufig, dass keine übergestülpte Struktur notwendig ist.

Wenn Schernikau sich zeitig von einem Kaffeetrinken oder einer Party verabschiedet, sagt er gerne: »Ich habe zu arbeiten!« In dieser Formulierung steckt eine Mission: Hier liegt ein Auftrag vor, die unabdingbare Notwendigkeit zu schreiben. In fast biblischem Sinn fühlt er sich verpflichtet, sein Talent nicht zu verschwenden. Er ist streng mit sich, grämt sich darüber, nicht fleißig, nicht diszipliniert genug zu sein. Der beeindruckende Manuskriptstapel auf seinem Schreibtisch spricht zwar vom Gegenteil, aber stets treibt er sich an, mehr Zeit auf das Schreiben zu verwenden.

Manchmal kopiert er die Arbeitsmethoden eines verehrten Kollegen. Für die zahlreichen Fassungen der *Irene Binz* etwa eignet er sich die Vorgangsweise Raymond Chandlers an: Vier Stunden täglich zwingt er sich in die Buchstaben. Die Zeit muss nicht unbedingt mit dem Stift in der Hand verbracht werden, aber man darf auch nichts anderes tun. »Das ist zwar anstrengend, aber effektiv«, verkündet er.

Etwas aufs Papier zu bringen ist nur die sichtbare Stufe eines Denkprozesses. Enorm wichtig sind die Vorarbeiten. Inspiration und Imagination spielen eine Rolle, vor allem aber eine Lektüre, die sich direkt oder assoziativ auf das jeweilige Vorhaben bezieht. Schernikau ist Vielleser, und seine literarische Neugier geht kreuz und quer. Hölderlin, Goethe, Schiller liest er genauso wie Jelinek und Elsner. Zu seinen Hausheiligen gehören Shakespeare und Wittgenstein. Aus der DDR-Produktion kennt er fast alles. Seine Ostberliner Freunde verblüfft er oft mit detailliertem Insiderwissen inklusive Klatsch und Tratsch.

Alle Literatur wird auf ihre Technik abgeklopft. Seine Lektüre geht er an wie ein Kfz-Mechaniker, der einen Motor darauf prüft, ob und wie der Wagen läuft. Zeitungen, Zeitschriften und Broschüren frisst er geradezu. Sozialistische Publikationen sind Pflicht, auch wenn er sich lauthals über deren schlechten Stil beschwert. Inspirierender sind da schon die Erzeugnisse des Klassenfeinds. Da er immer knapp bei Kasse ist, besorgt er sich bei Freunden die ausgelesenen Exemplare von SPIEGEL, STERN & Co. Nach dem Ausweiden finden sich in den Schubladen seines wuchtigen Schreibtischs unzählige sauber angelegte Dossiers von Wirtschafts- bis Rüstungspolitik, von Strauß bis Honecker.

Ronald Schernikau weiß schon mit zwanzig, warum er den entbehrungsreichen Weg der Schriftstellerei einschlägt: Er möchte mit der »Verspottung der Dummheit« beginnen. An Selbstbewusstsein und Selbstverpflichtung fehlt es dabei nicht. In einem kleinen blauen Notizbuch hält er fest: »ich schreibe, weil ich hoffe, dass meine biografie unnötig ist.« Wie es aussieht, hat er da wohl Pech gehabt.

15.

»Es ist vollbracht.« Ronald tippte bedeutungsvoll auf seine Tasche. »Bemerkenswerter junger Dichter beendet zweiten Bestseller!«

»Endlich! Darf ich es lesen?«

Seit Monaten war ich scharf auf sein neues Buch, aber er hatte sich nicht in die Karten gucken lassen. Eine mysteriöse Andeutung hier, ein vielversprechendes Zitat dort, mehr nicht.

»Nur wenn du mir alles über Michael und dich erzählst, unter besonderer Berücksichtigung der schmutzigen Details.«

»Nee Roni, du nicht auch noch! Uli und Matze gehen mir mit ihrem feisten Grinsen schon genug auf die Nerven.«

Michael musste nur anrufen, schon setzten sie dieses widerlich wissende Helmut-ist–verlie-hiebt-Gesicht auf. Bei jeder Neuerwerbung aus dem Nightlife, jeder zweistündigen Romanze blieben sie ungerührt, erkundigten sich im besten Fall nach anatomischen Besonderheiten. Aber seit der Dramaturg auf den Plan getreten war, verhielten sie sich wie eifersüchtige Pummel im Mädchenpensionat.

»Dann gibt's auch kein Manuskript«, feixte Ronald.

»Schernikau, ich warne dich.« Ich schnappte nach der Tasche, aber er war schneller und hielt sie über seinen Kopf.

»Ist ja gut, Erpresser! Ich erzähle dir alles. Aber ein anderes Mal, okay?«

Ronald öffnete seine Tasche und kramte das fotokopierte Manuskript hervor: *die heftige variante des lockerseins. ein festspiel.* Typischer Schernikau-Titel. Betont beiläufig überreichte er mir den Stapel und verkniff sich jede Vorrede, jede Leseanweisung. Als ich in den Seiten blätterte, hielt er mich mit einer knappen Handbewegung auf.

»Nicht jetzt. Schau es dir in Ruhe an.«

Ich wusste genau, wie er sich fühlte. Nicht mehr lange, und auch ich würde bibbernd auf das Urteil meiner ersten Leser warten. Ein Gefühl zwischen Weihnachten und Urologe. Die Überreichung eines jungfräulichen Manuskripts ist deutlich intimer als Sex. Man ist nicht nur nackt, sondern ohne Haut.

Für die *variante* hatte er sich ein Gerüst gezimmert:

»dass das vom wir zum ich zum wir in fünf stufen gezeigt werden wird, zeigt die dialektik dieses prozesses. 1 welt: klar, welt: und: wo ich? / 2 schwulsein: klar, ich; aber: wir alle! / 3 geschichten: wir; zu mir / 4 liebe: ich? wir? / 5 denken: endlich wir, endlich ich. dazu kommt, dass ja ich das schreibe (nicht vergessen, liebe germanisten!), und dass ich also versuchen muss, in den wegen schon das ziel zu sehn: meine kriterien spontan & möglichst ungebrochen anzuwenden. also auch in der darstellungsweise vom wir (umwelt blöde) zum ich (schrift) zum wir (kommunistische schrift). reflections on ice-breaking.«

So viel Anspruch, so viel Auftrag. Als reiche das noch nicht, hatte er sich einen heiteren Ton vorgenommen. Fröhlich über Ernstes sprechen, auch nicht gerade ein Zuckerschlecken. Erst recht nicht in Deutschland, wo das eine dem anderen zu widersprechen schien. Da war man sich in beiden Deutschlands ausnahmsweise einig: Heiterkeit ist suspekt, leicht gilt als leichtgewichtig.

Der Einsamkeit des Schreibens und der Gefahr, sich nur um sich selbst zu drehen, begegnete er mit einem kleinen Zirkel literarischer Berater. Dazu gehörte auch Erika Runge. Sie hatte sich aufmerksam durch eine Fassung geackert, an den entsprechenden Stellen Kritik notiert und in einem Brief ihr Fazit gezogen:

»Beeindruckend durch Schreibbegabung und Erkenntnisse, z.T. bemüht, d.h. angestrengt. Das Problem ist für mich die Bruchstückhaftigkeit, der Mangel an erlebtem Ich. Es sieht aus, als ob der Autor ›drüberstehen‹ wolle, Ausgeliefertsein und Schmerz ›nur‹ beobachten, aber nicht empfinden. Ergebnis kann gutes Kunstgewerbe werden.

Nicht entschieden zwischen ›Subjektivismus‹ (früher Brecht) und ›gestalteter Agitation‹ (später Brecht).

Mutiger sein!

Sich selber ernster nehmen – sonst nimmst Du auch die andern Leute nicht ernst und degradierst sie zu Versatzstücken.«

Soweit die Kritik. Dann fügt sie eine persönliche Bemerkung hinzu:

»Lieber Ronald,

niemand hat gesagt, dass es einfach sei oder schmerzfrei, ein großer Schriftsteller zu werden … insofern: Deine Erika!«

Zwei Jahre lang hatte Schernikau hart gearbeitet. die *heftige variante des lockerseins* sollte ihn als Autor etablieren. Er suchte seinen Platz im Schriftsteller-Himmel, alles darunter war nicht akzeptabel.

»Das zweite Buch ist das Wichtigste« – diese Autorenweisheit war ihm genau so vertraut wie der Satz: »Jeder hat ein Buch in sich.« Er wusste, wie oft ein interessantes erstes Buch auch das letzte Buch bleibt. Die Freunde spürten, wie sehr er unter Druck stand. Oft war er matt, manchmal von einer Exaltiertheit, die sich aus Erschöpfung speiste.

Nun war die *variante* endlich in der Welt, und der Perfektionist Schernikau hatte schon mal den Klappentext für die Buchausgabe verfasst:

»dieses buch handelt von der entscheidung zwischen privatleben und politischem handeln, zwischen gefühl und verstand und dem, was wir draus machen und machen können. es erzählt von menschen, die sich nicht entscheiden können und es doch andauernd müssen. das besonders alltägliche an diesem konflikt ist, dass er vor einem hintergrund passiert. in dem bewusstsein, nicht mehr alle sie prägenden erfahrungen aufspüren zu können, reden die figuren von sich und den sachen und der haltung, in der sie sie erleben. sie fragen einander nach den proben, auf die sie sich stellen sollten, um leben zu können. sie sagen dabei nur vage, was sie denken, wissen aber deutlich, was sie fühlen. das ist pädagogisch konstruiert und realistisch. und wer sich für bedingungen nicht interessiert, ist gewarnt.«

***

Mit klopfendem Herzen stellte ich Saft, Zigaretten und Aschenbecher neben mein Bett, stopfte mir ein paar Kissen in den Rücken und nahm vorsichtig das Werk zur Hand. Jetzt war ich in der großen Welt angekommen. Der Maurersohn aus Brand bei Aachen hielt das Manuskript eines veritablen Schriftstellers in der Hand und wurde um seine Meinung gebeten. Ich fühlte mich sehr kostbar und war wild entschlossen, den Text großartig zu finden.

Die erste Seite musste ich drei Mal lesen. Das Personal wurde etwas vage vorgestellt:

»also entweder ist sascha der kindergärtner von nora: welch ein sonderbarer zufall. oder asni hat wo gestanden mit seinen drei buchstaben und das paar hier hats gesehn. oder irgendwer hat per stadtblatt leute gesucht zum theaterspieln und hier sind sie. oder diese geschichte ist erfunden.«

Was? Mein innerer Germanist notierte mögliche Interpretationen: Roman gleich zu Anfang offengelegt als Konstruktion, als Spiel, als Möglichkeit. Leser wird zum Mitautor, Lesarten nicht nur erlaubt, sondern erwünscht. Nichts ist, alles könnte. Also Potential für Veränderung – ganz Ronald.

Der Leser in mir, deutlich konservativer als der Germanist, dachte: Geht's nicht eine Nummer kleiner?

Aber weiter im Text: Fete in einer Wohngemeinschaft. »die szene üblich: wände grün und lila tür, spiegel pinnwand telefon, schuhe und flokati: das erster eindruck flur. küche kahl, drei kaffeekannen heiß.«

Spätestens beim Zimmer des Kindergärtners Sascha wusste ich sofort, um wen es sich handelte: »der ascharaum bunt: kirsch kleist knef kollontai.« Man sitzt auf dem Boden, isst Kuchen und erzählt.

»du swar ganz gut: mehr so interessant, sagt frey, weißte. die leute, so schwule und die stricken und so; und einer, kriegte immer anfälle, wenn wir über ihn redeten. irgendwie war da was los. hab ich bert gefragt was los is und er sagt, der traut sich nich zu sagen dass. wieso sagich, sindse doch alle hier oder was. nee sagt bert, schwul isser nich, aber kommunist. na sagich, merkt man doch sowieso irgendwann. ach sagt bert: das kriegst du schon hin. der auch immer, also der vonner dkp ne, geguckt wien gehetztes wild; hast schonma n gehetztes wild gesehn? ich seh die immer nur gebraten; na jehnfalls: er hat denn langsam immer so sprüche gemacht, aber sonst war er komisch. auch auf so witze über drüben und so: er hat nix gesagt, nich gelacht und nich dagegen. es konnt ihm ja nu schlecht egal sein, was die verzählten.«

Das Private und die Politik, ganz wie im Klappentext annonciert. Gerade will ich es mir mit den Figuren auf dem Flokati bequem machen, wird der mir auch schon wieder unter den Füßen weggezogen: »die angstverzerrten gesichter im verkehr. vorbeischießende autos auch mit. vor ekel und neurose rasende hunde, kaum gehalten von gleichen frauchen.«

Gleich danach taucht ein »ich« auf: »wenn ich ehrlich bin: ich liege hier. wenn ich realistisch bin: ich könnte aufstehn, um politisch zu werden: ich werde es. ich habe sehr genug zu essen. ich bin ein entführter.«

Wer spricht hier? Dieser Sascha? Und ist er es, der Student mit den langen roten Haaren, der sich diese Predigt anhören muss?

Jeder Absatz ein harter Wechsel des Schauplatzes: Junger Mann mit älterer Frau im Zugabteil, Auseinandersetzungen zwischen Jugendlichen und der Polizei …

Was war los? Wer war wer? Worum ging es hier? Für Schernikau, der zwei Jahre lang gesammelt, montiert, verdichtet, umgestellt und noch einmal gekürzt hatte, war der Text glasklar: Es gab einen Kommunisten, einen Schwulen, einen, der beides war, einen Mann, der zwischen den beiden stand, und dessen Mutter. Er empfand seine Konstruktion fast schon als zu schematisch.

Mir aber brummte der Schädel. Ronald hatte sich verdammt viel vorgenommen. Die Struktur aufgelöster als in der *Kleinstadtnovelle*, Identifikation kaum möglich. Dazu filmische Momente – »kameraschwenk« – und die Kenntlichmachung der Fiktion als Fiktion: »nich so schematisch, meckert ein leser.« Und die nervige direkte Umsetzung von Alltagssprache. Es wimmelte nur so von »sagich« und »auchso« und »wollnwer«.

Natürlich auch die charakteristischen Schernikau-Späße: »neben freys und lydias plätzen in der ubahn steht sone mittfuffzigerin und murmelt was von schlechter erziehung oder so. frey denkt: haare färben aber meckern.«

Schernikau wollte allen alles zeigen. Inhaltlich bietet er Varianten des Umgangs mit sozialen und politischen Fragen. Vom Hedonismus bis zum tatkräftigen politischen Engagement wird alles durchdekliniert. Über den Personen, dem Ich sehr nahe, schwebt am Ende eine leise Ahnung vom Wir.

Beeindruckt war ich schon. Aber auch müde. Überall kluge, zärtliche, witzige Passagen. Beobachtungen wie Sternschnuppen, die hell leuchten und gleich verglühen. Aber die Kunstanstrengung war zu spüren und übertrug sich. Mit einem Mal war ich gar nicht mehr so froh, zum erlauchten Kreis der ersten Leser zu gehören. Der Preis der Eitelkeit.

***

Gabriele Dietze, seit 1980 Lektorin bei Rotbuch, war gespannt auf den Autor der *Kleinstadtnovelle*, die sie liebte.

Obwohl sie Schernikaus Alter kannte, war sie beim ersten Treffen von seiner Jugendlichkeit überrascht. Der ist ja noch ein richtiger Junge, dachte sie. Gegenüber seiner, wie sie es sah, weltverbesserischen Naivität, kam sie sich reichlich abgehangen vor. Ronald gab sich charmant, überströmend, leidenschaftlich und sehr höflich. Mit diesem sympathischen Autor zu arbeiten musste eine Freude sein.

Dann kam die erste Fassung der *variante*. Erstaunlich sperrig – wie sollte man das mäandernde Manuskript in Form bringen? »Amorph« war das Wort, das ihr dazu einfiel, und sie fand den Stil merkwürdig verkrampft.

Ronald war enttäuscht, das spürte sie. Jeder Autor, der jahrelang an einem Text feilt, erträumt sich Fanfaren. Aber noch gab es keinen Grund zur Sorge. Auch bei der *Kleinstadtnovelle* hatte es mehrerer Fassungen bis zum fertigen Buch bedurft. Vor allem hatte die damalige Lektorin das Manuskript kräftig beschnitten, wenn auch nicht gerade zu Ronalds Freude.

Nach Dietzes Geschmack war die *variante* zu überbordend. Sie schlug Kürzungen und einen klareren Aufbau vor. *Don't say it, show it* – diese Weisheit sollte er häufiger beherzigen.

Es gab mehrere Fassungen und weitere Gespräche. Eine Art freundliches Ringen setzte ein. Bei politischen Fragen gab es ein Grundverständnis, beide waren Linke. Dietze kam allerdings von den Spontis, und es ging ihr schwer in den Kopf, wie ein schwuler Schriftsteller seine Heimat in DKP und SEW suchen konnte. Sie jedenfalls hätte sich in den politischen Passagen deutlich mehr Ironie gewünscht.

Der Text veränderte sich, ihr Grundproblem aber blieb: Mangelnde Gestaltung. Trotz betont freundlicher Treffen hatte sie das Gefühl, ihre Argumente würden nicht wahrgenommen. Sie fragte sich, welche Leser sich für solch ein Buch finden ließen? Das war auch eine ökonomische Frage. Die *Kleinstadtnovelle* war für den Verlag ein Glücksfall gewesen.

Gute Kritiken, schöne Auflage. Sie war davon überzeugt, bei der *variante* würde das anders sein.

Obwohl Schernikau weiter am Text arbeitete, blieb er von seinem Ansatz überzeugt. Er hatte kein Vertrauen in das Urteilsvermögen seiner Lektorin. Wie die meisten Schriftsteller forderte er Kritik zwar ein, schätzte sie aber nicht. Sein Talent war beschlossene Sache, und meist gelang es ihm mit einem Fingerschnipsen, seinen Kritikern fehlende Substanz zu unterstellen. Sein Weltbild war fixiert von einem Gerüst exzentrischer Orthodoxie, und es fiel ihm schwer, etwas aufzugeben oder zu revidieren.

Das Buch wurde nie explizit abgelehnt, aber die Gespräche verliefen im Sande. Der treue Schernikau, der so gern bei Rotbuch geblieben wäre, hatte seine verlegerische Heimat verloren.

***

Seit Tagen schon zimmerte ich mir Sätze zurecht, sanfte, tastende Fragesätze ebenso wie freundschaftlich-klare Aussagesätze. Was konnte ich zu Ronalds Manuskript sagen?

Freundschaft hieß auch, dem anderen eine missliebige Wahrheit nicht zu verschweigen. Alles andere kam mir feige vor. Allerdings wusste ich aus leidvoller Erfahrung, dass Diplomatie nicht unbedingt zu meinen Begabungen zählte. Mit mir als Außenminister wäre die Nation in verheerende Kriege verwickelt worden. Nicht die besten Voraussetzungen für solch ein delikates Gespräch.

Nach einem gemeinsamen Kinobesuch befreite Ronald mich unverhofft aus dieser Klemme. Dem Film nachhängend, wie ich glaubte, gingen wir schweigend über den Kudamm. Ohne mich anzusehen, sagte Ronald unvermittelt: »Die blöde Gabi von Rotbuch.«

»Was ist mit ihr?«

»Sie hat das Buch abgelehnt.«

»Nein!«

Ich war schockiert. Keine Sekunde hatte ich an einer Veröffentlichung gezweifelt.

»Mit welcher Begründung?«

»Zu stalinistisch.« Ronald zuckte mit den Schultern. »Ein kluger Gedanke und schon bist du raus.«

»Wie bitte?«

»Das ist Zensur, ganz klar. Sie haben das Manuskript aus politischen Gründen abgelehnt. Es gab Stimmen im Verlag, die gesagt haben: Wir drucken ja auch kein Nazi-Buch!«

Stalinistisch? Das war Unsinn. Mitfühlend berührte ich seine Schulter, aber er legte einen Schritt zu.

»Was machst du jetzt?«

»Na was schon? Es anderen Verlagen anbieten.«

Ein winziger Tropfen Säure in der Stimme, eine kaum wahrnehmbare Verhärtung der Gesichtszüge veränderte Ronalds gesamte Ausstrahlung. Die übliche Heiterkeit konnte blitzschnell in Kälte umschlagen. Ein lebenslang erprobter Schutzmechanismus.

Nun war nicht Kritik, sondern Freundschaft gefragt. Das wird schon, sagte ich mir. Rotbuch ist ein Verlag unter vielen, die anderen werden sich ein solches Talent doch nicht durch die Lappen gehen lassen.

16.

Ellen könnte den ganzen Tag singen. Sie hat sich die Haare hochtoupiert und die Fingernägel mit Klarlack angemalt. Es will gut überlegt sein, was man einpackt. Ist sehr heiß in Bulgarien, hat eine Kollegin gesagt, die schon mal da war, da brauchst du nicht viel. Eigentlich braucht sie gar nichts außer Lorenz. Zweieinhalb Jahre hat sie ihn nicht gesehen. Nur Briefe oder Telefon, da geht der andere fast verloren. Die Finger wissen kaum mehr, wie sein Körper sich anfühlt. Und jetzt zwei Wochen der ganze Mann mit Haut und Haar.

Kurz vor der Abreise dann ein Telegramm: »Ich komme nicht. Lorenz.« Ellen bleibt der Atem weg, als hätte ihr jemand mit voller Wucht in den Bauch getreten. Die Vorfreude, der ganze Film, wie es sein würde – aus. Was ist los? Da stimmt was nicht. So kann er doch nicht mit ihr umgehen!

Gleich hinterher noch ein Brief: »Die Leute erzählen, ich kann verhaftet werden direkt vom Strand. Verschleppt in die DDR und dann in den Bau.« Quatsch, denkt Ellen, das machen die doch nicht.

Sie fährt trotzdem, ist sowieso alles egal.

***

Schön ist es und gleißend, aber Freude will nicht aufkommen. Bei jedem auch nur irgendwie westlichen Auto schaut sie zuerst auf das Nummernschild. Vielleicht kommt er ja doch noch. Bis zum letzten Tag hofft sie.

Immerhin lernt sie ein paar nette Russen kennen. Schön, mal sein Russisch auszuprobieren. Ellens Herz ist so schwer, dass es überläuft. Sie säuft sich einen an – es muss sein – und erzählt von ihrem Pech. Eine Frau ist dabei, die heult gleich los. Da heult Ellen auch. Einer der Russen seufzt voller Mitleid. Er schaut sie lieb an, nimmt sie in den Arm und redet ihr gut zu. Sie schmiegt sich an ihn. Was der wohl denkt, hält sie bestimmt für eine blöde Kuh. Was soll's, den sieht sie sowieso nie wieder, und es tut gut, mal loszulassen.

Warum muss Lorenz, dieser Scheißkerl, ihr immer neue Wunden schlagen? Da hockt sie nun mit Fremden, flennt und fühlt sich wie Abschaum. Dumm und betrogen. Aber hat sie es nicht wenigstens versuchen müssen, alleine wegen des Kleinen? Was soll sie ihm sagen, wenn er groß ist? Ich habe nichts getan? Das wäre keine Antwort.

Der Russe ist lieb, und sie will Wärme spüren neben sich. In der Nacht liegt sie mit ihm am Strand. Das ist schön und unpraktisch.

Der Preis für das bisschen Trost ist hoch. Wochen später, sie gibt gerade Unterricht, muss sie raus auf Toilette und sich übergeben. Da weiß sie Bescheid und auch, dass es nicht geht. Zwei Kinder ohne Vater.

Eine Kollegin hilft. Sie kennt da einen Mann, nur … nun ja, es könnte ziemlich peinlich werden. Ellen hat keine Wahl, peinlich oder nicht.

Als der Mann kommt, sind beide in der Bredouille: Ein Pfleger aus ihrer Klinik, den sie selbst ausgebildet hat. Beide werden rot, und Ellen möchte im Boden versinken. Sie ist doch keine dumme Pute, die nicht weiß, wie man verhütet. Aber jetzt ist keine Zeit für Sentimentalitäten. Sie will kein Kind von diesem Russen und muss sachlich bleiben. Der Pfleger packt seine Tasche aus und zieht eine Spritze auf. Sie hat ihn ausgebildet. Er wird wissen, was er tut.

17.

Laut Pass hieß ich immer noch Helmut Frings. Nun war es an der Zeit, den Helmut sterben zu lassen. Ich hatte den Namen stets verabscheut: Er klang nach Fisch, so kalt, kein Schwung und kein Sex. Unter Helmut stellte ich mir einen Staatssekretär aus dem Sauerland vor. Bald würde meine Wenigkeit ein Buchcover zieren und den ungeliebten Vornamen für alle Ewigkeit zementieren. Höchste Zeit, die Sache in die Hand zu nehmen. Wenn aus René Karl Rilke ein Rainer Maria werden konnte und Erna Strube sich in Joy Fleming verwandelt hatte, warum sollte ich dann auf dem doofen Helmut sitzen bleiben?

Kurzerhand lud ich an einem Sonntagnachmittag eine Handvoll Freunde ein, um einen neuen Namen zu suchen. Ich bereitete einen Fünfziger-Jahre-Imbiss vor. Schnittchen mit Gewürzgürkchen, gefüllte Eier dekoriert als Fliegenpilze und Toast Hawaii. Helmut sollte nicht stillos begraben werden.

Ronald, Kraushaar und Peter Hedenström kamen, dazu ein paar Bekannte aus dem Nightlife. Uli und Matze mussten ihre verkaterten Leiber nur ein Zimmer weiter schleppen. Und ich lud Michael ein.

In letzter Zeit hatten wir uns ein, zwei Mal pro Woche getroffen, oft im Anderen Ufer. Meist hatten wir nach dem ersten Drink ein Taxi direkt in mein Bett genommen. Michael wollte Bartstoppeln, und wer war ich, ihm diesen Wunsch abzuschlagen? Bisher wusste kaum jemand von unserer Liaison. Michael war diskret, das lag in der Natur der Sache. Auch ich hielt mich bedeckt. Während die meisten Menschen ihre Affären verschweigen, war mir eine feste Beziehung peinlich. Die Hälfte eines Paares – das war nicht ich. Die ersten Berliner Jahre hatte ich aufs Netteste unverantwortlich gelebt. Sollte ich jetzt zu den Leuten gehören, die beim Vorstellen stolz »mein Freund« sagen oder, schlimmer noch, »mein Partner«? Nur um mir meine Unabhängigkeit zu beweisen, enterte ich ein paar Kerle, die ich nicht wollte. Ich holte mir Filzläuse dabei.

Der heimliche Romantiker Ronald war entzückt von unserer Verbindung. In einer persönlichen Notiz hielt er ihre Anfänge fest:

»wer hätte gedacht, dass da mal was laufen würde. wer hätte gedacht, dass da eine liebe sein kann. ach, und wie er guckt, der dramaturg. schau wie er guckt. wer hätte ahnen können, dass der dramaturg seine ehe auf dieses spiel setzen würde? wir alle nicht. helmut und der dramaturg einer berühmten filmemacherin in einem lokal, händchenhaltend, einander küssend, und helmut hat läuse und sie können also nicht, nicht jetzt.«

Lange würde ich Michael nicht verstecken können, die Berliner Buschtrommel funktionierte zu perfekt. Also beschloss ich, ihn zu meiner Taufe einzuladen, schließlich würde auch er sich an meinen neuen Namen gewöhnen müssen.

Als Michael eintrudelte, wurden Augen gemacht und Blicke geworfen. Nur mit einem Lächeln und freundlichem Kopfnicken bezauberte er die Runde. Alles Schlampen, dachte ich. Als ich den Imbiss auf unseren alten Esstisch im Gemeinschaftszimmer stellte, grabschte Kraushaar gleich nach den gefüllten Eiern. Mit vollem Mund nuschelte er etwas wie: »Ah, die Fifties sind zurück. Fehlen aber die Salzletten!«

»Und ein Käseigel!«, fügte Peter Hedenström hinzu.

»Geht doch nichts über liebe Freunde«, sagte ich. »Immer ein Ausbund an Bescheidenheit und Umgangsformen.«

Ronald lutschte eindeutig an einer Gewürzgurke und fragte nach dem Sinn unseres Treffens. Ich erklärte mein Anliegen und war wenig erstaunt, auf der Stelle einen vielstimmigen Chor mit Vorschlägen wie Heinz-Harald, Servatius und Jolanthe zu ernten.

»Nun mal im Ernst. Ich brauche einen neuen Vornamen, und er muss ein Leben lang halten. Capito?«

Die Bande musterte mich von oben bis unten. Man konnte förmlich hören, wie sie im Geiste ganze Namensverzeichnisse durchging. Zunächst kamen die Modenamen: Sebastian, Maximilian, Jonathan und Konsorten. Ich schüttelte nur den Kopf. Danach wurde man exotischer: Raphael, Josh, Julien, Vittorio.

»Ihr seid doch vor die Pumpe geflitzt! Vittorio Frings – das klingt wie ein Tiroler Zuhälter!«

Nun ging es an die deutschen Wurzeln: Karl, Anton, Gustav.

»Peter ist doch schön«, sagte Peter und handelte sich vernichtende Blicke ein.

Ronald mochte Tonio, Kraushaar fand Viktor gut, und Uli kicherte ohne Unterlass. Es war schwerer als gedacht. Nach einer langen Denkpause fragte Ronald: »Hast du nicht einen zweiten Vornamen?«

»Doch, Matthias.«

Plötzlich war Ruhe im Karton. Die Runde schmeckte dem Namen nach. Nur Matze schien nicht begeistert.

»Woher kommt der Name?«, wollte Kraushaar wissen.

»Von meinem Opa.« Ich sah ihn genau vor mir: kurzärmeliges Unterhemd mit Hosenträgern darüber, auf dem vollen blonden Haar ein verwegener Panamahut. »Mein Opa sah aus, wie David Bowie mit sechzig aussehen wird. Stellt euch vor, er war bettelarm, ging aber trotzdem jeden Tag zum Friseur, um sich kämmen zu lassen! Deshalb hat meine Oma sich in ihn verliebt.«

Das war's.

Alle waren begeistert. Sie mochten die Geschichte, und auch die Kombination aus Vor- und Nachname gefiel ihnen – Matthias Frings. Nicht überkandidelt, aber wohlklingend. Fand ich auch. Ich warf Matze einen fragenden Blick zu: »Dann hätten wir allerdings zwei Matthiasse in der WG?«

»Matze und Matthias ist doch süß, nicht?«, sagte Ronald.

Matze nickte vage. Erst viel später begriff ich, dass er selbst gern zu einem Matthias aufgestiegen wäre. Doch dazu war es jetzt zu spät.

18.

Bisher war für Schernikau alles nach Plan gelaufen. Das Jungtalent kommt in die große Stadt, hat Erfolg, wird herumgereicht. Das weitere Vorwärtskommen scheint ausgemacht. Aber statt auf Wolken zu schweben, landete er in der harten Realität des Buchmarktes. Der Verlust seines Verlags traf ihn schwer. Vaterlos aufgewachsen am ungeliebten Ort, suchte er nach Beständigkeit. Seine verlegerische Heimat bei Rotbuch war dabei genau so wichtig wie die Beziehung zu Thomas.

Wie ein Anfänger würde er nun losziehen und sich anbieten müssen.

Die politische Arbeit hatte ihn gelehrt, in großen Zeiträumen zu denken. Optimismus war für ihn eine politische Kategorie. Sein Blick richtete sich auf das Werk, nicht nur auf das nächste Buch.

Natürlich war er gekränkt. Wie konnte man es wagen, den Autor der *Kleinstadtnovelle* vor die Tür zu setzen? Verzweiflung mischte sich mit Trotz und dem Vorsatz, es allen zu zeigen. Jetzt erst recht. Also kopierte er das Manuskript mehrmals und schickte es an alle großen deutschen Verlage.

Monatelang tat sich nichts. Dann trudelten die erste Absagen ein, Formbriefe mit Wendungen aus dem Handbuch des höflichen Abwimmelns. Unerwartet pfiff ihm der rauhe Wind des Markts um die Ohren: Literatur war Mode und nichts reizloser als das Kleid der letzten Saison.

»Ich habe überhaupt keine Sprache mehr«, klagte Schernikau. »Die *variante* ist sprachlich so an einen Endpunkt geführt, dass ich wirklich nicht mehr weiß, wie ich einen Satz schreiben soll.«

Der Übergang vom Subjektiven zum Gesellschaftlichen, der Versuch, eine politische Perspektive am Ende des Buchs einzubringen, waren ihm sehr wichtig gewesen. Trotzdem hegte er die leise Vermutung, selbst er würde das Buch nicht gern lesen. Zu angestrengt, zu selbstquälerisch. »Danach kann man eigentlich nur noch Selbstmord machen«, sagte er.

***

Als Schernikau 1979 einen Verlag für die *Kleinstadtnovelle* gesucht hatte, standen seine Chancen nicht schlecht. Es gab eine kleine, aber solide Verlagsszene, die jungen, linken Autoren eine Heimat bot. Namen wie Rotbuch, Trikont und Roter Stern ließen keinen Zweifel an der Ausrichtung des Programms. Nach achtundsechzig war ein tragfähiges Netz aus

Verlagen, linken Buchhandlungen und Publikum, meist Studenten, geknüpft worden. Die Leser waren in der Hauptsache Großstädter, Wagenbach etwa machte die Hälfte seines Umsatzes allein in Westberlin.

Ein Verlag wie Rotbuch konnte sich auf etwa 250 sympathisierende Buchläden stützen und auf Leser, die ihre politisch grundierte Lektüre meist außerhalb der Publikumsverlage suchten. Zwar brachten Knüller wie Peter Schneiders *Lenz* oder die Comics von Seyfried die Butter aufs Brot, doch dem durchschnittlichen Rotbuch-Titel genügten 1800 bis 2000 Exemplare, um schwarze Zahlen zu schreiben. Früh hatte der Verlag sich ein eigenes Profil erarbeitet. Zur Hochzeit theoretischer Pamphlete bestand immerhin die Hälfte des Programms aus literarischen Texten. Das unterschied Rotbuch von anderen linken Verlagen. Nicht nur die politische Haltung zählte, sondern auch Ästhetik. Mit Adorno sagte man sich: Gut geschrieben ist gut gedacht.

In diesem Klima war es leicht, auch literarischen Newcomern eine Chance zu geben. Schernikau hatte sie bekommen und genutzt. Doch als die Achtziger sich ihrer Mitte näherten, kam ideologisch und ökonomisch ein anderer Wind auf. Die Leser wollten nicht mehr nur belehrt, sondern auch unterhalten werden. Bürgerliche Verlage witterten ein Geschäft und legten Reihen für die junge, urbane Klientel auf. Rowohlt, Fischer und Suhrkamp wilderten im Revier der Kleinverlage, führten politisch ambitionierte Programmsegmente wie rororo aktuell ein, boten Frauen-, Männer- und Schwulenliteratur. Manche nannten das Abzocke. Doch die Feindlinien begannen zu verschwimmen, was nicht zuletzt an der hohen Glaubwürdigkeit der Publikationen lag.

Den größten Wandel in der linken Verlagsszene aber bewirkten die Banken. Ein Satz wie aus kommunistischer Propaganda gegossen und trotzdem wahr. Bisher hatten die Banken den kleinen Verlagen großzügige Überziehungskredite für die Buchproduktion eingeräumt und waren damit gut gefahren. Doch die gierigen Achtziger zeigten ihre Zähne: Die Banken bestanden auf höherer Rendite und verlangten Sicherheiten, die der Handel mit Büchern nicht zu bieten hatte.

Zur gleichen Zeit änderte sich die Welt des alternativen Buchhandels gravierend. Bisher hatte eine Art praktizierter Solidarität gegolten: Die linken Verlage unterstützten die Buchläden und erließen auch schon mal Schulden, die Projekte ihrerseits präsentierten die Verlagsprodukte an prominenter Stelle, organisierten mit viel Engagement Lesungen und Diskussionen. Doch wie bei anderen alternativen Projekten auch professionalisierte sich der linke Buchhandel mit der Zeit. Die Macher wurden älter und wollten sich nicht länger selbst ausbeuten. Bei Arbeitszeiten bis in den späten Abend hinein zahlten sich die meisten ein Gehalt von unter 1 000,- DM aus. Unversehens ging die Subkultur baden, und der Mainstream übernahm das Ruder.

Die Veränderung der Buchladenszene war auch Reflex auf einen Wandel innerhalb der Linken insgesamt. Die Liga der westdeutschen Idealisten änderte sich nach und nach: Aus Linken wurden Ökologen, und die K-Gruppen gerieten in eine Sinnkrise. Die Szene zersplitterte in Spontis, Hippies, Pazifisten, Atomkraftgegner und Hedonisten. Traditionsbegriffe wie »Solidarität« wurden nur noch mit wehmütiger Ironie zitiert: »Solidarität mit dem Azorenhoch!«

Für den Schriftsteller Schernikau ist diese Entwicklung ein herber Schlag. Angesichts der Radikalität seiner Gedanken und seines Stils ist es ihm unmöglich, Frieden mit der neuen Zeitströmung zu schließen. Sein Glaube an den Kommunismus findet immer weniger Gehör, und für das neue Genre homosexueller Betroffenheitsliteratur taugt er auch nicht. Er wird zu einer Art heiligem Insekt. Lektoren mögen seine Manuskripte eindrucksvoll finden, aber die ökonomischen Argumente haben die literarischen längst eingeholt. Die linken Verlage gehen kein Risiko mehr ein. Den Autoren gegenüber wird das selbstverständlich nicht ausgesprochen. Man hütet sich vor Sätzen wie: »Davon verkaufen wir nicht genug«, sondern spricht lieber von ästhetischen Fragen. Eine Wendung wie: »Das muss besser durchgearbeitet werden«, ist meist nichts als klassisches Doppelsprech.

Für den Schriftsteller Ronald Schernikau wurde die Luft dünn. Alle nicht-politischen Verlage verboten sich von selbst. Verlage wie Suhrkamp, Rowohlt oder Fischer irritierte seine Engführung von orthodoxem Kommunismus und (Homo)-Sexualität. Zudem sahen sie kein ökonomisches Potential. Und Adressen wie Roter Stern oder Pahl-Rugenstein, bei denen er sich politisch wohl gefühlt hätte, brachten so gut wie keine Belletristik. Das Jungtalent Schernikau hatte für den neuen Markt seine Anziehungskraft verloren: Er war anspruchsvoll, schwierig, gestrig und unverkäuflich. Er war zu seinem eigenen Planeten geworden.

19.

Seit seiner Ankunft in Berlin war Ronald oft in den Ostteil gefahren. Er ging dort ins Theater, ins Kino, kaufte stapelweise Bücher. Jetzt fuhr er noch häufiger hin.

Als exzellenter Kenner der DDR-Literatur war es ihm nicht schwer gefallen, Freunde zu finden. Da war Irene Dölling, Kulturwissenschaftlerin an der Humboldt-Universität, die er wegen ihrer Klugheit und Wärme bewunderte. Und der Lyriker Ulrich Berkes, mit dem er ausgiebig über Literatur sprechen konnte.

Schernikau war von dessen Gedichtband *Ikarus über der Stadt* angetan und wollte den Dichter kennenlernen. Also schrieb er einen Brief und fragte, ob er ihn besuchen dürfe. Berkes freute sich über das Interesse des jungen Westautors, aber am meisten beeindruckte ihn, dass der Brief mit einem grünen Farbband getippt worden war.

Ulrich Berkes wohnte in Mitte am sehr berlinischen Koppenplatz. Wie in der DDR üblich, hatte er die gute Tischdecke aufgelegt, Kuchen besorgt und frischen Kaffee aufgebrüht. Für später stand schon eine Flasche bulgarischen Rotweins bereit. Schernikau in seinem wehenden Dichtermantel kam nicht einfach herein, er schwebte über die Schwelle. Dem Vierzigjährigen kam er für einen Moment wie ein Engel vor. Ein sehr irdischer Engel allerdings, der freundlich lächelnd aus den Tiefen seines Mantels ein Exemplar der *Kleinstadtnovelle* zog. Versuchsweise hatte er sie schon einmal per Post geschickt, aber sie war wohl abgefangen worden.

Die beiden verstanden sich auf Anhieb. Ronald fand Uli angenehm schnörkellos, und der war baff über das literarische Wissen des Kollegen. Sah aus wie ein Jüngelchen, kannte sich aber bestens aus, im Osten wie im Westen. Endlich hatte er einen Kollegen, mit dem er über die französischen, amerikanischen und westdeutschen Lyriker reden konnte, für die er sich so interessierte. Mit den Inhalten konnte er weniger anfangen, deren Lebenswelten waren ihm naturgemäß fremd, aber der formale Wagemut und die Experimentierlust faszinierten ihn. Autoren wie Frank O'Hara oder Rolf-Dieter Brinkmann waren in der DDR kaum zu kriegen, doch Ronald half. Wie für viele andere Kollegen auch knapste er von seinem bescheidenen Budget etwas ab, um die entsprechenden Bücher über die Grenze zu schmuggeln.

Im Lauf der Zeit entspann sich eine Freundschaft. Berkes holte die Lektüre der *Kleinstadtnovelle* nach und fragte sich, ob der Junge dieses Niveau auf die Dauer halten könne? Schernikau, der seit Jahren auch Gedichte schrieb und sie für eine eventuelle Veröffentlichung sammelte, wollte vor allem über Lyrik sprechen. Ihn beschäftigte das Handwerkszeug, die Technik, und er war fasziniert von Ulrichs Domäne, dem Prosagedicht. Das war kein Smalltalk, wie Berkes es von einem Westler erwartete. Sie hatten lange, ernste Gespräche, Unterhaltungen im besten Sinne.

Alle paar Wochen kam Ronald zu Besuch, oft unangemeldet, denn wie so viele hatte Berkes kein Telefon. Dann stürmte er herein, setzte sich an den Schreibtisch und schrieb aus dem Kopf sein neuestes Gedicht nieder, etwa das über seine Freundin Irene Dölling.

bewunderung
zu irene kommst du waffenlos
nicht dass du keine hättest:
du vergisst sie. du brauchst sie nicht.
deine augen sehn
dein blick lacht
dein lachen denkt
du siehst
und lachst
und sprichst
und hörst
und wenn du gehst hast du gute laune

Berkes wusste, dass der Lyrik nicht Schernikaus Hauptinteresse gehörte, aber die Gedichte gefielen ihm vielleicht gerade deshalb so gut. Hier war er entspannt, ganz bei sich.

sich sehnen
in der ubahn sitzen mit dir
und nicht angespannt sein
und wenn die prinzenstrasse kommt
kuckst du mich an

Ronald brachte ein für die Hauptstadt ganz unerhörtes Lebensgefühl mit. Sein Schwung war Berkes sehr sympathisch. Er sah in ihm etwas Freies, Westliches, was sich, zusammen mit dessen ideologischer Festigkeit, sehr exotisch ausnahm. Der Junge war recht.

Manchmal gingen sie zusammen raus, spazierten über den Trümmerberg im Volkspark Friedrichshain, den Mont Klamott. Oder sie fuhren an den Müggelsee, ließen sich am FKK-

Strand die Sonne auf den Pelz scheinen und sprachen über ihre Arbeit.

Auch Berkes hatte Kummer mit seinem zweiten Buch. Der Aufbau-Verlag hatte es mit der Begründung abgelehnt, es sei »zu wenig Welt« in den Texten. Von der Kunst waren gesellschaftliche Bezüge gefordert, und man misstraute jeder Form von Individualismus und Innerlichkeit. Für Lyriker war das eine böse Zwickmühle. Schernikau konnte sich schon mal an das Argument von mangelnder »Welthaltigkeit« gewöhnen – er würde es noch oft hören.

Ulrich Berkes jedenfalls war stinksauer. Kein Parteimitglied, aber loyal gegenüber seinem Staat, pflegte er mit Blick auf die BRD zu sagen: »Die DDR ist nicht gut, aber besser.« Zum ersten Mal nun sprach er in einer Mischung aus Wut und Enttäuschung vom Ausreisen. Sonderlich ernst war es ihm nicht. Erwartungsgemäß riet Ronald ab.

»Ich habe den Eindruck, du idealisierst die DDR«, hielt Berkes ihm vor. »Du bist zu schwärmerisch gegenüber unseren Menschen.«

»Hast du eine Vorstellung, was es bedeutet, immer gegen etwas sein zu müssen?«, konterte Ronald. »Ich bin nicht blind, ich weiß, wie lange die Dinge hier brauchen. Aber wenigstens gibt es eine Chance auf Veränderung.«

In der DDR gingen die Uhren langsamer – für die Literatur manchmal ein unschätzbarer Vorteil. Hier gab es keine mit großem Trara aufgebauten Autoren, deren Werke schnell wieder in den Billigstapeln der Grabbeltische versanken. Die DDR-Verlage förderten – wenn sie es taten – langfristig.

Die Autoren sollten in aller Ruhe ihr Handwerk erlernen, bis sie reif für eine erste Veröffentlichung waren. Das aber konnte dauern. Berkes war schon vierzig, als sein erster Band erschien, ziemlich genau das Durchschnittsalter von Debütanten in der DDR. Aber selbst wenn eine Arbeit abgelehnt wurde, ging es sehr familiär zu. Die Leute vom Aufbau-Verlag achteten und beachteten ihn weiterhin, man kümmerte sich. Er wusste jenseits seiner Enttäuschung genau, dass das letzte Wort noch nicht gesprochen war. Ronald hatte recht, alles brauchte seine Weile. Es würde noch einige Jahre dauern, bis Berkes' zweiter Lyrikband *Tandem* schließlich doch verlegt wurde.

So wie die Lektoren angehalten waren, auf weltanschauliche Konformität der Werke zu achten, standen auch die Autoren unter Aufsicht. Künstler, das wusste man, waren ein schwer zu kontrollierendes Völkchen. Zwei Mal tauchten freundliche Herren bei Berkes auf, um Berichte über Kollegen im Schriftstellerverband zu fordern. Beim zweiten Mal brachten sie als Morgengabe sogar ein Pfund Kaffee mit – ausgerechnet Ostkaffee.

»Na, wissen Sie«, sagte Berkes, «wenn Sie mit Gedichtbänden von Burroughs oder Ferlinghetti gekommen wären, aber so …«

Er entschied sich für die beliebte Schwejk-Methode und lieferte einige »Berichte« in Form von Lyrik ab. Die Herren kamen nie wieder.

Ronald faszinierte die ökonomische Seite eines Schriftstellerdaseins in der DDR. Berkes wurde für seine Beiträge in Zeitschriften und Anthologien gut honoriert, dazu kamen die Tantiemen für das Buch. Sein Grundeinkommen wurde, wie bei zahlreichen anderen Kollegen auch, durch die Leitung eines »Zirkels Schreibender Arbeiter« gesichert. Alle großen Betriebe machten Kulturarbeit, hielten ihre Arbeiter zu »schöpferischer Tätigkeit« an und finanzierten so auch die Leiter der jeweiligen Zirkel. Zwei Mal im Monat fuhr Berkes für einen Nachmittag zum Leichtmetallwerk Rackwitz bei Leipzig, wo sich sein Arbeitskreis befand. Dafür erhielt er monatlich vierhundert Mark.

Da Miete und Lebenshaltungskosten sehr gering waren – er zahlte neununddreißig Mark für seine Wohnung –, konnte Uli Berkes vom Schreiben, wenn auch bescheiden, gut leben.

Ronald kam das paradiesisch vor. Nie mehr Kinder hüten, für andere Autoren Texte setzen, Erika Runges Interviewprotokolle bearbeiten und von Muttis Zuschuss abhängig sein. Ein Traum!

Doch was sprach dagegen, ihn zu verwirklichen? Nur wer träumt, ist Realist, und so wurde diese Vision immer verführerischer: Der DDR-Schriftsteller Ronald M. Schernikau lebt und arbeitet in seiner mehr als preisgünstigen Wohnung in der Hauptstadt. Das Mitglied des Schriftstellerverbandes und der Akademie der Künste betreut seinen Zirkel Schreibender Arbeiter und hat ansonsten alle Muße der Welt, an seinem Werk zu arbeiten. Kein ökonomischer Druck, keine Zukunftsangst, keine Verlagsentscheidungen nach Marktgesetzen – nur die Kunst zählt. Von der Erfüllung all seiner Wünsche trennte ihn lediglich eine zehnminütige Fahrt mit der S-Bahn. Manchmal fühlte er sich wie ein Hund vor dem Fleischerladen: Alles greifbar nahe und doch unerreichbar.

Einen Haken gab es allerdings: Würde man ihn in der DDR veröffentlichen? Schernikau machte die Probe aufs Exempel. Er nutzte Berkes' Kontakt zum Aufbau-Verlag und bot seine Gedichte zur Veröffentlichung an. Die Lektorin Helga Pankoke war nicht gerade erpicht darauf, einen weiteren Lyriker zu betreuen, doch das hatte nichts mit der Qualität von Schernikaus Gedichten zu tun. »Schlepp mir bloß keine Lyriker mehr an!« – diesen Stoßseufzer ihres Chefs hatte sie noch im Ohr. Lyrik verkaufte sich nicht, und Aufbau hatte als erster Belletristikverlag im Lande ohnehin schon mehr Lyrik im Programm, als sich wirtschaftlich vertreten ließ. Außerdem hätte man einen westdeutschen Autor zumindest teilweise in Devisen bezahlen müssen, die in der DDR notorisch knapp waren. So verlief die Sache im Sand. Wieder einmal. Schernikau würde weiterhin im Land der D-Mark sein Leben meistern müssen.

***

So hedonistisch Ronald seine Sexualität lebte, so asketisch war er in Gelddingen. Trotz, oder gerade wegen knapper Haushaltskasse einfach mal zum Italiener zu gehen und sich ein leckeres Saltimbocca in den Mund springen zu lassen, gelang ihm einfach nicht. Beim letzten Besuch in Oldenburg hatte es zwischen Thomas und ihm böses Blut gegeben. Thomas wollte nach der Probe in ein Restaurant gehen, doch neun Mark für eine Pizza waren Ronald zuviel gewesen, Ende der Diskussion. Thomas sprach von Genuss, Ronald darüber, was man mit neun Mark alles machen könne – Bücher kaufen, sie für die politische Bildung verwenden.

Ronald lebte preisbewusst. Er bevorzugte die Marke a&p, die wir anderen nur »albern und pervers« nannten. Eines Tages beobachtete er bei Kaisers eine alte Frau, die sich von einem jungen Verkäufer beschwatzen ließ, die gerade in den Einkaufswagen gelegte Dosenmilch von a&p gegen die teurere von Glücksklee auszutauschen.

»Glücksklee ist viel ergiebiger und besser im Geschmack«, hatte der Ladenschwengel geworben.

Da griff Ronald ein. Er erzählte der Frau von der letzten Ausgabe der Zeitschrift test. Dort hatte er gelesen, dass sämtliche Dosenmilch-Marken gleich ergiebig seien. Auch im Geschmack unterschieden sie sich nicht groß, nur im Preis.

»Probieren sie doch erst mal die billigere Sorte«, ermunterte er sie. »Ich glaube nicht, dass es irgendeinen Unterschied gibt!«

Die alte Dame war angetan. So ein netter junger Mann! Sie entschied sich jetzt doch für die billige Dosenmilch. Im Bewusstsein, eine gute Tat vollbracht zu haben, wollte Ronald seinen Einkauf fortsetzen, als eine Frau im blauen Kittel ihm den Weg versperrte. Ihr Namensschild wies sie als Frau Mainke, Filialleiterin, aus.

»Es ist nicht erwünscht, dass Sie auf diese Weise Kunden beeinflussen«, sagte sie streng.

»Wie bitte?« Ronald war für einen Moment sprachlos. Dann fasste er sich. »Ihr Mitarbeiter war es doch, der beeinflusst hat!«

»Das ist völlig egal. Die Dame war mit der Wahl doch einverstanden. Bitte unterlassen Sie das!«

Jetzt wurde Ronald sauer: »Das mache ich ganz sicher nicht!«

»Dann erteile ich Ihnen hiermit Hausverbot.« Die Filialleiterin deutete unbestimmt in Richtung Eingangstür. »Bitte verlassen Sie den Laden!«

»Auch das werde ich nicht tun. Ich werde in aller Ruhe zu Ende einkaufen.«

Die Kontrahenten starrten sich an, ein stilles Kräftemessen. Hinter der Stirn von Frau Mainke arbeitete es. Was konnte sie tun, um das Hausverbot durchzusetzen? Die Polizei rufen war wohl etwas dicke. Also gab sie widerwillig nach.

»Wenn Sie so etwas noch einmal versuchen sollten, werde ich Ihnen Hausverbot erteilen.«

Ronald warf die Haare in den Nacken und setzte betont nonchalant seinen Einkauf fort. Die Filialleiterin warf ihm noch ein pikiertes »Sie sind gewarnt!« hinterher.

Innerlich war Ronald aufgebracht. So eine Unverschämtheit! Von wegen, der Kunde ist König. Er hat seine Bürgerpflicht als Konsument zu erfüllen, und da wird nicht nachgerechnet. Dann musste er grinsen. Was für ein Lehrstück zwischen Dosenmilch und Filtertüten! Er würde nach Hause gehen und die Szene notieren. Daraus musste sich doch etwas Hübsches machen lassen.

20.

Matze war ein Schatz. Manchmal hatte ich das Gefühl, nicht mit Michael, sondern mit ihm zusammen zu sein. Wir verstanden uns prächtig, und wenn wir allein waren, sprach er sogar. Manchmal wie ein Wasserfall. Jeder, der ihn als großen Schweiger kannte, wäre verblüfft gewesen, wie genau er seine Mitmenschen beobachtete. Er hatte fein justierte Antennen, erkannte die gute Seele im Angeber, das Biest hinter der leckeren Fassade. Ich liebte seinen Humor. Die Kuriositäten des Alltags machten ihn lachen. Wie viele geborene Humoristen war er sentimental. Einmal, ich war gerade zur Recherche in Hamburg, rief er mich an.

»Ich vermisse dich total! Gestern Nacht saß ein Mann neben mir an der Bar, der hat auch Roth-Händle geraucht. Da musste ich so weinen.«

Kurz vor Weihnachten hatte uns ein Bekannter zwei LSD-Trips geschenkt, Acid sagten die Coolen. Harte Drogen waren was für Blöde, außerdem hatten wir kein Geld für Koks & Co. Aber diese niedlichen Pillen kamen uns grade recht. Wir hatten noch keinen Plan für den Heiligen Abend, jetzt hatten wir einen.

Jedes Jahr kurz vor dem 24. Dezember gab es in Kreuzberg dasselbe Ritual: Ganz gleich ob Punk, Anarcho, Hardcore-Lesbe oder Taxifahrer – alle kehrten heim zu Mama. Murrend oder in Vorfreude auf reichlich Futter, gab es einen Exodus Richtung Westdeutschland. Der Rattenfänger ging einmal durch Westberlin und schleppte das Jungvolk ins heimische Kinderzimmer. Auch Uli war augenrollend in seine Bodensee-Heimat gefahren. Matze und ich hielten die Stellung.

Weihnachten komplett zu ignorieren kam uns spießig vor, nur eine spiegelverkehrte Form des Familienterrors. Wir wollten ein Käsefondue machen und zur Feier des Tages Wein trinken, der mehr als drei Mark kostete. Ich hatte mich sogar fein gemacht: Stoffhose, weißes Hemd mit Krawatte, dunkelblauer Pullover mit V-Ausschnitt. *Very british.*

Obwohl wir beim Versuch, den Fondue-Brenner in Gang zu setzen, fast die Wohnung abgefackelt hätten, wurde es ein schöner Abend. Im Trödelladen hatte ich für fünfzig Pfennig eine EP mit Weihnachtsliedern von Heidi Brühl erstanden. Mit metallischer Stimme vernichtete die Lady jegliche Feststimmung so rabiat, dass es eine Freude war.

»Oops«, gluckste Matze nach dem zweiten Glas Wein. »Ich fühle mich wie Audrey Hepburn, wenn sie ganz keck wird und fremden Männern den Hut ins Gesicht zieht.«

»Ah, das Hepburn-Syndrom.«

»Ja, man fühlt sich irgendwie so … audriert.«

Zeit für die Trips. Brav, wie wir waren, beschlossen wir, nur einen halben Trip zu nehmen. Matze holte ein Messer aus der Küche, und ich versuchte eine Tablette gerecht zu zerteilen. Das Ding zersprang gleich beim ersten Versuch. Eines meiner Talente ist spektakuläre Ungeschicklichkeit, und so brachte ich es fertig, eine halbe Tablette direkt in mein linkes Auge zu schießen. Dort verschwand sie für alle Ewigkeit.

Nun kam es auch nicht mehr darauf an. Matze teilte die restlichen anderthalb Trips für uns. Wir schluckten das Zeug und warteten. Und warteten. Eine alberne Situation: Man achtet auf jedes Geräusch, prüft jede Lichtreflektion, ob der Effekt schon eingesetzt hat. Aber es tat sich nichts. Der Abend kippte. Wahrscheinlich hatte man uns gepresstes Aspirin angedreht. Wir warteten noch eine Stunde und beschlossen dann auszugehen.

Draußen pfiff uns ein sibirischer Wind um die Ohren. Der Kanal war fast zugefroren. Eisschollen mit scharfen Kanten dümpelten im silbernen Wasser, darüber ein Hauch Pulverschnee. Die kahlen Uferbäume sahen aus wie Geheimagenten.

»Merkst du was, Matze?«

»Und wie! Fünfzehn Grad minus.«

Hinter der zugigen Kanalbrücke lag der Kottbusser Damm. Bis auf ein Pennerpärchen mit Schultheissdosen war er menschenleer. Merkwürdig, wie das unchristliche Berlin nur am Heiligen Abend zur Ruhe kommt. Gleich hinter der Brücke lag ein Fachgeschäft für Sportpokale. Obwohl der No-sports-

Bewegung angehörend, hegte ich eine fatale Liebe zu solchen Läden und konnte nie an ihnen vorbei gehen, ohne die Auslage zu studieren. Im Zentrum glitzerten monströse Siegertrophäen: Falscher Marmor, falsches Mahagoni, falsches Kristall und Katzengold bildeten eine tempelartige Säulenstruktur, auf deren Spitze ein schwarzer Bodybuilder im güldenen Slip seine Bizeps rausquetschte. Man musste allein schon ein Kraftpaket sein, um solch prächtige Gebilde siegreich in die Höhe stemmen zu können. Ein Hinweisschild erklärte, es handle sich um einen »Schraubfix-Sockel« – exklusiv, anspruchsvoll, hochwertig –, der die Montage jeder beliebigen Figur zulasse.

»Wenn das so ist, würde ich doch das da aufschrauben.«

Matze zeigte auf ein lustiges Schwein aus der Abteilung »Landwirtschaftspreise«. Daneben standen Kühe, Schafe, Kaninchen und ein aus dem Leim gegangener Hahn. Außerdem gab es Pokale für Rollschuhläufer, American Football, Sportangler und sogar für Minigolfer. Aber was war »Boßeln«? In welcher Disziplin wurde ein goldener Lastwagen verliehen? Und warum sahen die Schwimmerinnen auf den marmornen Startblöcken aus, als würden sie gerade ihre Notdurft verrichten? Egal, diese funkelnde Pracht war so katastrophal gut gemeint, dass sie uns rührte. Ganz hinten im Schaufenster entdeckte ich die absurdeste aller Trophäen: zwei abgetrennte Arme, die sich zum Fingerhakeln verbanden.

»Der Charité-Ehrenpreis für die beste Armamputation«, sagte ich. Wir brachen in schallendes Gelächter aus und konnten uns nicht mehr beruhigen.

»Mal gut, dass der Trip nicht wirkt«, japste Matze.

Ohne Plan liefen wir weiter. Der schnurgerade Kottbusser Damm lag vor uns wie ein ausgerollter Teppich. Keine Ahnung, wohin er uns führte. Kurz vor seinem Ende leuchtete uns das Tali-Kino entgegen, das älteste Kino Berlins. Tom Tykwer arbeitete hier, Blixa Bargeld und unser Freund

Kuschi, der Filmvorführer. Das Tali hatte eine L-förmige Anlage, wodurch zwei Kinoräume entstanden. Hinter der Leinwand befand sich ein großer Spiegel, der den Film in den zweiten Raum projizierte, spiegelverkehrt zwar, aber zum halben Eintrittspreis. Früher hatte es in Berlin mehrere solcher Zwei-Klassen-Säle gegeben. Jetzt wurde nur noch ein Raum bespielt, aber der Spiegel und der zweite Raum existierten noch. Manchmal lud Kuschi uns zu einer Galavorstellung ein. Dann nahmen wir auf einem Sofa hinter der Leinwand Platz, schauten in den Spiegel, rauchten und tranken. Durch die Leinwand konnten wir das zahlende Publikum hören, blieben aber unsichtbar. Ein exklusives Vergnügen, das kein Geld der Welt kaufen konnte.

»Mal gucken, ob Kuschi arbeitet?«

Ich bugsierte Matze in den ersten Stock, wo das Kino lag. Kuschi hatte frei, aber trotz Heiligabend lief das Programm. Während wir die Aushänge der kommenden Filme studierten, trat ein junger Mann auf uns zu.

»Kennt ihr *Fantasia*, den ersten Zeichentrickfilm von Walt Disney?«

»Nö.«

»Habt ihr Lust, ihn zu sehen?«

Warum nicht? Erst jetzt fiel uns die improvisierte Leinwand im Foyer auf, davor zwei Liegestühle. Der Vorführer wies höflich auf die Sitzgelegenheiten. Wir nahmen ohne Zögern Platz. Ein kleiner Projektor in unserem Rücken begann zu rattern, und schon erschienen die ersten Bilder. Und was für Bilder! Zu Bachs *Toccata* und Beethovens *Pastorale* tanzten Elefanten, Krokodile, Flusspferde und Strauße. Es gab farbenprächtige abstrakte Formen, die sich, passend zur Musik, zu immer neuen Ornamenten formten, und Mickey Mouse als *Zauberlehrling*. Wir waren hingerissen.

Am Filmende gab es prasselnden Applaus. Irritiert schauten wir hoch und stellten fest, dass sich in der Zwischenzeit mindestens dreißig Leute zu uns gesellt hatten. Sie saßen um uns herum auf dem Boden. Ich widerstand gerade noch dem Impuls, huldvoll zu winken.

Nach zahlreichen Dankeschöns für das herrliche Weihnachtsgeschenk traten wir wieder auf den Kottbusser Damm. Wir hatten keine Ahnung, dass die Enzyklopädie des internationalen Films Disneys Werk als Kultfilm für Menschen mit psychedelischen Erfahrungen führte.

»Oho, da sind wir wohl die Prinzen der Nacht«, stellte Matze sachlich fest.

»Dann brauchen wir auch eine Kutsche«, sagte ich und hielt ein Taxi an.

Der Fahrer war nett und genoss offensichtlich die Fahrt über die freien Straßen. Begleitet von schmachtendem Türkenpop, präsentierte sich das verwaiste Berlin als Eisschloss. Überall Eisblumen an den Fenstern, echte und aufgesprühte, Lichterketten, Flackersterne, blinkende Plastiktannen. Vor der Disco WuWu wünschten wir unserem Kutscher eine gute Nacht und versuchten erfolglos, ihm ein Trinkgeld aufzudrängen. Nicht am Heiligen Abend, wehrte er ab, wir sollten lieber auf ihn anstoßen. Der Mann hatte unsere Talente erkannt.

Sogar durch die geschlossene Eisentür pulste der Discobeat. Das WuWu konnte sich nicht zwischen New-wave-Laden und englischem Pub entscheiden. Die Tanzfläche kühl und lichtblitzend, der Rest aus dunklem Holz und grünem Samt. Der Laden war voll und von so frenetischer Energie erfüllt, als wolle man das Christkind mit aller Macht in den Boden stampfen. Die Mädels hatten viel Arbeit in ihre Haare gesteckt, die Jungs auch.

Kaum hatten wir uns umgeschaut, brachte ein wildfremder Mann uns zwei Gläser Sekt, wünschte »Frohes Fest!« und verschwand wieder. Konnte nicht immer Weihnachten sein? Der DJ legte eine Platte von The Jam auf, deren Rhythmus mir tief in die Eingeweide schoss. Matze zappelte auch schon. Ich zog ihn auf die Tanzfläche.

»Ausdruckstanz!«, schrie ich gegen die Musik an.

Mit lang ausschwingenden Armbewegungen stieß Matze seine Fäuste in die Luft. Ich tat es ihm nach. Respektvoll hielten die anderen Tänzer Abstand. Dann kam eine Schnulze von Diana Ross. Ich hielt inne und wischte mir hektisch über die Schultern. Matze schaute interessiert zu.

»Was machst du da?«

»Ich will nur den ganzen Flitter los werden, der von der Decke fällt.«

»Es gibt keinen Flitter«, sagte Matze.

»Ist ja gut. Hör auf zu grinsen. Aber weißt du was? Ich fühle mich total falsch angezogen.«

»Geht mir auch so.«

Matze sah aus wie ein kleiner Punk. Knobelbecher, schwarze Jeans und eine Lederjacke mit so vielen Reißverschlüssen, dass man halb Kreuzberg darin hätte verstauen können.

»Mir ist momentan eher hanseatisch zumute.« Matze zog auffordernd an meinem quergestreiften Second-Hand-Binder, der erfolglos auf Ruderclub machte. »Wollen wir tauschen?«

Also quetschten wir uns in eine Toilettenkabine und tauschten unter Flüchen und Gelächter unser Outfit. Von außen wurde kräftig gegen die Tür gehämmert.

»Was macht ihr da drin?«

Lautes Stöhnen hätte niemanden verwundert, Lachen empfand man als unanständig. Im Vorraum zupfte Matze mir die Haare in die Höhe, und ich verpasste ihm einen Hamburger Seitenscheitel. Wir betrachteten uns im Spiegel und waren total verblüfft: Identitätstausch mit überzeugendem Ergebnis!

»Sehr schön, Jungs, jetzt aber raus hier!«, sagte eine Frauenstimme. Erst jetzt stellten wir fest, dass wir auf der Damentoilette gelandet waren. Mehrere Mädels starrten uns fassungslos an, als seien wir von einem anderen Stern. Was durchaus zutraf.

Wir brauchten eine Stärkung. Am hinteren Tresen war es ruhiger. Gerade als ich bestellen wollte, gab mein Sitznachbar uns Sekt aus. Ich war schon nicht mehr erstaunt. Einige lange Gesichter an der Bar erzählten von dem gescheiterten Versuch, der Weihnachtsdepression zu entfliehen. Über den Tresen hinweg schickten wir den Mühseligen und Beladenen ein aufmunterndes Lächeln und ernteten prompt noch mehr Sekt. Ein verdächtig blonder Mann mittleren Alters kam schnurstracks auf uns zu und verwickelte uns in ein Gespräch, dessen Sinn uns nicht recht aufging. Aber wir verstanden seinen letzten Satz.

»Mir gehört die große Sauna im Saskatchewan-Hochhaus. Wenn ihr Lust habt, kommt doch später vorbei. Für euch ist der Eintritt natürlich frei.«

Saskatchewan-Hochhaus – der Wörtersammler in mir war begeistert. Doch zuerst war es Zeit für einen Lokalwechsel. Nur eine Tür weiter lag die Gigolo-Bar. Barkeeper Boris lugte durch das Guckloch und riss die Tür mit einem beschwingten »Hallo Matze, hallo Matthias!« auf. Im Gegensatz zu meinen Freunden hatte sich das Nightlife schnell an meinen neuen Vornamen gewöhnt. Vielleicht lag es daran, dass hier sowieso allerlei falsche Namen im Umlauf waren und viele in Windeseile einen Spitznamen verpasst bekamen. Drei davon saßen auf der hinteren Bank: »Uschi«, ein junger Mann mit feinem Babyhaar, »Moltomoscoloso«, der sich fälschlicherweise genau dafür hielt, und der dunkelhaarige Junge, der »Das kleine Schwarze« genannt wurde.

»Hi Matze, hi Matthias«, begrüßte man uns mit Handschlag. Ohne groß darüber nachzudenken, sprach man Matze mit Matthias an und mich mit Matze.

»So, die Herrschaften«, sagte Boris. »Zur Feier des Tages einen aufs Haus?«

Na, da blieben wir doch bei Sekt. Boris legte neben jedes Glas ein Tütchen mit Süßkram. Auch sonst hatte er für Weihnachtsstimmung à la Gigolo gesorgt: Der Projektor zeigte einen Streifen mit einem tiefbraunen zwanzigjährigen Santa Claus. Kaum war er durch den Kamin geflutscht, riss er sich die Klamotten vom Leib und stelle mit seiner Rute ziemlich unfestliche Dinge an. Von diesem saisonalen Intermezzo abgesehen, ignorierte jedermann den Heiligabend nach Kräften. Man trank und flirtete wie immer. Beides vielleicht etwas enthemmter als sonst. Die einen wollten besoffen und ohne sentimentale Anwandlungen ins Bett fallen, die anderen suchten noch ihr Christkind für diese ganz spezielle Nacht.

So war es auch in den anderen Clubs, in die wir uns spülen ließen. Bloß keine Wehmut aufkommen lassen! Nur im Tom's, deutlich kerniger und kerliger, herrschte eine elegische Stimmung. In den vier hintereinanderliegenden Räumen hatte früher ein Jugogrill seine Ćevapčići serviert. An der Längswand befanden sich roh gezimmerte Balken, die ein Strohdach trugen. Sicher hatten hier auch Kupferkannen gehangen. Die waren nun verschwunden, der Rest aber war geblieben. Offensichtlich versuchte man das Ganze als Cowboyambiente zu verkaufen.

Die Musik war weihnachtlich, auf dem endlosen Tresen standen überquellende Pappteller mit Lebkuchen. Niemand wusste, warum, aber gerade die Leder- und Fetischabteilung hatte einen deutlichen Hang zum Spießigen. Auf ihren Festen gab es immer selbstgebackenen Kuchen, und wer nachts bei einem butchen Mann im Wohnzimmer landete, musste davon ausgehen, dass unter sein Bierglas flugs ein selbstgehäkelter Untersetzer geschoben wurde.

»Also hier wohnt heute das Christkind.« Matze deutete auf die traurigen Männer unter dem Strohdach.

»Nur dass die Heiligen Drei Könige Ledergeschirr tragen!«

»Ganz schön kalt hier«, sagte Matze und rieb sich demonstrativ die Hände.

»Spinnst du, es ist bullenheiß!«

»Na ja … ähem … eine Sauna wäre jetzt nicht schlecht …«

Daher also wehte der Wind. Weil wir die ganze Nacht noch keinen Pfennig für Drinks ausgegeben hatten, konnten wir uns ein Taxi zum Anhalter Bahnhof leisten. Gemütlich in die Sitze eines uralten Mercedes gekuschelt, begrüßten wir den 25. Dezember. Ganz langsam kämpfte er sich den Horizont hoch. Als Geschenk hatte er vereinzelte, aber erstaunlich flauschige Schneeflocken mitgebracht.

Die graue, rechteckige Scheibe des Saskatchewan-Hochhauses hatte nur eine Attraktion zu bieten: Links oben, voll verglast über zwei Etagen, befand sich der Turn-Tower, ein Treffpunkt von Langhaarigen und kleinen Drogendealern. Von hier hatte man einen spektakulären Blick auf die Grenzanlagen – *very Berlin*.

Die Sauna lag im Keller des Hauses. Man hatte uns schon angekündigt, und wir wurden freundlich begrüßt. Wie angenehm, endlich aus den verschwitzten Klamotten zu kommen. Nur mit einem Handtuch bekleidet, erkundeten wir die Räumlichkeiten. Trockensauna natürlich, Kabinen zum Ruhen und für sonstige Vergnügungen, eine Bar. Der Clou aber war der Swimmingpool: Nach der neuen Mode war der langgestreckte Raum angenehm streng gehalten, Licht kam nur aus den Tiefen des großen Schwimmbeckens. Quer über das blau schimmernde Wasser spannte sich als Riegel die rundum verglaste Dampfsauna. Der gläserne Kubus war von innen erleuchtet. Im dichten Dampf der Sauna erkannte man hin und wieder eine Hand oder einen Schenkel. Wir genossen den surrealen Anblick und ließen die Beine im Wasser baumeln.

Aus der nebenan gelegenen Bar brachte uns ein Kellner zwei Gläser Sekt. Der perfekte Abschluss für eine perfekte Nacht. Doch die Wunder dieser Weihnacht hatten noch kein Ende. Ein älterer Mann mit schütterem Haar trat auf uns zu.

»Entschuldigen Sie, würde es Ihnen etwas ausmachen, wenn ich einige Arien zu Gehör bringe?«

Ich war fest davon überzeugt, einen akuten halluzinogenen Schub zu erleben, aber Matze nickte nur freundlich. Der

Mann verschwand kurz in der Bar, die elektronische Musik verstummte, und die ersten Töne von Mozarts *Königin der Nacht* erklangen. Unsere ganz persönliche Königin der Sauna mit dem weißen Handtuch um die Hüften stellte sich dekorativ neben den Pool und trällerte im Falsett los. Eine Privatvorstellung nur für uns, nicht schön, aber mit viel Enthusiasmus. Am Ende klatschten wir frenetisch und bekamen als Zugabe noch einen Händel geboten.

Mag sein, dass wir nach Hause gelaufen sind oder gefahren oder geflogen. Unsere Hirne hatten keinen Platz mehr für solch triviale Erinnerungen.

»Nacht, Matze«, sagte Matze.

»Nacht, Matthias«, sagte ich.

21.

Wie süß, der kleine Rolo. Sieht eine Fahne im Wind knattern und sagt: »Gucke mal Mutti, die zittert ja ganz doll. Ist der kalt?«

Ein lieber Junge und fröhlich wie die anderen, Gott sei Dank. Ein guter Junge auch. Acht, neun Kinder spielen auf dem Balkon der Krippe. Ein Mädchen fällt hin und weint. Die anderen spielen ungerührt weiter. Aber Ronald kümmert sich, hilft ihr auf, drückt und tröstet sie. Dann packt er sie am Arm und bringt sie zur Kindergärtnerin. Ellen hat alles aus der Ferne gesehen. Dieses Bild wird sie nie vergessen.

Die Dinge sind, wie sie sind. Sie will ihr Leben leben, so gut sie kann. Die Hauptsache ist der Kleine. Wenn schon der Vater nicht da ist, muss sie sich doppelt anstrengen.

»Hab ich auch ein Papi?«, fragt er immer wieder mal.

»Natürlich hast du einen Papi. Er ist nur nicht hier bei uns. Er lebt weit weg in einem fernen Land. Aber er denkt immer an dich!«

Dann nimmt sie ein großes Foto von Lorenz und hängt es über Rolos Bett. Jeden Abend gibt er dem Foto einen dicken Kuss. »Gute Nacht, Papi!«

Ein anderes Land, das versteht er. Aber warum kann man da nicht hin? Ellen schenkt ihm ein knallrotes Kindertelefon, damit er »mit Papi telefonieren« kann. Er erzählt dann, was er in der Krippe alles erlebt hat. Manchmal singt er eins von den neuen Liedern.

Einmal setzt er sich eine Sonnenbrille auf und betrachtet aufmerksam das Foto von Lorenz: »Alle beide hamwer Brille, ja?«

Schuldbewusst stellt Ellen sich wieder ihre Frage: Habe ich das Richtige getan?

»Du gehst hier vor die Hunde«, hat Freundin Gisela mitfühlend gesagt. Vielleicht hat sie recht. Das ewige Hin und Her im Kopf macht sie ganz mürbe. Andere sind gnadenloser: »Du hättest gleich mit ihm gehen sollen. Jetzt hast du den Schlamassel!« Eine Bekannte meint sogar: »Du liebst ihn nicht, sonst wärst du schon längst dort.«

Lorenzs Briefe sind auch nicht immer Balsam. Treu sein kann er nicht. Das weiß sie und er sowieso. Aber muss er solche Briefe schreiben: An einem Tag brauche er eine sportliche Blonde, am anderen eine dunkle Dralle. Ellen sei eine so gute Frau, viel zu gut für ihn. Er vertraut mir alles an, so legt Ellen es sich zurecht. Sonst würde er doch nicht so etwas schreiben. Lorenz entschuldigt sich für solche Briefe, schreibt dann wieder voller Liebe und Sehnen.

Manchmal schickt er Pakete mit Kleidung. Westchic für Ellen und Rolo. Sie ziehen die Sachen an und marschieren zum Fotografen. Ein merkwürdiges Studioporträt wird Lorenz bald ins Haus flattern. Hingestellt wie Schaufensterpuppen, ein halbes Lächeln im Gesicht. Ellen trägt feinen Stoff, bordeauxrote Bluse, weißer Plisséerock. Ein unpraktisches Handtäschchen baumelt an ihrem Handgelenk. Das ist nicht ihr Stil, sie bevorzugt das Sportive. Ronald steht da, mit durchgedrückten Knien in einem Leinenanzug, oliv, ins Beige spielend. Man sieht, wie unwohl er sich fühlt in den neuen Sachen, da ist er wie jeder Junge. Gutes Material, alles teuer bestimmt. Stolz sind sie beide, aber auch befangen. Man fällt auf damit.

Als Rolo vier ist, meinen die Tanten im Kindergarten, er sei ihr klügstes Kind. Ellen ist erfreut, aber skeptisch. Da zeigen sie ihr eine seiner Zeichnungen: eine Landschaft, oben in der äußersten Ecke ein kleiner Mann. Auf die Frage, warum der Mann so klein ist, hatte er erklärt: »Na, der ist doch ganz weit weg!« Das ist ungewöhnlich für sein Alter, er versteht schon die Perspektive.

Überhaupt verblüfft er die Kindergärtnerinnen mit seiner Auffassungsgabe. Gefragt, was er später mal werden will, antwortet er wie aus der Pistole geschossen: »Film- und Fernsehliebling!«

Die Tante schaut leicht überfordert. Da zieht Rolo sie verschwörerisch am Ärmel zu sich herab und flüstert ihr ins Ohr: »In Wirklichkeit Spion!«

***

Ellen möchte Kontakt halten, und sei es nur per Post. Lorenz soll soviel wie möglich mitbekommen von ihrem Leben. Sie besorgt sich ein Schreibheft und hält die kleinen Momente fest, die eine Familie ausmachen.

1. 3. 1962
Unser Sohn nennt sich Ronntein Tautau. Neulich guckte er in meine Achseln und fragte: »Hast du da Federn?«

Ostern 1963
Als es Erbsen gibt: »Solche kleinen Bälle esse ich nicht gerne.«

Er will die Vitamine im Essen sehen …

Ich mache ihm ein Wurstbrot. Rolo sieht die Wurstpelle liegen: »Du Wurstschale, du hast keine Wurst mehr dran, nein? Oh!«

2. 9. 1963
Auf der Toilette: »Gucke, eine große Wurst.« Ich: »Na, da bist du ja fertig.« Er: »Nein, noch eine, sonst ist die doch so alleine!«

28. 2. 1964
Heute früh sagt unser Sohn: »Mutti, bloß mal zum Schrank sagen: Kannst mal meinen Arsch lecken, ja? Ich sage das nicht zu dir!«

22. 3. 1964
Heute, zu Papis Geburtstag hat er fast geweint: »Er soll herkommen zum Feiern. Warum kommt er denn nicht?«

7. 4. 1964
Rolo fragt mich ganz unvermittelt: »Mutti, machste mal ein dummes Gesicht? Und dann lachste mal, ja?« Klar, Mutter macht's. Da stellt der kleine Fratz sich vor mich hin und ruft: »Gucksten so doof und lachsten noch?«

Mai 1964
Gestern Abend liegt er verdächtig still in seinem Bett und bewegt nur die Lippen, und auch ich sollte nichts sagen. Dann endlich: «Mutti, ich habe eben die schlechten Wörter gesagt, aber nur bei mir drinne, das darf ich doch ruhig, ja?«

18. 6. 1964
Ronald sitzt auf dem Töpfchen. »Mutti, ich muss doch den Pullermann in den Topf stecken, aber den kriege ich nicht runter, der ist ganz hart. Da ist wohl ein Knochen drin?«

Dezember 1964
Er kommt vom Fernsehen bei Nachbars (er darf immer das Sandmännchen gucken): »Ich habe Meister Nadelöhr gesehen. Da kam ein Schneemann und da hat Meister Nadelöhr gesagt: Du kommst ja viel zu früh, es liegt doch noch gar kein Schnee. Aber das war kein richtiger Schneemann, da hat sich einer verkleidet. Auf meinen fragenden Blick sagt er: »Na, ein Schneemann kann doch nicht sprechen oder laufen. Das war einer vom Fernsehen. Vielleicht Herr Ulbricht?«

April 1965
Er sieht an einer Häuserwand eine Friedenstaube und fragt. Als ich ihm sage, sie sei da, damit alle wissen, dass wir keinen Krieg wollen, meint er: »Ja, sonst wird alles kaputt geschossen und die Menschen auch. Und der Friedhof ist doch zu klein, da passen nicht alle hin.«

***

Ellen wird gemocht und wohl auch geschätzt, sonst hätte man ihr nicht soviel Verantwortung übertragen. Es macht ihr Freude, mit aufzubauen, und sie ist stolz auf ihr Land. Eine sehr gute Gesundheitsversorgung, respektiert sogar im Westen. Um jeden soll sich gekümmert werden, nicht nur um die mit Privilegien.

Ihr Leben ist ausgefüllt und ruhig. Nichts Besonderes. Dann guckt man sich um und denkt: Meine Güte, gerade noch gewundert, dass die Sechziger anfangen und jetzt ist man mittendrin. Halbzeit im Jahrzehnt. Der Kleine wird größer und ist schon vier. Wo ist die Zeit hin?

So könnte es weiter gehen. Wird es aber nicht.

Gerd hat sich angesagt, ein alter Freund. Auch er war nach Westdeutschland abgehauen, noch vor dem Mauerbau. Ob er Heimweh hat? Er wird Neuigkeiten von Lorenz bringen. Die beiden haben Kontakt gehalten im anderen Land, sie weiß das aus Lorenz' Briefen.

Es klingelt. Umarmung, Lachen, Freuen. Doch Gerd tut geheimnisvoll. Mit Verschwörermiene kramt er einen Zettel hervor. Winzig, zwei Mal zwei Zentimeter vielleicht, akribisch wieder und wieder gefaltet.

Eine Nachricht von Lorenz: »Es ist soweit. Ich hole euch nach. Haltet euch bereit.«

Er hat Kontakt zu Fluchthelfern aufgenommen und etwas arrangiert. Sie wird ein Telegramm erhalten mit einem Treffpunkt in Berlin. Drei Tage soll sie hinzuzählen und dann vor der Buchhandlung in der Karl-Marx-Allee warten. Ein Mann wird sie ansprechen und nach dem Weg zum Krankenhaus Friedrichshain fragen. »Tut mir leid, ich bin aus Magdeburg!« Das ist ihr Text. Wie im Krimi.

Zum ersten Mal denkt Ellen: Ich mache es.

22.

Zwei Jahre Arbeit an der *heftigen variante des lockerseins* sollten nicht vergebens sein. Er entschloss sich, das Buch im Selbstverlag herauszubringen. Aus Geldmangel musste er klein denken. Den Text drucken lassen kam nicht in Frage. Zu teuer, also Fotokopien. Um Papier zu sparen, verkleinerte er das Format auf Gebetbuchgröße. Fürs Cover entschied er sich für Originalfotos, eine preiswerte und gute Idee, denn die Abzüge gaben dem Cover die nötige Härte. Da für die Novelle ein Porträt des Autors benutzt worden war, blieb er in der Tradition und suchte eine Handvoll Fotos in Schwarz-Weiß aus: Auf meinem Exemplar sieht man ihn unscharf in Denkerpose. Die rechte Hand führt zur Stirn, gleich wird er den Kopf darauf stützen. Am unteren Bildrand ahnt man ein Buch oder ein Manuskript. Die Haare nach hinten gebunden, trägt er ein tiefschwarzes T-Shirt oder Kleid. Das Foto hat einen geheimnisvollen Charme. Ich mochte es sofort. Es erinnert an die rätselhafte Eleganz und Manieriertheit der Präraffaeliten.

Nun gab es tausend Exemplare der *variante*, handgemacht und selbst vertrieben. Das zusammengeklebte Bändchen kostete zehn Mark. Der zweite Schernikau war also in der Welt. Doch der Stachel saß tief. Ronald würde nicht ruhen, bis der Text gesetzt, gebunden und veröffentlicht war. Es sollte ihm gelingen.

***

Wenn ihm alles zuviel wurde, zog er sich ins Bett zurück, manchmal tagelang, ein altes Muster. Nichts fand er widerlicher als das zügellos zelebrierte Jammern und Greinen der pseudo-therapeutischen Siebziger. Begriffe wie »Selbsterfahrung« und »Bedürfnisse ausleben« waren ihm ein Gräuel, taugten bestenfalls zum Spott. Das Einzelkind Ronald Schernikau war eine Entität. Der abwesende Vater und die berufstätige Mutter hatten ihn schon früh genötigt, eigene Überlebensstrategien zu entwickeln. Heranwachsende brauchen Verlässlichkeit, und wo findet man die, wenn die Erwachsenen abwesend sind? Nur in sich selbst.

Besonders in persönlichen Krisen gelang es ihm nicht, seinen Gefühlen Ausdruck zu geben, schlimmer noch: Er verstummte. Seine Lösung war die Betthöhle. Dort ging er so lange in Klausur, bis sich ein Weg, eine Lösung fanden. Doch selbst auf der Krisenstation blieb er produktiv. Papier und Stift griffbereit, arbeitete er einen Plan aus: Um im Gespräch zu bleiben, musste er veröffentlichen. Wenn schon – fürs Erste – kein Buch, dann wenigstens journalistisch-literarische Arbeiten. Autoren brauchen die Druckerschwärze wie Bühnenmenschen den Applaus.

Zu den Druckerzeugnissen der Partei hatte er direkten Zugang. Die Deutsche Volkszeitung hatte schon mehrmals Gedichte und kleinere Prosatexte von ihm gebracht. Was lag näher, als diese Verbindung zu nutzen? Die Genossen kannten und schätzten ihn, waren an seinen Beiträgen interessiert, auch wenn sie inhaltlich und formal kräftig vom drögen DVZ-Stil abwichen. Wenn er sich schon mit Zeilengeld über Wasser halten musste, dann sollte wenigstens auch für ihn etwas dabei rausspringen. Er würde Rezensionen der Buchneuerscheinungen schreiben, die ihn persönlich interessierten. So käme er an Freiexemplare ran, schon mal Geld gespart. Außerdem schlug er der Zeitschrift eine Serie von Gedichtinterpretationen vor. So konnte er seine private Auseinandersetzung mit dem Handwerk der Lyrik fortsetzen. Dranbleiben, lautete seine Devise. Das war zwar unglamourös, aber notwendig.

***

Bei Kraushaar und mir trudelte der Andruck des Covers für *Männer.Liebe.* ein. Das Herz schlug mir bis zum Hals und rutschte gleichzeitig in die Hose. Anatomisch etwas fragwürdig, aber genau so war es. Den kindlichen Stolz, seinen Namen gedruckt zu sehen, auch wenn nur als Schwarz-Weiß-Kopie des Andrucks, empfindet man so ungetrübt nie wieder. Eitelkeit in ihrer unschuldigsten Form.

Das Buch ging in Druck, aber die Arbeit war noch lange nicht getan. Die anstehende kleine Lesetournee bereitete mir Sorgen. Zwei Männer sitzen am Tisch und lesen vor – sensationell. Etwas mehr Pep sollte die Sache schon haben. Weil ich das Kino liebte und Michael in dem Metier arbeitete, lag die Idee nahe: Neuerdings gab es eine Technik namens Video, bei uns in Kreuzberg gern auf der zweiten Silbe betont. In den Wohnzimmern war sie noch kaum zu finden, aber die Abspielanlagen für diese ulkigen Bänder ließen sich mieten. Nicht schlecht, wenn die Zuschauer außer uns beiden auch was Nettes zu sehen bekämen. Außerdem mussten wir dann nicht so viel lesen.

Michael war sofort dabei. Er hatte im Studium mit einer Kamera gearbeitet und kam über sein altes Institut kostenlos an die Ausrüstung. Ich entwarf ein kleines Storyboard: fünf Interviews, unterbrochen von dokumentarischen Aufnahmen. Bei einem Buch namens *Männer.Liebe.* bot sich die Liebe als Thema an. Ganz nett, aber es fehlte noch die Würze. Also fügte ich Sex hinzu. Sex und Liebe, dachte ich, das funktioniert immer.

An einem Samstagnachmittag lud ich eine Handvoll Freunde zum Interview ein, unter ihnen Thomas und Ronald. Michael bediente die Kamera, ich stellte die Fragen. Da ich alle fünf gut kannte, hatte ich keine Sorge, sie zum Reden zu bringen. Jahre später würde ich in Radio- und Fernsehstudios Hunderte solcher Interviews führen, letztendlich der Versuch, die naive Wissbegierde dieser ersten Gespräche wiederherzustellen. Meine Filmstars führten sich auf wie eine Mischung aus Clark Gable und Pippi Langstrumpf. Matze nahm sie in seine Obhut. Ich trug ihm auf, sie mit Sekt abzufüllen, um sie locker zu machen.

Drehort war mein Zimmer, jede Ecke wurde gebraucht. Während wir die verschiedenen Hintergründe ausleuchteten, hört man im Nachbarzimmer lautes Gekreische. Ronald hatte allen Ernstes Lockenwickler in sein Haar gedreht. »Ich muss doch für meine Großaufnahme schön sein, Mr. DeMille«, sagte er in Anspielung auf *Boulevard der Dämmerung*. In Gesellschaft drehte der sonst eher ruhige Ronald mächtig auf. Bonmots und derbe Witze flogen einem nur so um die Ohren. Er brauchte weder Alkohol noch Drogen, um aus sich herauszugehen.

Thomas stellten wir vor ein knallbuntes Gemälde in Manier der Berliner Wilden, das ich in einem Anfall von Wahnsinn gepinselt hatte. Sonnenblond und tief gebräunt, lehnte er lässig an der Wand. Sein weißes T-Shirt hatte einen appetitlichen V-Ausschnitt.

»Erzähl mir was über Thomas und die Liebe«, begann ich rasch.

»Bis Fünfzehn habe ich mich immer nur in Frauen verliebt. Dann war ich das erste Mal mit einem Mann. Damals war ich sehr unattraktiv, und für die Liebe mit diesem Mann auf dem Klo einer katholischen Privatschule habe ich gezahlt.«

Die Erinnerung schien ihn zu amüsieren. Um die Mundwinkel spielte ein verdorbenes Messdienerlächeln. Ein paar weitere Jugendlieben hatte er erlebt, bis er auf Fritz traf. Bei mir bimmelten die Alarmglocken: Ob Ronald das wohl gerne hörte?

»Mit achtzehn hatte ich eine ganz große Liebe, die in der Bibliothek der Privatschule begonnen hat. Wir haben uns über Rudolf Nurejew unterhalten, und dabei ist es dann passiert. Sieben Jahre geht diese Beziehung jetzt. Sie existiert immer noch. Mittlerweile sind wir die meiste Zeit getrennt.«

»Bist du treu?«

»Ich war immer treu, sehr treu. Bis vor zwei Jahren. Dann habe ich die Liv Ullmann der deutschen Literatur kennengelernt, die gern die Milva der deutschen Literatur wäre. Dann hat sich das schlagartig geändert.«

Ronald hatte ihm nach und nach Darkrooms, Saunen und Parks gezeigt, alles Orte zum schnörkellosen Austausch von Körperflüssigkeiten.

»Gehst du in dunkle Ecken?«, lockte ich ihn.

»Ja!« Ein entzückend dreckiges Grinsen. »Ich mag dunkle Ecken sehr!«

Eigentlich sollte jetzt ein anderer an der Reihe sein, aber Ronald drohte jeden Augenblick vor Anspannung zu explodieren. Für ihn hatte ich als Hintergrund einen mannshohen Spiegel gewählt. Ohne groß darüber nachzudenken, nutzte ich sein nicht unbeträchtliches narzisstisches Potential. Erwartungsvoll nahm er Platz. Er trug ein schwarzes Kleid und hatte sich einen schweren, militärisch wirkenden Mantel über die Schultern geworfen. Die Augen waren schwarz umrandet, die Haare glänzten wie Hollywood. Er sah hinreißend aus, kein Mann im Fummel, sondern ein verführerischer Faun.

Spontan fragte ich ihn: »Wer ist die Schönste im ganzen Land?«

»Na icke!«, tönte es unverzüglich. Er lachte laut und setzte dann ein gerade noch bescheidenes Gesicht auf. »Hoffentlich! Ich habe mich so angezogen, dass ich denke … mehr schaffe ich nicht.« Noch ein fetter Lacher. »Nein, ich bin nicht die Schönste. Ich kenne sehr viel schönere Personen. Ich würde mich sowieso nicht nach mir auf der Straße umsehen!«

Ich glaubte ihm keine Silbe. Die nächste Frage traf ihn aus heiterem Himmel: »Ronald, was ist die Liebe?«

Sein Ausdruck veränderte sich schlagartig. Er hielt inne, wurde ernst. Unvermittelt sah man hinter dem schönen Jüngling einen nachdenklichen Mann. »Die Liebe wären mehrere. Die Liebe hab ich nicht.« Er horchte seinen Worten nach. »Die Liebe, das wäre, wenn es mit allen so schön wäre wie mit Thomas.«

»Wovon träumst du?«

»Ich träume davon, in der Zeitung zu stehen, auf einer Bühne Lieder zu singen, Bücher zu schreiben. Und dann träume ich davon, sorglos jemanden abzukriegen und mit den Leuten gut auszukommen, das ist ja auch Liebe.« Ein Blick in die Ferne. »Aber vielleicht bin ich von vielen Sachen zu genervt.«

Einer Eingebung folgend, aber nicht ganz ohne Berechnung, fragte ich, ob er ein Lied singen wolle.

»Jetzt? Nein … doch, ich könnte was singen. Es passt vielleicht nicht zum Thema!?«

»Willst du was singen, Roni?«

»Na gut. Es ist ein Kinderlied von James Krüss. Ich habe es im Radio gehört, als ich dreizehn war.«

Ronald ließ den schwarzen Mantel von der Schulter gleiten und begann mit zarter, aber sicherer Stimme. Das Lied handelte von einer Friedenstaube, die sich schwer damit tut, in dieser Welt ihre Mission zu erfüllen. Kurz vor der letzten Strophe stockte er. »O Gott, ich weiß den Text nicht mehr!« Seine Lippen formten noch einmal die letzten Zeilen. Dann erhellte ein strahlendes Lächeln sein Gesicht, ganz ungekünstelt. »Jetzt hab ich's wieder: ›Doch lebt der alte Glaube im Menschen unbeirrt, dass siegen wird die Taube, und einmal Frieden, und einmal Frieden, und einmal Frieden wird.‹«

Immer wenn wir später das Video zeigten, wurde es mucksmäuschenstill im Saal. Der schöne Junge und sein schlichtes Lied waren so stimmig, dass manchen die Tränen kamen. In diesem Augenblick war Ronald ganz er selbst.

»Warum magst du dieses Lied?«

»Weil es ganz naiv ist und ganz direkt, eine ganz direkte kleine Sehnsucht.«

23.

Bis zum Sommer 1982 wagte Schernikau sich nicht mehr an einen längeren Text. Zu tief saß der Schock. Nicht nur Rotbuch, sondern auch Rowohlt, Claasen, Hanser, Suhrkamp und andere hatten die *variante* abgelehnt.

»Selbst bei Stroemfeld/Roter Stern«, berichtete er, »schreibt mir der Lektor: ›Ich konnte das gar nicht lesen. Ich bin in den Text nicht reingekommen. Ich weiß nicht, was er bedeuten soll.‹ Diese Leute sind offensichtlich überfordert mit anspruchsvollen Texten. Das ist natürlich skandalös!«

Künstlerisch fühlte er sich missverstanden, politisch zensiert. Vor allem sah er keine Perspektive, seine Ansprüche und Inhalte mit denen des westdeutschen Kulturbetriebs zu vereinbaren. In einem Brief heißt es:

»ich habe außer kleinigkeiten seit einem halben jahr nichts mehr geschrieben (das klingt so dramatisch; es beunruhigt mich nicht). in diesem halben jahr hab ich bei jeder geschichte, die mir undeutlich einfiel, gedacht: geht nicht. läppisch. war schon da. arbeitswelt? können andre besser. befindlichkeiten? ich will doch nicht ins feuilleton. beides zusammen? geht nicht linear zu erzählen.«

Kein Licht am Ende des Tunnels. Die üblichen Strategien von Aufgabe bis Alkohol waren seine Sache nicht. Das hätte er sich nie verziehen. Weil Literatur ihm vor allem Aufmunterung bedeutete, machte er ein kleines Experiment. Warum soll ein Dichter sich nicht selbst Mut zusprechen?

laß uns ein spiel machen
laß uns ein spiel machen, weil wir
immer so schlaff sind und maunzig.
laß uns, wenn wir abends im bett sind,
einander erzählen, was schön war den tag. weil:
das gibts doch nicht, dass da gar nichts war!

dann sag ich:
heut hat die kassiererin im laden einen witz gemacht
drei leute haben angerufen
ich habe einen kuchen gebacken, wir haben geld dazu
in der zeitung ist wer gegen raketen
gittes neues lied ist wunderbar und
hinterm ohr trage ich einen kuss von dir.

Und es funktionierte. Die Deutsche Volkszeitung brachte das Gedicht. Sein Name wurde mal wieder gedruckt und er erhielt dreißig Mark als Honorar. Lächerlich vielleicht, aber für ihn fast ein Zehntel des Monatseinkommens.

Auf den Kulturseiten der DVZ ist ein Schernikau-Artikel sofort zu erkennen. Er ist eigenwilliger und persönlicher als die Kollegen mit ihrer absehbaren Haltung. Auch seine Themenwahl ist ungewöhnlich. Einen Nachruf auf Romy Schneider hätte es ohne ihn hier kaum gegeben.

Für seine Buchbesprechungen spießte er unter anderem zwei Moden des Literaturbetriebs auf: Frauenliteratur und die Dokumentation möglichst authentischer Texte. Die DDR-Autorin Helga Königsdorf hatte einen Band mit Erzählungen veröffentlicht, und Schernikau nutzte die Gelegenheit, im gewohnt endgültigen Stil seine Meinung zur Frauenliteratur loszuwerden:

»Die deutschsprachige Frauenliteratur wird in der DDR gemacht. Wobei: Frauenliteratur ist hier nicht Literatur, die von Frauen handelt. Frauenliteratur ist die, die von Frauen gemacht wird: Dies ist ein Unterschied. Den Kapitalismus werden die Kapitalisten notwendig nur ausschnitthaft erfassen und die Welt wird am besten von denen beschrieben, die am wenigsten von ihr haben: noch.

Kein Zufall, dass die drei bedeutendsten Prosaautoren der DDR Frauen sind: Morgner, Reimann, Wolf.«

Das Tagebuch einer gewissen Karin Keppel, mit fünfzehn verfasst, wurde von Rowohlt mit dem Slogan »Authentische Gefühle. Ein Buch voller Realität und Poesie« beworben. Ein gefundenes Fressen für Schernikaus spitze Feder.

Vielleicht ist Karin Keppel ja der Meinung, der Text sei ein Dokument für die Wirklichkeit. In diesem Fall werden wir ihr mitteilen müssen, dass Wirklichkeit zum Glück nicht immer so funktioniert, dass wir uns mit ihr abfinden (zum Beispiel, indem wir nur mehr triviale Texte machen). Vielleicht aber ist Karin Keppel auch der Meinung, der Text sei einfach nur ehrlich, quasi spontan, unmittelbar, eben: ›authentisch‹.

In diesem Fall werden wir ihr mitteilen müssen, dass Ehrlichkeit ein Dreck ist. Ich bin auch ehrlich. Na und?

Schernikau nutzte das Buch, um aus dem kleinen Text einen Bogen ins große Ganze zu schlagen: »Natürlich ist dieser Ehrlichkeitskult eine verbrämte Literaturfeindlichkeit. Wenn jedes irgendwohin geschriebene Wort etwas über den/die Schreiber/in sagt: wozu dann noch Literatur? Nur noch Tagebücher scheinen neuerdings das Gefühl von Mitmachen, Mitleiden, Auchdasein zu vermitteln. Alles ist so schrecklich kompliziert, und die Mühe des Anschreibens *gegen* etwas scheint nicht mehr zu lohnen: Wir sind nur noch Dokumente unserer selbst ... Seufz!«

So sehr Schernikau sich um eine gelassene Perspektive bemühte, war er doch auch ein ungeduldiger Zweiundzwanzigjähriger.

»ich hasse artikel schreiben. der einzige grund, artikel zu schreiben, ist, das schlechte gewissen loszuwerden. das schlechte gewissen, wenn man heute noch keinen artikel geschrieben hat. da hat die brd mal ein genie an mir, und dann stirbt es ihr eines tages einfach weg: die täglichen launen der letzten gewissheit.«

***

Der Sommer 1982 war eine Wucht. Die Götter mussten Berlin eine Sonderzulage Himmelsblau bewilligt haben. Morgen für Morgen ließ ich meine türkisfarbenen Rolos hochschnappen, riss das Fenster auf und brüllte: »Another day in fucking paradise!«

Jeder hätte gute Gründe gehabt, sich zu sorgen. Kraushaar und ich wussten nicht, wie es nach unserem Buch weitergehen sollte. Ronald war ohne Verlag und Thomas bald ohne Engagement. Aber wie eine Geheimparole, geflüstert von Mund zu Mund, waberte es durch Berlin: Alles ist gut!

Besonders Ronald strahlte. Zäh hatte er daran gearbeitet, Thomas nach Berlin zu locken. Nun war es soweit. Zum Ende hin hatte Thomas sich leicht rumkriegen lassen, mürbe von der schönen Stadt Oldenburg. Im letzten Halbjahr war er durch die westdeutsche Provinz getingelt und hatte bei einem guten Dutzend Theatern vorgesprochen. Da es keine wirklich verlockenden Angebote gab, hatte er sich entschlossen, sein Glück als freier Schauspieler zu versuchen. Das ging am besten in Berlin mit seinen zahllosen Theatern, freien Gruppen und Projekten. Thomas war kein Abenteurer, und in stillen Momenten wurde ihm mulmig. Schauspieler gab es in Berlin wie Sand am Meer, biestig und gut.

Ronald hatte Oberwasser. Schluss mit den teuren Wochenendbesuchen, denen immer etwas Künstliches anhaftete. Endlich würde ihre Beziehung einen Alltag haben, sichtbar für alle. Thomas war klug genug, seine Zweifel für sich zu behalten, Ronald freute sich zu sehr. Im Stillen sah er Ronald nicht als Lebenspartner, sondern als besten Freund. Eine Beziehung hatte er schon: Fritz. Aber diesen Namen erwähnte man besser nicht, sonst zogen schwere Gewitterwolken auf am Sommerhimmel.

Wenn Ronald schon beruflich nicht weiterkam, sollten sich wenigstens seine Lebensumstände ändern. Frauen gehen zum Friseur, Männer ziehen um. In seiner Rotbuch-WG war es ihm unerträglich geworden. Er sehnte sich nach Ruhe zum Schreiben. Auch war es ihm unangenehm, bei Mitarbeitern eines Verlags zu wohnen, der ihn abgelehnt hatte. Also mietete er ein Zimmer in der Neuköllner Parterrewohnung eines Parteifreundes.

Im Juni 82 war es soweit: Thomas zog in Ronalds Zimmer, ein Zusammenwohnen auf Zeit. Beide wollten sich von hier aus jeweils eine eigene Bleibe suchen. Sie sprachen zwar darüber zusammenzuziehen, aber bei größeren Wohnungen war eine hohe Kaution fällig, die keiner von ihnen aufbringen konnte. Als Untermieter oder in einer Einzimmerwohnung entfiel diese meist. Doch es ging nicht nur ums Geld. Die Fritz-Geschichte war noch nicht geklärt, und Thomas wollte in Berlin zuerst einmal seine Freiheit genießen. Zum ersten Mal teilten die beiden sich ein Zimmer. Zwei Künstler auf so engem Raum, jung und durchaus temperamentvoll – das hätte mächtig nerven können. Aber das Gegenteil war der Fall.

***

»Wenn wir jetzt nicht das Fenster aufmachen, sterbe ich!« Ronald verdrehte die Augen und zuckte spastisch.

»Mach du doch«, sagte Thomas.

Aber Ronald konnte sich nicht aufraffen, das zerwühlte Bett zu verlassen. Es roch so gut. Lieber leckte er Thomas über den Bauch. Selbst die Vorhänge konnten die Sommersonne nicht aussperren. Obwohl es an diesem späten Nachmittag bestimmt dreißig Grad war, hatten sie Fenster und Vorhänge schließen müssen, um nicht den Passanten auf dem Bürgersteig eine kostenlose Peepshow zu bieten. Nicht dass sich die beiden daran gestört hätten, aber der gemeine Neuköllner war nicht gerade für seine Schwulenfreundlichkeit bekannt. Für Peepshows schon.

Spät waren sie aufgestanden, hatten lange gefrühstückt und einen trägen Spaziergang durch die Hasenheide gemacht, einen schönen, verlotterten Park zwischen Kreuzberg und Neukölln. Alles war wie immer gewesen – die wispernden Dealer, die bolzenden Türkenjungs, die Gitarre spielenden Althippies – aber seltsam verlangsamt, Schlendrian in Zeitlupe. Sogar die hartgesottensten Brathähne mit ihren Tangas hatten sich in den Halbschatten verzogen.

Dann waren sie zum Einkaufen gegangen. Thomas wollte ein Gulasch kochen und prüfte bedächtig das Angebot. Das konnte dauern. Während Ronald wahllos eine Packung aus der Kühltruhe gegriffen hätte, überlegte Thomas genau, welches Stück Fleisch er sich an der Theke zurechtschneiden ließ. Am Kochen und Essen merkte man Thomas' gutbürgerliche Herkunft. Ronald war Mensa, Thomas Cuisine.

Nach der Einkaufstour hatten sie sich ermattet aufs Bett geworfen, doch nach einem Anfall schlechten Gewissens beschlossen, noch etwas zu schaffen. Ihr Bett war eine Insel, umrahmt von einem Meer aus Büchern und Papier. Ronald machte sich Notizen zu Peter Hacks' Erfolgsstück *Ein Gespräch im Hause Stein über den abwesenden Herrn von Goethe*. Thomas nahm sich tapfer den beängstigend vertrackten Antrag auf Arbeitslosengeld vor.

»Wir müssen unbedingt einen Peter-Hacks-Preis für Dramatik ins Leben rufen«, sagte Ronald und zupfte an Thomas' Brusthaar. »Natürlich werde ich ihn als erster erhalten, ne?«

»Würden Sie mich meine Pflicht als Antragsteller erfüllen lassen, Herr Maus?« Thomas trommelte demonstrativ mit dem Kuli auf die Formulare mit dem großen A.

»Ganz und gar nicht. Im Übrigen hätte ich noch gern den Georg-Büchner-Preis und den Nobelpreis für Literatur.«

»Nie zu klein denken«, grinste Thomas. »Du hast den Nationalpreis der DDR vergessen.«

»Ist doch selbstredend, muss nicht extra erwähnt werden.«

»Und was machst du mit dem ganzen Preisgeld?« Thomas gab die Bürokratie auf und schob die Formulare zur Seite.

»Ich werde einen Sportwagen kaufen und ihn dem schönsten Mann der Welt schenken.«

»Danke, sehr großzügig.«

»Angeber! Nur damit du mich durch die Stadt kutschieren kannst!«

»Ich soll also den Chauffeur für dich spielen, verwöhntes Monster?«

Spielerisch piekste er Ronald in die Seiten, vertraut genug mit dessen Körper, um blind die kitzeligste Stelle zu finden. Ronald johlte und schlug wild um sich.

»Hilfe! Du verstehst mich nicht! Du wärst ja ein mit Preisen überhäufter Chauffeur – Iffland-Ring, Schauspieler des Jahres!«

»Reicht nicht«, sagte Thomas und piekste weiter.

»Ein Oscar! Zwei!«

Ronald streckte die Waffen und rutschte südlich von Thomas' Bauchnabel.

Ein paar Stunden später standen sie in der Küche und kümmerten sich um das Abendessen, das eher ein Nachtmahl war. Der Himmel ließ mit seinem prächtigen Nachtblau, dunkel und hell zugleich, keinen Zweifel an einem weiteren Hochsommertag. Da Ronald nicht kochen konnte, machte Thomas den Küchenmeister. Ein Glück, denn er hatte ein Händchen für die leckere k.u.k.-Küche. Seit seinem ersten

Engagement hatte er sich angewöhnt, nie vor zweiundzwanzig Uhr zu essen. Die beiden blieben bei diesem Arrangement. Sie schätzten die ruhigen Stunden zu zweit.

»Ich liebe es, bekocht zu werden«, sagte Ronald und versuchte mit drei Gulaschwürfeln zu jonglieren. »Aber du musst mich was schrapseln lassen. Ich will auch mittun.«

»Dann hör auf, mit dem Essen zu spielen!« Thomas fing die Fleischbrocken auf und begann, die Sehnen zu entfernen.

»Musst liebhaben«, schmollte Ronald in der Babysprache, die nur für Thomas reserviert war.

»Sehr wohl, Herr Maus.« Er zog ihn nah zu sich heran und begann am flaumigem Schnauzer zu knabbern. Ronald spielte Entsetzen und schüttelte sich. Thomas drückte ihm das Küchenmesser und einen Beutel Zwiebeln in die Hand.

»Zwiebeln schälen und vierteln.«

Während Thomas wartete, bis das Butterschmalz Blasen warf, summte Ronald den Zwiebeln ein Lied von Ingrid Caven vor.

»Wie geht's mit dem Hacks?«, wollte Thomas wissen.

»Fabelhaft, ein Klassiker. Ist ja nun ein Solostück, und ich habe mir überlegt, ob ich das nicht spielen könnte.«

»Hacks als Travestie? Das würde ihm vielleicht sogar gefallen.« Thomas warf das Fleisch in das siedende Fett und rührte kräftig um. »Aber dir ist schon klar, dass du dich dann an den großen Heroinen messen musst!?«

»Die Heesters hab ich darin gesehen, die hats versemmelt. Aber die Gregorek im Maxim-Gorki war atemberaubend! Das kann die Hauptstadt einfach besser. Wie eine Puppe hat sie gespielt, überlebensgroß in ihrem Kostüm. Die war ganz Königin.«

»Die Heesters ist westlicher, viel naturalistischer. Und beim legendären Schlusssatz liegt sie ganz daneben. Da ist sie nur noch sentimental.«

»›O mein Gott, warum ist nur alles für uns alle so sehr viel zu schwer?‹«, zitierte Ronald aus dem Kopf. »So was müsste man schreiben können. Wie kriegt die Gregorek das hin, so drüberzustehen? Wie stellt man das her?«

»Zwiebeln bitte«, sagte Thomas. Er dünstete die Zwiebeln an und fügte etwas Bouillon hinzu. »Ein genialer Trick«, nahm er den Faden wieder auf. »Sie spielt es so, dass man eher den Eindruck hat, sie liest es, als dass sie es spielt.«

»Das ist die DDR.«

»Genau.«

Ronald nahm eine Glasschüssel aus dem offenen Regal und begann mit der Vinaigrette für den Salat.

»Das interessiert mich, die Fähigkeit, in jeder Sekunde gleichzeitig in der Figur zu sein und sie dennoch, auch als Idee, auszustellen.«

»Das ist Handwerk und im besten Fall auch Begreifen des Stoffes«, sagte Thomas. »Im schlimmsten Fall ist es wie in Lüneburg. Die Königin des Theaters war eine kleine rothaarige Hausfrau, der Hamlet von Haus aus Polizist und der Tenor eigentlich Autoverkäufer. Immer wenn der eine Arie gesungen hat, rotzte er hinterher fett auf die Bühne.«

»Igitt!«, kreischte Ronald und stopfte sich Salatblätter in die Ohren.

»Und die Darstellerin der Frau von Stein war eine Säuferin und strunzdumm.«

»Warum auch sollte ein kluger Mensch Schauspieler werden?«, feixte Ronald und duckte sich vor dem Schlag mit dem Spültuch, der prompt kam.

»Man sagt ja, dass es grunddumme Leute geben kann, die auf der Bühne großartig sind. Aber in Lüneburg hatten sie keine Ahnung, was sie taten.« Thomas gab noch einen Schuss Rotwein zum Gulasch, verschloss den Topf und stellte das Gas niedrig.

»So. Das muss jetzt zwei Stunden köcheln, mindestens.«

»So lange?« Ronald zog eine Schnute. Dann hellte sich seine Miene auf. »Und was machen wir so lange, Maus?«

24.

In diesem Sommer waren alle verliebt. Man hatte Angst, in einem dieser französischen Filme gelandet zu sein, wo die Darsteller ohne Vorwarnung in Gesang ausbrechen. Da ba da ba dah. Einen Freund von mir hatte es besonders schlimm erwischt. Er hatte sich unsterblich in einen Bauhaus-Sessel verliebt, Stahl und schwarzes Leder, vollkommen und vollkommen unbezahlbar. Immer wieder strich er in der Möbelabteilung des KaDeWe um das Prachtstück herum, bis er etwas Unerhörtes tat: So entflammt, dass er nicht mehr bei Sinnen war, griff er sich den Sessel und spazierte unbehelligt damit aus dem Kaufhaus. Erst in der U-Bahn begriff er, was er getan hatte. Der Schweiß rann ihm von den Achseln in die Hemdärmel, und er schämte sich eine Runde. Noch nie im Leben hatte er geklaut. Aber er hatte es genau gehört: Der Sessel hatte nach ihm gerufen, ganz deutlich, und er hatte keine andere Wahl gehabt, als ihn seiner wahren Bestimmung zuzuführen. Im heimischen Wohnzimmer gab er ihm einen Ehrenplatz. Das Preisschild blieb dran.

Auch Ronald war hochgestimmt. Nicht nur lebte Thomas endlich bei ihm, er traute sich auch, wieder über seine Zukunft als Schriftsteller nachzudenken. Seit Tagen schon hatte sich eine Idee für einen kleinen Sommerroman in seinem Kopf festgesetzt, vage noch, aber unabweisbar. Und er entwickelte einen Plan. Vielleicht lag es an der Hitze, vielleicht auch an der inspirierenden Freiheit seiner Übergangswohnung, jedenfalls fragte er sich: Wenn ich schon nicht in der DDR leben kann, warum soll ich dort nicht für eine Weile arbeiten oder studieren können?

Die erste Idee galt dem Deutschen Theater in Ostberlin.

»Wenn ich ins Theater gehe«, sagte er, »stört mich jede verpatzte Replik, jede Spannungslosigkeit. Dann stört mich jede Blödheit des Ausführenden. Da bin ich ganz anspruchsvoll.

Da kann ich dann wirklich nur das Deutsche Theater ertragen. Alles andere, also schon das Gorki-Theater oder andere hauptstädtische Theater, genügen meinen Ansprüchen nicht mehr. Ich glaube, das ist der Unterschied zwischen Material und Kollegenhaltung: Ins Deutsche Theater gehe ich – alle Beteiligten haben ein Niveau, wo ich ganz bescheiden werde –, aber da gehe ich als Kollege rein.«

Besonders verehrte er den Regisseur Alexander Lang. Dessen Inszenierung des »Sommernachtstraums« hatte ihn so fasziniert, dass er fast jede Aufführung besuchte. Bei den lächerlichen Eintrittspreisen konnte er sich sogar einen Platz im Parkett leisten. Begeistert berichtete er, wie Lang Shakespeares Handwerkerszenen so anlegte, dass jeder begriff, worum es ging: die Mangelwirtschaft in der DDR. Nach Vorstellungsende ging er durch die erste Reihe und klaubte vereinzelte Federn auf, die sich von den Schauspielerkostümen gelöst hatten.

Kurz entschlossen schrieb er an Alexander Lang und fragte nach einer Hospitanz. Man traf sich in der Theaterkantine auf einen Kaffee. Lang war einverstanden, Ronald glücklich.

Leider lagen zwischen der Neuköllner Schillerpromenade und der Schumannstraße in Mitte nicht nur eine Handvoll S-Bahn-Stationen, sondern Welten. Er brauchte ein Arbeitsvisum, um ohne Mindestumtausch täglich zur Probe anreisen zu können. Mit den DDR-Behörden war er vertraut genug, um zusätzlich seine Partei um eine Empfehlung zu bitten. Ein wenig Druck konnte nicht schaden. Die Genossen unterstützten seinen Plan. Auch der internationale Theaterverband der DDR stimmte zu.

Jetzt konnte nichts mehr schiefgehen. Alles würde wunderbar sein: ein Regisseur, den er großartig fand, legendäre Schauspieler, Bühnenbildner und Dramaturgen. Er würde viel lernen, Diskussionen führen, wichtige Leute treffen am besten Theater der Republik.

Jeden Morgen rannte er als erstes zum Briefkasten. Aber das Visum kam nicht. Er forschte nach. Doch, doch, das Visum sei bewilligt, hieß es von offizieller Stelle, man habe es längst abgeschickt. Die Zeit drängte, Lang würde bald mit den Proben beginnen. Immer noch kein Visum. Jeden Morgen eine weitere Enttäuschung. Als das Visum schließlich eintraf, war es zu spät. Lang steckte schon so tief in den Proben, dass es sich nicht mehr lohnte. Dem Poststempel nach hatte das Arbeitsvisum von Berlin nach Berlin mehr als drei Wochen benötigt. Aus der Traum. Gab es auch mal etwas anderes für ihn als Ohrfeigen? An großen Dingen scheitern, in Ordnung. Aber an der blöden Post? Das war demütigend.

Schwer nachvollziehbar, wie er es schaffte, aber selbst aus dieser lächerlichen Niederlage zog er etwas Positives. »Ich dachte die ganze Zeit, jetzt geht's los«, sagte er. »Als es nicht mehr los ging, habe ich gemerkt, warum ich mich beworben habe: Weil ich in die DDR will!«

Also nahm er ein Blatt Papier, atmete einmal tief durch und schrieb einen Brief an Max Walter Schulz. Der war Direktor des Leipziger Literaturinstituts Johannes R. Becher. Das Institut im Rang einer Hochschule bot einen Studiengang für Schriftsteller und angehende Schriftsteller. Nun lässt sich darüber streiten, ob ein Autor mit Universitätsdiplom ein besserer Autor ist, schaden dürfte eine dreijährige Beschäftigung mit literarischem Schreiben in Lyrik, Prosa und Dramatik aber kaum. Unter anderem gab es Seminare in Ästhetik, Kulturwissenschaft, sowjetischer Literatur, Stilistik, Literaturwissenschaft, Kunstgeschichte und, wie an allen DDR-Hochschulen obligatorisch, in Marxismus-Leninismus. Das für beide Deutschlands einmalige Institut bot nicht nur Theoretisches, sondern auch zahlreiche schöpferische Seminare an.

Ronald war Feuer und Flamme. Sein Handwerk praktisch und theoretisch verfeinern und als Sahnehäubchen obendrauf noch eine Portion politische Wissenschaft. Das Allerbeste aber war das Stipendium, das fast jeder Student erhielt. So musste das Schlaraffenland aussehen: Lernen, arbeiten, und man wird dafür auch noch bezahlt. Endlich könnte er sein Traumland intensiver kennenlernen als bei Verwandtentreffs in Magdeburg oder Tagesbesuchen in der Hauptstadt.

Er zweifelte nicht an seiner Qualifikation, aber würden sie einen BRD-Bürger zulassen? Ganz zu schweigen von der Flucht der Mutter?

Doch wieder endeten alle Bemühungen in der Sackgasse. Für ein Studium in Leipzig fehlte die Rechtsgrundlage. Seit Jahren schon verhandelten BRD und DDR über ein Kulturabkommen. Ohne Erfolg. Wieder an der Bürokratie gescheitert, wieder mal ein Traum geplatzt.

***

Rückschläge hin, Rückschläge her, Ronald wurde zweiundzwanzig, und er versäumte es nie, seinen Geburtstag zu feiern. Man vergaß immer wieder, dass er noch ein halbes Kind war. Trotz schwerer Anfälle von Albernheit und Diventum kam er so vernünftig und erwachsen daher, dass man sein wahres Alter bis zum nächsten Geburtstag wieder vergaß.

Ronalds Geburtstagsfeiern waren sehr ungewöhnlich. Unsereins feierte ganz konventionell mit einer Party, die nie vor zweiundzwanzig Uhr begann, erst nach Mitternacht in Schwung kam und frühmorgens irgendwo zwischen Sex, Koma und Aspirin endete. Zu Ronald aber ging man nachmittags. Schon im Hausflur roch es nach Kaffee. Unweigerlich traf man das Geburtstagskind in der Küche, gefährlich mit Filtertüten und kochendem Wasser hantierend. Ich kam mit Michael, der ein kluges Buch für Cineasten überreichte. Mein Geschenk kam vom Flohmarkt, ein kleiner Stapel Amiga-Singles, Produkte des staatseigenen DDR-Schallplattenlabels.

Thomas war natürlich da, Kraushaar, Erika Runge und ein paar neue Gesichter. Die Achtundsechziger hatten es geschafft, dass in Gesellschaft jede Form von Höflichkeit unter

Generalverdacht stand. Oft war man auf Partys eingeladen und hatte keine Ahnung, wer die anderen waren. Vorgestellt wurde man nicht, das war bürgerlich. Ronald widersetzte sich diesem Diktat nicht nur, er machte eine kleine Kunst daraus. Erst wenn alle Gäste versammelt waren, stellte er jeden höchstpersönlich mit einer kleinen Vita vor.

Auch die Zusammensetzung seiner Freunde war revolutionär. Normalerweise kannten wir keine Menschen über vierzig, aber bei Ronald war alles bunt gemischt: Alte und Junge, Männer und Frauen, Heteros und Schwule, Kommunisten und – der Rest. So lernten wir die Malerin Uliane Borchert kennen, eine quirlige, dunkelhaarige Frau mit Lakritzaugen und zwei beeindruckenden Grübchen. Daneben saß ihr Kollege Thomas Schulz, Maler und Bühnenbildner. Mit beiden sollte Ronald ein Buchprojekt in Angriff nehmen. Die dritte Person in den Vierzigern musste sich nicht vorstellen. Ellen Schernikau erkannte man auf den ersten Blick. Das gleiche schmale Gesicht, die gleiche Bereitschaft, jederzeit laut loszulachen. Die sportive Frau drückte jedem herzhaft die Hand und war sofort beim Du. »Ach Matthias, wie mich das freut! Ich höre doch so viel von dir. An welchem Buch arbeitest du gerade?« Sie war unkompliziert, wach und konnte den Stolz auf ihren offensichtlich beliebten Sohn nicht verbergen.

»Du hast ja eine klasse Mutter«, sagte ich leise zu Ronald. Der verdrehte nur die Augen. Ein merkwürdiges Phänomen: Gerade die Kinder von fortschrittlichen Eltern, von vielen beneidet, haben damit ein Problem. Da hatte er nun eine Mutter, der er ein Telegramm mit dem Inhalt »Habe den Tripper. Schick mir einen Krankenschein. Ronald.« zumuten konnte, und dann war es auch wieder nicht recht. Gerade Ellens vielleicht etwas betont lockere Haltung zur Sexualität ihres Sohnes forderte ihn heraus. Im Fragment *fritz.liebesfilm* läßt er franz und paul über eine libertäre Mutter spotten.

f ich halts nich aus.
ich ertrags nich.
p was denn.
f es is son kraftakt. noch in fünfzig jahren werd ich mir anhörn müssen, wie wenig schlimm es is und dass sie es ja immer gewusst haben und die diskriminierung, schrecklich. warum erzählt sie uns das?
p sie is eben froh, dass sies kapiert hat.
f kann sie ja auch sein. aber wenn wers nun alle wissen, könnwer doch anfangen, über was andres zu redn. oder ignoriern dass wir keine frauen … sind.
oder losküssen.

Kaffee und Kuchen wurden gereicht. Für die herzhafte Abteilung hatte Thomas einen Nudelsalat vorbereitet. Nudelsalate waren die Salzstangen der Siebziger. Keine Party ohne das kalte, glitschige Zeug. Aber Thomas belehrte uns eines Besseren. Die Österreicher mochten ein Volk mit merkwürdigem Todeskult sein, die Mexikaner Europas, aber für die leiblichen Genüsse im Diesseits hatten sie ein Händchen.

Man sprach über die Projekte der Anwesenden – wer schrieb, malte, inszenierte, filmte gerade was? –, kommentierte die aktuellen politischen Ereignisse – eskalierender Häuserkampf, die Flickaffäre, Ronald Reagan vor dem Brandenburger Tor –,und kam dann zum eigentlichen Sinn des Treffens, dem Spielen. Alle Augen richteten sich auf Erika Runge. Sie war eine Meisterin der Psychospiele. Man bekam Stift und Papier in die Hand gedrückt und sollte zu bestimmten Begriffen frei assoziierend Linien aufs Papier bringen. Dann stellte sie Fragen wie: »Du bist ein Fluss und mündest ins Meer. Was geschieht dort mit dir?« Mit großer Konzentration studierte sie anschließend Zeichnungen und Antworten, lächelte geheimnisvoll und lieferte ein launiges psychologisches Profil ihres »Opfers« ab. Sie traf immer ins Schwarze. Das gelang ihr um so besser, je weniger sie über die betreffende Person wusste.

Erika hatte sich seit Jahren intensiv mit Psychologie beschäftigt und war so gut geworden, dass man nach Ronalds Geburtstagen stets genügend Stoff zum Nachdenken hatte.

Das nächste Spiel war einfach nur Spiel. Nach dem Beispiel der Surrealisten stellte man sogenannte cadavres exquises her. Ein Blatt Papier wurde mehrfach in Streifen gefaltet. Jemand zeichnete etwas auf den ersten Streifen, klappte ihn dann nach hinten, so dass nur noch die zwei Endpunkte der Zeichnung zu sehen waren. Der Nächste setzte dort an und fügt seinen Teil hinzu. Zum Schluss wurde das Blatt entfaltet. Kleine Ungeheuer waren so entstanden, nebulöse Phantasmen als Ergebnis eines Zufallsexperiments.

Ronald liebte diese Nachmittage. Er hatte gern seine Freunde um sich und genoss ihre Unterschiedlichkeit wie die Tatsache, dass alle einander sympathisch waren, fast alle. Gegen den Maler Thomas Schulz hegte ich eine instinktive Abneigung. Wie ein in die Jahre gekommener Beau kam er mir vor, den der Verlust seiner Jugend säuerlich gemacht hatte. Er war das, was ich »Kulturschlürfer« nannte: Zu allem und jedem eine modische Meinung, ganz locker von der Zunge runter, gern ins Bissige gewendet. Die jungen Wilden konnten nicht malen, die Oper hatte keinen Glanz mehr, und Peter Stein war auch nicht mehr, was er mal war.

Michael, aufmerksam wie immer, spürte meine Abneigung sofort. Diskret kraulte er mir den Rücken. Vielleicht hatte ich die Geste aber auch missverstanden, denn er wollte aufbrechen. Es war Abend geworden. Obwohl ich mich bemühte, zwischen ihn und seine Familie keinen Keil zu treiben, ging es mir manchmal auf die Nerven, nie eine Nacht mit ihm verbringen zu können. Er verabschiedete sich, und mir stand der Sinn nach Ausschweifungen.

Da Michael nicht verfügbar war, rief ich Matze an. Wie üblich hatte der keine große Lust gehabt mitzukommen. Geburtstage, Essenseinladungen, Partys waren seine Sache nicht. »Die reden mir nur in die Ohren«, hatte er gesagt. Was hätte ich antworten sollen? Es stimmte schon, niemand aus Ronalds Kreis hatte Ambitionen, einem Schweigeorden beizutreten.

»Weißt du was«, versuchte ich ihn zu locken, »wir machen heute Abend mal auf sozialistische Wohngebietsgruppe und gehen ins Hoppla Sir.«

»Bist du nicht mit Michael?«

»Der musste nach Hause«, sagte ich. »Trautes Heim, Glück allein.«

»Ist aber doch sehr rücksichtsvoll.«

»Ja, das ist er.«

Matze konnte sehr gut Pausen aushalten. Eine große Kunst, selten aufgeführt. Ich wälzte eine Frage im Mund wie mehlige Kartoffeln.

»Findest du ihn nicht ein kleines bisschen langweilig?«

»Also nach dem Lärm, der manchmal aus deinem Zimmer kommt, ist der alles andere als langweilig.«

25.

Mehrmals fährt Ellen in die Hauptstadt, wartet vor der Karl-Marx-Buchhandlung. Ein Mann, jedes Mal ein anderer: »Können Sie mir sagen, wie ich zum Krankenhaus Friedrichshain komme?« Sie darauf, wie verabredet: »Es tut mir leid, ich bin fremd hier. Ich bin aus Magdeburg.«

Aber die Angelegenheit kommt nicht ins Rollen. Es gibt noch keinen endgültigen Termin. Einer der Männer erscheint zwei Mal. Er versucht Ellen aufzumuntern: »Sie werden sehen, was Sie sich dort alles kaufen können.«

»Ach, das ist doch nicht wichtig.«

Er schaut sie verständnislos an, sagt dann noch einmal: »Sie werden schon sehen!«

Endlich, kurz vor Weihnachten, ein Termin. Jetzt wird es Ernst. Tage wie auf Glatteis, und niemand da zum Reden.

Natürlich wird man hinterher die Kollegen befragen: Haben Sie etwas bemerkt? Hat sie etwas gesagt? Gab es Anzeichen? Sie will niemanden belasten, also muss sie schweigen. Mit aller Kraft zwingt sie sich, ruhig zu bleiben. Sie schaut ihre Kollegen an und fühlt sich elend. Ich will nicht von euch weg, möchte sie rufen, es geht nur um den Kleinen.

»Was räumst du denn deinen Schreibtisch auf?«, fragt Kollegin Margot. »Das machst du doch sonst nicht?«

In diesem Moment weiß Ellen: Margot wird es sein, die später ein Gesicht zieht und sagt: »Tja, und so was will eine Genossin sein!«

Weihnachtsgeschenke lohnen nicht mehr. Sie könnten sie sowieso nicht mitnehmen. Ein paar Tage später dann die Nachricht: Es klappt nicht, Termin geplatzt. Ellen ist merkwürdig erleichtert. Gut, dann soll es eben nicht sein. Sie rennt los und kauft Weihnachtsgeschenke für Rolo.

Dann ein neuer Termin. Dasselbe Spiel von vorn. Ruhig bleiben, Klappe halten. Eine Geschichte wirft sie fast aus der Bahn, schön eigentlich, aber zur falschen Zeit. Ellen soll eine Ehrennadel erhalten, weil sie in der Hochschulsportgruppe das Turnen für Vorschulkinder eingerichtet hat. Unter normalen Umständen hätte sie sich mächtig gefreut. Aber so? Die Leute würden sagen: Nimmt die Nadel noch eben und haut dann ab! Auf der Sitzung, wo sie vorgeschlagen wird, wehrt sie sich vehement: Die soll eine andere kriegen. Es gibt welche, die haben sie viel eher verdient. Danach ist sie fix und fertig. Was ihr abverlangt wird an Verdrehung! Aber sie ist auch zufrieden mit sich. Sie hat die Nadel nicht genommen.

Auf der Straße trifft sie alte Bekannte, macht ein freundliches Gesicht, täuscht Normalität vor. »Hallo, wie geht's?« Ihre Leute ein letztes Mal zu sehen und die Not, sich unter keinen Umständen etwas anmerken zu lassen. Ganz schrecklich, diese Verabschiedungen im Innersten, während der Mund ein beiläufiges »Tschüs« formt.

Zu Hause, wenn Rolo im Bett ist, versucht sie sich Mut zu machen. Es ist die richtige Entscheidung. Wir werden zusammen sein, alle drei, eine richtige Familie. Sie will sich darauf besinnen, was in einer Woche sein wird. Aber es kommen keine Bilder. Da ist nur ein Loch. Stattdessen eine ganz andere Phantasie: Jemand müsste sie zur Seite nehmen und sagen: »Du gehörst hierher. Du bleibst!« Sie würde einwilligen.

Richtig bös kann das Leben sein, eine gemein herausgestreckte Zunge. Immer schon hat Ellen sich ein Klavier gewünscht, und ausgerechnet jetzt kommt Gisela mit der Nachricht: »Mensch, ich habe eins für dich!« Ellen druckst herum – zu viele andere Ausgaben zur Zeit, vielleicht später mal. Da weiß Gisela Bescheid. Wortlos nimmt sie Ellen in den Arm und drückt sie ganz fest. Ich bin eine Verräterin, denkt Ellen. Ich werde alle verraten, die Freunde, die Kollegen, die Genossen. Aber sie bleibt stumm. Was hätte sie auch sagen sollen? Die Freundin belasten mit einer Wahrheit, die sie ohnehin schon kennt? Abscheulich, das alles. Aber am schlimmsten ist das Mitleid in Giselas Blick. Nie wird sie das vergessen.

Ein letzter Abschied noch, eher eine Pflicht. Am Bahnhof trifft sie sich mit Lorenz' Vater, um ihm wichtige Papiere zu übergeben. Der alte Mann ist Mitte Siebzig und darf als Rentner schon seit Jahren in den Westen reisen. Ellen drückt ihm ihre Zeugnisse und Ausbildungsunterlagen in die Hand. Die wird sie brauchen für einer Anstellung in der BRD. Wenn er das nächste Mal seinen Sohn besucht, soll er sie mit rüberbringen. Da sagt der doch wirklich: »Wo ist denn die Dreivierteljacke aus Pelz, die du von Lorenz gekriegt hast? So ein wertvolles Stück!« In solchen Situationen kann Ellen nicht reagieren, dann ist sie sprachlos. Sie fährt noch einmal nach Hause und bringt sie ihm.

An die blöde Pelzjacke hat er gedacht, nur nicht daran, ihr die Wahrheit über Lorenz' Leben im Westen zu erzählen.

26.

In diesem Juni entdeckte Ronald die Lust am Schreiben wieder. In einem Rutsch entstand *und als der prinz mit dem kutscher tanzte, waren sie so schön, dass der ganze hof in ohnmacht fiel. ein utopischer film.* Ganze zehn Tage brauchte er dafür. Der Titel kam dummerweise von mir. Beim Sprechtraining im Zan Pollo Theater hatte jeder sich einen Satz oder ein Zitat aussuchen müssen. Diesen galt es, begleitet von kuriosen Armbewegungen, zu deklamieren, zu singen, zu grunzen. Schauspielerfolklore eben. Ein Kollege hatte immer wieder gerufen: »Und als die Prinzessin mit dem Kutscher tanzte, waren sie so schön, dass der ganze Hof in Ohnmacht fiel.« Ich hatte ihm den Satz geklaut, aber aus naheliegenden Gründen die Prinzessin durch einen Prinzen ersetzt. Ronald war entzückt von dieser Geschichte. Nun hatte er seinen Titel. Ich fand ihn auch hübsch, aber unhandlich. Gott sei Dank würde der Verlag, der das Buch machen wollte, den Titel auf *so schön* eindampfen.

so schön war wirklich schön. Die ganze Heiterkeit dieses Sommers war darin eingefangen. »Das ist mein Rheinsberg«, sagte Ronald über das Hundert-Seiten-Manuskript. Als Grundlage diente ihm das Fragment *fritz. liebesfilm*. Fritz selbst wurde daraus getilgt und mit ihm die ganze Bitterkeit, auch eine Art, Fritz auszulöschen.

Sollte Ronald vorgehabt haben, problemlos einen Verlag zu finden und einen Publikumserfolg zu landen, hätte er aufreizender nicht vorgehen können. Gleich auf der ersten Seite treffen franz und tonio in einer öffentlichen Bedürfnisanstalt aufeinander und verlieben sich. Es folgt eine Szene, in der ein Haufen Kommunisten, immer wieder unterbrochen von Albernheiten und Gelächter, eine politische Veranstaltung plant. Prima, da würden sich die großen Verlage nur so drum reißen.

Kommunisten waren schon schlimm genug, aber mussten die auch noch schwul sein? Ronald kümmerte das einen Dreck. Er schrieb, wie alle guten Schriftsteller, von sich selbst. Jede einzelne seiner Figuren war auch er, sein Denken, sein Verlangen und seine Zweifel. Sollte er sich hinsetzen und aus seinen Protagonisten, zwei Männerpaaren, Männer und Frauen machen? Was hätte das gebracht außer Verkrampfung?

so schön hätte auch »Die lockere Variante des Heftigseins« heißen können. Gut aufgelegt, präsentiert Schernikau einen erotischen und politischen Reigen. Der Sänger franz, man kennt ihn aus *fritz*, hat eine hitzige Affäre mit dem Bankangestellten tonio. franz lebt in einer Wohngemeinschaft mit paul, der schon eine Weile mit bruno zusammen ist. Man ist guter Dinge, schätzt einander, vögelt sich durch die Nachmittage. »es ist ganz hell und sommer.« Eine brüchige Gelassenheit, höflich zwar und aufmerksam, aber bedroht von Eifersucht. »bruno guckt manchmal franz an, als könne oder wolle der ihm paul wegnehmen.« bruno liegt so falsch nicht, denn paul und franz waren ein Paar, bevor sie zusammenzogen.

»früher warn wir verliebt. wir dachten, wir müssen immer aneinander denken. mussten wir auch. dann mussten wir nicht mehr, das ging schnell, und wir waren auch zu albern für eine geschichte. wir wollten auch wieder raus. wir konnten zusammenziehn, als wir jeder was anderes hatten.«

bruno und tonio verlangen Zweisamkeit, verstehen aber jeweils etwas anderes darunter. bruno besteht auf sexueller Treue, tonio kann mit franz nicht reden. Er möchte sprechen, sich und seine Geschichte erklären, aber franz lacht immer nur. Ihn graust vor Geständnissen. »tonio hat ja immer nich viel gesagt, ich fand das so angenehm.«

Die Beziehungen zerbrechen an den Wünschen nach Ausschließlichkeit. In einem schönen destruktiven Akt lösen franz und paul sämtliche Probleme: Sie schlafen miteinander. Hier sind zwei, die mehr als einen lieben können und zwei andere, die genau das nicht ertragen. Hier spricht der Schernikau, der im *Männer.Liebe.*-Video gesagt hatte: »Die Liebe, das wäre, wenn es mit allen so schön wäre wie mit Thomas. Die Liebe hab ich nicht.« Der kleine, fast privat anmutende Liebesreigen in *so schön* hat für ihn auch eine gesellschaftliche Dimension. Wie bei der Politik fallen Beziehungsformen nicht einfach vom Himmel. Sie werden gemacht – also sind sie veränderbar.

Weil Literatur sich sämtliche Freiheiten erlauben darf, gönnt Schernikau seinem Personal ein furioses Finale. Auf einem Jahrmarkt, halb Rummel, halb Politfest, wird buchstäblich alles und jeder noch einmal kräftig durcheinandergewirbelt. Bewegung kommt in die Verhältnisse, eine Ahnung von etwas Neuem. »es wird schon gehen, mausi«, sagt eine Person namens helmut. »es wird schon ganz anders werden als wir denken. du wirst wer sein, den du nicht kennst.«

Es war ein kleiner Schock, mich in der Erzählung wiederzufinden: franz wählt auf seinem weißen Telefon eine Nummer, an deren anderem Ende sich helmut meldet.

»das andere ende heißt helmut. das andere ende heißt eigentlich matthias, aber vor zwei jahren hat es beschlossen, helmut zu heißen. jetzt heißt es helmut. helmut hatte vor zwei jahren auch noch locken und war blond. jetzt sind die locken ab und natur, mittelblond mitteleuropäisch wie wir alle.«

So weit, so unspektakulär. Doch plötzlich konnte ich mir selbst zuhören, schwarz auf weiß.

»helmut hat alles im auge. na mausi, sagt helmut. na du schlampe, wie geht's. och!, ruft helmut, frag nicht. gestern wieder nightlife. ganz ganz viele männer ham mich wieder nich gekriegt gestern nacht. und ich erst! wie viele ich nich gekriegt hab! ich hab mir wirklich die fresse abgelächelt. nichts.«

Meine erste Reaktion: Mist! Ich kann nie wieder unbefangen mit Ronald reden. Die zweite: Wie hat er das gemacht? Ist er zur Toilette gegangen und hat sich heimlich mein Gerede notiert? Wenn ich das gewusst hätte, wären mir bestimmt ein paar tiefsinnige Sentenzen eingefallen. Aber so war ich die komische Person in dieser Geschichte – spöttisch und hedonistisch:

»helmut, wenn er franz und tonio sieht, lächelt immer ein bisschen unverschämt. helmut weiß, was er sieht. (…) er ist seit jahren in der großen stadt und weiß es seit jahren. in jedem ist alles. wie tonio franzens hand abwehrt, wie die beiden aus helmuts wohnung den ganzen film nichts sagen werden, wie die leute an der theke so ganz nebenbei hier sind: so ist er es. er erzählt, dass wer aus der hitparade gestern im dschungel war, er zeigt seine neuen schuhe, er registriert neuen eyeliner an franz, er weiß die namen der neuen schallplatten. er nimmt das neue nicht ganz ernst. er kann mit dem neuen leben, weil er es nicht ganz ernst nimmt. er flüstert franz was zu über tonios hemd, er sieht, wann es zu ende sein wird mit ihnen, franz und tonio.«

Und dann: »helmut hat eine proletarische sozialisation und sehr viel mut. helmut wäre ein guter kommunist.« Na immerhin.

Mensch, sagten meine Freunde, jetzt bist du eine literarische Figur, wie kostbar! Stolz war ich schon, doch es überwog Verlegenheit. Ich kannte diesen helmut, und er war mir fremd. So also sah Ronald mich. Privat sprachen wir über Gott, Sex und die Welt, doch obwohl wir uns für mächtig freizügig hielten, blieben wir letztlich innerhalb der höflichen Grenzen der Konvention. Man sagt sich nicht die Wahrheit mitten ins Gesicht. Wenn überhaupt, malt man im Gespräch das Bildnis eines Freundes als Aquarell, nicht in Öl. Literatur darf sich damit natürlich nicht zufriedengeben. Sie muss näher ran. Ronalds Porträt machte mich erst schutzlos, dann nachdenklich.

»*so schön* ist genau das«, sagte ich zu Ronald. »Und bestimmt nicht, weil ich drin vorkomme.«

»Die *variante* war so kompliziert, danach musste ich was ganz Einfaches und Naives machen.« Ronald guckte fast entschuldigend. »Aber wenn *so schön* ohne die *variante* rauskommt, dann ist das eigentlich ein Missverständnis. *so schön* ist nur verständlich als Folge der *variante*.«

»Sei nicht so streng. Die funktionieren auch einzeln!«

»Ich glaube, jemand, der meine Artikel hasst, wird die Gedichte lieben. Und jemand, der die *variante* überdreht und manieristisch findet, wird sagen: *so schön* habe ich wunderbar gefunden.«

»Ich bin mir jedenfalls sicher, dass du dafür schnell einen Verlag findest!«

Wie man sich täuschen kann.

27.

Ein paar harmlose Worte, und nichts ist so wie vorher. »Treffen uns am 30. Mai in Berlin« steht in dem Telegramm. Wie verabredet, zählt Ellen drei Tage hinzu.

Am 2. Juni 1966 nimmt sie eine Aluminiumschüssel und entzündet ein kleines Feuer. Man wird ihre Wohnung durchsuchen, also verbrennt sie persönliche Briefe und Fotos. Ihr Leben geht da in Flammen auf, aber es ist nicht die Zeit für Sentimentalitäten. Sie muss nach vorne schauen. Die Mitgliedsbücher der Partei, der Gewerkschaft, der FDJ verbrennt sie nicht. Liebevoll legt sie sie auf den Küchentisch, sorgfältig in Reih und Glied. Nichts kann sie mitnehmen außer Handtasche, Ausweis und dem, was sie auf dem Leib trägt. Fast dreißig Jahre ist sie nun alt, und das ist alles, was bleibt.

Den Kleinen an der Hand, besteigt sie den Zug nach Berlin. Bis Ostbahnhof sollen sie fahren, dann in die Rot-Kreuz-Unterkunft gehen. Dort würden sie auf zwei weitere Personen treffen, ein Geschwisterpaar Anfang Zwanzig, Flüchtlinge auch die beiden.

»Weißt du was, wir machen einen Ausflug!«, hatte Ellen gesagt, als sie Rolo die kurze Sommerhose und die graue Strickjacke anzog. »Wir fahren jetzt mit dem Zug und treffen eine Freundin, die du noch nicht kennst. Und dann machen wir uns einen schönen Tag!«

Ellen hat keine Mühe, die Geschwister zu erkennen. Man hatte sie ihr genau beschrieben. Der große Mann mit dem Igelschnitt ist Dieter, die Frau mit Brille und kurzer Dauerwelle Christine. Man ist höflich, stellt einander vor. Rolo gibt artig die Hand. Sie fragen in der Unterkunft nach einem Bett für heute Nacht, nicht ungewöhnlich in der DDR mit ihren schlechten Zugverbindungen.

»Wir wollen an die Ostsee«, sagt Ellen. »Aber wir können erst morgen weiter.«

Niemand stellt Fragen. Nachdem ihnen die Betten zugewiesen wurden, gehen sie in die Stadt. Ronald hat Hunger, und auch die Geschwister brauchen was im Magen.

In einer Gaststätte zieht Dieter einen Plan aus der Tasche, den man ihm zugesteckt hat. Bei dem eingezeichneten Kreuz sollen sie sich am nächsten Abend einfinden. Wie es aussieht, handelt es sich um einen Autobahnabzweig zwischen Berlin und Potsdam. Erst müssen sie die S-Bahn nach Potsdam nehmen und dann ein gutes Stück zu Fuß laufen. Aber wie lange dauert dieser Fußweg? Das ist wichtig, damit sie pünktlich am Treffpunkt erscheinen. Dieter erklärt sich bereit, die Strecke abzulaufen, und macht sich auf die Socken.

Während Ronald spielt, unterhalten die beiden Frauen sich gedämpft über den morgigen Tag. Eine Flucht mit dem Auto, das ist jetzt klar, aber wie genau soll das ablaufen? Kann man nur hoffen, dass die Fluchthelfer wissen, was sie tun.

Zwei junge Frauen sitzen da, fremd und doch bedingungslos aneinander gebunden. Wenn es schiefgeht, werden sie für Jahre in den Bau müssen. Schlimmer noch: Rolo käme ins Heim. Ellen will daran nicht denken. Sie darf es auf keine Fall.

»Warum wollt ihr beiden weg von hier?«, fragt sie. Christine erzählt, dass sie zu ihrem Vater wollen, einem Pfarrer, der schon seit Jahren im Westen lebt. Hätte ihr jemand gesagt, dass ihr Vater sie verleugnen würde, dass er sie vor der verschlossenen Tür seines Pfarrhauses stehenlassen würde, sie hätte es nicht geglaubt.

»Und was ist mit dir? Warum willst du mit dem Jungen fliehen?«

»Das ist keine Flucht«, sagt Ellen. »Das ist privat. Eigentlich ist es nur ein Umzug.«

Christine ist nicht ganz bei der Sache. Immer wieder beäugt sie den spielenden Ronald. Wie soll die Flucht mit einem Sechsjährigen gehen? Was, wenn er weint oder in Panik gerät? Ellen beruhigt sie: »Der wird keine Probleme machen. Der ist artig.«

Es dauert lange, bis Dieter zurückkehrt. Aber er ist optimistisch. Er hat den Platz gefunden, eine kleine Parkbucht für fünf oder sechs Autos. Und er hat die Zeit gestoppt. Jetzt wissen sie genau, dass sie zwanzig Minuten brauchen, um zum vereinbarten Treffpunkt zu gelangen.

Am nächsten Abend besteigen die vier die Bahn nach Potsdam. Dann geht es zu Fuß weiter. Ellen nutzt die Zeit, um für Rolo eine Geschichte zu erfinden. In dem Alter glauben Kinder alles. Sie macht ein Abenteuer daraus. Ein Ausflug mit ganz viel Spannung. Das funktioniert.

Als sie zur vereinbarten Stelle kommen, ist es dunkel geworden. Ein PKW wird sich nähern und drei Mal kurz mit der Lichthupe Signal geben. Vorsichtig schleichen sie sich an. Der Platz ist gut gewählt, rundum dichtes Gebüsch. Sie hocken sich hinter einen Strauch und lugen durch die Zweige. Ein Auto steht da, Motor ausgeschaltet. Ist das ihr Mann? Jetzt müsste er das Signal geben. Aber es tut sich nichts.

Die Erwachsenen flüstern. Sollen sie das Wagnis eingehen und zu dem parkenden Auto laufen? Sie beschließen stillzuhalten. Dann fährt ein zweiter Wagen vor, ausländisches Modell. Ellen kennt die Marke, es ist ein Citroën. Aber wieder kein Signal. Der Fahrer des Citroën steigt aus und geht zu dem anderen Wagen.

»Ist etwas nicht in Ordnung? Kann ich Ihnen helfen?«

Die Antwort des Fahrers können sie nicht hören, aber er wirft den Motor an und fährt schnell weg. Ganz ruhig steigt der Mann wieder in seinen ausländischen Wagen und gibt drei kurze Lichtzeichen. Endlich. Jetzt geht alles sehr schnell. Die vier rennen aus ihrem Versteck, während der Fahrer den Kofferraum öffnet. Ellen registriert den Aufkleber »CD«. So also soll es gehen, im Kofferraum eines Diplomatenwagens. Sie wühlt in ihrer Tasche nach einem Schlüssel. Für den Fall, dass es scheitern sollte, hat sie ihren Wohnungsschlüssel in einem Schließfach am Ostbahnhof deponiert. So könnte sie jederzeit zurück in ihre Magdeburger Wohnung. Im hohen Bogen wirft sie den Schließfachschlüssel ins Gebüsch.

»Alle hier rein«, zischt der Fahrer und schnappt sich Ronald. Slawischer Akzent, Tscheche oder Russe. Viele Botschaftsangehörige machen Geld nebenher mit dem Schmuggel von Wertsachen oder Menschen. Die Erwachsenen legen sich quer in den Kofferraum, nehmen Rolo in ihre Mitte. Alle drei sind groß gewachsen, aber es geht. Der Fahrer hat die Hinterbank nach vorn geschoben, gerade so weit, dass es nicht auffällt. Das Kind soll ruhig schlafen, sagt er. Kurz vor der Grenze wird er ein Zeichen geben. Dann müssen alle wach sein.

Es geht zack zack. Innerhalb einer Minute liegen sie im dunklen Kasten. Ellen tastet nach Rolos Hand. Sie wird sie nicht mehr loslassen, bis alles vorbei ist.

»Der Fahrer ist krank«, flüstert sie Rolo im Verschwörerton zu. »Deshalb müssen wir hier hinten bleiben. Wir machen eine kleine Reise, und wenn wir ankommen, ist alles in Ordnung.«

Ronald ist erstaunlich ruhig. Vielleicht ist er auch nur müde. Jedenfalls protestiert er nicht.

»Wir dürfen jetzt auch nicht mehr miteinander sprechen. Der Fahrer ist so nervös, sonst kann er nicht fahren.«

Ellen ist froh, dass ihr das auf die Schnelle eingefallen ist. Ronald weint nicht, er nimmt alles hin. Nach einer Weile hört Ellen an seinem Atem, dass er eingeschlafen ist.

Der Wagen holpert über die schadhafte Transitstrecke. Im Kofferraum kann man jede Unebenheit spüren. Brav hält sich der Fahrer an die Geschwindigkeitsbegrenzung von hundert Kilometer. Jede Auffälligkeit wäre fatal. Wie lange sie wohl bis zur Grenze brauchen? Ellen fehlt jedes Maß. Alles ist wie abgeschnürt. Erschreckend nicht nur die Dunkelheit, sondern auch das fehlende Zeitgefühl. Ellen horcht auf Rolos gleichmäßigen Atem. Immer wieder drückt sie leicht seine Hand: Alles ist in Ordnung! Ich bin hier!

Irgendwann – eine Stunde später? Zwei? – die Stimme des Fahrers: »So, fertig machen. Seid ihr alle wach da hinten?« Ellen weckt Rolo auf, schärft ihm noch mal ein, jetzt ganz, ganz still zu sein.

Der Wagen verlangsamt das Tempo, kommt zum Stehen. Es ist unverantwortlich, denkt Ellen. Wenn einer von uns niesen muss oder husten? Wenn das Kind pinkeln muss? Vielleicht hätte sie doch auf den Mann an der Karl-Marx-Buchhandlung hören sollen. Der hatte ihr geraten, dem Kind Schlaftabletten zu geben. »Probieren Sie es vorher aus«, hatte er gesagt. Aber für Ellen kam das nicht in Frage.

Sie hören einen kurzen Wortwechsel, dann ein Lachen. Was gesagt wird, können sie nicht verstehen. Bis an ihr Lebensende wird Ellen das Scherzen zwischen Fahrer und Grenzer nicht vergessen, das kehlige Lachen der beiden. Dann startet der Wagen erneut. Obwohl nur ein paar hundert Meter lang, kommt nun die längste Strecke ihrer Reise: Zwischen den beiden Deutschland liegt Niemandsland. Die DDR-Grenzanlagen haben sie geschafft, aber sie sind noch nicht in Sicherheit. Sie halten den Atem an, dürfen sich nicht freuen, jetzt noch nicht. Plötzlich wird der Wagen langsamer. Ist etwas passiert? Wie eine Erlösung kommt die Stimme des Fahrers: »Jetzt halt ich an. Wir sind da!«

Sie haben es geschafft! Der Fahrer öffnet den Kofferraum, und die vier krabbeln raus. Benommen fallen sie sich in die Arme. Die Angst löst sich in Tränen auf. Ellen nimmt Ronald auf den Arm, presst ihn an sich. Und erst jetzt sagt sie es ihm: »Weißt du, wo wir hinfahren? Wir fahren zum Papi!«

Rolo heult los, und Ellen ist ganz gerührt davon, wie gerührt er ist. Vierzehn Jahre wird es dauern, bis sie den wahren Grund seiner Tränen erfährt. Er weint um Ute, seine Freundin aus der Nachbarwohnung, mit der er immer so schön gespielt hat.

Ronald Schernikaus erste Empfindung im Westen war ein Gefühl des Verlusts.

28.

Für mich war das mit der DDR so eine Sache. Aus der ganzen Welt kamen Menschen nach Berlin, um sich die geteilte Stadt anzuschauen. Nur ich wollte nicht rüber. Zwei Jahre schon hatte ich in Westberlin gelebt, bevor ich mich aufraffen konnte, die andere Hälfte zu besuchen. Es lag nicht an mangelnder Neugierde, sondern war Folge der Erfahrungen an der Transitstrecke. Ganz gleich ob man bei der Anfahrt auf den Grenzübergang Helmstedt oder Dreilinden das Tempo verringerte, immer stellte sich eine scheußliche Beklemmung ein. Die graublauen Blechhütten, die Wachtürme, die geheimnisvollen Förderbänder, auf die der erste Grenzer sämtliche Ausweise legte, die aufreizende Langsamkeit der Abfertigung – all das schien irreal wie eine Szenerie aus einem westlichen Propagandafilm. Genau so stellte sich Hollywood die Grenzanlagen einer Diktatur vor.

War ich per Mitfahrzentrale unterwegs, sandte ich Stoßgebete zum Himmel, dass niemand so dumm gewesen sein möge, etwa Haschisch oder anderes Naschwerk mitzunehmen.

Am unangenehmsten waren die Grenzer. Ob Sommer oder Winter, stets waren ihre Gesichter kalkweiß und ohne Mienenspiel. Wurden hier vor Dienstbeginn Charaktermasken ausgegeben? Die bohrenden Blicke, das geheimnisvolle Getue, die bescheuerte Frage, ob man Waffen mitführt. Nie gab es einen Scherz, nie ein Lächeln. Alles sagte: Du bist der Feind.

War ich aber nicht. Die langen Minuten oder auch Stunden an den Übergängen waren die beste antikommunistische Propaganda. Hausgemacht und selbstverschuldet. Wenn die DDR sich als das bessere Deutschland sah – gerecht, demokratisch, antifaschistisch – warum leistete sie sich dann diese katastrophale Selbstdarstellung? Als würde man am Himmelstor einen grauen alten Drachen postieren.

Die Wartezeiten nutzte ich für eine Spinnerei: PR für die DDR. Zuerst müssten die Abfertigungsgebäude neu geplant werden, damit sie nicht aussahen wie aus einem Roman von John le Carré gefallen. Modern und einladend müsste man sie gestalten, um den »schöpferischen Marxismus« zu feiern. Dann würden neue Uniformen benötigt, nicht dieser derbe Stoff, das magenkranke Grün. Am wichtigsten aber waren die Grenzer selbst. Es mussten sich doch ein paar attraktive DDR-Schnitten wie Kati Witt und Frank Schöbel finden lassen. Einmal durch die Charmeschule geschickt – und fertig wäre die sexy Eintrittskarte für den Sozialismus. Na ja, auf mich hört ja keiner. Also schauten wir weiter in die muffigen Gesichter, die von Alkohol sprachen und dem übertriebenem Konsum von Schweinefleisch.

Es hatte also gedauert, bis ich mich, gedrängt vom schlechten Gewissen, dazu entschloss, die Hauptstadt der DDR zu besuchen. Das war gar nicht so einfach, denn man konnte nicht spontan einreisen, zuerst musste ein Passierschein beantragt werden.

Der Grenzübergang Friedrichstraße hätte noch dringender als die Transitwege einen Werbefachmann benötigt. Erst schritt man durch labyrinthische Gänge. Überall als Grenzpolizei verkleidete Stasi, Verbotsschilder, abgesperrte Passagen. Um jeden Fluchtversuch zu vereiteln, war die genaue Struktur des Gebäudes nur den Staatsorganen bekannt. Man sollte sich nicht zurechtfinden, deshalb die vielen Milchglasscheiben, Sichtblenden, verrammelten Türen. Über allem ein Geruch, der mir in der Hauptstadt immer wieder begegnen sollte. Ich hatte schon davon gehört. »Deutsche Desinfizierte Republik« nannten manche die DDR. Es stimmte. Was da so roch, waren Kresole, ein muffiger, durchdringender Geruch. Sie wurden aus Abfällen der Schwerölindustrie gewonnen und befanden sich überall: im Fußbodenkleber, im Estrich und eben auch in Desinfektionsmitteln.

Entlang der gelb gekachelten Wände des Bahnhofs ging es zum »Tränenpalast«, der modernen Abfertigungshalle für Transitreisende. Seinen Spitznamen hatte er wegen der zahllosen tränenreichen Verabschiedungen vor seinen Toren erhalten. Als Bürger des NSW, des nicht-sozialistischen Wirtschaftsgebiets, musste ich jetzt nur noch die passende Schlange für Westberliner finden. Hier war der tags zuvor beantragte »Berechtigungsschein zum Empfang eines Visums« vorzulegen. Absurd, wie die Grenzer innerhalb dieser Halle nochmals in kleinen, abgeschlossenen Häuschen saßen. Es ging wohl darum, die erkennungsdienstliche Technik zu verbergen, jedenfalls waren sämtliche Apparaturen hinter Sichtblenden versteckt. Durch die Scheibe sah man nur den in grelles Neonlicht getauchten Schädel des Grenzbeamten. Der blickte misstrauisch zwischen Passfoto und mir hin und her, dann an die Decke. Ich folgte seinem Blick und entdeckte über mir einen Spiegel. So konnte er mich von Kopf bis Fuß in Augenschein nehmen. Während der Beamte irgendetwas fummelte, vielleicht meinen Ausweis kopierte, hatte ich genügend Zeit, paranoid zu werden. Eingepfercht zwischen Absperrgittern, von allen Seiten begutachtet, konnte ich mich den schönsten Verschleppungsphantasien hingeben. Es war ein Leichtes, sich vorzustellen, für alle Zeiten in den geheimnisvollen Kammern dieses Bauwerks zu verschwinden. Doch der Grenzer, der aussah, als hätte er seit 1960 nicht mehr gelacht, beendete meine Wahnideen, indem er kommentarlos Ausweis plus Visum durch einen Schlitz schob.

Die letzte Strophe der Einreisearie war ein Besuch bei der Staatsbank der DDR. Hier war das Eintrittsgeld von 25 Mark zu entrichten. Die DDR nannte es »Mindestumtausch«, die BRD »Zwangsumtausch«.

Vor dem Bahnhof stand eine Schlange von Reisenden, die gottergeben auf ein Taxi warteten. Momentan gab es ganze zwei davon. Ich machte es wie immer beim ersten Besuch in einer fremden Stadt und ging der Nase nach. Der Weg führte mich über die reichverzierte Weidendammerbrücke mit ihren preußischen Doppeladlern. War das nicht der von Biermann besungene »preußische Ikarus«? Ich schlug ein paar Haken, um von den Magistralen wegzukommen.

Plötzlich traf es mich mit der Wucht eines Hammerschlags: Ich war nicht in die DDR gereist, sondern ins Land meiner Kindheit. Die meisten Gründerzeitbauten hatten große Teile ihres Stucks verloren, oft fehlten Erker und Balkons. Die Häuser waren nicht grau, wie man mir erzählt hatte, sondern schwarz. Viele Dächer waren nur notdürftig geflickt. Überall konnte man noch die Einschusslöcher des Zweiten Weltkriegs sehen, manchmal ließen sich sogar die Spuren einer Maschinengewehrsalve verfolgen. Genau so hatte in den Fünfzigern das Westdeutschland meiner Kindheit ausgesehen.

Ich erinnerte mich an die schwarze zerschossene Hausfassade meiner Großeltern, an den maroden Steinhaufen davor, großspurig »Veranda« genannt. Und wie in meiner Kindheit versuchten auch hier die Mieter, die Tristesse ein wenig aufzuhübschen. Herzallerliebste Fenster, vollgestellt mit selbstgehäkelten Rehen, glitzernden Feen, Rankenwerk made in

Bitterfeld. Selbst am hellen Tag warfen Neonröhren ein merkwürdiges lila Licht auf dieses Geschmacksfeuerwerk. Besonders den Balkons wurde ein fast libidinöses Interesse entgegengebracht: Jägerzäune, Blumenampeln, jede Menge Makramee, sogar farbgewaltige Berglandschaften in Öl. Die Kreativität des Sozialismus schien sich eher im Privaten auszutoben als in der Erhaltung des Stadtviertels. So viele Baulücken, so viele weggebombte Eckhäuser, deren Brachen jetzt als improvisierte Abenteuerspielplätze oder Parkplätze dienten.

Immer tiefer zog es mich in einen Zeittunnel. Wahrscheinlich wunderten die Kiezbewohner sich über den seltsamen Heiligen, der so somnambul ihre Straßen abschritt. Ich hatte keine Augen für sie, zu überwältigend war das Gefühl, als Erwachsener noch einmal durch die Kulissen meiner Kindheit laufen zu können.

Es dauerte ein, zwei Stunden, bis ich mich aus meinem Tagtraum befreien konnte. Der Blick schärfte sich. Jenseits der kaum noch leserlichen Beschriftungen wie »Seifenhaus« oder »Kartoffeln und Heringe« geriet die Realität wieder ins Auge: die Schlange vor einer Fleischerei, die erstaunlich vielen Eckkneipen und das Fehlen von Lebensmittelläden, von Läden überhaupt. Ich begann die Auslagen zu studieren, oft rührend dekoriert mit drei einsamen Nelken und etwas Spargelgrün. Im »Schönheitssalon Helena« amüsierte mich die ausgehängte staatliche Preisliste, die mit preußischer Genauigkeit alle Eventualitäten regelte: »Armamputierte erhalten bei einer Maniküre 50% Rabatt.« Ich stellte mir die Sitzung eines staatlichen Komitees zur Preisgestaltung vor, bei der ein Mitglied die ungeregelte Frage der Amputiertenmaniküre auf die Tagesordnung setzte. Aber was war mit dem Tischler, der an der Kreissäge einen Daumen verloren hatte?

Nachdem ich meinen nostalgischen Kokon verlassen hatte, nahm ich den real existierenden Sozialismus wahr. Was war das für ein Land, das seine Bausubstanz so verkommen ließ?

Berlin hatte weiß Gott nicht mehr viel an historischem Bestand zu bieten, und da ließ man dieses intakte Gründerzeitviertel so schamlos verfallen? Und wo Häuser renoviert worden waren, sah es noch schlimmer aus. Überall der gleiche rauhe Putz, in der Farbe alter Spucke. Ich sah die rumpeligen Straßenbahnen, die Busse sowjetischer Bauart, die liebevoll gepflegten, aber reichlich gebrechlichen Privatautos, die stinkend um die Ecke bogen. Sie sahen aus wie eiserne Lungen. Und ich dachte an Ronald. Wollte er uns allen Ernstes eine Gesellschaftsordnung ans Herz legen, die solchen Verfall produzierte? Wie ging dieser Staat mit seiner Historie um? War ihm seine Baugeschichte nichts wert, oder lag es daran, dass es sich um Gebäude aus der bürgerlichen Vergangenheit handelte? »Mal gut, dass du kein Materialist bist«, hörte ich ihn im Geiste höhnen. Aber darum ging es nicht. Man musste kein Klassenfeind sein, um sich andere Lebensbedingungen als diese mühsam kaschierte Tristesse zu wünschen.

Nach und nach gerieten die Passanten in mein Blickfeld. Ruhiger ging es hier zu. Keine Charlottenburger Hektik, keine Kreuzberger Ruppigkeit. Alle schienen einen Gang runtergeschaltet zu haben. Und sie berlinerten, dass es eine Wonne war! Im Westen schrumpfte das Berlinische mehr und mehr zu einer Klangfarbe, hier war es noch eindeutig Dialekt, breit und saftig. Erstaunlich auch, wie viele Männer mit langen Matten und Zauselbärten herumliefen. Die Haarpracht der meisten Frauen dagegen sah aus wie eine mittlere Chemiekatastrophe. Aus welchem Giftfass stammten diese unfassbaren Blondierungen?

Doch nicht nur ich schaute neugierig, die sozialistischen Berliner beobachteten auch mich. Am Morgen hatte ich meine Kleidung sorgfältig ausgewählt. Ich wollte unter keinen Umständen als Westler auffallen. Die ältesten Jeans hatten das Rennen gemacht. Es bedurfte noch einiger Besuche, um zu kapieren, dass ich genau damit sofort enttarnt war: echte, verwaschene Westjeans! Von Levis! Meine Güte, war ich naiv.

Um nicht den Eindruck zu erwecken, die Menschen wie im Zoo anzustarren, kehrte ich um und suchte eine urbane Umgebung. Eine halbe Stunde später stand ich auf dem Alexanderplatz. Der Fernsehturm mit seinem expressionistischen Unterbau, die Hochhäuser, das sozialistische Großmosaik am Haus des Lehrers – hinreißend! Die Bauwerke erzählten von einem fast altmodischen Fortschrittsglauben. Es kamen einem dabei so schöne Wörter wie »Sputnik« und »Kosmonaut« in den Sinn.

Der Alex schien auch Treffpunkt der Jungen zu sein. Hier sah ich die ersten Ostpunks, relativ dezent noch, aber durch Klamotten und Verhalten deutlich auf Abstand zum System. Ich bewunderte die Jungs und Mädels, an denen alles noch handgemacht war. Im Westen gab es das komplette Punkoutfit schon bei Karstadt. Die hier mussten ihre schwarzen T-Shirts noch selbst zerreißen, wilde Farben für ihre Stachelhaare auftreiben und irgendetwas anrühren, wahrscheinlich Zuckerwasser, um die Irokesenfrisur zum Stehen zu bringen.

Langsam wurde es Zeit für einen Kaffee. Ich schaute mich um und entdeckte am höchsten Haus des Platzes die Aufschrift »Pressecafé«. Natürlich hatte ich davon gehört, dass in diesem Land recht eigenartige Sitten und Gebräuche herrschten. Nie, niemals, durfte man eine Gaststätte oder ein Restaurant betreten und sich einfach hinsetzen. Also stellte ich mich brav neben das Schild »Sie werden plaziert« und wartete, bis eine Kellnerin mich an einen freien Tisch führte. Die landestypischen Bezeichnungen im Kopf, studierte ich die Karte und konnte »Kaffee komplett« sofort als Kaffee mit Milch und Zucker identifizieren. Kaum hatte ich den Kaffee mit einem Stück Obstkuchen bestellt, trat ein Herr in schwarzer Kellneruniform an meinen Tisch.

»Ich möchte Sie bitten, diese Gaststätte sofort zu verlassen!«

Der Mann schaute mich mit ausdruckslosem Gesicht an. Ich war wie vom Donner gerührt.

»Ich verstehe nicht«, sagte ich.

»Sie können sich offensichtlich nicht benehmen!«

Ausgerechnet jetzt musste mir das Blut ins Gesicht schießen, das sah doch wie ein Schuldeingeständnis aus. Ich wusste nur nicht, wofür.

»Entschuldigen Sie mal.« Ich holte tief Luft. »Ich bin gerade in dieses Café gekommen und habe mich still hingesetzt. Ich habe gar nichts gemacht!«

Der Mann deutete wortlos auf die Sommerjacke über meiner Stuhllehne.

»Was ist damit?«

»Das ist hier ein anständiges Café. Wir haben eine Garderobe.«

Jetzt dämmerte es mir. Mein schändliches Verhalten bestand darin, meine Jacke über die Stuhllehne gehängt zu haben. In der ersten Aufwallung wollte ich dem aufgeblasenen Affen gehörig die Meinung geigen, aber ich riss mich am Riemen. Wenn die Jacke schon so ungehörig war, würde jede freche Bemerkung die Situation noch verschärfen

Nachdem ich die Jacke abgegeben hatte, widmete ich mich Kaffee und Kuchen. Aber es wollte nicht schmecken. Es lag nicht am Kaffee oder am Obstkuchen, der mit einer fünf Zentimeter hohen Schicht Gelatine bedeckt war. Ich war einfach sauer, sauer auf mich selbst, weil ich mich so schnell hatte einschüchtern lassen. Fühlten die Ostberliner sich auch so, wurden sie auch so behandelt? War dieses Land immer so spießig, so eng, so … deutsch?

Fürs Erste hatte ich genug vom siegreichen Sozialismus. Ich wollte einfach nur zurück in meinen menschenverachtenden Kapitalismus, wo man zwar ausgebeutet wurde, aber dabei nicht so schlecht behandelt.

***

»Och nee, nun fang du nicht auch noch mit diesen blöden Kellnergeschichten an!« Ronald verdrehte die Augen.

»Tut mir leid, aber genau so war es. Mit wem kommst du in fremden Städten sonst in Berührung als mit Kellnern und Verkäuferinnen?«

»Aber eine Gesellschaftsform nach einem Kellner oder einer schlechtgelaunten Wurstverkäuferin beurteilen zu wollen ist, pardon, unter Niveau!«

»Ich würde nicht davon absehen, dass besagter Kellner auch ein Teil des besagten Systems ist.«

Ohne Absicht war ich ein wenig spitz geworden. Dabei war mir bewusst, wie häufig Ronald solche Diskussionen schon geführt hatte, wie lästig er sie fand. Doch gelegentlich reizte mich seine Weigerung, über diese alltäglichen Abgründe der DDR zu sprechen. Schwer zu entscheiden manchmal, ob er die Schwächen des ganz realen Sozialismus wirklich verteidigte, sich einen Spaß durch Provokation machte oder einfach nur seine Ruhe haben wollte.

Wir stiegen die steil abfallende Liegewiese am Halensee hinunter, um ein freies Plätzchen zum Sonnenbaden zu finden. Gar nicht so einfach. Dieser Spätsommer war wie Mandarinenlikör, von allem viel zu viel. Es war ungebührlich warm für Ende September, sechsundzwanzig Grad, und halb Berlin wollte sich noch einmal in der Sonne räkeln, bevor die Stadt in ihr halbjährliches Grau verfiel. Wir fanden einen akzeptablen Flecken Grün und breiteten unsere Badetücher aus.

»Wollte Michael nicht mitkommen?«, fragte Ronald.

»Der kommt später. Irgendwas mit der Tochter, Kinderladen oder so.«

»Na, dann müssen wir noch Platz für seinen Luxuskörper lassen.« Ronald sabberte theatralisch wie ein schmutziger alter Mann.

»Damit sich alle wieder an ihm aufgeilen können!« Es sollte nicht so frustriert klingen, aber manchmal gingen mir die zahllosen feuchten Blicke, die ihm hier zugeworfen wurden, auf die Nerven.

Die Wiese am Halensee lag gleich an der Stadtautobahn. Nicht gerade idyllisch, aber leicht zu erreichen. Die Berliner hatten sie seit Jahren als FFK-Gebiet okkupiert. Stets standen am oberen Ende ein, zwei ältere Herren mit Fernglas vor den erigierten Augen und glotzten. Sporadisch gingen Frauen mit hennagefärbten Haaren oder einer Streitaxt um den Hals zu ihnen und vertrieben sie, aber spätestens nach einer Viertelstunde waren sie wieder auf Posten. Auch sonst wurde viel gespäht. Der Halensee war Schwimmen, Sonnenbaden und Kontaktanbahnung in einem.

Als wir nackt waren, cremten wir uns sorgfältig ein.

»Machst du mir den Rücken?« Ronald schmiss die Tube rüber und legte sich auf den Bauch.

»Es ist schon ärgerlich, wie wenig die BRD sich für die DDR interessiert«, nahm er das Gespräch wieder auf. »Der durchschnittliche DDR-Bürger weiß sehr viel mehr über den Westen als umgekehrt. Dabei sind es die Westler, die sich durch Reisen jederzeit ein Bild machen könnten, aber sie sehen nur das, was sie sehen wollen.«

»Ist schon klar, dass ich mit Westblick eingereist bin, das geht ja gar nicht anders. Aber ich versuche offen zu sein.« Ich drückte ihm die Sonnencreme in die Hand, damit er jetzt meinen Rücken einschmieren konnte. »Wenn ich aber sehe, wie eine Riesenschlange mit schwer bepackten Menschen am Bahnhof steht und weit und breit kein Taxi – dann muss ich das wahrnehmen.«

»Aha, jetzt kommt als Nächstes die Versorgungsfrage, das Wohnungsproblem, die 97,7-prozentigen Wahlergebnisse. Stalin nicht zu vergessen! Ich bin an allem schuld. Und wenn in Polen das Fleisch knapp wird, dann war ich das auch!«

Ronald hatte sich in Rage geredet und klopfte mich durch wie ein Wiener Schnitzel.

»Aua«, rief ich und drehte mich um. »Nein, Roni, du bist nicht schuld. Wir reden von einem Gesellschaftssystem – wie es funktioniert, ob es funktioniert und ob es gut funktioniert.«

»Wenn es nur ums Funktionieren ginge, könnte man sagen: Im Kapitalismus setzt sich die Ökonomie reibungsloser durch als die Administration und erscheint – das ist das Geniale – als Natur. Aber die Tatsache, dass alle sich freuen, wenn der Kaffee immer billiger wird statt teurer, ist Politik. Man nennt es Imperialismus.«

Ronald hatte sich auf den Rücken gelegt und hielt die Augen geschlossen. Ich kramte nach meinen Zigaretten und ließ mir mit der Antwort Zeit.

»Über den unfairen Handel mit der Dritten Welt müssen wir nicht reden, da sind wir uns sofort einig«, nuschelte ich, während ich mir eine Zigarette anzündete. »Aber warum sollte der Kapitalismus nicht reformfähig sein und einen fairen Handel entwickeln, von dem beide Seiten profitieren? Es wäre sogar kapitalistische Klugheit, die lateinamerikanischen Länder wohlhabender zu machen, weil man dann besser mit ihnen Handel treiben könnte.«

»Aber das Gegenteil ist der Fall! Hier geht es um Ausbeutung in reinster Form. Jeder einzelne von uns kann die grotesk ungleiche Verteilung des Reichtums sehen! Wenige haben vieles und viele nichts. Das ist absurd.«

»Also die alte Lenin-Frage: Was tun?«, sagte ich.

»Eine einfache Umverteilung der Produktionsmittel«, tönte es zurück.

»Warum wundert mich das jetzt nicht?« Ich musste lachen, weil es wie aus der Pistole geschossen kam. »Aber leider überzeugt es mich auch nicht. Ich habe Schwierigkeiten mit dem Einparteiensystem, mit Zentralismus und Planwirtschaft, überhaupt mit dieser vernunftgläubigen Vorstellung, dass kollektives Wirtschaften die Lösung sei. Gute Theorie, aber wenn ich mir die Produktivität der Ostblockstaaten anschaue …«

»Womit sich die Katze in den Schwanz beißt und wir wieder beim Anfang wären.« Ronald setzte sich auf und band seine Haare zu einem Pferdeschwanz. »Genauso wie du funktioniert der Westen: Ich sehe alles und tue nichts!«

»Jetzt bin ich also schuld am Kapitalismus, vielen Dank!«

Wir mussten lachen. Zwei harmlose nackte Jungs, jeweils verantwortlich für ein ganzes Gesellschaftssystem.

»Ich bin doch kein Staatsphilosoph, Roni. Wie soll ich kleines Licht mal eben eine gerechtere Gesellschaft aus der Hüfte schießen?«

»Neenee«, sagte Ronald. »Komm mir bloß nicht mit der Mitleidstour. Entweder man handelt, oder man steht im Weg. Politik ist etwas, das man *machen* muss.«

»Willst du was trinken?« Ich holte ein Flasche Apfelsaft aus meinem Beutel und hielt sie Ronald hin.

»Keine Ablenkungsmanöver!«

»Manchmal beneide ich dich«, sagte ich versöhnlich. »Du hast deine Theorie und deine Utopie. Als ich klein war, haben sie in der Kirche immer vom ewigen Leben erzählt. Das hat mich wahnsinnig erschreckt. Ich habe immerzu versucht, mir die Unendlichkeit vorzustellen, und diese ewige Glückseligkeit hat mir richtig Angst eingejagt. Ein bisschen so geht es mir auch mit einer Gesellschaft, die einfach ausnahmslos vernünftig und gerecht und gut sein soll. Ich will nicht zynisch klingen, aber diese Vorstellung finde ich fast beängstigend.«

Ronald runzelte die Stirn, und ich hatte Angst, es endgültig mit ihm verdorben zu haben.

»Es ist zynisch«, sagte er. Dann hellte sein Gesicht sich auf. »Guck mal, da kommt Michael!«

Genau im richtigen Moment. Michael trug nur ein Unterhemd, und man konnte die Sommersprossen auf seinen Schultern sehen. Sie waren zahlreich in diesem Sommer. Ronald betrachtete ihn mit Wohlgefallen. Ich war immer noch in Gedanken, kam mir dumm vor mit meiner politischen Unentschlossenheit, meinen fehlenden Rezepten.

»Ihr habt es gut«, sagte Michael und gab jedem von uns einen Kuss. Dann setzte er sich mit einem wohligen Seufzer zwischen uns und strahlte mich an.

»Ich habe eben mit Matze telefoniert und soll dir sagen, das Buch ist da. Ein Paket mit den ersten zwanzig Exemplaren ist heute angekommen.«

29.

Sechs Jahre des Zauderns haben ein Ende gefunden. Ellen und Ronald Schernikau sind im Westen. Die Zweifel, die Sorgen, die Angst – alles vorbei. Heute Abend noch wird Rolo zum ersten Mal seinen Vater sehen.

Der Westen, das ist nur ein gewöhnlicher Parkplatz am Grenzübergang Helmstedt, aber Ellen findet ihn schön.

Weiter geht die Fahrt, diesmal nicht im Kofferraum, sondern im Fond. Der Fahrer schaltet das Radio ein. Und wie auf Bestellung erklingt *So ein Tag, so wunderschön wie heute*. Die Geschwister und Ellen stimmen ein, singen lauthals mit. Man sieht ihnen nicht an, dass sie gerade die gefährlichste Situation ihres Lebens überstanden haben. Die erste Stunde im neuen Land denkt Ellen nur eines: Das ist das Glück!

In Hannover setzt der Fahrer sie an einem preiswerten Hotel in Bahnhofsnähe ab. Die Geschwister springen aus dem Auto, sie wollen als erstes mit ihren Verwandten telefonieren. Der Fahrer erklärt Ellen, er könne ihr Lorenz' Nummer jetzt noch nicht geben, er sei diese Nacht nicht erreichbar. »Erst morgen wieder, der ist unterwegs.« Ellen schluckt. Ein dunkles Gefühl kommt in ihr auf: Warum erst morgen? Sie ist neidisch auf die Geschwister, die ihre Freude teilen können. Schade, aber auf ein paar Stunden kommt es jetzt auch nicht mehr an.

Gleich nach dem Frühstück erhält sie Lorenz' Nummer. »Seid ihr da? Ich hole euch gleich ab! Ich parke gegenüber. Es ist ein rotes Auto, ein BMW.« Ellen kann sich unter einem BMW nichts vorstellen. Lorenz, das weiß sie, wohnt eine

Autostunde von Hannover entfernt. Weit vor der Zeit geht sie mit Rolo vor das Hotel. Irgendwann fährt ein großer roter Wagen vor, Lorenz sitzt am Steuer. Er steigt aus und breitet die Arme aus. Ganz lange drückt er sie, geht dann in die Hocke. Ronald guckt mit großen Augen, umarmt seinen Papi, wird umarmt. Lorenz hält ihn ein Stück von sich weg, schaut ihn lange an, sagt dann: »Der sieht mir ja gar nicht ähnlich.«

Wieder dieses ungute Gefühl.

Sie nehmen Rolo in die Mitte, jeder fasst einen Arm, und schlendern ins Hotel. Jetzt ist es Wirklichkeit geworden, das Bild, das sie sechs Jahre lang vor Augen hatte: Vater, Mutter, Kind. Zur Feier des Tages bestellt Lorenz eine Flasche Sekt. Ellen ist ganz beschwipst, nicht nur vom Alkohol.

»So, wir fahren jetzt zu Gerd und Anna«, sagt Lorenz. Ellen freut sich. Die beiden kennt sie noch aus Magdeburg, sie sind vor dem Mauerbau schon in den Westen gegangen. Gerd war der Mann, der ihr Lorenz' winzig gefalteten Zettel nach Hause gebracht hatte.

»Anna ist wieder schwanger«, sagt Lorenz auf der Straße.

»Da freu ich mich aber. Anna wollte doch schon immer ein zweites Kind!«

Lorenz verlangsamt seine Schritte, bleibt plötzlich stehen.

»Ja, aber wenn ich dir jetzt erzähle, dass meine Frau auch zum zweiten Mal schwanger ist, dann freust du dich wohl nicht mehr.«

Steht da vor ihr. Sagt ihr das mitten ins Gesicht: meine Frau. Auf offener Straße. Meine Frau.

In dieser Sekunde geht alles kaputt. Wie immer in solchen Situationen kann Ellen nicht sprechen. Im Kopf ein einziger Wirbel. Warum tut er ihr das an? Was ist das für ein Mensch? Hat eine Frau und ein Kind, bald zwei, und holt sie trotzdem, gefährdet ihr Leben, schlimmer, das des Kleinen. Warum? Da steht sie in der Fremde, hat nichts, noch nicht einmal Unterwäsche zum Wechseln und keinen Schimmer, was werden soll. Ellen will nach Hause. Unsichtbar müsste man sein, noch einmal flugs über die Grenze zurück in die Heimat. Es ist Wochenende, niemand würde etwas bemerken. Sie hätte ihr Leben zurück. Sie würde am Montagmorgen auf der Arbeit erscheinen, als sei nichts gewesen.

Aber es geht nicht. Nichts geht, nichts.

Während der gesamten Fahrt schweigen sie. Ob Rolo etwas merkt? Ellen weiß es nicht. Lorenz sieht fast zufrieden aus. Brutal geschickt, ihr die Wahrheit mitten auf der Straße zu sagen. Was soll sie schon machen vor dem Kind und den Leuten? Schreien? Toben? Warum hat er diese sehnsuchtsvollen Briefe geschrieben, warum die Fotos geschickt von seinem großen Haus? Da war das Foto vom Wohnzimmer, Couchgarnitur, bequeme Sessel. »Such dir schon mal einen Sessel aus«, hatte er geschrieben, »das wird dann dein Stammplatz.« Blöd, wie sie ist, hatte sie auch noch gefragt, wer ihm das große Haus sauber hält. »Eine Nachbarin«, hatte er geschrieben, »die ist nett, die wirst du mögen.«

Als der Wagen bei Anna und Gerd vorfährt, kehrt für einen Augenblick so etwas wie Freude ein. Anna steht in der Tür und winkt. Dann kommt Gerd dazu. Essen und Trinken werden aufgefahren. So schön könnte alles sein, echte Freude, aber nach Lorenz' Geständnis? Ellen schaut über den Tisch hinweg auf Gerd und Anna und versteht: Alle haben es gewusst! Gerd, Anna, Lorenz' Vater. Warum hat ihr niemand etwas gesagt? Wochen später, Lorenz' Vater ist zu Besuch, wird sie ihm Vorwürfe machen. »Ich durfte es doch nicht«, jammert der Vater. »Ich habe Lorenz schwören müssen, nichts zu sagen. Es ist mir so schwergefallen.«

Anna macht den Abwasch, und Ellen steht untätig daneben. Das ist gar nicht ihre Art, aber sie würde das Geschirr fallen lassen, so taub fühlt sie sich. Sie fragt nach Lorenz' Frau.

»Die Sonja ist hochschwanger. In zwei Wochen ist es so weit.« Anna hält inne. »Das ist alles beschissen, was?«

»Ja«, sagt Ellen.

»Er behandelt die Sonja so schlecht, dass wir uns alle aufregen. Wir sagen immer: Wenn er eine liebt, dann dich!«

Ellen klammert sich an diesen Gedanken. Ein paar Wochen wird sie mit dem Kleinen hier wohnen können, dann sieht man weiter. Vielleicht wird ja alles gut.

Lorenz bleibt über Nacht. Sie bauen ihr Bett auf der Klappcouch im Wohnzimmer. Jetzt müsste sie Lorenz zur Rede stellen. Aber sie kann nicht. Innerlich verflucht sie ihre Schwäche. Sie legt sich ins Bett und öffnet die Arme. Lorenz kommt zu ihr, küsst und streichelt sie. Ganz nah will sie ihm sein nach all den Jahren, will ihn riechen, ihn spüren, trotz alledem. Sie schlafen miteinander, und es ist wunderschön.

Am nächsten Morgen gibt es ein großes Frühstück mit frischen Brötchen und der BILD. Die hat Ellen sich gewünscht. Einmal will sie dieses Blatt in der Hand halten, von dem soviel geredet wird. Und es stimmt: nur Mord und Totschlag. Haben sie also nicht übertrieben, denkt sie, es gibt ihn wirklich hier, diesen ganzen Schmutz.

Gerd und Anna sind mehr als zuvorkommend. Die ganze Zeit über diese lauernden Blicke, ob es ihr auch gut geht, ob sie sich wohl fühlt. Dann die Sprüche: »Sei doch froh, dass du raus bist aus der Zone. Jetzt kann dein Kind in Freiheit aufwachsen!« Was für eine Freiheit? Die verstehen gar nichts, denkt Ellen. Schon dass ich nicht ständig juble, ärgert die Leute.

Als Lorenz sie zum Warenhaus fährt, um das Nötigste einzukaufen, flucht er über die *rush hour*.

»Was ist das denn?«, fragt Ellen.

»Na, Stoßzeit!«

Da sieht sie es zum ersten Mal, dieses Lächeln, dem sie noch so oft begegnen wird, gönnerhaft und herablassend. Ellen kommt sich so dumm vor. Einmal, sie sind bei Annas Eltern zu Besuch, berichtet die Mutter, sie mache jetzt Yoga. Ellen kennt das nicht, fragt nach. »Ach so, Gymnastik«, sagt sie dann, und die Miene der Mutter gefriert.

Ellen fühlt sich fremd in dieser deutschen Sprache, fremd in diesem Deutschland. Sie braucht ein paar Sachen für den Kleinen. Sie geht ins Kaufhaus und ist ganz erschlagen. Vollgestopft die Regale, und überall dieser Prunk. Die Menschen alle so proper, niemand dabei, dem es schlecht geht. Ach, denkt sie, lange wird es nicht dauern, dann haben wir das alles auch.

Über Tag ist für Ronald gut gesorgt. Er geht mit dem dreijährigen Sohn von Anna und Gerd in den Kindergarten. Ein bisschen Gesellschaft wird ihm guttun.

Rolo ist ganz still in diesen Tagen. In ruhigen Momenten sitzt er mit Ellen auf dem Sofa, und beide schweigen. Er merkt, wie traurig die Mutter ist, tröstet sie ohne Worte. Wie soll sie einem Sechsjährigen erklären, was geschehen ist? Früher hätte sie es gekonnt, da wären ihr die passenden Sätze eingefallen. Jetzt ist sie die Ellen, die abends alleine auf der Bettcouch sitzt und heult.

Schon am zweiten Tag ist Lorenz wieder zu seiner schwangeren Frau gefahren. Er hat versprochen, in ein paar Tagen wiederzukehren und sie zum Notaufnahmelager Gießen zu fahren. Dort muss sie den ganzen Papierkram erledigen.

An die vier Stunden dauert die Fahrt. Lorenz hat in der Nähe zu tun und kann sie bringen. Am Dienstag soll sie sich im Lager melden. Gewissenhaft, wie sie ist, fährt Ellen schon am Montagabend, um am nächsten Morgen pünktlich zu sein.

»Im Lager bekommst du einen Flüchtlingsausweis«, sagt Lorenz. »Und es gibt Geld und eine Wohnung. Musst nur ein bisschen auf die Zone schimpfen.«

»Schicken die mich zurück, wenn ich nicht schimpfe?«

30.

In Westberlin wurde zur Friedensdemonstration aufgerufen, und jeder wusste, das wird ein großes Ding. Alle waren dabei, die Anarchos und die Gewerkschaftler, Sozialdemokraten und Kommunisten, Bürgerinitiativen, Kindertagesstätten und sogar die Anthroposophen. In der Stadt war es fast körperlich zu spüren, dass die Menschen den Rüstungswahnsinn satt hatten. Obwohl die Stadt nach zahlreichen sozialdemokratischen Bürgermeistern nun konservativ wählte, sträubten die Berliner sich gegen eine weitere Aufrüstung. Es war die Neutronenbombe, die bei vielen einen Gesinnungswandel hervorgerufen hatte, die Perversion einer Waffe, die Menschen tötet, Gebäude aber verschont. Welches kranke Hirn hatte sich das ausgedacht?

Auf dem Weg zur U-Bahn sahen wir in vielen Auslagen ein Schild: »Wegen Demonstration geschlossen!« Biedere Nachbarn, von denen man es nie vermutet hätte, bevölkerten mit entschlossenen und ein wenig stolzen Gesichtern den Bahnsteig. Manche Muttis hatten sich für den Anlass extra die Haare machen lassen. Wenn man schon demonstrierte, dann wenigstens ordentlich.

Kraushaar und ich gingen gemeinsam hin. Kraushaar hatte wieder seinen rosa Lidschatten aufgelegt, und ich trug die ultraschwere Lederjacke, die ich auf dem Adventsbasar einer Pfarrgemeinde für fünf Mark erstanden hatte. Selbst den Nachteulen lag das Thema so am Herzen, dass sie tapfer aus den Federn gekrochen waren, verquollen zwar, aber sie waren da.

Der rosa Block war mal wieder viel zu modisch gekleidet. Rundherum ansonsten viele Walle-Walle-Kleider, jede Menge Palästinensertücher über schmutzigbraunen Joppen. Warum nur schienen sich politisches Engagement und guter Geschmack auszuschließen?

Ronald konnte sich nicht recht entscheiden, wo er sich einreihen sollte. Also flitzte er hin und her, gesellte sich mal zu uns, skandierte »Lieber ein warmer Bruder als ein kalter Krieger!« und marschierte dann wieder unter dem Banner der Partei. Die Tatsache, dass so viele Normalberliner zur Demo gekommen waren, berührte uns. Hatte man oft das Gefühl, nur zu den Gläubigen zu predigen, war dies hier eine Demonstration im ursprünglichen Wortsinn. Den Menschen war es ernst. In der Luft lag eine Ahnung von echter Demokratie.

Ich wusste, dass Michael ein paar Blöcke hinter uns mit Frau und Kind bei der SEW mitlief, und konnte mich nicht beherrschen: Einmal nur wollte ich sie sehen. In Michaels Gefühlsleben mit dem späten Coming-out konnte ich mich gut hineindenken, aber wie musste es seiner Frau gehen? Auf dem Bürgersteig mischte ich mich unter die Zaungäste und wartete, bis die Sozialisten sich näherten. Schon von weitem erkannte ich den hochgewachsenen Mann, ein niedliches Mädchen auf dem Arm. Seine Frau lief neben ihm, zart und apart. Unwillkürlich duckte ich mich. Die Neugierde war mir peinlich, aber ich konnte den Blick nicht abwenden. Wie die Frau mich hassen musste. Mit anderen Frauen hätte sie konkurrieren können, aber gegen einen Mann blieben ihre Waffen stumpf. Sie dachte wohl, ich hätte ihr den Mann weggenommen, aber wie die Dinge lagen, hatte ihr Mann mich genommen. »Ich bin kein teuflischer Verführer!«, hätte ich ihr am liebsten zugerufen. »Wäre ich nicht gewesen, hätte er sich über kurz oder lang in einen anderen Kerl verliebt!« Schnell lief ich wieder vor zu Kraushaar und Konsorten, meine Gedanken weniger beim Weltfrieden als bei meinem Melodram.

Schernikau würde über diesen Nachmittag schreiben. Personen und Situationen waren real, literarisch überhöht zwar, aber für Eingeweihte leicht zu entschlüsseln. Manchmal jedoch ging er einen Schritt weiter und schrieb sich die Welt besser, machte sie schön, wie er sagte. Er hatte Spaß daran, die Hoffnungen, die er mit einzelnen Personen verband, in die Zukunft fortzuschreiben, zu erzählen, was werden *könnte*.

»am stand der partei treffen sich nochn paar leute, sogar helmut steht davor. er flirtet mit der frau des familienvaters, den er liebt. ein kleines mädchen steht daneben und sagt: schläft papi heute wieder bei helmut? weeßicknich, sagt helmut und nimmt sie aufn arm. kauft ihr zuckerwatte, das ist doch was für kinder. anna mag aber keine. ißt sie helmut selber, bätsch.«

Auch ein erfundener Dialog war beängstigend prophetisch: »der familienvater (er heißt michael) sagt: geh doch mal bitte zum stand und frag, ob wer ne wohnung abgegeben hat für mich. du ziehst aus?, fragt helmut. ich ziehe aus, sagt michael. helmut wird nicht wieder. na da bin ich doch gleich auch gegen den krieg, sagt helmut.«

Es sollte nicht lange dauern, bis die Wirklichkeit die Kunst einholte.

Michael hielt es mit der Politik ähnlich wie Ronald. Er ging auf Parteisitzungen, war durch Lektüre und Diskussionen fit in theoretischen Fragen, aber kein Prediger. Und wie bei Ronald sollte die Politik in seine Arbeit einfließen. Das Drehbuch, an dem er mit Erika Runge arbeitete, musste den bunten Standards der Fernsehunterhaltung genügen. Trotzdem versuchte er, seine gesellschaftspolitischen Vorstellungen hineinzuschmuggeln.

Ich hatte einen Blick in die erste Fassung des Filmscripts geworfen: Zu ernst, um unterhaltsam zu sein, zu leichtgewichtig, um inhaltlich ernst genommen zu werden. Es war eine noch junge Kunst, ohne die sozialanklägerischen Klischees der Siebziger auszukommen. Zwar gab es gute Gründe, den neuen Zwang zum Entertainment zu verteufeln, aber wenn ich ehrlich war, hatte auch ich die Schnauze voll vom pädagogischen Zeigefinger. »Kritisch sein« war zur Allüre verkommen, die immer schrillere Anklage gegen »das System« zum matten Mantra. Das Abklopfen ranziger Emanzipationsrhethorik stand sicher an, ob sich das allerdings mit einer Liebesromanze im Bildschirmformat bewältigen ließ, wagte ich zu bezweifeln. Wie bei Ronalds Arbeit auch interessierte mich die Schnittstelle zwischen klarem Denken und einladender Haltung gegenüber dem Publikum, zwischen Knochen und Fleisch. Sie war auch wichtig für meine Arbeit. Mit Michael sprach ich häufig über dieses Spannungsverhältnis, und er war so großzügig, sich immer wieder durch mein Bohren in Frage stellen zu lassen.

Vielleicht war es Plan, vielleicht aber auch absichtslos, dass Michel mich unsicheren Kandidaten eines Tages zu seiner Parteigruppe einlud. Eigentlich hatte ich ihn nur abholen wollen, aber warum sollte ich nicht mal mit eigenen Augen sehen, wie die Weltrevolution vorbereitet wurde? Also schmuggelte ich mich in die letzte Reihe des Sitzungssaals und versuchte, grau dreinzuschauen. Erster Eindruck: Das war keine Partei, das war ein Verein. Diese Leute hätten auch passionierte Ornithologen sein können. Vielleicht hatte ich einen schlechten Tag erwischt, aber von revolutionärem Elan war nichts zu spüren.

Die Unauffälligkeit hatte Methode. In der BRD war von Anbeginn vor der »fünften Kolonne« gewarnt worden. Wahlplakate der konservativen Parteien zeigten böse, menschenfressende Kommunisten, die nicht weniger im Sinn hatten, als die Menschheit zu unterjochen. Im Gegensatz zu den Hippies, Spontis und Ökos gönnten sich die westdeutschen Kommunisten keine eigene Folklore. Sie wollten sich als verlässliche Bündnispartner anbieten und gaben sich deshalb extrem seriös. Das betraf auch Kleidung und Sprache. Schaut her, sollte die betonte Durchschnittlichkeit vermitteln, wir sind genau wie ihr, ihr braucht keine Angst vor uns zu haben. Es handelte sich dabei keineswegs um Verstellung, die meisten SEWler waren schlicht so. Jenseits der Mauer konnte man diese Haltung in Reinkultur betrachten: Die DDR war spießig bis ins Mark.

Das Parteitreffen war wie ein ausgeleierter Pantoffel, unspektakulär und ein wenig muffig. Es gab die übliche Diskussion um die Tagesordnung und Organisationsfragen. Man zankte darüber, wer zu spät zum Stand gekommen und zu früh gegangen war. Ich musste ständig gähnen.

»Ich weiß nicht, wie Micha und Ronald das aushalten«, sagte ich ein paar Tage später zu Thomas. »Als SEW-Mitglied würde ich zum Punk werden und in die Ecken kacken, um die Leute aus ihrer Lethargie rauszureißen!«

***

Ein Politikfeld gab es, dem jeder sich mit voller Kraft widmen würde, widmen musste. Es dauerte allerdings, bis uns klar wurde, wie nahe wir vor einer Katastrophe standen.

Ein Arzt in San Francisco hatte bei einigen Patienten eine Häufung des Kaposi-Sarkoms festgestellt, eine Art Hautkrebs, der sich durch linsengroße schwarze Flecken bemerkbar machte. Erst befiel er die Haut äußerlich, dann verbreitete er sich über die inneren Organe. Normalerweise waren fast ausschließlich alte Menschen davon betroffen, oft Patienten mit gestörtem Immunsystem als Folge von Transplantationen. Der Arzt konnte sich das Auftreten des Sarkoms bei seinen hauptsächlich jungen Patienten nicht erklären.

Beunruhigend wurde es, als er mit einem New Yorker Kollegen telefonierte und nebenbei das merkwürdige Phänomen ansprach. Der Arzt von der Ostküste horchte auf: Auch er hatte einige Patienten mit Kaposi, die meisten in ihren Zwanzigern. Und alle homosexuell. Die beiden Kollegen waren alarmiert und hörten sich weiter um. In den nordamerikanischen Metropolen gab es ähnliche Befunde: atypisches Kaposi-Sarkom bei jungen schwulen Männern.

Anfangs gaben wir Berliner nicht viel darauf. Vor kurzem erst hatte der SPIEGEL mal wieder eine Sau durchs Dorf getrieben, die »neue Volksseuche Herpes«. Das journalistische Liebespaar Panikmache und Auflagensteigerung war uns nur zu gut bekannt, also sorgten wir uns nicht übermäßig. In dem Moment aber, als das Kind einen Namen bekam, schrillten sämtliche Alarmglocken.

Man sprach nun von GRID, Gay Related Immune Deficiency, einer schwulenbezogenen Immunstörung. Der Buchstabe »G« veränderte alles. Wir waren mit Verfolgung und Unterdrückung durch die Jahrhunderte vertraut genug, um sofort zu begreifen, dass hier das Fundament für eine mögliche Hatz unter dem Deckmäntelchen der Medizin gelegt wurde.

Wieso sollte eine Krankheit nur schwule Männer befallen? Hatte man je von Krankheiten gehört, die nur Heterosexuelle betrafen? Und was kümmerte einen Erreger die sexuelle Ausrichtung seiner Opfer? Der mehr als ungewöhnliche Hinweis »gay related« konnte in Windeseile zu Panik und Ausgrenzung führen. Wenn wirklich nur schwule Männer betroffen waren, was lag dann näher, als sie abzusondern und einzusperren?

Flugs beschafften wir uns Literatur zum Thema und sahen uns bestätigt: Seuchen und bestimmte Krankheitsbilder waren schon häufig dazu benutzt worden, gesellschaftliche Gruppen zu stigmatisieren. Der Essay *Krankheit als Metapher* von Susan Sontag wurde zur Pflichtlektüre. Sontag beschreibt an TBC und Krebs exemplarisch, wie schnell Krankheiten moralisch aufgeladen wurden und werden. Diese Mystifizierung hat eine lange Tradition:

»Mit dem Aufkommen des Christentums, das wie von allem anderen, so auch von der Krankheit moralischere Anschauungen durchsetzte, entwickelte sich allmählich eine innere Verknüpfung zwischen Krankheit und ›Opfer‹. Die Vorstellung von Krankheit als Bestrafung führte zu der Vorstellung, dass eine Krankheit eine besonders geeignete und gerechte Bestrafung sein könne.«

Peter Hedenström, als Mitarbeiter im Eisenherz-Buchladen an der Quelle, beginnt nun alle wichtigen amerikanischen Artikel auszuschneiden und für uns zu kopieren. Die deutsche Presse braucht eine Weile, um das Thema zu entdecken. Es beginnt recht harmlos. In einem 35 Zeiler berichten die Stuttgarter Nachrichten im April 1982 von einem »Rätselraten um eine neue Krankheit«. In Dänemark sind vier Homosexuelle am Kaposi-Sarkom erkrankt, und man vermutet einen Zusammenhang mit ähnlichen Fällen in den USA. Auch der STERN meldet Kaposi-Fälle in den USA, allerdings nur im letzten Drittel eines Artikels über die Zunahme von Gonorrhöe bei weiblichen Prostituierten. Zum ersten Mal fällt das böse Wort vom »Schwulenkrebs«. Nun steigt auch der SPIEGEL ein. Er bringt die neue Krankheit nicht nur ins Bewusstsein der Nation, er setzt auch den schrillen, emotional aufgeladenen Ton, der die Auseinandersetzungen auf Jahre bestimmen wird. Die Hanseaten sind es, die den Ausdruck »Lustseuche« prägen. Unter der Überschrift »Schreck von drüben« schwingt man schon im ersten Artikel zum Thema die Moralkeule. Der Berliner Bakteriologe Franz Fehrenbach wird mit den Worten zitiert: »Für die Homosexuellen hat der HERR immer eine Peitsche bereit.«

Schwulenkrebs, Lustseuche, Gott und seine Peitsche – wir wussten, was die Stunde geschlagen hatte. Kraushaar schlug vor, einen *jour fixe* einzurichten, bei dem wir Neuigkeiten austauschen und Aktionen planen konnten. Ich stellte unser Gemeinschaftszimmer zur Verfügung, und die Clique um Kraushaar, Schernikau, Hedenström und mich kam zusammen. Mitbewohner Uli leistete gute Dienste, weil er als Doktorand an die wenigen seriösen medizinischen Berichte herankam. Zusätzlich baute er einen Kontakt zum Bundesgesundheitsamt auf. So waren wir bestens informiert, immerhin soweit, wie es die rätselhafte neue Krankheit zuließ. Alle paar Wochen trafen wir uns zum Gedankenaustausch. Eine Kadergruppe, wie Ronald gesagt hätte, aus der sich öffentliche Diskussionsforen, militante Aktionen oder Bücher entwickeln sollten.

Niemand dachte ernsthaft, dass unsere Runde in ein paar Jahren durch AIDS-Tode sehr viel kleiner sein würde. Wir würden uns, weit vor der Zeit, mit Tod und Sterben beschäftigen müssen, würden medizinische Fachliteratur studieren, Kongresse besuchen, an zahllosen Krankenbetten sitzen und hoffen, nicht bald selbst zu denjenigen zu gehören, die besucht werden.

Noch waren wir freigiebig mit unserer Zuneigung und unseren Körpern. Gegen allen Anschein arbeitete jeder von uns fleißig, aber wenn die Sonne unterging, sollten uns sämtliche Wunder begegnen. Die Nächte sollten strahlen und wir gleich mit.

Hätten wir anders gelebt, wäre uns ein Blick in die Zukunft gestattet worden? Oder hätten wir es erst recht krachen lassen, eine letzte große Feier, bevor das Leben einer ganzen Generation einen Trauerrand bekam? Vielleicht war es gut so, wie es war, sorglos die letzten Monate zu verschwenden. Denn es war Verschwendung, gedankenlos oft und undankbar. Das Glück hielten wir für so selbstverständlich, dass wir es nicht bemerkten.

31.

»Hallo, ich bin das Sommerloch!« Ronald lief uns mit wehenden Haaren entgegen.

Es war immer wieder erstaunlich, wie sich dieser junge Mann, kenntnisreich und klarsichtig wie ein Alter, in einen kreischenden Teenager verwandeln konnte – Ronald Schernikau, das war ein Plural. Michael, Matze und ich wollten uns mit ihm im Dschungel verabreden, aber er hatte darauf bestanden, sich vor dem Nachtclub zu treffen. Erst kürzlich hatte man ihn in einem der neuen hellen Clubs abgewiesen, weil er zu lange Haare hatte. Ronald hatte geschäumt und wollte keine neue Demütigung riskieren.

Der Dschungel war kein Club, er war *der* Club. Die Räume im Stil der ultramodernen Fünfziger hatten vorher ein Chinarestaurant beherbergt. Die neuen Besitzer hatten das Mobiliar entfernt, sonst aber kaum etwas verändert. Der gekachelte Fußboden, der indirekt beleuchtete Springbrunnen, das in die Wand eingelassene Aquarium wirkten wie eine Filmkulisse. Im hinteren Teil lag die Tanzfläche mit der besten Musik der Stadt. Vorne öffnete sich der Raum nach oben und gab den Blick auf eine luftige Empore frei. Das wichtigste Requisit war die elegant geschwungene Treppe, die beide Ebenen verband, weniger Treppe als Laufsteg. Wer das Design der Fünfziger für miefig und bieder hielt, wurde hier eines Besseren belehrt. Der Nachtclub war in seiner hellen Eleganz perfekt für die neue Zeit.

Zwar gab es eine Einlasskontrolle, eine Türsteherin in strengen Lederstiefeln, aber nie wäre es mir in den Sinn gekommen, nicht eingelassen zu werden. Glücklicherweise zahlte man in Berlin fast nirgendwo Eintritt. Irgendwann bekam ich durch Zufall mit, dass der Dschungel am Wochenende Eintritt nahm. Ich hatte nie etwas davon gemerkt. Gesegnete Ignoranz.

Wir stiegen zur Empore hoch und ließen uns an der kleinen Bar nieder. Glücklicherweise hatte Walter Dienst. Das bedeutete höhere Prozente für weniger Geld. Hier hatte ich die ersten Cocktails meines Lebens genommen und mich unendlich weltläufig gefühlt, bei Walter »etwas Klares, Herbes, Saures so in Richtung Oxford oder Cambridge« bestellen zu können. Der kreierte dann einen Drink, nach dessen Genuss man den Rest des Abends überlegte, wie man je ohne Gesichtsverlust die Treppe wieder nach unten steigen sollte. Ronald fragte nach seinem Lieblingsgetränk »Asti Spumante«, das es selbstverständlich nicht gab. Also nahm er ein Glas Sekt, an dem er sich festhalten musste, mehr war finanziell nicht drin. Michael schloss sich an, Matze trank sein übliches Bier.

Nachdem wir angestoßen hatten, hielten wir Ausschau nach Berühmtheiten. Die kamen zwar häufig, machten aber wenig Aufhebens um sich, das gehörte sich nicht. Obwohl die Zeit der VIP-Lounges noch nicht gekommen war, hatte sich die Empore als Platz für einheimische und internationale Musiker etabliert. Bowie war häufig da. Man sah die erstaunlich prolligen Sängerinnen von Human League, ebenso wie Musiker von Ideal oder der Tödlichen Doris. Aber alles war noch durchlässig. Es gab weder Barrieren aus roten Kordeln noch Bodyguards und erst recht keine flatternden PR-Agentinnen. So war es ganz normal, wenn Berlins schönster Strichjunge sich auf ein Bierchen einfach zu David Bowie setzte.

Seit Punk und New Wave hatte sich die Ausstattung der nächtlichen Vergnügungsstätten radikal verändert. Statt Holz gab es Kacheln, statt Kerzenlicht Neon, statt Bier Sekt. Trotzdem war das hier Berlin und nicht München. Wer ein teures Designerlabel zur Schau stellte, war unten durch. Berlin bildete sich eine Menge auf seinen erfinderischen Stil ein. Ein bisschen Dreißiger oder Fünfziger vom Flohmarkt, ein Schuss Punk und Haare in allen Farben der Chemiepalette – fertig war der preiswerte Berliner Look. Die Münchner nannten ihn »billig«.

Erstaunlich auch, wie selbst Mimik und Verhalten der Mode unterworfen waren. Noch vor ein paar Jahren hatte man »lieb« geguckt, sich bei jeder Gelegenheit angetatscht und versucht, die Bedürfnisse des anderen total gut zu verstehen, du. Neuerdings war man cool. Mode ist nicht wichtig genug, sie nicht zu befolgen, also machte ich mit.

Zur neuen Coolheit passte die Droge der Wahl, das Kokain. Schluss mit der trägen Gefühligkeit der Kiffer. Der moderne Mensch zog sich das kolumbianische Marschierpulver ins Hirn und fühlte sich unbesiegbar. Leider nur fürs Erste, denn bald kannten wir die ersten Opfer von Koks und, sehr viel schlimmer, Speed. Einige verarmten bis zur Obdachlosigkeit, andere wurden zu Dauerkunden in psychiatrischen Einrichtungen.

Einen Drink in der Hand, sagten wir unseren Freunden hallo. Da war Wieland mit seinen experimentellen Filmen und Madame Zazie mit der tiefen Stimme, die einen Heizofen verschluckt haben musste, so viel Wärme strahlte sie ab. Mabel flitzte wie immer wieselflink herum, weil sie irgendeine Veranstaltung organisieren musste, und der Maler Salomé erzählte von New York und seiner Band Geile Tiere. Es war nicht gerade ein philosophisches Kolloquium, aber auch kein leeres Wischiwaschi. Jeder fragte jeden nach seiner Arbeit, und wenn einer Premiere, Vernissage, Konzert oder Lesung hatte, waren alle da.

»Mensch, Matze, gehen wir noch in deine Bar?«, fragte Ronald, der die dunklen Ecken dem gleißenden Dschungel vorzog.

Matze war nicht begeistert. An den Wochenenden kam er selten vor neun Uhr morgens aus der Gigolo-Bar, wo er die Tür bewachte. Weil er auch mal etwas anderes sehen wollte, schlug er das WuWu vor.

»Gute Idee«, sagte ich. »Da habe ich nämlich eine Überraschung für euch!«

Seit Wochen schon trug ich einen Coupon für eine Gratisflasche Sekt mit mir herum. Der Gutschein hatte in einem Berlinführer gesteckt und war im WuWu einzulösen.

Die Bedienung dort war eines jener Wesen, die es als grobe Beleidigung betrachten, arbeiten zu müssen. Die Ausstrahlung einer sitzengelassenen Frau, verschleiert durch Arroganz. Sie studierte widerwillig meinen Coupon und stellte dann pikiert den billigen Sekt auf den Tresen.

»Wie ist das so im Gigolo, wenn man nicht mehr nur Gast ist?«, wollte Ronald wissen.

»Na ja«, kramte Matze nach Worten. »Nichts Besonderes eben. Und es wird unheimlich viel gesoffen, vor allem so ab morgens um sechs.«

»Aber Boris trinkt nur alkoholfreies Bier!?«

»Er ist trocken, ja. Doch wenn du morgens gegen neun in den Kneipen, wo sich alle sammeln, die Kollegen triffst, da ist eigentlich jeder Alkoholiker.«

Verwundert horchte ich auf. Matze gehörte nicht zu den Leuten, die öffentlich Kritik äußeren. War da ein Schatten auf seine bunte Ausgehwelt gefallen? Bevor ich nachhaken konnte, kam Michael von der Garderobe zurück, demonstrativ mit einem Büchlein wedelnd.

»Das ist eine weitere Flasche Sekt!«, rief er.

Am Eingang hatte er entdeckt, dass der Berlinführer hier ebenfalls verkauft wurde. Er kostete nur 8,50 DM, ein verdammt guter Preis für eine Flasche Sekt. Michael riss den Coupon raus und schob ihn lächelnd über den Tresen. Ein Wunder, wie schnell sich das Gesicht der Bedienung von Sauerkraut in Süßholz verwandelte.

»Gut, Kinder«, sagte ich versuchsweise. »Aber nach der Flasche ist Schluss. Ich muss früh raus, hab nachmittags einen Termin wegen der Frankfurter Buchmesse.«

»Klar doch«, sagte Ronald so trocken, dass ich hämisches Gelächter erntete.

Michael zog mich zu sich heran und leckte meinen Hals. Matze lächelte undurchdringlich, und Ronald machte romantische Augen.

»Guck dir unser Traumpaar an«, sagte er.

Bei jeder Gelegenheit betonte Ronald, wie schön und rührend und herzerwärmend er diese Liebe fände. Dabei war mir noch nicht einmal klar, ob das überhaupt eine Liebe war, jedenfalls was mich betraf. Manchmal hegte ich den Verdacht, Ronald betrachte uns als literarische Figuren. Sehr schnell hatten Michael und ich den Stempel »Traumpaar« abbekommen, eine Bezeichnung, die auch durch häufige Wiederholung nicht weniger lästig wurde. Traumpaar – das hatte etwas Endgültiges, als wären wir zu Skulpturen in einer Vitrine veredelt worden, die perfekte Art, einem das Leben auszuhauchen.

»Ist etwas nicht in Ordnung?«, fragte Michael.

»Nein, was soll sein? Ich geh mal eben tanzen, ich brauche Bewegung.«

Als ich verschwitzt zurückkam, bot sich mir das in letzter Zeit so vertraute Bild: Wie durch Zentrifugalkraft angezogen, hatte sich um Michael ein Kreis von Bewunderern gebildet. Auf den ersten Blick nahm man sie kaum wahr. Gerade noch höflich Abstand haltend, schleckten sie ihn mit Blicken nur so ab. Manche hatten diesen leicht debilen Gesichtsausdruck, den man von frisch Verliebten kennt. Hätten sie den Mund geöffnet, wären flauschige rosa Herzchen entwichen. Michael tat gar nichts. Er musste nur einen Raum betreten, um sämtliche Hormone in Schwung zu bringen. Die Fähigkeit, alle Blicke zu bannen, würde er ein paar Jahre später zum Beruf machen. In seinem letzten Buch nennt Ronald ihn »das grotesk attraktive kommunistische fotomodell«.

Michael bekam von all dem nichts mit. Noch nicht. Schon bei der Stippvisite in seiner Parteigruppe hatte ich gesehen, wie die Frauen dem verheirateten Genossen hinterher hechelten. Aber der Mann war nicht die Bohne kokett, was seine Anziehungskraft nur steigerte. Natürlich war ich mit ihm ein wenig einkaufen gegangen, und siehe da: Michael hatte eine geheime Leidenschaft: Er liebte edle Stoffe, schöne Schnitte, sündhaft teure Designeranzüge. Nicht, dass er sie – erst kam das Kind, dann die Frau – je gekauft hätte, aber er gestand mir verlegen, in den teuren italienischen Modezeitschriften die neuesten Kollektionen zu studieren. Ein Kommunist, der auf *haute couture* steht, wie süß. Andere gestanden dunkle Perversionen, Michael seine Passion für Cerruti.

Schon von weitem hatte ich gesehen, dass er ein wenig angeheitert war. Zwei Gläser Sekt reichten vollkommen. Ich würde mit ihm trainieren müssen. Er nahm einen großen Schluck, zog mich zu sich heran und küsste mich. Zu warmer und zu süßer Sekt floss von Mund zu Mund. Während ich lachen musste, mich vollsabberte und darüber noch mehr lachen musste, massakrierten mich die Blicke seiner Bewunderer. Auch daran hatte ich mich in den letzten Monaten gewöhnen müssen. Für ihn die schmeichelhaften Blicke, für mich das Gift.

»Herzerwärmend, das junge Glück«, sagte Ronald. Es klang aufrichtig und neidisch.

»Apropos«, konterte ich. »Wie steht es mit dem alten Glück? Wenn ich das recht sehe, baggerst du schon eine Weile das Kraftpaket in der schrecklichen geschnürten Lederhose an.«

»Nichts gegen Lederhosen, und nichts gegen mein altes Glück! Abgesehen von dem Wiener Würstchen, dessen Name Fritz mir momentan entfallen ist, läuft es mit Thomas famos.«

»Aber gegen die Affäre mit einer Schnürhose hättest du nichts einzuwenden?«

»Thomas besteht auf seiner Freiheit, das ist in Ordnung. Aber ich brauche das nicht unbedingt.«

Er hatte das so überzeugend wie möglich über die Lippen gebracht und schaute fast empört, als Matze und ich wie die Honigkuchenpferde grinsten. Ronald war ganz und gar kein Kostverächter. Nun versuchte er es mit einem Ablenkungsmanöver:

»Außerdem wäre das mit der Schnürhose keine Affäre, sondern eine Romanze!«

»Bitte auf genaue Begriffsbenennungen achten«, plärrte Matze, bei dem der Sekt auch schon Wirkung zeigte. Doch Ronald ließ sich nicht beirren.

»Affären hat man, wenn man solo ist. Eine Romanze ist ein von beiden akzeptierter Seitensprung in einer Beziehung.«

»Mal gut, dass wir einen Schriftgelehrten in unserem Bekanntenkreis haben«, sagte ich zu Matze, stieß mit ihm an und fügte etwas lose hinzu: »Und hättest du heute Nacht gern eine Romanze mit mir?«

»Nein«, sagte Matze. »Das wäre dann eher eine Liebe.«

***

Hätte Ronald je eine Wappenfigur benötigt, Sisyphos wäre eine gute Wahl gewesen. Nach der Endfassung von *so schön* ging alles wieder bei null los: Kopieren, Anschreiben verfassen, Päckchen packen. Unverzagt schickte er das erste Manuskript wieder zu Rotbuch, dann an fast alle größeren Verlage. Drei Jahre waren seit seiner letzten Buchveröffentlichung vergangen.

Um nicht nur tatenlos auf die Reaktion der Verlage zu warten, wollte er die Zeit nutzen. Öffentlichkeit ließ sich nicht nur über Bücher herstellen. Also griff er seine alte Idee auf, die Frau von Stein in Peter Hacks' Solodrama zu spielen. Dass er keine Schauspielerfahrung hatte, hielt ihn nicht davon ab. Schon seine Lesungen zeichneten sich durch Theatralik aus. Der junge Mann auf dem Podium war nie Ronald, sondern der Dichter Ronald M. Schernikau, eine Kunstfigur. Warum also sollte man nicht den kleinen Schritt zur Bühnenfigur wagen? Er fragte an, ob ich mit ihm proben würde. Ich war sofort dabei. Vielleicht würde es ja doch noch was mit meinem alten Berufsziel Regisseur. Mein großes Zimmer eignete sich in der Tat hervorragend als Probenraum. Wir stellten eine Strichfassung her, improvisierten das Boudoir der Frau von Stein und begannen mit der praktischen Arbeit.

Schon die pikante Besetzung der Rolle mit einem Mann verbot jeden Realismus. Mit Ronald in der Titelrolle verlangte die Inszenierung eine bestimmte Künstlichkeit, da waren wir uns einig. Was Ronald aber ablieferte, war eine Fassbinder-Heroine auf Speed. Ich hatte meine liebe Not, ihm die ganz großen Gesten abzugewöhnen. Jetzt waren sie nur noch sehr groß. Möglicherweise hätte auch diese Manieriertheit ihren Reiz gehabt, aber nach fünf, sechs Proben wurde deutlich, dass Ronald das darstellerische Rüstzeug fehlte. Das Hacks-Stück war so nuancenreich, dass nur ein Profi die Spannung über anderthalb Stunden halten konnte. Ronald war einfach kein Schauspieler. Und ich kein Regisseur. Sicher hätte ein

Fachmann ihm bessere Ratschläge geben können. Also erklärten wir den Versuch für gescheitert.

Frustriert waren wir nicht. Lieber etwas versuchen, als nichts zu wagen. Außerdem hatten wir Erfahrungen gesammelt. Ronald wusste nun, welche Anforderungen an einen Schauspieler gestellt werden, und ließ dieses Wissen später in seinen Monolog *Irene Binz* und das Libretto *Die Schönheit* einfließen. Mein Erkenntnisgewinn war von ganz anderer Art. Ich hatte mich ein wenig vor den Proben gefürchtet, denn Regie führen hieß auch, den Akteur zu korrigieren und kritisieren. Wie alle Künstler war Ronald dünnhäutig und seine anhaltende Erfolglosigkeit machte die Sache nicht leichter. So bemühte ich mich ausnahmsweise, zartfühlend vorzugehen. Doch die Samtzunge wäre gar nicht nötig gewesen. Ronald war erstaunlich unzickig. Ich empfand das als Geschenk. Wenn unsere Freundschaft Kritik und ein gescheitertes Projekt überstehen konnte, dann funktionierte sie.

Viel Zeit zum Jammern blieb nicht. Thomas und Ronald mussten ihren Umzug bewältigen. Thomas zog in eine Einzimmerwohnung nach Charlottenburg. Da Ronald sich eine eigene Wohnung nicht leisten konnte, mietete er in Steglitz ein Zimmer bei Ute Kannenberg, einer Figur wie von Schernikau ausgedacht. Sie war eine ehemalige DDR-Bürgerin und Jazzsängerin, später im Westen erfolgreiche Schlagersängerin und nun Sozialarbeiterin. Das passt, dachte Ronald, zumal die großbürgerliche Wohnung ein Traum war. Endlich hatte er ein schönes großes helles Zimmer. Dass seine Vermieterin ein paar klitzekleine Macken hatte, ahnte er nicht.

32.

Natürlich musste unser Erstling gefeiert werden. Die Präsentation auf der Frankfurter Buchmesse sollte seriös und professionell werden, aber die Berliner Premiere stellten wir uns lustiger vor. Also luden der Prinz-Eisenherz-Buchladen und unser Verlag ins Metropol-Café, einen mittelgroßen Veranstaltungsort unterhalb einer beliebten Disco. Lesen wollten wir nicht, es sollte eine Feier sein und nicht Arbeit. Unser Lektor sprach ein paar Worte, und dann zeigten wir das Video. Es war ein großer Erfolg, kein Wunder, man kannte sich. Es wurde viel gelacht und getuschelt. Genau so hatten Michael und ich uns das vorgestellt. Als Höhepunkt der Veranstaltung hatten wir uns eine Posse ausgedacht: den Auftritt der in den Siebzigern erfolgreichen Schlagersängerin Tanja Berg. In Wirklichkeit war es Ute Kannenberg, Ronalds Vermieterin. Er hatte den Kontakt hergestellt, und Frau Berg/Kannenberg heizte den Gästen mit der deutschen Version von Lou Reeds *Walk on the wild side* ein: »Hey Baby, kannst du's nicht lassen?«

Frankfurt war nicht ganz so lustig. Hier gaben wir die seriösen Sachbuchautoren. Der Verlag hatte für die Lesung während der Messe das hübsche Café des Theater am Turm gemietet. Das Wort »aufgeregt« beschreibt nur unzureichend unseren Gemütszustand. Kaum hatten wir vor der Presse und erstaunlich vielen Zuhörern Platz genommen, beugte Kraushaar sich zu mir und flüsterte: »Ich muss kotzen. Fang doch schon mal an!« Diese bezaubernde Szene sollte sich von nun an vor jeder Lesung wiederholen. Kraushaar verschwand kurz, kehrte dann mit einem aparten Grünton im Gesicht auf das Podium zurück, und dann konnten wir loslegen.

Abends tauchten wir in die Welt der literarischen Empfänge ein. Überall berühmte Autoren, bekannte Verleger, berüchtigte Kritiker und, wichtiger noch, freies Essen und

Trinken. Wir waren im Paradies, zumal man uns ein weiteres Buchprojekt angeboten hatte.

Die Lektorin der Jugendbuchreihe rotfuchs hatte unser Buch gelesen und war angetan. »Seit Jahren schon will ich ein Buch zum Thema Pubertät machen, aber ich habe nie die passenden Autoren gefunden. Das ist genau der Ton, den ich suche. Möchten Sie sich das Angebot mal durch den Kopf gehen lassen?« Es dauerte etwa zwei Sekunden, und wir sagten zu. Die Miete war gesichert. Mit viel Rückenwind gingen wir auf eine kleine Lesereise, bereit, die Huldigungen der lesenden Bevölkerung zu empfangen.

Es wurde eine harte Landung in der deutschen Provinz. Einem Teil des Publikums waren wir zu politisch, zu links, andere fanden uns zu unterhaltsam, ein Punkt, der wohl nur in Deutschland als Kritik formuliert wird. Vor allem das Video erregte die Gemüter. Allein schon die neue Technologie namens Video, und dann diese Metropolenschwuchteln! Die Kleinstädter fühlten sich als solche und waren verschnupft. Besonders Ronald, der strahlende Kommunist mit dem Friedenslied auf den Lippen, provozierte heftigen Widerwillen. Wir Naivlinge hatten alles falsch gemacht: Wir waren zu modern, zu eloquent und zu gut angezogen. Selbst Kraushaar.

Aktivisten mit schwarzem Stern am Wollpullover warfen uns vor, beim »Gegner« zu publizieren. Wir zögen persönlichen Vorteil aus den Diskussionen der Szene. Und wieviel von unserem Honorar wir denn, bitte schön, an »die Bewegung« abführten? Hä? Bemüht, nicht aus der Rolle zu fallen, rechneten wir auch noch brav unsere Reichtümer vor: Für jeden 2,5% des Verkaufspreises abzüglich der Mehrwertsteuer, das bedeutete pro Exemplar dreißig Pfennige. Das war weit unter dem Verdienst einer Putzfrau. Als mich dann noch jemand als »Professorensöhnchen« titulierte, der keinen Bezug zum wirklichen Leben habe, riss mir der Geduldsfaden. »Pass mal auf, Baby«, sagte ich. »Ich komme dermaßen aus der Gosse, da träumst du nicht mal von!«

Manchmal fühlten sich die Diskussionen wie ein Tribunal an. Weil wir es am eigenen Leib erfuhren, wurde uns der Dogmatismus und das Eiferertum linker Politaktivisten schnell zuwider. Das tat weh, denn hier war unsere Heimat. Erstaunlicherweise war fast ausnahmslos ich es, der die Aggressionen auf sich zog. Kraushaar in seiner leicht väterlichen Art wurde als Autorität wahrgenommen. Wenn die Zuhörer auf meine Texte reagierten, schauten sie penetrant ihn an. Dass viele annahmen, er sei der alleinige Verfasser des Buches, hob auch nicht unbedingt meine Laune. Ich war das Blondchen, das die Texte abgetippt hatte. Mehrmals hörte ich solche Bemerkungen und hatte nicht übel Lust, den Betreffenden unvergesslich in die Weichteile zu treten.

Wie die Abweichlerdebatten kommunistischer Gruppen gehörten diese Grabenkriege zur Folklore der linken Szene. Zum Glück scherten die Leser sich nicht darum. Die ersten Verkaufszahlen waren ermutigend. *Männer.Liebe.* erlebte mehrere Auflagen. Noch zwanzig Jahre später würden graumelierte Herren auf uns zukommen, um sich zu bedanken. Es sei für sie mal das wichtigste Buch gewesen.

Die Rezensionen in der Homopresse waren gespalten. »Für den ›normalen‹ Homosexuellen ist das Buch zu alternativ, für den alternativen Schwulen zu ›normal‹«, schrieben die einen. Die anderen fanden: »Das bisher gelungenste, das anregendste, witzigste, kontroverseste und kritischste Buch heißt *Männer.Liebe.*« Das war zu erwarten gewesen. Bekannte Gesichter, gemischte Gefühle. Wir polarisierten immerhin – und so mancher Rezensent hatte mit uns noch eine Rechnung offen.

Besonders freuten wir uns über die positive Besprechung im STERN – »ernst, lebendig und hautnah« –, aber der Ritterschlag kam von unvermuteter Seite. Ausgerechnet Emma überschlug sich vor Begeisterung: »Es ist das aufregendste Sachbuch, das ich in der letzten Zeit gelesen habe. Solche Bücher wünsche ich mir von Frauen.«

Die inhaltlichste Auseinandersetzung fand im WDR statt. In einem halbstündigen Radiofeature wurde das Buch vorgestellt, und die Autorin war besonders von Schernikaus Interview angetan. Die Sendung endete mit seinem Gedicht über Lenin und Thomas. Das waren Zeiten: Eine Redakteurin des öffentlich-rechtlichen Rundfunks preist in den höchsten Tönen ein Gedicht über Lenin!

***

Nicht, dass wir vorher graue Mäuse gewesen wären, aber jetzt waren Frings und Kraushaar in der Szene so bekannt wie Ernie und Bert. Im Nachtleben hatte der Fingerhut voll Ruhm ungeahnte Folgen: Die Leute wollten nicht mehr mit mir schlafen. Sie wollten reden. Ganz toll. Man flirtete, kam ins Gespräch, aber wenn die jungen Herren hörten, dass ich Buchautor sei, rutschte die Libido auf Halbmast. Mit einem Mal krampften sie sich nur noch »kluge« Sätze ab, ein Alptraum. Schöner Gedanke eigentlich, dass selbst die losen Gesellen der Nacht mächtig Respekt vor Büchern hatten, aber dieser Preis war entschieden zu hoch. Eine heiße Nacht gegen einen bewundernden Blick einzutauschen ist ein schlechter Handel. In meiner Not fragte ich Ronald nach seinen Erfahrungen. Der nickte heftig:

»Ich bin neulich in der Sauna gewesen und habe jemanden angemacht. Ich stand auf dem Flur, und jemand saß in seiner Kabine und hat mich angelächelt. Ich bin in die Kabine, da haben wir die Tür abgeschlossen und er sagt: ›Ich heiße Werner.‹ Ich sage: ›Ich heiße Ronald.‹ Dann sagt er ›Ronald Schernikau!‹ und erzählt mir mein Leben. Daraufhin war er natürlich völlig ungeil und konnte nicht mehr mit mir schlafen.«

»Das sind ja tolle Aussichten.«

»Gibt auch Ausnahmen.« Ronald lächelte zweideutig.

»Das Problem ist: Die Leute fragen immer zuerst nach dem Beruf, ich mache das ja auch. Was sagst du denn bei Leuten, die dich nicht erkennen?«

»Krankenpfleger.«

»Krankenpfleger?«

»Erstens ist es ein Beruf, unter dem sich jeder etwas vorstellen kann, also fragt niemand nach. Zweitens hat niemand Lust, sich über Krankheiten zu unterhalten. Und schon bist du aus dem Schneider!«

33.

Ronalds Zeit mit der Hauptmieterin Ute Kannenberg sollte schnell ein Ende finden. Sein Zimmer lag im Hochparterre an einer stark befahrenen Straße. Tag und Nacht rauschte alles vorbei, was auf die Stadtautobahn wollte.

An den Lärm hätte er sich gewöhnen können, aber leider hatte die Traumwohnung noch einen größeren Nachteil: Ute Kannenberg.

»Man würde es gar nicht vermuten, wenn man sie sieht«, klagte Ronald.

Wir hielten es für eine von Ronalds Übertreibungen, künstlerische Freiheit. Aber bald häuften sich die Geschichten. Einmal, Ute war in Urlaub, kündigte sie per Telefon an, einen Tag früher nach Hause zu kommen. Ronald war panisch und rief Thomas an. Der raste nach Steglitz und half beim Großreinemachen. Flur, Küche, Bad – alles blitzeblank. Als Ute eintraf, schaute sie sich um und rief: »Wie sieht es denn hier aus!?« Sie stellte den Koffer ab und begann die frisch gereinigte Küche zu putzen.

Ronald stürzte in eine Depression. Seine Wohnsituation war eine Katastrophe, von den Verlagen gab es keinen positiven Bescheid zu *so schön*, und finanziell bewegte er sich am Abgrund. Er kam mit dem Alltag nicht mehr zurecht. Nur das Notwendigste schaffte er noch, Babysitten und die sonstigen kleinen Lohnarbeiten. Immer häufiger zog er sich für ein, zwei Tage ins Bett zurück.

Wenigstens für Thomas lief es einigermaßen. Ein Engagement an einem Berliner Theater war nicht in Sicht, aber er hatte eine Idee, wie sich aus dem Arbeitslosendasein etwas machen ließ. Im Gegensatz zu Musikern ist bei den Schauspielern Künstler und Instrument eins. Thomas merkte buchstäblich am eigenen Leib, wie ihm das tägliche Training fehlte. Sein Körper sollte geschmeidig bleiben, einsatzbereit für jedes Rollenangebot, doch es war schwer, als arbeitsloser Schauspieler die nötige Disziplin aufzubringen. Er kannte viele Kollegen, denen es ähnlich ging. Also bot er der zentralen Bühnen- und Fernsehvermittlung an, ein Training für freiberufliche Schauspieler durchzuführen. Er nannte es »schauspielerische Morgenarbeit«, und die Behörde unterstützte den Kursus. Zehn Teilnehmer konnten nun etwas für ihren Beruf tun, auch wenn man ihn gerade nicht ausübte.

Einen billigen Raum musste er selber auftreiben und fand ihn im SchwuZ, dem Schwulenzentrum, eine Etage im vierten Stock des zweiten Hinterhofs. Wenn man durch die schwere Feuertür schritt, öffnete sich ein verkommener schöner leerer Raum. Die New Yorker hätten das »Loft« genannt, in Berlin hieß es Gewerbeetage. Durch die großzügige Fensterfront war der Raum sonnenhell. Neben dem Eingang befand sich eine selbstgezimmerte Bar. Mit einer Handvoll Paletten konnte man an jeder beliebigen Stelle im Raum eine Bühne improvisieren. Dazu allerlei Bänke und Stühle vom Sperrmüll – fertig war das Multifunktionszentrum.

Das selbstverwaltete SchwuZ wurde immer seltener für politische Zusammenkünfte genutzt, ein Zeichen der Zeit. Aber es gab jede Menge Kultur: Theater, Shows, Filme. Renner und Haupteinnahmequelle waren die Partys am Samstagabend, für Hunderte ein fester Bestandteil des Wochenendvergnügens.

Es war nach einem Training, als Thomas auf der Toilette einen Aushang entdeckte. Ein geräumiges Zimmer plus Küche wurde angeboten, zwei Häuser neben dem SchwuZ. Vielleicht wäre das ja eine Wohnung für Ronald? Sie machten einen Besichtigungstermin aus.

Die Wohnung lag zwar im Parterre des Seitenflügels mit Blick auf einen trostlosen Hinterhof, aber das Zimmer war geräumig und leidlich hell. Es war Frühling, als sie die Wohnung besichtigten, im Winter hätten sie die Finger davon gelassen. Die Nachteile lagen auf der Hand: Die Toilette im Hausflur und extrem renovierungsbedürftige Wände und Decken. Aber die Miete von nur 120 Mark war unschlagbar. Ronald zögerte nicht lange. Vielleicht war er für Wohngemeinschaften nicht gebaut, und es würde ihm in dieser bescheidenen, aber ruhigen Wohnung besser gehen.

Wer die Renovierung übernehmen würde, war nicht wirklich eine Frage. Für diese Sorte Arbeit taugten Ronalds zarte Hände einfach nicht. Außerdem ging es ihm nicht gut. Ständig fühlte er sich matt, jede kleine Anstrengung belastete ihn auf eine Art, die für einen jungen Mann von Anfang Zwanzig fast unschicklich war. Bei Ute Kannenberg konnte und wollte er nicht bleiben. Also legte er sich bei Thomas ins Bett, während der tapfer die Charakterrolle des Handwerkers spielte. Leider handelte es sich um eine Tragikomödie. Die ersten Probleme tauchten schon beim Streichen der Wände auf. Die Farbe wollte nicht haften, Thomas entdeckte zahlreiche feuchte Stellen. Ihm blieb nichts anderes übrig, als den Putz wegzuschlagen, bis er auf Stroh und altes Zeitungspapier stieß. Anschließend musste er die Löcher neu verputzen und das Patchwork mehrmals streichen. Obwohl die Frühlingssonne schien, war die Parterrewohnung klamm und feucht. Ein guter Teppichboden wäre nicht schlecht gewesen, aber dazu fehlte das Geld. Also musste Ronald mit alten Teppichen auskommen, die er übereinander stapelte. Das musste reichen.

Michael, ein paar Freunde und ich halfen beim Umzug. Wir freuten uns darauf, Ellen wiederzusehen, die es sich nicht hatte nehmen lassen, auch dabei zu sein. Als ich mit der ersten schweren Bücherkiste fluchend die Wohnung betrat, hatte sie sofort ihren Namen weg: »O Gott, was für ein Loch!«, trompetete ich feinfühlig. Für kein Geld der Welt wäre ich in dieses Verließ gezogen. Aber Ronald ließ sich nicht verdrießen: Er war wild entschlossen, hier eine gute Zeit zu verleben.

Die Einrichtung taugte nicht unbedingt für eine Erwähnung in Schöner Wohnen, aber sie war sehr ronaldesk. Mitten im Raum thronte eine monströse Couchgarnitur, die er von seiner Mutter geerbt hatte: plüschig, waghalsig schwarz-weiß gemustert und bequem. Irgendwann einmal war sie sehr modern gewesen. In einer halbhohen Kommode befanden sich Ronalds wenige Kleidungsstücke. Am Fenster stand ein klassischer Schreibtisch mit Rolltüren, darauf die Büsten von Marx und Engels. An diesem Schreibtisch würde er sein nächstes literarisches Projekt angehen: die Lebensgeschichte seiner Mutter.

34.

Das Notaufnahmelager Gießen liegt gleich hinter dem Bahnhof. Das vollständig umzäunte Lager, freudlos und ein wenig einschüchternd, ist erstaunlich groß. Eine Barackensiedlung hatte sie erwartet, findet aber mehrstöckige Steinhäuser vor. Es müssen sehr viele Menschen sein, die durch dieses Lager geschleust worden sind. Sie meldet sich bei einem Beamten: »Ellen Schernikau aus Magdeburg.«

»Da bin ich auch her«, sagt der Mann erfreut. »Wie sieht es da in der Zwischenzeit aus? Ist viel gebaut worden?«

Sie plaudern eine Weile, und Ellen freut sich über das unerwartete Zipfelchen Heimat. Der Beamte gibt ihr den Schlüssel für ihre Stube und erklärt den Weg. Unterwegs wundert sie sich, wie wenig los ist. Ihr Zimmer ist spartanisch eingerichtet, Bett, Nachttisch, Kleiderschrank. Ellen hat Glück, man hat ihr ein Zweibettzimmer zugewiesen, aber das andere Bett ist ungenutzt.

Normalerweise bleibt man ein bis zwei Tage, doch bei ihr dauert es eine Woche. Sie macht sich Sorgen, warum sie so lange festgehalten wird. Niemand gibt ihr eine Erklärung. Als ob sie nicht schon genug Probleme hätte.

Tag für Tag die gleiche Prozedur. Sie geht durch endlose Gänge zu einem der vielen Büros und wartet draußen, bis sie vorgelassen wird. Drinnen sitzt ein Mann, immer ein anderer, der sich nicht vorstellt. Ist das dieser Bundesnachrichtendienst? Sie hat keine Ahnung. Und man fragt schließlich nicht: Entschuldigen Sie, sind Sie vom Geheimdienst? Immer wieder wird in ihrer Vergangenheit gewühlt: Was genau sie beruflich gemacht hat? Ob sie politisch organisiert war? Wie die SED-Bezirksleitung aufgebaut ist? Ellen weiß nicht genau, ob das nun Verhöre sind oder einfach nur Befragungen.

»Sind Sie politisch engagiert gewesen?«

»Ja, ich war Mitglied der SED.«

»Können Sie beschreiben, wie der Vorsitzende des Kreises der FDJ aussieht?«

»Von dem gibt es doch überall Fotos«, sagt Ellen erstaunt, fasst sich dann aber. »Ein dunkelhaariger, sehr sympathischer Mann mit festem politischen Bewusstsein.«

»Ach, dann ist der wohl Kommunist?«

Ellen möchte lachen, ist aber gefügig. Sie will keine falschen Antworten geben, hat große Angst, zurückgeschickt zu werden. Doch langsam erwacht ihr Trotz. Man lässt sie ihre Abhängigkeit spüren, eine Bittstellerin, der Laune namenloser Männer ausgeliefert. Es bringt sie auf die Palme, wie immer von der »Zone« geredet wird. Irgendwann platzt es aus ihr heraus: »Ich bin jetzt seit einer Woche in der Westzone!«, sagt sie. Die Männer antworten nicht, wechseln nur Blicke

»Wie würden Sie ihre politische Haltung beschreiben?«

»Ich bin nicht aus politischen Gründen hier.«

»Was soll das heißen?«

»Ich habe dort sehr gut gelebt!«

Ellen fühlt sich gedemütigt, es ist, als würde man ihr ganzes Leben in den Schmutz ziehen. Offensichtlich wollen die Männer etwas anderes hören, aber sie kann nicht. Auch wenn Lorenz mich belogen hat, denkt sie, bleibe ich ehrlich.

Einmal – sie ist ganz erledigt von einer langen Befragung – will sie sich nur noch aufs Bett legen. Doch ihre Zimmertür ist verschlossen. Am Ende des Flurs werkelt eine Reinemachefrau.

»Entschuldigen Sie, warum ist meine Tür abgeschlossen?«

»Na, das eine sage ich Ihnen«, grummelt die Frau und stemmt die Hände in die Hüften. »Wenn Sie Ihre Stube nicht ordentlich fegen, dann müssen Sie eben gucken, wo Sie bleiben!«

Da verliert Ellen die Fassung. Sie rennt zurück zu den Ermittlern und tobt: »Das ist ja ungeheuerlich, hier wird man behandelt wie ein Verbrecher! Ich kann noch nicht mal auf mein Zimmer, bloß weil ich so fertig bin von den Verhören und nicht gefegt habe. Ich will da sofort rein!«

Die Männer schauen ganz erschrocken. Wie die sonst so ruhige Frau entgleisen kann. Sie reden auf sie ein und lassen schnell ihre Zimmertür öffnen.

Manchmal hört sie in der Kantine einen bestimmten Tonfall oder eine Bemerkung und bekommt furchtbares Heimweh. Ein Mann setzt sich zu ihr an den Tisch und sagt lakonisch: »Sie sind neu hier, ja? Gestatten, Meier, Kreisleitung der FDJ in Suhl.«

»Schernikau«, sagt Ellen, »Bezirksleitung der FDJ in Magdeburg.«

In dem knappen Lachen, das sie miteinander teilen, liegt alles, was sie verloren haben.

Ob es an ihrem Wutausbruch liegt, weiß sie nicht, aber plötzlich sind die Beamten sehr freundlich. Ein Dolmetscher begleitet sie zu einem Mann, einem Engländer oder Amerikaner. Ellen kann kein Englisch, erst recht nicht den amerikanischen Akzent von einem britischen unterscheiden. Der Agent, Spion oder was auch immer, ist ganz Kavalier, rückt ihr den Stuhl zurecht und bietet als erstes etwas zu essen an. Er interessiert sich für ihren Arbeitsplatz. In ihrer Uniklinik werde doch auch Forschung betrieben, was sie darüber wisse?

»Ich hatte keinen Kontakt zur Forschung«, sagt Ellen.

Aber der Mann bohrt und bohrt. Er will einen genauen Plan aller Einrichtungen, will wissen, wer wo gearbeitet hat und woran. Ellen hat keinen blassen Schimmer. Selbst dieser höfliche Mann schaut ganz frustriert aus. Sie ist ein einziger Fehlschlag.

Als man begriffen hat, dass bei ihr nichts zu holen ist, muss sie nur noch den Behördenkram erledigen. Flüchtlingen steht ein Begrüßungsgeld zu. Außerdem wird man ihnen eine Übergangswohnung finanzieren und Ellen eine Arbeitsstelle besorgen. Davon gibt es genug in der BRD.

Aber Ellen weigert sich, an entsprechender Stelle ihr Kreuz zu machen. »Ich bin kein Flüchtling«, sagt sie immer wieder. »Ich bin nicht aus politischen Gründen weg. Ich bin nur umgesiedelt.«

Ist doch egal, gibt ihr der Beamte durch die Blume zu verstehen, ist doch nur Papier. Ein harmloses Kreuz, und sie könnte alle Leistungen in Anspruch nehmen. Aber Ellen lügt nicht.

Zurück bei Gerd und Anna, trifft sie auf ungläubiges Entsetzen. »Wie kannst du nur so etwas machen? Du bist doch verrückt!« Lorenz kommt vorbei, um nach ihr zu sehen, und sagt nur: »Nee, du bist so was von dämlich!«

Bin ich eben dämlich, denkt sie.

Später am Abend fragt er sie aus heiterem Himmel: »Sag mal, denkst du etwa, dass ich Heimweh habe so wie du?«

»Ja«, sagt Ellen.

Da schaut er sie mit einem Blick an, den sie lieber nicht gesehen hätte.

***

Nach einem Monat muss sie bei Gerd und Anna raus. Sie will nicht weiter zur Last fallen. Lorenz gibt ihr tausend Mark für Kleidung, Handtücher, alles, was man so braucht. Achttausend Mark pro Person hat er an die Fluchthelfer gezahlt. Tausend Mark wird sie ihm später zurückzahlen. Er hat kein großes Einkommen, sagt er, hat alles in das Haus gesteckt.

Bis sie eine Arbeit findet, bleibt sie von Lorenz auch finanziell abhängig. Sie sehnt sich nach eigenen vier Wänden, aber für eine Wohnung reicht es nicht. Für den Übergang zieht sie in eine billige Familienpension nach Soltau, ein paar Kilometer von Lorenz' Haus entfernt. Die Pension liegt mitten im Wald, furchtbar einsam. Trotzdem versucht sie, etwas draus zu machen, geht in den Wald, Blaubeeren sammeln, fährt mit dem Fahrrad zum Bauern und holt frische Milch. Rolo nimmt alles mit der unbekümmerten Neugier eines Kindes hin. Es gibt viel zu entdecken, die Hühner etwa, die hier gehalten werden. Eines Tages ist der Hahn verschwunden und Rolo ist voller Mitleid: »Die armen Hühner, nun sind sie alle alleinstehend!«

Ellen ist auf dem Tiefpunkt. Wenn sie nur Arbeit hätte. Es wäre eine Ablenkung von ihrer Verzweiflung, und sie könnte Geld verdienen, eine Wohnung mieten für sich und den Kleinen. Sie telefoniert die Krankenhäuser der Umgebung ab. Überall gibt es freie Stellen. Man würde sie mit Kusshand nehmen. Wir brauchen nur Ihre Papiere, heißt es. Aber sie hat keine. Lorenz' Vater soll die Urkunden und Zeugnisse beim nächsten Westbesuch mitbringen. Vorher geht gar nichts. Über Tag reißt sie sich zusammen wegen Rolo, aber sobald er schläft, sitzt sie auf der Couch und stiert Löcher in die Luft.

An Freunde und Verwandte in der DDR schreibt sie: »Es geht mir gut, ich bin so glücklich. Wir gehen jeden Abend tanzen, und wieviel Sekt ich hier trinke! Lorenz kommt jeden Abend von der Arbeit schnell nach Hause. Er will einen neuen Laden aufmachen, und dann soll ich mit ihm zusammenarbeiten!« Sie kann sich und den Freunden in Magdeburg ihr Scheitern nicht eingestehen. In Wirklichkeit kommt Lorenz, wenn er sich von seiner Familie frei machen kann, nur für ein paar Stunden vorbei. Ellen versucht sich, von allen Erwartungen zu befreien. Wer ganz leer ist, kann auch nicht enttäuscht werden. Und dennoch wartet sie ungeduldig auf ihn. Vielleicht will er sie ja doch? Gut, seine Sonja hat gerade eine Tochter zur Welt gebracht. Aber geheiratet hat er die Westfrau nur, damit er seine Firma auf sie übertragen kann.

Manchmal, wenn Ronald draußen spielt und sie im Bett liegen, ist das alte Gefühl wieder da. Er streichelt sie, sagt: »Ich habe dich doch viel lieber als die Sonja!« Gegen alle Vernunft will Ellen ihn auch, vor allem für Rolo. Der kriegt mit, dass die beiden manchmal allein sein wollen: »Ja, ja, mir gibst du nur laute Küsse, mit Papi küsst du dich immer leise!«

Es gibt auch schöne Tage. Die drei machen einen Ausflug nach Lübeck und besichtigen das berühmte Holstentor.

»Das kenne ich«, ruft Rolo. »Das ist auf dem Fünfzig-Mark-Schein!«

»Er hat recht«, sagt Lorenz. »Das stimmt tatsächlich!« Und er schaut Ronald so stolz an, dass Ellen wieder Hoffnung schöpft.

Vielleicht klappt es ja doch noch mit den beiden, vielleicht brauchen sie nur etwas Zeit, um sich aneinander zu gewöhnen. Nachdem Ronald im Hotel seinen Vater in der Badewanne gesehen hat, will er etwas fragen, druckst aber herum.

»Du bist dann vielleicht böse über die Frage.« Nachdem Ellen ihm versichert, dass sie wegen keiner Frage böse ist, sagt er: »Etwas an Papi ist nicht schön gewachsen. Er hat solchen großen Pullermann, der ist nicht schön.«

Ellen erklärt ihm, was es mit den Proportionen auf sich hat, das leuchtet ihm ein. Lorenz war der erste Mann, den er nackt gesehen hat.

Es ist ja nicht so, dass Lorenz sich nicht bemühen würde. Er kommt bei der Pension vorbei und gibt Ellen einen Kuss: »Ich habe eine kurze Tour. Willste mit, Rolo?« Der Kleine ist Feuer und Flamme und schwingt sich auf den Beifahrersitz. Keine zehn Minuten später steht das Kind wieder vor der Tür.

»Mutti, der hat gar nicht mit mir gesprochen!«

Lorenz steht hinter ihm und sagt mit unbewegtem Gesicht: »Ich kann mit dem nichts anfangen!«

Alle zwei, drei Wochen kommt Lorenz für einen Tag oder ein ganzes Wochenende vorbei. In diesen Momenten ist alles, wie Ellen es sich erträumt hat. Sie liegt in seinen Armen, und die alte Vertrautheit ist wieder da. Erst jetzt bringt sie es fertig, ihm die eine, wichtige Frage zu stellen:

»Warum hast du uns rübergeholt, obwohl du verheiratet bist?«

Er schaut sie an, hilflos, sucht nach Worten. »Das weiß ich nicht.«

Ellen will sich nicht damit zufriedengeben. Es darf nicht sein, dass ihre Misere nur diese Begründung hat – ich weiß es nicht.

»Kann es sein, dass du einfach alle um dich haben wolltest, deine Frauen und deine Kinder?«

»Ja.«

»Du wusstest doch genau, dass ich nie gekommen wäre, wenn ich deine Verhältnisse gekannt hätte?«

»Das war mir klar.«

35.

»übersetzung eines imaginären gedichts

wenn ich mich auf den boden lege, kann ich den himmel sehn. vor dem himmel ist ein hinterhof. auf ihm steht ein baum. der baum ist ein bisschen schön, er nimmt mir licht weg, ich liege auf dem boden und sehe den himmel hinter den sachen. auf den sachen liegt die schwere des hinterhofs, nichts kann den himmel schwerer machen als der hinterhof unter ihm, nie wird der himmel leichter sein. so sehe ich den baum.«

Wenn Schernikau, auf dem Boden seiner neuen Wohnung liegend, in die Zukunft hätte schauen können, wären ihm drei vergleichsweise ruhige Jahre annonciert worden. Drei Jahre war er nun in Berlin. Er war angekommen, in Ost wie in West. Ohne es groß zu bemerken, hatten sich feste Wege ergeben, zum Einkaufen und Ausgehen genauso wie ins Theater, ins Kino, zu Lesungen. Ähnlich routiniert ging er mit Freunden um. Jeder hatte seinen festen Platz. Mit den einen sprach er über Literatur, mit anderen über Politik, und wieder andere waren zuständig fürs Vergnügen. Nur bei wenigen überschnitten sich die Sphären.

Beharrlich lag Ronald auf dem Boden und sah »den himmel hinter den sachen«. Und den Baum. Dieser Blick, manchmal hart erkämpft, erlaubte es ihm sogar, das knorrige Grün ein »bisschen schön« zu finden. So war das auch mit seiner Wohnung. »Die ist nicht von schlechtem Geschmack, sondern von gar keinem«, hatte jemand ganz ohne Bosheit gesagt. Ich besuchte ihn gern im »Loch«, allerdings nie ohne Anmeldung. Bei anderen konnte man einfach so reinschneien, Ronald war da heikel. Mit ihm musste man sich verabreden. Bei Zuwiderhandlung drohten schmallippige Hinweise zur Wichtigkeit seiner Arbeit. Störenfriede waren ihm noch verhasster als Antikommunisten.

Kurz nach dem Einzug lud er mich zum Essen ein, eine große Ehre. Es lag nicht an fehlender Großzügigkeit, er konnte einfach nicht kochen. Durch das Hoffenster sah ich ihn in der kleinen Küche werkeln. Ich pochte an die Scheibe und machte Faxen. Ronald zuckte zusammen, sah hoch und rief laut: »Shalömchen!«, unsere Parodie auf schwule Juden.

Seit dem Umzug hatte er versucht, das kombinierte Wohn-, Schlaf- und Arbeitszimmer etwas wohnlicher zu gestalten. An der Wand hing eine Reproduktion des berühmten Womacka-Gemäldes, das in jedem dritten DDR-Haushalt zu finden war; ein attraktives Paar am Strand, 1962 gemalt, aber noch sehr Fünfziger. Jung, frisch, optimistisch. Neben dem Schreibtisch waren literarische Notizen und Zitate an die Wand gepinnt. Außerdem gab es eine Art Schrein, die Fotos von Gisela Elsner, Irmtraud Morgner und Nina Hagen. Daneben hing die Fotografie eines jungen Mannes.

»Wer ist denn die Schnitte neben Nina?«, rief ich in die Küche.

»Das ist Fritz.«

»Bist du zu den Masochisten übergetreten, Roni?«

Ronald schwieg laut.

»es gab eine zeit, da trainierte ich abhärten. ich hängte über meinen schreibtisch ein bild des geliebten meines freundes, das tat weh, und ich hängte über meinen schreibtisch ein bild von nina hagen. wenn meine freunde an diesen schreibtisch traten, dann sagten sie. oh, nina hagen, dufte! aber warum hängst du dir ein bild des geliebten deines freundes auf? das sagten sie, weil sie nicht wussten, wie sehr das bild von nina hagen mich schmerzte.«

Nina Hagen, die er so verehrte, die die DDR verlassen hatte und über die in ihrem Geburtsland nicht geredet werden durfte. Sein Sozialismus war einer mit Nina.

Im Fernsehen lief »Der große Preis«. Ich schaltete den Apparat aus und ging in die Küche.

»Mal gut, dass nur ich fernsehsüchtig bin!« Ich gab ihm einen Klaps auf den Hinterkopf.

»Och«, sagte er, «gute Filme sind nun mal die Stärke des Kapitalismus.«

Ronald nahm den Deckel vom Topf und stocherte gefährlich mit einer Gabel darin herum.

»Riecht gut«, log ich. »Was wird es denn?«

»Coq au vin!«

Und genau das war es. Nicht mehr, nicht weniger. Er hatte im Supermarkt ein Hähnchen gekauft und in einen Liter billigen Rotwein geworfen. Fertig. Er befreite das ertrunkene Tier, ich setzte eine optimistische Miene auf, und wir machten uns über die Delikatesse her. Ronald schmeckte es.

Auf dem Schreibtisch war mir ein dicker Stapel Papier aufgefallen, eng beschrieben von oben bis unten.

»Das ist nicht dein neues Werk, oder?«, fragte ich und trank die »Soße«.

»Ja und nein. Es ist das Ausgangsmaterial für die neue Arbeit.«

Ronald war entschlossen, die Lebensgeschichte seiner Mutter zu Papier zu bringen. Seine Schriftstellernase hatte längst gewittert, was für ein großartiger Stoff hier lag. Schon als Jugendlicher hatte er Ellen mehrfach gedrängt, ihm ihr Leben zu erzählen, aber sie hatte sich stets geweigert: »Das mache ich selber, wenn ich mal Rentnerin bin!« Auch die Vielleserin Ellen wusste, wie literaturtauglich ihre Biografie war. Mit dem Erfolg der *Kleinstadtnovelle* hatte sie es sich anders überlegt: »Weißt du was, wenn ich das mache, wird es sowieso sentimental und kitschig. Ich schenke dir die Geschichte!«

Drei Tage lang hatten sie sich 1980 Zeit für ein Interview genommen. Kaum unterbrochen von Pinkel- und Essenspausen, redeten sie Stunde um Stunde. Es war ein Gespräch, wie Söhne es meist erst kurz vor dem Tod ihrer Eltern führen, als letzte Chance. Doch hier saß ein Zwanzigjähriger, der seine Mutter zu ihrer großen Liebe befragte, zur Politik, ihrer Lebenseinstellung, ihrer Sexualität.

Für Ellen war es eine Befreiung. Endlich konnte sie ihrem Sohn gegenüber all die Schuldgefühle ansprechen, die seit Jahren auf ihr lasteten: Ich habe alles falsch gemacht. Bin eine schlechte Mutter. Habe dich entführt und dein Leben ruiniert.

Ronald konnte ihre Schuldgefühle verstehen, teilte sie aber nicht. Die Dinge waren, wie sie waren. Die Tonbandabschrift umfasste satte sechshundertsechzig Seiten.

Im Frühjahr 1983 fand er endlich die Muße, sich an die Mammutaufgabe zu machen. Er entschied sich, den Lebensbericht als Monolog zu fassen. Ellen hatte so bildstark erzählt, dass er auf Kommentare und Reflexionen vollkommen verzichten wollte. Je näher er an Ellens Sichtweise blieb, desto glaubwürdiger war sie, desto mehr forderte sie auch zum Widerspruch heraus.

»Ich habe einen wahnsinnigen Hang zum Traktat«, seufzte er. »Und zwar durchgängig in all meinem Material. Aber man kann dadurch Personen und Figuren auch verletzen. Das steht der Literatur eigentlich entgegen.«

Dieses Mal wollte er sich disziplinieren. Ellen sah er als durch und durch positive Heldin. Eine positive Heldin, die zwar alles falsch macht, aber das beeinträchtigt ihr Dasein als positive Heldin überhaupt nicht.

»Ich versuche, die große Frauengestalt unserer Epoche zu gestalten«, sagte er ohne Eitelkeit.

Der Vorname von Ellens Alter Ego war eine Hommage an seine Ostberliner Freundin Irene Dölling. Die Professorin wohnte in der Binzstaße. Irene Binz, das hörte sich gut an. Er entschied sich, den Kunstnamen auch im Titel zu verwenden: *Irene Binz. Die Frau im Kofferraum.* Und er stellte ein Zitat von Dante voran: »Kein größerer Schmerz, als der glücklichen Zeit zu gedenken im Elend.«

Die Entstehungsgeschichte der *Irene Binz* markierte eine schwierige Phase im Verhältnis zwischen Mutter und Sohn.

Durch das lange Interview waren bei Ellen alle Dämme gebrochen. Ständig fielen ihr neue Details ein, die sie Ronald unbedingt mitteilen musste. Der reagierte mehr als gereizt: Er ertrank ohnehin im umfangreichen Material, und Ellens viele Worte kamen ihm wie ein Drängen auf Absolution vor. Die hatte er zwar längst erteilt, aber sie konnte sie nicht annehmen. Ronald fühlte sich so belagert, dass er nach seinem Umzug Ellen eine Weile in dem Glauben ließ, er habe noch keinen Telefonanschluss. Eine Art Funkstille setzte ein, die fast zwei Jahre dauern sollte.

»zum einhunderttausendsiebenundzwanzigtausendsten mal klingelt bei dem neffen von ulla das telefon, das heißt es jault, das ist modern, und auch diesmal ist die schwester von ulla dran und erzählt ihre lebensgeschichte. ich habe mich falsch entschieden. was steht eigentlich auf muttermord? achja, lebenslänglich, schade. der neffe von ulla hockt in seiner bruchbude, sieht seinen atem, sieht sein fenster, sieht das eis vor dem fenster, hört sich trainiert die lebensgeschichte der schwester von ulla an, die er nun allerdings mitsingen kann, und überlegt, ob er vielleicht an das eis adressen verteilen kann. bitte begraben sie unter sich die tornquiststraße siebenundsiebzig. an der sigmaringer straße sechs vorbei erlaube ich ihnen, sehr geehrtes eis, einen eleganten bogen zu schlagen. beste grüße, ihr neffe von ulla. wie besticht man eis?«

In der Tornquiststraße 77 wohnte Ellen, in der Sigmaringer Straße 6 Thomas.

Doch beim Schreiben machte er eine verblüffende Entdeckung: Ich bin wie sie! Ich sehe aus wie meine Mutter, tanze wie sie, bevorzuge die gleichen Männer. Wir haben die gleichen politischen Ansichten, haben den gleichen Geschmack im Film.

Er blickt auf seine Kinder- und Jugendjahre zurück und erschrickt, wie eng ihre Existenz verwoben ist. Ihr Zusammenleben ein unentwegter Dialog, der kaum Tabus kennt.

Er wusste, wie ungewöhnlich diese symbiotische Verbindung war, und manchmal fürchtete er, dies sei ein Zeichen für Instabilität. Mit großer Zuneigung arbeitete er an Ellens Lebenserzählung und ertappte sich doch immer wieder bei dem Gedanken, was für eine dumme Person das sei, die er beschrieb.

»Und weißt du, was übrig bleibt bei diesem Text der *Irene Binz*?«, fragte er und zeigte sein schönstes Lächeln. »Sie ist die liebenswerteste Person der Welt, und man kann überhaupt nichts gegen sie sagen. Obwohl sie eine dumme Kuh ist, ist sie die wunderbarste dumme Kuh, die ich kenne!«

Der riesige Materialberg war nicht einfach zu bewältigen. Zuerst ordnete er, strich und schrieb eine erste Fassung, in der er kein Wort Ellens veränderte. Gesprochene Sprache hatte ihn immer fasziniert, doch der Monolog verlangte nach größerer Formung. Er suchte nach Überhöhung, wollte Ellens Sprache eine Schönheit geben, eine Geschlossenheit, die sie im Original nicht hatte. In einem Kraftakt schrieb er eine zweite Fassung. In Blankversen. In einem Interview erzählt er Jahre später, warum er sich für diese ungewöhnliche Form entschieden hatte:

»Lass mich ein Beispiel sagen, was ich immer dafür anführe, was in der *Irene Binz* ein Blankvers leistet: die Zeile ›Er hat gesagt, er liebt mich unwahrscheinlich‹. Diesen Satz hat die Interviewpartnerin wirklich gesprochen, und als ich ihn gehört habe, habe ich natürlich nicht wahrgenommen, dass das ein fünffüßiger Jambus ist, aber es ist ein fünffüßiger Jambus. Und wenn man das als Struktur nimmt: ›Er hat gesagt, er liebt mich unwahrscheinlich‹, in dem Moment, wo das in einem Zusammenhang von lauter fünffüßigen Jamben steht, ist das eine ganz tolle, große Zeile. Das ist für mich große Kunst, die aus dem Mund von jemandem kommt, der selber keine Kunst macht. Und das ist eine Höhe, die ich erreichen will in jeder Zeile.«

Die Versfassung der Irene Binz ist vielleicht Schernikaus gelungenster Text, besonders wenn man ihn aus dem Mund einer guten Schauspielerin hört. Es ist verblüffend, wie ungekünstelt die Verse klingen.

Und einmal noch war Gerd mit mir gefahren
Zu irgendeinem Amt, es war wohl Wohnung.
Das war die letzte Chance, noch diesen Ausweis
Zu kriegen, als politischer Flüchtling.
Wir gehn da hin, sagt Gerd und hat gedacht,
Wenn ich da steh in der Verzweiflung, mach
Ich doch das Kreuz an dieser einen Stelle.
Und er steht neben mir und guckt und ich
Hab wieder dieses Kreuz da nicht gemacht.
Ich sage: Wir könn fahren. – Und er sagt:
Du bist mir aber eine. – Halb bewundernd.
Die Frau, als ich da diesen Schein abgab,
Die sagte: Sie habn hier nicht angekreuzt.
Ich sag: Nein, ich bin kein politischer Flüchtling.
– Aber jeder ist ein politischer Flüchtling.
– Nein, ich nicht. Ich bin privat hier.

Schernikau hatte nun zwei Optionen: Die Prosafassung konnte als Buch veröffentlicht werden, und die Versfassung bot sich als dramatischer Monolog an.

Für die Buchveröffentlichung kam nur ein DDR-Verlag in Frage. Welcher West-Verlag würde schon die Geschichte einer überzeugten Kommunistin auf den Markt bringen, die die DDR fast gegen ihren Willen verlassen hatte und sich im goldenen Westen als »unbelehrbar« erwies? Vor allem aber wäre das Erscheinen eines Schernikau-Buchs in »seiner« DDR die Erfüllung seines Lebenstraums. Er war allerdings Realist genug, um zu sehen, dass die *Binz* auch für Genossen ein schwerer Brocken war. Aus deren Sicht hatte sie Republikflucht begangen. Auch wenn inzwischen fast zwanzig Jahre vergangen waren, rührte das Thema an das größte DDR-Tabu.

36.

Die DDR war ein Leseland, aber nicht jeder konnte lesen, was er wollte. Schreiben auch nicht, jedenfalls, wenn man veröffentlichen wollte. Nach offizieller Lesart hatte Literatur einen Auftrag zu erfüllen: Sie war eine dienende Kunst, sollte unmittelbar erzieherisch und verändernd wirken. Im Westen belächelte man diese zweckgebundene Einengung als naiv. Im Osten auch. Die Mehrzahl der Lektoren, Verlagsleiter und Leser wusste sehr wohl, dass die ideologischen Zügel, die der Kunst angelegt wurden, ihrem Wesen widersprachen. Die staatlichen Spielregeln wollten dennoch eingehalten werden. Dafür sorgte ein ausgeklügeltes System von Prüfverfahren, die ein Manuskript bis zur Drucklegung durchlief. War im Westen die Zensur vom Zwang zur Ökonomie abgelöst worden, galt in der DDR eine einheitliche Planung und Leitung des Literatursystems. Ob und wie die künstlerische Intelligenz des Landes sich öffentlich äußern konnte, versuchte die Partei in letzter Instanz zu bestimmen.

Bevor ein Buch in die Läden kam, musste es sämtliche Stufen der Hierarchie nehmen. Die begann im Verlag. Jeder Lektor war seinem Lektoratsleiter verantwortlich. Alle Manuskripte gingen über dessen Tisch. Auch die Korrespondenz der Lektoren wurde hier ganz selbstverständlich geöffnet. Sah man bei einem Werk Probleme voraus, besprach man sich zunächst mit dem Cheflektor, dann mit dem Verlagsleiter. War man sich einig, das Buch zu machen, landete es auf den etwas größeren Schreibtischen der Kulturbürokratie.

Die ideologische, kulturpolitische und wirtschaftliche Kontrolle wurde von der HV, der »Hauptverwaltung Verlage und Buchhandel« im Ministerium für Kultur, ausgeübt. Hier wurde die Druckgenehmigung erteilt – oder eben nicht. Zusammen mit dem Manuskript waren zwei Gutachten einzureichen, eines vom Verlag, das andere von einem Außengutachter, einem Literaturwissenschaftler oder Fachmann des jeweiligen Gebiets. Um seine Argumentation zu stützen oder um befürchteten Nachfragen zuvorzukommen, legte der Verlag oft noch eine interne Notiz hinzu.

In der überschaubaren DDR war dieses Verfahren längst nicht so kühl-bürokratisch, wie es sich anhört. Man kannte sich, stand in ständigem Kontakt, lotete Spielräume aus – eine Choreographie der Möglichkeiten. Schien ein Buch ideologisch heikel, literarisch aber von Rang, gab es lange Diskussionen: Sollte man ein drittes Gutachten einholen? Konnten inkriminierte Stellen entschärft werden? Musste umgeschrieben werden, oder genügten eher symbolische Korrekturen? War ein Autor über die Staatsgrenze hinaus prominent, bestand die Gefahr, durch ein Verbot einen Eklat zu provozieren. Besonders in solchen Fällen hatte das ZK der SED das letzte Wort. Umstrittene Manuskripte wurden hier mitgelesen. Für ständigen Informationsfluss war gesorgt: Jedem Verlag war ein ZK-»Betreuer« zur Seite gestellt. Besonders effektiv war es, mit knappen Papierressourcen zu argumentieren: Seit 1970 wurde den Verlagen von der Papierkommission des ZK ihr jeweiliges Kontingent an Druckpapier zugeteilt. Ohne Papier kein Buch. Das war simpel, aber durchschlagend.

Das Bild von Lektoren, Verlegern und Kulturbeamten als stramme Exekutoren der Staatsmacht entstammt dem Handbuch für Kommunistenfresser. Verlage, die den Parteien oder Massenorganisationen wie der FDJ gehörten, gaben sich eher staatstragend, und selbstverständlich hatte die Stasi ihre Informanten in allen Verlagen sitzen, und wie überall auf der Welt gab es Opportunisten, die nicht anecken wollten. Hauptsächlich aber bestand die Verlagswelt aus gut ausgebildeten, fähigen und engagierten Literaturliebhabern. Mehr oder weniger erfolgreich arbeiteten sie sich daran ab, die Grenzen des Zulässigen auszuweiten, jenseits des verordneten Kanons des sozialistischen Realismus kritische und eigensinnige Texte durchzusetzen. Jedes Buch war ein Abenteuer, ein Test des aktuellen Stands politisch-ideologischer Möglichkeiten.

Die Akteure des komplizierten und langwierigen Genehmigungsverfahrens hatten gelernt, sich eine wichtige Grundfrage zu stellen: Lohnt das Manuskript, einen Konflikt zu riskieren? Die Kraft wollte eingeteilt sein, und das Springen über Hürden, bei denen die Latte hoffnungslos hoch lag, schwächte die eigene Position. Außerdem war zu bedenken, ob der Verlag in letzter Zeit zu viele kontroverse Bücher publiziert hatte. Dann war es geboten, eine Weile in Deckung zu gehen. Das war Selbstzensur, gewiss, aber was nutzte es, sich in die Nesseln zu setzen, um sich zu verbrennen?

Auftritt Ronald Schernikau: Kein großer Name, aber großer Charme. Der junge Kerl ist kein Debütant mehr, hat Talent und etwas zu sagen. Aber ist er literarisch schwergewichtig genug, sich für ihn ins Geschirr zu legen? Eine Lizenzausgabe der *Kleinstadtnovelle* ist im Gespräch, die Erstveröffentlichung der *Irene Binz* und später sein Leipzig-Bericht *Die Tage in L.* Bei ihm hat man es zwar mit einem lupenreinen Kommunisten zu tun, aber dennoch könnten Stil und Inhalt seiner Arbeiten jede Menge Scherereien verursachen: Wie selbstbewusst er in der *Kleinstadtnovelle* Homosexualität thematisiert, ist in der DDR im Wortsinn unerhört. *Irene Binz* beschreibt eine Republikflucht und berührt damit das größte Tabu des Landes. *Die Tage in L.* schließlich kritisieren in freundlichster Unverstelltheit die Ineffektivität der Produktion, die Informationspolitik der Regierung und die Veröffentlichungspolitik der Verlage: »es ist ja erstaunlich, wie schwer es ist, ein tabu zu durchbrechen. nicht nur darf der gegenstand des tabus nicht erwähnt werden, auch, dass da ein tabu ist, ist tabu«, heißt es dort prophetisch.

Dennoch lässt sich mit List und Tücke in der DDR so manches Buch gegen Widerstände durchsetzen. Hin und wieder genügt es, gewisse Reizwörter zu tilgen – »Mauer« ist so ein

Tabu. Schernikau aber nennt die Mauer nicht nur Mauer, er beklagt auch, dass darüber nicht geredet werden darf. Alle seine Bücher sind Liebeserklärungen an die DDR, es ist unmöglich, dies zu überlesen, doch seine Liebe ist von der Art, die sich nicht scheut, ein klares Wort zu führen.

Dass der junge Mann aus dem Westen kommt, wirft weitere Probleme auf: Man müsste ihn in Devisen bezahlen, und die sind knapp. Außerdem stellt sich die Frage, ob man bei den begrenzten Lizenzen für Westautoren nicht literarisch hochrangigere Schriftsteller vorzieht. Würde man für ihn auf einen Delius, einen Timm, einen Walser verzichten? Auch hier spielen Druckkapazitäten und Papiervergabe eine große Rolle. Und zu guter Letzt stehen auch die DDR-Verlage nicht außerhalb der Ökonomie. Lässt sich dieses Buch verkaufen? Das ist in Ost wie West eine zentrale Glaubensfrage.

Paradoxerweise stößt gerade Schernikaus Kommunismus und seine so offen zur Schau getragene Liebe zur DDR auf Befremden. Die Mehrzahl der Verlagsmitarbeiter sieht ihren Staat recht nüchtern und illusionslos, da wirkt der rot-rosa Idealist aus dem Westen wie ein Wiedergänger Don Quichottes. »Na, der soll erst mal hier leben«, heißt es hinter seinem Rücken, »da werden ihm die Flausen schon vergehen!«

***

Unverdrossen wie immer, begab Schernikau sich auf die Suche nach einem Verlag. Sein erster Ansprechpartner war Hasso Mager, ein bekannter Krimischriftsteller, der den Text für den Verlag Neues Leben beurteilen sollte. Sein Gutachten war in Großbuchstaben geschrieben: Geschmacklos. Unglaubwürdig. Politisch gefährlich. Den politischen Tabubruch hatte Schernikau vorausgesehen, aber »geschmacklos und unglaubwürdig« traf ihn unerwartet. Mager stieß sich an der offenherzigen Beschreibung von Ellens Affären, ihre Sinnlichkeit war ihm ein Gräuel. Auf eine Stelle hatte er sich besonders eingeschossen: Es sei doch wohl unvorstellbar, dass eine Mutter ihrem Sohn erzählt, wie der erste Liebhaber ihr den Schlüpfer auszieht! Überhaupt wirke der ganze Text viel zu ausgedacht.

Ronald ist entsetzt. Da hatte er ganz nah an Ellens Biografie entlang geschrieben, und nun wurde ihr Leben mit ein paar Floskeln vom Tisch gefegt. Unbeirrt schrieb er seiner Mutter: »ich werde versuchen, die innere logik noch klarer zu machen. daran sitze ich.«

Er versucht sein Glück bei einem anderen Verlag. Seine langjährige Ostberliner Freundin Irene Dölling hatte ihn mit der Aufbau-Lektorin Almut Giesecke bekannt gemacht. Schernikaus Charme verfehlt auch hier seine Wirkung nicht. Angenehm, denkt sie, so witzig, ein bunter Vogel mehr. Sie liest das Manuskript mit Interesse, findet es originell, mit großem Potential. »Im Prinzip könnte man es machen«, sagt sie, »aber der Text ist noch nicht fertig.«

Das Verhältnis zwischen Autor und Lektor gleicht nicht selten einem Minenfeld. Lektoren pochen auf ihre Erfahrung mit der Prüfung und Überarbeitung von Manuskripten, Autoren fürchten, ihre Arbeit würde nur deshalb umgepflügt, weil der Lektor eine Daseinsberechtigung brauche. Almut Giesecke hat die Erfahrung gemacht, dass es manchen Autoren schwerfällt, ihren Text zu überarbeiten. Zu stark sind sie mitunter auf das Geschriebene fixiert, vom Lob der Freunde beeinflusst. Nachdem der Lektorin eine neue Fassung vorliegt, kann sie keine Veränderungen feststellen und zweifelt, ob Schernikau ernsthaft zu einer Überarbeitung bereit ist. Dieser Vorwurf ist Schernikau noch von Rotbuch wohl vertraut, doch er findet ihn aus der Luft gegriffen. In einem Brief an Ellen erwähnt er diese unterschiedlichen Sichtweisen allerdings nicht einmal, sondern schildert ein ganz anderes Problem: Es komme sehr selten vor, dass ein Autor aus dem Westen zuerst in der DDR veröffentlichte. Es wäre also ein Ausnahmefall, und das wolle die Lektorin vor ihrem Verlag nicht vertreten.

Für Giesecke ist das schlicht »Unsinn«. Ihr Verlag arbeite durchaus mit Westautoren, sie schätze das Talent Schernikaus und würde ihn unterstützen, wenn er sich auf eine Überarbeitung einlassen könnte. Doch die Kontrahenten kommen nicht zusammen. Wo Schernikau ein fertiges Buch sieht, findet Giesecke nur Rohstoff. Weil sie in der *Irene Binz* aber trotzdem Potential erblickt, sucht sie nach Alternativen. Sie schlägt vor, beim Verlag Der Morgen nachzufragen, ob dort Interesse bestehe. Außerdem sollte man den Rundfunk auf das Manuskript aufmerksam machen. »Könnte doch gut«, sagt sie, »die Wachowiak sprechen.« Ronald ist optimistisch und erstattet Ellen Bericht: »alle reden mir zu und bemühen sich. was wollen wir mehr?« Erst einmal tut sich gar nichts, bis plötzlich Neues Leben wieder ins Spiel kommt:

»neues leben ist an das manuskript wohl ganz naiv rangegangen. trotz des gutachtens (›geschmacklos, politisch gefährlich, unglaubwürdig‹) wollen sie es aber machen: stellen sich änderungen vor, als könne man eine geschichte mal eben so abändern.«

Schernikau komprimiert noch einmal, setzt Akzente, schreibt eine dritte Versfassung. An seinen neuen Ansprechpartner schreibt er: »wir können aus *irene binz* keinen konditor machen, aus thomas [so heißt Lorenz im Buch, Anm. d. Verf.] keinen kommunisten und aus der ddr kein widerspruchsfreies land. ich glaube auch nicht, dass das angesichts der neuerlichen ausreisen sinnvoll wäre. die geschichte teilt etwas mit über eine form der dummheit, die so selten nicht ist. wer keine distanz zum text entwickelt, ist verwirrt; das finde ich nicht schlecht.

ich habe kein monatliches einkommen und lebe auch nicht so gesichert wie die autoren, mit denen sie sonst arbeiten. dass ich mich auf änderungen einlasse, ohne einen vertrag zu haben, liegt an dem vorschuss, den jeder ddrverlag bei mir hat (und aus dem heraus ich diese geschichte geschrieben habe; mager hat nicht nur mit seinen vorwürfen unrecht, wie ich beim überarbeiten noch mal deutlich gesehen habe, er hat auch nicht bemerkt, dass die geschichte eine – vielleicht merkwürdige – liebeserklärung an ihr land ist). dieser vorschuss heißt aber nicht, dass ich meine lohnarbeit, die auszuführen ich gezwungen bin, unbegrenzt lange unterbrechen kann. ich bitte sie also beim nächsten treffen deutlicher zu sagen, wie konkret sie das ganze als buch in angriff nehmen wollen. wie gesagt: neuere entwicklungen geben dem buch einen deutlichen hintergrund.«

Man trifft sich, wechselt Briefe, spricht über weitere Veränderungen. Aber niemand will sich in die Nesseln setzen. Die DDR ist wohl nicht souverän genug, die »Republikflucht« der *Irene Binz* auszuhalten. Immer wieder hört Schernikau, wie stark sein Text sei, doch eine Publikation ist nicht in Sicht. Auch bei Der Morgen heißt es, das Buch sei wichtig und gut geschrieben, aber leider könne man es nicht drucken. »Weil ich kein DDR-Bürger bin«, sagt Ronald resigniert. »Also das, was ich seit anderthalb Jahren höre!«

Dr. Werner Preuß von Radio DDR hatte ebenfalls die Qualität des Textes gelobt und erkannt, wie sehr er sich auch als Hörspiel eignete. Wieder keimt Hoffnung auf, die sich nach vielen zermürbenden Monaten des Wartens in Luft auflöst. Lakonisch schreibt Ronald an Ellen: »ansonsten tat der dr. preuß von radio ddr, der neulich hier war (!), ganz erstaunt ob meiner erfolglosigkeit mit der *irene binz*; alle müssten sich doch reißen um sie. sprachs und sendete sie nicht, tja.«

Keine *Irene Binz* also, nicht in Prosa und nicht in der Versfassung, kein Buch, kein Theaterstück und auch kein Hörspiel. Fürs Erste musste dieses Projekt in der Schublade bleiben. Die quoll vor lauter unveröffentlichten Manuskripten schon über.

Immerhin hatte ihm die Bekanntschaft mit Dr. Preuß eine Tür zum DDR-Radio aufgestoßen. Ob aus schlechtem Gewissen oder nicht, Preuß bot Schernikau eine Lesung seiner Gedichte auf Radio DDR 2 an. Am 13. Juli 1985 war es soweit. Endlich einmal hatte für Ronald etwas in der DDR geklappt. Es waren zwar nur dreißig Minuten, aber nach den erfolglosen Jahren, unendlichem Fleiß und beinharter Sturheit war es wenigstens eine Anerkennung.

37.

Nach langer Suche schließlich die ersehnte eigene Wohnung. Spartanisch zwar, ein möbliertes Zimmer, Klo und Dusche auf dem Flur, aber na ja. In einem Raum ein Waschbecken und ein Herd, das muss als Küche reichen. Durch einen Vorhang abgetrennt, ein Klappbett für den Kleinen. Nebenan schläft Ellen und, wenn er über Nacht bleibt, auch Lorenz.

Zur Schulschwester fehlen immer noch die Zeugnisse, aber als Nachtwache hat Ellen sofort etwas gefunden. Die harte körperliche Arbeit ist sie zwar nicht mehr gewohnt – um drei Uhr morgens beginnt sie damit, die Patienten zu waschen –, aber auf diese Weise kann sie am Tag für Ronald da sein.

Zweihundertfünfzig Mark kostet die Wohnung, vierhundert verdient sie, bleiben fünf Mark am Tag für sie beide. Bei dem kleinen Gehalt bleibt ihr nichts anderes übrig, als im Krankenhaus wie ein Rabe zu klauen. Zellstoff bringt sie mit, den kann man als Klopapier verwenden, Zucker und Salz, Streichhölzer, ein Fieberthermometer, manchmal auch übrig gebliebenes Brot.

Ein wenig Sonne muss noch in die beengte Wohnung mit den ausgedienten Möbeln. Sie malen farbenfrohe Bilder und kleben sie an die Wand. Blumen gibt es auf der Wiese umsonst, die halten nicht lange, sind aber schön. Einmal, Ellen putzt gerade die Treppe, hört sie aus der Nachbarwohnung Musik. Sie hockt sich auf die Stufen und ist ganz beglückt.

Wie sehr man Musik vermissen kann. Aber für ein Radio reicht das Geld nicht. Dann schleppt Lorenz einen Fernseher an. Ronald ist aus dem Häuschen, endlich kann er wieder seinen geliebten *Meister Nadelöhr* sehen. Ihr verlorenes Leben hat jetzt einen festen Platz, es steckt in diesem Kasten. Ellen wird selten einen anderen Programmknopf drücken. Der Apparat bleibt eingestellt auf DDR.

Rolo ist jetzt sechs, aber das erste Schuljahr hat schon im Frühjahr begonnen. »Wir können Ihren Sohn einer Prüfung unterziehen«, heißt es in der Schulverwaltung. Der Rektor persönlich testet ihn und sagt hinterher: »Wenn Sie wollen, kann er gleich morgen früh in die Schule kommen.« Es ist die Zeit der Kurzschuljahre. Am 14. September 1966 wird Ronald eingeschult und kommt schon am 9. November in die zweite Klasse. Ellen ist verblüfft, wie gut er trotzdem mitkommt. Er hat immer gute Zeugnisse, und die Lehrer sagen: »Alle Achtung, für die Verhältnisse …«

Rolo ist sehr verständig. »Weißt du«, sagt Ellen, »ich arbeite ja nun nachts und muss morgens schlafen. Wenn du aus der Schule kommst, dann lass mich noch ein, zwei Stunden schlafen.« Auf Zehenspitzen schleicht er sich dann in ihr Zimmer. Sie hat einen leichten Schlaf, wacht auf, hält aber die Augen geschlossen. Das Herz geht ihr auf, wenn er ihr einen federleichten Kuss gibt und flüstert: »Jetzt nicht aufwachen, ich geh noch ein bisschen spielen.«

***

Ellen kocht gerade Kaffee, als sie das vertraute Motorengeräusch hört. Sie springt zum Fenster, sieht Lorenz' Auto. Doch eine Frau steigt aus, bieder, so eine Kostümchengestalt. Das kann nur Sonja sein, seine Frau.

Beide Frauen sind befangen, beide gleich aufgeregt. Sonja wusste von ihrer Existenz, aber sie hatte keine Ahnung, dass sie in Soltau leben.

»Sie sind ja schon da«, sagt sie.

Ellen ist so verlegen, dass sie der Frau noch nicht mal einen Kaffee anbietet.

»Ich habe Ihre Adresse auf seinem Schreibtisch gefunden. Mein Mann hat mir nicht gesagt, dass Sie da sind.«

»Typisch«, entfährt es Ellen.

Ein Blick nur, und sie verstehen einander. Beide kennen ihren Lorenz. Die Frau kann doch nichts dafür, denkt Ellen, eigentlich ist sie sehr sympathisch.

»Ich würde gerne zurückgehen«, sagt sie fast entschuldigend. »Aber es geht ja nicht. Jetzt sitzen wir in der furchtbaren Wohnung und müssen sehen, wie wir zurechtkommen.«

Sonja nickt mitfühlend. Dann strafft sie sich. »Wissen Sie was, unser Haus ist groß genug. Kommen Sie doch einfach zu uns, dann haben die Kinder ihren Vater.«

Damit hat Ellen nicht gerechnet. Wie immer in solchen Situationen kann sie nicht reagieren. »Nein, das geht doch nicht.«

Mehr bringt sie nicht heraus. Diese Frau meint es offensichtlich ernst. Sie ist beeindruckt, das hat Größe. Donnerwetter, die ist von anderem Holz als er.

***

Am Heiligabend ist Ellen elend zumute. Ihr erstes Weihnachten in der Fremde. Das Fest der Familie, und ihre Familie, ihre Freunde weit weg. Tannenzweige hat sie besorgt und eine Kerze. Ronald bekommt ein paar bunte Plastikautos. Lange werden die nicht halten, haben nur wenige Pfennige gekostet, aber er wird sich freuen.

Nachmittags kommt Lorenz vorbei und hat noch nicht mal ein Geschenk für den Kleinen. Ellen bekommt eine Flasche süßen Weins. Immerhin hat er ihren Geschmack nicht vergessen. Ellen hofft, dass er über Nacht bleiben kann, aber am frühen Abend steht er auf und zieht sich an.

»Sonja braucht das Auto. Sie will zur Christmette fahren.«

Als Rolo im Bett ist, macht Ellen sich über den restlichen Wein her. Sie trinkt in großen Schlucken und ist bald betrunken, sie verträgt nicht viel. Wie ein Häufchen Elend sitzt sie da, verzweifelt, verlassen. Plötzlich schnappt sie sich Mantel und Schal, torkelt zur Telefonzelle und ruft ein Taxi.

»Ich habe nur fünf Mark«, erklärt sie dem Taxifahrer. »Wenn das Geld abgefahren ist, schmeißen Sie mich raus!«

Aber weil Weihnachten ist und der Taxifahrer ihren Zustand sieht, fährt er sie bis vor Lorenz' Tür. Zum ersten Mal sieht sie sein Haus, ein stattlicher Bungalow mit schrägem Dach.

»Du? Was machst du denn hier?« Lorenz traut seinen Augen nicht.

»Ich will bloß mal gucken, wie du lebst!«

Lorenz macht keine Anstalten, sie hereinzubitten, aber sie geht einfach an ihm vorbei. Ein Haus wie im Film, riesig, neureich. So was hat sie noch nicht gesehen. Marmorboden überall, der so schimmert, dass sie sich kaum traut aufzutreten. Ein Zimmer geht in das andere über, eine Art Rundgang. Dann steht sie im protzigen Wohnzimmer. Nie könnte sie in so was wohnen. Dicke Möbel aus Eiche, große Bilder, große Vasen. Lorenz sagt kein Wort, und sie spürt, dass er Angst hat.

Als sie in das Kinderzimmer will, stellt er sich breitbeinig in die Tür.

»Nur mal um die Ecke gucken. Ich will nur einen Blick auf die Kinder werfen«, bettelt Ellen.

Widerwillig öffnet er die Tür einen Spalt und hält schützend die Hand davor. Als ob sie den Kindern etwas antun würde.

Ellen hat genug gesehen. Sie geht zurück in den Flur. Beim Reinkommen war es ihr nicht aufgefallen, aber nun sieht sie es: An der Wand hängt eine riesengroße Hakenkreuzfahne, zwei mal drei Meter. Daher also kommt sein Geld. Lorenz hat mit Briefmarken gehandelt und sich dabei auf das Dritte

Reich spezialisiert. Dann kamen Münzen dazu, Uniformen, der ganze Nazidreck.

Das miese Schwein, der ist auch noch Nazi. Ich muss nach Haus, sofort nach Haus. Der darf um Himmels willen nicht an mein Kind ran. Ellen ist starr vor Entsetzen. Sie kann ihn nicht zur Rede stellen, will es auch nicht. Mit Abschaum redet man nicht.

»Soll ich dir ein Taxi rufen?«, fragt Lorenz.

Sie reagiert nicht, will nur noch weg. Draußen ist es kalt und windig, vereinzelt treiben wässrige Schneeflocken in der Luft. Ellen sieht nichts, spürt nicht ihre Beine, die sie schnell wegtragen. Ein Auto kommt ihr entgegen, Sonja sitzt am Steuer. Ellen stapft immer weiter durch die schlimmste aller Nächte, drei, vier Kilometer zu ihrem Jungen.

Einige Tage später kommt Ronald aus der Schule.

»Mutti, Mutti, ist der Papi da?«, ruft er schon von weitem. Ellen schaut aus dem Fenster.

»Nein.«

Da strahlt der Kleine. Ellen hat es genau gesehen, er freut sich, dass sein Vater nicht da ist. Nun ist Lorenz endgültig tot. Mausetot.

38.

Kraushaar und ich waren zu unserem zweiten Buch wie die Jungfrau zum Kind gekommen. Das Exposé war bei Rowohlt ohne Abstriche durchgegangen. Unser Titel *Heiße Jahre – Das Ding mit der Pubertät* zeigte schon die Richtung an, in die wir uns bewegen wollten. Das Hauptaugenmerk sollte nicht auf den Verwirrungen dieser verpickelten Zeit liegen, nicht auf Hormonschüben, Generationskonflikten und der für alle Seiten unerträglichen Motzigkeit der Pubertierenden. Das musste natürlich angesprochen werden, aber wir wollten die Jahre zwischen Kindheit und Erwachsenwerden als Chance beschreiben. Heul nicht rum, lautete unsere Botschaft, mach was draus.

Kaum hatte ich die ersten Sätze geschrieben, wurde mir klar, welch kapitalen Denkfehler wir gemacht hatten. In der Euphorie über ein zweites Buch hatten wir das Thema Pubertät als spannende Herausforderung empfunden, dabei aber komplett übersehen, dass wir nicht nur *über* Pubertät, sondern auch *für* Pubertierende schrieben. Nur: Wie geht das?

Ich war ärgerlich und verzweifelt. Ärgerlich, weil uns dieser idiotische Denkfehler unterlaufen war, verzweifelt, weil mir kein passender Tonfall gelingen wollte.

Dann kam mir eine alte buddhistische Geschichte in den Sinn, die wahrscheinlich weder alt noch buddhistisch war. Junge Mönche sollen eine Aufgabe lösen: In einem großen Glasbehälter mit engem Luftloch befindet sich eine Ziege. Die Novizen müssen darüber meditieren, wie man die Ziege aus dem Glasbehälter befreit, ohne diesen zu zerstören. Niemand findet eine Lösung. Bis auf den letzten Mönch. Der prägt den genialen Satz: »Die Ziege *ist nicht* im Glas!«

Bei mir fiel der Groschen. Das Ding mit der Pubertät ließ sich lösen, indem wir das Sprachproblem einfach negierten. Die Ziege war nicht im Glas. Wir konnten nur so schreiben, wie wir schrieben. Solange wir uns nicht anbiederten, konnte die Sache vielleicht doch gelingen.

Und sie gelang. Als das Buch 1983 herauskam, traf es durchweg auf positive Resonanz. Die Kritiken waren gut, vor allem aber schien es den Jugendlichen zu gefallen. Wir erhielten jede Menge anrührender Briefe von Pubertisten, die sich überschwänglich bedankten. Im Lauf der Jahre wurde es ein hübscher Longseller. Das größte Kompliment aber bekamen wir aus Lehrermund. Viele berichteten uns, *Heiße Jahre* sei das meistgeklaute Buch ihrer Schulbibliothek. Ein größeres Kompliment kann man einem Jugendbuch nicht machen.

Kaum war dieses Buch fertig, stand schon das nächste an. Seit Jahren schon hatte ich mich mit geschlechtsspezifischem Verhalten beschäftigt. Bei diesem Thema war eine merkwürdige Zweiteilung zu beobachten: Von der soziologischen Analyse bis zum Roman, von wissenschaftlicher Forschung bis zur Straßenaktion waren es fast nur Frauen, die sich mit ihrer Rolle auseinandersetzten – und der der Männer.

Bei der männlichen Hälfte der Menschheit bewegte sich dagegen fast nichts. Zwar hatte es in den Siebzigern Männergruppen und vereinzelt so etwas wie Männerliteratur gegeben, aber sie erschöpften sich meist in Selbstgeißelungen. Männer waren Unterdrücker, Macker, Schweine, allesamt potentielle Vergewaltigter, also versuchte man schuldbewusst, seine sanfte, weibliche Seite zu entdecken. So war die Bezeichnung »Softie« entstanden, vom Rest der Welt fast nur abwertend benutzt.

Aber wer wollte schon als schnurrender, kastrierter Bettvorleger enden? Wenn das Konstrukt Männlichkeit um Verhaltensspielräume erweitert werden sollte, dann bestimmt nicht als Furunkel des Feminismus. Das Ziel konnte nur der souveräne Mann sein, der männlich genug ist, sich selbst in Frage zu stellen.

Bei Rowohlt hatte sich der Lektor Jürgen Volbeding auf solche Themen spezialisiert, und ehe ich es mich versah, hatte ich einen neuen Buchvertrag in der Tasche. Dieses Mal würde ich alleiniger Verfasser sein. Kraushaars Schreibverhalten war mir mächtig auf den Geist gegangen. Erst hatte ich monatelang Angst, ob überhaupt etwas kommt, dann war es schrecklich mit anzusehen, wie er sich kurz vor Abgabetermin durch sein Schreibpensum pflügte. Zum Glück ging unsere Trennung ganz problemlos über die Bühne. Ein Teil der Entscheidung, das Buch alleine zu machen, rührte aber aus verletzter Eitelkeit. Kraushaar schrieb unsere Bücher, und ich tippte sie ab? Den Schandmäulern würde ich das Maul stopfen, ein für alle Mal.

Alles lief wie am Schnürchen. Langsam begann ich, jeden weiteren Buchvertrag als Selbstverständlichkeit zu betrachten. Das Leben war schön. Nur Ronald gegenüber hatte ich Manschetten. Mehr als alles auf der Welt wünschte er sich eine zweite Buchveröffentlichung. Er war so fleißig, kämpfte so tapfer für eine zweite Chance, und ich, der ich kaum etwas dafür tat, heimste einen Vertrag nach dem anderen ein. Es war bedrückend, dass bei diesem Verlags-Monopoly der Künstler nicht vom Fleck kam, während ich ständig über »Los« ging und mehr als viertausend Mark einzog. Als ich Ronald von dem neuen Vertrag erzählte, vermied ich jede Überschwänglichkeit. Aber er freute sich für mich und gratulierte. Innerlich zog ich den Hut. Der Mann hatte Klasse.

39.

Schernikau war nicht einsam, aber oft allein. Als Ausgleich suchte er die Zweisamkeit mit Thomas. Wäre es nach ihm gegangen, hätte er sämtliche Freizeit mit Thomas verbracht, da war er verblüffend konventionell. Im beruflichen Leben auf sich alleine gestellt, suchte er im Privaten Geborgenheit. Es war auffällig, wie oft er von Thomas' breiten Schultern sprach.

Natürlich war die Idylle nicht ungetrübt. Wenn ihm etwas nicht in den Kram passte, konnte er unwirsch bis hysterisch werden. Hauptstreitpunkt war nach wie vor Fritz. Obwohl Thomas und Fritz sich höchstens alle zwei Monate trafen, konnte Ronald das nicht ertragen. Thomas wurde in die Zange genommen, beide Männer kämpften wie die Furien um ihn. Ronald war nicht davon abzubringen, heimlich die Briefe von Fritz zu lesen. Dann folgten bittere Anklagen, und es kam vor, dass er das gemeinsame Bett verließ und sich mit einer Decke demonstrativ auf den Boden legte.

Nicht immer ging es so harmlos ab. Man hätte es dem zarten Jungen kaum zugetraut, aber er konnte auch handgreiflich werden. In einem Brief an Ellen beichtet er:

»vor ungefähr einem Monat, das hast du auch mitgekriegt, hab ich mich ganz doll mit Thomas gestritten. zum schluss hab ich seine wohnung zertrümmert, das ist mir auch schon lange nicht mehr passiert. zum glück konnte ich ihm jetzt einen neuen plattenspieler kaufen. an diesem abend habe ich ein gedicht gemacht, ich hatte sehr geweint und mich gar nicht beruhigen können.

wenn es regnet, bin ich allein
ich möchte nicht alleine sein.
ich habe an die welt nur diese bitte.
der regen hört sich manchmal an wie schritte.«

***

Als Michael mir vom Sex mit seiner Frau erzählte, wusste ich sofort: Es war vorbei. Diskret, ohne ins Detail zu gehen, berichtete er von anfallartigen Liebesakten, die etwas Verzweifeltes, fast Brutales an sich hatten. Dieses Aufbäumen gegen Ende einer Beziehung, das wehmütige Sich-ineinander-Verkrallen war mir wohlbekannt – der brausende Schlussakkord.

Einige Tage später fand der Dialog statt, den Ronald schon in *so schön* vorweggenommen hatte:

»Ich ziehe aus. Es geht nicht anders.« Michael sah traurig aus. Vor allem machte er sich Sorgen um seine Tochter, die er abgöttisch liebte.

»Willst du es dir nicht noch mal überlegen?«

Michael sah mich verdutzt an. Er hatte wohl mehr Begeisterung erwartet.

»Zu spät«, sagte er. »Ich habe schon ein Zimmer.«

Nun war ich verblüfft. Die Malerin Uliane Borchert hatte ihm in ihrer großen Schöneberger Wohnung ein freies Zimmer angeboten. Für den Übergang war es mehr als annehmbar. Ich spürte, dass er mir nicht die ganze Wahrheit sagte, bohrte aber nicht weiter. Später erzählte Uliane, es sei ein mächtiger Ehekrach vorausgegangen, und seine Frau habe ihn vor die Tür gesetzt.

Michael versuchte, optimistisch dreinzublicken. Ich auch. Sicher wäre es schön, endlich einmal zusammen frühstücken zu können. Und ich würde bestimmt nicht den so vertrauten abendlichen Gesichtsausdruck vermissen, der schon den Ärger spiegelte, den seine verspätete Heimkehr auslösen würde. Aber dies war mehr als ein Auszug, es war ein Bekenntnis zu einem neuen Leben. Und es legte mir Verantwortung auf. Ich beglückwünschte ihn, sprach ihm Mut zu, aber die Luftigkeit, die ich in Beziehungen immer gesucht hatte, war dahin.

In den folgenden Monaten bemühte Michael sich gründlich, die Leichtigkeit zu entdecken. Er wollte Nightlife und Sekt und Sex, und er wollte viel davon. Dabei konnte ich behilflich sein, da kannte ich mich aus. Doch hinter seinem Vorhang aus Sektlaune und Zärtlichkeit spürte ich manchmal eine verhaltene Traurigkeit, die mich nachdenklich stimmte.

Uliane gab sich Mühe, ihrem Hausgast den Übergang so leicht wie möglich zu machen. Sie kochte, spielte ihre liebsten Jazzplatten und verbreitete mittels ihrer phänomenalen Grübchen gnadenlose Zuversicht. Überall in der Wohnung hingen, standen, lagen ihre Gemälde, oft rundliche Frauen in kräftigen Farben. Die Butter fürs Brot verdiente sie mit Malkursen für Kinder und Jugendliche, die sie in der Wohnung abhielt. So war stets Leben in der Bude.

Ulianes Kollege Thomas Schulz hatte ein Auge auf Michael geworfen und den besten Anmachspruch von allen: »Ich möchte dich gern malen!« So entstanden einige Studien, vorzugsweise in gedeckten Grün- und Blautönen, zwischen denen Michaels Gesicht goldgelb wie eine Sonne leuchtete.

Auch Ronald hatte er schon mehrmals gemalt. Prunkstück war ein zwei mal ein Meter großes Gemälde: Ronald hingegossen auf eine Chaiselongue. In Wirklichkeit handelte es sich um ein schlichtes Sofa mit einem Bettuch drüber, aber Ronalds Pose verbot ein so vulgäres Wort wie Sofa. Da Thomas Schulz auch als Kostümbildner arbeitete, besaß er einen großen Fundus. Ganz bescheiden hatte Ronald sich ein prächtiges bodenlanges Kleid aus Samt ausgesucht, einer Königin würdig.

Der linke Ärmel ist verrutscht und entblößt seine Elfenbeinschulter. Der rechte Arm, bis zum Knöchel in kostbaren Stoff gehüllt, fällt elegisch zu Boden während der Kopf entspannt auf einem Kissen ruht. Der Blick ist umflort und doch wach, fast herausfordernd. Obwohl der Oberlippenbart den Porträtierten deutlich als Mann ausweist, hat das Bild keinen Hauch von Travestie. Hier ist eine starke Persönlichkeit zu sehen, scheinbar ätherisch und verletzlich, in Wirklichkeit aber Regisseur und Motor der Szenerie. Ronald in Essenz: feinnervig, ernst und von einer Divenhaftigkeit, die nicht das Gesicht hinter der Maske enthüllt, sondern die Maske hinter dem Gesicht.

40.

Zur Jahreswende 83/84 fuhren wir alle zum Theater am Turm in Frankfurt. Kraushaar hatte dort schon im Vorjahr ein Festival organisiert. Es hieß Sternzeichen und bot Theater, Tanz, Musik, Performance, Lesungen und Diskussionen zum Thema Homosexualität. Ein Erfolg im Jahr zuvor, wurde es nun länger, größer, wilder fortgesetzt. Die Berliner Tanzfabrik präsentierte sich hier, Richy Müller und Claude-Oliver Rudolph spielten in einer hauseigenen Produktion von *Die bitteren Tränen der Petra von Kant* unter der Regie von Volker Spengler die Frauenrollen, und Werner Schroeter diskutierte mit Professor Gerd Mattenklott über schwule Ästhetik. Ernie Reinhardt, später im Fernsehen als Lilo Wanders bekannt, trat auf, und als heimlicher Star des Festival feierte Georgette Dee hier ihren Durchbruch. Das Programm war ebenso ambitioniert wie umfangreich.

Von mittags bis tief in die Nacht wuselten Theatergruppen und Solokünstler über beide Bühnen, Profis neben genialen Dilettanten, Edelfedern und Intellektuelle neben so klassisch schwulen Travestieacts wie Aurora die tanzende Fleischwurst, die ich aus meiner Heimatstadt importiert hatte. Es gab eine Fotoausstellung und eine Reihe literarischer Lesungen, zu der natürlich auch Schernikau eingeladen war.

Ich moderierte einige der zahlreichen Diskussionen. Außerdem hatte ich Zusammenstellung, Regie und Moderation der Silvestergala übernommen. Ironischer Titel: *Die Mädels aus der Mambo-Bar*.

Einen Tag vor Beginn des Festivals gaben Kraushaar und ich eine Pressekonferenz. Als wir anschließend die schön geschwungene Treppe vom Café ins Foyer hinabstiegen, bot sich uns ein absurdes Bild: Zur Linken drehte ein Fernsehteam des Hessischen Rundfunks, während zur Rechten Flugblätter verteilt wurden. Gegen Kraushaar und mich! Von Frankfurter linken Schwulen! Für einen Moment dachen wir an eine Spaßaktion, aber die verkniffenen Gesichter belehrten uns eines Besseren. Also nahmen wir ein Flugblatt, gaben unser Fernsehinterview und zogen uns dann in ein Hinterzimmer zurück, um in Ruhe, das Flugblatt zu lesen. Unter der Überschrift »Neues aus der Hauptstadt« hatte sich jemand so richtig ausgekotzt, anonym natürlich:

> Und es begab sich aber zu der Zeit, als Erzengel Elmar mit dem krausen Haar, unter dem geistlichen Beistand von Kardinal Frings, herniederstieg, der schwulen Provinz die Kultur zu bringen. Dass dabei regionale und hier ansässige Theaterprojekte nicht gefragt und bis auf eine Ausnahme

nicht eingeladen wurden, ist nur zu verständlich! Beinahe wären wir vor Dankbarkeit und Rührung dahingeschmolzen. Endlich werden wir ins schwule Establishment eingeführt – unser kulturelles Coming-out steht bevor: So können wir uns beispielsweise mit einer tanzenden Fleischwurst identifizieren.

JETZT REICHTS ENDGÜLTIG!

Bei so viel unreflektierter Homosexualität kommt uns die Galle hoch! Kein Wunder, dass die schwule Bewegung stehenbleibt, wenn uns hier eingeredet werden soll, sie bestehe nur aus den Mädels aus der Mambo-Bar. Aber nicht nur das »Unterhaltungsprogramm« bietet Anlass zu herber Kritik. Was nämlich hat es zu bedeuten, wenn die Diskussionen fast ausschließlich um drei Uhr oder spät abends – und das mitten in der Woche – stattfinden? Welcher schwule Angestellte oder Arbeiter wird sich schon freimachen können? Mit derlei Praktiken zeigt sich mal wieder überdeutlich der Hang der schwulen upper class, das Fußvolk in die ihm zugedachten Schranken zu verweisen. (…) Die Berliner Schickeria beglückt die Provinz – und selbst da nur den Teil, der es sich finanziell und zeitlich leisten kann, das »göttliche Manna« zu empfangen. Wir sind nicht homosexuell, wir sind schwul. Wer das nicht begreifen will, wird es zu spüren bekommen!

Kraushaar kriegte hektische Flecken, und ich lachte hysterisch. Waren die Frankfurter Schwuchteln völlig durchgedreht? Sicher traten viele Berliner Gruppen auf, einfach deshalb, weil es dort die meisten gab. Natürlich hatten wir neben der besten Frankfurter Theatergruppe keine weitere eingeladen, die konnte man hier jederzeit sehen. Wie konnten in einem so umfangreichen Programm sämtliche Diskussionen um 20 Uhr beginnen und damit die Bühnen für Theatervorstellungen blockieren? Wie viele Arbeiter genau weinten bittere Tränen, weil sie nicht an der Diskussion mit dem Berliner

Ästhetikprofessor teilnehmen konnten? Und wer, eigentlich, hatte diesen Leuten ins Hirn geschissen? Wirklich erschreckend aber war, dass diese Bewegungsschwulen nicht einmal Solidarität mit dem Travestiekünstler Aurora aufbrachten.

»Diese Arschwichser nennen uns elitär«, brüllte ich, »trampeln aber ohne mit der Wimper zu zucken auf ihren Brüdern und Schwestern rum. Merken die das nicht?«

Kraushaar schüttelte entgeistert den Kopf. Da hatte er ein in diesen Dimensionen einmaliges Festival auf die Beine gestellt, und nun nahm man nichts anderes wahr als das »göttliche Manna der Berliner Schickeria«.

»Was heißt eigentlich: ›Wer das nicht begreifen will, wird es zu spüren bekommen.‹ Soll das eine Drohung sein?«, sinnierte Kraushaar.

»Lass sie ruhig kommen, denen schlage ich die Fresse ein«, sagte ich großmäulig, meinte aber jede Silbe.

Doch im Verlauf des Festivals blieb alles ruhig. Die borniert-beleidigten Leberwürste hatten ihr Pulver schon verschossen und wir wieder mal eine Lektion in linkem Maulheldentum erhalten. Statt sich um die Politik zu kümmern, verplemperte man Kraft und Zeit damit, Leute aus den eigenen Reihen zu denunzieren. Seit der Französischen Revolution waren die Linken Meister in dieser Kunst, und die schwulen Linken standen ihnen um keinen Deut nach.

Auf der einen Seite das Fernsehen, auf der anderen die Politik, und ich genau dazwischen auf einer waghalsig geschwungenen Treppe – dieses Bild sollte sich als Omen für mein weiteres Leben erweisen. Am Ende würde ich beide Seiten in Zweifel ziehen, die Massenwirkung und die Moral. Ich würde mich, um im Bild zu bleiben, auf die Treppe setzen und eine Zigarette rauchen.

41.

Stefan Ripplinger war ein Provinzjunge, den es zum Studium in die Großstadt gezogen hatte. Mit einundzwanzig hatte er sich für Vergleichende Literaturwissenschaft eingeschrieben und war dann auf Linguistik umgestiegen. »Die Uni stößt mich ab, mich verlangt nach Intelligenz«, ein Satz, wie man ihn nur mit einundzwanzig wagt. Seine Heimatstadt Saarbrücken hatte er nie gemocht, Berlin jedoch von Anbeginn gehasst. So kultivierte er eine Kälte und Fremdheit, die bestens in die Zeit passte. Die angesagte Distanziertheit erlaubte es ihm, seine, wie er dachte, mangelhaften sozialen Fähigkeiten zu verbergen. Dabei war er ein Lieber, der sich ohne Grund tolpatschig vorkam. Noch in Saarbrücken hatte er sich vom Hippie in einen Waver verwandelt. Die blonden Haare waren gefallen und die vom Onkel geerbten Hemden mit hohem Acrylanteil kamen wie gerufen.

In einer kalten Winternacht 1984 stand er in seiner einzigen Ausgehuniform – Khakihose und strenges dunkelgrünes Hemd – am Tresen des SchwuZ. Samstagabends kam jeder hierher, die Musik war tanzbar, und der Bierpreis mit eins fünfzig unschlagbar. Ab Mitternacht begann sich die Fabriketage zu füllen. Die eine Hälfte der Besucher tanzte wild, während die andere mit Bierflasche in der Hand auf der Suche nach einem Augenfick herumstand. Nur einer trank kein Bier. Matze präsidierte auf der Fensterbank und hielt sich eine Flasche Sekt an den Hals. Stefan fand das ultraschick. Immer schon hatte er Menschen mit Stilwillen bewundert, und Matze in seiner schwarzen Stoffhose mit den auffälligen weißen Seitenstreifen, dem blütenweißen Blouson und den steilen Haaren hatte sichtlich Talent zur Selbstinszenierung. Natürlich kam Matzes Garderobe vom Trödel, und die Pulle Sekt gab es nur deshalb, weil eine Flasche billiger war als einzelne Gläser.

Unterdessen machte Ronald sich ausgehfein. Wichtig waren die Haare, sie mussten graziös fallen. Der Rest war simpel. Ganz langsam hatte sich in seine Garderobe immer mehr Schwarz eingeschlichen, bis er kaum noch anderes trug. Langweiliger Künstlerlook, fand ich, aber Ronald erklärte, dass es bei der schwarzen Kutte nicht auffiel, wie wenig Kleidung er zum Wechseln hatte. Außerdem brauchte er so nicht groß zu überlegen, was er anziehen sollte. Sorgen hatte er schon genug.

Seit dem ersten Wintereinbruch war das Loch feucht, an den Wänden bildeten sich Stockflecken, und vom Keller zog es eisig hoch. Der Kachelofen hätte geholfen, hätte er funktioniert. Die Befeuerung eines Kachelofens ist eine Kunst, die jeder Zugereiste fluchend erlernen muss, vorher ist man kein Berliner. Wenn es irgendwie geht, läßt man den Ofen den ganzen Winter über nicht ausgehen. Morgens und abends muss man Briketts nachlegen und bei offener Ofentür eine Stunde warten, bis sie durchgeglüht sind. Das ist besonders dann nervig, wenn man es morgens eilig hat oder nachts gleich ins Bett will. Ronald war ungeschickt und ungeduldig. Ob es daran lag oder, wie er behauptete, am schadhaften Kamin, jedenfalls roch es in seiner Wohnung häufig wie in einer Räucherei. Beschwerden beim Vermieter änderten nichts. Ja ja, der Hauswart kiekt ma vorbei …

Die Wohnungen in Berlin waren so improvisiert wie die ganze Stadt. Während Westdeutschland sich in eine einzige Fußgängerzone verwandelte, hatte Westberlin sich in einem freischwebenden Nirwana eingerichtet. Bauliche Großprojekte wie das übergewichtige Kongresszentrum wurden tosend gefeiert, während der Rest der Stadt vergammelte. Zigtausende hatten keine Innentoilette, und die städtischen Badeanstalten mit ihren Abteilungen für »Brause- und Wannenbäder« wurden immer noch dringend benötigt. In Kreuzberg, Neukölln und Wedding waren Badezimmer nicht selbstverständlich. Das hatte seine guten Seiten. Arbeiterfamilien,

Türken, Künstler und Alkoholiker waren glücklich über die niedrigen Mieten. Freunde aus London oder Paris staunten über unsere großen, billigen Wohnungen: »Do you know you live in paradise?«

Die Höhe der Miete bestimmte, in welchem Maß man sich der Erwerbsarbeit zu unterwerfen hatte. Ronalds 120 Mark waren nicht die Welt, aber das tröstete ihn an diesem Abend nicht. Mehr als sonst stank es im Zimmer nach Rauch. Wie üblich hatte er seine Wäsche bei Thomas gewaschen und, weil nicht alles trocken geworden war, einen Teil der Unterwäsche in das Warmhaltefach des Kachelofens gelegt. Aus irgendeinem Grund war die Wäsche jetzt total verkohlt. Ein kalter, toter Geruch hing in der Luft. Das war nicht die einzige Katastrophe: An kalten Tagen fror die Toilette zu. Dann musste er mit einem Föhn das Eis im Klobecken auftauen. Er verfluchte seine Wohnung, zog den langen schwarzen Mantel an und ging zwei Häuser weiter ins SchwuZ. Da war es wenigstens warm.

Nachdem Stefan Ripplinger sich ein wenig Mut angetrunken hatte, setzte er sich zu Matze auf die Bank. Der hielt zwar gerade nach Unterarmen Ausschau – er stand auf kräftige, behaarte Unterarme –, war aber wie immer höflich. Die Tanzfläche hatte sich gefüllt, und die Musik näherte sich den oberen Chartpositionen. Fast jeder hier hielt sich etwas auf seinen Musikgeschmack zugute und konnte stundenlang über The Smiths oder den Geheimtip The Art of Noise faseln, doch am Samstagabend huldigte man der Tanzmucke. Das SchwuZ war alternativ, aber nicht fundamentalistisch. Wenn die tanzenden Massen es so wollten, wurde eben Karma Chameleon aufgelegt.

Der große Mann mit den langen roten Haaren war Stefan gleich aufgefallen. Er lachte viel, tanzte exaltiert und warf immer wieder mit Schmackes die Mähne in den Nacken.

»Wer ist der hübsche rothaarige Mann?«

»Meinst du Ronald? Das ist Ronald Schernikau, der Schriftsteller«, sagte Matze und fügte nach einer Pause hinzu: »Das ist der klügste Mensch, den ich je kennengelernt habe.«

Ronald war nicht entgangen, dass über ihn getuschelt wurde. Als er zu Matze und dem fremden Mann schaute, lächelte dieser ihn an. Stefan schaute zwar immer aus, als hätte er etwas zuviel Pudding gegessen, aber sein scheues Lächeln war von solchem Charme, dass es ihn schön machte. Ronald war entzückt und schickte sein bestes Zähneblitzen retour. Derart ermutigt, ging Stefan auf die Tanzfläche und hörte sich sagen: »Dein Buch habe ich aber nicht gelesen!« Ronald lachte.

Bald waren sie in ein Gespräch ohne Ende verwickelt: Stefan liebte Bücher, Filme, Musik, Theorien. Ronald auch. Der eine gehörte zur linken Popfraktion, wie sie das Magazin Spex verkörperte, der andere las eher Konkret, aber da beide auf eine fröhliche und altkluge Art wissbegierig waren, ergänzten sie sich bestens. Sie redeten bis zur Frühstückszeit, so dass Ronald anbot, Kaffee zu machen. Das Loch hatte immerhin einen Vorteil: Wenn er die Nacht durchgetanzt und durchgeflirtet hatte, war das kommode Bett zwei Häuser weiter das beste Abschleppargument. Ronald kochte Kaffee, die beiden hatten Sex, vielleicht eher aus Konvention, das machte man eben so. Nicht dass sie keinen Spaß gehabt hätten – Ronald schrie so laut, als wolle er ein Martinshorn arbeitslos machen –, aber ihre Verbindung war anderer Natur.

Bald unterhielten sie eine altmodische literarische Freundschaft. Da sowohl Stefan als auch Ronald Vielleser waren, gab es einen regen Austausch von Büchern und Zeitschriften. Stefan brachte seine geliebten Österreicher ein: Oswald Wiener, H. C. Artmann, Ernst Jandl. Ansonsten reichte sein Spektrum von Robert Walser bis Ror Wolf. Ronald bedankte sich mit DDR-Literatur, von der Stefan wenig kannte. Sie riss ihn nicht vom Hocker, nur Peter Hacks war eine echte Entdeckung. Er hätte sich nicht träumen lassen, einige Jahre später zusammen mit Ronald dem Meister persönlich zur Hand gehen zu dürfen.

Sie verstanden sich prächtig, auch wenn Stefan, zu Recht oder Unrecht, seine Rolle als zweitrangig sah – hier der Dichter, dort der literarische Freund. »Er duldet meine Schwerfälligkeit, ich sein Primadonnentum«, sagte er bescheiden. Ideologisch waren sie von unterschiedlichem Kaliber. Stefan auf der Suche und darunter leidend, sich nicht festlegen zu können, Ronald eisern auf dem Boden der blauen Bände. Der eine Anarchist, der andere Kommunist. Ihre Verschiedenheit war problemlos, solange sie keine prinzipiellen Fragen berührten.

»Es ist schon die Frage, ob die alte Klassendifferenzierung noch nützlich ist«, sagte Stefan. »Das Proletariat wird zum vermassten Kleinbürgertum, und die Funktion der Kapitalistenklasse erfüllen zunehmend Technokraten ohne echte Kapitalbeteiligung.«

»Es ist ganz einfach: Ausbeutung bleibt Ausbeutung!«, schnitt Ronald ihm scharf das Wort ab. Bei solchen Glaubenssätzen ließ er sich nicht in Frage stellen.

42.

Ronald kommt nach Hause und plappert noch im Flur nach, was er in der Schule aufgeschnappt hat: »Weißt du, was Dialektik ist? Das ist, wenn Kommunisten nicht mehr weiter wissen!« Er schmeißt seinen Ranzen aufs Bett, stutzt, als er Muttis ernste Miene sieht.

»Ich bin Kommunistin«, sagte Ellen.

»Ja?«

Die Bundesrepublik bleibt Ellen fremd, aber eine gewisse Alltagsroutine hat sich eingestellt. Seit einem Jahr nun leben sie in Lehrte. Im Krankenhaus der Niedersächsischen Kleinstadt wurde dringend eine Unterrichtsschwester gesucht. Drei Jahre schon gab es keine mehr. Ellen kommt das vor wie im Mittelalter – haben keine Unterrichtsschwester, bilden aber aus. Wie soll das gehen?

Im Schwesternwohnheim haben sie zwei Zimmer bekommen, vorerst allerdings nicht nebeneinander, sondern gegenüber, durch einen Flur getrennt. Die Einrichtung in hellem Braun ist praktisch und schmucklos, aber gegen ihre bisherigen Unterkünfte komfortabel. Ellen ist entsetzt über die Miete. Ein Drittel ihres Gehalts muss sie dafür hergeben. Wie können zwei kleine Zimmer so teuer sein? Überhaupt kostet alles im Westen. Sogar die Schwesterntracht muss sie aus eigener Tasche bezahlen. Aber egal, sie hat zu tun und wird gebraucht. Ellen macht ihre Arbeit, freundet sich mit ein, zwei Kolleginnen an, feiert auch mal ein Fest mit. Trotzdem kommt ihr immer wieder der Gedanke: Da sitze ich nun in diesem Land und bin tot.

Für die anderen ist sie »die von drüben«, scheinbar eine Frau ohne Geschichte. Sie zieht sich in sich zurück. Zehn Jahre lang wird sie niemandem zeigen, wer sie wirklich ist. Nur Laborassistentin Sabine fragt schon mal nach der DDR. Ellen erzählt, und Sabine glaubt ihr kein Wort. Im Fernsehen hört sich das alles ganz anders an. Zu groß ist der Unterschied zu dem, was Ellen berichtet.

»Du hast wohl sehr großes Heimweh?« Nur so kann Sabine sich das erklären.

Ellen gibt auf, es hat keinen Sinn. »Tu mir den Gefallen«, sagt sie, »und rede wenigstens nicht immer von der Ostzone, ja?«

Sabine verspricht es, bemüht sich. Doch bald hat sie es vergessen. Einmal sagt ein Kollege: »Sie haben doch Ihre Ausbildung drüben bekommen? Dann sind sie ja politisch auf dem Laufenden, sonst aber gar nicht.«

Immer wieder erntet sie diesen skeptischen Blick: Sie merkt an, dass die Klasse im letzten Ausbildungsjahr immer noch nicht den Unterschied zwischen Sterilisation und Desinfektion kennt, und schon guckt man, als sei das ihre Schuld. Ihre Klassen sind viel zu groß, genau wie die von Rolo, der mit zweiundvierzig Mitschülern zusammensitzt. Ellen sucht nach einem Klassenbuch und findet keins. Es gibt auch keinen Stoffplan. Eine Schule ohne Organisation, wie kann man da arbeiten? Zuerst schafft sie ein Klassenbuch an, macht eine Liste der Schüler und sorgt dafür, dass der Unterrichtsstoff eingetragen wird. Dann erstellt sie einen Stoffplan für jeden Arzt und jeden Verwaltungsbeamten, der hier lehrt.

Im Unterricht merkt sie schnell, was für abenteuerliche Vorstellungen die Schüler von der Welt haben. In Politik alle eine Null. In der DDR war es bei der Berufsausbildung üblich, zu Beginn der ersten Stunde einen der Schüler über aktuelle Ereignisse berichten zu lassen, von manchen »Rotfunk« genannt. Wer am Vortag bestimmt worden war, referierte über eine aktuelle Debatte in der Zeitung oder sprach über einen Fernsehbeitrag. Ellen war das manchmal lästig gewesen, aber hier müsste man das dringend einführen. Die denken, in der DDR gibt es noch Lebensmittelkarten, und bei den Prüfungen wissen manche noch nicht mal, welche Funktion der Bundestag hat. Dass es einen Personalrat gibt, merkt sie erst, als ein Betriebsausflug geplant wird. Bei der Personalratswahl fordert der Vorsitzende sie auf, zur Wahl zu gehen: »Sie wollen doch wohl nicht, dass es hier so wird wie drüben?!«

»Wieso nicht?«, sagt Ellen.

Sie ist in Sorge, dass Ronald die DDR vergisst. Im Wohnzimmer hängt eine alte Stadtansicht von Magdeburg, und im Regal steht nur DDR-Literatur. Die Heimat kommt per Post. Zu allen Festen wünscht sie sich Bücher. Natürlich ist auch immer was für Rolo dabei, auf jeden Fall die Kinderzeitschrift *Frösi* – »Fröhlich sein und singen« –, auf die er sich so freut.

Im Fernsehen schauen sie fast nur DDR-Programme. Sie sehen die bekannten Gesichter, hören die vertraute Sprache,

Mutter und Sohn, Dezember 1960

März 1970

Ellen Schernikau bei der Arbeit, Dezember 1962

1972

Der erste Besuch in der DDR 1972

24⁰⁰ Uhr! Gedenkend unseres Staates, der die würdige Nachfolge des III. Reiches antrat, schmettere ich UNSERE Nationalhymne in den mit Recht andächtigen Balkon.

22.6.75

1975

»meine freizeit wäre das gegenteil von nichtstun, weiß b.«

M. Frings und R. M. Schernikau in E. Kraushaars Schreibdependance in Ippinghausen.

»wenn ich nicht albern wäre, wäre ich längst tot.«

© privat

Barbara Streisand & Kris Kristofferson, »A Star Is Born«

Die heftige Variante des Lockerseins

»ich habe angst. bin weiblich, bin männlich, doppelt.«

Die heftige Variante des Lockerseins II

»Das Wort ›aufgeregt‹ beschreibt nur unzureichend unseren Gemütszustand.«, Frankfurter Buchmesse 1982

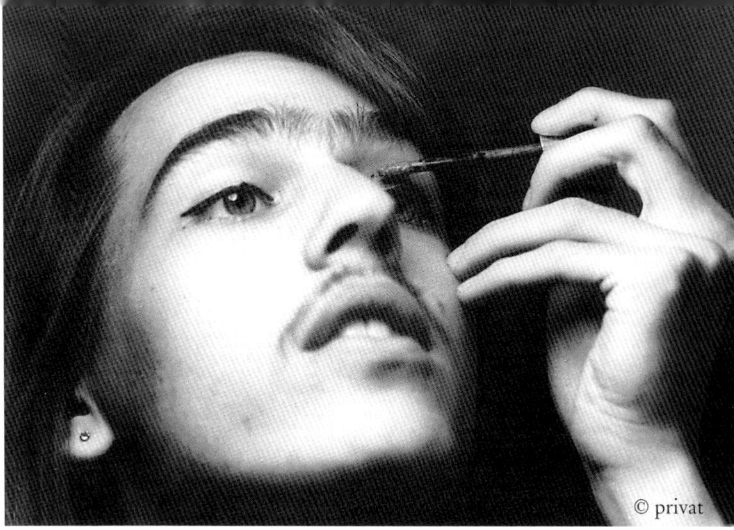

Tima die Göttliche, RMS, Bev Stroganoff, Dezember 1987

Barbara Thalheim, RMS, Gisela Kraft auf einer Solidaritätskundgebung für das Max-Hoelz-Antiquariat in Berlin, November 1990

Gisela Elsner

Peter Hacks

© Frank Feiertag

© Frank Feiertag

die tage in l.

Umzug in die DDR am 01.09.1989

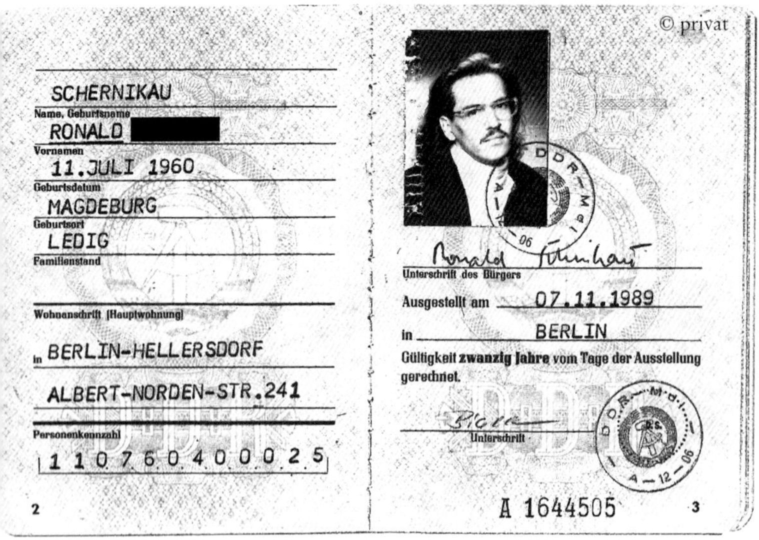

SCHERNIKAU
Name, Geburtsname
RONALD [redacted]
Vornamen
11.JULI 1960
Geburtsdatum
MAGDEBURG
Geburtsort
LEDIG
Familienstand

Wohnanschrift (Hauptwohnung)
in BERLIN-HELLERSDORF
ALBERT-NORDEN-STR.241
Personenkennzahl
110760400025

2

Unterschrift des Bürgers
Ausgestellt am 07.11.1989
in BERLIN
Gültigkeit **zwanzig Jahre** vom Tage der Ausstellung gerechnet.

Unterschrift

A 1644505

3

Mit Thomas Keck

ein warmer Schal aus Worten. Das Westfernsehen gibt Ellen Rätsel auf. Wie kann es sein, dass Gewerkschafter in Konzernspitzen sitzen? Das will ihr nicht in den Kopf. Noch nicht einmal die Gründung der DKP hat sie registriert. Aber jedes Jahr am 7. Oktober, dem Geburtstag der DDR, macht sie einen Broiler.

43.

Es war einer dieser Tage, wo es schon um neun Uhr morgens zu heiß ist. Obwohl spät ins Bett gefallen, hatte ich nicht länger schlafen können. Die Vögel in den Uferbäumen schrien sich die Seele aus dem Leib, und vor dem Haus hörte man aufgeregte Kinder ihre Vorfreude auf das Schwimmbad herausbrüllen. Ich musste nicht aus dem Fenster schauen, um die durchorganisierte Sommerkolonne vor Augen zu haben, hochgerüstet mit Bällen und Schwimmflügeln, Federball, Frisbee, Luftmatratzen, Kühltaschen und alkoholischen Getränken für Mutti, diskret in Thermoskannen umgefüllt.

Nach dem Frühstück hatte ich mir einen Optimisten vorgespielt und mich an den Schreibtisch gesetzt. Die Show war vergebens, die drückende Hitze ließ jeden Gedanken vertrocknen. So war ich dankbar, als zur Mittagszeit Jürgen anrief. Das SEW, das Schwule Ensemble Westberlin, dem er angehörte, machte nicht nur auf der Bühne Theater. Sie liebten jede Form von Spiel und hatten seit Wochen eine Leidenschaft für Chinesisches Roulette entwickelt. »Komm doch vorbei«, sagte er. »Sind alle da. Bei dem Wetter kann man sowieso nichts anderes machen.«

Jürgen wohnte nur zehn Minuten entfernt. Am anderen Ufer des Landwehrkanals begann Neukölln, das ein Sozialamt und eine Flasche Weinbrand im Wappen hätte führen müssen. Noch vor ein paar Jahren hatten die türkischen Geschäftsleute fast nur Läden für Obst und Gemüse geführt, dazu den herrlichen Türkenkitsch, fluoreszierende Uhren, Spieldosen in Form einer Moschee, dekorative Glasfaserbündel in galaktischen Farbkombinationen. Im Lauf der Zeit hatten sich türkische Bekleidungsgeschäfte dazugesellt, Friseure, Reisebüros und Banken. Immer mehr deutsche Geschäftsleute mussten schließen.

Richard von Weizsäcker und sozialpädagogische Experten forderten von uns unablässig die bessere Integration türkischer »Mitbürger und Mitbürgerinnen«, wie es neuerdings hieß. Geht auf sie zu, sprecht mit ihnen, helft ihnen beim Ausfüllen von Formularen und Anträgen. Zum einen hätte man die Anträge auch so formulieren können, dass eine türkische Mitbürgerin sie versteht (von den Deutschen ganz zu schweigen), zum anderen war das leichter gesagt als getan.

Es war mühsam, mit türkischen Nachbarn in Kontakt zu kommen. Im Hausflur grüßten sie so gut wie nie. Die Frauen schauten verlegen auf ihre Schuhe und die Männer stur geradeaus. Selbst nach jahrelang unverdrossenem Grüßen kam nur ein scheues Nicken. Hatte man für eine türkische Familie ein Paket angenommen, wurde die Tür nur einen winzigen Spalt geöffnet, und das Paket verschwand wie durch Zauberhand. Ich hatte zwar eine türkische Freundin, Özay, aber sie war eine Jazzsängerin aus Istanbul und irgendwie gar nicht türkisch. Multikulti fanden wir gut, aber wie integriert man Menschen, die ihre Wohnung wie eine Festung verrammeln? Die Töchter der Familien huschten schnell in Kopftuch und bodenlangem Mantel durch den Hausflur. Die Jungs waren offener, standen aber unter der Fuchtel des Vaters. In den frühen Achtzigern trugen sie noch Stoffhosen und ordentlich gebügelte Hemden, sie sahen immer ein wenig nach Sonntagnachmittag aus. In ein paar Jahren würden sie auf Jeans und T-Shirts umsteigen. Dann ging es schnell: Muckibude, Muscleshirts, Goldketten im offenen Hemd. Narziss und Halbmond. Nur Ronald hatte einen perfekten Weg zur Völkerverständigung gefunden. Er pflegte eine »Romanze« mit seinem türkischen Gemüsehändler, der gern mal die beleibte Gattin gegen den geschmeidigen Jüngling eintauschte.

Jürgens große, billige Wohnung war nach der Mode eingerichtet, hell und weiß und leer. Er hegte eine fatale Liebe für die Farbe der Saison und hatte alles, was nicht weiß war, türkis gestrichen. Man fühlte sich wie in einem Schwimmbad in Miami. Auf der Anlage dudelte das elektronisch verzerrte *O Superman* von Laurie Anderson. Wenn er einen Song mochte, spielte er ihn so lange hintereinanderweg, bis die Plattenrillen durchgefräst waren.

»Chinesisches Roulette« hatten wir in einem Fassbinder-Film kennengelernt und waren seitdem süchtig. Ein Mitglied der Runde verlässt den Raum, während die anderen festlegen, wer von den Anwesenden zu erraten ist. Dann wird die Tür geöffnet, und der ahnungslose Mitspieler hat drei Fragen, die er jedem stellen darf. Die Fragen müssen mit der Formulierung »Was wäre die gesuchte Person als …?« beginnen: Was wäre die gesuchte Person als … Oper, Schuh, Drama, Heißgetränk, Geschlechtskrankheit, Auto, Unterwäsche? Aus diesen Zuschreibungen ergibt sich ein Charakterprofil – oder auch nicht. Der Witz des Spiels liegt nicht im Raten, sondern in der Erkenntnis, wie die anderen einen sehen. Einmal war Ronald zu erraten gewesen, und als die Frage lautete: »Was wäre die Person als Muse?«, schrie jemand wie aus der Pistole geschossen: »Eine Pampelmuse!«

Dieses Spiel liebte oder hasste man, dazwischen gab es nichts. Die Jungs vom SEW waren Profis, sie gaben sich nicht mit der höflichen Variante ab. Sie spielten die harte Version, hart und gemein. Man musste schon ein dickes Fell haben, um sich auf die Frage »Was wäre die Person als Krankheit?« als Hämorrhoide bezeichnen zu lassen.

Nach ein paar Runden kramte Jürgen eine Flasche Korn hervor. Das Feuerwasser steigerte Spielfreude wie Bosheit. Als ich mit der Frage »Was wäre die Person als Buch?« erraten werden sollte, war ich sehr gebauchpinselt. »Ein kostbares, dickes Buch, in Leder gebunden und mit Goldschnitt«, sagte einer. Dann fügte er hinzu: »Aber wenn man es öffnet, steckt eine Flasche Cognac drin!«

Stundenlang ging das so. Alkohol am hellichten Tag war noch nie meine Passion, und ich musste nach Hause. Vielleicht war es der Korn, vielleicht die spielerische Gruppentherapie, die mich so wirr machte. Meine Füße wollten das Kopfsteinpflaster nicht mehr berühren, und die Hitze zerbröselte mein Hirn. – Ratlos stand ich in meinem Zimmer. Wer war ich? Wie hieß ich? Was wurde hier gespielt? Es war erst fünf Uhr nachmittags, viel zu früh zum Schlafen. Ich gab mich dem Weltschmerz hin und griff in die italienische Abteilung meiner Schallplattensammlung. Wahllos zog ich eine Platte heraus. Wenn die Italiener etwas können, dann auf die Tränendrüse drücken. Während Umberto Tozzi hemmungslos heulte, fiel mir ein, dass in der Küche noch eine halbe Flasche Calvados stand. Na prima, ich war dabei, zur typischen Kreuzberger Schlampe zu mutieren, aber da musste ich jetzt durch. Der Calvados tat seine Wirkung und beförderte mich von Melancholie zu Verzweiflung. Keine Feigheit vor dem Feind, sagte ich mir und begann mit der vollständigen Vernichtung. Auf der Anlage brüllte Mina »Moriro per te«. Ich brauchte kein Wörterbuch, um das zu übersetzen.

Dann machte es klick, ein kosmischer Hebel wurde umgelegt, und ich erreichte den Punkt, wo man so betrunken ist, dass man nüchtern wird. So muss es im Auge eines Orkans sein. Und dann war alles ganz klar: Beim »Chinesischen Roulette« hatten mehrere Mitspieler auf die Frage, was ich als Beziehungsform wäre, mit »Single« geantwortet. Ich war doch das Gegenteil, die eine Hälfte des »Traumpaars«. Aber mein umnebeltes Hirn wehrte sich ganz und gar nicht gegen diese Zuschreibung. Genau so fühlte ich mich: Kein halbes Paar, sondern ein ganzer Matthias. Und dennoch wollte ich kein Einsiedler sein, nicht jemand, dem man das Wort »beziehungsunfähig« an den Kopf wirft. Man kommt sich dabei so hoffnungslos vor wie ein Oldtimer ohne Ersatzteile.

Ich tat etwas Irrationales: Ohne Überlegung griff ich mir einen Stapel Singles und schmiss ihn in hohem Bogen aus dem Fenster. Das tat gut! Also machte ich weiter und beförderte unter Kriegsgeheul meine komplette Sammlung an die Luft. Uli und Matze rissen erschrocken die Zimmertür auf. Matze fiel mir in die Arme während Uli aus dem Fenster spähte.

»Ganz ruhig«, sagte Matze. »Was ist denn los?«

»Micha! Ich will Micha!«, brüllte ich und begann zu heulen.

Das war der Punkt, an dem die beiden aufmerkten. Ich war keine Heulsuse, außer bei schnulzigen Filmen weinte ich nie.

»Pass auf, was wir machen.« Uli schlug seinen Arztton an. »Ich rufe jetzt Michael an, und wenn du versprichst, ruhig zu sein, sammeln Matze und ich die Platten wieder ein, okay?«

»Hmpfth«, sagte ich.

Der Sturm flaute so schnell ab, wie er aufgekommen war. Ich wischte mir die Rotznase an der Bettdecke ab und wankte zum Fenster. Wie schön, wie wunderschön! Der Apfelbaum vor dem Haus war über und über mit Singles bedeckt. In seiner Krone glitzerten Hunderte Cover im Abendlicht. Matze kroch auf allen vieren auf dem Boden herum, während Uli wacker in den Baum kletterte, um die Preziosen zu retten. Ich setzte mich aufs Bett und schämte mich.

Eine Viertelstunde später stand ein keuchender Michael in der Tür. Ich begann wieder zu heulen. Er nahm mich in den Arm und redete beruhigend auf mich ein. Durch mein lautes Schluchzen konnte ich ihn nicht verstehen, aber allein seine Anwesenheit war Balsam. Den Grund für meinen Auftritt konnte ich ihm nicht sagen. Zum einen wollte ich es nicht, zum anderen war meine Zunge nicht fähig, ganze Sätze zu bilden. Also zog ich erst mich aus, dann ihn und warf ihn mit der Unnachgiebigkeit eines Betrunkenen auf mein Bett.

»Meine Skandalnudel«, sagte Michael und biss mir ins Ohrläppchen.

44.

Der zweite Film, die zweite Platte, das zweite Buch – niemand weiß, warum, aber es ist immer ein Unterfangen mit Haken, Ösen und Fallstricken. Schernikau konnte ein Lied davon singen, und er war vollkommen perplex, als es mit einem Mal klappte.

Uliane Borchert hatte Kontakte zur Berliner Neue Gesellschaft für Bildende Kunst, die unter anderem eine bibliophile Buchreihe in der Edition Mariannenpresse herausgab. Je zwei Künstler, ein Maler/Grafiker und ein Schriftsteller, wurden für ein Projekt zusammengeschnallt. Die Edition war eine Form der Künstlerförderung, vom Kultursenat finanziert. Uliane hatte den Auftrag für ein solches Buch an Land gezogen und fragte Schernikau, ob er eine Erzählung beisteuern könne. Der griff in die Schreibtischschublade und zauberte *Petra* hervor, eine märchenhafte Geschichte um eine junge Frau im Rollstuhl. Er hatte sie zwischendurch als Fingerübung geschrieben. Uliane war mehr als zufrieden. Sie hatte sich auf die Darstellung von Frauen spezialisiert, und die Geschehnisse rund um die Behinderte gaben ihr die Möglichkeit, bei ihrem Thema zu bleiben.

Petra. Ein Märchen ist eine Paraphrase auf *Der Fischer und seine Frau*. Petra arbeitet als Schreibkraft in einem Krankenhaus. Sie ist unzufrieden mit ihrem Leben und hasst die Abhängigkeit von ihrer Mutter, bei der sie lebt.

»Wenn Petra in der Mittagspause über die Straße fuhr in ihrem Rollstuhl, um sich bei dem Kiosk, der dem Krankenhaus gegenüberlag, eine Schokolade zu kaufen, wollten ihr manchmal Leute helfen. Petra sagte dann: Ich brauche keine Hilfe. Woraufhin die Leute sehr erschrocken waren, sie meinten es ja gut. Aber gerade das war es, was Petra nicht wollte: denn sie hatte ihr ganzes Leben mit Leuten verbracht, die es gut mit ihr meinten. So fuhr Petra immer allein über die Straße.«

Eines Tages besucht Petra mit einem Bekannten eine Disco. Sie findet es wunderbar, tanzt sogar in ihrem Rollstuhl, ist aber zu Tode betrübt, als die Freundin des nichtbehinderten Bekannten auftaucht. Sie verläßt die Disco.

»Als sie die Straße überqueren wollte, um nach Hause zu fahren, fasste sie ein Mann von hinten an ihren Rollstuhl und sagte: Kann ich Ihnen helfen? Petra sagte: Ja.

Als Petra in ihrem Bett lag, war es ihr, als hätte sie sich nach dem Mann umgedreht. Sie hatte sich umgedreht und ihn angeguckt. Der Mann hatte sehr schöne Augen, die zu Petra sagten: Du darfst dir etwas wünschen. Das Gefühl, das Petra bekam, wenn sie an diese Augen dachte, war so stark, dass sie sich jetzt etwas wünschte.«

Petra will Fernsehansagerin werden, dann hätte sie abends etwas zu tun und bräuchte nicht immer Fernsehen zu gucken. Sie wird durch ihr bezauberndes kleines Lächeln bekannt, findet aber auch hier keine Erfüllung. Immer wenn sie es zulässt, dass jemand ihr hilft, hat sie einen weiteren Wunsch frei. So wird sie in schneller Folge Prinzessin, arbeitet beim TÜV, als Telefonistin, Vorsitzende eines Kinderschutzvereins und als Pförtnerin bei der Hitparade. Doch glücklich ist sie nie.

»Als Petra gerade an ihre Haustür fahren wollte und klingeln, sagte jemand hinter ihr: Darf ich Ihnen helfen? Und dann: Was wünschen Sie sich? Petra sagte: Eine Leidenschaft.

Die Frau stellte sich vor sie, streckte ihren Arm nach Petra aus, und Petra stand aus ihrem Rollstuhl auf und gab ihr ihren Arm. Dann weinte sie.«

Die Grafiken von Uliane Borchert sind farbenfroh und expressiv. Das mit einer Handpresse hergestellte Buch ist etwas kleiner als Din-A-4, hat nur 44 Seiten, liegt aber wegen seines doppelt gelegten Papiers schwer in der Hand. Zweihundert arabisch nummerierte und signierte Exemplare gab es davon und dreißig römisch signierte Künstlerexemplare. Natürlich hätte Ronald lieber eines seiner längeren Werke im

Druck gesehen; *Petra* war keine Torte, aber ein hübsches Petit Four. Jedenfalls freute er sich wie ein Schneekönig. Schluss mit der peinlichen Frage, wann endlich sein zweites Buch erscheine. Obwohl er selbst nur eine Handvoll Exemplare erhielt, schenkte er mir eins der teuren Künstlerexemplare.

Vielleicht war nun ein Knoten geplatzt, und es ging zur Abwechslung mal bergauf. Euphorisch schickte er ein Buch in die Hauptstadt zu Peter Hacks. Der nahm nicht nur einen prominenten Platz in seiner Heldengalerie ein, er war auch berühmt für seine Märchen. Vielleicht würde sich daraus ein Kontakt ergeben. Hacks bedankte sich für das Buch und schrieb:

»Lieber Herr Schernikau, das ist, ehrlich zu sein, nicht meine Sorte von Geschichten, und ich hätte Ihrer Heldin aussichtsreichere Kompensations-Varianten gegönnt. Aber was Ihr Deutsch betrifft, vermute ich, dass Sie schreiben können werden.«

Zur Abwechslung war Ronald mal wieder auf der Siegerstraße. So sehr ihn die Veröffentlichung von *Petra* freute, der Brief von Hacks haute ihn um. Für Schernikau gehörte er zu den Klassikern, so vielseitig und versiert, dass selbst der Westen an ihm nicht vorbei kam. *Das Jahrmarktsfest zu Plundersweilern* und die *Frau von Stein* wurden in der BRD und auch international häufig gespielt. Doch am meisten bewunderte Schernikau an Hacks den unabhängigen Kopf. Kommunist bis in die letzte Faser, machte er sich dennoch mit dem graumäusigen Führungspersonal der DDR nicht gemein. Folgerichtig wurde er geehrt, aber nicht geliebt.

Wenn es stimmt, dass der Teufel immer auf den größten Haufen scheißt, dann muss er bei Ronald eine prächtige Verdauung gehabt haben. Noch einen zweiten Triumph konnte er sich ans Revers heften: Die Beziehung von Thomas und Fritz war beendet. Vorbei die Vorwürfe, die an die Wand gepfefferten Gläser, die mutwillig zertrampelte Brille von Thomas. Fritz gab auf, Ronald hatte den Psychokrieg gewonnen.

Makellos war sein Sieg nicht, denn Fritz hatte sich nicht nur von Thomas verabschiedet, sondern gleich von allen Männern.

»Er hatte schon immer etwas sehr Artiges«, sagte Thomas. »An dem Provinztheater mit der ganzen Honoratiorengesellschaft, wo er jetzt spielt, schickt es sich einfach nicht, dem Analverkehr zu frönen. Ich glaube, er ist regelrecht vor Schreck heterosexuell geworden!«

Nun hätte nur noch Thomas' Karriere einen Schub bekommen müssen. Zwar ergatterte er hier und da eine Rolle in einer Vorabendserie, aber etwas Dauerhaftes hatte sich nicht ergeben. Einmal spielte er einen Polizisten, ein anderes Mal einen kleinen Part neben Inge Meysel, was für viel Spott sorgte. Mutig beschloss er, Heiner Müllers *Quartett* als freie Produktion auf die Bühne zu bringen. *Quartett* bot sich schon deshalb an, weil es mit zwei Schauspielern kostensparend zu besetzen war. Außerdem stand mit der Kreuzberger Galerie Unart ein preiswerter Veranstaltungsraum zur Verfügung. Ronald übernahm die Dramaturgie, und als er begann, sich mit dem Stück zu beschäftigen, hatte er eine geniale Idee: Die beiden Akteure spielen allemal mehrere Rollen – wie wäre es, den Text so zu drehen, dass sämtliche Rollen von nur einem Darsteller gespielt würden? Von ihm, Thomas natürlich. Ohne einen einzigen Strich gelang ihm diese Einrichtung des Stücks.

Für diese Version musste die Erlaubnis von Müller eingeholt werden. Der kam drei Mal auf eine Probe, machte den einen oder anderen Vorschlag und war ansonsten angetan von der eigenwilligen Umsetzung. Mit Thomas Schulz stand Thomas Keck ein erfahrener Bühnen- und Kostümbildner zur Verfügung. Obwohl er dessen Talent schätzte, konnte die Zusammenarbeit problematisch sein. Der Mann war eine Mimose, pingelig, unzuverlässig und sehr, sehr langsam. Wenn die beiden Thomasse mal wieder stundenlang über Bühnenbild und Kostüm brüteten, fiel es Ronald schwer, geduldig zu bleiben. Einmal – er war mit seinem Thomas zum Kino verabredet, und der andere Thomas kam wie üblich nicht zu Potte – schloss er die beiden aus Frust kurzerhand in der Wohnung ein.

Heiner Müller hatte zugesagt, sich um den Verlag der Autoren zu kümmern, der die Rechte am Stück hielt. Der Raum war angemietet, Plakate gedruckt und geklebt, Premierengäste geladen. Ronald hatte ein aufwändiges und teures Programmheft verfasst, und alle waren gespannt, wie Thomas die Herausforderung meistern würde.

Zwei Tage vor der Premiere dann ein Schreiben vom Verlag der Autoren: Man habe in Berlin Plakate für eine *Quartett*-Aufführung entdeckt. Die Produktion sei nicht genehmigt und bei eventueller Aufführung behalte man sich juristische Schritte vor. Thomas war starr vor Entsetzen. Er rief Heiner Müller an, der zugeben musste, den Verlag nicht kontaktiert zu haben. Er hatte es vergessen. Nicht mal eine Entschuldigung kam über seine Lippen.

»Die feige Sau«, stöhnte Thomas. »Erst verspricht er, alles zu regeln, und dann kommt er mit dem Vorschlag, das Stück halboffiziell zu machen, ohne Ankündigung!«

Das kam nicht in Frage, das finanzielle Risiko war viel zu hoch. Mit seinem Arbeitslosengeld konnte er sich einen Rechtsstreit nicht leisten. Durch Plakate, Programmheft, Raummiete, Kostüm und Bühnenbild verschuldet, blieb nichts übrig, als das Stück abzusagen. Das Pech hatte mal wieder die Seiten gewechselt.

45.

Ich war so blöd. Zwei Bücher waren nötig gewesen, um zu kapieren, dass Schreiben eine große Freiheit mit sich bringt: Schreiben kann man überall. Als der Groschen gefallen war, fuhr ich erst nach Spanien und dann zu Freunden nach Amsterdam. Ich bildete mir ein, die fremden Sprachen schärften mein Ohr für die Nuancen des Deutschen.

In Amsterdam arbeitete ich an einem schweren Holztisch in der Küche meines Freundes Jaap, neben mir ein Kopje Koffie. Aus dem Fenster sah ich ein Holland wie im Film: Vor dem handtuchschmalen Haus befand sich der einzige Punkt Amsterdams, von dem aus man sieben Grachtenbrücken auf einmal sehen konnte. Sämtliche Touristen, Stadtplan vor der Nase, steuerten den Punkt an, gingen mehr oder weniger elegant in die Hocke und zählten die Brücken. Ich liebte meinen Schreibplatz und fand, der Mann am Fenster des Grachtenhauses sei genauso, wie man sich einen jungen Dichter vorstellt. Jaap sagte, ich sähe aus wie eine Nutte im Rotlichtviertel.

Beim Schreiben hielt sich die Romantik in Grenzen. Fleiß und Disziplin waren angesagt. Da *Liebesdinge – Bemerkungen zur Sexualität des Mannes* sich vor allem mit theoretischen Fragen beschäftigte, lag ein dicker Bücherstapel neben mir. Ich las und zitierte querbeet: Kleist und Adorno, Barthes, Foucault, Irigaray, Ariès, Sollers. Verwegen versuchte ich sogar, die erkenntnistheoretischen Überlegungen von Habermas auf Geschlechterbeziehugen umzuschlagen. Das muss man sich erst mal trauen.

Anschließend zog ich für ein paar Monate in eine Seitenstraße der Reeperbahn. Ich ging in Pornokinos und zum Männerstrip, beobachtete den Straßenstrich und besuchte Bordelle. Ich sprach mit Freiern, Nutten, deren Zuhältern und ließ mich im Café Keese von Damen zum Tanz auffordern. Ein liebenswürdiger Sexshow-Darsteller erklärte mir, wie man es schafft, drei Mal pro Abend vor Publikum seine Partnerin zu begatten – »Ach, weißt du, das ist wie mit dem Essen: Je mehr du isst, desto mehr Hunger hast du. Genauso ist das beim Ficken!«

Die Spießigkeit des Milieus war genauso verblüffend wie seine Herzlichkeit. Selten hatte ich Menschen getroffen, die so freundlich und offen waren. Hatten sie erst einmal begriffen, dass ich einfach nur zuhören wollte, schenkten sie mir ihr Vertrauen ganz und gar – und ein Bier oder ein Stück selbstgebackenen Kuchen dazu. Dennoch konnte die Nutte, deren Spezialität das Anpinkeln feiner Herren war, einem Homopärchen auf der Davidstraße voller Abscheu »Perverse Säue!« hinterherrufen. In dieser Zeit lernte ich die dunkleren Seiten der Sexualität kennen.

Mir gefiel das sehr. Ich begriff, dass Frauen nicht per se Opfer sind, dass nicht alle Prostituierten durch Not und Gewalt zu ihrem Job kommen. Die Anerkennung von sexuellen Dienstleistungen als Beruf war überfällig. Dennoch würde mir nie wieder jemand weismachen können, Prostitution sei ein Beruf wie jeder andere. Seine Arbeitskraft zu verkaufen ist das eine, seinen Arbeitgeber buchstäblich in sich zu haben, etwas anderes. Ich habe niemals männliche oder weibliche Prostituierte getroffen, die nicht deutlich von ihren Erfahrungen gezeichnet waren.

Während der Frankfurter Buchmesse wurde ich um mindestens zehn Zentimeter größer. Es stimmte: Sex sells, und ich musste am Stand des Verlags kräftig Interviews geben. In der Folge erschienen erstaunlich viele Rezensionen, ausführlich meist und durchweg positiv. Die taz machte eine ganze Seite zum Thema. Sogar in Penthouse fand sich eine Besprechung, zum Glück negativ. Bei Emma rezensierte diesmal Alice Schwarzer persönlich. Sie attestierte »Kenntnis und Distanz und viel Freude am Formulieren«. Das Buch sei »ein Appetitanreger für diejenigen, die mehr wissen wollen vom Autor und sich für das nächste Buch eine weise Beschränkung und vertiefte Betrachtung der vielen Fragen, die hier aufgeworfen werden, wünschen«. Zumindest bei Letzterem hatte sie recht. Eine Lesereise folgte, ich gab eine Menge Interviews für das Radio und durfte an einer Universität einen Vortrag halten.

Sogar das Bücherjournal der ARD wollte einen Beitrag machen. Radiointerviews fielen mir leicht – wenn man mit vor Aufregung hochrotem Kopf vor dem Mikrofon sitzt, sieht das keiner. Aber Fernsehen? Und dann auch noch das heilige Bücherjournal? Ich litt unter Lampenfieber und hatte Angst, den Ansprüchen der Kulturschlürfer nicht zu genügen. Als das Aufnahmeteam in Reinbek anrückte, mich verkabelte und dekorativ unter einen Baum stellte, zitterte ich so, dass ich die Hände in die Hosentaschen stecken musste. Schnell wurde jedoch klar, dass die Fernsehleute auch nur mit Wasser kochten. Die Fragen waren die üblichen, und ich konnte auf Autopilot gehen. Trotzdem entdeckte ich bei Drehschluss unter meinem Jackett die größten Schweißflecken meines Lebens. Natürlich bangte ich dem Tag der Ausstrahlung entgegen, aber das Porträt war sehr positiv und meine Freunde meinten, ich habe ein »Fernsehgesicht«. Damals war ich sehr beleidigt.

Nach dem Beitrag hielt der Moderator das Buch in die Kamera und sagte so etwas wie: »Ein vielversprechender junger Autor mit einem frischen Ton. Man wird sich diesen Namen merken müssen!« Ich starrte auf die Mattscheibe und hatte einen multiplen Orgasmus.

46.

Urplötzlich konnte es geschehen. Mit großen Augen, großem Mund und großen Gesten begann Schernikau zu singen. Ob im Wohnzimmer, in der Kneipe oder in der U-Bahn, ganz egal. Es musste einfach sein, eine Strophe von Ingrid Caven, ein Refrain von Marianne Rosenberg. Zum Schluss eine kleine Verbeugung. Und dann strahlte er. Man könnte die Auftritte als Albernheit abtun, hätte er nicht diesen Wesenszug längst rehabilitiert:

»was ich fordere ist selbstironie, spaß, albernheit. überhaupt hat albernheit, dies einmal laut und deutlich gesagt, in der öffentlickeit ein unverschämt schlechtes image. wenn ich nicht albern wäre, wäre ich längst tot.«

Doch wenn man ihn bei einer dieser Sangeseinlagen beobachtete, sah man mehr als Albernheit: Es war pure Freude, unschuldig und von Herzen kommend. Meist sang er Schlager, und das mit einer Inbrunst, die professionelle Sänger nur noch mit grimassierender Anstrengung herstellen konnten.

Ronald hatte die Glitzerwelt der trivialen Unterhaltung schon als Kind geliebt. Ihm gefielen die Showtreppen und die Girls mit Federn im Hintern. Er mochte Musik und Texte, die sich auf die ganz großen Gefühle warfen: Liebe, Eifersucht, Verlassenwerden. Noch als erwachsener Mann schaltete er mit religiösem Eifer jeden Samstagmorgen um neun den DDR-Rundfunk ein. Dann hörte er Helga Hahnemanns Schlagersendung und das Neueste von Frank Schöbel oder Gaby Rückert. Bei schlechter Laune griff er in sein übersichtliches Plattenregal und zog etwas von Mina oder Milva heraus. Milvas »Alexanderplatz« mochte er, da schwang so ein Hauch Döblin mit. Besonders fit war er in der Welt des DDR-Schlagers. Von Chris Doerk bis Hartmut Schulze-Gerlach kannte er alle und hatte meist auch die passende Amiga-Single zur Hand. Doch über allen schwebte Nina Hagen. Deren Frische imponierte ihm, das Gewagte, die Fähigkeit zur Selbstironie.

Schernikau liebte Schlager, nahm aber das Genre nicht bierernst. Aufrichtige Bewunderung schloss großes Entzücken an Brüchen mit ein. Deutlich wird dies in seinem Beitrag über DDR-Schlager für Kraushaars Buch *Rote Lippen*. Über Helga Hahnemann heißt es dort:

»Das Tolle an ihr ist: hinter den ganzen Witzchen und lauten Rufen in die Kamera und dem Stimmeverstellen und so blinkt immer mal zwischendurch eine Frau durch, die uns sagt: Ihr wisst ja, das hier ist jetzt schrecklich komisch und es muss wohl auch so sein, aber zu Hause lass ich auch immer meine Erbsen anbrennen und ärgere mich auch bloß drüber, ganz ohne Schnee.«

Am besten lacht es sich über das Scheitern des Gutgemeinten, Zeilen wie »Du und ich, das ist Tannengrün und Hagelschlag!« Aber es ist nie ein Auslachen, im Gegenteil. Schernikau wusste: Diese Lieder sind wahr, weil sie die Wahrheit über Träume erzählen.

Die Liebe eines Intellektuellen zu Trivialitäten kann nicht ungebrochen sein. Die als Lampe dienende venezianische Gondel, die Filme von Almodóvar, Design von Jugendstil und Memphis, Dieter Thomas Heck und fast das gesamte Werk von Oscar Wilde – all das kann im selben Augenblick auf zwei Arten betrachtet werden: vollkommen naiv und hoch bewusst. Die englische Sprache kennt dafür einen Begriff, für den es keine deutsche Entsprechung gibt: Camp. In ihrem berühmten Essay *Notes on Camp* definiert Susan Sontag Camp als Erlebnisweise im Gegensatz zu einer Idee: »Camp ist keine natürliche Weise des Erlebens. Zum Wesen des Camp gehört vielmehr die Liebe zum Unnatürlichen: zum Trick und zur Übertreibung. Und Camp ist esoterisch – eine Art Geheimkode, ein Erkennungszeichen kleiner urbaner Gruppen.«

Hier geht es nicht um Schönheit im klassischen Sinn, sondern um Stilisierung. Schernikaus ästhetisches Empfinden ist angesprochen, von persönlichen Auftritten bis hin zu seinem Werk. Camp meint die Liebe zum *bigger than life*. Es verwandelt das Ernste in etwas Frivoles – und hier liegt der feine Unterschied zwischen einem Connaisseur des Kitsches und dem Schriftsteller Schernikau. Camp betont den Stil und vernachlässigt den Inhalt. Schernikau hingegen glaubt, dass sich aus dem Trivialen durchaus Funken für das Ernste schlagen lassen. In seinem Libretto *die schönheit* etwa bedient er sich einer betont kitschigen Story – hässliche Südstaatenmillionärin kauft sich ein neues Gesicht, um Liebe zu finden –, nur um sie flugs zur kapitalistischen Fabel auszuweiten.

Bei Oscar Wilde, dem Paten des Camp, heißt es: »Natürlichsein ist eine Pose, die sich sehr schwer durchhalten lässt.« Auch der Diva Schernikau – nur temporär aus dem Schrank geholt, dann aber mit Karacho – könnte dies als Leitmotiv gedient haben. Schon als Junge von Emotionspeitschen wie *Mary Poppins, Hair, Jesus Christ Superstar* und vor allem *Cabaret* begeistert, zog es ihn auf die Bühne. Dabei gab es keinen Unterschied zwischen einer seriösen Lesung und dem Auftritt in einer Tuntentrash-Show. Beides war gleich ernstgemeint, doch wer genau hinschaute, sah das kleine Augenzwinkern, dass alles auch ganz anders sein könnte.

Da steht er auf der Bühne, in ein schwarzes Schlauchkleid gezwängt, die elfenbeinernen Schultern freigelegt, Haare hochgesteckt, und fordert mit kleiner Stimme und Knefschem Text »Tapetenwechsel«. Der Schriftsteller geniert sich nicht nur nicht, er genießt sich in vollen Zügen. Ein Blick zurück auf Kindheit und Jugend erklärt dies leicht: Als einziges Kind einer ledigen Mutter und Außenseiter in der Schule sehnte er sich nach Aufmerksamkeit und Zuspruch. Später gesellte sich noch der starke Impuls randständiger Gruppen wie Homosexueller hinzu, sich vor der Welt zu beweisen. Und wo ginge das besser als auf einer Bühne, wo der Applaus alles ist: Anteilnahme, Anerkennung, Ansporn, kurz: ein Ersatz für Liebe. In Schernikaus Interviews findet sich immer wieder der Satz: »Ich möchte berühmt sein und in der Zeitung stehen!« So etwas sagt man eigentlich nicht. Wer es dennoch tut, braucht Mut und ein gehöriges Maß an Souveränität.

Nach seinen Träumen gefragt, antwortete er manchmal: »Ich wäre gerne Schlagersängerin.« Das war *auch* ernstgemeint. Hätte ihm jemand ein entsprechendes Angebot gemacht, er wäre dabei gewesen. Ein paar Jahre lang nahm er sogar Gesangsunterricht bei einer Opernsängerin. Die Texte hätte er sich selbst schreiben und damit den Anspruch verwirklichen können, das Triviale als Material für das Höhere fruchtbar zu machen. Wenn er mit der Knef das scheiternde Konzept des Rote-Rosen-Regnens besang, dachte er stets einen sozialen Kontext mit hinzu. Überspitzt gesagt, lautete sein Subtext: Kommt, lasst uns den Kommunismus einführen!

Dass er sich als Schlagersängerin phantasierte, hat nichts Transvestitisches. Einerseits ist auch dies Camp geschuldet, welches dem Kult des Androgynen huldigt, andererseits einer Besonderheit homosexueller Emanzipationsgruppen der Siebziger. Seit jeher als weibisch verspottet, setzte man die weibliche Form ganz bewusst ein. So wie das Schimpfwort »schwul« von homosexuellen Männern gekapert wurde und dadurch seinen Stachel verlor, sollte die Annahme weiblicher Zuschreibungen Stärke ausdrücken. Und provozieren. Ein bärtiger Langhaariger bezeichnete sein Holzfällerhemd ohne mit der Wimper zu zucken als »Bluse«, ein rustikaler Buchhändler legte sich den Namen Gesine zu, und ein baumlanger Kerl wie Kraushaar war nie »der«, immer nur »die« Kraushaar.

Doch selbst potentielle Schlagersängerinnen werden älter und erweitern ihr Geschmacksspektrum. Über die Jazz- und Schlagersängerin Uschi Brüning findet Schernikau zum weltweit anerkannten DDR-Jazz. Besonders der Freejazzer Ulrich Gumpert hat es ihm angetan: »Ich fand es schön, was er spielte, ja. Er nahm die Themen von Liedern von Frau Dietrich auf oder beklopfte das Klavier. Schön, doch. (...) Gedichte und Freejazz erheben: übers Leben, übers Material.«

Schernikau beginnt sich für Guldas Klavier-Kompositionen zu interessieren und für Eric Satie. Dann lernt er den experimentierfreudigen Luigi Nono kennen und lieben. Dass der ein Genosse ist, mindert nicht gerade die Begeisterung. Mitte der Achtziger trifft er sich häufig mit dem Komponisten Michael Hirsch, der ihn mit dem burgundischen Komponisten und Sänger Josquin Desprez bekannt macht, einem Genie der Frührenaissance.

»er glaubte in den tönen etwas zu sehen, das den wörtern ähnlich war. josquin hörte in dem getragensein der stimmen das tragen der menschen. die kantaten von josquin desprez sind das beste argument für den sozialistischen realismus: loben geht.«

Bei seinem späteren Aufenthalt in Leipzig findet er zu Johann Sebastian Bach. Schon als Kind hatte er die verjazzten Bach-Interpretationen von Jacques Loussier gemocht, doch hier begeistert er sich am Original. Obwohl kein Freund der Pfaffen, geht er gerne zu den Proben des Thomanerchors und ist tief bewegt.

An einem Ende Marianne Rosenberg, am anderen Johann Sebastian Bach – für manche lägen Galaxien dazwischen. Für Schernikau ist es nur eine Hausnummer.

47.

Dass vieles an seiner Lebensgeschichte außergewöhnlich bis zur Unglaubwürdigkeit war, wusste Schernikau. Kommunistin trifft auf Nazi, Melodrama auf politisches Lehrstück, Diva auf Genosse. Aber selbst er hätte sich die Episode nicht ausdenken können, die ihn 1984 in Entzücken versetzte. Kraushaar und ich hatten für dessen Buch *Rote Lippen* ein Interview mit Marianne Rosenberg geführt. Es war mühsam gewesen, mit ihr in Kontakt zu treten. Sie hatte zwar eingewilligt, schien aber recht lässig mit Terminen umzugehen. Zugesagt, abgesagt, zugesagt – doch als wir die Dame endlich trafen, war sie ganz unkompliziert. Wir saßen in einer gemütlichen Kneipe, deren gesamte Decke mit geöffneten Regenschirmen dekoriert war. Nach dem Interview erzählte sie von ihrem Karriereknick, weil sie sich weigerte, bis ins Rentenalter *Er gehört zu mir* zu trällern. Sie habe sich politisiert, sagte sie, wolle auch musikalisch neue Wege gehen. Problematisch seien vor allem die Texte. In einem Land, wo sich immer noch Herz auf Schmerz reimte, war es schwer, passende Texter zu finden. Kraushaar und ich hatten dieselbe

Idee und riefen gleich nach dem Treffen Ronald an. Der kreischte.

Ein Schernikau-Text für Marianne Rosenberg, das würde seiner Vita ein skurriles Glanzlicht aufsetzen. Einerseits traf es sein Humorzentrum, andererseits hatte ihn die Idee, Triviales mit einem Hauch Subversion aufzufüllen, immer schon gereizt. Und ausgerechnet für diese Ikone. Der kommunistische Dichter schreibt für die deutsche Wohnzimmer-Callas! Immerhin sprach man in der Schlagerbranche noch respektvoll vom »Textdichter«.

***

Es sollte eine der gewalttätigsten Demonstrationen West-Berlins werden. Der amerikanische Präsident Ronald Reagan kam auf Staatsbesuch, und schon Tage vorher hatten unzählige Sicherheitsleute jeden Kanaldeckel, Briefkasten und Abfallkorb rund ums Charlottenburger Schloss überprüft, wo er vor 25 000 Jubelberlinern sprechen sollte. Wer genau hinsah, konnte die Scharfschützen unterhalb der 50 Meter hohen Schlosskuppel erkennen.

Ein amerikanischer Präsident in der Mauerstadt bot spätestens seit John F. Kennedy Berlinpathos in Reinkultur. Dankbare Fähnchenschwenker waren erwünscht, kollektive Ergriffenheit und ein Präsidentenzitat fürs Geschichtsbuch. Doch bei Reagan war alles anders. Spätestens seit dem NATO-Doppelbeschluss, der kurz vor seiner Umsetzung stand, galt der Schauspieler-Präsident als Hassobjekt. Kurz zuvor erst hatte er in einer Rede vor dem englischen Parlament in dickster amerikanischer Emphase die Sowjetunion »The Evil Empire« getauft.

Die Linken und die Friedensbewegten würden demonstrieren, soviel war klar, aber das größte Kopfzerbrechen bereitete den Ordnungskräften die Hausbesetzerszene. Der Häuserkampf befand sich auf seinem Höhepunkt, und besonders der Schwarze Block würde die Gelegenheit nutzen, deutlich darauf aufmerksam zu machen. Also rückte die Polizei schon im Vorfeld an, um nicht genehme Transparente zu beschlagnahmen. Der sogenannte »Lappenkrieg« begann. »Petting statt Pershing« ging noch durch, aber Parolen wie »Reagan und Spezialisten – Mörder und Faschisten«, »piss off« oder »NATO-Faschismus« wurden kurzerhand konfisziert. Grund: Beleidigung fremder Staatspersonen. Am Tag des Staatsbesuchs nahm man kurzerhand ganz Kreuzberg in Geiselhaft. Der gesamte U-Bahn- und Busverkehr wurde »aus Sicherheitsgründen« eingestellt. Sollte der Mob doch schauen, wie er zur Arbeit kam.

Als Reagan vor dem Schloss seine Ansprache hielt, wehte aus der City-West Sirenengeheul von Feuerwehr und Polizei herüber. Teile der Innenstadt standen in Flammen.

Marianne Rosenberg wohnte mittendrin. Ihre Wohnung lag in einem grauen Gebäudekomplex, der sich wie ein gestrandeter Ozeandampfer auf den Nollendorfplatz schob. Schon lange nicht mehr in der süßstoffreichen Herz-Schmerz-Schlagerwelt heimisch, hielt sie sich viel in der Kreuzberger Szene auf, interessierte sich für experimentelle Musik, war politisch engagiert und stand auf der Seite der Hausbesetzer. Vom Logenplatz ihrer Wohnung aus erblickte sie ein bürgerliches Trauerspiel. Rauchwolken standen über dem Platz, Tränengas pfiff durch die Bülowstraße, Möbel-Roland wurde geplündert, und rund um den Winterfeldtplatz mit seinen vielen besetzten Häusern tobte eine wilde Schlacht. Am nächsten Morgen würden die geschockten Berliner in ihrer Zeitung schlimme Bilder sehen: Wehrlos am Boden liegende Demonstranten, die von drei, vier Polizisten zusammengeprügelt wurden, eine Choreographie des Grauens. Da wirkte Reagans Zitat für die Ewigkeit nur noch zynisch: »Berlin bleibt doch Berlin!«

Die Sängerin stand mit klopfendem Herzen auf dem Balkon und traute ihren Augen nicht: brennende Autos, Barrikaden und Plünderungen, ein Bild wie im Bürgerkrieg. Ein paar Tage zuvor hatte sie sich in ihrer Dachgeschosswohnung mit Ronald Schernikau getroffen. Man wollte sich beschnuppern, herausfinden, ob die Chemie für eine Zusammenarbeit stimmte. Eine Weile schon suchte sie nach neuen Texten und Textern, kein leichtes Unterfangen. Songtexte mussten allein bestehen können, sich aber dennoch der Musik anpassen, wenn nicht gar unterordnen. Ob ein veritabler Schriftsteller diesen Bescheidenheitsspagat schaffte?

Ihr erster Eindruck war positiv. Sie hatte den schlaksigen Mann in die Küche gebeten, eine frisch gebrühte Kanne Kaffee auf den Tisch gestellt und mit Blick auf den vollbehängten Wäscheständer neben dem Frühstückstisch innerlich geseufzt: Eine gute Hausfrau werd ich nie! Genau das aber hatte Ronald gefallen. Sie wäre beruhigt gewesen, hätte sie gewusst, dass ihre Wäsche sogleich Einlass in eines seiner Gedichte finden würde. Titel: *die künstler*.

Bei dem muss man nichts darstellen, der denkt nicht in Klischees, hatte sie gefunden. Und natürlich war ihr sein Lächeln nicht entgangen. Schnell wurden sie warm, und Marianne schlug vor, beim nächsten Treffen konkret über einen Text zu brüten. Sie hatte da eine hübsche Melodie, die nach Worten suchte. »Dann aber bei mir«, sagte Ronald.

Weit musste sie nicht gehen. Schernikaus Wohnung lag nur ein paar Blocks entfernt, aber in einer anderen Welt. Die bröckelnde Fassade, der Hinterhof à la Zille, die dunkle Wohnung – das war Verfall ohne Nostalgie. Kaffee stand schon bereit, als er sie in die Wohnung bat. Marianne ließ sich in das schwarz-weiße Sofa fallen. Sie konnte es nicht wissen, aber Ronald hatte ihr zu Ehren seine schwarze Lederhose angezogen.

Mit einem der üblichen Songtexter hätte sie nun über das Business geplaudert, etwas Namedropping hier, ein kleiner Spott da, aber mit ihm sprach es sich anders. Ganz entspannt, als ob sie ein unterbrochenes Gespräch wieder aufnähmen, erzählten sie von der Arbeit.

»Ich bin so gelangweilt«, erklärte Marianne. »Texte über die Liebe, das geht nicht mehr, ich habe einfach zu viele davon gesungen!«

Ihr Blick streifte die Wände des kombinierten Wohn-Schlaf-Arbeitszimmers und blieb an dem Marx-Plakat mit dem Spruch »Die höchste Form des Geistes ist Heiterkeit« hängen. Bei Marx fiel ihr die Reagan-Demo ein. Sie zog aus ihrer Handtasche einen Stapel Fotos, die sie während der Auseinandersetzungen mit einer Polaroid-Kamera geschossen hatte. Während Ronald mit zusammengezogenen Brauen die Kampfszenen betrachtete, erstattete sie ihm Bericht: über die Einkesselungstaktik der Bullen, die Tränengaswolken, die panisch fliehende Menschenmenge. Kopfschüttelnd erzählte sie, wie sie zu ihrer Wohnungstür rannte und den Türsummer nicht mehr los ließ, damit die Leute ins Treppenhaus schlüpfen konnten. Ging das, ein Text über Ronald Reagan!? Ein vertonter Revolutionsaufruf stand natürlich nicht zur Debatte, aber war der Mann nicht wie gemacht für einen Popsong? Ein ehemaliger Westernheld, der nun *Star Wars* in die Realität überführen wollte!

»Man müsste es schon ironisch anlegen.« Ronald knibbelte an seinem Flaumschnäuzer. »Auf eine subversive Art bejahend – der Glanz der Macht, das Strahlemannlächeln, der Star.«

»Mit der Musik würde das gehen«, überlegte Marianne und wühlte schon wieder in ihrer Tasche. »Hast du einen Kassettenrekorder?«

»Nee«, sagte Ronald trocken und holte das Gerät.

Während er ihre Demokassette einlegte, musterte sie sein Gesicht. So blanke Augen, fast zu groß und immer ein bisschen melancholisch. Aus dem Rekorder tönte eine Midtemponummer: der typische Achtziger-Beat, rhythmusbetont und sehr trocken, dahinter ein Synthie mit leichten Anklängen an die Disco-Ära.

Ronald holte Stift und Papier, versuchte ein paar Zeilen, verwarf, setzte neu an. Musste es das Reimschema a-b-a-b sein? Nein, zu altbacken, a-a-b war schon besser und ließ sich leichter variieren. Die Strophen endeten immer auf: »Er ist ein Star.« Klang doch gar nicht schlecht. Marianne sang ihm Zeilen vor, um die Metrik klarer zu machen. Aufmerksam zählte Ronald die Silben, aber das konzentrierte Gesicht konnte kaum den Stolz verbergen, ein exklusives Rosenberg-Konzert zu erleben, live und über den Couchtisch hinweg.

Im Frühjahr 1984 erschien der Song auf Langspielplatte mit dem vage programmatischen Titel *Spiegelbilder*.

amerika

als ich ihn im fernsehn jetzt sah
wurde mir mit einem mal klar
er ist ein star

und er lacht und wickelt uns ein
oh, sein lächeln muss wohl so sein
er ist ein star

er kann alles und er macht, was er will
betritt er den saloon dann wird alles still

er ist ein star aus amerika
er ist da, wo er immer war
doch was wirklich an ihm brennt, er ist präsident

es ruft die ganze westliche welt
die er in seiner starken hand hält
er ist ein star

spürt er gefahr und zieht seinen colt
dann hat er nur dein bestes gewollt
er ist ein star

er kann alles und er macht, was er will
der perfekte westernheld ist sein ziel

wenn er aus europa reitet, ist es stille
unsere freiheit war sein letzter wille

Marianne Rosenberg wird dem jungen Mann mit dem schönen Lächeln nie mehr begegnen, ihn aber nicht vergessen. »Ich kannte ihn nur kurz und gar nicht wirklich. Aber vielleicht kommt es nicht auf die Dauer einer Begegnung an. Nach diesem Album sagte ich der Haifischbranche, die ich eher mit Vampiren als mit Haien vergleichen würde, zunächst Lebewohl. Ich tauchte ab ins Leben. Vielleicht haben wir uns auch aus diesem Grund nicht mehr getroffen, er und ich.«

48.

Ellen hatte sich so gefreut. Irma kommt zu Besuch, eine alte Freundin aus Magdeburger Tagen. Sie ist Frührentnerin und darf jetzt »nach dem Westen« reisen. Doch als Irma in der Tür steht, bricht Ellen in hemmungsloses Schluchzen aus.

Von Heimweh geschüttelt, kann sie sich nicht beruhigen. Irma steht hilflos da, schockiert. Hatte Ellen nicht geschrieben, wie blendend es ihr geht, wie glücklich sie ist? Gut, merkwürdig ist es schon, dass sie mit dem Jungen nicht bei ihrem Lorenz wohnt, aber sie hatte es ja damit erklärt, er wolle sein Haus verkaufen. Und nun das. Die Frau ist ein Häuflein Elend.

Bei Irmas Abreise klagt Ellen: »Ich will mit!«

»Na, dann kommst du eben mit!«, sagt Irma resolut.

»Das geht doch nicht, ich habe zuviel Angst.«

»Herrgott noch mal, du musst doch wissen, was richtig ist für dich.« Irma ist ernsthaft böse, richtig ruppig. »Wenn du mitkommen willst, dann komm mit, wenn nicht, dann höre auf zu jammern!«

Für das nächste Treffen haben sie sich in Westberlin verabredet. Ellen spart Geld für den Flug, die Transitstrecke wäre zu gefährlich. Im Flugzeug schnürt es ihr die Kehle zu: Unter sich ihr Land zum Greifen nah. Aber sie sitzt eingeschlossen in dem silbrigen Käfig und rauscht darüber hinweg.

In einem billigen Berliner Hotel bringen die beiden Frauen Rolo ins Bett. Aus dem Nichts heraus sagt Irma:

»Lass uns doch mal zur Grenze gehen und mit jemandem reden. Dann weißt du wenigstens, woran du bist!«

Typisch Irma, ganz unsentimental. Ellen stutzt, überlegt einen Moment.

»Ja, warum eigentlich nicht?«

Sie erklärt Ronald, dass sie kurz weggeht, um Irma zum Zug zu bringen. Ein Segen, wie selbständig der Kleine ist. Er hat gelernt, sich allein zu beschäftigen, wenn Ellen arbeitet oder abends mal ausgeht.

Am Grenzübergang Friedrichstraße sprechen sie den erstbesten Beamten an. Sie hätten eine Frage zur Einreise und ob ihnen jemand Auskunft erteilen könne? Der Grenzer holt einen Kollegen, sie werden hineingebeten, ein Vorgesetzter erscheint. Türen werden aufgeschlossen und hinter ihnen wieder zu, eine weitere Tür und noch eine, bis sie im Dienstzimmer eines Mannes in Zivil stehen. Wie eine Schlafwandlerin fühlt Ellen sich, bis ihr Blick auf das übliche Dienststellenfoto fällt: Walter Ulbricht. Da atmet sie tief durch.

»Ich bin Genossin«, sagt Ellen. »Vor zwei Jahren bin ich in den Westen gegangen und sehr enttäuscht. Jetzt würde ich gerne zurückkommen, aber ungern ins Gefängnis. Besteht da eine Chance?«

Eine halbe Stunde lang hört der Mann sich geduldig ihre Geschichte an.

»Wann sind Sie das nächste Mal in Westberlin?«

Ellen kramt im Gedächtnis. Jetzt ist Sommer, vor Weihnachten wird sie nicht wieder hier sein.

»So um den dritten oder vierten Dezember. Da möchte ich Freunde treffen.«

»Gut, dann kommen Sie am vierten Dezember hierher und fragen nach mir. Bis dahin kann ich Ihnen verbindlich Auskunft geben.«

Ellen will sich gerade verabschieden, als Irma einfach fragt: »Ich habe noch eine halbe Stunde Zeit, bis um Mitternacht mein Zug fährt. Kann die Ellen nicht einen Moment mitkommen?«

Hier, irgendwo auf dem Bahnhof, im Niemandsland, versteht Ellen. Der Beamte überlegt: »In Ordnung, aber um zwölf muss sie wieder hier sein.«

So ganz leger sagt er das, als wäre es das Normalste der Welt. Ellen begreift nicht. Sie werden durch verwinkelte Gänge geführt, eine Tür wird ihnen geöffnet, und schon stehen sie auf der Friedrichstraße, vor ihnen das Metropol-Theater, links die Weidendammerbrücke. Eine belebte Ecke, Reisende schleppen ihre Koffer zum Bahnhof, andere schlendern oder studieren die Fotos im Aushang des Kabaretts Distel. Ein ganz normaler Sommerabend in der Hauptstadt. Ellen wird speiübel. Ihr Magen faltet sich zusammen.

»Ellen, du bist ja kreidebleich. Du brauchst einen Kaffee. Und einen Cognac!«

Irma hakt sie unter und führt sie in ein helles Café unter den Linden. Es ist voll, Wartehallenatmosphäre. Ellen ist so schlecht, dass sie den Moment nicht genießen kann. Sitzt sie wirklich hier, vor sich einen Cognac und die Kaffeetasse mit dem Aufdruck »HO-Gaststätte«? Sie kippt den Cognac, und das Brennen im Hals holt sie in die Realität zurück.

»Wenn ich das gewusst hätte, dann hätte ich doch ein paar Leute hierher bestellen können …«

»Beruhige dich«, sagt Irma. »Wir müssen auch gleich wieder los.«

Am Grenzübergang steht der Beamte schon in der Tür.

»Gut, dass Sie da sind!«

Erleichterung in der Stimme. Wahrscheinlich hatte er seine Kompetenzen überschritten und gefürchtet, sie würde nicht mehr zurückkehren. Ellen bedankt sich noch einmal, dann geht es zurück durch das Labyrinth des Bahnhofs. Tür auf, Tür zu, immer wieder sorgfältig abschließen. Wie in der Psychiatrie, denkt sie. Mit einem Mal steht sie am S-Bahngleis, das in den Westen führt. Sie lehnt sich an die Wand des Abfertigungshäuschens, weil sie Angst hat zusammenzuklappen. So ein Wahnsinn! Wenn etwas passiert wäre, sie im Osten, der Junge im Westen, nicht auszudenken.

Ellen fährt ein paar Stationen mit der Bahn und rennt, rennt zum Hotel, nur Ronald im Sinn. Es ist irrational, sie weiß es, aber sie muss ihn auf der Stelle sehen, muss wissen, dass alles in Ordnung ist. Verrückt, sie muss verrückt gewesen sein, so ein Wagnis einzugehen!

Im Hotel schlummert Rolo selig. Sie legt sich zu ihm, schmiegt sich an seinen Rücken. Der Kleine wird wach, und Ellen bettelt: »Dreh dich doch mal um.«

»Warum denn?«, sagt Ronald schlaftrunken. »Ich kenne dich doch schon.«

Am vierten Dezember geht sie nicht zum Grenzübergang. Sie traut dem Braten nicht. Vielleicht lockt man sie in eine Falle, jetzt, wo die ihre Fluchtgeschichte kennen und auf sie warten. Und dann hat sie auch so merkwürdige Geschichten gehört: Sträflinge, die vom Westen losgekauft, aber dann doch nicht freigelassen wurden. Das Abenteuer, den Kleinen im Westen zu lassen, während sie die Linden entlangspaziert, sitzt ihr noch in den Knochen. Nie wieder will sie solche Angst haben. Sie wird ihr Heimweh runterschlucken und vernünftig sein.

49.

»Lass uns ins SchwuZ gehen«, hatte Ronald am Telefon gesagt. »Komm einfach bei mir vorbei, Stefan ist auch da, dann gehen wir zusammen rüber.«

Ich war zu deprimiert, um nein zu sagen. Am Ufer des Landwehrkanals spielten alle mal wieder Italien. Boulespieler, Punks, Obdachlose, Liebespaare und obdachlose Liebespaare – alle waren sie mit mitternächtlichen Picknicks beschäftigt, die in der Hauptsache aus Bier bestanden. Sie hatten beschissen gute Laune und diesen sommerlichen Ficken-Fressen-Saufen-Ausdruck im Gesicht. Auspeitschen müsste man die, hart züchtigen und ihnen ein paar Dinge erzählen über das Leben, Drecksvolk.

Die letzte U-Bahn am Kottbusser Tor war knallvoll mit Nachteulen. Das hier war keine Stadt, das war ein Kuriositätenkabinett. Jede verblichene Mode schien sich durch frisches Blut vampiristisch am Leben zu halten. Es gab siebzehnjährige Hippies mit Zauselbart und Haarspliss, Rockabilly-Mädels im Petticoat, Neo-Existentialisten und New-Age-Weiber, die an ihrem magischen Stein nuckelten. Dann natürlich Punks, Waver und, seit einer Weile schon, ihre Erzfeinde, die Popper. Sahen alle aus, als wären sie in einem College in New England gezüchtet worden. Lieber als die autistischen Hippies waren die mir schon, aber mussten sie ihre pastellfarbenen Pullover von Polo Ralph Lauren ausgerechnet so über die Schulter schlenzen, dass man das Label sah? Sie blickten mit einem Gesichtsausdruck auf die Punks, als kauten sie auf einem Stück kalter Kotze, und die Punks konnten sich das eine oder andere gezischte »Popperschwein« nicht verkneifen. In dunklen Kreuzberger Ecken fingen die Popper sich manchmal eine Tracht Prügel. Sie selbst waren nicht aggressiv, nur voller Verachtung. Bei Kämpfen hätten sie bestimmt ein Duell mit Hummerbesteck bevorzugt.

Ich fand die Scharmützel bescheuert. Ein Polopferd auf dem Pullover macht noch niemanden zum Bösewicht, und mit einer Ratte auf der Schulter zählt man auch nicht automatisch zu den Guten. Die Rivalität beider Gruppen kam allerdings nicht von irgendwoher. Schleichend, fast unmerklich, wurde das Feuchtbiotop Kreuzberg trockengelegt. Einige Cafés am Paul-Lincke-Ufer putzten jetzt täglich ihr Klo, hatten die Wände frisch gestrichen und Caprese auf die Speisekarte gesetzt. In der Oranienstraße, den Champs-Elysées von Kreuzberg, hatte ein teures Brillenfachgeschäft eröffnet, und ein paar Secondhand-Läden führten neuerdings, etwas verschämt in der hintersten Ecke, auch fabrikneue Ware. Immer häufiger sah man Autoaufkleber mit dem Spruch: »Eure Armut kotzt mich an.« Natürlich war das Ironie, die bevorzugte Haltung der Zeit, aber wenn man die gepflegten Wagen mit ihren gepflegten Haltern sah, konnte man seine Zweifel kriegen.

Es hatte auch sein Gutes, dass man endlich wieder ohne schlechtes Gewissen Freude an schönen Dingen haben durfte. Ich musste meinen teuren Füller nicht mehr verstecken. Man durfte ein Hotel dem Zeltplatz vorziehen, einen Martini-Cocktail statt Bier bestellen und sogar im Beruf angemessen verdienen, ohne gleich als Kapitalistensau beschimpft zu werden. Konsum war keine teuflische Erfindung per se mehr und Sozialhilfe nicht der Ausweis moralischer Unantastbarkeit. Das war erleichternd, weil ehrlich. Aber mit dem stolz getragenen Lacoste-Krokodil auf der Brust ging immer häufiger auch eine Gesinnung einher: Karriere als Selbstzweck, Egoismus als einzige intelligente Haltung, Materialismus als gesellschaftlicher Fortschritt. Und über allem lag eine eigenartige Entpolitisierung. Das Wir hatte sich zum Ich vereinzelt. Ich hasste das.

Um unbehelligt zu bleiben, hatte ich mich in die letzte Ecke des Waggons verzogen, aber das half nichts. Die Verrückten flogen mal wieder tief heut Nacht. Als erstes kam der zahnlose Gitarrero, der alles Mögliche konnte, nur nicht Gitarre spielen. Singen auch nicht, aber das tat er mit einer Inbrunst, die nur komplette Dilettanten fertigbringen. Kaum war der Musikvernichter verschwunden, stieg ein brabbelnder Alki ein. Nach einer ausgiebigen Konversation mit seinen Plastiktüten entdecke er ein paar feingemachte Türkenjungs. Und schon ging es los: Türkenbrut, Asoziale, Schmarotzer – die ganze Litanei. Wie absurd: Da sitzt dieses stinkende, besoffene Schwein und beschimpft die frisch gebügelten Türken als Asoziale.

War heute Vollmond? Viele hielten es für esoterischen Quatsch, aber jeder Barkeeper der Stadt wusste, wie die Leute bei Vollmond ausrasteten. Ein Drittel ist grundlos geil, ein weiteres Drittel aggressiv, und der Rest beides. Ich war nichts von alledem: Ich war traurig und verzweifelt. Und wütend auf mich selbst. Ich starrte in den schwarzen U-Bahn-Tunnel und konnte es nicht fassen: Das Traumpaar existierte nicht mehr.

Ich hatte mich von Michael getrennt, oder er sich von mir, das kam auf die Perspektive an. Seit Monaten hatte ich gehört, wie es knirschte, und das Knirschen kam von mir. Wenn Michael bei mir war, freute ich mich, und es machte mich nervös, wenn er zu lange blieb. Offensichtlich arbeitete er daran, lockerer zu werden. Ronalds Titel *die heftige variante des lockerseins* kam mir dazu in den Sinn. Stets sah man das Gestänge hinter der heiteren Geste. Zwar besaß er beträchtlichen Charme, und alle waren bezaubert von seiner Schönheit und der zugewandten Art, aber alles Spielerische blieb ihm fremd. Wer an unterschiedlichen Stellen lacht, sieht die Welt unterschiedlich.

Bei solchen Gedanken hatte ich mich stets zur Ordnung gerufen, mir gepredigt, wie rar ein so aufmerksamer, liebevoller Mann sei. Michael hatte immer ein offenes Ohr, achtete darauf, dass es mir gut ging – eine schöne Abwechslung nach all den egoistischen Bastarden. Er war klug, aber oft hatte ich das Gefühl, seine Sätze schon zu kennen, bevor er sie äußerte. Gut durchdacht, aber abgehangen. Mir fehlte was.

Als kleiner Junge besuchte ich einige Sommer lang für ein, zwei Wochen meine pietistische Tante Traudchen, die sich noch mit sechzig brüstete, ein »Mädchen« zu sein. Wenn sie mich morgens und abends in ihren Waschzuber steckte und von Kopf bis Fuß mit harter Bürste abschrubbte, spürte ich eine Lebenseinstellung, die nicht die meine war. Ich konnte es kaum erwarten, eine halbe Treppe höher zu Frau Brapp zu kommen. Die war in allem das exakte Gegenteil. »Mädchen« hätte sie wohl kaum jemand genannt, im Haus munkelte man, sie hätte früher als Prostituierte gearbeitet. Sie hatte keinen Knoten, sondern vulgär blondierte Locken und statt der Epistelstimme meiner Tante einen dröhnenden Damenbass. Sie rauchte wie ein Schlot, fluchte wie ein Maurer, und wenn sie lachte, stoben die Vögel aus den Bäumen. »Na, schon gebetet?«, fragte sie spöttisch, wenn ich zu ihr kam, und beauftragte einen ihrer diversen Besucher: »Gib dem Kleinen mal ein Eierlikörchen!« Ich liebte sie abgöttisch.

Michael hingegen war in die Welt des protestantischen Verzichtlächelns geboren worden. Vor seiner Mutter, früh verwitwet und streng, schien er sich immer noch zu fürchten. Michael liebte mich bis ans Ende der Welt, und so einen Mann schickt man doch nicht weg. Aber wie sollte das gehen mit uns beiden? Es war, als versuche man, Karos mit einem Rankenmuster zu kreuzen.

Schluss machen war noch nie meine Stärke, aber mit ihm war es unmöglich. Der Mann hatte Frau und Kind verlassen, sollte ich jetzt mit so windelweichen Argumenten daherkommen wie: Mir fehle »Reibung«? Also ging ich den dümmsten aller Wege, zog mich immer öfter zurück, war unzugänglich und kühl, solange, bis wir uns wirklich trennten. Ich schämte mich furchtbar.

Seit Tagen schon quälte mich die Frage, ob ich den größten Fehler meines Lebens begangen hatte. Gedankenverloren stand ich in der U-Bahn und bemerkte erst durch die genervten Blicke der Fahrgäste, dass ich mit mir selbst redete. Prima, ich war auf dem besten Weg, einer dieser U-Bahn-Brabbler zu werden, ganz abgesehen davon, dass ich schon zwei Stationen zu weit gefahren war. Ich lief die Strecke bis zum Kleistpark zu Fuß zurück, um mir das Hirn durchpusten zu lassen.

Stefan saß in der Küche mit einem Handtuch um die Schultern und ließ sich von Ronald die Haare schneiden. So sparte er sich den Friseur, musste aber hinnehmen, dass Ronald kompromisslos auf einer kleinen Tolle über der Stirn bestand.

»Wie geht's?« Ronald warf mir einen besorgten Blick zu.

»Wodka!!!«, schrie ich.

»Gibt keinen Wodka, weißt du doch«, sagte Ronald.

»Kaffeetante!«

»Was macht dein Buch?«, fragte Stefan und hielt mir seine Bierflasche hin.

»Das ist das Einzige, was im Moment läuft. Ich bin die lebende Schreibmaschine. Apropos, Roni, ich hab dir was zum Lesen mitgebracht.«

Ich kramte nach dem Buch, das mich, wie kaum ein anderes in letzter Zeit, gepackt hatte.

»Ist von einem Debütanten namens Rainald Goetz, heißt *Irre* und ist irre.«

»Großartige Formulierungsgabe«, sagte Ronald.

»Ganz im Ernst, das ist was für dich! Schon das Motto auf dem Einband: *Don't cry – work.* Könnte von dir sein!«

Ronald warf einen misstrauischen Blick auf den blauen Schutzumschlag mit den aufdringlich gelben Lettern.

»Der schreibt auch in Spex«, sagt Stefan. »Ein luzider Wahnsinniger.«

»Außerdem ist er zweifacher Doktor und noch nicht einmal dreißig.« Ich klappte das Buch auf und zitierte aus dem Klappentext, der offensichtlich vom Autor persönlich stammte:

»Rainald Goetz schreibt in seinem ersten Roman über die Psychiatrie und einen Helden unserer Tage. Klar und wahr gibt der Autor Anwort auf brennende Fragen: Wie weh tut das Irrsein den Irren? Wie schlimm ist das Arbeiten als Arzt in einer psychiatrischen Klinik? Wie, bitteschön, geht das Leben? Muss das wirklich so zerrissen und zerfetzt sein?«

Ronalds Interesse war geweckt, aber zur Sicherheit legte ich noch einen nach: »Das Beste an der Neuen Deutschen Literatur ist logisch das, dass sie eh keiner liest, weil deshalb kann man alles in sie hineinverstecken, sogar die Wahrheit.«

Und damit hatte ich ihn, Ronald schnappte nach dem Buch. Das Unterjubeln gehörte auch zu seinem Programm, und er war neugierig geworden, welche Wahrheit Goetz wo »hineinversteckte«. Ronald hatte für die Punk-Attitüde große Sympathie, obwohl er wusste, dass es sich nicht wirklich um eine Theorie, sondern eher die Vernichtung aller Theorien handelte. Aber immerhin waren sie gegen »das System«. Die gleichen Punks im Osten aber verabscheute er, sie verweigerten die Mitarbeit an einer Gesellschaft, die es weiterzuentwickeln galt.

Bei der Lektüre von *Irre* hatte ich ständig an Ronald gedacht. Beide Autoren waren aus sehr unterschiedlichem Holz. Dennoch teilten sie eine fast altmodische Wahrheitsliebe und ein Bestehen auf Spaß. Viele Jahre später staunte ich nicht schlecht, als Elfriede Jelinek im Subskriptionsaufruf für Ronalds letztes Buch ebenfalls die Verbindung zwischen Goetz und Schernikau ansprach:

»Seltsamerweise muss ich bei Schernikau immer an Rainald Goetz denken, obwohl es unterschiedlichere Autoren ja kaum geben kann. Aber die zwei schreiten so optimistisch voran, als wohnten sie sich selbst mit Vergnügen bei. Nichts, was nicht mit etwas Geschicklichkeit und Musik in Ordnung gebracht werden könnte. Nur: Schernikau will etwas erreichen, er kränkt nicht den Sinn, den etwas hat, während Goetz immer noch mehr Spaß haben will. Was wäre sinnvoller als das?

(…) Goetz ist lustig, Schernikau keck. Sie verlangen beide etwas, ja, haben auch beide was zu bieten, der eine dröhnt, der andere will, dass es dröhnen soll, dafür haut er schließlich die ganze Zeit auf die Pauke. Dann dreht er sich um, und niemand folgt ihm, während der Goetz schon längst in der Menge verschwunden ist.«

Ronald hatte angebissen, und nun konnten wir endlich ins SchwuZ gehen. Zwei Häuser und drei Hinterhöfe weiter war die Stimmung fast auf ihrem samstäglichen Höhepunkt. Auf der belebten Tanzfläche konnte man sich nur noch minimalistisch bewegen, und rundherum wurde gebaggert, was das Zeug hielt.

»Alles Prostituierte«, sagte ich missgelaunt zu Stefan, der mir unter der frisch geschnittenen Schernikau-Tolle eines seiner bezaubernden Lächeln schenkte. Ronald kniff mich in die Wange.

»Trittst du jetzt auch der *no sex*-Bewegung bei?«

»Wieso auch?«

»Och, nur so.«

Ronalds Miene verfinsterte sich, aber ich war zu sehr mit mir beschäftigt, um nachzuhaken. Wenn man herausfinden wollte, was ihn im Innersten bewegte, war es wie bei Hänsel und Gretel: Man musste den spärlich ausgestreuten Brotkrumen folgen, um ans Ziel zu gelangen. Aber Ronald hatte schon wieder sein Samstagabendlächeln aufgelegt. Er stürmte auf die Tanzfläche, ließ seine Extremitäten im nicht vorhandenen Wind wehen und strahlte alles an, was zwei Beine hatte.

An der Bar entdeckte ich Uli und Matze. Wie gewöhnlich standen sie schweigend da. Matze war nach einem blaugrünen Intermezzo erblondet. Uli trug dank einer Familienpackung Gel und Spray einen mächtigen Helm aus Haarstacheln. Ich tat so, als würde ich ihm in die Frisur greifen, und er wich panisch zurück.

»Na?«, sagte ich zur Begrüßung.

»Na!«

Dieser ausführliche Austausch der Befindlichkeit war uns von einer Parodie zur Gewohnheit geraten.

»Wodka?«, fragte Matze, der meinen Seelenzustand wie immer intuitiv erfasste.

»Ja, viel! Bei Roni gibt's ja nichts. Dabei saufen die Kommunisten doch sonst wie die Löcher.«

Ronalds Räusche waren anderer Natur. Schon beim ersten Anzeichen, dass die Show beginnen könnte, saß er erwartungsvoll in der ersten Reihe. Doch es hielt ihn nicht lange auf seinem Platz. Zuerst mussten die Getreuen eingesammelt werden: »Stefan, Matze, Uli, Matthias!«, krakeelte er durch den Saal und deutete wie eine Stewardess im Kokainwahn auf die Plätze neben sich. Er wollte seine Freunde um sich haben, so konnte man sich besser gehenlassen. Im SchwuZ brauchte sogar das Publikum ein Publikum. Darum ging es ihm: Einen Raum zu haben, in dem der Ausdruck »schlechtes Benehmen« keinen Sinn ergab. Für die legendären Wilmersdorfer Witwen trafen sich hier die Perversen, der sexuelle Bodensatz – doch wenn man schon so gesehen wurde, konnte man sich auch alle Freiheiten herausnehmen, Narrenfreiheit. Ist der Ruf erst ruiniert, lebt sich's völlig ungeniert.

Ronald kostete diesen Luxus gerne aus. Die Parteiarbeit war eine ernste Sache, die Schriftstellerei sowieso, und nur Etablissements wie das SchwuZ gaben seiner immensen Lust auf Albernheit genügend Raum. Die Diva Schernikau – hier konnte sie zelebriert und gleichzeitig ironisiert werden. Seine Stimme wurde lauter, die Gesten größer, und das kreischend hohe Lachen galt der Welt wie sich selbst. So mancher verdrehte bei der Schernikau-Show die Augen, aber das kümmerte ihn einen Dreck.

Ungeduldig begann Ronald zu klatschen und forderte seine Umgebung zum Mittun auf. Als sich immer noch nichts regte, skandierte er »Anfangen! Anfangen!«, gefolgt von einem prophylaktischen »Ausziehen! Ausziehen!«. Doch die Bühne blieb leer. Dann musste die Unterhaltung eben aus dem Publikum kommen. Er setzte sich gerade hin, warf den Kopf in den Nacken und gab halblaut den Refrain eines Schlagers von Dalida zum Besten:

»Am Tag, als der Regen kam, lang ersehnt, heiß erfleht, auf die glühenden Felder, auf die durstigen Wälder, da kamst du!«

Dabei formte er mit den Händen eine überdimensionale Vagina, durchaus im Sinn des Schlagertexts, der als untergründige Botschaft genau das meinte: Die ersehnte Befeuchtung einer liebebedürftigen Frau.

»Jetzt könnt's aber losgehen!«, forderte Ronald, während er sich huldvoll für den kleinen ironischen Applaus bedankte. »Wenn nicht, erzähle ich noch einen Witz!«

Dankenswerterweise wurde in diesem Moment das Saallicht gedämpft, und Auftrittsmusik erklang. Eine Besonderheit des SchwuZ waren die hauseigenen Tunten, eine lose Vereinigung von Freizeit-Damendarstellern. Während Profiensembles wie das Chez Nous gegen horrend teure »Herrengedecke« den Spießern einen Hauch Frivolität verpassten, verstanden die SchwuZ-Tunten sich als politisch. Häufig auch im Alltag im Fummel unterwegs, wirkte alleine ihre Existenz als Provokation: Das waren keine scheinbar heterosexuellen jungen Herren wie Mary und Gordy mit »Spaß an der Verkleidung«, sondern laute, selbstbewusste Schwuchteln. Bei Demonstrationen liefen sie in der ersten Reihe, einige hatten für politische Ämter kandidiert – im Fummel, versteht sich –, und selbst bei der Besetzung einer leerstehenden Klinikeinrichtung stiegen sie in Stöckelschuhen über die Absperrungen und gaben der AIDS-Aktion dadurch mächtig Medienresonanz. Neben der Lust an Provokation pflegten sie einen recht eigenen Humor. In der Zeitschrift Siegessäule hatten sie eine Kolumne. Anfangs hieß sie »Unsere kleine Konditorei«, später dann »War's schön, Liebling?« oder »Susis kleine Spalte«. Ronald liebte diesen Humor, besonders wenn es sich um die DDR drehte. Unter der Überschrift »Erogene Zonen« hieß es beispielsweise:

»Leider fast vergessen, liegt hübsch eingebettet zwischen Mekong-Delta und Oderneisselinie eine der schönsten, jedoch vernachlässigsten erogenen Zonen: Die Ostzone. Schon durch die einfache Berührung dieser Zone mit dem Ringfinger kann der Partner ihr zu ungeahnter Wollust verhelfen, indem er behutsam von links nach unten rechts durch sie eindringt. Ihren Namen hat die Zone übrigens von Elfriede Ost, die sie 1911 zum ersten Mal erfuhr.«

Die bürgerlichen Schwulen waren über ihre lauten Schwestern nicht sonderlich erfreut. Wenn man schon so schmutzige Dinge wie den Analverkehr machte, sollte wenigstens die Fassade strahlen. Dem widersetzten die Tunten sich mit aller Macht. Sie waren parteiisch, puppenlustig, und jedermann war gezwungen, sich zu ihnen zu verhalten, so oder so. Die gefährdete Spezies der Bewegungstunte gab es in allen deutschen Großstädten, aber Berlin hatte seine eigene Gattung kultiviert, die Trümmertunte. Schon die Namen sprachen Bände: Chou-Chou de Briquette, Hilde Fisch oder Ilse Lakritz. Ihr Vorbild war Brigitte Mira, nicht Marilyn Monroe.

Völlig im Einklang mit Ronalds Überzeugung, sollte Politik Spaß machen. Ganze Bühnenprogramme oder Einlagen wie heute Abend waren das Salz in der Suppe. Es war die hohe Zeit der »genialen Dilettanten«, und so stellte man sich auf die Bühne und kultivierte das Scheitern. Melitta Poppe, im Zivilberuf Lehrer, führte mit pädagogischer Strenge durch das Programm. Als Mann unscheinbar, war sie auf der Bühne angsteinflößend präsent. Es konnte durchaus passieren, dass sie mit ihrem Lehrerinnengesicht an die Rampe trat und Sätze sagte wie: »Bevor wir anfangen, möchte ich noch einmal nachdrücklich betonen, dass Rosa von Praunheim ein Arschloch ist!« Dann lächelte sie bös, und die Show konnte beginnen.

Heute war Melitta gnädig und kündigte für ihre Verhältnisse herzlich Chou-Chou an: »Und nun eine neue Folge unserer Reihe ›Wege in die Erwerbslosigkeit‹: Fallmädchen Chou-Chou de Briquette erlebte einen Sinnmittenverlust. Während eines harmlosen Auslandsaufenthalts verlor sie die vollständige Kontrolle über sämtliche Datumsgrenzen und nennt sich jetzt Brigitte Schuh! Applaus!«

Chou-Chou betrat mit ihrem berühmten süßsauren Lächeln die Bühne und musterte Melitta von Kopf bis Fuß: »In Ihrem Fall, Frau Poppe, empfehle ich eine Umschulung zum Dunkelbrot!«

Heiterkeit auf den billigen Plätzen. Sie trug ein Dirndl, eine räudige Perücke und stemmte à la Musikantenstadl die Hände in die Hüften.

»Ich kann die Nummer schon mitbeten«, stöhnte Ronald begeistert. Auch die peinigende Wiederholung von Programmpunkten war Absicht, ein Todesstoß für jeden Anspruch auf Professionalität. Das avantgardistische deutsche Theater sollte die Manie der endlosen Wiederholungen erst Jahre später für sich entdecken. Chou-Chou bot im Vollplayback überzuckerten Jodelgesang. Dabei setzte sie ihre beiden hervorstechendsten Merkmale geschickt ins Licht: die perfekte obere und untere Zahnreihe. Am Ende des Liedes knickste sie grazil, während betrunkene junge Herren aus dem Publikum »Ein Witz! Erzähl einen Witz!« brüllten. Sie war berühmt für schlechte Witze und bemüht, diese noch schlechter zu erzählen.

»Okay, okay, aber nur auf Wunsch eines einzelnen Herrn. Also: Sie kommt vom Einkaufen nach Hause und sagt: ›Liebling, guck mal, was ich auf dem Flohmarkt gekauft habe!‹ Darauf er: ›Aber du weißt doch, dass wir sparen müssen.‹ – ›Das ist was ganz Besonderes – ein Zauberspiegel!‹ Sie stellt den Spiegel vor sich und sagt: ›Spieglein, Spieglein, ich hätte gerne Riesentitten!‹ Plopp, plopp, hat sie Riesentitten. Er staunt: ›Mann, das ist ja wirklich toll, die Ausgabe hat sich gelohnt. Das muss ich auch gleich mal ausprobieren.‹ Er stellt sich vor den Spiegel und sagt: ›Spieglein, Spieglein, ich hätte gerne einen Schwanz bis zum Boden.‹ Plopp, plopp, hat er keine Beine mehr!«

Der Saal tobte. Besonders Ronald machte sich durch spitzes Kreischen bemerkbar. Hier hatte er seinen Meister gefunden. Er liebte zwar schlechte Witze, konnte sie jedoch im Gegensatz zu Chou-Chou nicht so gut schlecht erzählen.

Nachdem Frau Briquette sich verabschiedet hatte, kündigte Melitta noch eine Melitta an, Melitta Sundström.

»Meine Damen und Herren, liebe Freunde der Gewürzgurke! Und nun eine Fachkraft, auch ›die junge Melitta‹ genannt.« Vernichtender Blick zur Seite. »Weltbekannt in Berlin: Melitta Sundström!«

Die junge Melitta hatte ihren Beinamen verdient. Anfang zwanzig, groß und dünn, war sie der seltene Fall einer SchwuZ-Tunte, die als Mann hübscher aussah. Sie trug ein zerknittertes schwarzes Abendkleid, das durch ihr sensibles Gesicht fast geschmackvoll wirkte. Audrey Hepburn aus der Vorstadt.

»Guten Abend! Mein Lied beschreibt die tiefe Depression, die mich erfasste, als ich gezwungen war, in einem für meine Veranlagung völlig ungeeigneten Umfeld dahinzuvegetieren, in diesem Fall im Berliner Stadtteil Neukölln. Und bitte begrüßen Sie auch Pepsi Boston und Chou-Chou de Briquette!«

Berlin legte Wert darauf, wann immer möglich, live zu singen. Die Sundström war musikalisch versiert, spielte mehrere Instrumente und liebte schwarze Musik. Man nannte sie auch »Soultunte«. Für ihren Auftritt hatte sie den Rhythmus auf ihrem Casio einprogrammiert; unterstützt von Chou-Chou an der Melodika und Pepsi Boston mit Blockflöte. Die ersten Takte von Elvis Presleys *In the Ghetto* erklangen:

Und die Sonne scheint.
Aber nicht für mich,
Denn ich geh nicht auf die Straße raus.
Draußen ist das Ghetto.

Und ich bin allein.
Und fragst du nach dem Grund,
Sag ich dir, ich hab im Monat
nur 650 Netto.

Wie soll das weitergehn,
Ich kann kein Stück Himmel sehn.
Glück haben immer die anderen
Nur nicht ich.
Oh was fang ich an,
Wann bin endlich ich mal dran?

Doch alles bleibt so, wie es ist.
Ich warte auf den nächsten Tag.

Was ist los mit mir?
Ich liege wach bis früh um vier.
Draußen wird es hell,
Dort ist nur das Ghetto.

Ich steh kaum noch auf.
Nur wenn ich mal aufs Klo muss,
Doch danach leg ich mich gleich
Wieder ins Bett, oh.

Das Publikum raste. Ronald versuchte, auf zwei Fingern zu pfeifen, während ich die Mundwinkel verzog, als eine gewisse Erika Radtke auftrat. Die Damendarsteller waren mal wieder nicht von der Bühne zu bomben. Aus leidvoller Erfahrung wussten wir, dass solche »Einlagen« stundenlang dauern konnten.

»Komm, wir gehen zur Bar«, schlug ich vor. »Du brauchst was zu trinken!«

Ronald kicherte entzückt über meine Verlogenheit, quetschte sich aber mit mir durch die Reihen. Die Tresenschlampen gönnten sich gerade eine kleine Erfrischung.

»Um Gottes willen«, rief ich. »Das wird doch nicht dieses schreckliche Rauschgift sein?!«

»Willste mal ziehen?«

»Logo.«

Stefan gesellte sich zu uns, die Mundwinkel bis an die Ohren gezogen. Er trug ein grobes Fleischerhemd, blauweiß gestreift. In der Menge hatte er einen jungen Mann in einem Bäckerhemd entdeckt und ihn darauf angesprochen: ein Metzger und ein Bäcker – und beide weit entfernt von jeder handwerklichen Fähigkeit.

»Der fand das gar nicht lustig!« Stefan konnte sich nicht beruhigen, er liebte solche Geschichten.

»Ich würde echt gern ein Stück für die Tunten schreiben«, verkündete Ronald unvermittelt.

»Du willst doch nur mitspielen!«

»Nein, nein, ich meine es ernst.«

Ronald meinte es ernst, er würde das Stück schreiben. Von ihm zu Hosenrollen verdammt zu werden, hätten die Tunten wohl kaum für möglich gehalten. Und Melitta Sundström nicht, dass bald ein Café ihren Namen führen würde. In memoriam.

Als Human Leagues *Don't You Want Me Baby* erklang, zog Ronald mich mit Gewalt fort. Ihm war jede Tanzfläche eine Bühne. Außerdem war die Kontaktanbahnung dort problemlos. Ohnehin nicht von der schüchternen Sorte, näherte er sich dem Objekt seiner Begierde, einem Bonsai-Macho, schwang die Hüften und wartete eine Reaktion ab. Da nichts kam, wandte er sich unverdrossen dem Nächstbesten zu. Ich fand das nuttig, Ronald praktisch. In einer Parodie auf den Discofox tänzelte er auf mich zu. »Magst tanzen, Mausi?«

»Nee.«

»Auch gut, dann hätte ich noch etwas anderes für dich.«

Er stellte sich hinter mich, vollführte ein paar obszöne Beckenbewegungen und lenkte meinen Blick auf einen Ledermann mit Hundehalsband.

»Guck mal, die scharfe Schnitte!«

»Das ist nicht dein Ernst! Dem musst du Tiernamen geben und ihn auf allen vieren durchs Wohnzimmer scheuchen. Nimm du ihn doch.«

»Zwei Dosen aufeinander klappern«, sagte Ronald sachlich.

Meine Laune wurde immer schlechter, und ich kramte nach Feuer. »Letzte Zigarette, ist nicht meine Nacht heute!«

»Ach, komm.« Ronald steckte seine Zeigefinger in meine Mundwinkel und zog sie hoch. »Weißt du was, wir machen eine Orgie. Brauchst auch gar nichts zu tun, ich kümmere mich um alles!«

Und schon rannte er quer über die Tanzfläche zu einem Mann im weißen T-Shirt. Ich hinterher, zog ihn am Ärmel zurück und sandte Entschuldigungsblicke Richtung T-Shirt.

»Roni, das kannst du doch nicht machen!«

»Warum nicht? Der hatte Interesse!«

»Vielleicht fragst du erst mal, ob *ich* Bock auf eine Orgie habe?«

»Gott, du wirst auch immer konventioneller!«

»Das wird es sein.« Unwillkürlich musste ich lachen. »Ich habe nur einmal bei einer Orgie mitgemischt. Weißt du, wie sie geendet ist? Ich saß in der Küche und habe für alle Nutellabrote geschmiert!«

Bevor er weitere Anwerbeversuche starten konnte, empfahl ich mich auf Französisch. Draußen hatte die Morgensonne die Stadt fast südlich verkleidet. Die roten Dachziegel harmonierten mit dem Königsblau des Himmels. Berlin kann richtig schön aussehen, allerdings nur im Sommer und nur zwischen vier und sechs. Aber wir waren ja nicht wegen seiner Schönheit nach Berlin gezogen. Der Nachtbus kam erst in zehn Minuten, ich beschloss, eine Station zu Fuß zu gehen. Gleich hinter dem SchwuZ begann ein Straßenabschnitt, der von Avantgardefilmern gern als Kulisse genutzt wurde. Dicht hintereinander spannten sich mehrere vergammelte Eisenbahnbrücken über die Straße. Darunter war es trotz heftigen Verkehrs einsam und angenehm gefährlich. Auf die erste Brücke hatte jemand »Gefühl und Härte« gepinselt. Gleich daneben stand »Nie wieder Deutschland!«. Tja, Jungs, dachte ich, da könnt ihr noch soviel sprühen, ihr seid Deutsche und werdet eurem unbegreiflichen Vaterland nicht entkommen.

Ungeduldig hielt ich nach dem 19er Nachtbus Ausschau. Ich würde bis zum Hermannplatz fahren und den endlosen Kottbusser Damm bis zum Paul-Lincke-Ufer stiefeln. Der Sonne war mein Kummer egal, sie war aufgegangen. Sie würde das auch am nächsten Tag wieder tun. So einfach war das.

50.

Schernikau gehörte zu der Sorte von Verführern, die sich tarnen. Die Offensive lag ihm zwar, aber er kannte auch seine Geschlechtsgenossen: Sie wollten Jäger sein, nicht das Wild. Da waren die Schwulen wie alle Männer. Also spielte er den charmanten Jungen, lächelte, drosselte wohl dosiert die Drehzahl seines Intellekts und ließ sich scheinbar einfangen, ein verführter Verführer. Wer ihn gut kannte, sah den Trick hinter der unschuldigen Fassade. Die Art, wie er die Haare in den Nacken warf, war viel zu lässig, um nicht kalkuliert zu sein. Sex war für ihn so wichtig wie die Luft zum Atmen. Wie er seinen Kommunismus jetzt und sofort verlangte, forderte er auch die Befriedigung seiner sexuellen Bedürfnisse. Die Lust auf Tanzen, Flirten, Ficken war bei ihm immer spürbar. Selbst sein Theoretisieren, wenn das Gesicht ganz entspannt und somit am schönsten war, hatte eine fast körperliche Dimension. Sein Körper war nicht nur dazu da, den Kopf zu tragen, und sein Kopf war eine erogene Zone.

Nichts, was er schrieb, war ohne diese Sinnlichkeit denkbar, und es gibt wenige Schernikau-Texte, in denen Sexualität keine Rolle spielt. Feministinnen bemängeln oft, dass Männern zu oft der Schwanz ins Hirn steigt; Schernikau hat das nie als Kritik begriffen. Geliebt und begehrt zu werden war ihm lebensnotwendig. Deshalb war die Beziehung mit Thomas so wichtig. Affären hatte er nicht trotz, sondern wegen Thomas. Diese Liebe gab ihm Sicherheit und Wärme, die Affären Bestätigung und Feuer.

Leider kennt Leidenschaft keine Dauer. Launisch und nie zur Verantwortung zu ziehen, hatte sie sich bei Thomas rar gemacht. Nach fünf Jahren schläft man nicht mehr drei Mal am Tag miteinander, aber als drei Mal pro Woche unterschritten wurden, schrillten bei Ronald die Alarmglocken. Er wusste, dass man Lust nicht einfordern kann, und bestand um so mehr darauf, verspielt erst, dann trotzig und schließlich verzweifelt. Er litt wie ein Hund. In Politik und Beruf gelang es ihm trotz herber Rückschläge immer wieder, sich aufzurichten. Dann zog er sich eine Weile zurück, legte sich ins Bett, wenn es sein musste.

Doch nun war er in einer Lage, die er nur hilflos hinnehmen konnte. Es war, als hätte man ihn halbiert. Sexualität und Politik waren seine Brennstäbe. Beide hatte er früh schon genutzt. Dass er in der Politik nicht die letzte Befriedigung erreichen konnte, wusste er, Politik war ein Prozess. Vielleicht pochte er deshalb so nachdrücklich auf das Recht des Körpers. Seine Lebensfreude und Attraktivität machten es ihm leicht, Bestätigung über Sex zu finden. Für ihn war das Spiel und Selbstvergewisserung. Er genierte sich kein bisschen, in einem Gedicht über eine Osterfeier bei sich daheim mit kindlichem Stolz aufzulisten, mit wem der Anwesenden er geschlafen hatte.

Die Beziehung zu Thomas sollte alles beinhalten: Liebe, Vertrauen, Dauer und Leidenschaft. Er betrachtete es als Zumutung, bei Thomas eine eigene Zahnbürste zu haben – er wollte alles teilen. Dass dieses romantische Liebesideal eine eher junge Erfindung war, eine bürgerliche noch dazu, war ihm vollkommen klar. Doch wenn es um Thomas ging, war er nicht rational, sondern von heißem Blut. Mit beharrlicher Verzweiflung hielt er am Ideal fest. Die Situation wurde vollends unerträglich, als er spürte, wie Thomas sich zum Sex zwingen musste. Er hielt seinen Schmerz in einer privaten Notiz fest:

»viel schlimmer die zeit, seit du mir nachgibst. wenn du nicht mit mir schlafen willst, mach es nicht. aber dieses quälen. es quält mich. du bist der attraktivste mann der welt für mich. es ist so furchtbar, dich zu sehen, wie du mir einen gefallen tust mit dir. mühsam kommt ein laut aus deinem mund, mühsam alles aus dir. ich möchte mit dir schlafen. ich möchte nicht mit dir schlafen. ich liebe dich.«

***

»Danke für den Ausschnittdienst!«

Ronald legte die Artikel, die ich für ihn aufbewahrt hatte, vorsichtig auf meinen wackeligen Nierentisch. Vor drei Tagen erst hatte ich sie ihm in die Hand gedrückt, nun kamen sie, säuberlich in Klarsichthüllen verpackt, zurück. Besonders neugierig war ich, wie er die Pamphlete von Rainald Goetz gefunden hatte.

»Der Mann ist nun einmal ein Genie«, sagte er knapp.

»Und ein Genie der Vermarktung! Wie der sich beim Bachmann-Preis in Klagenfurt die Stirn mit einer Rasierklinge aufgeschlitzt hat – alle Achtung, da kriegt die Presse einen kollektiven Orgasmus.«

»Das Intentionale an diesem Akt würde ich leugnen!«

In letzter Zeit oft ernst bis zur Gereiztheit, spürte ich, dass etwas nicht in Ordnung war, aber bei Nachfragen hatte er immer nur unwirsch den Kopf geschüttelt.

»Ich kritisiere ihn gar nicht«, sagte ich beschwichtigend. »Es ist ein starkes Bild, wie das Blut von seiner Stirn auf den Text tropft, so schreibt er ja auch. Und außerdem verstehe ich das als intelligente Strategie: Warum soll man nicht die

Regeln des Betriebs für sich nutzen, Subversion durch Affirmation.«

»Das ist weder Subversion noch Affirmation, es ist Radikalität. So radikal wie Goetz ist im Moment niemand. Die Artikel sind von einer Bestialität, von einer Schärfe, von einer Aggressivität und Klarsicht, die sonst niemand hat.«

»Die Frage ist: Warum soll er diese Klarsicht nicht für einen Skandal nützen? Jedenfalls wird seine Arbeit wahrgenommen.«

»Das ist ein ekelhaftes Missverständnis!« Ronald schaute böse. Dann seufzte er und setzte milder nach: »Die Frage ist: Kann das alles etwas nützen? Und die Antwort lautet: Nein, es nützt nichts!«

»Bist du unter die Pessimisten gegangen?«

»Was den bourgeoisen Kulturbetrieb angeht: schon immer. Goetz kann noch so radikal sein, letztlich wird es rezipiert als ein Mitmachen.«

»Das ist mir zu eindimensional. Wir sitzen hier und sprechen über seine Texte. Offensichtlich bewegt uns etwas daran, und das nicht zu knapp. Er hat uns erreicht, ohne dass wir ihn als schrille Fußnote der Kulturindustrie sehen.«

»Brecht hat es schon vor fünfzig Jahren in *Mahagonny* vorausgesagt: Das Problem ist, dass du machen kannst, was du willst. Diese Metapher zieht sich durch: Hier darfst du alles dürfen!«

Es war nicht zu übersehen, dass der Kapitalismus in der Krise war. Hatte 1980 die Arbeitslosenquote von 3,8 Prozent noch für Empörung gesorgt, verhielten die Menschen sich fünf Jahre später bei 9,3 Prozent merkwürdig schicksalsergeben. Von Aufstand keine Rede.

Je drängender die Probleme, desto glänzender die Fassade: Gebäude, Läden, Vergnügungsstätten – alles wurde größer, schöner, glamouröser. Plötzlich redete man in Labels. Man kaufte keine Uhr, sondern eine Rolex, keinen Anzug, sondern einen Armani. Westberlin schien in den letzten Jahren immer mehr Glühbirnen eingedreht zu haben. Die Halbstadt hatte große ökonomische Probleme, aber es glitzerte und funkelte wie nie zuvor. Etwas Stilbewusstsein und Glamour standen der alten Tante zwar ganz gut an, aber hinter Karriereglauben und Konsumwahn roch es nach Verzweiflung.

Wir spürten das auch in unserem Bereich. Die kleinen Verlage konnten sich kaum noch über Wasser halten, während die großen sich zusammenschlossen. Immer häufiger war das Wort »Verkaufe« zu hören, hässlicher Vorgänger des »Marketing«. Der Zeitschriftenmarkt wurde immer zielgruppenorientierter – auch so ein Wort der Zeit –, und das noch junge Privatfernsehen fletschte vergnügungsselig die Zähne.

»Dieser ganze Pluralismus ist doch eine einzige Verarsche«, sagte Ronald. »Locker drauf sein und alles sagen dürfen, und es hat keinerlei Effekt. Alle reden, und keiner hört hin.«

»Aber man muss doch ...«

»Und diese ungeheure Verflachung der BRD! Es soll mir doch keiner erzählen, dass die Abschaffung der Zensur eine Blüte der Literatur hervorbringt. Dafür ist die BRD nun wirklich das Gegenbeispiel. Die Literatur der DDR war immer besser als die der BRD.«

Verzweifelt studierte ich meine Fingernägel. Auf diese Diskussion wollte ich mich nicht einlassen. Erfahrungsgemäß würde Ronald mir eine Armada von DDR-Autoren inklusive Zitaten und Werkanalysen um die Ohren hauen, und ich wäre draußen. Und dennoch: Konnte ein Land »bessere« Literatur haben als das andere? Vorsichtig lenkte ich das Gespräch um.

»Wir können uns sofort darauf einigen, dass der Pluralismus vieles nivelliert: Gib den Leuten das Gefühl, zu jedem Scheiß ihren Senf geben zu können, und schon sind sie zufrieden. Aber was, bitte schön, soll denn die Alternative sein?«

»Ich denke immer, es kommt nicht aufs Reden an, sondern darauf, wer was sagt.«

»Schön in der Theorie. Aber wer entscheidet über den Wert einer literarischen Äußerung? Letztlich läuft das auf Zensur hinaus.«

»Irmtraud Morgner sagt: Zensur verfeinert den Stil.«

»Ronald, bitte!«

»Das ist natürlich haarig. Man sollte es nicht zu laut sagen, weil …« Kunstpause, entzücktes Grinsen, Provokation gelungen. »Weil: Der Satz lässt sich nicht umkehren. Man kann nicht eine Zensur einführen, um den Stil zu verfeinern.«

»Danke!«

»Gern geschehen!«

Ronald stand auf und öffnete das Fenster. Er konnte Zigarettenqualm nicht ausstehen und fand, dass Raucher die dümmsten Menschen der Welt seien. Trotzdem besaß er die Dezenz, keine Vorträge über Beinamputationen zu halten. Während er dem Treiben am Landwehrkanal zusah, versuchte ich zu verstehen, warum er als Schriftsteller sich nicht eindeutig gegen Zensur aussprach.

»Wenn es stimmt, dass der Trick des Westens darin besteht, jeden alles sagen zu lassen und es dadurch zu entwerten – warum sind dann eigentlich deine letzten beiden Bücher nicht gedruckt worden?«

Ronald drehte sich um und lächelte maliziös. Die Sonne kam vom hinten und stand ihm gut. »Wie Marx in einem Brief so schön sagt: Sie sind dumm, die Schurken! Sie hätten mich einkaufen können. Das läuft natürlich nicht intentional, sondern über Mechanismen. Wir kaufen den ein – so doof ist das System nicht. Aber ich war ja bereit, auf die zuzugehen. Ich hätte im Kursbuch schreiben können, das war ja alles dicht davor, und ich wäre Teil von deren Subkultur geworden. Natürlich wäre ich Kommunist geblieben, aber die hätten mich eben auch gehabt. Das heißt: Sie waren dumm!«

»Das beantwortet meine Frage nicht. Entweder ist der Pluralismus wirklich der große Bedeutungsvernichter, oder es gibt Ausnahmen.«

»Offenbar gibt es Texte, die rausfallen aus dieser Pluralität. Offenbar gibt es das, und konkret bin ich selber so ein Fall.« Ronald schloss das Fenster wieder. »Ich glaube nur, und das ist Teil meines Pessimismus, dass auch ich eines Tages gedruckt werde und es auch in meinen Texten einen Aspekt gibt, wo Leute sich dafür entschuldigen können, dass sie nicht Kommunist sind.«

»Moment mal«, sagte ich ungläubig. »Die Hoffnung, dass deine Bücher endlich gedruckt werden, nennst du eine pessimistische Haltung?«

»Optimistisch, dass sie gedruckt werden, pessimistisch, was deren Rezeption angeht. Solange man den Hölderlin in die Feldtasche des Nazisoldaten tut – und das wird immer passieren, so interpretierbar werden Texte von literarischer Art immer sein –, so lang wird man auch alles drucken können in der Bundesrepublik.«

51.

Ellen hat sich vorgenommen, alle Politik zu vergessen. So, wie ich bin, wollen die mich hier nicht, denkt sie. Also liest sie ihre DDR-Bücher, schaut ihr DDR-Fernsehen und schweigt ansonsten still. Soll sie etwa Zeitungen lesen, in denen die DDR in Gänsefüßchen steht? Sie hat große Angst, dass ihr Kind die DDR vergisst. Das wäre, als ob er sich von Ellen abwendet. Wenn Rolo von den Büchern erzählt, die er für die Schule liest, und sie kennt die Verfasser nicht, ist sie in Sorge. Was die ihm wohl beibringen? Es lässt ihr keine Ruhe, und so geht sie in den Elternrat, wird sogar Elternsprecher. Wie faul die anderen Eltern sind, meist kommen sie gar nicht erst. Es dauert, bis sie begreift, dass die froh sind, wenn nichts läuft. Merkwürdige Leute, es gelingt ihr einfach nicht, dieses Denken zu verstehen.

Dass die Studenten Aufruhr machen, geht an ihr vorbei. In der Glotze hat sie mal was gesehen, aber im Krankenhaus redet kaum einer davon, und sie hält es nicht für wichtig. Der Kleine und die Arbeit, das ist ihr Leben. Am Abend läuft sie so schnell wie möglich ins Wohnheim, Ronald soll nicht so lange allein sein. Alle im Krankenhaus kennen ihn. Bei Betriebsausflügen ist er selbstverständlich mit dabei, bei Sportveranstaltungen, Betriebsfeiern und beim Karneval. Ronald ist das Krankenhauskind. Aber die meiste Zeit verbringt er mit Lesen. *Bummi* und *Atze* schicken die Verwandten aus Magdeburg, und die Oma schenkt ihm die von Franz Fühmann in Märchenform gebrachten Shakespeare-Dramen. Im Buch steht zwar »für Leser ab elf«, aber Omi glaubt, dass er sie verstehen wird. Sie hat recht.

Dass er ein Außenseiter ist, hat er früh schon begriffen. In einem Krankenhaus zu wohnen hilft auch nicht gerade. Die Schulkameraden finden es blöd, wenn sie sich beim Pförtner anmelden müssen. Und überhaupt gehen sie nicht gern ins Krankenhaus zu dem komischen Jungen, wie es da schon riecht. Fußball und Bäumeklettern sind auch nicht Ronalds Ding, also bleibt er nach der Schule oft allein. Mit acht bekommt er die erste Schreibmaschine, alt zwar, aber sie funktioniert. Buchstabe für Buchstabe hackt er seine erste kleine Geschichte in die Maschine: *Romeo, meine Brüste jucken* heißt sie, in der weder Brüste noch Jucken vorkommen. Dafür streitet eine Jutta mit ihrem Erich darüber, er habe sie nur wegen ihres Geldes geheiratet. Als wäre es ein Abspann im Film, beendet er den Text mit: »Das war: Romeo, meine Brüste jucken« und setzt selbstbewusst hinzu: »Vom 28. 6. 1968 – 30. 6. 1968 geschrieben!!!!!!!!!!!« Manchmal verfasst er auch Briefe an Schwester Inge, in die er verliebt ist. Überhaupt schreibt er in diesen ersten Versuchen sehr viel über Liebe, das Thema scheint ihn zu beschäftigen. Spannung erzeugen kann er auch schon: »Hilfe, Mama ist ermordet worden oder Rolo auf Räuberjagd.

Ich will euch eine Geschichte erzählen, die vielleicht etwas unheimlich wird. So fing sie an:

Es war nachmittags ungefähr 3.00 Uhr. Andreas und ich hatten keine Lust mehr zum spielen. Wir wollten Mutti aufsuchen, und guckten daher durchs Schlüsselloch. Andreas sagte: ›Ich sehe deine Mutters Beine, jedenfalls sowas langes!‹ Er guckte nochmal, und als er bestätigte, es wären Muttis Beine, da sagte ich: ›Los schnell, komm mit, abhauen!‹ Und wir rannten so schnell, daß wir dabei sogar ein paar unechte Blumen verloren, aber das war mir ganz egal. Wir liefen zu Herrn Henke, um zu fragen wo Mutti ist. Herr Henke sagte: ›Mutti ist in Lüneburg ...‹ Doch das kam mir spanisch vor, weil Mutti sonst immer bescheid sagt. Und später stellte sich heraus, das Herr Henke bloß nicht wußte wo Mutti gewesen war, und meine Frau Mama bloß geschlafen hatte!

So ist es wenigstens noch einmal gut ausgegangen!!!!!!!!!!!«

Von übermäßiger Bescheidenheit nicht angekränkelt, setzt er unter die Geschichte einen offiziellen Stempel des Krankenhauses und schreibt mit der Hand darunter. »Sehr wertvoll.«

Wenigstens am Wochenende will Ellen ganz für ihn da sein. Sonntags freuen sie sich auf ihre Lieblingssendung. Ganz lange wird im Bett gefrühstückt und dabei *Mach's mit, mach's nach, mach's besser!* im DDR geguckt, spielerische Wettkämpfe für Kinder, angeleitet von »Adi«, der wie ein Sportlehrer aussieht. Schon bei der Titelmelodie singen beide lauthals mit. Beim Einlauf der Kindermannschaften sucht jeder sich eine Gruppe aus, mit der er mitfiebern kann. Wenn Adi nicht im Programm ist, haben sie ein Ritual: Jeder denkt sich drei Möglichkeiten aus, den Sonntag zu gestalten, und schreibt sie auf ein Stück Papier. Die Übereinstimmungen werden dann in die Tat umgesetzt.

Gut ist auch Verkleiden. Rein in Muttis Kleiderschrank und alles, was nicht niet- und nagelfest ist, als Kostüm genutzt.

Dann hockt Ronald vor dem Spiegel, schminkt sich auf Teufel komm raus und denkt sich Charaktere und Spielszenen aus. Stundenlang kann er in einer Rolle bleiben.

In der Schule läuft es gut. Ronald ist immer der Beste oder Zweitbeste seiner Klasse. Hausaufgaben macht er so gut wie nie. Die Mädchen in der Klasse mögen ihn und er sie. Mit den Jungs ist das so eine Sache. Er ist nicht der Typ für Knuffen und Bolzen, und Jungs, die eine Niete im Sport sind, haben es immer schwer. Er fürchtet die öffentliche Demütigung bei Gruppenspielen, wenn ausgewählt wird und er immer der ist, den keiner will, die Memme. Wann immer es geht, schwänzt er den Sportunterricht. Als Ellen davon erfährt, hält sie ihm Vorträge. Ist doch so gesund, der Sport, und wo er für jede Infektion anfällig ist. Manchmal will er es dann wissen, strengt sich an.

Ein 400-Meter-Lauf steht an, und Rolo rennt, bis ihm das Blut in den Ohren rauscht. Er will es unbedingt ins Ziel schaffen. Wie immer ist er Letzter, aber das ist nicht schlimm – er hat es geschafft. Keuchend setzt er die Arme auf die Oberschenkel und schaut hoch. Da sieht er, wie Lehrer und Mitschüler schon zur Umkleide schlendern. Sie haben ihn vergessen.

52.

Es war eine wissenschaftliche Sensation. Ungewöhnlich schnell hatten die unabhängig voneinander arbeitenden Forscher Robert Gallo und Luc Montagnier 1983 die Ursache von AIDS entdeckt: Es war ein Virus. In einem bizarren öffentlichen Streit kämpften der Amerikaner und der Franzose darum, wer der wahre Entdecker sei. Zwei Diven im weißen Kittel, das hatte uns gerade noch gefehlt.

Während sich die Herren ihre karrierefördernden Auftritte gönnten, hörten wir von den ersten Fällen in Berlin. Mitbewohner Uli hatte sein Medizinstudium beendet und als Mitarbeiter im Robert-Koch-Institut, einer Unterabteilung des Bundesgesundheitsamts, angeheuert. Sein Arbeitsfeld war die noch junge AIDS-Diagnostik, und er begann mit dem gerade entwickelten HIV-Test zu arbeiten. Matze und ich mussten als Versuchskaninchen herhalten. Dr. Uli bestellte uns in seine Sprechstunde und übte Blutabzapfen. Ich hatte noch nie mitansehen können, wie sich eine Nadel in die Vene bohrt, und hielt den Kopf abgewandt. Uli stach gleich mehrmals zu, aber ich konnte nicht hinschauen. »Au, Mist«, rief er laut. »Verdammte Scheiße!« – »Was ist los?«, fragte ich besorgt, und als er nicht antwortete, leicht panisch: »Uli, was ist? Rede mit mir!« Aber Uli schwieg wie immer. Nun schaute ich doch hin. Meine Hose und der Boden waren blutverschmiert. Die Szene sah so sehr nach Splattermovie aus, dass ich lachen musste.

In einem ruhigen Moment am Abend schlug ich ihm vor, vielleicht doch lieber in die Forschung zu gehen, sein Talent liege möglicherweise nicht im direkten Kontakt mit den Patienten. Uli folgte meinem Rat, und das ist der Grund, warum es heute noch 82 Millionen Deutsche gibt.

So wie in unserem WG-Esszimmer trafen sich jetzt überall in der Stadt kleine Gruppen, um die Konsequenzen der sich abzeichnenden Epidemie zu diskutieren und zu beraten, was man tun könne. Da die meisten von uns auf die eine oder andere Weise mit Publikationen beschäftigt waren, lag unser Feld auf der Hand. Wir würden über die Auswirkungen von AIDS im medizinischen, psychologischen, sozialwissenschaftlichen und politischen Bereich schreiben. Vom fast völligen Versagen der Presse angewidert, hungerten alle nach seriösen Informationen und Verhaltensregeln. Eine öffentliches Forum musste her, wo ohne Hysterie die anstehenden Fragen besprochen werden konnten. Und wir mussten von Sozialwissenschaftlern bis zu Medizinern Fachleute auftreiben, die vertrauenswürdig und nicht homophob waren.

Kurz vor Weihnachten 1984 fand im Auditorium Maximum der TU Berlin die erste große Veranstaltung zum Thema AIDS statt. Kein Klappstuhl blieb frei, einige der mehr als tausend Zuhörer drängten sich an der Eingangstür oder wichen auf den Balkon aus. Ein Sexualwissenschaftler, ein Soziologe, ein Forscher, zwei Ärzte und der Berliner Landesseuchenreferent saßen auf dem Podium. Die frisch gegründete AIDS-Hilfe hatte eingeladen.

»Du musst moderieren, wer soll das sonst machen?«, hatte es geheißen, und so absolvierte ich meine erste ernsthafte Moderation. Für fast jeden Beruf gibt es eine Ausbildung, nur den Beruf des Moderators soll man aus dem Stand beherrschen, eine böse Fehleinschätzung. Glücklicherweise war das Publikum so wissbegierig und gebannt, dass es über mein verbales Schlittschuhlaufen hinwegsah. Gleich zu Beginn lief es allen kalt den Rücken runter, als der Virologe Prof. Koch lapidar anmerkte, mit dieser Krankheit werde man ins neue Jahrtausend gehen. Wahrscheinlich rechnete jeder im Saal genau wie ich in Windeseile aus, wie alt er dann sei. O Gott, dachte ich, siebenundvierzig, dann bist du ja uralt!

Sexuelle Übertragbarkeit, was bedeutete das genau, was durfte man noch, wie konnte man sich schützen? Vorsichtig sein, auch mal ein bisschen verzichten, oder aufhören zu ficken, wie ein Zuhörer forderte? Von Enthaltsamkeit bis zu weitermachen wie bisher gingen die Meinungen. Es wurde viel über Sinn oder Unsinn des Tests gestritten. War er positiv, folgte keine Therapie – es gab keine. »Die Testergebnisse sind eine Herausforderung für jeden Politiker, zu seuchenhygienischen Maßnahmen zu greifen«, warnte der kluge Sexualwissenschaftler Martin Dannecker. Der Saal hielt kollektiv den Atem an. Jeder fürchtete, die konservative Bundesregierung unter Helmut Kohl werde Zwangsmaßnahmen einleiten: namentliche Meldepflicht, Zwangstests und Absonderung von Infizierten. Wenn die Ordnungspolitiker sich durchsetzten, würde niemand sich mehr untersuchen lassen, soviel war klar.

Wer wollte schon für den Rest seines Lebens in Quarantäne gesteckt werden?

Dass die Angst vor staatlichen Maßnahmen so groß war, lag vor allem an der Berichterstattung der Printmedien. AIDS hatte sich als Auflagenknüller erwiesen, und man überbot sich in Katastrophenszenarios. BILD hatte sich schnell für die pikante Wendung »Lustseuche« entschieden und titelte: »AIDS? Elton John hat Fieber!« Der SPIEGEL fragte: »Wird AIDS wie ein apokalyptischer Reiter auf schwarzem Ross über die Menschheit kommen?« Als Cover-Illustration wählte man einen Sensenmann. In der Boulevardpresse gab es täglich Horrorstorys über angeblich infizierte Friseure, Pizzabäcker und Schulkinder. In einem Hamburger Bus brach Panik aus, weil man glaubte, ein Infizierter befinde sich unter den Fahrgästen. Der letzte Rest von Verantwortungsgefühl und Scham ging flöten, als der bayerische Schulminister Zehetmeier forderte: »Diese Randgruppe muss ausgedünnt werden, weil sie naturwidrig ist.« Kein Wunder, dass nach solchen Exzessen Hausbesitzer ihre schwulen Mieter vor die Tür setzten und Feuerwehrmänner sich weigerten, AIDS-Patienten ins Hospital zu fahren.

Für viele blieb unverständlich, warum ausgerechnet der liberale SPIEGEL am lautesten nach dem Staat rief. Zuerst trieb man Prognosen über die Entwicklung der Infektion in schwindelerregende Höhen: Ein Drittel aller Homosexuellen sei »durchseucht«. Für 1990 prognostizierte man schon 90 Prozent. Und als ob das nicht ausreichte, wurden für die BRD bis 1995 zwei bis drei Millionen Virusträger vorausgesagt. Bei solchen Wahnvorstellungen war der Ruf nach Vater Staat nur noch Formsache. Und die Politik reagierte prompt: In Bayern wurden 850 weibliche und 20 männliche Prostituierte zwangsvorgeführt und untersucht, und es wurden fünf Berufsverbote erlassen. In öffentlichen Toiletten ließ man die Heizung drosseln und eine hellere Beleuchtung installieren. Saunen mussten die Türen ihrer Ruhekabinen aushängen. In parteiinternen Papieren der CSU wurde die zwangsweise AIDS-Testung der gesamten Bevölkerung gefordert, und der Bundestagsabgeordnete Riedl schlug vor, »dass erkrankte und nichterkrankte Personen dort abgesondert werden können, wo die infizierten Personen häufig zusammenkommen, zum Beispiel in Fabriken, Schulen und Vereinen«.

Schweden führte vor, wohin das führen konnte: Der SPIEGEL vom Februar 86 brachte das Foto eines Krankenzimmers im Roslagstulls Hospital in Stockholm. Ein AIDS-Patient lag im Bett, neben sich auf dem Nachttisch ein Arsenal von Medikamenten. Am Fußende hockten zwei uniformierte Bewacher. Die Bildunterschrift lautete: » AIDS-infizierter Schwede, Bewacher: Enthaltsamkeit verweigert.«

Kein Wunder, dass bei den Infizierten in unserem Bekanntenkreis die Angst umging. Wäre es denkbar, in Deutschland wieder Lager zu errichten, diesmal für Virusträger? Wir tingelten von Veranstaltung zu Veranstaltung, von Podiumsdiskussion zu Radiointerview zu AIDS-Kongress. Und wir schrieben zum Thema, wo immer man uns ließ. Eine junge Garde von Aktivisten gründete die AIDS-Hilfe, eine verblüffend effektive Selbsthilfe, die über großen Vertrauensvorschuss verfügte. In Bonn hatte sich um Gesundheitsministerin Rita Süßmuth eine Lobby gebildet, die für Vernunft, maßvolles Handeln und Selbstverantwortung plädierte. Derweil lief die katholische Kirche in CDU/CSU und Kanzleramt gegen die Ministerin Sturm. Die römische Lobby kämpfte gegen außerehelichen Sex, Kondome und Aufklärung.

Kraushaar und ich organisierten einen Protestbrief an den SPIEGEL-Herausgeber Rudolf Augstein. Alice Schwarzer, Erika Runge, Jan Philipp Reemtsma, Martin Dannecker und Volkmar Sigusch unterschrieben neben vielen anderen, aber nicht der SPIEGEL, sondern die taz druckte den Brief ab. Dafür rächte sich das Hamburger Magazin genüßlich, indem es die Sexualwissenschaftler Dannecker und Sigusch, sonst gern gesehene Interviewpartner, als homosexuell outete und mein AIDS-Buch lustvoll verriss.

Ich rechnete es meinem Verlag hoch an, dass er das Buchprojekt problemlos durchgewinkt hatte, denn es war klar, dass es nicht unbedingt auf der Bestsellerliste landen würde. Um weder die persönlichen noch die gesellschaftlichen Auswirkungen der Krankheit zu vernachlässigen, argumentierte das Buch auf zwei Ebenen: Einerseits ging es um Gesetzesmaßnahmen und Forschungspolitik, die Verantwortung der Massenmedien, Sozialpsychologie und die Gefahr der Stigmatisierung. Andererseits sollten die Betroffenen nicht vergessen werden, für die die AIDS-Diagnose eine Tragödie war, ein sicheres Todesurteil. Uli schrieb über Erfahrungen aus seiner Sprechstunde im Bundesgesundheitsamt, Kraushaar ging in den Knast zu den Fixern, und ich protokollierte Lebensumstände, Gedanken und Ängste eines HIV-Positiven.

In späteren Jahren habe ich es oft bedauert, ausgerechnet Ronald ins Krankenhaus München-Schwabing auf die Station des AIDS-Experten Dr. Jäger geschickt zu haben. Aber vielleicht war es auch gut so. Weil Ronald sein halbes Leben in Krankenhäusern zugebracht hatte, schien er besonders geeignet, die Epidemie aus Sicht der Ärzte und des Pflegepersonals zu beschreiben. Nichts brauchten die Patienten weniger als eine Pflege, bei der man sie wie Aussätzige behandelte. Ronald würde einen genauen und unaufgeregten Blick auf *Das Personal* werfen, wie er seinen Beitrag nannte. Zwei Tage verbrachte er auf der Station, sprach mit ihrem Leiter, seinen Assistenten und Patienten. Es gelang ihm ein berührender, ganz persönlicher Zugang, und er brachte sogar das Kunststück fertig, Humor in das todtraurige Thema zu bringen. Dr. Jäger berichtet von Schuldgefühlen, weil er einen drängelnden Patienten kurzfristig dazwischengeschoben, dann aber doch nicht ausreichend Zeit für ihn gehabt hatte. Der Patient hätte sich bitter beklagt. »Sie sind so verständnisvoll«, sagt Ronald. »Geben Sie ihm doch die Schuld!« Da muss der sonst so ernste Mediziner lachen und erzählt die Geschichte, wie einmal jemand an die Wand der psychosomatischen Abteilung ganz groß »Scheißpatienten« gepinselt hatte. »Da hatte also wirklich jemand aus seinem Herzen keine Mördergrube gemacht, ich fand das ganz toll, weil, sonst heißt es ja immer, Scheißärzte, das kennen wir ja schon, und hier hat mal jemand geschrieben, Scheißpatienten, und das war befreiend. Sie sagen, warum geben Sie ihm nicht die Schuld. Natürlich, warum geb ich ihm nicht die Schuld.«

Schernikau ist ein guter Kundschafter. Ihn fasziniert die professionelle Seite der ärztlichen Kunst, die erarbeitete Beherrschtheit: »Von der hilflosen Kälte um mich sonst immer wieder erschreckt, lerne ich hier, dass Kälte gut sein kann. Kälte ist richtig, wenn man jemandem raten soll. Wer jemanden aus dem Sumpf zieht, darf selber nicht im Sumpf sein. Kälte bedenkt, dass man selber in diesem Moment Hilfe nicht braucht. Das ist gut.«

Wie üblich gab es den schon fast rituellen Streit um Textlänge und Schreibweise. Die Schernikausche Kleinschreibung war rasch vom Tisch, aber über die Kürzungen konnten wir uns nicht so schnell einigen. Er hatte mir Material für fast fünfzig Druckseiten auf den Schreibtisch gelegt, obwohl nur zwanzig abgesprochen waren. Ich wollte den Text möglichst nah an den Betroffenen halten und strich ihm allerhand Reflexionen. Ronald war sauer und drohte damit, den Beitrag komplett zurückzuziehen. Er kämpfte um jeden Satz wie eine Furie, aber ich blieb hart. Schließlich einigten wir uns auf eine Version von achtundzwanzig Seiten.

Eine hübsche Schlusspointe sollte mir lange verborgen bleiben. Erst zwanzig Jahre später würde Ellen mich auf das dem Text vorangestellte Brecht-Zitat aufmerksam machen:

»Dass Leute krank sind, Leute sterben, ist so ungeheuer (sagt man mir) und so sehr nicht auszuhalten, dass kein Weg daran vorbeiführt. Nichts hilft uns. Kein Trost besteht gegen das Unvermeidliche. In den Betten die Siechen sprechen in unsere Richtung von Mut. Das schwache Licht von hinter ihren Köpfen macht ihr Lächeln sanft. Das Überleben ist ein Werk des Personals.

Bertolt Brecht, *Das Personal*«

»Du weißt schon, dass Ronald dieses Zitat erfunden hat?«, sagte Ellen.

Ich fiel aus allen Wolken. Gefälschte Zitate, so erfuhr ich, war eine von ihm seit Jahren gepflegte Kunst. Im Deutschunterricht von schlechten Noten geplagt, hatte er damit begonnen, seinen Hausarbeiten erfundene Klassikerzitate voranzustellen. Der Erfolg war so frappant, dass er die Tradition mit spitzbübischem Vergnügen weiterhin pflegte.

Die Reaktionen auf das AIDS-Buch waren gemischt. Das hatte mit einer merkwürdigen Aufspaltung zu tun. Verblüffend schnell hatten sich zwei Lager gebildet: Hier die »Karitativen«, beschäftigt mit Betreuung und Pflege, dort die »Politischen«, konzentriert auf gesetzgeberische und gesellschaftspolitische Aspekte. Beide Sichtweisen, deutlich im Buch auch vertreten, schlossen sich nicht aus, sondern ergänzten sich – dachte ich jedenfalls. Dennoch warf man uns »Politischen« vor, die Epidemie als ideologisches Kanonenfutter zu missbrauchen. Dabei war man nicht gerade zimperlich. Hans Halter, die treibende Kraft der AIDS-Berichterstattung im SPIEGEL, zog das Schwert dem Florett vor: »Es ist wie im Krieg: Die Generäle sitzen hinten im Bunker und schicken die jungen Männer nach vorn ins Feuer zum Sterben.« Nach einem Interview mit mir schlug das französische Magazin Gai Pied in dieselbe Kerbe: »Das sind ideologische und keine medizinischen Positionen.« Unter der Überschrift »AIDS – Die deutsche Angst« machte das ansonsten hervorragende Blatt sich über die »deutsche Hysterie« lustig, die schon in eine »veritable Psychose« umgeschlagen sei. Obwohl zu diesem Zeitpunkt in Frankreich schon deutlich mehr Menschen als in der Bundesrepublik infiziert waren, lästerte man über die blöden Deutschen, die nach le Waldsterben einen weiteren Kollektivwahn pflegten. Ich wurde als »la pasionaria berlinoise du sida« karikiert, die Berliner AIDS-Pasionaria.

»Was heißt denn la pasionaria?«, fragte Ronald.

»Ich musste auch erst nachschlagen. La Pasionaria war der Beiname einer Revolutionärin im Spanischen Bürgerkrieg!« Ronald guckte sehr neidisch.

Richtig dick kam es im SPIEGEL: Das war keine Rezension, das war eine Hinrichtung. Wenig originell wurde ich gleich im ersten Satz als »Matthias ›Kardinal‹ Frings« vorgestellt, »der seit Jahren seine ›Bemerkungen zur Sexualität des Mannes‹ ex cathedra verkündet.« Es war ein ungewöhnlich zusammenhangloser Verriss ohne Argumente, dafür mit bitterbösem Unterton. Obwohl ich nur Herausgeber war, sei das Buch meine »jüngste Suada«, und ich »neige zu Verrenkungen, die zwar mitunter elegant aussehen, jählings aber zum Absturz führen«. Es folgten zwei vollkommen aus dem Zusammenhang gerissene Zitate. Uli wird als »anonym bleibender Arzt« beschrieben, obwohl er mit vollem Namen zeichnet, und leider bekommt auch Ronald sein Fett weg: »Ronald M. Schernikau, vor Jahren mit seiner hübschen *Kleinstadtnovelle* aufgefallen, stolpert nach einem Besuch beim Münchner AIDS-Spezialisten Hans Jäger an seinem Comeback vorbei.«

»Schwachsinn«, sagte Ronald. »Seit wann macht man sein Comeback mit einem Beitrag für ein Sachbuch? Aber ärgere dich bloß nicht, die Hauptsache ist das große Foto von dir.« Die Rezension war erkennbar wirr und inhaltsleer, aber der feindselige Ton ging mir nicht aus dem Kopf. Wie damals beim SPIEGEL üblich, waren die Artikel nicht namentlich gezeichnet, doch bald flüsterte man uns aus Hamburg zu, es handle sich um eine hauseigene Edelfeder. Der Betreffende liege zur Zeit schwerkrank im Hospital. Er habe AIDS. Ich verstand die Welt nicht mehr.

Die öffentliche Auseinandersetzung über den Umgang mit der Krankheit war eine Sache – persönliche Konsequenzen eine andere. Das Virus war sexuell übertragbar, aber auf wieviel Sex war man bereit zu verzichten? Jeder suchte nach festen Regeln, aber die Forschung war noch nicht soweit. Bei der Empfehlung für Kondome war man sich einig, darüber hinaus tappte man im Dunkeln. In ihrer Gründerzeit wollte die AIDS-Hilfe ganz auf Nummer sicher gehen und publizierte eine Liste »gefährlicher« Praktiken. Sie enthielt so viele Verbote, dass es einfacher war, das Erlaubte zu nennen: Gegenseitige Masturbation auf Abstand, bei der darauf zu achten war, dass man nicht mit dem Sperma des Partners in Berührung kam. Vielleicht war das sicher, praktikabel war es nicht. Obwohl die siebziger Jahre eine Welle der Sexualisierung vor sich her geschoben hatten, kalt oft und mit einer zynischen Wegwerfmentalität, war es rührend zu sehen, wie die Frage »Küssen ja oder nein?« zum Prüfstein wurde. Selbst die größte Sudelsau konnte sich nicht vorstellen, bis ins neue Jahrtausend aufs Küssen zu verzichten. Wer sich nicht in die Tasche log, wusste genau, dass er zwei Dekaden Masturbation auf Distanz ohne einen einzigen Kuss nicht durchstehen würde. Zwar hatte man den Eindruck, manche hungerten regelrecht nach Disziplin und Askese, aber die meisten würden sich irgendwie durch das Regelwerk des Safer Sex mogeln, verängstigt und mit schlechtem Gewissen. Zum Glück gab es Experten. Die deutschen Sexualwissenschaftler waren in der Mehrzahl besonnen und nah am Trieb. Sie standen in engem Kontakt mit der AIDS-Hilfe und rieten, die Empfehlungen wirklichkeitsnah zu halten. Was nutzte Menschen aus Fleisch und Blut ein Konzept für theoretisch sicheren Sex, das im Alltag nicht durchzuhalten war? Die AIDS-Hilfe reagierte bald und stellte das Kondom in den Mittelpunkt ihrer Kampagnen.

Schernikau nahm eine provokante Haltung ein. Schon die Überschrift für seinen Kommentar in der Berliner Zeitschrift Siegessäule ließ keinen Zweifel: »Fickt weiter«.

»die kommunisten, die krankheiten, die welt, die hab ich mir nicht ausgesucht. woran ich sterbe, bestimmt jemand anders. es hilft kein meckern auf stalin oder aids. wenn wir mit der welt etwas zu tun kriegen, ist klagen nicht angesagt. aussuchen können wir uns, wovon wir leben.

mal ganz im klartext: wer jetzt aufhört zu ficken, sollte aufhören zu rauchen trinken esssen arbeiten autofahrn spraydosen benutzen lackfarbe plastik radios kinos menschen. der sollte anfangen, endlich an sich zu denken; also an hunger und krieg, oder nur an den schlaf in der nacht, ein gesicht, etwas offenes. und während er damit anfängt, sollte er ruhig weiter ficken.«

Solange die Safer-Sex-Regeln nichts anderes als ein Sexverbot waren, kümmerte Schernikau sich nicht darum. Als die Krankheit näher kam, Bekannte und Freunde erreichte, zog er ein Kondom über, meistens jedenfalls. Mit Thomas verzichtete er darauf, und wenn er gefickt wurde, konnte es passieren, dass die Geilheit über den Verstand triumphierte. War er allerdings der aktive Teil, benutzte er immer ein Kondom.

»Ich gehe davon aus, positiv zu sein«, sagte er.

Meinem Lektor Jürgen Volbeding hatte Schernikaus Beitrag über die Krankenstation München-Schwabing sehr gefallen. Das brachte mich auf eine Idee: Ronald hatte für *und als der prinz mit dem kutscher tanzte, waren sie so schön, dass der ganze hof in ohnmacht fiel* immer noch keinen Verlag. Volbeding betreute unter anderem die Rowohlt-Reihe »Mann«, in der auch mein AIDS-Buch erschienen war. Was alles unter »Mann« fiel, war recht elastisch gefasst. Er hatte das Comicbuch eines gewissen Ralf König herausgebracht, ein Verkaufsknüller, der schon bald eine Fortsetzung erhielt. Wenn die wunderbar-versauten Comics von König gingen, warum nicht auch Ronalds Sommergeschichte? Weil das Manuskript nicht sehr umfangreich war, könnte man es vielleicht mit comicartigen Illustrationen abrunden. Das würde gut zu Ronalds heiterem Text passen.

»Ach, die blöde ›Mann‹-Reihe«, seufzte er.

»Tut mir leid, aber mit Suhrkamp kann ich nicht dienen!«

Ronald tat ein wenig pikiert, aber seine Augen leuchteten. Also nahm ich eine Kopie seines Manuskripts mit nach Hamburg und drückte sie Volbeding in die Hand. Der gab grünes Licht für das Buchprojekt, allerdings unter einer Bedingung: Der ellenlange Titel sollte zwar vollständig auf dem Cover erscheinen, *so schön* aber grafisch hervorgehoben werden. Im Katalog und in der Werbung würde das Buch *so schön* heißen. Ronald war einverstanden. Thomas Schulz, der die Illustrationen beisteuern sollte, fertigte ein paar Skizzen an. Volbeding fand sie hübsch, und flugs hatten die beiden einen Buchvertrag in der Tasche. Na bitte, langsam begann der Motor wieder zu schnurren.

Es gab noch weitere Anlässe zum Feiern. Hin und wieder bewarb Ronald sich um Stipendien und reichte Arbeiten zu literarischen Wettbewerben ein. Das Literarische Colloquium, eine Berliner Institution, lud ihn zu einem zweiwöchigen Arbeitsaufenthalt ein. Das hoch aufragende turmbewehrte Haus aus rotem Backstein war 1963 als Begegnungsstätte für Schriftsteller und ihr Publikum gegründet worden, um der kulturellen Verödung Westberlins nach dem Mauerbau vorzubeugen. Schnell wurde das LCB eine Institution. Fast täglich gab es Lesungen und Diskussionen, oft mit der Crème de la Crème zeitgenössischer Literatur. Grass und Enzensberger konnte man erleben, mit de Lillo und Pasolini diskutieren.

Für die Stipendiaten, vorzugsweise hoffnungsvoller Nachwuchs, waren elf Zimmer reserviert. Schon die Einladung zu einem Arbeitsaufenthalt galt als Auszeichnung. In der stillen großbürgerlichen Villa am Wannsee, die er »eher oll« fand, begann Schernikau mit den Vorarbeiten zu einem Libretto. Die innere Ruhe war allerdings dahin, als er erfuhr, dass auch

Rainald Goetz sich im Haus aufhielt. Gleich am ersten Tag traf er ihn in der Küche, doch Goetz war kurz angebunden. Ronald machte ein kleines Gedicht daraus:

»ich bin aufgeregt wenn ich in der küche stehe den kaffee koche
ich koche oft kaffee ich höre auf schritte ich sehe seine briefe
auf den stufen der treppe die zu mir führen für ihn
es muss den moment geben wo er sie wegnimmt jeden morgen
er ist heftig und grob und überraschend zart aber nur manchmal.«

In den zwei Wochen reden sie nicht ein einziges Mal miteinander. Merkwürdig, Schernikau, der keine Scheu hat, Elfriede Jelinek anzuschreiben und sich mit ihr zu treffen, dieser Schernikau kriegt in Goetz' Nähe kein Wort raus. Was hält ihn zurück, wovor fürchtet er sich? Das hätte eine spannende Begegnung werden können, beide hätten sich viel zu erzählen gehabt. Aber sie stehen wortlos in der Küche, Schernikau kocht Kaffee, Goetz Eier, das ist alles.

Völlig überraschend erhielt er auch vom Auswärtigen Amt ein Stipendium, einen zwölftägigen Londonaufenthalt. Nun waren die paar Tage London nicht die Welt, und eigentlich reiste er nicht sonderlich gern, aber darum ging es nicht. Nach den erfolglosen Jahren war selbst diese bescheidene Anerkennung Schmieröl für sein Selbstbewusstsein.

Noch mehr freute er sich über eine andere Nachricht. An Ellen schreibt er: »ich bin eingeladen zu einer wichtigen lesung im rahmen der verleihung des döblinpreises, den g. grass gestiftet hat und den ich natürlich nicht kriege; aber da gibts immer eine lesung im exclusiven kreis, nichtöffentlich aber mit fernsehen, und auf die bin ich ja eingeladen ganz überraschend. ich mache mich!«

Seine Ahnung sollte nicht trügen. Den ersten Preis gewann er nicht, aber sein Name tauchte endlich mal wieder in der

Literaturwelt auf. Im Gegensatz zu der hämischen Bemerkung im SPIEGEL sah es für Schernikau tatsächlich nach einem Comeback aus.

53.

»der autor peter schneider, der im schriftstellerverband aufspringt, rot anläuft, seinen zeigefinger auf mich schüttelt und brüllt: du wirst ja vom osten bezahlt.«

Vorwürfe dieser Art waren Schernikau nicht fremd, aber dass sie von einem Kollegen kamen, der zudem noch im selben Verlag veröffentlichte, traf ihn doch. Jeder wusste, dass die SEW und einige ihrer Institutionen wie die Tageszeitung Die Wahrheit von der SED finanziert wurden, aber unterstützte nicht auch der Westen ihm liebsame Gruppen im Osten? Nur zu gerne wäre Schernikau von der DDR bezahlt worden, hätte es ihn doch der leidigen Lohnarbeit entledigt. Aber so war es nicht. Immer am finanziellen Abgrund balancierend, empörte ihn der Vorwurf des neben Seyfried bestverdienenden Autors von Rotbuch. Verwundert war er allerdings nicht.

Wie es seiner Überzeugung von notwendiger Selbstorganisation entsprach, war er bei den Sitzungen des Schriftstellerverbands regelmäßig anwesend. Pflichtbewusst, aber stets ein wenig ungern. Er geißelte die Disziplinlosigkeit seiner Kollegen, die sich oft in selbstverliebten Monologen äußerte. »Nichts als linkes Gelaber«, stöhnte er dann. Es leuchtete ihm ein, der Einsamkeit des kreativen Prozesses durch inhaltlichen, künstlerischen und politischen Austausch zu begegnen, doch wie er diese Runde sah, waren meist nur unbegabte Funktionäre am Werk oder eitle Solisten.

Schernikau suchte den Dialog, tat sich aber schwer, adäquate Gesprächspartner zu finden. Politisch Andersdenkende kamen nicht in Frage: »Das ist Zeitverschwendung!« Blieben die verwandten Seelen. Erika Runge gehörte dazu, Gisela Elsner, Ute Erb und der von ihm verehrte Filmregisseur Peter Lilienthal.

Das Berlin der Achtziger war nicht arm an Schriftstellern, aber von einer homogenen linken Literaturszene konnte nicht die Rede sein. Zu einer Zeit, in der noch in vielen Köpfen die Idee des Kollektivs herumspukte, blieben die Schriftsteller Einzelkämpfer. Außerhalb der Institutionen gab es so gut wie keine Zirkel, wo literarische und gesellschaftliche Gegenwartsfragen kontinuierlich diskutiert wurden. Als Beschleuniger hätte eine Kritik jenseits der bürgerlichen Medien wirken können, doch auch die war qualitativ und quantitativ wenig ausgeprägt.

Die Metropole Berlin zog Autoren zwar wie ein Magnet an, aber die Größe der Stadt verhinderte auch ein Gemeinschaftsgefühl. In kleineren Städten war das kulturelle Angebot sehr überschaubar, Anregungen in geistigen und ästhetischen Fragen ebenfalls. So blieb den Künstlern nichts weiter übrig als zusammenzurücken. Zudem gab es fast einen Zwang zum Austausch, weil man sich in den zwei, drei Szenekneipen ohnehin ständig begegnete. Nahm dagegen im weitläufigen Berlin ein Diskurs mal an Schärfe zu, konnte man sich problemlos aus dem Weg gehen.

Die erwünschte Resonanz fand Schernikau ausgerechnet in München. Noch zu Schulzeiten hatten ihn Gisela Elsners Romane *Die Riesenzwerge* und *Das Berührungsverbot* fasziniert. Da sie DKP-Mitglied war, fiel es ihm leicht, Kontakt aufzunehmen. Die beiden mochten sich auf Anhieb, pflegten eine Korrespondenz und trafen sich mindestens einmal im Jahr. Die Genossin mit der gutbürgerlichen Herkunft und ihrem zeituntypischen Faible für Modellkleider und Luxushotels war von dem keck-talentierten Spund hingerissen. Mit Zuneigung las und diskutierte sie seine Arbeiten.

»Vieles erschien mir genau beobachtet. Vieles jedoch zu aphoristisch. Da fehlt eine Analyse. Ich suche danach vergebens. Die Tatsache, dass Du mich mit der Jelinek in einem Atemzug erwähnst, hat mich gekränkt. Auch die Tatsache, dass Du mich als eine ›geniale Dichterin‹ bezeichnest, finde ich unpassend. Denn ich bin eine schmutzige Satirikerin. Ich lege großen Wert darauf, keine Dichterin zu sein. (…) Die Kluft zwischen Deinen WEISHEITEN und der Schnoddrigkeit Deiner Sprache ist nicht zu kleistern. Sei das nächste Mal weniger weise und weniger schnoddrig.«

Schernikau nimmt ihr die Kritik nicht übel. Im Gegenteil fährt er fort, ihren Namen gegenüber Genossen, Verlagsleuten und Zeitschriftenredakteuren im Gespräch zu halten. Das ist auch nötig, als Elsner, von vielen als Kaviarkommunistin verspottet, 1986 ihren Hausverlag verliert.

»Lieber Ronald, was mich anbelangt, so bin ich am tiefsten Punkt des Unglücks angelangt. Man hat mich mit einem smarten Fußtritt aus dem Rowohlt-Verlag herausgeworfen. Ich stehe wirklich vor dem Nichts. Seit Tagen kann ich kaum gehen, weil meine Knie butterweich sind. Ich wiege nur noch 51 Kilo. Ich frage mich, ob ich mich umbringen soll. Das Zyankali liegt in meinem Kleiderschrank bereit. Ein Vermächtnis meiner Schwester.«

Der verlässliche Freund spricht ihr Mut zu, will sich »in Deine Küche setzen«, um das fragliche Manuskript zu prüfen, und bietet seine schmale Schulter an. Jederzeit könne sie ihn anrufen, und »wenn ich kommen soll, sag bescheid«. Gisela Elsner ist dankbar für die Unterstützung und stellt Schernikau das Negativbild ihres Sohnes, des späteren Filmregisseurs Oskar Roehler, gegenüber.

»Seit mehr als dreißig Jahren muss ich für den Riss in einem Präservativ nun büßen. Das ist zuviel verlangt. Ich lasse mich von keiner Macht auf dieser Erde zu einer Mutter degradieren. (…) Das weibliche Geschlecht ist glücklich, wenn es etwas über sich ergehen lassen kann. Deshalb hat es im Hinblick auf die Geschichte und die Errungenschaften der Menschheit erschreckend wenig vorzuweisen. Nicht einmal den Schwangerschaftsabbruch haben sich die Weiber zu erkämpfen vermocht. Er ist ein Gnadenakt der Männer. Lachhaft finde ich die Emanzipationsversuche der Weiber. Kaum dass die ihre Doktorarbeiten geschrieben haben, wünschen sie sich nichts sehnlicher als ein Kind. In der Versklavung sehen sie ihr größtes Glück. Beim Anblick von Säuglingen stoßen sie Entzückensschreie aus. Sie sind bis ins Mark verrottet und verdorben. Dabei hätten sie die Chance gehabt, die Fortpflanzung der Menschheit dadurch zu gefährden, dass sie massenweise zu Kindsmörderinnen geworden wären.«

Doch gerade die Frau, die sich außerstande sieht, »auch nur eine schlechte Mutter zu sein«, hegt gegenüber ihrem jungen Kollegen so etwas wie mütterliche Gefühle. An Ellen Schernikau schreibt sie:

»Eines muss ich Dir allerdings gestehen: Ich beneide Dich, weil Du einen Sohn geboren hast, dessen Mutter ich liebend gern gewesen wäre. Du wirst als Ronalds Mutter in mir trotz meiner Unmütterlichkeit immer eine Konkurrentin haben. Darauf musst Du nun einmal gefasst sein. Mein Sohn weiß schon, warum er aus schierer Eifersucht immerzu auf Deinen Sohn Ronald hetzt, was mich erheitert.«

54.

Eines schönen Tages war Philipp uns zugelaufen. Ganz allein hatte er in einer Bar am Tresen gesessen. »Süß!«, rief Ronald und »Niedlich!« und »Den müssen wir unbedingt kennenlernen!« Er war in Spiellaune und fragte Stefan nach dem besten Anmachspruch. Stefan nahm einen Schluck Bier, lächelte verschmitzt und kam heraus mit: »Weißt du eine gute Creme für mich?« Wir kringelten uns. »Ist allerdings ziemlich avantgardistisch«, fand Ronald, und ich bezweifelte, ob der Spruch auch funktionieren würde.

»Nun aber ran!« Ronald schaute Stefan auffordernd an. »Das kann nur experimentell bewiesen werden!«

Der wackere Stefan erhob sich und ging gemächlich zum Tresen. Aus der Ferne sahen wir, wie er seinen Spruch ablieferte, und waren beeindruckt, als der junge Mann in schallendes Gelächter ausbrach. Es hatte funktioniert. Nach ein wenig Geplänkel brachte Stefan den Mann an unseren Tisch. Er stellte sich als Philipp vor.

»Und?«, fragte Ronald. »Welche Creme empfiehlst du nun?«

»Keine Ahnung«, sagte Philipp. Zum ersten Mal sahen wir sein seliges, vollkommen unverdientes Strahlen. »Aber Vaseline geht eigentlich immer.«

Philipp war eine Putte, vom Stuckwerk einer bayerischen Barockkirche heruntergefallen und sehr schnell gewachsen. Blonde Locken, blaue Augen, ein luxuriöser Kussmund. Sein Lächeln war Beweis dafür, dass es so etwas wie Glückseligkeit tatsächlich gibt. Bei ihm kamen einem altmodische Wörter in den Sinn – Wonne, Jauchzen, Jubilieren. Ob Literatur, Film, Theater oder üble Kalauer – Philipp freute sich an allem. Er studierte Theaterwissenschaft und passte allein schon deshalb gut zu uns.

An diesem Abend spreizte Ronald die Federn, war amüsant, albern, flamboyant. Stefan und ich kannten die Ronald-Schernikau-Show und wussten genau, wie das Finale aussehen würde. Alter Lüstling, dachte ich, mach nur zu, meine Stunde kommt noch.

Ich brauchte nicht lange darauf zu warten. Ein paar Tage später hatten Philipp und ich uns in einer Bar auf ein Bier verabredet. Ich war früh dran und schaute mir den Billardtisch im menschenleeren Hinterzimmer an, als er kam. Noch während er durch den Barraum schlenderte, hatte sein Lächeln das Hinterzimmer erreicht. Er beugte sich über mich, gab mir einen Kuss, und innerhalb von drei Sekunden lagen wir auf dem Billardtisch. »He, Jungs«, blaffte der Kellner.

»Der Filz ist zu teuer zum Einsauen. Runter da!« Brav gingen wir an die Bar und versuchten uns zu benehmen, aber wir konnten die Finger nicht voneinander lassen.

»Gehen wir zu mir?«, fragte ich.

»Klar, ich mag Schriftsteller.«

»Nutte!«

»Ja«, sagte Philipp und lächelte entwaffnend.

Er kam aus einer rheinischen Kleinstadt und hatte beschlossen, in Berlin sein Leben zu beginnen. Wie viele solcher Bildungsromane hatte die alte Tante Berlin schon gesehen? Ich legte ihm die Lektüre von Irmgard Keuns *Das kunstseidene Mädchen* ans Herz. Das war in die große Stadt gekommen, um »ein Glanz« zu werden. Philipp guckte neckisch.

»Ich kenne das Buch. Aber ich bin gar nicht so kunstseiden, und ein Glanz muss ich auch nicht unbedingt werden.«

»Bist ja schon einer«, sagte ich schleimig.

»Schleimer!«, sagte Philipp.

Er hatte recht, kunstseiden war er nicht. An diesem Abend hatte ich ausreichend Gelegenheit zu prüfen, dass er aus reiner Seide war, kostbar, aber strapazierfähig.

Verliebt waren wir nicht, aber wir begannen das, was voll der Schernikauschen Definition einer Romanze entsprach. Überzeugt davon, dass er sich noch durch diverse Lotterbetten verströmte, fragte ich dennoch nie danach. Geschenke nimmt man dankbar und demütig entgegen. Erstaunlich, wie schnell Philipps Anwesenheit für uns alle zur Selbstverständlichkeit wurde. Weil er nichts forderte, konnte Ronald ihn gut leiden. Thomas besprach mit ihm seine Theaterprojekte und lud ihn zur Mitarbeit ein. Wir hatten uns unseren ganz persönlichen Sonnenschein zugelegt, zu jeder Jahreszeit einsetzbar.

55.

Die Achtziger, eben noch so frisch und vielversprechend, waren schon halb vorüber. Mit Rückenwind war Schernikau in das Jahrzehnt gestürmt und hatte lernen müssen, dass der Wind manchmal die Richtung wechselte. Seine Bilanz war gemischt: zwei Bücher veröffentlicht, zwei nicht untergebracht, eins auf dem Weg. Zahlreiche Zeitschriftenartikel, einige Buchbeiträge, eine Radiosendung mit eigenen Gedichten. Finanzielle Situation: Mehr als mager, ohne mütterliche Subventionen in den roten Zahlen. Prognose: Stark bewölkt mit vereinzelten Aufheiterungen.

Was konnte er tun? Mehr Artikel schreiben – eine kleine, aber kontinuierliche Einnahmequelle plus öffentlicher Präsenz. Weiter daran arbeiten, die unveröffentlichten Bücher zu verkaufen – schwierig, aber nicht ganz aussichtslos. In die DDR gehen – ganz schwierig, aber noch waren nicht sämtliche Mittel ausgeschöpft.

Mitte der Achtziger schrieb Schernikau für die dvz einige seiner besten Artikel. Diese Arbeiten Journalismus zu nennen, verkleinert sie. Jeder Zeile merkt man an, dass hier ein Literat am Werk ist. Bei Kolumnen tanzt er noch am wenigsten aus der Reihe, hier wird ein eigener Ton geradezu erwartet. Angeregt durch eine in der BRD neu aufkommende Benefiz-Welle, setzt er sich auf unnachahmliche Weise mit dem Thema »Mitleid« auseinander:

»Mitleid glaubt, die Welt sei öde und leer, bloß nicht bei mir selber. Im Mitleid ist immer auch ein bisschen Freude über das eigene Verschontsein. Wer dem anderen unterstellt, es ginge ihm dermaßen schlecht, dass die Welt um ihn rum nur noch Hundeaugen machen könne, soll sich doch dann umbringen, stellvertretend. Es ist nämlich anders.«

Und Schernikau erklärt sogleich hilfreich, wie die Dinge liegen:

»Jedes Mitleid ist eine Form von Selbstmitleid. Selbstmitleid geschieht, wo jemand nicht handelt. Wo jemand nicht handelt, steht er im Weg. Und Sie, ja Sie da, Sie werden gefälligst nicht im Weg stehn.«

In der Kolumne über Mitleid gibt es einen Satz, der wie kaum ein anderer Schernikaus Talent zu fast schmerzhaft klaren Formulierungen belegt: »Wenn Sie einem Leprakranken kurz und aufrichtig die Hand drücken, fällt sie ihm ab.«

Die kleine Form liegt ihm, sie kommt seiner Lust auf Zuspitzung entgegen. Für die kritische – auch DKP-kritische – linke Zeitschrift Düsseldorfer Debatte schreibt er einen Essay mit dem pseudonaiven Titel *Politik mögen*. Dieser Text ist eine Kurzanleitung zum Verständnis des politischen Kopfes Ronald M. Schernikau.

»Wenn ich zu allen nett sein wollte, mit denen ich nicht schlafe, hätte ich viel zu tun. Also bin ich zu denen nett, mit denen ich schlafe. Das ist Politik.

Politik ist, wenn ich versuche zu planen, was mich betrifft. Nun lebe ich in einer Gegend, wo dies nicht nur nicht üblich ist, sondern auch unmöglich scheint. Politik ist was für Kleinkinder, die lernen sollen, wenig auf die Finger zu kriegen. In Sandkästen wird Demokratie probiert, an entscheidenderen Stellen gibt es das, was am jeweils anderen Ort Diktatur heißt.

Machen wir uns nichts vor: Staatspolitik ist Militärpolitik, Kulturpolitik ist Wirtschaftspolitik, Bürgerinitiativen sind Pipifax. Politik ist das, was mein Leben restlos bestimmt und mit dem ich nichts zu tun haben will. Ich interessiere mich nicht für Politik.

Politik ist so einfach. Durch eine einfache Revolution kann die Freundlichkeit erreicht werden. Mit der einfachen Beendigung der Kriege hören die Menschen auf, einander zu bekämpfen. Eine einfache Enteignung befreit uns vom Dummseinmüssen.«

Zum Ende hin holt er noch einmal zwei seiner liebsten Waffen aus dem Arsenal: Provokation und Paradox.

Mit dem Vorschlag, für einen dvz-Artikel nach Magdeburg zu fahren, hatte er zwei Fliegen mit einer Klappe geschlagen: Einerseits wollte er sich auf dem Feld der Reportage versuchen, andererseits konnte er wieder mal in die DDR eintauchen. Das Thema war ungewöhnlich für die dvz, nicht aber für Schernikau: *Der Weg der Brötchen in den Sozialismus*. Schon der Vorspann macht deutlich, dass den Leser hier keine klassische Reportage erwartet:

»Es war einmal ein junger Mann, der fuhr in das schönste Land der Welt. (...) Um nicht mit dem Schwersten anzufangen, um über alles alles sagen zu können, will der junge Mann über Brötchen schreiben: In der DDR ist es nämlich so: Die Hälfte der Brötchen wird in den staatlichen und Konsumbäckereien, die andere Hälfte in genossenschaftlichen und privaten Bäckereien gemacht. Die staatlichen schmecken nach Pappe, und die privaten kriegt man nicht. Das Thema also: Der Weg der Brötchen in den Sozialismus.«

Die DDR als schönstes Land der Welt – das dürfte selbst bei DKP-nahen Lesern für unangenehmes Jucken gesorgt haben. Schernikau wusste das, und genau deshalb wählte er solche Formulierungen. Die »Reportage« selbst, die eine ganze Seite einnimmt, ist nicht in diesem märchenhaften Ton gehalten, sondern sehr persönlich und auf eine untergründige Art provokant. Er backt zwar, um im Bild zu bleiben, kleine Brötchen, doch letztlich geht es um nichts weniger als die Ökonomie, das Zusammenspiel verschiedenster Formen des Wirtschaftens. Er besucht eine staatliche Fabrik mit ihren riesigen Produktionsstraßen, eine kundennahe Genossenschaft und den Bäckermeister Hammer in seinem privaten Laden. Änderungsschneidereien und Schuhmacher durften endlich kostendeckende Preise verlangen, bei Backwaren war das noch nicht üblich. Brot war eine Ikone des Sozialismus. Bei festgelegten fünf Pfennig für ein Brötchen und dreiundsiebzig Pfennig für ein Brot kauften die Kunden ihr Brot im Konsum, gab es dann noch ein frisches beim privaten Bäcker, schmissen sie das Fabrikbrot weg. Kostet ja nichts. So wird bei Schernikau die Ökonomie der Brötchen ganz nebenbei zu einem Beispiel für das Wirtschaften der DDR:

»Alle, mit denen ich gesprochen habe, alle sagen: Fünf Pfennig für eine Schrippe, das ist zu wenig. Wir aasen mit dem Zeug. (...) Sie finden die niedrigen Preise nicht in Ordnung. Sie wissen, dass sie diese Preise ihrem Staat verdanken; sie wissen, was gemeint ist, und finden es gut (wie soll man es sonst finden?). Aber sie sehen, was daraus wird, und sagen: Von zehn Pfennig für ein Brötchen verhungert bei uns keiner. Wir müssen aufpassen, dass wir nicht nachlässig mit dem werden, was wir haben.«

In diesem Artikel findet sich auch ein Deutungsmuster, das er in vielen seinen Texten über die DDR anwenden wird: Klagen über die Mängel des Systems sind ihm stets Beweis für einen gelassenen Optimismus: »Das große Wort der DDR ist: Naja. Das Ferne scheint merkwürdig machbar: was noch nicht ist, wird kommen.«

Schernikau erkundet die DDR, und weil er für eine Zeitschrift unterwegs ist, darf er jedermann Fragen stellen und es wird ihm erlaubt, näher hinzusehen. Am Schluss des Artikels verarbeitet er diese Erfahrung zu einem rührenden Bild, ebenso liebevoll wie optimistisch:

»Wenn jemand von weitem auf dich zukommt, kann es sein, er sieht klein aus und dick und ein bisschen lächerlich. Wenn er bei dir ist, ist alles wie bei allen: Besonders klein ist er nicht, das Dicke wirkt ganz proportioniert, und irgendwie ist er auch nicht mehr lächerlich.«

Für Schernikau waren diese Artikel wichtig, weil sie ihm die Tür zum Publikum aufhielten. Mit den Buchprojekten hingegen ging es weder vor noch zurück. *Irene Binz*, die ihm so sehr am Herzen lag, hatte immer noch keine Chance in der DDR. Die Bedenken waren nach wie vor nicht literarischer, sondern politischer Natur. Niemand wollte sich in die Nesseln setzen. Schernikau entschloss sich, den Stier bei den Hörnern zu packen, da war er ganz gelernter Westbürger. Kurzerhand wandte er sich an den stellvertretenden Kulturminister Klaus Höpcke. Er ist der »Buchminister«, der oberste Zensor: »Ich schreibe Ihnen unter Umgehung aller Institutionen, weil ich die schon auf meiner Seite habe; sie fühlen sich bloß nicht zuständig.« Nachdem er sich und seine Bücher kurz vorgestellt hat, beschreibt er die jahrelangen Irrwege des *Binz*-Manuskripts durch die Verlagslandschaft der DDR. Viele »fanden und finden das Manuskript politisch wichtig und literarisch gelungen – dass eine Arbeit nicht zuende ist vor der Veröffentlichung, versteht sich. Das Problem: Keiner traut sich. Das ist kein Vorwurf, es ist die Lage.«

Am Ende des Briefes wird er auf eine untypische Art drängend. Ohne sich groß um Subtilitäten zu bemühen, offenbart er einen erstaunlichen Grad persönlicher Verzweiflung:

»Ich habe, da bin ich sicher, ein Stück DDR-Literatur geschrieben; deshalb biete ich den Text auch nicht im Westen an. Ich brauche Ihre Hilfe. Vielleicht haben Sie ja auch Vergnügen an dem Text. Darf ich mich bei Ihnen melden? Es ist ungeheuer wichtig für mich.«

Der stellvertretende Kulturminister setzt sich nicht für ihn ein.

Aber es gibt ja noch Plan B und C und D. Der Chefredakteur der dvz, Franz Sommerfeld, fand seine Brötchen-Reportage anregend und will ihn gleich wieder in die DDR schicken. Schernikau lehnt ab. Er friste sein »Leben als Gouvernante in Westberlin«, und ohne Unterstützung der Mutter könne er sich Artikel für ein »Sensationshonorar von 400 DM« nicht leisten. Nach diesem Affront rückt er mit einer Idee heraus, die zu schön klingt, um wahr zu werden: Er bietet an, für die dvz als DDR-Korrespondent zu arbeiten, mit einem festen Gehalt könne er sich um mehrere Projekte gleichzeitig kümmern. Pampig fügt er hinzu: »ihr erwartet offenbar von euren autoren idealismus; ich bin schriftsteller, mit idealismus kannst du mich jagen, tut mir leid. ich wäre sehr gern korrespondent in der ddr für euch, alles andere ist null.« Da Sommerfeld kein Geld hat, ihn zu bezahlen, ist auch dieser Weg versperrt.

In der Zwischenzeit hat sich im Westberliner Alltag eine paradoxe Situation ergeben: Thomas verbringt die meiste Zeit in der Hauptstadt. Nach dem *Quartett*-Debakel sucht er nach neuen Stoffen für eine freie Theaterproduktion. Immer schon von Heinrich Mann fasziniert, beschäftigt er sich mit dessen dramatischem Werk. Obwohl zu ihrer Zeit erfolgreich, sind die Dramen in Vergessenheit geraten. Thomas beantragt Einsicht in das Heinrich-Mann-Archiv der Akademie der Künste. Sein Interesse gilt in der Hauptsache zwei Dramen zur Französischen Revolution. Die Akademie ist einverstanden, hilft ihm, für zwei Monate vom Zwangsumtausch befreit zu werden, und bewerkstelligt das Gleiche auch für Philipp. Der ist nicht nur unser Sonnenschein, sondern auch Theaterwissenschaftler mit Haut und Haar. Es muss nicht groß darüber geredet werden, dass er bei Thomas' Projekt einsteigt, und so quält er sich manchen Morgen früh aus meinem Bett, um mit Thomas zeitig in die andere Hälfte der Stadt zu fahren.

»Kannst du nicht Stricher werden, dann könnten wir endlich mal wieder ausschlafen?«

»Bin ich doch schon.« Strahlend unschuldiger Augenaufschlag. »Nur ohne Geld!«

Welche Ironie: Während Ronald in puncto DDR buchstäblich gegen eine Mauer rennt, verbringt Thomas die meiste Zeit in Ostberlin. In dieser Situation greift Schernikau zum letzten Mittel: Im September 1985 beantragt er die Staatsbürgerschaft der DDR. Im vollen Bewusstsein, gegen die Prinzipien seiner Partei zu verstoßen, sieht er keinen anderen Ausweg. Die SEW ist der Meinung, ein Kommunist werde im eigenen Land gebraucht und unterstützt grundsätzlich keine Einbürgerungsanträge von Genossen. Trotzig und in fast provokantem Ton bittet Ronald trotzdem um Unterstützung:

»Das ist keine politische Entscheidung: Kommunist sein kann ich überall. Es ist eine Entscheidung für die Menschen, für die Probleme dort. Es ist eine Frage der Krafteinteilung.«

Nach wie vor hat das Studium am Leipziger Literaturinstitut Priorität, doch wenn er den Beginn des Studiengangs verpasst, muss er drei Jahre auf eine neue Chance warten. In Leipzig nimmt man nicht semesterweise auf, sondern unterrichtet einen Jahrgang drei Jahre lang, bis die nächste Ladung Jungliteraten eintrifft. Wenn die SEW ihn nicht delegieren will, kalkuliert Ronald, wird er eben DDR-Bürger und hat somit automatisch die Berechtigung, nach Leipzig zu gehen. Durch Erfahrung gewitzt, gibt er sich jedoch mit diesem Schachzug nicht zufrieden. Parallel sucht er nach Wegen, auch als Bürger der BRD vom Institut akzeptiert zu werden.

Seine Ostberliner Freundin Irene Dölling vermittelt ein Treffen mit ihrem Vorgesetzten, Prof. Dietrich Mühlberg, dem Leiter der Sektion Ästhetik und Kulturwissenschaften an der Humboldt-Universität. Der setzt sich bei Dietmar Keller, auch stellvertretender Kulturminister, für Schernikau ein. Und das Wunder geschieht: Anfang Dezember 1985 erklärt Keller, für Schernikau sei ein Direktstudium in Leipzig ab sofort möglich! Der Beginn des Studienjahres sei kein Hinderungsgrund, Schernikau könne auch später einsteigen.

Triumph! Der jahrelange Kampf hat sich gelohnt, endlich ist er am Ziel seiner Träume. Noch am selben Tag schreibt er an seine Partei mit der Bitte, ihm die Delegierung ans Literaturinstitut nicht länger zu verwehren. Die Aussicht auf Leipzig versüßt seinen Ton. Er gibt sich bescheiden und versöhnlich, fügt aber vorsichtshalber dem Zuckerbrot die Peitsche hinzu:

»Der Minister räumt mir hier die außergewöhnliche Möglichkeit ein, als Westberliner Genosse am Institut zu studieren.

Der Effekt wäre: Ihr hättet weiterhin ein gewichtiges Wort bei meiner Perspektive mitzureden, Ihr hättet keine Kosten, und in zweieinhalb Jahren komme ich qualifiziert und mit neuem Blick und neuer Kraft nach Westberlin zurück. Die Finanzierung übernimmt ohne weiteres das Ministerium für Kultur der DDR, dem das Literaturinstitut untersteht. Ich bitte Euch sehr herzlich, meinen Antrag zu unterstützen.«

Und dann die Drohung:

»Ich kann Euch nicht verschweigen, daß ich ohne diese Delegierung selbstverständlich weiterhin DDR-Bürger werden möchte. Ich bitte Euch, entscheidet schnell. Diese Möglichkeit des Studiums kommt auch für mich unerwartet, aber sie ist die für alle Seiten vernünftigste. Es liegt mir alles daran.«

Unverzüglich bewirbt Schernikau sich am Literaturinstitut und bekommt im Januar 1986 Bescheid: Man habe seine Bücher und Manuskripte geprüft, er könne trotz Beginns des Studienjahres jederzeit einsteigen. Zwei Wochen später berichtet ihm Prof. Mühlberg, Minister Keller habe die West-Abteilung des ZK der SED informiert und erwarte eine Delegierung Schernikaus durch den Parteivorstand der SEW. Sobald die vorliege, werde ein Visum erteilt.

Die Ereignisse haben sich in kurzer Zeit so überschlagen, dass Ronald nicht mehr weiß, wo ihm der Kopf steht. Er findet fast nicht die Zeit, sich zu freuen. Soviel will bedacht sein: Wie kommt er an eine Wohnung in Leipzig, und was ist mit dem Loch in der Großgörschenstraße? Zwei Wohnungen sind zu teuer, also Nachmieter finden. Renovieren muss er die Bude auch noch. Und wohin mit Büchern und Klamotten? Die Freunde müssen informiert werden, und ein Abschiedsfest wäre auch nicht schlecht. Viel zuviel für eine zarte Künstlerseele, aber trotzdem läuft er erstmal los und kauft zur Feier des Tages eine Flasche Sekt, diesmal nicht bei Aldi, sondern bei Reichelt. Thomas weiß, wie sehr Ronald dieses Studium herbeigesehnt hat. Er hat ihn immer unterstützt, sogar beim Einbürgerungsantrag. Er freut sich für den aufgelösten Ronald, sieht die Zukunft allerdings mit gemischten Gefühlen: Als Österreicher wird es für ihn fast unmöglich sein, nach Leipzig zu kommen. Er benötigt eine Einladung, und die kann nur ein DDR-Bürger aussprechen. Doch Thomas will die Stimmung nicht trüben, wie üblich behält er seine Zweifel für sich.

Sieg auf ganzer Linie! Schernikau geht in die DDR! Endlich wird er am richtigen Platz sein. Das Literaturinstitut besitzt einen hervorragenden Ruf. Adolf Endler hat hier studiert und Ralph Giordano, Sarah und Rainer Kirsch, Erich Loest, Fred Wander. Schernikau wird lernen und schreiben, schreiben und lernen. Als Krönung winkt ein Universitätsdiplom! Er ist aufgeregt und hoffnungsfroh. Er ist ein glücklicher Kommunist. Nun kann nichts mehr schiefgehen, denkt er.

56.

Und noch ein Buch: Während Ronald um seine DDR focht, kämpfte ich anderer Front: Mit dem Fotografen Thomas Henning arbeitete ich an einem neuen Buchprojekt: *Ein Bild vom Mann*. Weil sich außer des AIDS-Buches alle anderen Titel immer noch erfreulich verkauften, spendierte der Verlag ein Hardcover. Zusammen mit dem Fotografen ging ich auf Safari, nur dass die wilden Tiere in diesem Fall Männer waren. Wir lauerten ihnen vor Fußballstadien und Aktionärsversammlungen auf, an Imbissständen, auf Automessen und in Edelpuffs.

Als wir das Werk zum ersten Mal in Händen hielten, konnten wir noch so bescheiden tun – man sah uns den Stolz auf »den Look« an, wie der Fotograf sagte. Großformatig, edles Cover, ausgesuchte Typographie, in teurem Duoton gedruckt, machte das Buch ordentlich was her. Mir war nicht klar gewesen, um wie vieles aufmerksamer ein Hardcover von der Kritik wahrgenommen wird als ein Taschenbuch. Vom Darmstädter Echo bis zur dvz, von Prinz bis zum Sozialmagazin war alles dabei. Der Stern verteilte Küsschen, und die Süddeutsche eine Ohrfeige. Verrisse gab es kaum, übermäßiges Lob auch nicht. Die meisten Hefte nutzten allerdings kräftig die Chance, jede Menge guter Fotos honorarfrei abzudrucken. Wir konnten zufrieden sein.

Ich war es nicht. Bisher hatte ich Bücher geschrieben, weil das Thema mich reizte, da wollte etwas raus. *Ein Bild vom Mann* jedoch war für die Miete geschrieben worden. Zwar gehörte ich zu jenen höchstens zehn Prozent Autoren, die vom Schreiben leben konnten, aber das bedeutete auch, jedes Jahr ein neues Buch auf den Markt zu werfen. Das roch nicht nur nach Fabrik, ich war dabei, eine zu werden.

Und nun? Augen zu und durch? Weiter schreiben und warten, bis der Schmerz nachlässt? Das Schreiben machte immer noch Spaß, aber es mussten ja nicht unbedingt Bücher sein. Ich sehnte mich nach kürzeren Formen, nach Kollegen, nach Auseinandersetzung. Manchmal ertappte ich mich bei der romantischen Vorstellung, mit Kollegen darüber streiten zu können, wer den Kaffee kocht.

Erster Anlaufpunkt war die taz, die schon öfter Artikel von mir gebracht hatte. Kraushaar war inzwischen dort gelandet und konnte als Türöffner dienen. Daneben gab es eine Reihe frischer, junger Blätter, die sich anschickten, dem bundesrepublikanischen Zeitschriftenmarkt eine Frischzellenkur zu verpassen: Tango, Elaste und der Wiener etwa, radikal subjektiv, experimentierfreudig in Themenwahl und Stil, witzig, widerspenstig, oft allerdings auch oberflächlich und selbstverliebt. Es kam auf einen Versuch an. Neuanfänge hatten mich immer schon beflügelt, also zog ich gutgelaunt los, für meine Schreibwaren neue Kunden zu finden.

***

»Die Kiste ist viel zu schwer, lass dir doch helfen!«, rief Ronald, aber ich schleppte die Bücher allein zum Umzugswagen.

Wie bei jedem seiner Umzüge wünschte ich mir, er wäre Analphabet. Thomas war natürlich dabei, um zu helfen, außerdem Stefan und Philipp.

Sogar Michael war gekommen, den Dichterhaushalt aufzulösen. Er hatte einen neuen Freund, den schönsten Jungen der Stadt, wen sonst, und die Größe, mir mein schmähliches Ausbüxen aus unserer Beziehung nicht übelzunehmen. Bei Uliane war er ausgezogen, und als ich ihn zum ersten Mal in der neuen Wohnung besucht hatte, war mir ein fahrbarer Kleiderständer mit edlen Designeranzügen aufgefallen. »Von der letzten Modenschau!«, hatte Michael leichthin gesagt. Neben der Arbeit an Drehbüchern verdiente er sich nun als Model die Miete. Er lief auf Modenschauen, und manchmal konnte man ihn in Illustrierten oder Anzeigen bewundern. Ein kommunistisches Fotomodell, wie glamourös! Wir wechselten so vertraut Worte und Blicke, als hätten wir uns nie getrennt. »Es scheint, als teilten wir etwas Besonderes«, hatte Michael gesagt, und ich darauf: »Ich würde gern die Sommersprossen auf deiner Schulter sehen.« Ein paar Augenblicke später wälzten wir uns zwischen den Laken. Wir nahmen es als Geschenk, nicht als Verheißung.

Während Thomas eine Logistik zur Bepackung des Kastenwagens entwarf, trudelte auch Pepsi Boston ein, das Bindeglied zwischen Ronald und dem Tuntenensemble Ladies Neid. Ronald hatte seine Ankündigung wahr gemacht und arbeitete tatsächlich an einem Stück für die Trümmertunten. Klein und stämmig, schwang Pepsi mit leichter Hand die schwersten Kartons auf die Laderampe, ein Mahnmal gegen jedes Tuntenklischee. Melancholie lag über dem Nachmittag, aber keiner wollte sich etwas anmerken lassen; Ronald war so glücklich, Leipzig winkte.

Die Wohnung hatte er zum erstmöglichen Termin gekündigt, und bis die endgültige Zusage zur Einreise kam, würde er bei Thomas unterkriechen. Der größte Teil seines vorzugsweise aus Papier bestehenden Hausstands sollte eingelagert werden. Ronald zwitscherte vor Zuversicht und produzierte ein Bonmot nach dem anderen. Wir versteckten uns hinter seiner Munterkeit, aber es fiel uns nicht leicht. Berlin ohne Ronald, das war schwer vorstellbar. »Ich bin doch nicht aus der Welt«, sagte er, aber für uns war Leipzig weiter entfernt als Bali und deutlich exotischer. Wir hatten das mulmige Gefühl, ihn nicht nur für zwei Jahre, sondern für immer zu verlieren.

Außer Thomas, dessen Stirn eine steile Falte zwischen den Augenbrauen zeigte, trugen alle eine Mischung aus Heiterkeit und Zuversicht zur Schau. Die Scherze tönten ein wenig laut und arbeiteten sich müde an der neuen sozialistischen Heimat ab. Ronald selbst hatte damit angefangen, als er sich ein Glas Limonade genehmigte: »Wisst ihr eigentlich, dass die Kinder in der DDR rote Limonade ›Leninschweiß‹ nennen?« Also wurde auf Lenin angestoßen und auf Margot Honecker, spekuliert, was ihn außer Soljanka und DEFA-Filmen sonst noch erwarte, und ich tat mich mit der albernen Frage hervor: »Und wenn die dich nicht wieder rauslassen?« Ronald schaute mich einen Moment lang fassungslos an, bis er begriff, dass ich mir ehrlich Sorgen machte. »Ach, Mauselchen«, sagte er und gab mir einen Kuss. »Sie müssen mich doch erst mal reinlassen, das ist viel schwieriger!«

Ein wenig Müll stand noch in den Ecken, ansonsten sah die Wohnung aus wie ein zahnloser Mund. Nur wer hier zu Gast gewesen war, konnte die hellen rechteckigen Flecken an der Wand als die Fotos von Jelinek, Elsner und Nina Hagen entziffern. Wie es sich für einen Umzug gehört, gab es zum Abschluss Bier und Nudelsalat. Eine vorausschauende Seele hatte das Radio draußen gelassen, und Michael suchte nach einem Sender mit Partymucke. Die meisten von uns sprachen eher dem warmen Bier zu als den kalten Nudeln.

Als die Sonne untergegangen war, hatte unsere Stimmung einen betrunkenen Höhepunkt erreicht. Auf ein Bier hatte ich mich zu Stefan gesellt, der sich, um nicht umzufallen, vorsichtshalber gleich auf den Boden gelegt hatte. Ich stieß mit ihm an, rappelte mich dann hoch und ließ den Blick über die kahlen Wände gleiten. Das war keine Wohnung, das war ein Mausoleum, kalt, feucht, dunkel. Gut, dass er hier rauskam. Spontan schleuderte ich meine halbvolle Bierflasche durch das geschlossene Fenster. Es klirrte und krachte, und ein Scherbenregen ergoss sich in den Hinterhof. Schon flog die nächste Flasche; Philipp hatte sie mit soviel Wucht gepfeffert, dass sie die Mülleimer an der gegenüberliegenden Wand erreichte. Selbst Stefan rappelte sich auf und beförderte seine Flasche an die Luft. Ronald hatte dem Vandalismus mit hochgezogenen Augenbrauen zugeschaut. Seelenruhig trank er sein Glas Limonade aus, ging zum Fenster, schob sehr vorsichtig einen Arm ins Freie und ließ mit graziöser Geste das Glas in den Hinterhof fallen.

Leider hatten wir voreilig Abschied gefeiert. Nicht zum ersten Mal warf seine Partei ihm Knüppel zwischen die Beine. Der Parteivorstand der SEW brauchte lediglich seine Delegierung abzunicken, aber dazu musste er sich erst einmal treffen. Termine wurden gemacht und wieder verschoben. Dann gab es Bedenken, den Genossen in die DDR zu schicken. Wenn er nun nicht mehr zurückkäme? Schließlich brauchte man ihn hier, hatte Pläne mit ihm, etwa als Redakteur für die sozialistische Tageszeitung Die Wahrheit. Außerdem hatte der Genosse Schernikau mit seinem Einbürgerungsantrag empfindlich gegen die Parteietikette verstoßen.

Hoffnung keimte auf, als im Mai 1986 das deutsch-deutsche Kulturabkommen unterzeichnet wurde. Nun war der letzte Grund weggefallen, die Delegierung hinauszuzögern. Aber nicht nur die Partei war langsam, auch die DDR ließ sich mit dem Visum Zeit. Der Minister mochte seine Order gegeben haben, aber die Rädchen der Bürokratie griffen nicht ineinander. Ausdauer, Zähigkeit, Zuversicht hatte Ronald in den letzten Jahren gelernt, lernen müssen, aber diese Spielchen waren zuviel. Es gab Zusagen, Absagen, endgültige Zusagen und endgültige Absagen. Fast ein Jahr dauerte diese Tortur.

Nach außen hin ließ er sich nichts anmerken, aber sein Körper legte ein Veto ein. Ständig wurde er krank. Wenn das Fieber ihn gerade nicht im Griff hatte, litt er unter Depressionen. Im Winter weigerte er sich, Kohlen zu holen, im Sommer, einen Schritt vor die Tür zu tun. Zu allem Überfluss entwickelte er eine schmerzhafte Gürtelrose, die ihn für Wochen ans Bett fesselte. Typische Krankheit der Kreativen, psychosomatisch, ausgelöst durch Stress, sagte der Arzt. Ein besserer Arzt hätte noch ganz andere Fragen gestellt.

Was ihm half, die peinigenden Monate zu überstehen, waren Thomas und das Schreiben. Thomas hatte ihm seine bedingungslose Unterstützung zugesagt, nicht nur für Leipzig, sondern auch für den Fall, dass er endgültig in die DDR gehen wollte. Zwar war die sexuelle Flaute immer noch ein Dorn im Fleisch, aber Ronald war für Thomas' Loyalität dankbar. Die Arbeit war wie immer seine Zuflucht. In der Disziplin »Schreiben im Bett« ohnehin ein Meister, nutzte er die Infektionen, Erkältungen, Schwächeanfälle, um einen literarischen Schlachtplan für die nächsten Jahre zu erstellen. Seit vier Jahren schon sammelte er Notizen und Studien für ein umfangreiches Werk, einen »großen Ideologieroman«, wie er sagte. Ein Kapitel daraus, *Das Buch Inke Kerman*, hatte er schon in der DVZ veröffentlicht, und damit war das Projekt offiziell in der Welt. Dieses Buch sollte sein ganz großer Zugriff auf die Welt werden.

57.

Rolo hat sich eingerichtet. Das Zimmer im Schwesternheim ist zwar klein, aber für einen Zwölfjährigen ist es die Welt. Jugendmöbel aus Pressspan, ein Bett, zwei Regale, eine Schreibplatte zum Runterklappen, ein Stuhl. Wie alle Jungs in seinem Alter hat er die Wände mit Postern zugekleistert, auf dem Größten grinst Reinhard Mey. Auch die Pinnwand fehlt nicht. Er hatte immer schon eine Vorliebe für kleine bunte Dinge, die man in die Hand nehmen kann. Jetzt sammelt er haufenweise Anstecker und Buttons, die er in den Kork piekt. Vom Flokati sieht man nicht viel, überall liegen Klamotten und Bücher herum.

Ellen lässt ihm viele Freiheiten. Längst hat sie es aufgegeben, seine Kleidung auszusuchen. Rolo weiß genau, was er will, da kann er sehr bockig werden. Bunt müssen die Sachen sein und auffällig. Er liebt gestreifte Hosen und knallbunte Hemden. Auch Kettchen und Armbänder haben es ihm angetan. Da er ohnehin nicht dazugehört, kultiviert er sein Außenseiterdasein. Den Gürtel trägt er über dem Pullover, und manchmal bindet er sich bunte Indientücher ins Haar. Überhaupt, die Haare! Seit er elf ist, weigert er sich, zum Frisör zu gehen. Ellen ist nicht glücklich darüber, aber er macht einen solchen Terz, dass sie um des lieben Friedens willen nachgibt. Er weiß sehr genau, wie er Ellen knacken kann, eine Mischung aus Zuckerbrot und Peitsche: »Mutti, tust du mir einen riesenriesengroßen Gefallen und suchst mein Notizbuch? Gucke mal, noch wenn ich achtzig bin, werde ich immer sagen: Damals war sie nett, da hat sie mir mein Notizbuch gesucht, ja?«

Ein Wunsch allerdings ist bisher noch nicht in Erfüllung gegangen: Er will unter allen Umständen eine Brille. Und groß muss sie sein: »Entweder kriege ich jetzt ein Kind oder ein Brüderchen oder Schwesterchen, eine Katze oder eine

Brille. Alles geht irgendwie nicht, aber die Brille muss ich haben!«

Auch Ellen hat sich eingerichtet, sie hatte keine andere Wahl. Alles dreht sich um Ronald und die Arbeit. Aber sie ist auch eine junge Frau, die Zärtlichkeit braucht. Sieben Jahre lang hat sie eine Beziehung zu einem Arzt ihres Krankenhauses. Der Mann ist verheiratet, redet von Scheidung. Es ist ein ewiges Hin und Her. Sie wäre schon gerne die Einzige für ihren Hans, aber auf diese Weise kann sie ihre Liebe ganz für den Kleinen aufsparen.

Einmal noch hat Lorenz sich gemeldet. Wenige Tage vor Ronalds zwölftem Geburtstag ruft er an, ob er kommen könne. Ellen fragt Ronald: »Wenn er will, ist mir egal.« Fünf Jahre haben sie sich nicht gesehen, und es ist eigenartig, fast witzig, findet Ellen. Dieses Beäugen, das Vermeiden von ernsthaften Themen. Abends erwähnt Lorenz beiläufig, dass er eine Zahnbürste dabei habe. Das ist für Ellen das Signal, ihn zu verabschieden. Ein paar Tage später dann ein böser Brief mit Vorhaltungen über ihre Erziehung. Für Ronald ist ein Heft und ein Jahresabo der Wikingerjugend beigelegt. Ellen stirbt fast vor Angst, als Ronald sich mit dem Heft in sein Zimmer zurückzieht. Was, wenn ihm so etwas gefällt? Nach einer Weile kommt er aus dem Zimmer und zeigt ihr einen Brief, den er geschrieben hat: »Herr Vater, dies ist nicht die Art von Literatur, die ich lese. Anbei zurück. Sohn.«

Im Dezember 1972 kommt es in den Nachrichten: Die Regierung Brandt hat mit der SED einen Grundlagenvertrag ausgehandelt. Betroffen sind auch Flüchtlinge. Rechtlich galten sie immer noch als DDR-Staatsbürger. Mit diesem Vertrag wird Ellen ausgebürgert und kann – jetzt Bürgerin der BRD – ganz normal einen Besuchsantrag stellen. Aufgeregt ruft sie ihre Schwester Ulla in Magdeburg an. Die hat die Neuigkeiten schon gehört und in Windeseile ein Visum für Ellen beantragt. Und es klappt: Ellen kann kommen!

Kurz vor Weihnachten sitzt sie mit Ronald im Zug. Sie trägt jetzt Mini, ein rotes Kleid, aber man muss so aufpassen beim Sitzen. Sechseinhalb Jahre hat sie ihre Familie nicht gesehen. Wie die wohl aussehen? Ob sie sich stark verändert haben. »Und ich?«, denkt Ellen. »Habe ich mich verändert?« Als der Magdeburger Dom am Horizont auftaucht, rennt sie auf den Gang und reißt das Fenster auf. Dann ist alles wie immer: Ihr wird schlecht.

Ulla erwartet sie am Bahnsteig, Mann und Tochter im Schlepptau. »Hallo Ellen, huhu!«, ruft sie. Dann geht es zur Mutter, Kaffee und Kuchen warten. Mit der Mutter ist das so eine Sache: Natürlich freut man sich, natürlich fließen Tränen, aber die Schwestern haben zu ihr ein gespaltenes Verhältnis. Sie ist eine Virtuosin des Negativen, eine Meisterin im Entmutigen. Es dauert nicht lange, bis sie die Buttercremestimmung trübt. Ellen soll erzählen, wie es ihr ergangen ist da drüben. Sie sagt, was man eben so sagt: Es geht ihr gut, die Arbeit macht Spaß, sie verdient ordentlich, und Ronald macht sich gut in der Schule. »Tu doch nicht so«, blafft die Mutter. »Du kannst doch gar nicht glücklich sein!« Es ist das alte Muster: Eine Frau mit einem unehelichen Kind – das kann nicht gut gehen.

Ellen will jede Einzelheit ihres Besuchs im Gedächtnis behalten. Sie erstellt eine Liste, wen sie in dieser Woche trifft: fünfundsechzig Menschen! Immer wieder muss sie die Geschichte ihrer Flucht erzählen, was mit Lorenz ist, ob sie zurechtkommt. Ronald findet das furchtbar langweilig. »Nein, bist du groß geworden!«, rufen sie, und dann wollen die fremden Leute ihn abschlecken, ätzend.

Magdeburg hat sich kaum verändert, und Ellen schlüpft in ihre altes Leben wie in einen Lieblingspullover. Wie unangestrengt hier alles ist. Sie kennt jede Straßenecke, das Quietschen der Straßenbahn hört sich nach Heimat an, und der Magdeburger Zungenschlag klingt viel freundlicher als das kantige Deutsch der Niedersachsen. Sie will die Zeit bis zur

Neige auskosten, aber im Innersten weiß sie: Sie kann nicht zurück. Was geschehen ist, lässt sich nicht ausradieren. Sie ist zu Besuch.

Abgesehen vom vielen Betüddeln, ist Ronald ganz unbefangen, marschiert durch die Stadt, schaut sich alles ganz genau an. Er ist begeistert, wie billig alles ist. Und was für lustige Preise die haben! In Lehrte endet alles auf Neunundneunzig, hier sind die Preise krumm: Dreiundzwanzig Pfennig für einen dollen Eierbecher, der wie ein Huhn aussieht.

Natürlich hatte er auch im Westen nie vergessen, woher er kommt. In der Schule sollten sie Länder und deren Hauptstädte nennen. Prompt hatte Ronald verkündet: »DDR und Berlin!« – »Nun werd mal nicht politisch!« Spitz und verärgert hatte der Lehrer das gesagt. Ronald verstand nicht, es stimmte doch.

In Magdeburg fallen ihm die vielen Transparente und Sprüche auf. Ellen erzählt ihm die Geschichte, wie er als Kind laut in der Straßenbahn gefragt hatte: »Was ist eigentlich Sozialismus?« Er will unbedingt vor einem Transparent fotografiert werden. Da steht er in seinem marokkanischen Fellmantel, der kräftig nach Tier und Patchuli riecht, ernster Gesichtsausdruck, die Hand zur Faust geballt. Hinter ihm die Parole: »Für dauerhaften Frieden, kollektive Sicherheit und Zusammenarbeit in Europa!« – »Du, Mutti«, sagt er. »Das ist ein Land, in dem sie die Wahrheit auf die Straße schreiben.«

58.

Diesen Tag hatte er sich als Triumphzug vorgestellt, und nun ist er zu müde, um glücklich zu sein. Erschöpft sitzt er am Schreibtisch seiner neuen Wohnung und starrt auf die kahlen Wände. Im Westen würde man das Apartment nennen, hier ist es eine Einraumwohnung im Neubau. Klein, aber nicht zu klein, mit einer großzügigen Fensterfront. Rechts der Blick auf die Moritzbastei, ein Studentenclub, der in die Überreste der alten Stadtmauer hineingebaut wurde, links das moderne Universitätsgebäude, ein aufgeschlagenes Buch symbolisierend. Es strebt so glasglitzernd in den Himmel, dass man es eher in Frankfurt am Main als in Leipzig vermuten würde.

Die Möbel stammen aus dem Fundus des Literaturinstituts: Schreibtisch samt Stuhl, ein Sideboard, ein lustfeindlich-schmales Bett. Die Anmutung eines Jugendzimmers ist nicht unpassend, schließlich ist er wieder Student. Nach der Ankunft hatte er seine paar Klamotten schnell in das Sideboard gestopft, das merkwürdigerweise keine Türen hat. Der Rest kann warten. Sein Blick fällt auf die Durchreiche, dahinter eine winzige fensterlose Küche. Er wird Inventur machen müssen. Ob es eine Kaffeemaschine gibt oder wenigstens eine Kanne mit Filter? Morgen wird er das tun, was die Menschen hier seit Jahrzehnten tun: In den Konsum gehen, Brot kaufen und Saft, Kaffee, Käse und ganz bestimmt etwas Süßes. Er wird dabei so unauffällig aussehen wie alle andern, und niemand wird erkennen, wie viele Kämpfe er ausfechten musste, um hier ganz lapidar nach Filtertüten fragen zu können.

Das also ist der Tag, auf den er so lange gewartet hat, der 23. September 1986. Am Grenzübergang Friedrichstraße hatte er gestanden, in der einen Hand den schwersten Koffer seines Lebens, in der anderen den Kasten mit seiner Schreibmaschine. Nur kurz hatte die Grenzbeamtin auf sein Visum geschaut und gesagt: »Da studieren Sie jetzt bei uns.«

»der zug kam aus binz. die leute im abteil lasen westbücher. ich bins!, wollte ich immer rufen: ein ddrbürger der einen westberliner spielt der einen ddrbürger spielt! aber ich hielt mich tapfer zurück.«

In Leipzig wäre ohne Koffer noch nicht einmal ein Taxi nötig gewesen. Es ging die Nikolaistraße entlang mit ihren historischen Gebäuden und den reich verzierten Messehäusern, und schon war er da: Universitätsstraße 20. Er hatte keine Ahnung, dass die Partei ihn so zentral unterbringen würde. Sein Haus ist modern, ein Eckhaus, sieben Stockwerke im Fünfziger-Jahre-Stil. Weil sich kompakte, fast südlich anmutende Gründerzeitbauten anschließen, hat der Architekt sich bemüht, dem unscheinbaren Kopfbau einen schmucken Akzent zu verpassen: ein schmaler, zehngeschossiger Wohnturm. Im Erdgeschoss befindet sich Leipzigs größter und bester Lampenladen. Bald wird er auf die Frage nach seiner Wohnung nur mit »über dem Lampenladen« antworten. Ronalds Wohnung liegt im vierten Stock, und dank des gegenüberliegenden Parks ist sie wunderbar hell. Zwei Jahre lang eine helle, warme, trockene Wohnung. Mietfrei! Kein Ärger mit Kachelöfen, kein Pilz, kein Schwamm, keine zugefrorene Toilette. Und das Beste: Er kann seine ganze Kraft in die Literatur stecken. Schluss mit Babysitten, dem Composern für andere Dichter und der Unterstützung durch Ellen. Nichts als Schreiben und lernen und lesen. 600 Mark Stipendium erhält er im Monat, das ist satt. Ein Bier kostet 48 Pfennige, eine Kinokarte eins fuffzich.

Das Glück, bei anderen wäre es das Penthouse in Manhattan, für ihn ist es diese Wohnung in Leipzig, DDR.

Er wühlt im Koffer nach seinen Spielkarten, setzt sich an den Schreibtisch und legt eine Patience. Während er die Karten hin und her schiebt, fällt ihm ein, dass er zum ersten Mal im Leben für so lange Zeit allein ist. Er kennt niemanden hier, wird ganz von vorn anfangen müssen. Der Schriftsteller als unbeschriebenes Blatt. Schon jetzt vermisst er Thomas. Seit fast sechs Jahren sind sie ein Paar, nie waren sie länger getrennt. Gerade noch rechtzeitig nimmt er die Brille ab, da fließen schon die Tränen. Einige Spielkarten werden nass.

***

Am nächsten Morgen begann das neue Studienjahr. Der Literaturstudent Schernikau musste von nun an früh aufstehen, der Unterricht begann pünktlich um acht. Er verließ das Haus, ging nach rechts durch den Schillerpark, ein schmaler grüner Puffer zwischen Innenstadt und dem vielbefahrenen Ring. Vorbei an einer Phalanx von Handels- und Geschäftshäusern, die trotz ihrer schrundigen Fassaden stattlich wirkten, erreichte er das Neue Rathaus. Das Gründerzeitmonstrum sah mit seinen Türmchen und Erkern und Schnörkeln wie eine durchgeknallte Mischung aus Burg und Schloss aus. Amerikaner wären begeistert, genau so stellte sich Disney ein romantisches deutsches Rathaus vor.

Und dann kam schon die Karl-Tauchnitz-Straße. Eben noch in der Innenstadt, schien man unversehens in einem Villenvorort zu stehen. Rechts und links der Straße freistehende Stadtvillen, von spärlichem Grün umgeben. Das kleinste Hochschulinstitut der DDR lag einladend in der Morgensonne. Das Institutsgebäude mit der Nummer 8 war unübersehbar ein Privathaus gewesen. Im Stil des Historismus gebaut, war es hübsch proportioniert; ein wenig Farbe auf die graue Fassade, und man hätte sich nach Norditalien träumen können.

Natürlich war Ronald aufgeregt. Die fünfzehn anderen Studenten hockten immerhin schon seit einem Jahr zusammen, liebten oder hassten oder ignorierten sich. Und nun kam diese Sensation aus dem Westen. Weil Institutsleiter Professor Pfeiffer verhindert war, ging es nicht sonderlich förmlich zu. Im schlichten Seminarraum hatten die Kommilitonen ihre Tische u-förmig aufgebaut. Der stellvertretende Leiter, von allen nur »der Dicke« genannt, stellte den Neuen vor. Ronald war wie üblich schwarz-weiß gekleidet und strahlte in die Runde. Die Kommilitonen verzogen keine Miene. Das Institut stellte eine Besonderheit dar, der sich alle bewusst waren. Fast jeder hatte schon eine Ausbildung hinter sich, keiner war mehr grün hinter den Ohren wie gewöhnliche Erstsemester.

Außerdem waren sie Künstler, wollten es jedenfalls werden, und da glotzt man nicht, und getuschelt wird schon mal gar nicht.

Ronald stellte sich kurz vor. Er griff in die Umhängetasche und holte seine drei Bücher heraus: *Kleinstadtnovelle, Die heftige Variante des Lockerseins, Petra*. Um sich nicht aufzuspielen, wies er darauf hin, dass die *Variante* nur im Eigenverlag erschienen sei. Die Studenten ließen sich nichts anmerken, aber später würden sie eine Menge zu bereden haben. Drei Bücher hatte dieser Typ schon veröffentlicht. Drei Bücher! Wie alt war der? Anfang Zwanzig, wie der aussah. Die meisten DDR-Autoren waren bei ihrem ersten Buch schon vierzig, pro Buch rechnete man zehn Jahre, bis es erscheinen konnte. Schernikaus bescheidener Hinweis auf den Selbstverlag der *Variante* hatte den gegenteiligen Effekt: An Selbstverlag konnte hier niemand denken, das hätte Fotokopierer vorausgesetzt, und die waren verboten. Selbstverlag in der DDR, das meinte abgetippte Texte auf dünnem Durchschlagpapier, ein Fliegenschiss, der einem obendrein noch Riesenärger einbringen konnte. Obwohl es nicht so aussah, registrierten die Leipziger jede Regung, jede Silbe des Neuen. Der übliche arrogante Westler schien er nicht zu sein. Künstlerklamotten, klar, die gepflegten roten Haare, das sichere Auftreten, aber ansonsten schaute er so offen, dass man sich später ein Urteil würde bilden müssen.

Ronald nahm an einem der Tische Platz, die in jeder Schule hätten stehen können. Während eine Frau mit dicker Brille einen Essay über Samson und Delila und Ingeborg Bachmann vorlas, hatte er Zeit, sich seine Weggenossen für die kommenden zwei Jahre genauer anzuschauen. Ob es hier eine Quotierung gab? Mit ihm waren es exakt acht Frauen und acht Männer. Später würde er herausfinden, dass acht in der Partei waren und acht nicht. Bei den Männern wechselten sich Zauselbärte mit Zauselhaaren ab. Man trug dunkle Pullover, viel Braun und Aubergine, und guckte ernst. Die

Frauen hatten mehr Pfiff und warfen ihm manchmal einen ungeschützten Blick zu. Obwohl das Altersspektrum von dreiundzwanzig bis vierzig reichte, kamen sie Ronald sehr jung vor. Jung, dachte er, aber auch sehr gelassen und kaum zu erschüttern.

Der Unterricht ging von acht bis halb vier, alle zwei Unterrichtsstunden wechselten die Dozenten. »Seminar« sagte kaum einer, man sagte »Unterricht«, und es ging ja auch zu wie in der Schule. Am ersten Tag lernte Schernikau die Dozenten für Lyrik, Sowjetliteratur, Ästhetik und Politische Ökonomie kennen. Den Lyrikdozenten fand er ziemlich aufgeblasen, den für Pol-Ök, noch so ein Vollbart, sehr nett. Als niemand auf dessen Fragen zur DDR-Geschichte antwortete, schaute er auf Ronald und sagte mit gespielter Verzweiflung: »Alles DDR-Bürger!«

Nach den ersten beiden Doppelstunden verließen die Studenten erleichtert den Seminarraum, da waren sie wie alle anderen – endlich Pause! Das von alten Holzbalken getragene Foyer erstreckte sich über zwei Geschosse. Es war holzvertäfelt und strahlte eine heruntergekommene großbürgerliche Solidität aus.

»Guten Tag, ich bin Jana!« Eine junge Frau mit kurzen dunklen Haaren und Kulleraugen gab ihm die Hand. Sie war die Einzige gewesen, die ihn im Seminarraum mit unverhohlener Neugier gemustert hatte. Der liebt sich selber, hatte sie gedacht, und das hatte ihr gefallen.

»Was wird da ausgestellt?« Ronald zeigte auf eine gläserne Vitrine in der Mitte des Foyers.

»Das sind die Abschlussarbeiten unserer berühmten Absolventen.«

»Mal sehen«, sagte Ronald und ging in die Hocke. »Sarah Kirsch, da ist sie ja!«

»Die kannst du alle einsehen.« Jana wies auf die Holztreppe. »Oben sind die Arbeitsräume der Dozenten und daneben die Bibliothek.«

»Ist sie gut?«

»Sehr gut, der Stolz des Instituts! Tolle Auswahl, und jede Menge Westliteratur.« Sie schlug sich an die Stirn und lachte. »So'n Quatsch, kennst du ja alles!«

»Leider«, sagte Ronald.

Sie gingen den anderen hinterher. Die Küche mit einer Sichtklappe diente als Kantine. Sie setzten sich zu den Mitstudenten, die langsam aus ihrer Reserve hervorkamen. Zu groß war die Neugierde, zu erfahren, wie er es geschafft hatte, als erster Westler hier zu studieren. Ronald erzählte von seiner Kindheit in Magdeburg und beschrieb die Versuche, gegen den Willen seiner Partei nach Leipzig zu kommen. Die Kommilitonen hörten aufmerksam zu, kommentierten aber nicht. Und wie er wohne? Und wie das mit dem Stipendium bei ihm geregelt sei? Ein Zimmer in der Universitätsstraße, sagte er und dass er wie alle anderen 600 Mark bekomme.

»Nein, nein«, unterbrach Sybille, eine attraktive Frau mit langen Locken und gepflegter Stimme. »Sechshundert ist das Maximum. Die meisten von uns haben ja vorher gearbeitet, da bekommt man achtzig Prozent vom letzten Lohn. Das sind oft weniger als sechshundert Mark.«

»Trotzdem sehr großzügig«, sagte Ronald.

»Doch, wir sind privilegiert.« Sybille lachte, aber die Ironie war nicht zu überhören. »Normale Studenten bekommen nur zweihundert Mark, da haben wir es schon sehr gut.«

Nach dem Unterricht ging Ronald mit Jens durch den nahegelegenen Clara-Zetkin-Park. Jens hatte sich ihm als sein Parteisekretär vorgestellt. Wie in jedem Betrieb und jedem Hochschulinstitut gab es auch hier eine Parteigruppe für die Genossen. Jens war blass und spitznasig, aber im Gegensatz zu den anderen Männern auch ein wenig kokett. Ronald würde ein Auge auf ihn haben.

»Wir treffen uns einmal pro Monat. Bei der nächsten Sitzung bist du dann dabei.«

»Um nichts auf der Welt würde ich das verpassen«, grinste Ronald. »Wie findest du den Unterricht?«

»Nicht schlecht, aber ziemlich anstrengend. Wir müssen sehr viel lesen, viel Theorie auch.«

»Sehr gut!«

»Dafür gibt es aber lange Schreibzeiten, wo du eine Woche oder auch mal einen Monat zu Hause bleibst und an einem Text arbeitest.«

»Und die Dozenten?«

»Ganz unterschiedlich.« Jens machte das leicht angeekelte Gesicht, für das er berühmt war. »Die schreiben ja alle selber, und manche nutzen ihre Zeit hier in der Hauptsache für die eigenen Arbeiten. Jana kennt sich gut mit Kinderliteratur aus, und sie hat einen Dozenten mal dabei ertappt, wie er einen Vortrag über Kinder- und Jugendliteratur komplett abgekupfert und dann als seinen eigenen verkauft hat.«

Süß, dachte Ronald auf dem Nachhauseweg. Mal sehen, ob da was zu machen ist. Er war bester Laune. Ronald in der DDR! Ronald am Literaturinstitut! Ronald mit dem Sekretär seiner Partei im Clara-Zetkin-Park! Zum ersten Mal seit vielen Monaten konnte er durchatmen. In Westberlin war er immer mehr zum Exoten geworden, anfangs bestaunt, dann nur noch belächelt. Für die meisten war der Flirt mit dem Kommunismus längst vorüber. Man behandelte ihn wie ein Kind, das sich weigert, erwachsen zu werden. Zur Abwechslung war es herrlich dazuzugehören. Genau das hatte er sich gewünscht: Die Negation hinter sich lassen, den Versuch zu wagen, ja zu sagen.

Zu Hause packte er seine Koffer vollends aus. Dann setzte er sich an den Schreibtisch, spannte ein Blatt Papier in die Maschine. Es waren die ersten Zeilen seines Abschlussessays. Hätte er gewusst, dass diese Arbeit als Buch herauskommen würde, seine Laune wäre noch besser gewesen. Einen »Kundschafterroman« hatte er sich vorgenommen. Der Mann aus dem Osten mit der Westerfahrung, der nun wiederum in den

Osten schaut. Auf seinem Schreibtisch standen wieder die Büsten von Marx und Engels. Sonst ein wenig streng in die Welt blickend, schienen sie heute zu lächeln.

59.

Für Ronald sollte es von nun an um die großen Dinge gehen: Literatur, Politik, die Welt. Nicht ohne Vergnügen, aber mit großem Ernst. Bei mir lag die Sache anders: Die großen Dinge waren mir suspekt geworden. Ich begann, mich für das Vergnügen zu interessieren, allerdings nicht ohne einen gewissen Ernst.

Ich war gern zu einer Lesung nach München gereist. Im Buchladen Sodom ging es immer locker zu, dieses Mal gab es Ananasbowle. In Berlin kamen die Leute, um zu meckern, die Münchner wollten sich amüsieren. Ich las aus *Liebesdinge*, und zum Glück hatten die Süddeutschen ihren erfrischenden Hang zur Höflichkeit nicht verloren.

Als ich Feierabend hatte, ging ich vor die Tür, um eine Zigarette zu rauchen. Die Abendluft war so feucht, dass man ihr Gewicht spürte. War das der Föhn, den wir Berliner uns nie so recht vorstellen konnten? Zufrieden blies ich den Rauch in den Abend, als jemand auf mich zutrat.

»Das war sehr interessant, vielen Dank«, sagte ein junger Mann mit hochgegeltem dunklem Haar. Und: »Ich würde mich gerne mit Ihnen verloben!«

Endlich mal kein Langweiler. Ich schaute mir den Frechdachs genauer an: groß, schlank, Anfang Zwanzig. Er hatte eine feine Nase und Zähne bis zum Abwinken.

»In Ordnung«, sagte ich »Aber unter zwei Bedingungen: Ich möchte mich gern mit meinem Verlobten duzen, und ich bestehe darauf, dass wir reingehen und es allen verkünden.«

Zurück in der Buchhandlung klopfte ich mit dem Schöpflöffel an die Bowle:

»Meine Damen und Herren, ich möchte Ihnen eine erfreuliche Mitteilung machen: Ich habe mich soeben mit … äh …«

»Thomas, Thomas Hermanns«, sagte der junge Mann.

»… mit Thomas verlobt!«

Das Publikum hielt das für einen Jux, klatschte aber brav. Wir gaben uns einen Verlobungskuss.

»Nichts wie weg hier, oder?«, flüsterte mein Verlobter.

Auf der langen U-Bahnfahrt in eine Münchner Vorstadthölle fühlte ich ihm ein wenig auf den Zahn: »Machst du das immer so?«

»Nein, aber irgendwie bin ich schon ein Literaturgroupie.« Alle Zähne blitzten.

Wir redeten über Bücher und fanden schnell gemeinsame Vorlieben. Wir mochten die Heroen Kleist, Hölderlin, Büchner und liebten angelsächsische Literatur. Als wir in der Studentenbude mit den blau-weißen Holzwänden angekommen waren, hatte ich einen neuen Freund. Es ging nicht um Liebe, sondern um die seltene Mischung aus Reden und Sex, das eine leidenschaftlich, das andere entspannt, fast windstill. Von nun an würde Thomas häufig zur Münchner Mitfahrzentrale gehen, um einen preiswerten Trip nach Berlin zu ergattern.

Das Auffälligste an ihm war seine Fröhlichkeit. Im Gegensatz zu den motzigen *no future*-Typen war er das fleischgewordene JA. Wir quatschten nächtelang über Theater, Film, Pop und Literatur. Seine große Liebe galt der Kunst des Entertainments. Er war ein Bewunderer der britischen *sophisticated comedy*, liebte alles von Oscar Wilde bis Noël Coward, kannte sich in der Geschichte des amerikanischen Vaudeville ebenso aus wie mit *stand-up comedy* und den Choreographien von Bob Fosse. »In meinem Innersten bin ich ein Showgirl!«, sagte er.

Thomas studierte Theaterwissenschaft, und wir stellten bald fest, dass wir diesen gewissen Hochkulturton gründlich satt hatten. Die Sperrigkeit, der deutsche Hang zu Gründelei und die Zentnersätze für die Ewigkeit waren nicht automatisch ein Garant für gedankliche Tiefe. Die teutonische Denkerpose war oft nur das – eine Pose.

Im Lauf der Jahre war mir die Kulturindustrie immer verdächtiger geworden. Als regelmäßiger Gast auf der Frankfurter Buchmesse erkannte man mit der Zeit die Wichtigtuerei hinter so mancher gefurchten Denkerstirn. Wenn die Abende mit ihren Empfängen kamen und die Zungen sich lösten, gab es so viel hemmungslose Geilheit, so viel Bosheit, Alkoholismus und üble Nachrede bis zum unverhohlenen Vernichtungswillen – aber niemals Selbstironie. Zynismus schon. Am nächsten Tag dann war von dieser menschlichen Komödie nichts mehr zu spüren. Bei Lesungen und Podiumsdiskussionen spielten alle wieder den Moral-TÜV. Ich hasste diese Attitüde. Nach meiner dritten Buchmesse fuhr ich nach Hause und entsorgte alle meine Bücher, nur die Gesamtausgaben von Kleist und Oscar Wilde blieben im Regal.

Thomas und ich sahen uns nicht als hehre Künstler, aber viele Jahre lang führten wir einen unablässigen Dialog über die Nahtstellen zwischen Inhalt und Form. Wir sprachen über Provokation und Verführung, Ironie und Humor, über das Aufblitzen der Wahrheit im Lachen. Thomas gab den fröhlichen Tatmenschen, ich den Skeptiker. Wo ich mich, geprägt von Universität und Ideologie, nur mühsam aus der antrainierten Ernsthaftigkeit befreien konnte, folgte Thomas munter seinen Instinkten. Von den Endmoränen der Achtundsechziger-Rigidität nur gestreift, schämte er sich nicht, Menschen zum Lachen zu bringen. Intelligente Unterhaltung war sein Thema, und er merkte schnell, was für ein schweres Geschäft das war. Das war zwar ein Klischee, aber wie die meisten Klischees traf es zu.

Nach dem Examen rächte er sich für die Frustrationen seines Studiums. Seiner Zeit weit voraus, inszenierte er im Münchner Rationaltheater die Operette *Der Vogelhändler* von Karl Zeller. Acht Schauspieler und ein sechsköpfiges Miniorchester sorgten für Operettenschmalz. Drumherum hatte er eine Rahmenhandlung gestrickt: Eine prätentiöse, vergeistigte Regisseurin namens Margarethe von Troja inszeniert mit ihren Schauspielern eben diesen *Vogelhändler* und zeigt dabei sämtliche Marotten des Regietheaters. Thomas machte sich mit Karacho über den deutschen Geniekult lustig. Zur Premiere hatte sich sogar der Opernkritiker der Süddeutschen Zeitung angesagt.

Dummerweise hatte er die Presseerklärung nur überflogen und angenommen, Margarethe von Trotta höchstpersönlich inszeniere die Operette. Es kam, wie es kommen musste: Das Blatt brachte einen sechsspaltigen Verriss, nicht die letzte Ohrfeige, die Thomas sich vom deutschen Feuilleton einhandeln würde.

Aber er ließ sich nicht entmutigen und brachte in kurzer Folge kleine schmutzige Shows auf die Bühne: für Cora Frost das Hausfrauenmusical *Wenn Lockenwickler träumen könnten*, von ihm eigenhändig an der Heimorgel begleitet. Mit vier Mitspielern tingelte er als »Frontbetreuung« durch die Lande, eine saftig schwule Agitationstruppe, die sozialen Kommentar und die Liebe zum Trivialen beeindruckend geschmacklos mischte. Da war noch die gute alte Politrevue der Siebziger zu spüren, gleichzeitig bediente man sich einer beliebten Methode der Achtziger, des Zitats. Alles, was in Film, Pop, Politik und Fernsehen reizte, wurde gnadenlos ausgeschlachtet. Schnell entwickelte Thomas seinen eigenen Stil: flott, dicht, trashig, ein Wildern von Hochkultur bis unterirdisch. Er nannte das »meine Muppet-Show-Dramaturgie«.

Auch mich interessierten die Mischformen, ein Mix aus Kommentar, Satire, Reportage und Porträt. Allerdings galten Texte, bei denen man sich auch amüsieren konnte, als verdächtig. Leichtigkeit war leichtgewichtig. Bei Filmkritikern war das System am deutlichsten zu erkennen: Die lachten sich in der Pressevorführung schlapp, gingen dann nach Hause und schrieben einen Verriss.

Heimlich schrieb ich gern mal Texte, flüchtig wie eine Sommerwolke. Für ein Italienbuch hatte ich einen Beitrag über meine persönliche Hitparade italienischer Eissalons geschrieben. Ein Redakteur von Penthouse rief an und wollte mich eine Woche lang quer durch Deutschland schicken, um etwas Vergleichbares über deutsche Eissalons zu machen. Flüge, Hotels und Eiskrem frei, obendrein sagenhafte 2 000 DM Honorar. Ein Traum, davon konnte ich drei Monate leben – wäre da nicht Penthouse gewesen. Ich kaufte mir die aktuelle Ausgabe, studierte die Titelstory, eine Typologie des primären weiblichen Geschlechtsorgans, hier taktvoll »Bär« genannt, und musste leider absagen. Mich störte nicht der Sex, aber Sprache und Aufmachung waren so herrenwitzig, dass ich mir nach der Lektüre die Hände waschen musste. Zweitausend Mark futsch, aber es ging nicht anders.

Als ob das Schicksal mich entschädigen wollte, lud Thomas mich ein, ihn in New York zu besuchen. Er hatte beschlossen, ein Jahr dort zu leben und die Zeit für seinen persönlichen Fünfjahresplan zu nutzen. Er liebt solche Pläne, und neben Plan A gibt es immer auch Plan B und meistens sogar C. Wohl wissend, dass ich zum Moralisieren neige und zu der Generation gehöre, der die USA gleichbedeutend mit Kulturverfall ist – laut, geschmacklos, imperialistisch –, stellte er eine Bedingung: »Du musst mir versprechen, alle Vorurteile stecken zu lassen und nicht gleich alles durch die CocaCola-McDonald's-Brille zu sehen. Die Menschen hier sind vielschichtiger, als du denkst. Heimisch fühlen wirst du dich sowieso ganz schnell. Manhattan kommt einem ganz vertraut vor, weil man jede einzelne Ecke aus den Serienkrimis kennt.«

Er behielt wie immer recht. Abgesehen von der Sprache, die sie merkwürdigerweise Englisch nannten, waren die Amis offen, höflich und sehr interessiert. Erstaunlich, wie gut sie sich in der deutschen Kultur auskannten. Während die Briten immer gleich »Sieg Heil!« brüllten, dachte man hier bei Deutschland an Wagner, Schopenhauer, Fassbinder und Nena.

Dass ich bald Glossen und Feuilletons schreiben würde, wäre ohne den einmonatigen Besuch bei Thomas undenkbar gewesen. Durch den besten Führer, den man sich vorstellen kann, erhielt ich eine satte Lektion in Sachen Entertainment. Unterhaltung, das war hier eine Arbeit, vor der man den Hut zog. Ein Norman Mailer stand auf der gleichen Ebene wie Liza Minnelli, in den Journalen fand sich das Porträt über Paul Auster gleich neben dem Shirley McLaines. Die Unterscheidung zwischen U und E hätte kein Amerikaner verstanden, beides galt als Teil der Kultur. Unterhaltung war ein hoch angesehenes Handwerk, in das viel Gedankenkraft investiert wurde. Es gab eine Tradition, ein Regelwerk und, ganz im Gegensatz zu Deutschland, eine Kritik, die kleine wilde Performances im Village genauso penibel besprach wie die Opernpremiere der Met. Und wie diese Leute ackerten, wieviel sie probten, diskutierten, wussten! »Das macht den Beruf überhaupt erst zum Beruf«, sagte Thomas. »Und das Beste ist: Die machen alle diese tollen Sachen, und kein einziger läuft mit diesem Pina-Bausch-Gesicht herum!«

Gleich am ersten Abend gingen wir in das King Tut's Wah Wah Hut, eine Kaschemme im East Village, in deren drittem Hinterzimmer jeden Mittwochabend junge Performer auftraten. Verdienen konnte man hier nichts, aber es war eine Möglichkeit, sich auszuprobieren. Auch Thomas trat hier auf. Vanna White, die amerikanische Buchstabenumdreherin des Glücksrads, hatte ihre Memoiren als Hörbuch veröffentlicht, und Thomas steigerte im Vollplayback den unfreiwilligen Humor der Lady zur grotesken Nummer. Das Publikum mochte *that crazy German*.

Knüller des Abends war The House-O-Pork, eine stimmgewaltige Sängerin mit Band, die Country- und Western-Songs über Schweine und Schweinefleisch spielte. Außerdem trat ein Merce-Cunningham-Tänzer auf, der Schauspieler Steve Buscemi, der, als gigantischer Hase verkleidet, einen Monolog ablieferte, und die punkigen Gastgeberinnen Lucy und Annie, alias Dancenoise. Zum Schluss waren sie nackt, übergossen sich mit künstlichem Blut und wälzten sich in Glitzerstaub. Wilde Auftritte gab es in Berlin auch, aber diese Amis beherrschten ihr Handwerk. Offensichtlich hatten sie intensiv geprobt, was in Berlin fast anrüchig war. Befeuert durch diverse Wodka-Martini, verbrachte ich mit der Sängerin der Schweinefleisch-Band eine der witzigsten Nächte meines Lebens. Ihr Name war Gayle Tufts, und ich fürchte, dass ich mich im Morgengrauen zu einem kleinen Vortrag über Immanuel Kant hinreißen ließ. Gayle fand das *cute* und nannte mich ihren *thin white duke.* In nur einer Nacht war ich vom Amerika-Skeptiker zum Fan geworden.

Den größten Eindruck aber hinterließ bei mir die New York Times, besonders deren zwanzig Kilo schwere Sonntagsbeilage. Unfasslich, auf welchem Niveau hier über Architektur, Literatur, Musik, Design, Kunst und Film geschrieben wurde. Die Autoren pflegten einen Mut zur Meinung, einen Stilwillen, dass man grün vor Neid werden konnte. Dagegen war das deutsche Feuilleton eine alte Socke. Dieses Niveau wurde sogar bei Restaurantbesprechungen oder der neuen Brillenmode gehalten. In den riesigen Antiquariaten der Stadt deckte ich mich mit entsprechender Lektüre ein und fand heraus, dass die geistreichen Feuilletons eine lange Tradition hatten. Neben den Satiren von Dorothy Parker, wie mit der Rasierklinge geschrieben, faszinierten mich vor allem die Porträts von Djuna Barnes. Bei ihr wurde eine alltägliche Begegnung mit einem Boxer zu einem elektrisierenden Stück Literatur.

Weit davon entfernt, größenwahnsinnig zu werden, wollte ich mich dennoch in dieser Kunst versuchen. Ich hatte eine regelmäßige Kolumne in der taz und hielt nach einer Zeitschrift Ausschau, für die ich arbeiten könnte. Dass mein gerade eingeschlagener Weg mich ins Fernsehen führen würde, dass Thomas für mich seine erste Mini-Comedyserie schreiben und Gayle dort ihren ersten deutschen TV-Auftritt haben sollte, konnte keiner ahnen.

60.

So mancher mutmaßte, dass der Neue für die Staatssicherheit arbeitete. Warum sonst das höchste Stipendium, eine eigene Wohnung und die Erlaubnis, ein Jahr später noch einzusteigen? Quatsch, sagten einige: Republikflucht, erfolgreich im Westen und predigt uns das kommunistische Paradies – so phantasievoll ist die Stasi nie! Gerade deswegen, meinten andere: Je absurder die Legende, desto schwerer kommt man dahinter! Und wenn man sich anschaut, mit wem er sich angefreundet hat, ausgerechnet mit dem Parteisekretär, der sowieso in einem gewissen Ruch steht …

Alle gingen davon aus, dass über sie berichtet wurde, wenn nicht von Studentenseite, dann sicher durch den einen oder anderen Dozenten. Man nahm das lässig hin, was sollte man machen? Die Studenten, die nicht in der Partei waren, waren vielleicht etwas einsilbiger, Sybille und Hinnerk etwa, die sich als Paar gefunden hatten. Für sie reichte die Parteimitgliedschaft eines Kommilitonen, um sich vorzusehen. Natürlich redete man miteinander, auch über Politik, aber immer spürte man in ihren Sätzen die angezogene Handbremse. Sybille hatte sich sogar mit Ausreisegedanken getragen, aber sie konnte sich nur schwer vorstellen, Familie und Freunde zu verlassen.

Vielleicht hätte etwas mehr Offenheit die Fassaden transparenter gemacht. Rüdiger etwa, der Sohn eines Parteisekretärs, war SED-Mitglied, und Sybille empfand ihn als fanatischen Parteigänger. Rüdiger selbst aber zweifelte an der Partei und verzweifelte fast daran. Seit 1986 die Zeitschrift Sputnik wegen einer abgedruckten Gorbatschow-Rede verboten wurde, hatte er viele Illusionen verloren. In seiner Dresdner Künstlergruppe versuchte die Stasi erfolgreich, die Mitglieder gegeneinander auszuspielen. Seine Delegierung ans Institut war veranlasst worden, um ihn aus Dresden wegzulotsen.

Die Vorbehalte gegen Schernikau wurden ihm gegenüber nie direkt ausgesprochen. Man suchte sich Nebenschauplätze und fand sie in der Wohnungsfrage. Westler hätten nie verstanden, was an Ronalds schlichter Einraumwohnung besonders sein sollte, aber die Kommilitonen konnten ein langes Lied von ihren Wohnproblemen singen. Und sie taten es. Theoretisch überzeugend, dass Wohnungen zentral vergeben wurden und extrem preiswert waren, haperte es in der Praxis gewaltig. Mal eben für drei Jahre nach Leipzig wechseln, das funktionierte nicht.

»In Dresden hatte ich eine gute Bude aufgerissen, konnte die Wohnung aber nicht tauschen«, erzählte Sybille. »Anfangs habe ich hier im Studentenwohnheim gewohnt, für zehn Leute nur eine Dusche und eine Toilette! Dann hab ich mich schwarz in ein Abrisshaus gesetzt, eine total verschimmelte Wohnung, unzumutbar!«

»Oder du kriegst 'ne winzige Klitsche am Arsch der Welt«, sekundierte Rüdiger. »Meine Bude ist so baufällig, da haben sie überall Stützen reingebaut, jetzt muss ich mich immer um die Pfähle rumschlängeln!«

»In Westberlin hatte ich eine Wohnung, die feucht, dunkel und nass war«, versuchte Ronald zu erklären. »Die kostete dafür nicht wie bei euch dreißig Mark, sondern fraß ein Drittel meines Geldes auf.«

Diese Sprüche kenne ich, dachte Rüdiger. Wenn Genossen von der DKP zu Besuch sind, finden sie auch immer alles super, mit den billigen Mieten und so. Sind zwei Wochen da,

Sozialismus auf Zeit, aber herziehen will keiner! Doch er biss sich auf die Zunge.

»Ich habe noch nicht mal Wasser oder einen Ausguss in der Wohnung«, legte Sybille noch einen drauf. »Ich schleppe das Zeug eimerweise in die Wohnung, und oft gibt es stundenlang kein Wasser.«

Ronald war still geworden, was sollte er auch groß sagen?

»War bestimmt eine schlimme Wohnung bei dir«, lenkte Sybille ein. »Aber du hattest wenigstens das Privileg, dir deine Wohnung suchen zu können. Bei uns wird zugeteilt: Friß oder stirb!«

Ronald verstand diese Probleme sehr wohl, aber das ständige Meckern ging ihm gegen den Strich. Warum sahen alle nur das Negative? Vielleicht hätte er sich noch einmal die alte Marx-Maxime zu Gemüte führen müssen: »Das Sein bestimmt das Bewusstsein.« Hier traf sie zu. Für seinen Abschlussessay notierte er:

»ich konstruiere zu den dingen eine not, wenn ich von drüben erzähle. ich versuche, den kapitalismus an seiner reformbedürftigkeit anschaulich zu machen, also an dem punkt, an dem er gerade allen zuständen der welt ähnelt. ich spiele den luxus herunter, den ein fotokopiergerät bedeutet, ich leugne standhaft meine beteiligung an den vorzügen.«

Der arme Ronald musste sich für eine Wohnung verteidigen. Er hatte nicht vorausgesehen, welchen Unmut er mit einer schlichten Heizung verursachte. Wie empört sie allein das Wort »Fernwärme« aussprachen! Er hatte um diese Privilegien nicht gebeten, konnte aber auch nicht leugnen, dass er nach dem Loch in Westberlin sein warmes Zimmer genoss:

»man kann ja zu niemandem darüber reden, aber natürlich ist die welt nur in privilegien erträglich. ich brauche richtige ungerechte ausnahmeregelungen, nur für mich.«

Heikler noch als die Wohnungsfrage war die Tatsache, dass er reisen durfte. Auch hierfür konnte er nichts, er war nun mal BRD-Bürger. Immer wenn er gegen ihre negative Haltung argumentierte, wurde ihm seine Reisefreiheit zum Vorwurf gemacht. »Du hast gut reden«, warf ihm Hinnerk an den Kopf. »Wenn ich mit einem Reisepass in der Tasche dasitze, ist das doch eine ganz andere Situation!« Natürlich war das ein Totschlagargument, und bald gab Ronald es auf, sich zu verteidigen. An Thomas schrieb er:

»im moment bin ich soweit, dass ich denke, es wird mir spaß machen, immer hin und her zu fahren, aus trotz, ich zeig es ihnen. bin ich eben ein gott!«

Im Unterricht lag die Sache anders.

»Der ist doch herzerfrischend. Als ob jemand ein graues Haus himmelblau anmalt!«, sagte Jana. In der Tat hatte sich das Seminar im ersten Jahr ohne Schernikau durch eine düstere Stimmung ausgezeichnet. »Kritisch sein« stand hoch im Kurs. Man war regelrecht hungrig danach, mit kritischen Texten am Bewusstsein der Leser zu kratzen. Natürlich gab es auch Studenten – Sybille nannte sie »die Butterblümchen Gottes« –, die sich nur für Naturlyrik oder die Traditionen ihres Volkes interessierten, wie die Sorbin Rosa. Aber die Mehrzahl nutzte das offene Klima am Institut. Wer weiß, wann sie wieder so unverhohlen reden und schreiben konnten? Vergleichsweise ging es hier zu wie auf einer Insel der Seligen. Sie wollten der Bedrückung Ausdruck geben, die fast jeder empfand. Ihre Texte waren schwerblütig und schattenreich. Doch dann kam der Heiterkeitsapostel aus dem Westen.

Schernikau war für das Seminar wie eine Frischzellenkur. Er hatte ein Art, frei von der Leber weg zu reden, ungehemmt zu fragen, was er wissen wollte. Sogar die Dozenten bürstete er ab. Beim allseits verhassten Ästhetik-Dozenten kritisierte er dessen abstraktes Gefasel, und als der seine Drögheit auf das Fach schieben wollte, redete Ronald Klartext: »Die Hälfte Ihrer Literaturangaben habe ich schon vorher gelesen, eben weil sie wahnsinnig spannend sind. Es liegt nicht am Fach, es liegt daran, dass die interessanten Themen in Ihrem Unterricht nicht vorkommen!«

Ihm fehlte vollends die Vorsicht, die die Rede des restlichen Seminars prägte. In puncto DDR-Literatur achteten die Kommilitonen stets darauf, was verklausuliert werden musste, was zensiert wurde, was nur im Westen veröffentlicht werden konnte. Schernikau hatte einen anderen Blick. Er pries die Qualität dieser Literatur, ihr Formbewusstsein, die ausgeprägte gesellschaftliche Ausrichtung und das weitgehende Fehlen modischer Schnörkel. Dabei war er witzig, originell und steckte mit seiner Begeisterung an. Durch seine Augen betrachtet, gewann die Literatur ihres Landes neue Frische.

Schernikaus Selbstbewusstsein war sein Markenzeichen. Allein, wie er gleich nach dem Anklopfen das Zimmer des Direktors betrat, ohne auf ein »Herein!« zu warten. Zu aller Verblüffung war er eines nicht: arrogant. Obwohl seine Westerfahrung ihm einen gewaltigen Vorsprung verschaffte, achtete er penibel darauf, sich nicht über die anderen zu erheben. Er provozierte zwar gerne, sprach herausfordernd pointiert, lud aber immer zum Dialog ein. Sein Lachen färbte auf den Unterricht ab, die anderen Studenten kamen nach und nach aus ihrer Reserve. Als sie das Programm für das kommende Semester besprachen, verabredete man auch ein Minderheitenprogramm. Das betraf vor allem die Sorbin Rosa und Sybille, die wie so oft abweichende Vorstellungen hatte. Da kicherte Jens und sagte: »Na, Ronald, machst du kein Minderheitenprogramm?« Der schmiss in gespielter Tuntigkeit die Arme in die Luft und verdrehte die Augen. Das Seminar kringelte sich vor Lachen.

Nicht alle waren glücklich über den Westimport. Ein Jahr hatte gereicht, um Hierarchien zu bilden. Star des Seminars war Hinnerk, ein Mann um die Dreißig mit kurzem dunklem Haar und Brecht-Brille. Seine Gedichte waren schwermütig, und er trug sie mit einer Stimme vor, als lese er aus der Bibel. Ungewollt stahl Ronald ihm die Schau. Hier prallten das Helle und das Dunkle aufeinander, Klassik auf Romantik. Die beiden lieferten sich Wortgefechte, die Ronald gewann, weil er nicht so verbissen war. Gut aufgelegt berichtete er Thomas:

»selbst der ungekrönte depridichter des seminars, dessen texte wirklich ganz gut sind, hat schon zweimal das wort an mich gerichtet, jens fiel es gleich auf. die elite findet sich! sie überwindet sogar die front zwischen hacks und müller (wenig vereinfacht gesagt). depridichter, hässlich wie die nacht, richtet wörter an verboten schönen heiterkeitsapostel, das kulturelle ereignis!«

Weil das Institut sich wie eine Schule anfühlte, benahm Ronald sich manchmal wie ein zu groß geratener Pennäler. Sobald es ihm langweilig wurde, und das passierte nicht selten, schwatzte er mit seinen Sitznachbarn. Mehrmals musste er wegen anhaltenden Kicherns oder eines Lachanfalls zur Ordnung gerufen werden. Selbst vor Zettelpost scheute er nicht zurück. Sein bevorzugter Partner war Jens, dem er in Kinderschrift schrieb:

Lieber Jens,

ich beobachte Dich jetzt schon einige Zeit. Du mich auch? Ich weiß gar nicht, wo ich noch hingucken soll.

Ein Unbekannter.

Jens antwortete mit gespielter Strenge:

Dear Nobody !

Du sollst nach vorn schauen / verdammt nochmal! / Und Dich auf die Rede des Vortragenden konzentrieren / nicht wahr / wozu sonst bist Du hier!

Gruß – Dein Parteisekretär

Noch zu Westberliner Zeiten hatte Kraushaar an der Freien Universität ein Literaturseminar abgehalten. Ronald und ich waren oft hingegangen, und es hatte uns schockiert, wie offensiv desinteressiert die Studenten sich gaben. Die wollten ihren Seminarschein – und dann ab in die Karriere. Es juckte einen in den Fingern, sie vor die Tür zu setzen und ihnen ein herzhaftes »Für drei Monate ab in die Fischfabrik!« hinterherzurufen. Die Leipziger Studenten waren da aus anderem Holz. Froh, hier studieren zu dürfen, nahmen sie die arbeitsintensiven Seminare klaglos hin. Allein der erste Abschnitt der Studienanleitung Ästhetik 86/87 lässt einen schweren Brocken erahnen:

Kunst und Literatur als besondere Weisen der ästhetischen Produktion
– Der Kunstbegriff in der Geschichte
– Aristoteles' Mimesiskonzept
– Das Vergnügen oder der Genuss in der Literatur

Ästhetische Werte in der Kunst und Literatur
– Das Wesen ästhetischer Wertung
– Das Tragische und Komische in der antiken Dramatik
– Die Stellung der Dramatik in der antiken Gesellschaft
– Das Tragische und Komische heute

Die programmatische Bestimmung des »Schönen« in der deutschen Klassik
Die herausragende Rolle, die Kunst und Literatur bei der Umgestaltung der Gesellschaft spielen sollen
– Das Schöne als Paradigma des »vollkommenen Lebens«
– Der »schöne Schein« – seine Aufhebung in der Moderne
– Grundpfeiler einer marxistischen Kunstauffassung
– Kunst und historischer Fortschritt
– Realismus und Illusion, Brechts Begründung seiner nichtaristotelischen Dramatik
– Kunst und soziale Klassen

Dazu las man Sophokles und Aristoteles, Schiller, Lessing, Hegel – und Ästhetik war nur ein Fach von zwölf. Häufig hatten die Studenten Referate zu halten, und auch hier pflegte Schernikau seinen eigenen Stil. Im Gegensatz zu den anderen sprach er frei. Zu Hause hatte er sich nur Stichwörter und Halbsätze notiert. So improvisierte er, gut vorbereitet zwar, aber immer für eine kecke Volte gut. Zu einem Referat über »Verdinglichung. Begriff und Begegnung bei Becher« teilte er Zitate aus dessen Werk aus. Die Zitate waren deutlich gekürzt, und als Erklärung gab er an: »Die Auslassungen bedeuten bloß, dass Becher wie immer unerträglich geschwätzig ist, aber darum geht es hier nicht!« Die Kommilitonen trauten ihren Ohren nicht. Hält am »Literaturinstitut Johannes R. Becher« einen Vortrag und kanzelt en passant den Namenspatron ab, eine Frechheit, die den anderen nicht im Traum eingefallen wäre.

Wenn um halb vier der Unterricht endete, ging Ronald meist noch mit Jens einen Kaffee trinken. Auf Drängen von Jana wurde meist auf die Minute genau Schluss gemacht. Sie war zwar erst Fünfundzwanzig, hatte aber schon ein Kind, das sie allein großzog. Häufig, besonders an Freitagen, bekam sie um diese Zeit schon kein Brot mehr. Sie ärgerte sich maßlos darüber und schrieb mehrmals an die Zeitung, um auf die Probleme alleinerziehender Frauen aufmerksam zu machen, das war ihre Form von Politik.

Hatte Jens keine Zeit, ging Ronald schnurstracks nach Hause und legte sich eine halbe Stunde aufs Ohr. Aber Feierabend war noch lange nicht. Neben Lektüre und Hausarbeiten musste er den Stoff des letzten Jahres nachholen. Dazu kamen seine eigenen Schreibarbeiten: Die Notizen für den Abschlussessay, ein Libretto und konkret ausgearbeitete Passagen für seinen großen Roman, der immerhin schon einen Namen hatte: *legende*. An den meisten Abenden saß er bis elf über seine Arbeit gebeugt.

Doch bevor er sich wieder der Literatur widmete, mussten die Einkäufe erledigt werden. Dann ging er zuerst zur Frucht-halle, die drei Ecken weiter lag. Leipzig hatte eine beeindruckend geschlossene Altstadt, deren Pracht sich aber nur dem aufmerksamen Auge erschloss. Es gab wunderschöne Renaissance- und Barockhäuser, Messehäuser mit reichem Figurenschmuck, Gründerzeit und Jugendstil en masse, doch leider waren die meisten Bauten in einem so beklagenswerten Zustand, dass der Blick schnell an ihnen vorüberglitt: dunkelgrau bis schwarz die Fassaden, vernagelte Fenster, abgestützte Balkone, bröckelnder Putz, fehlender Stuck. Trotz des »Dächer dicht!«-Programms gab es viele unfreiwillige Dachgärten, manchmal wuchsen Bäumchen durch die desolaten Dachziegel. Das Programm war zwar mit viel Tamtam verkündet worden, blieb aber größtenteils Papier, wie so vieles hier.

Wenn Ronald sich umgeschaut hätte, die kaputten Fassaden, der Verfall – es war ein Endpunkt. Für ihn aber war es ein Anfang. »Schönheit kommt später«, sagte er.

Die Fruchthalle befand sich auf einer Brache an der Hainstraße und war in Wirklichkeit eine Baracke, davor ein überdachter Verkaufsstand. »Vitamine frisch von Feld und Garten!« verkündete eine bunte Werbetafel. Die Tafel war größer als das Angebot. Anschließend ging er in die Kaufhalle und holte Lebensmittel ein.

Einkaufen war immer ein kleines Abenteuer. Ronalds Schuhe waren im Eimer, und als er nach drei Tagen Herbstregen stets nasse Füße hatte, beschloss er, ein neues Paar zu kaufen. Das war gar nicht so einfach. Im Centrum-Warenhaus sagten sie: »Ja, heute Vormittag waren noch alle Größen da.« Er lief sich die nassen Füße platt, bis er endlich ein Paar feste schwarze Schuhe ergatterte. »Stell dir vor, die kosten nur zweiundfünfzig Mark!«, sagt er triumphierend zu Jana. Die schaut auf seine neuen Schuhe, macht ihre Kulleraugen und lacht: »Die mögen vielleicht spuckebillig sein, aber es sind so richtig hässliche Trampelschuhe!«

61.

»ein regelmäßiger geschlechtsverkehr ist schon etwas wichtiges«, schreibt Ronald an Thomas, ein Wink mit dem Zaunpfahl. Und: »zum thema liebe kann ich dir mitteilen, dass dieselbe noch besteht: zumal zum adressaten dieser zeilen. alle anderen halte ich mir am ausgestreckten arm vom leib.« Das war ein wenig geflunkert.

Er hatte ein Auge auf seinen Parteisekretär geworfen und begonnen, ein Netz zu spinnen, um ihn einzufangen. DDR-Männer wie der spitznasige Jens gefielen ihm. »Die haben unwahrscheinlich teigige Gesichter und so Piffelhaare«, sagte er. »Das ist nicht diese amerikanische Strahlemannschönheit, doch ich mag das. Sie sind warmherziger, aber auch langweiliger manchmal.«

Zu Ronalds Überraschung hatten seine Träume die Länder gewechselt. »ich träume vom westen«, schreibt er. »in den träumen sonst hier, träume ich, angekommen, wieder von der anderen seite.« Nach Westberlin sehnte er sich nicht, aber nach Thomas. Anfangs schrieb er alle drei, vier Tage. Thomas war nicht ganz so fleißig. Die schönsten Briefe kamen von Stefan. Er ist der gute literarische Freund, der sich intensiv mit Schernikaus aktuellen Arbeiten auseinandersetzt, besonders mit den verschiedenen Anläufen zum Mammutwerk *legende*. Heiter berichtet er von seiner eigenen Lektüre: »Blaise Cendrars mit Dosenbier« und »als Privatspaß eine Geschichte der Schädeloperationen«. Er lässt das schöne Wetter nicht unerwähnt, das ihn dazu verleitet, »mein Sperma gegen die Welt zu klatschen«. Ronald freute sich sehr über Post, da er in Leipzig noch niemanden kannte. In seiner spärlichen Freizeit ging er viel ins Theater, besuchte Lesungen in der Moritzbastei, hörte bei Proben der Thomaner zu und nahm häufig, da die Stadt sich durch ein hervorragendes Kinoprogramm auszeichnete, im Kinosessel Platz.

»in leipzig, dachte ich mir so, kann ich nun endlich tag und nacht defafilme kucken, aber nein, ich sitze in einem der anspruchsvollen kinos und kucke einen dieser sanftundsensibelen filme von wim wenders, kucke und bin schon selber ganz sanftundsensibel, und plötzlich läuft eine der kartenabreißerinnen vor die leinwand, starrt in meine richtung, wedelt mit den armen und zischt immer: kss kss; und da merke ich, dass ich schon selber ganz sanftundsensibel immer tiefer in den sitz gerutscht bin und nun meine knie sich an die vordere lehne stützen, ein verstoß gegen die sitzordnung.«

Einmal gibt es einen erzieherischen Vorfilm mit der Aufforderung, jeden Besuch ins Hausbuch einzutragen, besonders den Westbesuch. Die Bücher werden in jedem Mietshaus geführt und dienen der Kontrolle. Das Publikum lacht den Film einfach aus. Auch das ist die DDR.

Natürlich ist die örtliche Schwulengruppe ein Muss. In der DDR war der Schwulenparagraph 175 mit der Begründung gestrichen worden, er sei Nazi-Recht. Die BRD hatte ihn beibehalten – das Bundesverfassungsgericht konnte nichts spezifisch Nationalsozialistisches daran entdecken. Homosexualität war in der DDR nicht kriminalisiert, aber Schwulengruppen sah man nicht gern. Treffpunkt war, genau wie im Westen der Siebziger, meist die evangelische Kirche. Die Stasi sorgte dafür, dass überall einer ihrer Informanten dabei war. Ronald ging mehr oder weniger regelmäßig hin, aber die Treffen waren nicht ganz seine Tasse Tee, wie er Thomas berichtet:

»gestern war ich zum zweitenmal in der schwulengruppe, alle haben probleme, alle erzählen sie davon. es ist immer die ebene: es ist so schwierig mit meiner exfrau, was sagen die kollegen, ich kann gar nicht richtig weinen. damit verbringen sie ihr leben.«

Zu Beginn der Leipziger Zeit fuhr er alle drei, vier Wochen nach Westberlin. Immer hatte Ronald die Taschen voller

Geschenke, Bücher hauptsächlich und Haushaltswaren, die in der DDR so billig waren: Siebe, Töpfe, Pfannen. Einmal bringt er eine Zahnbürste mit, und als Thomas sich abends die Zähne putzt, hat er den Mund voller Borsten, jede einzelne ist ausgefallen. Sofort beginnt Ronald, die DDR zu verteidigen.

An diesen Wochenenden versuchen sie Normalität herzustellen – Kochen, Theaterbesuche, Freunde sehen –, aber es ist nicht so einfach, wenn der gemeinsame Alltag fehlt. Im Schnelldurchlauf berichtet Thomas von den Problemen mit dem Heinrich-Mann-Projekt: Keine Geldgeber in Sicht, die seinen deutlich politischen Zugang unterstützen wollen. »Dann sei konsequent, und geh in die DDR«, lockt Ronald. »Dort kannst du als Künstler leben.«

***

Wenn es irgendwie ging, versuchte ich Ronald bei seinen Westbesuchen zu treffen. Jahrelang hatten wir uns sehen können, wann immer uns danach war, wir waren auf dem Laufenden über Gefühlslage, Gedanken und Geldbeutel des anderen. Doch nun dauerte es, bis sich die alte Vertrautheit einstellte. Das war wie ein abgesoffener Motor, der hustet und spuckt, bevor er wieder schnurrt. Bei seinen ersten Besuchen noch deutlich ironisch, streckte er zur Begrüßung die Hand aus.

»Na, du Ostpocke«, sagte ich.

»Na, du Westschlampe! Ist schon komisch, in Leipzig gibt man sich immer die Hand und grüßt sich im Hausflur. Hier ertappe ich mich dabei, viel zu freundlich zu sein.«

Ronald kam mir ernster vor, gesammelter. Nicht, dass er weniger lachte, aber seine Albernheitsausbrüche waren seltener. Ob es an der DDR lag, konnte ich schlecht beurteilen, vielleicht hatte es etwas mit seiner Beziehung zu Thomas zu tun. Er hatte seine Zurückhaltung aufgegeben und erzählt, wie sehr ihn Thomas' sexuelle Verweigerung schmerzte. Mit runden Schultern saß er da, die Stimme leise: »Neulich wollte ich Thomas überraschen, da sitzt er mit so einem Typen in der Küche. Und was macht er? Geht mit dem Flittchen ins Kino!« Das ganze Ausmaß seiner Verletzung wurde mir klar, als er völlig unvermittelt im Beisein von Thomas rausplatzte: »Der schläft ja nicht mehr mit mir!« Bitter hatte das geklungen und hilflos. Ein paar Tage später kam aus Leipzig ein Brief:

> sehr geehrter prof. frings,
> ich bin jetzt das erste mal kontrolliert worden, habe standhaft behauptet, alle mitgeführten bücher seien ganz für mich allein, und so durfte ich alles einführen – in die ddr, mensch! meine zweihundert jahre alte nachbarin hatte inzwischen meine sämtliche post gelesen und meinen briefkasten demoliert, weil ein einfaches öffnen offenbar eine überforderung darstellt.
> die letzten stunden im westen habe ich erika runges küche putzend verbracht, vom honorar erwarb ich alsdann einen wasserfilter, der nun sehr amerikanisch in meiner küche steht und den tee veredelt.
> ja. jetzt sitze ich hier, habe schon wieder einen haufen bücher gekauft, höre henze. als ich thomas zum abschied anrief, hatte er besuch; schneller ersatz. jeder mensch ist zu ersetzen! merke es dir gut, professor kind.

Wie immer hatten wir ausgiebig über seine Buchprojekte gesprochen. Als ich ihn nach dem Stand von *so schön* fragte, hellte sich sein Gesicht auf, und er zeigte mir den Entwurf für das Buchcover: In Comicmanier küssen sich ein kurz- und ein langhaariger Mann.

»Hübsch«, sagte ich. »Und wie sind die anderen Zeichnungen?«

»Welche Zeichnungen? Du kennst doch Thomas Schulz: Es dauert! Wenn das Cover nicht für den Verlagskatalog hätte fertig sein müssen, wäre der bis heute nicht zu Potte gekommen. Aber jetzt hat er mir versprochen, zügig an die Arbeit zu gehen.«

»Krieg ich dann eine Widmung?«

»Du kriegst was auf die Nuss«, sagte Ronald und ließ den Worten Taten folgen.

Wenn wir uns aufeinander eingespielt hatten, verfielen wir in die alten Rituale: Wir kabbelten uns über die Verlautbarungssprache des Sozialismus. Als treuer Zuschauer der Aktuellen Kamera fand ich den Floskelsalat schreiend komisch:

»Der Vorsitzende des Staatsrats der DDR und Generalsekretär des ZK der SED, Erich Honecker, bekräftigte am ersten Mai das tiefe Vertrauen zwischen Volk und Partei. Das Kombinat Plaste und Elaste versprach machtvoll die Überbietung der geplanten Produktivitäts- und Effektivitätsziele um zehntausend Prozent.«

»Ist ja gut«, lachte Ronald. »Diesen grauenhaften Stil werde ich bestimmt nicht verteidigen, die Zeitungen schon. Jeder in der DDR hat die detektivische Fähigkeit, eine Zeitung zu lesen. Wenn beispielsweise erwähnt wird, dass auf der 1.-Mai-Demonstration zum ersten Mal Handwerker aus Genossenschaften und privaten Betrieben einen eigenen Block bilden, dann weiß jeder: Hier tut sich was!«

»Anstrengend, diese Dechiffrierung, oder?«

»Nein, lehrreich. Diese Fähigkeit haben die Zeitungsleser im Westen längst verlernt. Die Zeitungen sind zwar genauso verklausuliert, es merkt nur keiner.«

62.

Und plötzlich war ich arm. Nicht, dass ich vorher vermögend gewesen wäre, aber wenn ich keine Bücher mehr schreiben wollte, musste flugs eine neue Geldquelle her. In Berlin standen die Chancen schlecht, die Stadt hing am Tropf. Also fuhr ich in die Reiche- und Hansestadt Hamburg, um das Terrain zu sondieren. Mein Verlag hatte einen neuen Chef, der Wert darauf legte, die Hausautoren persönlich kennenzulernen.

Michael Naumann, später Deutschlands erster Kulturstaatsminister, gehörte zu der Sorte Mann, die einen gepflegten Espresso anbieten. Morgens brauste er auf einem Motorrad nach Reinbek, komplett in feinem Zwirn, auf dem Kopf einen schnittigen Schutzhelm. Ich fand das sehr hanseatisch.

»Sie haben ein Händchen fürs Leichte«, sagte er und fragte, ob ich mir die Arbeit in einem Verlag vorstellen könnte. Man wolle sich eine Verlagstochter zulegen, spezialisiert auf Unterhaltungsliteratur, aber mit Niveau, selbstverständlich. War das ein Angebot? Ich wusste es nicht so recht und lächelte in die Luft. »Wir reden noch mal darüber«, sagte er beim Abschied.

Ein Händchen fürs Leichte – war das eine Beleidigung? Obwohl ich die Kunst der Leichtigkeit schätzen gelernt hatte, war mir nicht wohl dabei.

Am folgenden Tag fand das erste Treffen einer neu zu gründenden Zeitschrift namens Tempo statt. Eine Schar potentieller Schreiber und Redakteure war eingeladen worden, um aus ihnen ein Team zu sieben. Als ich zu Fuß zur angegebenen Adresse an der Alster lief, fiel mir der Unterkiefer runter: Als Kreuzberger Kiezbewohner eine Fabriketage oder ein Loft erwartend, stand ich vor einer schneeweißen Zuckerbäckervilla. Das sollten die Redaktionsräume sein? Hier würde man eher einen Konsul oder Herrn Kommerzienrat erwarten. Während ich die weißen Schwäne vor der weißen Villa betrachtete, überlegte ich, wann der nächste Zug nach Berlin fuhr.

Im großen Redaktionsraum hatte sich ein Schwung junger Menschen kurz vor dreißig versammelt. Die meisten trugen Jackett und großes Selbstbewusstsein am Revers. Man gab sich cool, aber die lauernden Blicke waren nicht zu übersehen. Chefredakteur Markus Peichl skizzierte seine Vorstellungen:

Jung sollte das neue Blatt sein, subjektiv, bissig. Vorbild war nicht Kisch, sondern Hunter S. Thompson und der *new journalism*. Sympathisch, mit Leidenschaft und Wiener Akzent entwarf Peichl ein Heft, das keine Berührungsängste bei den Tabuthemen der Siebziger hatte: Konsum, Karriere, Populärkultur. Aus der Politik würde man sich nicht heraushalten, aber neue Zugänge suchen. Stil, Ironie und Provokation hießen die Waffen. Und noch mal Stil. Man orientierte sich am New Yorker, nicht am SPIEGEL.

Ich liebte den New Yorker und glaubte, getrost anheuern zu können, zumal die Kollegen nicht von Pappe waren: Maxim Biller, Matthias Horx, Peter Glaser, Andrian Kreye, Helge Timmerberg. Nach einem Brainstorming in großer Runde lud Peichl zu Einzelgesprächen in sein leeres Chefzimmer. Ich mochte ihn, er hatte Witz und eine verdammt geschmeidige Klappe. Hinterher nahm er mich ein Stück in seinem Zweisitzer mit und konnte sich ein Grinsen nicht verkneifen, als ich unschuldig nach der Automarke fragte, ganz das Berliner Kellerkind. »Alfa Romeo«, feixte Peichl. Da saß ich in einem sündhaft teuren Cabrio, brauste die Alsterchaussee lang und fummelte verlegen an meiner Plastiktüte von Reichelt. Trotzdem, oder vielleicht gerade deshalb, bot Peichl mir die Leitung des Kulturteils an. Dass der nicht gerade mit großem K geschrieben wurde, war klar, aber ich fühlte mich trotzdem geschmeichelt.

Beim Abendessen mit Hamburger Freunden kriegte ich keinen Bissen runter. Mein Magen fühlte sich wie eine Mischung aus Fegefeuer und Chemiefabrik an. Ich hatte so etwas noch nie erlebt. Als die Schmerzen auch am nächsten Tag nicht nachließen, verkündete ich meinen Freunden kurzerhand: »Ich werde beide Angebote ablehnen!« Die trauten ihren Ohren nicht. »Andere lecken sich die Finger nach solchen Jobs! Du musst verrückt sein! Du bist plei-te!« Doch mein Magen behielt das letzte Wort. Kaum hatte ich meine Entscheidung gefällt, hörten die Schmerzen auf. Sicher, die

Jobs reizten, aber ich sah mich nicht tagtäglich am Schreibtisch eines Verlags und auch nicht fest in einer Zeitschriftenredaktion. Vor allem aber wollte ich nicht nach Hamburg. Ich mochte die Stadt, zog aber Berlins Polyester den Hamburger Kaschmirpullovern vor.

Manchmal wird man vom Schicksal für Tapferkeit belohnt: Zurück in Berlin fand sich auf dem Anrufbeantworter eine Anfrage des SFB-Hörfunks: Man schätze meine Kolumnen in der taz, und ob man sie vielleicht kaufen könne? Ich telefonierte mit dem zuständigen Redakteur, und nach einer Weile sagte der: »Ihre Stimme ist ganz in Ordnung, wollen Sie die Texte nicht selber sprechen?«

Zwei Wochen später saß ich in einem Rundfunkstudio, ein beängstigend großes Mikrofon vor der Nase. Die Sprecherkabine roch nach Holz und kaltem Rauch. Alles sah sehr nostalgisch nach Dampfradio aus. Verblüffend: Einerseits arbeitete man in einem kuscheligen Studio, andererseits war das Produkt potentiell von Millionen zu hören. Ich verliebte mich auf der Stelle in das Medium. Mit diesem Wind in den Segeln kam mir eine Idee: Wenn ich schon nicht den Kulturteil bei Tempo leitete, warum sollte ich nicht Berlin-Korrespondent werden? Schreiben würde ich für das Blatt sowieso, wie wäre es also mit einer monatlichen Pauschale? Ich rief Markus Peichl an, schwatzte ihm diese Stelle auf, und er sagte ja. Die Miete war gesichert.

Mein Flirt mit der Hamburger Illustriertenwelt sollte nur ein gutes Jahr dauern. Schon die erste Nummer hätte mich skeptisch machen sollen. Auf dem Titel: »Die neue Lust am Adel«, wie peinlich! Für die bunten Seiten zu Anfang des Hefts schrieb ich ein kleines Stück über David und Christine, die im Fenster der Oranienbar wunderschöne Go-Go-Tänze inszenierten, manchmal nur mit aufgefädelten Peperoni bekleidet. Für ihre Auftritte in der Szenebar nahmen sie kein Geld, es machte ihnen einfach Spaß. Sehr berlinisch. Der Fotograf schoss ein hinreißendes Bild der beiden im nächtlich erleuchteten Fenster, aber es kam nur briefmarkenklein. Ganz groß wurde auf derselben Seite die neue Rolex bejubelt. Sehr hamburgisch.

So frustrierend ging es weiter. Die Redaktion bearbeitete Texte, als seien sie Knetmasse. Da wurde verändert, gekürzt und hineingeschrieben, ohne zu fragen. Als Buchautor kannte ich das nicht. »Das ist bei Zeitschriften ganz normal«, beruhigten mich alle. Obwohl das Heft immer wieder grandiose Artikel brachte – wundersam versponnene Reportagen von Helge Timmerberg etwa oder die schneidenden »100 Zeilen Hass« von Maxim Biller –, war ich enttäuscht. Viel Lifestyle, jede Menge Konsum, glitzernder Leerlauf mit einer Portion juveniler Großmäuligkeit. Mit den Kollegen kam ich gut zurecht, aber die alerten jungen Markenmenschen waren nicht unbedingt nach meinem Geschmack. Schlimm wurde es, wenn der verwöhnte Lifestyle-Redakteur über die Sinnlosigkeit seines Tuns lamentierte und für drei Minuten eine Karriere als Entwicklungshelfer ins Auge fasste, Krokodilstränen von Hermès.

Was, um Himmels willen, tust du hier?, fragte ich mich. Die Antwort war einfach: kotzen. Wenn ich zur Redaktionskonferenz nach Hamburg reiste, führte mein erster Weg unweigerlich zur Toilette, wo ich mir die Seele aus dem Leib kotzte. Eins war klar: Ich musste weg. »Mach mal halblang«, sagten die Freunde. »Schreib erst mal eine Titelgeschichte, und dann siehst du weiter!«

Die Titelgeschichte war ein Fiasko. Ich hatte den Auftrag, prominente Frauen nach ihrem Traummann zu befragen. Anschließend sollte eine Londoner Starfotografin deren Vorstellungen mit Models in Szene setzen. Tagelang saß ich unschlüssig vor dem Telefon. Wie unangenehm, Frauen wie Elfriede Jelinek, Gudrun Landgrebe und Doris Dörrie anzurufen und ihnen Fragen nach ihrem Traumprinzen zu stellen. Erstaunlicherweise antworteten alle mehr als bereitwillig, besonders Petra Kelly, die nach dem Satz »Ich habe gar keine Zeit!« zweieinhalb Stunden auf mich einredete. Die Frau hatte Stimmbänder aus Titan. Als das Heft erschien, starrte ich ungläubig auf die Fotos: Sie hatten nichts, aber auch gar nichts mit dem zu tun, was die Frauen gesagt hatten. Niemanden schien das im Geringsten zu stören.

Mit diesem Meisterwerk wollte ich nun doch nicht abtreten und war deshalb froh, als man mich nach Ostberlin schickte. Die Künstlerszene im Prenzlauer Berg war das Thema. Ich traf Maler, Musiker, Dichter, besuchte Ateliers und nicht genehmigte Konzerte, trank Unmengen Weinbrand und traf auf DDR-Bürger, die längst mit ihrem Staat fertig waren. »Das einzig funktionierende Kollektiv ist die Muppetshow«, sagte einer. Die Reportage wurde groß herausgebracht, doch beim Lesen kochte ich vor Wut: Niemals hätte ich Erich Honecker »Honni« genannt. Und als ich sah, dass man mir in den Text geschmuggelt hatte, von der Stasi verfolgt worden zu sein, war klar, dass meine Tage bei Tempo gezählt waren.

Die Ironie der Geschichte entfaltete sich erst drei Jahre später. Mein Hauptinformant war der Lyriker Sascha Anderson gewesen, der Szenepapst des Prenzlauer Berg. Nach dem Mauerfall wurde er als »inoffizieller Mitarbeiter mit Feindberührung« enttarnt. Nun als »Sascha Arschloch« berüchtigt, hatte er in großem Stil sämtliche Freunde verraten. Und just mit ihm hatte ich die meiste Zeit verbracht. Er hatte mir sogar den Anrufbeantworter aus dem Nachlass des prominentesten Oppositionellen, Robert Havemann, gezeigt.

63.

Ellen weiß weder ein noch aus. Was bloß ist in Rolo gefahren? Jahrelang war er ihr Sonnenschein, liebevoll, hilfsbereit, phantasievoll, ein guter Schüler. Die vielen Veränderungen hat er gut weggesteckt, und ihr Verhältnis ist innig. Doch mit elf braut sich was zusammen: Erst ist er unnahbar, dann unleidlich. Es dauert nicht lange, bis sich seine Unzufriedenheit zur Aggressivität steigert. Und sie richtet sich gegen Ellen. Er brüllt sie an, spuckt, krallt sich mit seinen kleinen Händen fest in ihren Arm und knufft sie hart. Es sind keine Schläge. Aber sie schmerzen, als wären es welche.

Kinder haben solche Phasen, weiß Ellen, doch eines Abends wird ihr klar, dass mehr dahintersteckt. Weinend kommt Ronald von der Toilette: »Ich trau mich nicht aufs Klo, da sitzt ein Frosch!«

Ellen nimmt ihn auf den Arm und geht mit ihm ins Bad. »Zeig mal, wo ist denn der Frosch?« Schniefend zeigt Ronald in die Ecke. »Guck mal, das ist nur die Klobürste«, erklärt Ellen und hält sie ihm hin, damit er sie anfassen kann.

Vielleicht wäre das eines der Histörchen gewesen, die man später lachend an der Kaffeetafel erzählt, aber ein paar Tage später traut er sich nicht, auf die Bodenfliesen der Toilette zu treten.

»Überall wimmelt es von Käfern!«, ruft er panisch.

Ellens Erklärung, es handle sich nur um das Muster der Fliesen, nutzt nichts. Sie muss ihn im Arm halten, damit er pinkeln kann.

Alarmiert sucht Ellen Rat. Man empfiehlt ihr eine Kinderheilanstalt in Hannover, im Volksmund »Kinderheule« genannt. Zum Glück sieht die Psychiatrie fast wie ein Kindergarten aus. Ellen beobachtet erleichtert, wie die kleinen Patienten ausgelassen über den Hof toben. Vier Wochen verbringt Ronald hier, und er scheint sich wohl zu fühlen. Wenn Ellen ihn besucht, wirkt er ausgeglichener. Es scheint, als täte ihm der Kontakt mit den verhaltensauffälligen Kindern gut. Hier ist er anerkannt, weil alle Außenseiter sind. Bei seiner Entlassung lautet die Diagnose: Tierphobie.

Ellen nimmt ihn zwar wieder mit nach Hause, aber so dumm ist sie nun auch nicht, den Ärzten alles zu glauben, dazu arbeitet sie zu lange im Krankenhaus. Tierphobie! Ronald hat keine Angst vor Tieren, nie gehabt. Er sieht Tiere, wo keine sind! Sie macht sich schlau und findet ein Krankheitsbild, das viel einleuchtender ist: illusionäre Verkennungen. Kinder in Rolos Alter leiden häufig daran.

Für kurze Zeit scheint er wieder der alte zu sein. Doch dann passiert etwas, das Ellen aus der Bahn wirft. Es ist schon spät, Rolo liegt im Bett und hat sich in einer Ecke ganz klein gemacht. Als Ellen das Licht ausmacht, hört sie ihn zuerst schluchzen, dann heult er Rotz und Wasser. Sie legt sich zu ihm, will ihn trösten, aber er stößt sie weg.

»Schreib das auf!«, ruft er.

Erschreckt sucht sie nach Stift und Papier. Ganz kühl diktiert er ihr:

»Ich habe keinen Vater und weine oft. Da hilft auch kein Pater und auch kein Eis-Soft. Dies schrieb ein verzweifelter Junge, leicht ironisch, aber ernst. In was für einer Situation befindet sich dieser Junge? In einer verzweifelten!!?? Alles Schlechte ist bei ihm auf einem Mal. Er ist von der DDR geflohen, hat keinen Vater und trägt eine Klammer. Er muss sogar zum Psychiater. Kann dem Jungen geholfen werden? Das kann man nicht beurteilen, aber ich glaube nicht. Es hört sich vielleicht ein bisschen makaber an, aber in der Schule lacht er sehr viel. Fast niemand weiß von seinen Problemen. Wie kann man ihm helfen?? Wie kann die Mutter einen anderen Mann finden? Ich könnte hier viele Fragen aufzählen, aber es ist sinnlos. Fragen über Fragen und Probleme über Probleme. Wie kann man diesem Menschen helfen? Wie ist er seelisch veranlagt? All diese Fragen sind schwer! Ich würde einmal darüber nachdenken, denn es lohnt sich. Ein Problem, was nicht gelöst werden kann.«

Das Diktieren hat ihn erschöpft. Er sinkt zurück ins Kissen und sagt: »Zerreiß es!«

Ellen gehorcht. Sie fährt ihm durchs Haar und geht auf ihr Zimmer, die Papierschnipsel in der Faust. Dort klebt sie den

Zettel mit Tesafilm zusammen. Wieder und wieder liest sie die Worte, bis sie vor Tränen nichts mehr sieht. Ich habe alles falsch gemacht, denkt sie. Ich hätte mit ihm reden sollen, ihn fragen, wie es ihm geht, wie er die Flucht überstanden hat, das Hin und Her mit Lorenz, die Tatsache, dass der versprochene Vater durch Abwesenheit glänzt.

Aber dazu hätte sie mit sich selbst im Reinen sein müssen. Ist doch ganz gut gegangen, hatte sie sich immer beruhigt, wir haben ein liebevolles Verhältnis, Rolo ist gesund und munter. Und dann gestattet der Kleine ihr einen Blick in seine wunde Seele. Elf ist er doch erst, viel zu jung für solche Wörter.

Dass etwas geschehen muss, wird klar, als die aggressiven Schübe wiederkehren. Obwohl er seit dem Klinikaufenthalt das Beruhigungsmittel Tavor schluckt, beginnt er urplötzlich zu schreien und um sich zu schlagen. Eines Abends ist Ellen so verzweifelt, dass sie einen Arzt des Krankenhauses holt. Kaum hat der die Wohnung betreten, rastet Ronald völlig aus: »Der soll abhauen!«, brüllt er. »Der hat hier nichts zu suchen, das geht ihn nichts an!« Und dann schmeißt er dem Arzt ein dickes Buch an den Kopf.

Erschüttert sucht Ellen Rat bei der Psychologielehrerin des Krankenhauses.

»Ein bisschen Verhaltenstherapie hilft da nichts«, sagt sie. »Eure Bindung ist zu stark, er braucht zum Reden jemanden von außen.« Sie empfiehlt eine Kinderklinik in Bremen und einen längeren Therapieaufenthalt.

Zum Glück bekommt er dort schnell einen Platz, und Ellen wird fast wahnsinnig, weil sie ihn in den ersten Wochen nicht besuchen darf. »Sie müssen das verstehen, er braucht Abstand«, sagt der Arzt.

Die Vorwürfe, die sie sich macht, sind schlimm genug, aber dass sie zur Untätigkeit verdammt ist, zerreißt sie. Als sie Rolo nach einem Monat zum ersten Mal besucht, fällt ihr ein Stein vom Herzen: Es geht ihm besser. Von nun an darf Ellen einmal pro Woche kommen. Schön, wie er sich freut, sie zu sehen, ihr kleine Küsse gibt! Von Knuffen keine Rede mehr.

»Geht es dir gut, bist du nicht einsam?«, fragt sie.

»Nein, das ist toll hier!«

Man beschäftigt sich mit ihm, es wird geredet, geschrieben, gemalt. Lebendig und begeistert erzählt er davon. Die Psychotherapie scheint anzuschlagen, der Arzt ist der väterliche Freund, der ihm so lang gefehlt hat.

»Es geht vorwärts«, sagt er. »Es ist von großer Wichtigkeit, dass ihr Sohn redet.« Ellen wird zwar nichts über die Gespräche mitgeteilt, aber sie weiß, dass sich vieles um den Vater dreht. Ronald versucht sogar, einen Brief an seinen Vater zu schreiben, macht mehrere Anläufe, zerknüllt das Papier aber immer wieder, weil er nicht die richtigen Worte findet. Er will, dass der Brief perfekt ist.

Nach drei Monaten darf er nach Hause. Ronald lacht wieder.

Manchmal nimmt Ellen die zusammengeklebten Papierfetzen zur Hand. Dann sitzt sie still da und liest immer wieder die Zeilen, die der Kleine ihr diktiert hat.

64.

Die Straßenbahn rumpelte durch den stockdunklen Abend, dabei war es gerade mal sieben. Es war bereits Schernikaus zweiter Herbst in Leipzig, und es grauste ihn davor, in einem Jahr zurück nach Westberlin zu müssen. Sein Blick fiel auf den Fahrscheinautomaten und erinnerte ihn daran, für seine Abschlussarbeit noch ein paar Zeilen über dieses rustikale Gerät zu schreiben. Es beinhaltete jedes Mal eine kleine moralische Prüfung: Man konnte den Fahrschein entnehmen, auch ohne zu bezahlen. Eine bayerische Schülergruppe hatte er vor zwei Wochen dabei beobachtet, wie sie darüber staunte. Und dann hatten die nur noch darüber gelacht – diese bescheuerte DDR!

Es war Samstagabend, und er war auf dem Weg zu Jana. Die ärgerte sich, dass die Studenten so wenig zusammen unternahmen. Also lud sie alle paar Monate tapfer zur Fete ein. Ronald gähnte und lehnte den Kopf an die kühle Fensterscheibe. Sechs Referate hatte er diese Woche geschrieben, drei musste er noch. Dieses Wochenende war für den letzten Schliff an *Die Schönheit* reserviert, sein Stück für die Westberliner Tunten. Eine Parabel im Blankvers war es geworden, die Geschichte der unattraktiven Millie, Tochter und Millionenerbin eines Waffenproduzenten, die sich für ihre große Liebe Jimmie, einen Sowjetspion, beim Chirurgen ein neues Gesicht kauft. Brecht lässt grüßen.

Die Handlung spielt in den Südstaaten der USA. Es macht ihm Spaß, in die Vollen zu gehen. Ein Melodram in deklamatorischem Tonfall, und er hofft, dass die Tunten den Spagat zwischen hohem und hysterischem Ton einigermaßen hinkriegen. Die Premiere soll in zwei Monaten im SchwuZ stattfinden. Eigentlich ist der Text als Oper gedacht, aber man kann ihn auch vom Blatt spielen. Sein Freund Pierre Hirsch, ein Komponist, hat sich schon für die Vertonung interessiert. Die Darsteller von Ladies Neid sind zwar nicht gerade das Ensemble der Schaubühne, aber deren Verfremdung und Künstlichkeit reizt ihn. Zum ersten Mal bleibt etwas Dramatisches von ihm nicht Papier. Mit ein bisschen Glück werden sich auch andere Theater für das Libretto interessieren.

In Berlin würde er unbedingt Thomas Schulz kontaktieren müssen. Der Maler hatte zwar einen Coverentwurf für *so schön* geschickt, aber das war auch alles. Seit sechs Monaten hörte Ronald nur Vertröstungen: Es wird, bin gut vorangekommen, ist fast fertig. Der Verlag drängelte schon.

Ronald schnappte sich den Stoffbeutel, der von seinem Schoß zu rutschen drohte. Als Mitbringsel hatte er Kaffee gekauft, und dabei fiel ihm sein Filterproblem ein. Er musste

Thomas dringend bitten, ihm einen Westfilter zu schicken. Die DDR-Filtertüten suppten ständig durch, und dann hatte man den ganzen Satz in der Kanne. Das ärgerte ihn maßlos. Wie nur konnte man Fabriken für Filtertüten betreiben, die ihren Zweck nicht erfüllten? Merkte das keiner? An der Endhaltestelle packte er seinen Kram und stieg in den Bus um, mit dem er bis zum letzten Halt fuhr.

Janas Wohnung lag in einem bescheidenen Altbau. Eineinhalb Zimmer hatte sie, das größere als Arbeits- und Schlafraum für sich, das halbe für ihre Kleine, dazu eine winzige Küche.

»Das ist aber respektabel!« Jana war beeindruckt, als Ronald ihr zwei Viertelpfund Kaffee überreichte. Gleich zwei! Konnte sie gut gebrauchen, denn sie war immer knapp bei Kasse. Sie mochte ihn gut leiden, allein schon, weil er Wert darauf legte, mit Ostkaffee zu kommen. Westkaffee wäre ihr zwar lieber gewesen, aber sie verstand, dass er auf keinen Fall den reichen Westonkel spielen wollte. Es war falsch gedacht, aber süß.

»Komm in die Stube«, sagte sie, nachdem sie Ronalds Mantel aufgehängt hatte. Die Wohnung war möbliert gemietet und dementsprechend: schlichte dunkelbraune Möbel, eine Schlafcouch, Schreibtisch, Couchtisch, ein paar Stühle. Das einzig persönliche Objekt war eine kleine Jugendstilvitrine. Jana schien die übliche weibliche Vorliebe für Jugendstil zu teilen. An den Wänden, weiß übertünchte alte Tapeten, hingen aktuelle Ausstellungsplakate neben Druckgrafiken. Sybille, Hinnerk, Christine und Rüdiger waren schon da, Jens wurde noch erwartet.

»Ein Bier?« Hinnerk guckte wie üblich finsterer, als er es meinte. Ronald schüttelte den Kopf.

»Ist aber Radeberger! Weiß der Kuckuck, wo Jana das aufgetrieben hat.«

»Wenn du Hunger hast, in der Küche steht ein Pott mit Gulasch, und außerdem …«, Jana ließ ihre Augen kullern, »… und außerdem gibt es ein Glas Pflaumenmus!«

»Wo kommt das denn her?« Christine, die sonst ein wenig komatös sprach, war plötzlich wach geworden.

»In Berlin ergattert«, sagte Sybille stolz.

»Gestern habe ich gedacht: Jetzt bist du in der DDR angekommen!«, sagte Ronald. »Ich habe mich dabei ertappt, wie ich im Konsum gleich zwei Gläser Erdbeermarmelade mitgenommen habe!«

Alle lachten. Als gelernten DDR-Bürgern fiel ihnen ihr Hamsterverhalten kaum mehr auf, aber Ronalds Anwesenheit wirkte wie ein Spiegel. Endlich trudelte auch Jens ein, der, stoffelig wie immer, nichts mitgebracht hatte. Ronald ging in den Korridor, um ihn zu begrüßen, und als sie gemeinsam in die Stube kamen, war das Gespräch wie üblich bei den Missständen der DDR angelangt.

»Weil ich mit dem Lehrplan nicht einverstanden bin, haben sie mich aufgefordert, das bitte schriftlich einzureichen«, klagte Sybille. »Im Klartext heißt das, ich soll mich exmatrikulieren.«

Christine lachte ironisch: »Bei mir ist das genau andersrum. Ich soll bitte, bitte hier bleiben und bloß nicht nach Berlin zurückgehen.«

Christine war ein Spezialfall. Ihre Familie gehörte seit Jahren zur Opposition und stand unter massivem Druck. Ihre Post wurde geöffnet, ihr Telefon abgehört, und ihr Vater durfte nicht mehr als Mathematiker arbeiten. Er war jetzt Hausmeister einer Sporthalle. Wenn die Familie in der Berliner Rykestraße zu privaten Lesungen lud, stand immer ein Vopo vor der Tür. Anfangs hatte Sybille sich gewundert, warum ausgerechnet sie den begehrten Studienplatz erhalten hatte, aber schnell wurde klar, dass man sie nur von Berlin weglotsen wollte. Jahre später würde sie in ihrer Akte lesen, dass man versucht hatte, sie planmäßig ihrem Vater zu entfremden. Die Stasi wollte einen ihrer Dozenten, Professor Richter, auf sie ansetzen. Aber der hatte sich geweigert, seine Studentin zu bespitzeln.

Ständig unter Aufsicht, hatte Christine sich eine fatalistische Haltung zugelegt: Die beobachten mich auf Schritt und Tritt, also was soll's, werde ich mich verhalten, als hätte ich sämtliche Freiheiten! Darin lag eine Befreiung, jedenfalls nahm sie kein Blatt mehr vor den Mund. Aus einer konträren Motivation heraus nahm auch Ronald kein Blatt vor den Mund, deshalb mochte sie ihn. Sie wollte Menschen nicht nach ihren politischen Ansichten beurteilen. Zwar hielt sie ihn für vollkommen verrückt – wie konnte man nur in den Osten wollen? –, aber sie hatte sich eine Theorie zurechtgelegt: Ronald lebt in der DDR ein Kunstwerk!

Im Institut hatte Christine mal ein Papier der Opposition vorgelesen, unter anderem mit der Forderung nach Pressefreiheit, aber Ronald sagte nur: »Das haben wir im Westen doch alles schon gehabt, das bringt doch nichts.« Später hatte er sich nach ihrer Familie erkundigt und bestürzt reagiert, als er erfuhr, dass ihre Mutter gerade verhaftet worden war. Viel gesagt hatte er nicht. Nicht, dass er die Repressionen guthieß, aber Christine hatte das Gefühl, dass solche Informationen nicht mehr als eine vorübergehende Störung seines Weltbilds bewirkten. Immerhin war er davor geschützt, für die Staatssicherheit rekrutiert zu werden. Mitglieder von DKP und SEW wurden prinzipiell nicht als Zuträger angeworben. Man ging davon aus, dass sie unter Beobachtung der westdeutschen Geheimdienste standen.

Um die Stimmung zu heben, hatte Rüdiger eine Platte von Foreigner aufgelegt, aber das Gespräch kreiste wie so oft um ihre Perspektive in der DDR. Hinnerk putzte seine Brecht-Brille am Hemdzipfel und sagte bedächtig: »Mich nervt dieses beständige Abschneiden von Kreativität. Du wirst behindert, zurechtgestutzt, immer schön auf Gleichmaß gebracht.«

»Es ist, als ob alle Uhren stehengeblieben wären. Man kann nicht atmen, und ständig wird einem die eigene Wahrnehmung ausgetrieben«, pflichtete Sybille nach einem kurzen

Blick auf ihren Freund bei. So weit lehnte sie sich selten aus dem Fenster. Im privaten Kreis schon, aber wenn wie hier auch Parteimitglieder anwesend waren, hielt sie sich meist bedeckt.

Zu ihrer Überraschung nickte Rüdiger heftig: »Mein Vater war Parteisekretär, ich bin auch dabei, aber ich sehe doch, wie die Schere zwischen Anspruch und Wirklichkeit immer größer wird. In Riesa geh ich beim Umsteigen manchmal in die Mitropa, und wenn man mit den Stahlarbeitern da redet – die lassen kein gutes Haar an diesem Staat!«

»Klar sagen viele: Ein Leben lang auf den Kommunismus warten ist mir zu lang. Mein Opa, der hat sich den Kommunismus ausgesucht, aber ich?«, mischte Ronald sich ein. »Aber wir haben uns die Welt nicht ausgesucht. Ich bin sicher, dass fünfundneunzig Prozent der Menschheit lieber in der DDR als Dichter auf die Welt gekommen wären, als dort, wo sie gerade sind.«

Christine schaute ihn mitleidig an. »Wir haben da keine Illusionen, Ronald. Wir wissen genau, wie das hier von innen funktioniert!«

Ronald stöhnte leise. Diese Argumentation war ihm nur zu gut bekannt, doch er biss sich auf die Zunge.

»Es gibt so viel Unbegreifliches!«, sagte Jana, praktisch wie immer. »Meine Arbeit über Selma Lagerlöf zum Beispiel: Um *Nils Holgersson* zu lesen, muss ich einen ›Giftschein‹ beantragen. Da sitze ich stundenlang im ›Giftturm‹ und muss ganze Kapitel abschreiben, nur weil das Buch verboten ist.«

»Wieso ist *Nils Holgersson* verboten?« Ronald war ehrlich erstaunt.

»Na, der fliegt eben über Ländergrenzen«, erklärte Sybille und wedelte mit den Armen. Alle außer Ronald lachten. Vom Nebenzimmer ertönte Kindergeschrei. Jana stand auf, um nach der Kleinen zu schauen.

»Darf ich mal gucken?«, fragte Ronald.

»Klar!«

Jana holte ihre zweijährige Tochter aus dem Bettchen, legte sie an ihre Schulter und ging leicht hüpfend auf und ab.

»Waren wir zu laut?«

»Nein, das ist ihre übliche Zeit.« Jana nahm die Hand der Kleinen und winkte Ronald damit zu. Sie konnte ihn gut leiden. Er war der einzige, der mal nach ihr fragte, war schließlich mit einer alleinerziehenden Mutter aufgewachsen. Die anderen schrieben immer über Liebe, Nähe und Verantwortung, aber wenn Jana krank war und Hilfe brauchte, war davon nichts zu spüren. »Intellektuelles Goldimitat«, sagte sie dann verachtungsvoll.

»Was ist denn das?« Ronald zeigte auf eine abenteuerliche Konstruktion unter dem Fenster.

»Das Monstrum ist ein Heizkörper aus der UdSSR. Der Raum hat keinen Ofen.«

»Sieht gefährlich aus.«

»Ist ein Stromfresser, funktioniert aber. Habe ich von meiner Zeit als Kulturarbeiter an der Erdgastrasse.«

»Von der Sowjetunion lernen heißt siegen lernen«, sagte Ronald und ballte nachlässig die Faust.

»Bei dem Spruch kann ich nur noch lachen! Soviel Armut, so unmenschliche Arbeitsbedingungen habe ich noch nie gesehen. Da essen die Kinder wirklich aus der Mülltonne!«

Jana hatte das fast nebenher gesagt. Auf Ronalds politische Überzeugungen reagierte sie so liebevoll wie auf jemanden, der vom Mars zu Besuch kommt.

»Ach, was soll's. Wir wollen uns den Abend nicht verderben. Mein Problem ist sowieso nicht die Gesellschaftstheorie, sondern der ganze Alltagskram.« Vorsichtig legte sie die Kleine wieder ins Bettchen und schaltete das Licht aus.

Auf der Heimfahrt schob Ronald schlechte Laune. Manchmal hatte er das Gefühl, in einer Zeitschleife gefangen zu sein, der ständigen Wiederholung ein und desselben Gesprächs: Die Leipziger mäkeln, er versucht, ihre Ansprüche in einen größeren politischen Kontext zu stellen, und dann kommt prompt das Argument, das ihn zum Schweigen verurteilt: Das kannst du nicht verstehen, du bist nicht von hier!

Es brachte ihn auf die Palme. Lange genug hatte er ihr Leben geteilt, um sich eine Meinung bilden zu können, und er hatte als Kenner des Westens den unschätzbaren Vorteil, vergleichen zu können. Insgeheim fühlten die Kommilitonen wohl auch, dass der Vorwurf, kein DDR-Bürger zu sein, die Sache nicht ganz traf. Einerseits nannten sie ihn naiv, blauäugig, dogmatisch, doch wenn er aus seinen Notizen für den Abschlussessay las, lobten sie seine Scharfsichtigkeit. Der umfangreiche Essay, den er zum Studienende vorlegen wollte, war von Anfang an als Buch gedacht. Er hatte sich vorgenommen, seinen Vorteil als Wanderer zwischen den Welten voll auszuspielen. Politische und literarische Überlegungen sollten sich mit sehr persönlichen Erlebnissen abwechseln und so ein vielgestaltiges Bild der beiden Deutschland zeichnen. Eine Situation wie auf der Fete hatte er schon in wenigen Zeilen auf den Punkt gebracht:

»ich trete an einen tisch mit sieben personen, die sich an berühmtheit übertreffen, an der stirnseite drei männer, die alle mit den augen zucken, ich werde vorgestellt, ein gespräch beginnt mühsam, und nach anderthalb minuten spricht eine frau den satz, auf den ich immer schon warte, ein schnelligkeitsrekord, sie sagt: das können sie nicht beurteilen. nach anderthalb minuten.«

Schernikau wusste, dass gerade die Nähe zwischen den beiden Deutschland die Sache so schwierig machte. Es war das gleiche Prinzip, das die Linken am heftigsten die Sozialdemokratie kritisieren lässt – zu große Nähe.

»wenn ich neger wäre, wäre alles einfach. wenigstens italiener, wenigstens einen österreichischen akzent! das fremde halten sie grade noch aus.«

Aber er war nun mal nicht schwarz und fremd schon gar nicht. Er war ein deutscher Kommunist. Allerdings mit Reisepass, und der schuf einen unüberwindbaren Graben zwischen ihm und den Kommilitonen. Wie sie sich aufregten, dass er noch nie in Rom war!

»Die empfinden das als Perfidie«, sagte er. »Wenn du nach Rom reisen kannst, dann hast du gefälligst auch dahin zu fahren.«

Andererseits nahmen sie die Vorteile seines Passes gern in Anspruch. Jeder seiner Besuche in Westberlin war ein kleines Importprogramm. Zwar schimpfte er lauthals über die langen Bestell-Listen für Westbücher, brachte aber brav alles über die Grenze, selbst den »mythischen Scheißdreck«, den Christine so interessant fand. Er war sich auch nicht zu schade, der Sorbin Rosa die blöde Mikrowelle anzuschleppen, die sie sich so sehr wünschte.

In Leipzig blieb er gerade deshalb der aus dem Westen, weil er die DDR verteidigte. Nur selten gelang es ihm, als Ostler durchzugehen. Er liebte diese Momente, sah in ihnen die Verheißung einer besseren Zukunft. Und dann gab es die Begebenheiten, unscheinbar meist, wo er sich endlich am richtigen Platz fühlte: Ein Dozent weiß nicht recht, wohin er die Lenin-Zeichnung von Heisig hängen soll, die er so schätzt.

»Wenn ich die ins Wohnzimmer hänge, da bringt ja keiner mehr einen Ton raus«, sagt er zu Ronald. Der rät ihm, den Lenin in die Küche zu hängen.

»Ich habe es getan«, berichtet der Dozent am nächsten Tag mit Verschwörerstimme. »Ich habe den Lenin in die Küche gehängt!«

65.

Die Vormittagssonne fiel auf die braun getönten Scheiben des Gewandhauses, und Ronald genoss vom Schreibtisch aus ihre Strahlen, bevor sie um die Hausecke wanderte. Manchmal stand er auf, um den Skatern vor der Moritzbastei zuzuschauen. Er hatte viel zu tun, doch es fiel ihm schwer, sich auf das Schreiben zu konzentrieren. Immer noch übermannte ihn hilflose Wut, wenn er an den geplatzten Buchvertrag für *so schön* dachte. Eineinhalb Jahre hatte der Maler Thomas Schulz ihn an der Nase herumgeführt, unablässig die Fertigstellung der Illustrationen in Aussicht gestellt: Nein, ganz bestimmt, nächste Woche! Anfangs war Ronald verständnisvoll gewesen, dann nachdrücklich geworden, und schließlich hatte er giftige Briefe geschrieben. Vergebens, denn zum bitteren Ende stellte sich heraus, dass Schulz außer dem Cover keine einzige Zeichnung fertiggestellt hatte. Nichts! Null! Zero! Ein Buch in den Sand gesetzt, nur weil der Herr nicht zeichnen und nicht reden konnte! Dem Verlag blieb nichts anderes übrig, als den Vertrag zu annullieren. Ronald hatte nun neben dem Frust auch noch 2500 DM Schulden an der Backe.

Immerhin konnte er sich mit der Uraufführung von *Die Schönheit* trösten. Kurz vor Weihnachten 1987 waren alle Freunde ins SchwuZ gepilgert, neugierig auf Schernikaus erste dramatische Arbeit und die experimentelle Besetzung mit Berlins Trümmertunten. Wie vermutet, waren die Akteure mit dem hohen Ton alles andere als unterfordert. Im Zweifelsfall übersetzte man Schernikaus Stilisierung mit überkandidelt. Aber Chou-Chou de Briquette gab eine anrührende Millie, und Ilse Lakritz spielte die Neidische, als sei es ihre zweite Haut. Kraushaar rezensierte für die taz:

»Das Stück ist ernst. Mit ganz viel Sinn. Da geht es um den großen Ost-West-Konflikt, den Marxismus-Leninismus im Widerstreit mit dem Kapitalismus, und Millie als Opfer mittendrin. Es geht aber auch feministisch: das heterosexuelle Elend – wenn Frauen lieben und Männer das so gar nicht können – gesehen durch die homosexuelle Brille. Und ganz poetisch, schwer und zutiefst menschlich, lässt sich das Stück auch begreifen. Schließlich geht es um Liebe und Hass, Betrug und Verrat: ›Die Liebe ist ein Meer, und es ist leer.‹«

Neben der drolligen Erfahrung, dass einige der Darsteller sich in Männerhosen sichtlich deplaziert vorkamen, hatte der Abend noch einen ganz besonderen Reiz. Trotz oder wegen des Aufeinanderprallens von formaler Strenge und lustvollem Trash konnte das Stück bestehen. Man wurde neugierig auf eine Umsetzung mit professionellen Schauspielern, vor allem aber schien der Text wie geschaffen für eine Vertonung. Das Stück sollte sechzehn Mal vor fast ausverkauftem Haus laufen. Der kleine Erfolg zauberte ein Leuchten in Ronalds Gesicht, wie man es lange nicht gesehen hatte.

In den letzten Monaten war die ihm eigene Fröhlichkeit immer seltener durchgebrochen. Er bemerkte diese Veränderung selbst, empfand sich als abweisend, unzufrieden, eigenbrötlerisch. Im Seminar riss er sich am Riemen – »Ich beeindrucke die Leute, habe aber keine Freude« –, aber wenn er sich an seinen Schreibtisch zurückzog, war er »ab nachmittags ein Monster«. Zwar freute er sich über Besuch, doch schnell schmerzte ihn die vertrödelte Zeit: »Ich kann ja nicht drei von sieben Abenden nichts tun!«

Je unerbittlicher die Leipziger Zeit ihrem Ende zuging, desto eifersüchtiger behütete er seine Arbeit. Besuch von Kommilitonen empfangen, Kaffee trinken, plaudern – alles hielt ihn vom Wichtigsten ab. Sogar vor einem kleinen Verrat an den Werktätigen der DDR schreckte er nicht zurück. In einem Brief an Thomas heißt es: »die leute machen sich alle nicht klar, was arbeiten heißt. sie arbeiten ja alle nicht.«

Zurück im Westen, würde er einen Großteil seiner Zeit mit Lohnarbeit verplempern müssen, also ackerte er in Leipzig so viel wie möglich am *legende*-Projekt. Nach ausgiebigen Küchengesprächen mit Thomas hatte er sich entschieden, vier Götter auf einer Insel landen zu lassen, im Land der Vergangenheit, das vom Land der Zukunft umgeben ist.

Mit einem Gott kannte Thomas sich aus. Großgeworden in einer Klosterschule, war ihm die Welt der Heiligen vertraut. Ronald las in einem Tempo zum Thema, als gingen nächste Woche sämtliche Bücher aus. Er studierte Shakespeares Dramen, verzweifelte am Götterbild Homers, studierte Lukacz, Raimund, Schopenhauer, Voltaire, Hegel und natürlich die Bibel. Unendlich viel Arbeit lag noch vor ihm, und manchmal war er von der Fülle des Materials so erschlagen, dass er sich drückte und lieber sehnsuchtsvolle Briefe an Thomas schrieb:

»mein mäuschen, du musst immer an mich denken, darfst gar nicht zur ruhe kommen, ganz nervös sein, unruhig scharren, fahrig durch haare greifen, nervös auflachen, plötzlich losstürzen, briefe schreiben und zerknüllen, lieb haben.«

Die Werkstatt für kreatives Schreiben nutzte er, um einzelne Kapitel zu testen. Hier galten feste Regeln: Jeder sollte teilnehmen, auch das Personal. Es durfte alles gesagt werden, nur der Delinquent musste schweigen. Manchmal wurde kräftig gehobelt, aber Schernikau gegenüber war man meist milde. Der Dozent für Prosa, Professor Helmut Richter, sah in ihm einen exquisiten Menschen. Ronalds Liebe zur DDR fand er zwar nur rührend komisch, aber es entging ihm nicht, dass Schernikaus Selbstvertrauen manchmal gefährlich nah an Besserwissertum grenzte. »Die Leute hier haben doch auch alle ihre Erfahrungen, ihr Wissen«, sagte er. Doch Schernikaus Talent war unstrittig.

Bei den Kommilitonen stießen die *legende*-Fragmente auf unterschiedliches Echo. Obwohl es in der DDR seit Christa Wolfs »Kassandra« einen Trend zur Mythologie gab, fand die Gruppe um Hinnerk und Sybille seine Texte literarisch zu leichtgewichtig, zu persönlich und essayistisch. Andere wiederum, wie Jana, waren davon angetan, dass er sich weder formal noch inhaltlich in eine Schublade stecken ließ. Sie mochte gerade seine Mischformen: Tagebuch, Essay, Fragment, Gedicht. Für Schernikau lief die erste Gruppe unter »Blut, Eiter, Tränen«, die andere schlicht unter »das Licht«. Die *legende* in ihrer Gesamtheit war zwar erst zu erahnen, aber sie sorgte schon für ordentlich Spott.

»Na, Ronald«, meinte Jens spitz. »Übst du schon mal, Gott zu werden?«

Wahrscheinlich hätte er nicht verstanden, dass Ronald Schernikau schon lange nicht mehr übte.

Der Druck, den er sich auferlegt hatte, schien langsam, aber stetig auf seine Gesundheit zu schlagen. Immer wieder plagten ihn Infektionen der Atemwege. Dann brachte er keinen Ton heraus und hörte schlecht. Zusätzlich hatte er Druck auf der Brust, aber das schob er auf die schlechte Leipziger Luft. Oft nahm er sich vor, zum Kraftsport zu gehen, doch das endete voraussehbar: Er schlief mit einem achtzehnjährigen Kraftsportler.

Überhaupt bestand seine körperliche Betätigung zuvörderst darin, etwas für die Libido zu tun. Im Schillerpark gleich vor dem Haus stand das namensgebende Denkmal, ein hoher, schlanker Quader aus schneeweißem Marmor, darauf eine Büste des biestig dreinschauenden Dichters. An den Quader gelehnt, streckten ein nackter Mann und eine nackte Frau sehnsuchtsvoll einen Arm aus, als wollten sie ihm ins Gesicht fassen. Fast immer saß eine Taube auf Schillers Scheitel und kackte ihm ins edle Antlitz. Kulturbeflissen, wie DDR-Bürger waren, hatten die vergnügungswilligen Herren sich das Denkmal als Treffpunkt auserkoren. Man umschlich Schiller und traf dabei seine Auswahl. Ronald war der Konkurrenz voraus, konnte er doch eine Liegestatt in Laufnähe anbieten. Unerquicklich wurde die Situation nur, wenn seine Eroberungen beim Frühstück romantisch dreinblickten. »Die Leute wollen sich immer verlieben, aber das geht natürlich nicht«, sagte er.

Mit dem Verliebtsein ist das so eine Sache – man kann es nicht steuern. Das Institut bietet neben dem regulären Studium auch einen Fernkurs an. Fünf Wochen arbeiten diese Studenten zu Hause, in der sechsten kommen sie nach Leipzig, um die Ergebnisse zu diskutieren. Schernikaus erstes

Jahr ist gerade vorbei, als er im Foyer auf Michael Sollorz trifft, einen Studenten des Fernkurses. In Ostberlin sind sie sich schon einmal kurz begegnet. Zu Sollorz' Verblüffung zieht Ronald gleich ein signiertes Exemplar der *Kleinstadtnovelle* aus der Tasche und schenkt es ihm. Sie verabreden sich auf einen Kaffee. Noch am selben Tag beginnen sie eine längere Affäre.

Sollorz ist klein und proper mit einem wachen Eulengesicht. Nach der Mode von DDR-Jungdichtern trägt er eine leicht abgebrühte Schnoddrigkeit zur Schau. Ronald ist hin und weg. Seine Briefe beginnen mit »schöner!«, »schönster«, »mein lieber schöner michail«, oder auch mal »lieber doofer schöner spinner!« Sollorz ist fasziniert von der »lachenden Elfe«. Wenn er seine Woche in Leipzig hat, wohnt er bei Ronald. Sie führen so etwas wie eine kleine Ehe auf Zeit. Es ist eine moderne Beziehung – beide haben ihren Freund in Berlin, West der eine, Ost der andere. Ronald freut sich so über die Belebung seines schlecht besuchten Bettes, dass er ihr Kennenlernen im Parteijargon parodiert:

»der 3. dez 87 ist zweifelsohne als ein weltpolitisch sehr bedeutsamer tag zu charakterisieren. erstmals wurde ein abkommen über die durchführung geschlechtlichen kontakts durchgeführt, der für michail und ronald einen zustand schafft, den man mit hinreichender verteidigungsfähigkeit bezeichnen könnte, der beidseitige angriffsfähigkeit materiell und konzeptionell ausschließt. es ist gewissermaßen eine übergangsperiode von der konfrontation zu einer periode erhöhter erotischer spannungen.«

Sollorz findet den schönen Westler ebenso exotisch wie anregend. Er studiert dessen Art, sich selbstsicher zu bewegen, keine Rücksicht darauf zu nehmen, was »man tut« oder nicht. »Das ist ein so selbstverständliches In-der-Welt-sein«, sagt er.

Schernikaus Art stößt allerdings nicht überall auf Gegenliebe. Sollorz und er gehen selten aus, aber wenn, dann in den Thüringer Hof, ein besonders bei Schwulen beliebtes Restaurant im zweigeschossigen Überrest eines ehemals stattlichen Eckhauses. Mit vierzig Tischen gibt es sich DDR-fein, Tischdecken und Blumenväschen inklusive. Einmal hat Sollorz schon zwei der fünf Bierchen getrunken, die er abends braucht, als Ronald endlich auftaucht. Er wirft sich auf den Stuhl, schlägt die Beine übereinander und rauft sich die Haare, weil er das »Gejaule der Kommilitonen« nicht mehr hören kann. Ihn ekelt vor dem unterschiedlichen Sprechen in Seminar und am Biertisch. Er möchte eine Schokolade bestellen, aber die Kellnerin macht durch böse Blicke klar, dass sie ihn nicht sieht. Sollorz wird es zu bunt: Er steht auf, geht zur Kellnerin und bestellt.

»Den bediene ich nicht!«, sagt die Frau schnippisch. »Wie der sich schon hinsetzt!«

Sollorz ist für einen Moment sprachlos. Ob sie Ronald als Westler erkannt hat und wie so viele aggressiv darauf reagiert, weiß er nicht, aber sein Berliner Blut gerät in Wallung: »Ich möchte sofort mit dem Gaststättenleiter sprechen!«

Er wird zu einer Frau mit ungesunder Blondierung geführt. Die hört Sollorz mit unbewegtem Gesicht zu und blafft dann ihre Kellnerin an: »So was gibt es hier nicht, hier wird jeder bedient!«

Ronald Schernikau und die DDR, das ist eine Liebesbeziehung. Doch wenn es schon Ablehnung hervorruft, wie er die Beine übereinanderschlägt …?

***

Sollorz und Schernikau fahren mit der Bahn nach Berlin. Jeder will seinen Freund besuchen. Sie stehen auf dem Gang und starren schweigend in die Landschaft, als Ronald unvermittelt herausplatzt: »Also das ist ganz klar: Wenn ich dich ficke, dann müssen wir einen Gummi benutzen!« Sollorz schmunzelt, AIDS ist weit weg. Gut, es steht allerlei in der Zeitung, aber er glaubt ja auch sonst nichts, was die in die Welt setzen. Zwei, drei Situationen fallen ihm ein, wo Ronald im Eifer des Gefechts das Kondom vergessen hatte. Ganz zerknirscht hatte er auf der Bettkante gesessen. Sollorz hatte sich zu ihm gesetzt und ihm den Nacken gekrault: »Na komm, das ist doch lächerlich!«

Schernikau weiß, dass die Gefahr leider sehr real ist, aber es gibt noch einen Grund, warum AIDS ihn so aufwühlt: Von der Leipziger Uniklinik hatte der »werte Herr Schernikau« die Aufforderung erhalten, sich in der Ambulanz bei einem Dr. Lappe vorzustellen. Er reagiert nicht, aber die zweite Aufforderung kommt per Einschreiben und kann nicht mehr ignoriert werden. Als treuer Leser des ND weiß er, dass die Regierung einen HIV-Test für Ausländer plant. Ein Alptraum. Wenn das der Grund der Einbestellung ist, kann er die DDR für immer vergessen. Er ist felsenfest davon überzeugt, positiv zu sein, deshalb die Schuldgefühle gegenüber Sollorz. Ein paar Tropfen Blut werden genügen, ihn unverzüglich auszuweisen.

66.

Philipp war der erste, der starb. Als rechte Hand von Thomas Keck war er an der freien Produktion von Schnitzlers *Anatol* beteiligt. Profischauspieler waren verpflichtet worden und mit der legendären Konzerthalle Quartier Latin stand eine spannender Veranstaltungsort zur Verfügung. Thomas hatte sich schweren Herzens entschlossen, »nur« Regie zu führen.

Auf einer sehr delikaten Probe mit der Hauptdarstellerin saß Philipp mit dem Regiebuch neben Thomas und gähnte ohne Unterlass. Den Mund weit aufgerissen, gab er ungeniert Töne von sich. Die anderen sagten nichts, wechselten nur Blicke. Als er damit nicht aufhörte, ordnete Thomas eine

Pause an, winkte Philipp beiseite und stellte ihn schroff zur Rede.

Aus heiterem Himmel schossen Tränen in Philipps Augen: »Ich weiß überhaupt nicht, was mit mir los ist! Ich fühle mich schon seit Wochen so scheiße!« Thomas genierte sich für seinen Ton und riet ihm, sich untersuchen zu lassen. Philipp folgte dem Rat. Der Arzt machte einen HIV-Test, und nach einer Woche stand das Ergebnis fest: Philipp war positiv. Er hatte noch vierzehn Monate zu leben.

Er weinte nicht, er brach nicht zusammen, er verfiel nicht in Depressionen. Seine Infektion, das hatte er sich vorgenommen, wollte er nicht verbergen. Zum Glück war Thomas da, mit dem er über alles reden konnte. Niemand wusste, wann die Infektion sich zum AIDS-Vollbild entwickeln würde, aber ihm war klar, dass seine Lebenszeit begrenzt war. Sterben? Wie konnte so ein strahlender Blondkopf sterben? Wenn er in den Spiegel schaute, war der Tod so unvorstellbar, dass Philipp beschloss, sein Leben zu leben wie bisher.

Es ging nicht lange gut. Anfangs entwickelte er kleinere Infektionen, die die Ärzte noch flott in den Griff bekamen. Doch AIDS ist eine perfide Krankheit, nicht ohne Grund nennen manche sie »die Krankheit aller Krankheiten«. Stellt man sich den Körper als Haus vor, bricht bei einer Infektion in irgendeinem Stockwerk ein Feuer aus, das gelöscht werden kann. Bei AIDS aber sind alle Feuerlöscher defekt, immer.

Nach und nach wurden die Infektionen gravierender. Philipp bekam eine Lungenentzündung, die ihn zum ersten Mal ins Krankenhaus zwang. Er hatte Glück im Unglück, in manchen Provinzkrankenhäusern wurden AIDS-Patienten wie eine Mischung aus Sittenstrolch und Schwerverbrecher behandelt. Das Berliner Auguste-Victoria-Krankenhaus bemühte sich dagegen, jeden Anschein von Aussätzigen-Station zu vermeiden. Das Personal hatte sich freiwillig gemeldet und war rührend besorgt. Philipp überwand die erste Lungenentzündung nur mit Ach und Krach. Es begann eine Zeit, wo er in immer kürzeren Abständen zwischen Spital und den eigenen vier Wänden pendelte. Als das Virus die meisten seiner Helferzellen eliminiert hatte, versuchten die Ärzte es mit AZT, dem einzigen Mittel, das vorübergehend Linderung versprach. Bei Philipp führte es zu einem flammenden Ausschlag am ganzen Körper, sogar die Fußsohlen waren befallen. Seine Haut war dünn geworden, darunter ein Virus, das die Macht im Körper übernommen hatte.

Wie begegnet man einem sterbenden Vierundzwanzigjährigen? Wir waren doch alle Götter gewesen, unsere Pläne gingen in die Ewigkeit. Und nun genügte ein Blick in Philipps Augen, um zu begreifen, was wir wirklich waren: zu Besuch. Welche Worte findet man, welche Gesten? Wir mussten lernen, wie nah das mitleidige Händehalten an der Herablassung siedelt, wie schal betonte Zuversicht klingt. Wie bei allen Todkranken war Philipps Geburtstag der Moment, in dem sich sämtliche Hoffnungen und Befürchtungen bündelten. Geburtstage sprechen vom Leben, doch wie feiert man, wenn es vielleicht der letzte ist? Aus einem Buchverkauf von Blixa Bargeld hatte ich das ideale Geschenk für den Theaternarren gefunden: zwei voluminöse, in bordeauxrotes Leder gebundene Alben aus den Jahren 1912 und 1913. Ein Enthusiast hatte sämtliche Theaterkritiken und Schauspielerfotos eingeklebt, die in jenen Jahren in Berliner Zeitschriften erschienen waren. In einem Akt magischen Denkens beschloss ich, Philipp nur den ersten Band zu schenken – so musste er noch ein Jahr leben, um den zweiten zu bekommen. Als ließe der Tod sich so billig überlisten.

Philipps Aufenthalte im Krankenhaus wurden immer länger. Ihn verließ der Mut, wenn er für vier, sechs oder acht Wochen ans Bett gefesselt blieb. Anfangs war er tapfer, doch nun wurde er verzagt und bitter. Er weinte viel. Bald entwickelte er die berüchtigte Toxoplasmose, einen Befall des Gehirns, der einem zuerst das Augenlicht raubt und dann die geistigen Fähigkeiten. Ich war sicher nicht der einzige Heide, der Stoßgebete zum Himmel schickte: Bitte lass ihn sterben, bevor er erblindet! Als er noch sprechen konnte, fragten wir ihm, ob seine Eltern benachrichtigt werden sollten. Da wurde er nachdrücklich: »Ich will die nicht an meinem Bett haben!« Er fürchtete, dass sie ihn wieder einfingen, besonders sein Vater, ein Berufsoffizier, den er stets als »autoritäres Schwein« bezeichnete. Der dann folgende Satz muss ihm unendlich schwergefallen sein: »Ich will in Berlin begraben werden.«

Eine zweite Lungenentzündung steckte er noch weg, doch als sich eine PCP dazugesellte, eine ungleich schwerere und oft tödliche Lungenentzündung, wusste er, was die Stunde geschlagen hatte. Schmal und keuchend hing er an der Sauerstoffflasche, ein Skelett mit riesigen Augen. Eines Abends riss er sich die Kanülen aus den zerschundenen Armen. Beim zweiten Versuch war es Zeit zu handeln.

Wir baten die Ärzte um ein Gespräch. Der Tod stand schon am Bett, welchen Sinn hatte es, das Leiden dieses gequälten jungen Mannes zu verlängern? Die Ärzte verstanden sehr wohl unsere tastenden Fragen, aber sie bewegten sich auf einem schmalen Grat zwischen Humanität und unterlassener Hilfeleistung. Dabei war es schon ein kleines Wunder, dieses Gespräch überhaupt führen zu dürfen. Juristisch existierten wir nicht, aber hier betrachtete man uns als Familie. Wir kamen überein, die lebenserhaltenden Maßnahmen einzustellen. Philipp starb drei Tage später.

Die Eltern wurden benachrichtigt, und wir verabredeten uns mit ihnen. Philipps Wunsch, in Berlin begraben zu werden, war eindeutig gewesen, aber den harten Gesichtern von Mutter und Vater war die Antwort schon anzusehen: »Wir holen ihn heim«, sagten sie bestimmt. Es klang wie eine Verurteilung.

Alptraumartig sollte sich diese Situation in den nächsten Jahren wiederholen. Als sei Berlin die Wurzel allen Übels, zerrte man die Leichname der Söhne zurück in die Provinz. Oft sah man in den Mienen der Eltern mehr Scham als Trauer.

Manche brachten es fertig, ihr Kind bei Nacht und Nebel in der hintersten Ecke des Friedhofs zu verscharren.

Philipps Sterben war nur die Generalprobe einer Tragödie, die von nun an unser Leben bestimmen würde. Der Tod wurde unser bester Feind.

67.

Dienstag, 14 Uhr, Hautklinik Leipzig. Es ist wie der Gang aufs Schafott.

»Ich habe diese Einladung bekommen.« Ronald übergibt dem Arzt das Anschreiben. Der überfliegt kurz den Brief und sagt zerstreut: »Ach, Sie sind das mit dem HIV-Test.«

Ronald erbleicht.

Dr. Lappe zieht einen Ordner aus dem Aktenschrank, blickt kurz hinein, murmelt, blättert weiter: »Sie hatten Sexualkontakt mit einem unserer HIV-Patienten.« Der Arzt klingt nüchtern. »Er hat Sie als eine seiner Kontaktpersonen angegeben.«

In Ronald Kopf galoppieren die Gedanken: Ist das nun der befürchtete DDR-Zwangstest? Vielleicht suchen sie nur wie bei der Syphilis nach Personen, die sich angesteckt haben könnten. Aber auch das würde bedeuten, dass sein Blut untersucht wird. Und wenn er negativ ist? Quatsch, er ist bestimmt positiv. Zu seiner Verblüffung hört er sich sagen: »Ich möchte den Test nicht machen.«

»Warum nicht?«

»Ich sehe keinen Anlass, da ich keine Krankheitssymptome habe.«

»Es ist aber auch zu Ihrer Sicherheit!«

»Ich habe keinen Grund, und wenn ich keinen Grund habe, dann lasse ich das nicht machen.« Ronald klingt jetzt vollkommen überzeugt.

Der Arzt klappt die Akte zu, öffnet sie noch einmal, klappt sie dann wieder zu. Er nimmt ein Blatt Papier zur Hand und schreibt: »Ich nehme zur Kenntnis, dass ich als Kontaktperson angegeben worden bin, und ich bin bereit, mich in meinen Sexualkontakten so zu verhalten, als sei ich positiv.«

»Das kann ich jederzeit unterschreiben«, sagt Ronald. »Das ist kein Problem.«

Und der Bluff funktioniert. Nie wieder wird er einbestellt.

Als er eine Woche später seiner Ostberliner Freundin Irene von dem Schockerlebnis erzählt, ist die wenig erstaunt: »Das ist typisch DDR. Alles ist durch und durch geregelt, aber es muss nur einer kommen und sich weigern – das ist einfach nicht vorgesehen.«

***

Die DDR war für Schernikau gerettet, und das lag nicht nur am unvermuteten Ausgang der Vorladung. Seinen talentiertesten Studenten bot das Literaturinstitut ein einjähriges Aufbaustudium. Er hatte von Anfang an darauf spekuliert, für diesen Sonderkurs vorgeschlagen zu werden. Nun war die gefürchtete Rückkehr in die BRD für ein weiteres Jahr hinausgeschoben. Er konnte sich nur schwer vorstellen, sein Leben im Westen wiederaufzunehmen, als sei nichts geschehen.

Der Weltenwechsel fiel ihm zunehmend schwerer. Schon in Leipzig gingen ihm die »Leuchtreklamen, die hier keinen Sinn machen«, gegen den Strich. Wie sollte er die zappelige Buntheit eines immer heftiger geschminkten Westberlin aushalten? Er ertrug die dreisten BZ-Schlagzeilen nicht mehr, die geschmacksidentische Kulturindustrie, den Markenfetischismus. Auch die Schwulen regten ihn auf, die Emanzipation nur noch mit Integration übersetzten und deren Götter Bizeps und Trizeps hießen. Unter dem Bürokraten Diepgen – treffend *das* Diepgen genannt – war die Politik fast unsichtbar geworden. Berlin war wie eine riesige amerikanische

Geburtstagstorte: Wenn die glamouröse Blondine herausgesprungen war, befand sich im Inneren nichts als verbrauchte Luft. Auch bei den Westmenschen sah er nur noch Oberfläche: »Es geht bei den Leuten um nichts, sie leben einfach so vor sich hin!«

Ronald hatte die Befürchtung, die SEW könnte ihn nach seiner Rückkehr für die Tageszeitung Die Wahrheit verpflichten wollen. An Ellen schreibt er: »bei der WAHRHEIT haben irgendwie zwanzig leute gekündigt, erika sagt, bestimmt soll ich kulturredakteur werden, aber das wäre wirklich zu schrecklich. lauter bärtige, die immer pfeife rauchen und nicht den kleinsten, nicht den allerkleinsten funken humor am hässlichen leib haben, grauenhaft!«

Kaum vorstellbar, dass er wieder einen Großteil seiner Zeit mit Lohnarbeit verplempern sollte. Er hatte sich daran gewöhnt, nur das zu tun, wozu er auf der Welt war: Schreiben.

Doch noch hatte er Schonfrist. Zu den guten Aussichten für sein letztes Jahr in Leipzig gehörte auch, deutlich mehr Zeit für eigene literarische Projekte zu haben. Der Sonderkurs war weit weniger verschult als das Regelstudium. Er bestand größtenteils aus Treffen mit hochkarätigen Dichtern wie Volker Braun, es wurden aber auch Wissenschaftler und Praktiker aus den unterschiedlichsten Disziplinen eingeladen: Physiker, Psychologen, Chemiker, Kriminologen, sogar Krebsärzte. Das Institut wollte seinen arrivierten Studenten möglichst viel Inspiration zur Stoffwahl bieten.

Schernikau gierte regelrecht danach, denn mit der Qualität des regulären Unterrichts war er unzufrieden. Er scheute sich auch nicht, die Dinge beim Namen zu nennen. Einer Dozentin sagte er ins Gesicht, an ihrem Institut werde Phantasielosigkeit honoriert. Maßlos konnte er sich über die »Philosophietante« aufregen, die keinem in die Augen sah und immer nur hilflos lächelte.

»Ich finde das dermaßen ärgerlich«, schäumte er. »Unsereins weiß wenigstens, dass das Mittelmaß ist, aber einer ohne

Vorbildung muss wirklich einen schrecklichen Eindruck von Marxismus, Ästhetik und Literaturtheorie kriegen!«

Selbst wenn er im Seminar schwieg, konnte er seine langen Gliedmaßen auf eine so lümmelhafte Art ausstrecken, dass es Kommentar genug war.

68.

Die Angst sollte niemand sehen. Mit versteinertem Gesicht stand ich am Rathenauplatz, der Zu- und Abfahrt der Stadtautobahn. Während der Toningenieur die Antenne des Übertragungswagens justierte, spielte ich im Kopf den Beginn meiner ersten Live-Reportage durch. Auf dem Mittelstreifen des viel befahrenen Platzes wollte der Künstler Wolf Vostell eine Skulptur installieren: zwei amerikanische Straßenkreuzer auf Betonrampen.

»Du machst so zwei Minuten dreißig«, hatte der Redaktionsleiter gesagt. »Beschreib die ganze Chose, und dann guckst du, dass du Vostell für ein Statement kriegst. Das ist alles.«

Ich war aufgeregt bis in die Haarspitzen. Bisher hatte ich mit Netz und doppeltem Boden gearbeitet, Bücher durchlaufen mehrere Phasen der Korrektur. Man kann zwar immer noch auf die Schnauze fallen, aber das Risiko ist überschaubar. Eine Radioreportage aber ist ein Blindflug. Es gibt kein verbales Tipp-Ex, Radio ist immer Premiere und letzte Vorstellung zugleich – was gesagt ist, ist gesagt.

Angefangen hatte ich damit, brav meine Kolumnen zu sprechen – »Aufsager« nannten die Radioleute das. Doch mich faszinierte es, wie die Kollegen ihre Beiträge zusammenschnitten, wie sie aus O-Tönen, Musik und Geräuschen vierminütige Kunstwerke herstellten. Das wollte ich auch. Ich begann mit Filmkritiken und durfte bald Beiträge quer durch den Garten machen: über eine politische Diskussion, eine Vernissage, die Berliner Bodybuilding-Meisterschaft. Es kam mir vor, als wäre ich von einer Kutsche auf einen Ferrari umgestiegen. Radio war fix, flexibel und unaufwendig. Ein gutes Mikrofon und ein kleines Aufnahmegerät genügten, um stets als erster auf Sendung zu sein. Da kam Fernsehen nicht mit, das auf behäbige Technik und vor allem viel Licht angewiesen war.

Die schöne neue Radiowelt war so faszinierend, dass ich viele Monate brauchte, um die Veränderung zu registrieren: Ich war versuchsweise dabei, erwachsen zu werden. Zum ersten Mal im Leben gab es einen festen Arbeitgeber, Dienstpläne, ein regelmäßiges Einkommen. Allerdings auch Hierarchien und Intrigen. Zwar blieb ich freier Mitarbeiter und schmierte mir noch Gel ins Haar, aber mein Leben war jetzt getaktet. Nicht, dass ich zum Stubenhocker mutiert wäre, aber ich schlug mir immer seltener die Nächte um die Ohren. Ich ging nicht deshalb weniger aus, weil ich einen geregelten Job hatte, sondern hatte den Job, weil die nächtlichen Lichter nicht mehr so hell strahlten. War früher alles neu und einmalig gewesen, hatte sich nun etwas Schreckliches eingestellt: Déjà-vu. Und wenn es soweit ist, muss man gehen.

69.

»Dieser Essay ist eine Liebeserklärung an die DDR« schreibt Institutsleiter Prof. Hans Pfeiffer in seinem Gutachten zu Schernikaus Abschlussessay. Beurteilungsprosa: »Schernikaus Mitteilungen erhalten ihren Reiz dadurch, dass die Liebe zur DDR ihn nicht blind gemacht hat. Er spricht voller Hochachtung von den historischen Leistungen der Menschen im Sozialismus, aber auch ohne Häme über systembedingte – uns selber oft unbewusste – Schwächen, Rudimente, Absonderlichkeiten. Diese Arbeit, so schockierend manchmal und für manchen auch diese oder jene Beobachtung und Bemerkung sein mögen, hilft dem DDR-Bürger, sein Selbstbewusstsein zu stärken, indem es ihm deutlich macht, dass die unterschiedliche Geographie von DDR und BRD auch einen zeitlich-historischen Gegensatz einschließt, den zwischen Vergangenheit und Zukunft.«

Pfeiffer attestiert dem Essay sensible Beobachtung, findet ihn prägnant und elegant formuliert. Er gibt ein »sehr gut« und sagt hinter der Hand, dies sei mit Abstand die beste Abschlussarbeit. Eine Anmerkung allerdings ärgert Ronald sehr: »Manche Ansichten Schernikaus kann ich nicht teilen, sie sind dogmatisch verhärtet.« Dass man ihn im Westen als Dogmatiker abtut, geschenkt, doch der gleiche Vorwurf aus dem Mund eines Genossen, das ist ein Schlag ins Kontor.

Die Tage in L. – Darüber, dass die DDR und die BRD sich niemals verständigen können, geschweige mittels ihrer Literatur folgt einem strengen Gliederungsprinzip. Schernikau beschreibt das Selbstbild von BRD und DDR und lässt dann die beiden Deutschland auf das jeweils andere blicken. Sein Stil ist für die DDR ungewöhnlich: ein Mix aus persönlichen Erlebnissen, Aphorismen, politischen und literarischen Stellungnahmen, Klatsch, Provokation, Bonmots und Albernheiten. Der Text ist subjektiv und auf eine Art pointiert, dass es fast schmerzt. Aus Hunderten von Beobachtungen und Einschätzungen, die selten über zehn, zwölf Zeilen hinausgehen, ergibt sich ein Mosaik, dessen einzelne Bausteine sich gegenseitig kommentieren.

Schon im Vorwort spricht er deutlich aus, wie er die DDR grundsätzlich sieht: »ein kundschafter, der die welt betreten darf, ist glücklich. leipzig ist die glücklichste zeit.« Dennoch lässt der »Dogmatiker« sich keinen Sand in die Augen streuen. Er kritisiert die mangelnde Initiative des Einzelnen, die herablassende Haltung von Handwerkern, Kellnern, Verkäufern, den schlampigen Umgang mit Material, die schlechte Qualität und Verteilung der Produkte. Besonders missfallen ihm die Hierarchien, die sich im Alltag ergeben, etwa wenn man wegen einer schlichten Kinokarte im Vorverkauf im harschen Ton von Pontius zu Pilatus geschickt wird, ewig vor diversen Schaltern steht und schließlich drei Stunden vergeudet hat, nur um sich einen Film von Loriot anzuschauen.

»ich weiß nicht, vielleicht hat jede zeit und jedes volk seinen natürlichen anteil an faschisten. vielleicht muss jedes land einfach auch regiert werden. vielleicht erzeugt wirklich jede art von hierarchie auch die unsinnigkeiten von hierarchie, und vielleicht ist es einfach romantisch, in einer sozialistischen hierarchie nur den sozialismus zu erwarten und nicht auch die hierarchie.«

Doch es sind nicht nur die Absurditäten des Alltags, die ihm ins Auge fallen. Er berichtet von einer Sendereihe des Jugendradios DT64, »Antwort sofort«, wo ein Experte für Außenpolitik live Hörerfragen beantwortet. Ein Anrufer sagt: »Warum erfahren wir immer nur über die Westmedien, wenn Leute in Berlin in der BRD-Botschaft sitzen, die rüber wollen? Warum nehmen wir nicht selbst dazu Stellung?«

»spätestens jetzt halten natürlich sämtliche hörer den atem an. jede sekunde bete ich, dass sie nicht so dumm sein mögen und den jungen einfach abdrehen. sie tun es nicht, und die frau, die antworten soll, es ist christa schaffmann von der neuen berliner illustrierten, die frau bleibt, das tut sie richtig, ganz ruhig, immerhin ist dies ein unerhörter vorgang, und bevor dann allerdings schnell und erleichtert musik kommt, viel musik, sagt sie einen satz, sie sagt: es hat der atmosphäre zwischen den beiden deutschen staaten nie gut getan, wenn solche dinge aufgebauscht wurden, und ich bin sehr froh, dass wir über so etwas nicht berichten. – leute, das könnt ihr nicht machen. ihr könnt doch nicht siebzehn millionen ddrbürgern erzählen, dass es richtig ist, über existentielle angelegenheiten zu schweigen. das geht nicht, das ist idiotisch. warum begreift ihr das nicht.«

Wer sein Land liebt, kritisiert es. Schernikau weiß das und schreckt auch vor den heiligen Kühen nicht zurück:

»in vorbereitung auf meine institutsprüfung in politischer ökonomie lese ich auch ein lehrheft über das ökonomische grundgesetz des sozialismus. das ökonomische grundgesetz des sozialismus allerdings ist in diesem lehrheft nicht zu finden. ich blättere zurück, ich blättere vor: wo steht es? schließlich finde ich, nicht einmal hervorgehoben oder deutlich gemacht, den folgenden satz: das okönomische grundgesetz des sozialismus hat die immer bessere befriedigung der wachsenden materiellen und kulturellen bedürfnisse der werktätigen und die allseitige entwicklung des menschen der sozialistischen gesellschaft durch die ständige entwicklung und vervollkommnung der produktion auf der grundlage der fortgeschrittensten wissenschaft und technik und der ständigen steigerung der arbeitsproduktivität zum ziel.

ich kenne übrigens jemanden, der diesen satz auswendig kann. ich habe schon überlegt, ihn zu entführen und als jahrmarktsattraktion im westen vorzuführen. – nein, im ernst: det is doch kein gesetz! det is n frommer wunsch, der übersetzt einfach heißt: es wird alles immer besser; aber doch kein gesellschaftsgesetz im marxschen sinne! – ich erzähle diese erfahrung auf einem geburtstag in der hauptstadt, eine runde von gestandenen genossen, und ich ernte mit ihr bei ihnen eine wellenartige heiterkeit, eine art freude an mythologie.«

»Die werden nicht gerade vor Begeisterung ihre Hüte in die Luft werfen«, prophezeie ich Ronald, nachdem ich das Manuskript gelesen habe. Aber er zuckt nur mit den Schultern.

An zwei Passagen in *die tage in l.* zeigt sich der Unterschied zwischen uns glasklar. Ich hatte ihm nach einer USA-Reise erzählt, dass Männer sich manchmal nach dem Sex mit einem liebenswürdigen »thank you« bedanken. Ich fand das wundervoll – wenn man schon für ein Bier an der Bar höflich danke sagt, warum nicht auch bei der sehr viel aufwendigeren Herstellung eines Orgasmus? Doch Ronald zieht aus der Geschichte ganz andere Schlüsse:

»wenn ein amerikaner einen orgasmus hatte, sagt er hinterher: thank you. – die warenbeziehung die freiheit, zu der die billigeren formen von hierarchie genau das gegenteil zu sein scheinen.«

Noch eine weitere Urlaubsgeschichte wird unter seinem Stift zur Kritik des Kapitalismus:

»matthias frings erzählt folgende geschichte. er verbringt seinen urlaub in portugal, isst jeden mittag in derselben kneipe, ein familienbetrieb, der fernseher dort läuft immer. eines tages fragt er die mutter der familie, sie bedient hier, welche sendung sie am liebsten sieht. die frau, über fünfzig, ihr leben in dieser kneipe, sie sagt: dallas. – nun ist es so, portugal ist ein armes land und synchronisiert dallas also nicht, dallas läuft mit untertiteln. diese untertitel aber kann diese frau nicht lesen, sie ist analphabetin. – ja, so blöd müsst ihr erstmal sein mit eurer kunst, so blöd wie dallas! da erreicht ihr jeden, erbarmungslos. ich bewundere das, ich bewundere das wirklich. sowas können wir alle nicht.«

Das Histörchen aus der portugiesischen Provinz ist korrekt wiedergegeben, nur hatte ich es aus vollkommen anderem Blickwinkel erzählt. Ich fand es faszinierend, wie die *Dallas*-Autoren eine so archetypische und universelle Story bauten, dass zwei Menschen völlig unterschiedlicher Herkunft, Bildung und Sprache darüber in einen intensiven Austausch kamen. *Dallas*, das war für mich griechische Tragödie im TV-Format. Um Kunst ging es sicher nicht, aber die Serie war Beweis dafür, wie die ganz großen Mythen um Macht und Abhängigkeit, Gut und Böse, Rache und Reue immer noch funktionieren, weltweit und sogar außerhalb von Sprache.

Unsere unterschiedliche Interpretation der beiden Ereignisse amüsierte mich, aber es gab einen Satz, den ich Ronald ernsthaft übel nahm. Wohl wissend, dass er mit aufreizenden Zuspitzungen gern Öl ins Feuer goss, blieb mir trotzdem der Atem weg:

»wenn es eine schmach gibt, die der vergangenheit zugefügt werden kann, dann die, dass die zukunft funktioniert. das schönste bauwerk europas ist die mauer.«

Schernikau war kein Freund der Mauer, er sah nur keine Alternative zu ihr. Deutlich spricht er die Übergangsfunktion des »antifaschistischen Schutzwalls« an, und dennoch empörte mich sein letzter Satz. Der Dichter, für den der Topos der Schönheit so zentral war, *konnte* die Mauer einfach nicht »schön« finden. Merkte er nicht, wie nah am Hohn dieser Satz siedelte? Menschen litten unter der Mauer, Menschen starben an der Mauer, und ihm fiel nichts anderes ein, als das monströse Bauwerk für eine Sottise zu missbrauchen?

Dann liest man mit gefurchter Stirn weiter und muss schon wieder lachen über den seltsamen Heiligen, der solche Pirouetten dreht:

»wird die ddr es je schaffen, ein diskolied herzustellen, das mit dem superhit ymca mithalten kann? ymca, das heißt übersetzt christlicher verein junger männer, und im stampfrhythmus werden dessen initialen gesungen, eine ironie, die in hemmungslose bejahung übergegangen ist. fdj fdj! ist solch ein lied möglich? – ich trage lenin am revers, und vermutlich halten mich 49 prozent der leute in leipzig für verrückt und weitere 49 prozent für einen punk. der rest ist meine hoffnung.«

70.

Sie haben sich extra fein gemacht. In der Stadthalle Hannover wird *Dalli Dalli* mit Hans Rosenthal aufgezeichnet. Ronald wollte unbedingt dabei sein. Wenn sie Westfernsehen gucken, dann Unterhaltungssendungen. Ronald, der nicht mehr Rolo genannt werden will, mag das Licht der großen Scheinwerfer. Auch er selbst steht gern im Mittelpunkt. Sein Außenseitertum hat er angenommen wie eine zweite Haut, und wenn er schon anders ist, dann will er wenigstens glänzen. Die Haare bis auf die Schulter, die bunten Klamotten und Tücher, aber auch mal ein Anzug mitten in der Woche, wenn ihm danach ist. Er inszeniert öffentliche Auftritte und macht Ellen zu seiner Nebendarstellerin. Wenn sie vom Einkaufen aus Hannover kommen, steigen sie in denselben Eisenbahnwaggon, nehmen aber unterschiedliche Türen. In der Mitte des Wagens treffen sie »zufällig« aufeinander, die beiden »alten Freunde«. Was für eine Wiedersehensfreude! Die anderen Fahrgäste registrieren amüsiert, wie sie sich in die Arme fallen, sich alles erzählen, was sie in der Zwischenzeit erlebt haben.

Ronald ist fasziniert von der Fernsehshow, die live vor seinen Augen abläuft. Licht! Applaus! Das ganze Land schaut zu, wie Hans Rosenthal in die Luft springt und »Das war Spitze!« ruft. Als ein Saalkandidat gesucht wird, ist Ronald fix: »Hier! Hier!«, schreit er und deutet wie wild auf seine Mutter. Der Mann am Verfolger reagiert prompt, ein Lichtkegel blendet die arme Ellen, die mal wieder nicht so schnell reagieren kann – und schon hat sich der Spot zu einem anderen Kandidaten bewegt. »Wenn jemand Kastagnetten in der Hand hält, in welchem Land befindet er sich dann?«, lautet die Zuschauerfrage. Wie blöd, das hätte sie mit links beantwortet.

Doch Ronald gibt nicht auf. Er schreibt an das Berufe-raten *Was bin ich?* Er ist stolz auf seine junge Mutter, und Lehrschwester ist doch bestimmt ein interessanter Beruf. Kichernd beraten sie schon über die geforderte »typische Handbewegung«, aber der Sender reagiert nicht. Dann versucht Ronald es bei der *Rudi-Carell-Show*. Dort treten Zweiergruppen gegeneinander an, Vater und Tochter, Großmutter und Enkelin. Die Sendung hat den großen Vorteil, dass Ronald auch mitmachen könnte. Sie rechnen sich gute Chancen aus, aber die Redaktion teilt ihnen mit, das Mindestalter der Kandidaten liege bei sechzehn. Da muss Ronald noch zwei Jahre warten, doch dann wird er überall sein wollen, bloß nicht in einer peinlichen Fernsehshow mit Rudi Carell.

Ellen freut sich über ihren quicklebendigen Sohn. Er hat eine Menge von ihr, findet sie. Schüchtern ist er jedenfalls nicht. Im Urlaub an der Costa Brava ist es ihm schnuppe, dass beim abendlichen Tanzvergnügen nur Erwachsene auf der Tanzfläche sind. Er sucht sich die schönsten Frauen aus und fordert sie auf. Beim Gruppentanz, der von einem Animateur angeleitet wird, schnappt er sich ein Mädchen, führt sie graziös in die Mitte und wirbelt mit ihr über die Tanzfläche. Tosender Beifall. Ronald verbeugt sich tief.

Mit Mädchen kann er sowieso gut. Sie mögen den hübschen Jungen mit der sprudelnden Phantasie. Er macht jeden Quatsch mit, ist aber auch ein guter Zuhörer. Ellen ist froh, dass er Anschluss gefunden hat. Allerdings fällt ihr auf, dass seine Zimmertür offen steht, wenn eine seiner Freundinnen da ist, kommt aber ein Junge, bleibt die Tür verschlossen.

Prüde ist sie nicht. Einmal, Ronald liegt in ihrem Krankenhaus, weil er einen harmlosen Tumor in der Brust hat, will sie ihn besuchen. Als sie die Tür öffnet, merkt sie, wie Ronald ganz selbstvergessen unter der Bettdecke onaniert. Diskret zieht sie sich zurück, sieht aber zu ihrem Schreck, dass die morgendliche Visite anrollt. Nur noch zwei Zimmer, dann sind sie bei Ronald. Er soll sich noch ein wenig genießen, denkt sie, ich muss die aufhalten. Betont harmlos schlendert sie zum Chefarzt, verwickelt ihn in ein Fachgespräch zum Lehrinhalt. Der Arzt blickt ein wenig erstaunt – hatten sie das nicht längst schon besprochen? –, aber zum Glück lässt er sich darauf ein. Ob der Junge jetzt fertigt ist, rätselt Ellen. Lieber noch eine Frage stellen, sicher ist sicher. Dann zieht die Karawane in Weiß weiter, und Ronald ist gerettet.

Als er vierzehn ist, bekommt Ellen zufällig mit, wie er sich mit einem Küsschen von einem Jungen verabschiedet. Also doch! Vermutet hatte sie schon lange die Sache, der sie keinen Namen geben will.

Ein Strudel erfasst sie, Selbstvorwürfe meist: Ist sie daran schuld? Fehlt ihm der Vater? War sie zu weich? Dann meldet sich das Muttertier: Wie wird seine Umwelt reagieren? Ellen hat keine Angst vor einem Fleck auf der Fassade, Exoten sind sie allemal, aber wie wird es dem Jungen ergehen? Der hat's mal nicht leicht, denkt sie, das ist die Scheiße.

Ein paar Tage später ruft jemand aus dem Krankenhaus an: »Schwester Ellen, da müssen sie mal durchgreifen, ihr Sohn hat sich mit einem Jungen abgeknutscht!«

Ellen begreift schnell, dass es hier nicht nur um Ronald geht, man hat noch manche Rechnung mit ihr offen. Fachlich können sie ihr nichts, aber diese Geschichte wird man ihr fett aufs Butterbrot schmieren – die rote Ellen mit ihrem perversen Sohn. Sie fügt sich auch nicht ein, wie es sich gehört. Ist jetzt sogar Oberin, gehört also zu den oberen Zehntausend im Kaff, ist aber weder im ADAC wie die anderen noch im Tennisclub. Und nun auch noch ein verkorkster Junge! Man hätte es sich denken können.

Ellen spricht nicht mit Ronald über die Angelegenheit. Obwohl sie sonst über alles reden, bleiben beide merkwürdig sprachlos. Eigentlich hatte sie es geahnt, aber es war ihr gelungen, den Gedanken immer wieder im Ungefähren zu halten. Beide wissen voneinander, dass sie es wissen, und beide warten so lange, bis das Schweigen durch Tatsachen ersetzt wird.

71.

Ulrich Berkes, Schernikaus langjähriger Schriftstellerfreund aus der Hauptstadt, hatte mit seinem Buch *Eine schlimme Liebe* Aufsehen erregt. Bei Kritik und Lesern umstritten, war es vor allem die Thematik, die schnell dafür sorgte, dass das

Buch in der DDR schwer zu bekommen war. Berkes folgt in dem literarischen Tagebuch zwei Linien: Leben und Werk von Lautréamont und seinem eigenen Leben, einer »Zickzacklinie aus alltäglichen Fakten, Arbeit, Begegnungen, Reisen, Erinnerungen und Träumen«. Dieser Klappentext verhüllt das Besondere: Es war ein verblüffend selbstverständliches schwules Buch zwischen Kultur und Subkultur, Kochen und Abwasch, Beziehung und Fremdgehen – ein Novum für die DDR. Auch Ronald hat darin ein paar feine Auftritte.

Wenn die Zeit für ein solches Buch hier reif ist, dann müsste es auch eine Chance für die *Kleinstadtnovelle* geben, rechnete Schernikau sich aus. »Die Dinge ändern sich ja manchmal«, schrieb er optimistisch an diverse Verlage und versuchte noch einmal sein Glück.

Doch sein Erstling wurde erneut abgelehnt. Volk und Welt fand das Buch »literarisch nicht überzeugend genug«, und die Absage vom Verlag Neues Leben ist ein Schlag ins Gesicht: »Da ist ja keine Figur, da ist keine Beziehung wirklich literarisch befragt und ausgelotet. Alles plätschert in salopper Oberflächlichkeit dahin.« Patsch!

Immerhin glimmt ein Hoffnungsschimmer am Ende des Tunnels. »Ich habe gehört, Sie haben am Literaturinstitut einen längeren Text, gewissermaßen eine Abschlussarbeit verfasst. Ob man die einmal lesen könnte?«, schreibt ein Lektor.

Er kann. Und nicht nur er. Mit der Geduld einer Prostituierten geht Schernikau erneut auf die Suche nach Kunden und schickt *die tage in l.* an alle wichtigen DDR-Verlage. Unerwartete Hilfestellung erhält er vom Olymp: Peter Hacks persönlich, mit dem er seit einiger Zeit korrespondiert und auch mal die berühmte »Tasse Kaffee« trinkt, hat das Manuskript gelesen und für gut befunden.

»Ihr Buch ist natürlich hochmarxistisch gedacht und glänzend geschrieben; die Verhältnisse der Massen sind schön kalkuliert.« Am Ende des Briefes fügt der Großdichter hinzu:

»Ich bitte Sie übrigens, sich als in die Partei aufgenommen zu betrachten. Ich habe bei mir für Sie gebürgt.«

Schernikau ist hingerissen. Wenn der so aristokratisch-strenge Hacks ihn dermaßen lobt, muss sich doch ein Verlag finden lassen. Hacks lässt seinen Worten Taten folgen. Er empfiehlt den Text seiner Lektorin Helga Thron von Aufbau. Doch die winkt ab – wie alle anderen Verlage auch. Schernikaus subjektiver Zugang und sein schillernder Stil sorgen in der schwerblütigen Verlagsszene für Unbehagen. Wie soll man die ungewöhnliche Form und die noch ungewöhnlicheren Inhalte bewerten?

DDR-Lektoren wissen sehr genau, wie weit man gehen kann. Ein Wort der Kritik über das übliche Maß hinaus, und schon heißt es, man spiele dem Klassenfeind in die Hände. Schernikau nimmt das in seiner unnachahmlichen Art in *tage in l.* schon vorweg: »irgendwann wurde mir klar, dass der satz: die ddr ist blöd, in der ddr niemals gedruckt werden kann. es ist vollkommen egal, in welchem zusammenhang dieser satz auftaucht: er ist in der ddr nicht druckbar.« Schernikau testet nicht nur die Grenzen des Erlaubten und Bekannten aus, er setzt sich mit fast beleidigender Keckheit über sie hinweg. Er fliegt wie ein Nils Holgersson der Literatur.

Die Begründungen für die Ablehnung ähneln sich, als wären sie von einer einzigen Person verfasst worden. Die Lektoren finden den Text zu essayistisch, zu aphoristisch, zu oberflächlich und zu fragmentarisch. Die »sententiös-aphoristische Verknappung« wird kritisiert, und man sieht »mehr journalistische denn literarische Qualitäten«. Man kann davon ausgehen, dass seine brisante Themenwahl und sein offenes Ansprechen akuter und struktureller Missstände in der DDR es den Lektoren nicht gerade erleichtert haben, das Buch ihren Vorgesetzten – und der Zensur – ans Herz zu legen. Hätte Schernikau sich in Form und Inhalt mehr auf die DDR-typische Betulichkeit eingelassen, wären ihm die Absagen vielleicht erspart geblieben. Der Lektor von Neues Leben spricht das sogar aus: »Stattdessen, so meine ich, hätte eine ruhige, breite und gelassene Entwicklung der Gedanken (...) mehr Chancen, dem Gegenstand gerecht zu werden.« Ruhig, breit, gelassen – Schernikau war alles Mögliche, nur nicht das.

***

»Was? Die wollen dein Buch nicht?«

Ich konnte es nicht fassen. In den letzten Monaten hatten wir uns kaum gesehen. Ronald war immer seltener in Westberlin, und ich hatte viel beim Radio zu tun. Wir hatten uns in einem Café in seiner ehemaligen Straße verabredet, das für seine ausladenden Torten und mastigen Aufläufe berühmt war. Ronald war schmal und versuchte erfolglos zu verbergen, wie sehr ihn die Ablehnung seines Buches traf.

»Verdammt«, sagte ich und stocherte wütend in meinem Zwiebelkuchen herum. »Wie viele Schriftsteller haben die Scheiß-Kommunisten denn, die ihr Land so lieben und loben wie du?«

Normalerweise hätte ich mir jetzt eine Zurechtweisung eingehandelt, aber Ronald blieb merkwürdig glasig.

»Es ist eine Liebeserklärung, natürlich, aber die DDR tut sich wohl schwer damit, gelobt zu werden.«

»Und nun?«

»Ich fürchte, ein Buch von mir wird in diesem Jahrtausend kaum noch einen DDR-Verlag finden«, sagte er und fügte mit todesverachtendem Optimismus hinzu: »Aber drauf kommt es ja nicht an.«

»Das ist zum Knochenkotzen!«

Ich wollte lospoltern, aber Ronald hielt mich mit einem Blick zurück. Er hatte sich wieder in den Schernikau-Modus begeben: Wenn Rückschläge zu bewältigen waren, nutzte er die Abstraktionsebene wie ein Hochplateau, von dem aus man am fernen Horizont eine Wende zum Besseren vermuten konnte.

»Und du?«, wechselte er das Thema. »Was macht unser Radiostar?«

»Radiostarlet bitte, und das arbeitet gerade an einem neuen Buch.«

»Nein!«, rief Ronald mit blitzenden Augen.

»Kennst du unsere neueste aufklärerische Errungenschaft, die PorNO-Debatte um Alice Schwarzer?«

»Natürlich. Sabine bewahrt mir doch die alten Spiegel- und Stern-Ausgaben auf.«

»Und was hältst du davon?«

»Na, entschuldige mal!« Gespielt entrüstet rollte er die Augen. »Die spinnen doch, die Weiber! Erinnert mich an deinen alten Spruch: Weiber ab nach Charlottenburg!«

»Der blöde Spruch, danke, dass du mich daran erinnert hast!«

»Gern geschehen! Und du willst also jetzt NO PornNO machen?«, kicherte er.

Ich wollte nicht nur, ich musste. Obwohl ich mich in das gesprochene Wort verabschiedet hatte, ließ mir die Emma-Kampagne keine Ruhe. Schwarzer und KonsortInnen kritisierten nicht nur die Pornographie, das war kinderleicht, sie forderten und formulierten auch einen Gesetzentwurf für eine Zivilklage. Die Argumente der Pornogegnerinnen waren ideologischer Natur und die wissenschaftlichen Untersuchungen, auf die sie sich beriefen, reichlich windig. Die Emmas taten so, als hätten sie mal eben eine der schwierigsten Fragen unserer Medienwelt gelöst: Sie behaupteten, einen direkten Zusammenhang zwischen pornographischer Phantasie und realer Gewalt gegen Frauen.

»Pornographie ist die Theorie, Vergewaltigung die Praxis« lautete ihr Schlachtruf. Wenn aber diese Kausalität zutraf, blieb nichts anderes als der Ruf nach Zensur. Merkwürdige Koalitionen taten sich auf: eine CDU-Ministerin in trautem Einklang mit Alice Schwarzer, und kritische Linke im gleichen Boot wie Pornoproduzenten. Wohl wissend, dass die mediengeschulte und kluge Schwarzer ihre Kampagnen generalstabsmäßig plante und stets auch die Auflage ihrer Emma im Blick hatte, interessierten mich die Fragen, die hier angesprochen wurden, dennoch brennend: Fragen des Menschenrechts ebenso wie der Meinungs- und Pressefreiheit. Es ging um Politik – Wie weit darf der Staat in das Intimleben seiner Bürger eingreifen? – und um unsere Anschauung von Sexualität überhaupt.

Diese Frauen, so schien mir, wollten die dunkle Seite der Sexualität ausmerzen, sie schlicht unter Strafe stellen, wenn nötig auch mit Hilfe der Zensur. Überzeugt, dass Pornographie zu den allerersten Äußerungen der Menschheit gehörte, wehrte ich mich gegen diese Zähmung und Pädagogisierung des Begehrens. Mit einem Dutzend Autoren, von Sonia Mikich bis Sybil Gräfin Schönfeldt, von Andrea Dworkin über Marcia Pally zu Volker Elis Pilgrim, gab ich das Buch *Fleisch und Blut* heraus, sehr zum Missfallen von Alice Schwarzer.

Ich kannte und mochte sie. In *Liebesdinge* hatte ich ein Kapitel über die öffentliche Wahrnehmung ihrer Person geschrieben, unter besonderer Berücksichtigung sämtlicher Tiernamen, die man ihr verpasst hatte. Sie war amüsiert, und irgendwann hatten Kraushaar und ich uns mit ihr zum Essen verabredet. Bei Bier und Sauerbraten trafen wir auf eine reizende Person, intelligent, lustig, warmherzig – alles andere als der Blaustrumpf mit Laufmasche, für den man sie hielt. Mein Entzücken wurde noch gesteigert, als die ausgewiesene Kryptofeministin Kraushaar Alice Schwarzer Vorhaltungen machte, weil die sich gern aus dem Auto und in den Mantel helfen ließ. Kraushaar gab das feministische Gericht, Schwarzer guckte bedröppelt, und ich pisste mir vor Vergnügen fast in die Hose.

In loser Folge trafen wir uns zum Essen. Es waren anregende Gespräche – bis zu dem Abend, als meine Zuneigung zur Emma-Herausgeberin einen mächtigen Dämpfer erhielt. Sonia Mikich und ich waren mit ihr in einer Kölner Kneipe auf einen Drink verabredet. Sonia war eine alte Freundin aus

Aachener Tagen, die neben ihrer Arbeit für den WDR manchmal auch für Emma schrieb. Zu einem knöchellangen schwarzen Rock trug Alice flache Herrenschuhe, die ihr hervorragend standen. Der Abend war anregend wie immer, bis sie erzählte, sie wolle die Emma jetzt auch für männliche Autoren öffnen. Ich war begeistert. Die Fähigkeit, über den eigenen Tellerrand zu gucken, ist immer ein Zeichen für das Erwachsenwerden einer Bewegung.

»Wen könnte man als ersten ansprechen?«, fragte Alice.

Nach kurzem Überlegen schlug ich Rainald Goetz vor. Blitzgescheit, wie der schrieb, war ich schon oft über seine eigenartig verquasten Bemerkungen zu Frauen gestolpert. Ein Emma-Artikel von ihm, das schien mir ein Knaller.

»Der Vergewaltiger kommt mir nicht ins Blatt!«, sagte Alice.

»Kennst du ihn?«

»Nein.«

»Hast du was von ihm gelesen?«

»Nein.«

»Wie kommst du dann darauf?«

»Solche Typen sind alle potentielle Vergewaltiger.«

Ich war sprachlos. Dann siegte die Ehrlichkeit über die Höflichkeit:

»Entschuldige, Alice, du kennst weder den Mann noch seine Arbeit und nennst ihn einen potentiellen Vergewaltiger? Das geht nicht!«

Alice schaute mich unverwandt an. Dann huschte ein alarmierendes Lächeln über ihr Gesicht.

»Aber Matthias«, röhrte sie in der Lautstärke einer Marktfrau. »Wo ist denn der hübsche junge Mann geblieben, den ich mal kannte? Du bist ja so *alt* geworden!«

Sämtliche Köpfe flogen in unsere Richtung. Ich lief rot an. Der Abend war gelaufen. Kurze Zeit später verabschiedeten Sonia und ich uns etwas hastig.

»Was war das denn?«, fragte ich.

»Tja, das sind die Techniken, die sie wahrscheinlich bei ihren Rhetorik-Kursen lernt.«

So war das also. Schon oft hatte ich von Schwarzers feuerspeienden Auftritten in der Redaktion gehört, sie aber stets ins Reich der Fabel verwiesen – Alice war doch so nett. War sie auch, solange man mit ihr einer Meinung war. Einmal noch traf ich sie zufällig in den Gängen des SFB. Mit einem Raubtierlächeln kam sie auf mich zu, setzte einen harschen Kaninchengriff in meinen Nacken und säuselte: »Du machst also auch ein Buch zum Thema Pornographie. Ich hoffe, du stehst auf der richtigen Seite!« Empört wand ich mich aus ihrem Griff. Unsere Zeit mit Bier und Sauerbraten war vorbei. Machos hatte ich noch nie ausstehen können, und das Letzte, was die Welt brauchte, waren Macker mit Brüsten.

Bei der Arbeit an *Fleisch und Blut* kam mir immer wieder Ronald in den Sinn. Wie seine Augen geblitzt hatten, als ich von dem Buchprojekt erzählt hatte! Meine Vermutung, dass er meine Arbeit im Radio nicht sonderlich schätzte und mich lieber auf der »ernsten« Schiene sah, schien also doch zu stimmen.

»Was Matthias im Radio macht, muss man nicht unbedingt hören«, hatte er Stefan Ripplinger geschrieben, ein Satz, der mich an einer empfindlichen Stelle traf. Nicht so sehr wegen der Einschätzung meiner Arbeit, sondern weil ich selbst damit haderte, für ein Massenmedium zu arbeiten. Die Dogmen der Siebziger holten mich immer wieder ein. Doch dann sagte ich mir: Unsinn, für eine populäres Medium zu arbeiten heißt nicht automatisch, dummes Zeug zu produzieren!

Trotzdem war ich nicht unglücklich, als zweites Standbein an einem Buch zu arbeiten. Es gab mir innere Freiheit und die Genugtuung, nur mir selbst zu folgen, nicht irgendeinem Proporzgremium. Als das Buch auf den Markt kam, waren die Kritiken sehr ordentlich. In der Emma erschien dieses Mal keine Besprechung.

72.

Und dann der Paukenschlag: Im Dezember 1988 unterschrieb Schernikau einen Buchvertrag über seinen Abschlussessay. Durch den konkret-Chef Hermann L. Gremliza hatte er Kontakt zum Konkret Literatur Verlag bekommen, der von dessen Schwester Dorothee geleitet wurde. Zwar schmerzte es ihn, dass das Buch nicht in der DDR erscheinen konnte, aber endlich war wieder ein Buch von ihm auf dem Markt, dazu eines, das ihm am Herzen lag.

Es war schon gute alte Tradition, wie Schernikau zickte. Sein Titelvorschlag *Die Schönheit von Uwe. Die Losung 43 und der Spaß der Imperialisten* entzündete im Verlag nicht gerade ein Feuerwerk der guten Laune. Schernikau, wie immer in jedes Komma verliebt, streckte erst nach langem Kampf die Waffen. Den Kompromisstitel *die tage in l.* fand er viel zu romantisch. »Jeder verrät sich, so gut er kann«, kommentierte er spitz.

Dennoch war er glücklich. Mit zweihundert Seiten würde es wichtig in der Hand liegen. Er freute sich auf die Aufmerksamkeit der Öffentlichkeit, auf die Lesereise. Der Mann, der schon als kleiner Junge so dringend ins Fernsehen wollte, schrieb für Publikum. Nicht umsonst hatte er so lange an Zuspitzung und Vergnüglichkeit des Textes gearbeitet. Kalt lassen würde dieses Buch niemanden.

***

Die Liebe zur DDR hatte Schernikau nach Leipzig geführt. Von Anfang an lautete die Frage nicht, ob er hier leben könnte, er überprüfte nur, was dagegen sprach. Nicht verwunderlich also, dass er schon im April 1987 den vielleicht wichtigsten Brief seines Lebens schreibt. Adressiert ist er an Peter Hacks, der seinerseits 1951 bei Bertolt Brecht angefragt hatte, ob es ratsam sei, in die DDR zu emigrieren. Brecht hatte hinhaltend-indifferent abgeraten: »Gute Leute sind überall gut.« Hinzugefügt hatte er: »Ich wünsche, dass Sie nie in die fürchterliche Situation kommen, wo sie um Rat gebeten werden.« Schernikau bringt Hacks genau in diese Situation:

»ich lebe (…) inzwischen als westberliner in leipzig, studiere am institut für literatur (was weniger anregend ist als die ddr selbst), ich überlege – natürlich – hierzubleiben. neuerdings liest man, brecht habe ihnen abgeraten. vielleicht könnte ihre warnung mich so ermutigen, dass was daraus wird.«

Die Antwort des Dichters war ein echter Hacks:

»Ihre Frage, ob die DDR zum Vaterland zu wählen, ist bis zu einem gewissen Grad beantwortbar. Falls Sie vorhaben, ein großer Dichter zu werden, müssen Sie in die DDR; sie allein stellt Ihnen – auf ihre entsetzliche Weise – die Fragen des Jahrhunderts. Sollte hingegen Ihr Talent darin liegen, Erfolg zu haben und Menschen zu erfreuen – in diesem Fall freilich würde ich mir einen solchen Entschluss noch überlegen.«

Mehr braucht Schernikau nicht. Einmal mehr abhängig von der Zustimmung seiner Westberliner Genossen, nutzt er die letzten beiden Leipziger Jahre, um ihnen vorauseilend den Wind aus den Segeln zu nehmen. Er will sie mit einer Arbeitsstelle vor vollendete Tatsachen stellen, zeigen, dass er in der DDR gebraucht wird.

Dem gelernten Westler Schernikau wäre zwar eher die Zunge abgefallen, als dass er den Ausdruck benutzt hätte, aber er weiß sehr genau, was »Networking« ist. Weil er in die Hauptstadt will, zieht er eine Stelle beim Brecht-Archiv in Betracht und findet außerdem heraus, dass die Akademie der Künste jemanden für die Dramatikarbeit sucht. Er spricht mit dem Intendanten von Stimme der DDR, der ihm ein Volontariat mit späterer Anstellung in der Kulturredaktion des Senders in Aussicht stellt. Schernikau sagt nicht nein, aber interessanter fände er eine Arbeit als Hörspieldramaturg, über die er lange Gespräche mit Wolfgang Schuch vom Henschel-Verlag führt. Das verblüffendste Angebot aber erhält er von einem Krebsforscher, der am Institut im Rahmen des Sonderkurses einen Vortrag hält. Der Professor ist von Schernikaus Zwischenfragen so angetan, dass er ihm eine Tätigkeit in der Krebsnachsorge vorschlägt: »Meine Kollegen meinten, ich solle dafür einen verkrachten Studenten nehmen!« Schernikau lacht und findet es »irre«. Planvoll zieht er seine Fäden, um die Beute zu fangen: die Staatsangehörigkeit der DDR.

»Man muss offensiv sein und die Leute nerven«, sagt er. »Das ist der einzige Weg, dass sie ihren Arsch von der Stelle bewegen. Sie sind hier alle lethargisch und phantasielos, und das heißt: Mit Phantasie kann man sie immer überraschen – die hat hier nämlich keiner!« Aus Erfahrung klug, deutet er den Westberliner Genossen früh schon sein Vorhaben an und hält sie brieflich mit seinen Bemühungen um eine Arbeitsstelle auf dem Laufenden. Ganz behutsam will er sie daran gewöhnen, dass seine Einbürgerung keine Frage mehr an sich ist, nur noch eine der Zeit.

***

Peter Hacks unterhält einen Sommer- und einen Winterwohnsitz. In den hellen Monaten residiert er auf dem Land in Groß Machnow, im Sommer im Berliner Künstlerviertel Prenzlauer Berg. Vor Jahren hatte Schernikau hier mit seinem Kollegen Ulrich Berkes ehrfürchtig das Namensschild bestaunt. Dieses Mal klingelt er. Hacks, der nachts schreibt und tagsüber schläft, empfängt nicht vor dem späten Nachmittag. Während Schernikau seinen langen schwarzen Mantel und das Palästinensertuch ablegt, versucht er, sich die Details der Wohnung einzuprägen. Verblüffend großbürgerlich das Ambiente, überall gedrechselte Holzsäulen, schwere Teppiche,

Porzellantiere. Eine unelegante Schwere, die hart an Nippes grenzt. In großzügigen Schalen liegen farbige Glasobjekte, die Obst imitieren. Durch die stets geschlossenen Vorhänge hat die Wohnung etwas von Ali Babas Höhle.

Als Hacks seinen Gast in den Salon führt, tönt aus allen Ecken ein vielstimmiges Bimmeln. Erstaunt registriert Schernikau, dass Hacks klassische Standuhren sammelt. Fünf Mal schlagen sie und geben somit an, dass Schernikau auf die Sekunde pünktlich ist.

»Tee? Kuchen?«, fragt Hacks und weist galant auf die gedeckte Tafel.

Schernikau hätte zwar einen Kaffee bevorzugt, aber er will dem Meister keine Mühe machen. Freundlich lächelnd hält er die Tasse hin. Als Hacks einschenkt, vermischt sich sein schweres, süßes Parfüm mit dem Aroma des Tees. Im Gegensatz zur polierten Wohnung ist er mehr als schlicht gekleidet, abgewetzte Cordhose und ein einfaches Hemd. Mit seinem nachlässig frisierten hellen Schopf, dem Genussmund und den flinken Augen sieht er nicht nach dem siebten Lebensjahrzehnt aus, das er gerade begonnen hat.

»Wie steht es um den Fortgang der literarischen Studien, bester Schernikau?«

»Ich absolviere gerade den Sonderkurs. Das Diplom wurde mit einem ›sehr gut‹ erworben, aber eher nicht wegen, sondern trotz der Dozenten.«

Hacks schaut ein wenig tadelnd über den Rand seiner Teetasse. »Selbstverständlich ist jedes Examen eine Charakterprüfung, das hat es mit dem Rest des irdischen Daseins gemein. Man muss ungeliebte Aufgaben auf sich nehmen, nur Mensch sein ist nicht abendfüllend!«

»Das steht zu befürchten«, sagt Schernikau und schlägt die Beine übereinander. »Unter diesem Aspekt war mein Studium an der Westberliner Universität, die sich groteskerweise Freie Universität schimpft, die größte aller Prüfungen. Aber leider ist der Leipziger Unterricht auch nicht von der Qualität eines

Hacks-Gedichts, wo sogar die Ode auf einen Eber groß und heiter ist.«

Hacks nimmt eine Zigarette zur Hand und steckt sie in eine Spitze. »Der Pfeiffer ist ein guter Mann, und der Witt ist in seinem Fach auch nicht zu verachten.« Er macht es sich bequem und rutscht ein wenig tiefer in den Sessel. »Sehen Sie, neulich war eine junge Frau bei mir, der ich dringlich zugeraten habe, ein Studium aufzunehmen. Aber sie lehnte ab.« Er zündet die Zigarette an, nimmt einen Zug und bläst den Rauch über den Tisch. »Nun ja, was bekümmert mich die Zukunft dieser Kuh?!«

Schernikau muss lachen, doch bevor er antworten kann, hat Hacks den Faden wieder aufgenommen.

»Im Studium geht es nicht um Informationsaufnahme, sondern um die Auseinandersetzung mit den Positionen anderer. Langfristig hat man natürlich ein Ziel zu haben. Wer weiß, vielleicht wäre es sogar besser, wie früher in eine Laufbahn gezwungen zu werden, schließlich geht es um die Aufgabe, die man zu erfüllen hat. Kuchen?«

Er weist auf eine Schale mit Zitronenkuchen. Schernikau bedient sich. Er hält die dünne Scheibe in der Hand, beißt aber nicht ab.

»Wenigstens in dieser Hinsicht bin ich mir klar«, sagt er mit einem kleinen Stöhnen. »Meine Aufgabe ist, wie Sie wissen, die *legende*, und ich schlage mich zur Zeit mit Göttertheorien herum. Besonders die Götterlehre von Moritz hat mich beeindruckt.«

»Interessanter Mann!«

»Nun stellt sich mir die Frage, was genau meine Götter auf der Insel tun, weil doch am Ende Westberlin untergehen muss.«

»Ja, das ist doch ganz klar, dass das untergehen muss, völlig klar.«

»Ich bin mir nur noch nicht sicher, welche Aufgabe die Götter den Bewohnern stellen«, klopft Schernikau auf den Busch.

»Nein, die Hauptsache ist, *warum* die Götter kommen. Götter sind glücklich und zufrieden. Die Frage lautet: Warum soll sich der liebe Gott um die Welt kümmern? An dieser Stelle, lieber Schernikau, wird selbst Hegel sehr, sehr undeutlich!«

Eine Stunde lang reden sie über Göttertheorien, bis Hacks das Thema mit einem unvermittelten »Welches Wetter herrscht draußen?« beendet.

»Sie haben guten Grund, die Vorhänge geschlossen zu halten«, sagt Schernikau.

»Demnächst werde ich einige Bücher brauchen und möchte fragen, ob Sie mir helfen wollen?«

»Jederzeit und gern!«

»Nun, ich benötige Material für ein Theaterstück. Es geht um eine Recherche zu den erotischen Hof- und Genremalern unter dem Regime Ludwigs des Fünfzehnten. Boucher und Greuze interessieren mich und natürlich Louise O'Murphy, recht hübsch auch ›La Morphise‹ genannt, die Mätresse des Königs. Die hiesigen Bibliotheken bieten leider nicht genügend Material.«

»Wenn die Bände nicht bestandsgeschützt sind, könnte ich sie in der Bibliothek der FU ausleihen.«

»Das wäre eine freundliche Geste. Leider teile ich nicht die Vorliebe von Marx, in Bibliotheken zu arbeiten, obwohl man konzedieren muss, dass er die schwierigen häuslichen Verhältnisse flüchtete. Die Frau, die kranken Kinder, die Enge – da mag eine Bibliothek wie ein Paradies erscheinen. Ich hingegen und eine Bibliothek? Niemals! Ich gehe doch nicht an einem Pförtner vorbei!«

73.

Man schreibt den 1. September 1989, und wieder einmal wird ein Kastenwagen mit Ronalds Bücherkisten bestückt. Thomas, Stefan, Pepsi und eine Handvoll Freunde bewerkstelligen den Umzug der Saison. Süddeutsche, Tagesspiegel, STERN, tip – alle wollen den Sonderling interviewen, der freiwillig in die DDR geht. Sogar NBC hat angefragt, ob Ronald »happy« sei? Die Artikel ähneln sich, mal mehr, mal weniger wird er als Naivling oder Exzentriker abgetan. Als Erklärungsmuster reicht das angenommene Außenseitertum – »Homosexueller und Kommunist« –, bei diesen beiden Handicaps muss man ja matschig in der Birne werden. Nicht Schernikau interessiert, nicht seine Beweggründe und erst recht nicht seine Politik. Es ist einfach eine schillernde Story, das, was die Fernsehleute »etwas Buntes als Rausschmeißer« nennen.

Das Fernsehen ist beim Umzug auch dabei. Die Kollegen des Jugendmagazins 45 Fieber hatten auf den Gängen des SFB wohl mitbekommen, wie ich vom Umzug meines Freundes Ronald erzählte. Nun filmen sie die Szenerie und warten begierig darauf, dass Ronald bei der Abfahrt in den Osten aus dem Wagenfenster winkt. Das obligatorische Interview hatte die sehr blonde TV-Autorin schon am Vortag aufgenommen. Ronald lümmelt in einem ausladenden Stoffsessel, lässig zurückgelehnt, breitbeinig und mit einer Hand im Schritt. In schwarzen Jeans, schwarzem T-Shirt und offenem weißem Hemd gibt er den Strahlemann am Ziel seiner Wünsche.

Warum er in die DDR will? »Ich bin Schriftsteller, und ich denke, mein Schreiben wird sich verändern, meine Wahrnehmung wird sich verändern, mein Lebensgefühl wird sich ab morgen verändern, da bin ich mir ganz sicher!« Offen spricht er über die materielle Seite seiner Ausreise: »Als Absolvent des Literaturinstituts kriege ich eine qualifizierte Stelle, die kann ich einklagen, die ist mir garantiert. Ich finde das schon toll!« Und was ist in der DDR besser als in der BRD? »Das Theater ist besser, die Leute sind klüger, sind auch gebildeter. Die Leute kümmern sich mehr, kümmern sich auch mehr um Politik.«

Stefan, wieder mal im Metzgerhemd, versucht beständig, der Kamera den Rücken zuzuwenden. Pepsi dagegen genießt die Aufmerksamkeit. Ronald auch. Zwar schimpft er bei jeder Gelegenheit über die grunddummen Massenmedien, aber etwas Scheinwerferlicht um die Nase hat ihm schon immer gefallen. Nach einer Weile aber geht ihm der Kameramann, der immer im Weg steht, auf den Geist und die flockige Autorin sowieso. Außerhalb des Kamerabereichs zischt er ihr ein »Haut endlich ab!« zu. Natürlich hauen sie nicht ab. Sie bekommen ihr Bild vom Umzugswagen, der sich Richtung Deutsche Demokratische Republik in Bewegung setzt. Nur Ronald winkt nicht.

Natürlich war die Einbürgerung nicht problemlos vonstatten gegangen. Die schwerfällige SEW ließ sich mal wieder Zeit. Ronalds Trumpf: Er hatte eine Arbeitsstelle! Der Henschel-Verlag wollte ihn als Hörspieldramaturg haben, erstmal nur für ein halbes Jahr, aber er musste sich schon sehr dumm anstellen, um nicht übernommen zu werden.

Ronald war selig. Nicht nur konnte er endlich Geld mit einer Arbeit verdienen, die ihm lag, er musste auch nur zweieinhalb Tage die Woche arbeiten. Die halbe Stelle würde ihm genügend Zeit lassen, sein Mammutprojekt *legende* fertigzustellen. Doch die Genossen zupften an ihren Bärten und konnten sich nicht entschließen. Wie gewohnt packte Ronald den Stier bei den Hörnern, sprach beim Parteichef Horst Schmitt persönlich vor und hörte das vollkommen Unerwartete: »Wenn du wirklich in die DDR willst, werde ich dir keine Steine in den Weg legen!«

Geschafft! Auf seinem langen Marsch in die DDR hatte Ronald M. Schernikau endlich die letzte Schwelle genommen. Jetzt galt es, nach vorne zu blicken. Eine Wohnung musste er nicht suchen, man würde ihm eine zuteilen. Land, Wohnung, Job, Aufgabe – alles da. Ende Juli 1989 hatte er Leipzig verlassen, und es blieben nur knappe fünf Wochen, um den Länderwechsel vorzubereiten. Bei seiner Wohnungsauflösung war er großzügig: Stefan erhielt einen Riesenstapel Sinn und Form-Ausgaben, ich das Womacka-Bild mit dem Pärchen am Strand, das mir so gefiel.

Als er mir von seinem Einbürgerungsantrag erzählte, konnte man ein kleines Naturwunder bestaunen: Mir fehlten die Worte. Während ich in sein erwartungsvolles Gesicht blickte, gingen mir tausend Gedanken durch den Kopf, aber ich konnte sie nicht zu Sätzen formen.

»Aber du als Schriftsteller …«, stammelte ich schließlich.

Ronald lachte: »Immerhin mal was Neues! Die meisten sagen zuerst: Dann kannst du ja gar nicht mehr reisen!«

»Und? Kannst du reisen?«

»Die erste Zeit vielleicht nicht. Aber bei Schriftstellern ist das eigentlich kein Problem.«

»Apropos«, sagte ich und sah, wie sein Gesicht sich schon verfinsterte. »Mal ganz im Ernst, Roni: Sind dir die Konsequenzen klar? Ich weiß ja, dass es nicht dein dringendster Wunsch ist, nach Mallorca zu reisen, aber was ist mit dem Schreiben?«

»Was soll sein?«

»Das ist doch eine absurde Situation: Bei den Kapitalisten werden die *Tage in L.* gedruckt, aber in deinem neuen Land veröffentlicht man dich nicht. Du wirst für die Schublade schreiben!«

»Es ist noch viel grotesker«, sagte Ronald mit einem kapriziösen Lächeln. »Der Westberliner Kultursenat hat mir gerade tausend Mark für ein neues Projekt bewilligt!«

»Siehste, und du willst weg!«

»Dinge ändern sich.«

»Das sagst du immer. Und wenn es zwanzig, dreißig Jahre dauert, bis sie sich ändern?«

»Man muss sein Leben danach richten, was man selbst tun will, und ich will schreiben. Ich glaube, die DDR, ob sie will oder nicht – und das ist ein ganz wichtiger Punkt: ob sie will oder nicht! –, bringt die besseren Schriftsteller hervor.«

»Aber wenn ...«

»Wenn, wenn, wenn«, rief Ronald. »Wenn meine Tante einen Sack hätte, wär sie mein Onkel!«

Ich hatte Hochachtung vor seiner Geradlinigkeit – verrückt, aber bewundernswert verrückt. Obwohl er mit jeder Faser seiner Existenz Schriftsteller war, nahm er für seine Überzeugungen sogar das Schlimmste in Kauf: Im Land seiner Wahl nicht veröffentlichen zu dürfen. Welch ein Opfer, was für ein Glaube an die Reformfähigkeit der DDR! Ich war da längst nicht so optimistisch.

Vereinzelte Warnsignale hätte Schernikau schon in seiner Leipziger Zeit sehen können, aber der sonst so genaue Beobachter hatte kaum darauf geachtet. Sicher, da trafen sich welche unter kirchlicher Obhut, das wusste jeder, aber Ronald besuchte die Kirche nur, um den Proben des Thomanerchors zu lauschen. Zu den Pfaffen gingen lediglich die Unzufriedenen. Deren Einstellung registrierte er ohne Verständnis und Interesse.

Um so mehr traf es ihn, als seine Freundin Erika Runge im Sommer 1989 aus der Partei austrat. Erika, immer schon an Psychologie interessiert, hatte begonnen, sich für Esoterik zu begeistern. Sie erzählte von einer Art Guru, und Ronald hatte sogar heldenmütig eingewilligt, sie zu einem ihrer Treffen zu begleiten. Er war entsetzt. Marxismus-Leninismus und dieser Guru-Scheiß – wie sollte das zusammengehen? Es ging nicht. Die mütterliche Freundin, die ihn seit seiner Ankunft in Westberlin unter ihre Fittiche genommen hatte, war nun keine Genossin mehr. Ronald konnte es nicht fassen. Er setzte sich hin und haute seine Enttäuschung in die Schreibmaschine: »Erika Runge, das ist die Tragödie des Dirigenten, der gerne ein Fußballstar wäre.« Und dann ging er in die Vollen:

»Erika Runge, immer berühmt als die Verfasserin der Bottroper Protokolle, hat in den letzten zehn Jahren einen einzige Film gedreht. Der Film ist grauenhaft. Der Film ist grauenhaft wie alle Filme von Erika Runge, bemüht, langweilig und richtig. Der, wenn auch klägliche, Versuch zu kommunistischer Kunst.«

Der kleine Text, der zum Glück nicht veröffentlicht wurde, endet mit der Feststellung: »Ganz frei fühlt sie sich jetzt, sagt Erika Runge, ungebunden, kreativ. Mit anderen Worten: Sie fühlt sich endlich wie der Rest. Sie ist endgültig zur Romantikerin regrediert. Der Tod einer Autorin. Ein grässlicher Tod.«

Die Wut dieser Zeilen vermittelt eine Vorstellung davon, wie sehr ihr Parteiaustritt ihn schmerzte. Spitz sein konnte er, schneidend, ein wenig bösartig auch, aber dieses hämische Nachtreten war normalerweise sein Stil nicht. Schwer vorstellbar seine Reaktion, hätte er gewusst, dass er in diesem Fall nur die Ouvertüre vernommen hatte. Die Oper würde erst noch kommen.

***

Es ist gar nicht so einfach, die Albert-Norden-Straße zu finden. In der Trabantenstadt sehen alle Straßen gleich aus. Hellersdorf gehört zu den größten Neubausiedlungen Europas und ist der Stolz der Partei. Im Gegensatz zu den Westberlinern, die immer eine stimmungsvolle Altbauwohnung suchen, zieht es die Ostberliner hierhin. Altbau im Osten, das sind altersschwache Treppenhäuser, lecke Dächer, Schimmel und Feuchtigkeit, nicht vorhandene oder gefährlich improvisierte Badezimmer. Das, was die Westler wegen der Fertigbauweise »Platte« nennen, heißt hier »Neubau«, ein Komfort, auf den man sich freut.

Schernikaus Haus trägt die Nummer 241 und steht erst seit einem knappen Jahr. Einen Mieter hat die Wohnung schon gesehen, doch die Wände sind so blendend weiß getüncht, der Boden so blitzblank, dass ihr Betreten sich wie eine Entjungferung anfühlt. Ronald geht durch die angenehm proportionierten Räume und versucht sich vorzustellen, wie es sein wird, hier als ganz normaler DDR-Bürger zu leben.

Während Thomas auf den Tisch steigt, um eine Deckenleuchte anzubringen, öffnet Ronald das Fenster und lässt den Blick über die Steinkästen schweifen. Wie viele Menschen leben hier? Hunderttausend? Zwischen den Hochhausscheiben sieht er Horden von Kindern, die wegen des nicht vorhandenen Grüns mit ihren Dreirädern Autobahn spielen. Was soll man hier auch anderes tun als Fernsehgucken und Kinder machen?

»Nach einer Weile kann ich die Wohnung bestimmt gegen was Netteres in Mitte tauschen«, sagt er über die Schulter.

»Hm«, brummt Thomas, einen Schraubenzieher im Mund.

Ronald schreitet noch einmal die leeren lichtdurchfluteten Räume ab: »Ziemlich viele rechte Winkel hier!«

Sein erstes Arbeitszimmer! Er wird es brauchen. All die zerschnittenen und wieder zusammengeklebten Manuskriptblätter der *legende* müssen für die nächste Fassung wieder zerschnitten und zusammengeklebt werden. Hier kann er alles auf den Boden legen, ein begehbarer Roman.

»Schalt doch mal die Sicherung wieder ein, ja?«, reißt Thomas ihn aus seinen Gedanken.

Ronald braucht eine Weile, um den Sicherungskasten zu finden. Die Lampe leuchtet auf, Ronald klatscht in die Hände:

»Ich bin doch deine kleine Maus und will von dir ein kleines Haus!«

Thomas grinst und setzt sich auf den Tisch, Ronald rutscht neben ihn.

»Ich finde es schön, dass du wieder in meiner Nähe wohnst«, sagt Thomas und gibt ihm einen Kuss.

Immer wieder hatte Thomas gegrübelt, ob er die Beziehung zu Ronald fortführen sollte. In der ihm eigenen Nüchternheit fragte er sich, was für eine Beziehung sie führten und was sie ihm bedeute. Dann machte er eine erstaunliche Entdeckung: Er vermisste Ronald!

Wenn der mal zwei Monate nicht nach Berlin kam, fühlte er sich halbiert. Sicher, er hatte viele Freunde, aber denen gegenüber musste man immer alles erklären. Mit Ronald war das anders. Unbemerkt war etwas zwischen ihnen gewachsen, was keine Worte benötigte. Aber nun fehlten ihm diese Worte, die Auseinandersetzungen über Literatur, Theater, Politik, über die Welt. Manchmal litt er geradezu unter Ronalds Abwesenheit. Je mehr er über ihre Beziehung nachdachte, desto deutlicher sah er ihren Wert.

Thomas, nicht von der vorschnellen Sorte, hatte Zeit gebraucht, aber dann stand seine Entscheidung fest: Er wollte diese Beziehung. Es würde eine Liebe ohne Sex sein, aber nicht ohne Zärtlichkeit.

Nicht, dass Ronald in Leipzig wie eine Nonne gelebt hätte. Da waren die Affären und Romanzen, von Parteisekretär Jens bis zu Sollorz. Anfangs hatte er seinen Spaß gehabt, aber niemand war wie »der schönste Mann der Welt«. Jens' höhnische Angespanntheit war ihm bald auf den Nerv gegangen. »Man soll ja seine Bekannten danach einteilen, ob sie einen unterhalten«, sagte er. »Jens unterhält mich nicht.«

Mit Sollorz war das anders, in ihn war er verliebt gewesen. Sie spielten Tarzan und Jane, doch außerhalb des Bettes stritten sie viel. Für Sollorz war das Zentrum der menschlichen Existenz das Scheitern, bei Ronald war es umgekehrt. Immer häufiger setzte Ronald seine stärkste Waffe ein: Schweigen. Dann nickte er nur freundlich, sprach aber kein einziges Wort.

Nach anderthalb Jahren hatte ihre Romanze hässlich geendet. In einer Kneipe machte Schernikau sich über Sollorz' Tierliebe lustig, wohl wissend, dass dieser als Tierpfleger gearbeitet hatte. Kalkuliert stänkerte Ronald: »Scheiß auf die

Antilopen und die bedrohten Arten, die schönen Neger sind mir wichtiger!«

Dann hatte es Flugbier gegeben. Sollorz schüttete Ronald einen halben Liter über den Kopf. Der revanchierte sich mit einer so krachenden Ohrfeige, dass die Manuskriptblätter, die Sollorz ihm zeigen wollte, durch den Raum flogen. Die Blätter landeten auf den schmutzigen Kneipendielen – ein perfektes Bild für das Ende einer Schriftstelleraffäre.

Nachdem für Licht gesorgt war, stand der buchstäblich schwerste Teil des Umzugs bevor: Der Hausstand und sämtliche Bücherkisten mussten in den zweiten Stock geschleppt werden. Versüßt wurde die Ackerei durch die neuen Möbel. Ronald hatte das Geld des Berliner Senats zu einem Beutezug bei IKEA genutzt. Nun gab es je einen Schreib-, Couch- und Nachttisch, eine Kommode und die berühmten Billy-Regale. Zum ersten Mal würde es bei ihm wie in einer Erwachsenenwohnung aussehen.

Er hatte einen Umweg von dreiundzwanzig Jahren genommen, um wieder zum Ausgangspunkt zurückzukehren – da durften es auch mal andere Möbel als second oder third hand sein. Ein paar Tage nur blieb Zeit, sich einzurichten, dann würde schon seine Arbeit bei Henschel beginnen. Zuallererst aber brauchte er einen Reisepass. Nicht, dass er die DDR gleich wieder verlassen wollte, aber jeder Besuch von Thomas in Hellersdorf kostete fünfundzwanzig Mark Zwangsumtausch, Geld, das der lieber in seine Produktion von Schnitzlers *Anatol* steckte. Ronald musste herausfinden, ob und wie er problemlos nach Westberlin fahren konnte. Er war gleichermaßen zufrieden und aufgeregt. Ab sofort würde er das Leben führen, das er sich immer erträumt hatte.

74.

Vor seinem Länderwechsel hatte Ronald sich nur knappe vier Wochen in Westberlin aufgehalten, genügend Zeit, seinen Entschluss mehr als zu festigen. Der Westteil der Stadt hatte sich verändert. Die alternativen Traumtänzer waren vom Hochseil gefallen. Jeder Zehnte war arbeitslos, die Wirtschaft lief schlecht und wurde nur durch Staatsprotektionismus am Leben gehalten. Die Sozialämter waren überfüllt und Wohnungen knapper und teurer denn je. Trotz oder wegen der schlechten Lage hatte sich eine Schicht vorzugsweiser junger Erwachsener gebildet, deren Evangelium Profit und dessen Maximierung hieß. Der Kapitalismus zeigte die Zähne, und jeder musste seine Ellenbogen ausfahren. Die Börse war die neue Kirche, und die Yuppies, wie nun jedes Kind sie nannte, suchten ihre Absolution im Konsum. Immer häufiger tauchten sündhaft teure Cabrios und dicke Limousinen auf, Nadelstreifenanzüge, Gelfrisuren und Businessfrauen in schilffarbenen Hosenanzügen. Selbst die gute alte Kapitalistenzigarre feierte ihr Comeback, dieses Mal für Mann *und* Frau. Selbstverständlich gehörte zur hemmungslosen Bejahung des Materialismus das passende »Ambiente«, noch so ein Wort der Zeit. Kreuzberger Fabriketagen wurden nun wirklich zu Lofts, und es gab hier erste Restaurants, die Hauptgerichte für über zwanzig Mark auf den damastgedeckten Tisch brachten.

Die Verschärfung der Lage bekamen wir am eigenen Leib zu spüren. Unser Hausbesitzer hatte an einen Spekulanten verkauft, der das Haus luxuriös modernisieren und zu Höchstpreisen wieder verkaufen wollte. Wir waren dagegen. Unser Haus befand sich in gutem Zustand, und zum ersten Mal kam die Hausgemeinschaft zusammen, um sich gegen überflüssiges Parkett, neue Fenster und Luxusbäder zu wehren. Der Neubesitzer blieb auch nicht untätig. Offensichtlich mit viel Erfahrung, knöpfte man sich zuerst die älteren Hausbewohner vor und drohte: Wenn ihr die Bauarbeiter nicht in die Wohnung lasst, werden wir euch das Wasser abdrehen, die Kamine verstopfen, notfalls sogar die Tür eintreten! Dummerweise hatte man die Rechnung ohne die alten Herrschaften gemacht, ein Menschenschlag, durch zwei Weltkriege gestählt und durch solche Erpressungen nicht ins Bockshorn zu jagen.

Als die Fallrohre in unserem Bad erneuert wurden – wir hatten dem zugestimmt –, wollten die Bauarbeiter uns eine Lektion erteilen. Sie bauten unsere Toilette ab, schlugen die Wände auf, zerschlugen die Fallrohre – und gingen nach Hause. Es war Freitagabend! Als wir den Schlamassel entdeckten, waren die Kerle schon über alle Berge. Ein ganzes Wochenende ohne Toilette, das konnte nicht deren Ernst sein! Wir klingelten beim Hausmeister, und mit ihm kam die gesamte Hausgemeinschaft. Endlich gab es einen guten Grund, sich die Wohnung der drei Schwuchteln anzuschauen. Glücklicherweise hatte ich gerade eine Quiche Lorraine gebacken, und die ganze Wohnung roch nach Elsaß, Lothringen und Wohlsein. Die Frauen waren begeistert und fragten nach dem Rezept. Uli führte die Nachbarn in unser Bad und zeigte ihnen die Sauerei. »Jetzt reicht es aber!«, rief die sonst so schüchterne Frau Neumann kämpferisch. »Dann kacken und pissen wir eben alle in Eimer, und wenn die Herren Großkotz kommen, schütten wir es ihnen vor die Füße!«

Glücklicherweise kam es nicht zu dieser Fetischveranstaltung. Wir hatten juristischen Rat eingeholt, und die Sanierer mussten klein beigeben. Doch das dicke Ende kam nach: Der neue Hausbesitzer ließ seine Juristen sämtliche Mietverträge überprüfen, und die fanden bei uns eine dubiose Klausel, mit der sie uns vor die Tür setzen konnten. Wir klagten und verloren. Klassenjustiz, hätte Ronald gesagt. Uli, nun Doktor und in Brot und Lohn, zog mit seinem Freund ein paar Ecken weiter, Matze und ich fanden keine bezahlbare Wohnung.

Die Wohnungssuche im Berlin der Achtziger war eine einzige Demütigung. Siebzig, achtzig Interessenten, die sich um eine überteuerte, verkommene Zweizimmerwohnung balgten. Die Makler hatten die Zeit ihres Lebens. Wie Dompteure kommandierten sie den Pulk und ließen keinen Zweifel daran, dass man die Wohnung nur durch Bestechung bekam. Erst kurz vor der Zwangsräumung fanden Matze und ich eine Butze, ein herber Abstieg nach dem idyllischen Paul-Lincke-Ufer. Aus dieser Erfahrung heraus war ich mir unsicher, wie die Ereignisse zu bewerten seien, die sich in unserem ansonsten so schmuddelig-beschaulichen Kiez abspielten.

Matze und ich waren in der Nacht zum ersten Mai ausnahmsweise mal wieder lange ausgegangen und hatten uns ein Taxi nach Hause geleistet. »Was? Ihr wollt in die Hölle?!«, rief der Taxifahrer. Wir verstanden nicht. »Kreuzberg brennt!«, erklärte der Mann zufrieden. »Der Bolle-Markt in der Wiener Straße steht in Flammen, Geschäfte sind geplündert worden.« – »Nix wie hin«, sagte ich. Wir kamen nur bis kurz vors Kottbusser Tor. Kreuzberg war in nur einer Nacht zu Belfast mutiert. Wir sahen eingeschlagene Fensterscheiben und ausgebrannte Autowracks. Hunderte von Pflastersteinen lagen auf der Straße, Bauwagen waren als Barrikaden genutzt worden. Über allem hing der beißende Gestank von verschmorten Autoreifen. Bolle war nur noch eine rauchende Ruine.

Vor den anderen Supermärkten aber herrschte reges Treiben: Es wurde geplündert, was das Zeug hielt. Putzmunter und unbehelligt schoben die Kreuzberger ganze Einkaufswagen voll mit Lebensmitteln, vorzugsweise die flüssigen, aus den Läden, bis diese ratzekahl leer waren. Eine alte Frau, die sich selber nicht in das Gewimmel traute, gab ihre Bestellung bei einem Punk auf: »Kannse mir ein paar Dosen Haarspray mitbringen? Aber unbedingt det von Taft, det billije taugt ja nüscht!«

Die Polizei hatte sich mit ihren Mannschaftswagen in die Seitenstraßen verzogen und wartete ab, ob die Schlacht noch einmal aufflammte. Von der Gegenseite war nichts mehr zu sehen, die saß längst bei Bier und Kiff.

Die Zeit der Hausbesetzer war vorbei. Listig hatte der Senat einigen Besetzern die Häuser überlassen, und nun waren die wie alle Hausbesitzer voll damit beschäftigt, ihr Häusle auf Vordermann zu bringen. Wenn das keine intelligente Befriedung war! Statt der Besetzer waren nun die deutlich militanteren Autonomen am Drücker. Ihre Befürchtung, Kreuzberg könne nach und nach von Yuppies in Besitz genommen werden, war nicht von der Hand zu weisen. In New York konnte man diese »Gentrification« studieren: Erst werteten Künstler, Studenten und Kreative ein preiswertes Viertel auf, dann kauften die Yuppies sich ein, weil es chic und trendy war, und die Altbewohner konnten sehen, wo sie blieben. So ging es in London und Paris, sogar Rom wurde langsam für Normalmenschen unbezahlbar. »Yuppie scum die!« stand überall an Kreuzberger Hausfassaden.

Doch seit diesem 1. Mai sprühten die Autonomen nicht mehr, sie handelten. In der Oranienstraße gab es seit kurzem das Maxwell, ein Restaurant, dessen Ambition über Pizza und Döner hinausging. Wir waren einmal dort gewesen und hatten es nett gefunden, gutes Essen zu akzeptablen Preisen. Aber der schwarzen Fraktion galt das Lokal als Vorhut der Übernahme Kreuzbergs durch »die Ausbeuter«. Eines Abends stürmten Vermummte durch die Eingangstür und kippten einen großen Bottich Jauche in den Gastraum. Ich hoffte sehr, dass unsere Frau Neumann nichts damit zu tun hatte.

Die Aktion, die als »Jaucheattacke« berüchtigt wurde, sorgte für leidenschaftliche Diskussionen. Niemand fand sie sonderlich appetitlich, aber war es den Leuten zu verübeln, wenn sie in bezahlbaren Wohnungen leben wollten? Die Springer-Presse tobte, aber ich war zwischen Verständnis und Ablehnung hin und her gerissen. Meine Haltung klärte sich schnell, als die Autonomen erneut zuschlugen, dieses Mal erschreckend militant. Tatort war das Restaurant Auerbach, auf das ein Anschlag mit russischen Handgranaten verübt wurde. Was waren das für Leute, die sich zu bestimmen anmaßten, wer in unserem Viertel einen Laden aufmachen durfte und wer nicht? Die Autonomen, die vorgaben, für »das Volk« zu sprechen, hatten sich als Despoten erwiesen, die selbst vor Waffengewalt nicht zurückschreckten. Wer genau waren diese Wahnsinnigen?

Kurzerhand besuchte ich ein Autonomenplenum – und verließ es nach zwanzig Minuten wieder. Mehr brauchte es nicht, um festzustellen, dass es sich um wirre Kinder handelte, die nicht in der Lage waren, einen halbwegs vernünftigen Satz zu Ende zu bringen. Von Theorie konnte keine Rede sein, das Gequatsche war ein übler Mix aus Realitätsverlust, Vorurteilen und Gesinnungsterror. Nun verstand ich auch, warum sie ohne Sinn und Verstand die Autos vieler Türken abgefackelt hatten, obwohl jeder wusste, dass die silbernen Mercedes-Modelle, Türkenschleudern genannt, keinen Reichen gehörten. Die türkischen Familienväter hatten lange darauf gespart, und die Wagen waren ihr ganzer Stolz. Die unterdrückten Massen aus Anatolien waren jedenfalls nicht begeistert, dass man ihren Besitz abfackelte. Dennoch zeigten die Aktionen Wirkung. Das Maxwell gab auf, und die Yuppies verloren ihr Interesse am »wilden Osten«. Kreuzberg blieb das Mekka der Türken, Studenten, Punks und Sozialhilfeempfänger. Zwanzig Jahre lang würde der Stadtteil pünktlich zum 1. Mai brennen. Die kleinen Läden legten sich Gitter oder Rolläden zu, und die Türkenpapas fuhren ihren Mercedes in einen anderen Stadtteil, wenn die vorzugsweise schwäbische Jugend zum Randale-Tourismus anreiste.

75.

Ronald ahnt es noch nicht, aber während er sich in den Alltag eines DDR-Bürgers einfädelt, geht beides schon verloren, der Alltag und die DDR. Aber noch schnappt er sich an drei

Tagen der Woche ein Buch, um die dreißigminütige U-Bahnfahrt nach Berlin-Mitte zu nutzen. Achthundert Mark gibt es für seine halbe Stelle bei Henschel, eine Bezahlung, bei der keine Wünsche offen bleiben. In seinem Büro stapeln sich die Hörspiele mehr oder weniger begabter Autoren. Im Grunde ist das keine Arbeit für ihn, ihm fehlen Geduld und pädagogischer Eifer, aber er bemüht sich. Weil er weiß, wie sehr Absagebriefe schmerzen, sind seine Stellungnahmen mindestens eine Seite lang. Er versucht, seine Ablehnungen nachvollziehbar zu begründen, und selbst bei grottigen Texten wenigstens einen positiven Aspekt zu finden. »Ihre Figurenzeichnung ist genau, streng gedacht und, in ihrer sprachlichen Verknappung, durchaus eindrücklich gestaltet. Aber uns scheint, Sie müssten sich mit der Wirkung theatralischer Mittel noch mehr vertraut machen.« Ewig will er diesen Job nicht machen, aber er ist sich auch nicht zu fein dafür. Er hatte es durchaus ernst gemeint, als er im Antrag auf Übersiedlung an seine Partei schrieb: »Die DDR ist der Ort, an dem politische Arbeit, literarische Arbeit und Lohnarbeit nicht mehr auseinanderfallen.«

Ronald ist erstaunt, wie viele Willkommensgrüße ihn erreichen und wie herzlich sie klingen. Während die Westberliner seine Ausreise hauptsächlich mit Kopfschütteln verfolgen, erreichen ihn in Hellersdorf Tag für Tag Briefe, Karten, Telegramme. Auch Kommilitonen vom Literaturinstitut wünschen ihm alles Gute. Selbst Sybille, stets auf Kriegsfuß mit Staat und Partei, versteht, dass für ihn ein Traum in Erfüllung gegangen ist. Sie schlägt ein Treffen vor, kann sich aber einen kleinen Seitenhieb nicht verkneifen: »Nun musst du sehr viel leeren Platz ausfüllen.«

***

Nicht nur Freunde und Medien nehmen Anteil an Schernikaus Übersiedlung. Schriftsteller in Ost und West – eine Welt für sich – diskutieren ebenfalls über ihren erstaunlichen Kollegen. Besonders intensiv korrespondieren Peter Hacks und sein westdeutscher Schriftstellerfreund André Müller. Die alten Kämpen sind Busenfreunde, unendlich belesen, schmerzhaft konsequent innerhalb ihrer Weltsicht und so rot, dass sie Marx und Lenin problemlos links überholen. Den biederen Honecker verabscheuen sie als einfallslos und lasch. Ginge es nach ihnen, würde man die wahre Wende auf den Tag datieren, als Ulbricht von Honecker gestürzt wurde. Noch verhasster ist ihnen Gorbatschow, den sie als Kopf der Konterrevolution sehen. »Immer wenn ich an einem Galgen vorbeikomme, blicke ich erwartungsvoll hoch«, schreibt Hacks. »Aber er hängt und hängt noch nicht.«

Schernikau hatte Müller einen Vorabdruck aus *tage in l.* für dessen Zeitschrift Kultur und Gesellschaft angeboten. Hacks verwendet sich für ihn: »Behandle den Schernikau gut und vertrauensvoll. Er ist ein sicherer Mann.« André Müller sieht das anders:

»Ich bin keinesfalls so sicher wie Du, dass es sich bei dem Jungen um einen sicheren Mann handelt. Meine Gründe: Das sind tausend aphoristische Beobachtungen, aber das wird nirgendwo Kunst, ein Ganzes, eine Sache, die einen Anfang und ein Ende hat. Ich habe das fast sichere Gefühl, er kann nicht mehr und er wird möglicherweise niemals mehr können. Natürlich ist er zur Zeit einigermaßen auf unserer Seite, und selbst wenn ich die vielen falschen oder dummen Beurteilungen mit Jugend entschuldige, bleibe ich immer noch bei der Einschränkung: einigermaßen. Er neigt zur intellektuellen Geschwätzigkeit, und er neigt sehr zu diesem Konkret-Stil jenes Idioten, der dort immer Schallplatten bespricht. (...) Um nicht missverstanden zu werde, ich habe oft hell gelacht, mich oft amüsiert und sehr vieles richtig gefunden. Aber mindestens so viel auch nicht. Ich habe ihn in Verdacht, dass er weder weiß, was Marxismus, noch, was Form ist.«

Hacks reagiert postwendend und steht für Schernikau ein:

»Warum halte ich ihn für sicher?

Er verschaffte sich Eintritt in die gesittete Gesellschaft auf folgende Weise. Er hatte eine Oper gemacht, mit Ottavarimen drin, und schickte sie mir mit dem (›Stein‹)-Satz: ›Sie sehen, die Westdeutschen können jetzt auch die Stanze.‹

Er hält für den Hauptfeind die Sozialdemokratie und Gorbatschow für deren Hauptvertreter. Er hat, sagt er, noch niemals einen Nichtkommunisten getroffen, der kein Antikommunist gewesen wäre.

Es verlangte ihm einen mehrjährigen Kampf ab, ans Leipziger Institut zu kommen. Es war schwer für ihn, die Erlaubnis der SEW zur Einbürgerung in die DDR zu kriegen (die er inzwischen hat). Er erreichte beides, weil er es erreichen wollte.

Reicht das nicht?«

Hacks wäre nicht Hacks ohne ein paar tadelnde Worte vom Olymp:

»Gewiß ist an ihm was Rockig- und Modisches, kann sogar sein Oberflächliches. Er ist, der er ist, und aus der Generation, in die er geboren wurde. Er hat Produktionseifer und weiß sich auszudrücken; möglicherweise ist er dennoch kein wirklich erstklassiger Mann. Aber für einen sichern – bei allem Respekt vor Deinen Instinkten – halte ich ihn.«

Hacks' Zuneigung zu dem jungen Kollegen kommt nicht von ungefähr. Bei ihren seltenen Treffen – Hacks empfängt Kollegen meist nur einmal pro Saison – hat er Belesenheit und Witz Schernikaus schätzen gelernt. Vergnügen bereitet ihm auch ihr Briefwechsel, der ein Jahr nach Schernikaus Tod unter dem Titel *Dann hätten wir noch eine Chance* veröffentlicht wird. Die Briefe der so unterschiedlichen Männer sind ein Genuss, der in ein anderes Jahrhundert zu gehören scheint. Sie sind kleine Kunstwerke, federleicht auf beeindruckender Höhe, vor allem aber: vollendet höflich.

76.

Wenn Ronald mal keine finanzielle Unterstützung mehr braucht, gehe ich zurück. All die Jahre hat Ellen sich an diese Vorstellung geklammert. Ihr Leben im Westen nur eine Scharade: eine DDR-Bürgerin, die eine BRD-Bürgerin spielt. Angekommen ist sie nie. Die vielen Ungerechtigkeiten, diese Oberflächlichkeit – wie soll man sich daran gewöhnen?

Im Herbst 1988 steht ihr Entschluss fest. Bei einem ihrer vierteljährlichen Besuche in Magdeburg geht sie zur Ausländerbehörde, um Auskunft einzuholen.

»Ich will zurück», sagt sie und erzählt der freundlichen Beamtin ihre Lebensgeschichte.

»Ich sehe da keine großen Probleme, aber wir müssen natürlich prüfen, ob Ihre Angaben korrekt sind. Wenn Sie wieder mal hier sind, ist die Angelegenheit sicher geklärt!«

Drei Monate später ist die Dame krank, doch im Frühjahr 1989 erhält Ellen endlich Bescheid: »Sie können kommen. Zuerst müssen wir aber eine Wohnung und eine Arbeitsstelle für Sie finden!«

Ellen braucht eine Weile, um zu begreifen: Dreiundzwanzig Jahre in einer schwebenden Existenz gelebt, und nun darf sie endlich wieder landen.

»Ist ganz egal, welche Stadt«, versichert sie schnell. »Meinetwegen auch Leipzig oder Rostock, Hauptsache zurück! Aber Magdeburg wäre natürlich schön, allein wegen meiner Schwester.«

»Das wird schon klappen! Sie können auch Ihre Möbel mitbringen.«

»Eines wäre mir noch wichtig: Ich würde mich freuen, wenn es keine Wohnung mit Ofenheizung ist.«

Ellen verlässt die Behörde und kann ihr Glück nicht fassen. Sie schlendert durch die Stadt, möchte am liebsten hüpfen, tanzen, singen. Ein Wort schießt ihr durch den Kopf: Aufbruchstimmung. Genau so hatte sie bei Kriegsende empfunden. Endlich weg, die Scheißnazis! Und der Kommunismus hatte ihr sofort eingeleuchtet. Damals wollte sie unbedingt mitmachen. Jetzt darf sie es wieder.

In Hamburg, wo sie seit 1982 als Dozentin für Pflegemanagement in einer DGB-Einrichtung gearbeitet hatte, ist noch eine Menge zu erledigen. Sie muss ihre Wohnung kündigen und die Arbeit, muss sich verkleinern, denn in Magdeburg, das weiß sie, steht ihr nur ein Zimmer zu. In Hamburg hat sie drei. Also verkauft sie einige Möbel und verschenkt einen Teil ihres Hausstands. Dann bestellt sie die Spedition Deutrans, spezialisiert auf deutsch-deutsche Umzüge.

Den Abschied von den Kollegen hält sie bewusst unpathetisch. Was immer sie auch sagen würde, die kapieren es sowieso nicht.

»Liebe Kollegen, ich habe dreiundzwanzig Jahre versucht, eine BRD-Bürgerin zu werden, aber ich habe es nicht geschafft.« Einige klatschen, andere schauen sich nur missbilligend an. Brodelt es nicht gerade in der DDR, will nicht das halbe Land in den Westen? Und dann zieht diese Frau da hin? Ellen wischt solche Bedenken beiseite. Alles aufgebauscht, nur die übliche Westpropaganda. Bei ihren Besuchen in Magdeburg hat sie gesehen: Die Menschen in der DDR sind anders. Sie mögen dieses westliche Blabla nicht. Sie haben ein Weltgefühl.

Für einen Tag wird sie sogar berühmt. Ein Foto in der taz zeigt sie zwischen Umzugskartons. Der Artikel informiert darüber, dass eine gewisse Ellen Schernikau wieder »nach drüben« geht. Das Interview mit dem taz-Reporter hatte sie fast verschwitzt, weil sie für Ronald noch schwarze Bettwäsche kaufen wollte, die »drüben« nicht zu bekommen ist. »Schwarze Bettwäsche im Gepäck für den Sohn – Enttäuschung über

Bundesrepublik« titelt das Blatt. Im Interview sagt Ellen: »Ich will als Arbeitende zurückgehen, dann in Ruhe alt werden. Ohne Angst vor Arbeitsplatzverlust oder vor dem Rausschmiss aus der Wohnung wegen Umwandlung in Eigentumswohnungen. Das ist für mich Lebensqualität, die für mich auch den Begriff Heimat prägt.« Obwohl der Reporter sie nicht als Kuriosum missbraucht, muss sie erklären, warum sie just zur Zeit des großen Exodus in die DDR will: »Ich seh das nicht so, wie die Medien hier, dass sich die DDR in einer Krise befindet. Der Sozialismus ist ja noch nicht komplett, trotz der siebzig Jahre, in denen er versucht wird. Dass es dabei Fehler gibt, ist logisch. Und Enttäuschungen, die habe ich jetzt schon: Ich bin in der Stalinzeit erzogen worden, und ich bin sehr enttäuscht über den Vertrauensbruch, der mit uns Genossen betrieben wurde.«

Bevor die Spedition losfahren kann, muss Ellen die neue Wohnung inspizieren. Vielleicht ist eine Renovierung fällig, vielleicht hat sie immer noch zu viele Möbel. Sie fährt nach Magdeburg, steigt bei Schwester Ulla ab und geht gleich am nächsten Tag aufs Amt. Dort hat man gute Nachrichten: Für sie ist eine Neubauwohnung vorgesehen, Bernhard-Kellermann-Straße, zwei Zimmer, Küche, Bad und sogar ein Balkon.

»Ich dachte, mir steht nur ein Zimmer zu«, sagt Ellen erschrocken. »Ich will niemandem was wegnehmen.«

»Da müssen Sie kein schlechtes Gewissen haben, sind doch so viele weg!«

In der Wohnung dann ein Bild wie aus einer schlechten Komödie: Buchstäblich auf gepackten Koffern sitzt ein pensioniertes Lehrerehepaar, das einen Ausreiseantrag gestellt hat, und trifft auf eine Frau, die einreisen will. Die Rentner verstehen die Welt nicht mehr. Was, um Himmels willen, sucht diese Person hier? Doch Ellen mag nicht diskutieren, fragt lieber höflich nach dem Grund der Ausreise. Gute, intelligente Leute sind das, die einfach nur den Lebensabend bei der Tochter in Kassel verbringen wollen. Allerlei Kleinkram haben sie schon bei den letzten Westbesuchen mitgenommen, aber sie wollten auf die vertrauten Möbel nicht verzichten. Nun muss nur noch der Umzugswagen kommen.

Zurück bei Ulla, liegen die beiden sich in den Armen.

»Alles ist nur noch eine Frage der Zeit«, sagt Ellen. »Aber das Wichtigste ist, ich muss mich nicht mehr verstellen.«

Dann ruft sie bei der Spedition in Hamburg an.

»Die Wohnung ist noch nicht frei, es wird ein paar Tage dauern!«

»Haben Sie denn noch Westgeld?«

Typisch, immer steht das Geld an erster Stelle. Und ja, sie hat noch Westgeld. Die Lebensversicherung aufgelöst, mit 500 DM Ronalds Schriftstellerfreundin Gisela Elsner unterstützt, bleiben noch 2000 Westmark. Ansonsten macht sie sich über ihre Finanzen wenig Gedanken. Am 1. November wird sie eine Stelle als Medizinpädagogin antreten, Leben und Miete sind billig, und was das Alter betrifft, erkennt die DDR ihre Rentenansprüche aus dem Westen an.

Als alle Formalitäten erledigt sind, ist in Ellens Herz nichts als Jubel. Wenn sie durch die Stadt schlendert, hat sie das Gefühl, alle müssten es ihr ansehen. Endlich bin ich wieder da, denkt sie, nehmt mich! Am schönsten ist es in der Straßenbahn, die sie im Westen so vermisst hat. Sie kann nicht ruhig sitzen, würde am liebsten ihre Sitznachbarin rütteln, es herausschreien: Leute, wenn Ihr wüsstet! Ich bin glücklich!

Natürlich ist nicht alles Sonnenschein. Ellen und Ulla verfolgen aufmerksam und besorgt die Ereignisse im Land. Prag, Ungarn, die vielen Ausreisewilligen. Wo soll das enden?

»Keine zehn Jahre, und wir sind im Westen«, prophezeit die Schwester.

77.

Ende September 1989 berichtete Hacks seinem Freund André Müller: »Schernikau ist im Hafen eingelaufen. Lebt gut.« Es stimmte, Schernikau lebte gut, aber der Hafen war kein sicherer mehr. Ein Sturmtief war aufgezogen mit tückischen Winden aus wechselnden Richtungen. Anlass für die Turbulenzen waren die Kommunalwahlen vom 7. Mai. Als Egon Krenz, der Leiter der Wahlkommission, ein Ergebnis von 98,85 % für die SED-Einheitsliste verkündete, wusste auch der Letzte, dass die Zahlen gefälscht waren. Unabhängige Wahlbeobachter, meist aus dem Umfeld der Kirche, hatten an der öffentlichen Auszählung teilgenommen und von deutlich mehr Nein-Stimmen berichtet. Selbst Ronald war empört, wenn auch weniger über den Betrug als über dessen Plumpheit: »Wenn meine Tante aus Erfurt erzählt, dass da 20 % Gegenstimmen waren, und meine Kommilitonin aus Weimar mir erzählt, da sind auch 20 % Gegenstimmen, und am nächsten Tag lese ich, dass es nur 1,5 % Gegenstimmen gibt – also das ist ja wirklich dumm. Das ist die Unfähigkeit, praktische Politik zu machen. Entweder müssen sie sagen: Wir zählen nicht mehr öffentlich aus, oder sie müssen die echten Zahlen veröffentlichen. Eins von beidem geht nur!«

Viele Bürger sahen das genauso, doch sie empörten sich nicht nur, sie handelten. Im Mai 1989 hatten über 100 000 Menschen einen Ausreiseantrag gestellt. Brenzlig wurde es, als in den Tagen von Schernikaus Einbürgerung 3 500 DDR-Bürger die Botschaft der BRD in Prag besetzten. Am 30. September gab Honecker nach und ließ sie ziehen. In den folgenden Tagen fuhren 17 000 Menschen von Prag über die DDR in die Bundesrepublik. Die SED reagierte drastisch und schloss die Grenze zum Bruderland ČSSR. Ein Schlupfloch war geschlossen, ein anderes nicht. Seit dem 11.September hinderte die ungarische Regierung DDR-Bürger nicht mehr daran, die Grenze zu Österreich zu passieren. Allein in den ersten drei Tagen nach Grenzöffnung gingen 18 000 Ostdeutsche in den Westen. Die Medien hatten Anweisung, den Exodus so weit wie möglich unter den Teppich zu kehren. Schernikau hielt dieses Totstellen für katastrophal. Gern erzählte er die Geschichte, wie sie am Leipziger Institut die listige Idee hatten, jemanden einzuladen, der die staatliche Informationspolitik verteidigt. »Auf dem ganzen Territorium der DDR gab es solch eine Person nicht!«, sagte er.

In Leipzig hatte er nur Radio gehört, aber in Hellersdorf fand sich neben den neuen Möbeln auch ein Fernsehapparat, sogar mit Ostfarbe. Er ärgerte sich grün, dass er auf Westmedien angewiesen war, um einigermaßen auf dem Laufenden zu bleiben. Bevor er morgens zu seinem Verlag fuhr, musste er ausgerechnet RIAS-TV einschalten – »Radio im amerikanischen Sektor« –, um über die Ereignisse in Ungarn informiert zu sein. Und nicht nur das: »Verdammte Scheiße«, schimpfte er. »Ich muss mir wirklich von meiner Freundin Sabine den SPIEGEL ausleihen, wenn ich bestimmte Sachen lesen will. Das ist ein ständiger Stachel, das ist so demütigend!« Trotz aller Turbulenzen hatte er noch Muße, über ein kleines intellektuelles Vergnügen zu sinnieren: »Ob RIAS-TV oder SPIEGEL, da werden wir Kommunisten einfach nur als doof hingestellt. Manchmal wünsche ich mir so 'nen richtig raffinierten, fein gemachten, für die Zungenspitze wirklich anregenden Antikommunismus!«

Dass die DDR mit ihrer Nichtpolitik scheitern musste, zeigte sich spätestens am 7. Oktober, dem 40. Jahrestag der Staatsgründung. Um zehn Uhr morgens begann in der Hauptstadt die übliche Militärparade, bunter und prächtiger denn je. Was niemand für möglich gehalten hätte: Die größte diplomatische Peinlichkeit war ausgerechnet das Erscheinen des sowjetischen Staatschefs Gorbatschow. Dessen Ruf nach Glasnost und Perestroika war in der DDR auf offene Ohren gestoßen. Doch statt nach dem Motto »Von der Sowjetunion lernen, heißt siegen lernen« zu handeln, mauerte man. Honecker begrüßte seinen heiklen Gast mit einem Nussknackerlächeln. Parade, Fahnen, Bruderkuss – die Inszenierung wirkte so schal, dass man glaubte, die Fäden an den Marionetten zu sehen. Ronald verfolgte die Parade an der Karl-Marx-Allee. Das sah er gern, junge Männer, die im Gleichschritt marschieren: »Also, ich finde, Ballett ist unästhetisch dagegen!«

Der eine sieht das Eine, der andere das Andere. Die Westmedien berichten, dass sich gegen siebzehn Uhr einige Hundert Jugendliche auf dem Alex treffen, um »auf die Wahlen zu pfeifen«. Mit Trillerpfeifen protestieren sie gegen die gefälschten Kommunalwahlen. Bald werden erste Sprechchöre laut: »Wir bleiben hier!« – eine Parole, die für die Autoritäten bedrohlicher klingt als das übliche »Wir wollen raus!«. Die Gruppe marschiert vom Alex zum nahe gelegenen Palast der Republik, wo die Staats- und Parteiführung mit ihren Gästen Republikgeburtstag feiert. Inzwischen ist die Menge auf zwei- bis dreitausend angewachsen. Sie rufen »Gorbi hilf!« und »Wir sind das Volk!« Die Polizei drängt die Demonstranten nach Prenzlauer Berg ab, hier erhofft man sich weniger internationale Presse. Doch der Demonstrationszug bewegt sich ausgerechnet Richtung Gethsemanekirche, wo seit Wochen eine Mahnwache für politische Gefangene abgehalten wird. Es kommt zu ersten Handgreiflichkeiten mit der Polizei. Die Menge ruft »Keine Gewalt!«, doch als sie gegen Mitternacht die Kirche erreicht, schnappt die Falle zu. Die Polizei hat sämtliche Seitenstraßen gesperrt und lässt die Gummiknüppel fliegen. Wer sich nicht rechtzeitig in einen der vielen Hinterhöfe absetzen kann, wird verhaftet. In dieser Nacht lösen Spezialeinheiten von Polizei und Staatssicherheit gewaltsam ähnliche Demonstrationen in Leipzig, Dresden, Plauen, Jena, Magdeburg, Karl-Marx-Stadt und Potsdam auf.

Der eine sieht das Eine, der andere das Andere. Auf dem Alex sind zur Feier des Tages Bühnen und Buden aufgebaut. Ronald hört einem Schlagersänger zu und kauft sich für 12,30 Mark einen hübschen Bilderrahmen. Gegen Mittag sieht er an der Weltzeituhr eine Gruppe von Jugendlichen, fünfzehn vielleicht. Er ist irritiert, aber nichts geschieht. Also schlendert er weiter, mampft Bratwurst, trinkt Cola, und als er später wieder auf dem Alex steht, sind die jungen Leute immer noch da. Massenpsychologisch interessant, findet er. Ohne dass irgendetwas passiert, hat sich um die Gruppe ein Kreis erwartungsvoller Zuschauer gebildet.

»Haben sie was gesehen?«, fragt er einen Passanten.

»Nö, weiß auch nicht, komisch.«

Nachmittags um vier kommen die Westkameras und mit ihnen die Polizei und die unauffälligen Männer, die sich etwas abseits halten. Die ersten Sprechchöre ertönen: »Gorbi! Gorbi!« Die Umstehenden lachen. Das ist doch nicht politisch, denkt Ronald, das sind eher so Fußballsprechchöre von Leuten, die einfach nur Zoff wollen. Von politischem Programm keine Rede. Dann wird »Freiheit! Freiheit!« skandiert, gefolgt von »Wir wollen raus!«.

»Dann geht doch!«, ruft einer und erntet allgemeines Gelächter.

Ronald fragt sich, warum er nicht einfach nach Hause fährt, aber er ist zu neugierig. Als es dunkel wird, gehen die Lichter der Westkameras an. »Wir bleiben hier!«, rufen die Jugendlichen jetzt. Ronald hat den Eindruck, dass es sich nicht um Forderungen handelt, sondern einfach darum, etwas zu rufen. Ohne dass man sagen könnte, warum, formiert sich ein Zug zum Palast der Republik. Verblüffend, wie die Menge schlagartig von dreihundert auf dreitausend wächst. Jeder will dabeisein, alle haben das diffuse Gefühl, es ist etwas los, aber niemand weiß, was. Komisch, denkt Ronald, das ist eine Demonstration von Zuschauern. Der Palast ist hermetisch abgeriegelt, also kehrt man um und bewegt sich nun zur Schönhauser Allee. Achtzig Prozent der Leute verlieren sich bei diesem Hin und Her. Auch Ronald bleibt zurück.

»Was mich immer noch beschäftigt«, erzählt er später, »ist das Richtungslose. Ich behaupte ja, dass die Leute im Westen ratlos sind. Aber was ich da gesehen habe, war eine ganz andere Sorte von Ratlosigkeit, ein Nichtwissen, wogegen man sich als Volk wenden soll.«

***

Die Demonstrationen ebbten nicht ab. Am 9. Oktober gingen bei der Leipziger Montagsdemonstration 70 000 auf die Straße, zwei Wochen später waren es schon 300 000. Auch Schernikaus Zunft blieb nicht im Elfenbeinturm. Der Schriftstellerverband der DDR erklärte, für DDR-Verhältnisse sensationell scharf: »Die Ignoranz der Medien ist unerträglich. Der öffentliche demokratische Dialog auf allen gesellschaftlichen Ebenen über Gleichgültigkeit, Verantwortungslosigkeit, Misswirtschaft und Bevormundung muss sofort beginnen. Besorgte Haltungen und Äußerungen dürfen nicht unterdrückt und kriminalisiert werden. (…) Nicht Reform ist zu fürchten, sondern die Furcht vor ihr.«

Am 18. Oktober dann die Sensation: Erich Honecker wird gestürzt. Das Neue Deutschland meldete den Machtwechsel zwar auf Seite eins, war sich aber in dem verblüffend knappen Artikel nicht zu schade, »gesundheitliche Gründe« anzuführen. Einen Tag später hielt der neue Parteichef seine Antrittsrede vor dem ZK: Egon Krenz – ausgerechnet der Krenz, der die gefälschten Wahlen geleitet hatte. Mit diesem grinsenden Betonkopf, das war allen klar, würde es keine Reform geben, höchstens ein wenig Kosmetik. Ohne es zu wollen, prägte Krenz den Oberbegriff für den Untergang der DDR: »Mit der heutigen Tagung werden wir eine Wende einleiten, werden wir vor allem die politische und ideologische Offensive wiedererlangen.« Mit dem ersten Teil des Satzes sollte er recht behalten.

Die DDR-Medien konnten die Ereignisse nicht länger ignorieren. Nach dem Machtwechsel wurde die Zensur gelockert, die Aktuelle Kamera berichtete erstmals über eine Montagsdemonstration in Leipzig. Jetzt wurde auch offiziell bekannt, was sich bisher nur von Mund zu Mund verbreitet hatte: In Berlin war ein Neues Forum gegründet worden, andere hatten sich bei Demokratie jetzt und im Demokratischen Aufbruch organisiert, alles Menschen aus Friedens-, Ökologie- und Frauenkreisen innerhalb der evangelischen Kirche.

Früh am Morgen des 4. November ist das Zentrum der Hauptstadt schon lahmgelegt. Fünf Stunden lang zieht ein Protestzug an Volkskammer und Staatsratsgebäude vorbei. Mit 500000 Teilnehmern ist es die größte Demonstration in der Geschichte der DDR. Schauspieler mit grün-gelben Schärpen und der Aufschrift »Keine Gewalt« fungieren als Ordner. In Ost und West hält man den Atem an. Wird die Staatsführung gewaltsam eingreifen? Leichte Beruhigung kommt auf, als das DDR-Fernsehen live überträgt. Die werden doch nicht so dumm sein, sich bei einem Panzereinsatz auch noch selbst zu filmen, sagt man. Viele Transparente zeugen von Sarkasmus: »Krenz-enlose Demokratie« kann man lesen und »Asterix ins Politbüro!«.

Zum Abschluss findet auf dem Alex eine Großkundgebung statt. Stefan Heym spricht, Ulrich Mühe, Steffi Spira und Christoph Hein. Als der Geheimdienstchef Markus Wolf ans Mikrofon tritt, wird er gnadenlos ausgepfiffen. Es ist die Stunde der Künstler. Christa Wolf sagt: »Was bisher so schwer auszusprechen war, geht uns auf einmal frei von den Lippen. Wir staunen, was wir offenbar schon lange gedacht haben und was wir uns jetzt laut zurufen: ›Demokratie jetzt – oder nie!‹, und wir meinen Volksherrschaft.« Ein unbekannter Mann ruft ins Mikro: »Ein Vorschlag für den 1. Mai: Die Führung zieht am Volk vorbei!«

78.

Thomas und Ronald haben sich in ihrem geliebten Deutschen Theater ausgerechnet Karten für Dario Fos *Die offene Zweierbeziehung* besorgt. Thomas hatte Glück, dass er über die Grenze gekommen ist, in letzter Zeit waren die Übergänge mehrmals ohne Angabe von Gründen gesperrt. Dann müsste er ein Telegramm schicken und hoffen, dass Ronald es noch rechtzeitig erhielt. Das fehlende Telefon ärgert Ronald maßlos, und man hat ihm sogar mitgeteilt, dass er sich auf Jahre keine Hoffnung zu machen braucht. Sollte er jemals zum Antikommunisten werden, dann nur wegen eines fehlenden Telefons.

Anfangs hatte Ronald die Ereignisse des Herbstes recht gelassen genommen. Diskussionen um Ausreisewillige gab es immer schon, und die geforderten Reformen *innerhalb* des Systems hielt er für notwendig. Seit seiner Einbürgerung war er regelmäßig zur Niederlassung der sowjetischen Nachrichtenagentur TASS gegangen, um sich die neuesten Gorbatschow-Reden zu besorgen. Doch nun wächst seine Sorge, die immer mächtigeren Demonstrationen könnten erste Zeichen für eine Auflösung der Republik sein.

Thomas und Ronald genießen ihre offene Zweierbeziehung und kehren wie immer hinterher in die Theaterkantine ein. Beide lieben die Theaterluft, die kleinen und großen Auftritte der Schauspieler beim Bier, die Möglichkeit, ihren Helden ganz nah zu sein.

Plötzlich stürmt ein junger chilenischer Schauspieler in die Kantine und macht ein Affentheater: »Jetzt ist es soweit! Es geht los! Im Wedding ist die Grenze auf!« Dann gibt er eine kleine Privatvorstellung, spielt den SED-Sprecher Schabowski, der am frühen Abend fast versehentlich die Grenzöffnung »ab sofort« verkündet hatte. Eine Schauspielern schaut genervt hoch und sagt mit unbezahlbar leiser Bühnenstimme: »Kannst du bitte jetzt den Mund halten!?«

Erst als die Uhr auf Mitternacht zugeht, bringt Ronald seinen Freund ohne Eile zum Grenzübergang. Vom Deutschen Theater sind es nur ein paar hundert Meter, und als sie in die Friedrichstraße einbiegen, sehen sie mehrere Tausend Menschen vor dem Tränenpalast. Die Menge ist aufgekratzt, hier und da löst sich die Anspannung in wildem Grölen. Mehrere Grenzübergänge sind schon offen, hört man, auch hier könnte es jeden Moment soweit sein. Thomas und Ronald sprechen nicht miteinander, registrieren nur. Sie drängen sich durch die Masse, und als sie kurz vor dem Eingang der Kontrollstelle stehen, geben die Grenzer auf und lassen jeden durch, ohne auch nur einen Blick auf Pässe oder Visa zu werfen. Die Menge drückt so von hinten, dass Ronald zusammen mit Thomas die Grenze passiert. Vollkommen unbehelligt gelangen sie zum Bahnsteig der S-Bahn-Linie, die in den Westen führt. Johlend stürmen die ersten Ostberliner die Waggons, um zum Kudamm zu fahren. Ronald ist wie gelähmt. Ungläubig beobachtet er seine Landsleute, denen der kurze Trip in die Westberliner Innenstadt wie eine unverhoffte Weltreise vorkommen muss. Er umarmt Thomas, gibt ihm einen Kuss und winkt ihm zu, als sich die Wagentüren schließen.

Er dreht sich um und läuft gegen den Strom zurück zur Friedrichstraße.

***

In der Berliner AIDS-Hilfe stand an diesem Abend ein Vortrag über ein Londoner Sterbehaus für AIDS-Kranke auf dem Programm, den ich unter keinen Umständen verpassen wollte.

»Man munkelt, dass die DDR heute die Grenze öffnet«, flüsterte ein Bekannter.

»Nie und nimmer«, sagte ich, aber diese Aussicht ließ mir keine Ruhe. Unruhig hin und her rutschend, verfolgte ich das Referat. Nicht auszudenken, so eine Weltsensation zu verpassen. Kurz entschlossen schmiss ich mich ins Taxi und fuhr nach Hause. Matze hockte schon gebannt vor dem Fernseher, in der einen Hand eine Zigarette, eine Katze in der anderen. Es dauerte nicht lange, bis die Tagesthemen meldeten, der Grenzübergang Bornholmer Straße sei offen.

Atemlos verfolgten wir die ersten Live-Reportagen, dann hielten wir es nicht länger aus. Wir warfen uns in die Mäntel und eilten zum nahe gelegenen Grenzübergang Heinrich-Heine-Straße. Tausende Kreuzberger hatten sich versammelt und begrüßten mit Gejohle und Applaus die Trabbi-Karawane. Alle, Ostler wie Westler, weinten. Ich versuchte mich am Riemen zu reißen, aber bald stand auch ich unter Wasser. Die Stimmung war ausgelassen, aber nicht krawallig. Man musste es wohl Jubel nennen, ein durch Innigkeit gedämpfter Jubel. Ganz gegen meine Erwartung wurden die Grenzer nicht bespuckt, sondern man steckte ihnen Blumen ans Revers. In den letzten Wochen war so häufig von einer »historischen Stunde« die Rede gewesen, dass der Begriff schon Kleingeld war. Typisch Berlin, stieg ein Mann aus seinem Trabi, stellte sich an die Mauer und öffnete seinen Hosenstall. »*Det* is ein historischer Moment«, rief er. »Ick pinkle gegen die Mauer vom Westen her!«

Am nächsten Wochenende herrschte Ausnahmezustand. Selbst wenn die DDR es gewollt hätte, ihre Bürger waren nicht mehr davon abzuhalten, nach 28 Jahren Mauer dem Westen einen Staatsbesuch abzustatten. Gleich an der Grenze konnten sie erste Erfahrungen mit dem Kapitalismus machen: Windige Händler verkloppten an improvisierten Ständen Bananen zum Wucherpreis. An diesem Tag waren alle Regeln außer Kraft gesetzt. Jeder wusste, dass die Ostberliner endlich die legendäre westliche Warenwelt erkunden wollten, und so blieben selbst am Sonntag sämtliche Warenhäuser und Geschäfte geöffnet. Genehmigungen waren nicht eingeholt worden, es war Anarchie pur. Unser Kottbusser Damm war so von Ostbesuchern überschwemmt, dass die Bürgersteige nicht ausreichten. Manche Geschäftsinhaber hatte Tische mit Ramsch vor ihre Läden gestellt, in der Hoffnung, die blöden Ostler würden alles kaufen, was westlich flimmerte.

Ich hatte an diesem Tag Sendung, doch als ich zur U-Bahn vorgedrungen war, fuhr mir der Schreck in die Glieder: Westberlin war von Hunderttausenden Ostberlinern komplett lahmgelegt worden. Zahlreiche Bahnhöfe wie das Kottbusser Tor mussten gesperrt werden, da Gefahr bestand, dass die nachrückenden Massen die Fahrgäste auf die Geleise drückten. Panisch hastete ich zum Taxistand – weit und breit kein Wagen! Die Zeit drängte, also rannte ich in Bestzeit den Kottbusser Damm auf der Fahrbahn entlang, um es am Hermannplatz mit einer weniger frequentierten Linie zu versuchen. Ich hatte Glück, über einen Umweg erreichte ich das Funkhaus gerade noch rechtzeitig. Im Grunde war es wurscht, niemand würde heute zuhören – die Ostler waren im Westen, und die Westler gingen Ostler gucken. Aber das machte nichts, ich hatte es geschafft.

Ein paar Tage nach dem Mauerfall hatte ich eine vierstündige Sendung zu moderieren, ein Berlin-Magazin. Unbedingt wollte ich Ronald als Studiogast dabei haben. Es schien eine gute Idee, inmitten des allgemeinen Jubeltaumels, der schon Untertöne westlicher Herablassung zeigte, auch eine andere Stimme zu Wort kommen zu lassen. Doch die Sache hatte einen Haken: Während ganz Ostberlin unsere Warenhäuser und Pornoshops stürmte, konnte Ronald nicht reisen. Seinen Westpass hatte er abgegeben, aber dank der anderweitig beschäftigten DDR-Behörden war sein Pass zwar aus-, aber noch nicht zugestellt worden. Eigentlich gab es ihn gar nicht, er war ein Deutscher ohne Land.

»Dann versuchst du es einfach ohne Pass«, hatte ich ihn gelockt. Noch zu Beginn der Sendung wusste ich nicht, ob er es schaffen würde, doch nach der ersten Stunde öffnete sich die Tür, und ein verwegen lächelnder Ronald betrat das Studio. Ich öffnete das Mikro, stellte ihn mit einer Kurzbiographie vor und fragte: »Hast du dir die 100 Mark Begrüßungsgeld abgeholt?«

»Nee, das habe ich nicht gemacht. Eine kleine Privatmoral sollte man sich schon bewahren!«

»Machst du dir Sorgen über die Zukunft der DDR?«

»Zuerst mache ich mir Sorgen über die Aussiedler, etwa 200000 in diesem Jahr. Und natürlich denke ich, sehr viele von denen werden baden gehen. In der DDR verhungert keiner – also so wenig arbeiten, dass man in der DDR verhungert, das geht gar nicht. Das ist im Westen schon anders. Viele fragen sich natürlich, ob das jetzt der totale Ausverkauf ist? Was wird werden? Die ökonomischen Probleme werden sich grauenhaft verschärfen.«

»Kann die DDR sozialistisch bleiben?«

»Ich glaube, die DDR stellt jetzt ganz deutlich die Gorbatschow-Frage: Können wir einen Sozialismus machen, bei dem uns die Leute nicht weglaufen? Können wir einen Sozialismus machen, bei dem es allen gut geht? Und das ist ja nun mal der Traum, dass keiner unten ist, dass keiner über andere herrscht, dass keiner sechs Zimmer hat, wenn andere nur ein Zimmer haben. Können wir den Sozialismus attraktiv machen, oder geht er den Bach runter? Und ich glaube, das kann leider passieren. So schön das ist, wenn die Mauer aufgeht, und so schön auch viele Gespräche sind, bei allem stellt sich natürlich die Frage: Kann das weitergehen, können wir die DDR überhaupt noch halten?«

»Was würdest du machen, wenn es keine DDR mehr gibt? Wanderst du dann nach Rumänien aus?«

Ronald lachte laut und warf die Haare in den Nacken: »Aber nur wenn dann Jubelhymnen auf mich geschrieben werden!«

Während des Interviews hatte ich in der Regie hektische Betriebsamkeit gesehen, mir aber nichts dabei gedacht. In der ersten Musikunterbrechung stürzte meine Redakteurin ins Studio. Draußen liefen die Telefone heiß. Die Anrufer schäumten vor Wut: Wie kann man so ein Kommunistenschwein überhaupt zu Wort kommen lassen?! Eine Unverschämtheit, der Irre ist doch bestimmt von der Stasi! Der ist doch gekauft und wohnt in Wandlitz mit goldenen Wasserhähnen! Den Anrufern reichte es nicht, die DDR am Boden zu sehen, sie wollten auf ihr herumtrampeln.

Schernikaus Äußerungen zu Gorbatschow sind mit Vorsicht zu genießen. Gewiss hatte er mit Spannung die Veränderungen seit dessen Amtsantritt verfolgt: Die »Gorbatschow-Frage« war ein Standard in diversen Interviews, die er zur Zukunft des Sozialismus gab. Aber Hacks hatte schon ein halbes Jahr zuvor seinem Freund André Müller berichtet, Schernikau halte für den Hauptfeind die Sozialdemokratie und Gorbatschow für deren Hauptvertreter. Mag sein, er hatte dem berühmten Dichter ein wenig nach dem Mund geredet. Wie auch immer, es würde nicht mehr lange dauern, bis er Gorbatschow zum Konterrevolutionär umdeutete.

79.

Nach der Maueröffnung geriet die DDR in einen Strudel, der nicht mehr zu steuern war. Was alle außer den Genossen im ZK erwartet hatten, trat Anfang Dezember ein: Der zähnebleckende Krenz konnte sich nicht halten. Er trat zurück, die Partei benannte sich in SED/PDS um und wählte Gregor Gysi zum Parteichef. Kurz vor Weihnachten umjubelten die Dresdner Helmut Kohl wie einen Heilsbringer. Die Forderung nach Wiedervereinigung wurde immer lauter. Am 3. Januar bildete sich in Pankow der Runde Tisch, der in Wirklichkeit ein eckiger war. Ohne die Opposition ging nun gar nichts mehr. Mitte Januar fand ein Sturm auf die Stasizentrale in der Normannenstraße statt. Tausende Berliner entdeckten sagenhafte 180 Kilometer Spitzelberichte. Sie zertrümmerten die Einrichtung und trampelten auf den

Akten herum. Die Staatsführung hatte jegliche Autorität verloren.

Schernikau wurde wie wir alle von der sich beschleunigenden Historie überwältigt. Tag und Nacht hing er vor dem Fernsehapparat, hörte Radio, las Zeitungen. Die Ereignisse überstürzten sich so atemlos, dass er kaum Zeit für eine Analyse, erst recht nicht für eine Perspektive fand. Zwei, drei Monate lang blieb er mehr oder weniger Beobachter. Zwar konnte er seine Sorge über die Zukunft des Sozialismus nicht verdrängen, aber er versuchte immer noch, Optimismus zu verbreiten, recht gedämpft allerdings: »Die Kommunisten müssen endlich in die Offensive kommen. Wenn wir nicht mehr unsere eigenen Überlegungen auf den Tisch legen, sondern nur reagieren, ist das tödlich. So bringt man sich irgendwann selbst um.«

Immerhin begann er zaghaft, das bisherige Verhältnis von Staat und Partei in Frage zu stellen. Um die Macht nicht zu verschenken, so seine Überlegung, sollte die Partei darauf setzen, von einer Massenorganisation zur Kaderpartei zu werden. Die Organisation des Staates müsste dann nicht unbedingt nur durch Mitglieder der Einheitspartei erfolgen. Anders sah er keine Chance: »Was im Staat getan werden muss, können wir Kommunisten nicht alleine machen. Es ist gar nicht möglich, dass man alle Stellen, eben auch die Frau, die das Formular für die Wohnungszuweisung ausfüllt, mit Kommunisten besetzt. Vielleicht muss das gar keine Kommunistin sein.«

Bei den Oppositionellen vom Runden Tisch sah er keine stringente politische Theorie. »Das Neue Forum ist in einem gewissen historischen Recht, weil es sagt: Was bisher gelaufen ist, kann so nicht weitergehen. Aber sie sind ganz richtungslos, sie sind wie Kinder, die ein anderes Spielzeug wollen und das, was sie haben, kaputtmachen.« Dass die Opposition, jahrelang bespitzelt und behindert, gar keine ausformulierte Theorie haben konnte, kam ihm nicht in den Sinn. Die große

Befreiung, endlich offen sprechen zu können, löste bei ihm eher Befremden aus: »Das sind so Befreiungsphantasien, den Schlips mal ein bisschen lockerer, und dann wollen wir auch mal 'nen Striptease im Lokal. Wenn wir nur alle durcheinander plappern und jeder seins sagt, dann ist hier erstmal ein großes Gerede. Dann freuen sich alle und es wird auf den Straßen getanzt.«

Schernikaus Leben lässt sich auch als Abfolge von bemerkenswert schlechtem Timing beschreiben. In den Wochen um den Mauerfall steckte er in einer scheußlichen Zwickmühle: Einerseits drohte der Staat, den er sich so mühselig erkämpft hatte, zusammenzubrechen, andererseits kam exakt in der Woche seiner Einbürgerung das neue Buch heraus. Er fand es herrlich, nach sechs Jahren endlich wieder in der Öffentlichkeit zu sein.

Doch die hielt *die tage in l.* für überholt. Wer wollte noch etwas über das Verhältnis der beiden deutschen Staaten lesen, wenn fraglich war, wie lange es sie noch geben würde? Dass sein Buch mehr war, unter anderem eine pointierte und manchmal auch weitsichtige Kritik der Ökonomisierung und Entpolitisierung im Westen, nahm kaum jemand zur Kenntnis. Das Buch, das bisher als zu DDR-kritisch gegolten hatte, war plötzlich zu DDR-freundlich.

So erschien nur eine Handvoll Rezensionen, durchweg wohlwollend. Die dvz lobte, dass er durch seine Biographie in beiden Ländern gleichermaßen Vertrautheit erworben und sich doch eine Fremdheit bewahrt habe. Die Rezensentin fand das Buch spannend und lustvoll zu lesen, bemängelte jedoch Schernikaus manchmal selbstgerechte und weltverbesserliche Pose. Literatur Konkret schätzte die blitzenden Pointen des nomadischen Buches, konstatierte aber auch eine trübe Melancholie, einen Hang zum Ungefähren. David Chotjewitz sah ein kaltblütiges, unsentimentales Glaubensbekenntnis und erklärte das Buch zum letzten Plädoyer, zum ungewollten Abgesang auf den real existierenden Sozialismus. Ein paar linke

Publikationen waren an Schernikaus Gedankengängen interessiert, andere nur irritiert. Ein Klaus Scholle teilte übelriechend aus: Schernikau sei »ein versnobter Intellektueller mit homosexuellen Neigungen, über die er sich ausführlich ausläßt«. Diesen Satz hätte man fünfzig Jahre früher vermutet.

Schernikau genoss das halbe Dutzend Lesungen in Ost und West, traf jedoch auf ein gespaltenes Publikum. Nach seiner Lesung im Prinz-Eisenherz-Buchladen ging ich mit Hasenohren durch die Reihen und notierte überwiegend verbales Kopfschütteln. »Stalinist« und »Verrückter« waren noch die harmlosesten Bezeichnungen. Im Osten waren es die sehr Jungen, die sich für seine Thesen interessierten, auf viele andere wirkte er wie ein rotes Tuch.

Kraushaar hatte den Oppositionellen Klaus Laabs für die taz um eine Rezension gebeten, sie dann aber doch nicht gedruckt. Laabs sprach wohl vielen aus der Seele, als er fragte: »Vom jahrelangen Brodeln, das mit den revolutionären Massendemonstrationen der vergangenen Tage überkochte und den erstickenden Trauerflor über dieser Stadt und diesem Land endlich zerriss, davon hat Schernikau nicht mal ein Glucksen mitgekriegt?« Mit ebensoviel Verletzung wie Gift in der Tinte bezeichnete er das Buch als »Menschenverachtung pur«, als »westschick verpackten Unfug«, der zeige, »dass auch der muffigste Wein immer noch zum Besaufen taugt, Hauptsache, er kommt aus neuen Schläuchen«.

Schernikau war mal wieder zwischen allen Stühlen gelandet. Dennoch gab er tapfer lächelnd Interviews, selbst einem japanischen Magazin, das nur wegen ihm einen Reporter schickte. Er ließ sich als tragischen Exoten in einer SFB-Talkshow vorführen, wo er trotzig seinen DDR-Reisepass aus der Tasche holte. Doch er profitierte auch von den Auflösungserscheinungen der DDR: Radio DDR 2 sendete Mitte Dezember 89 eine Lesung von *die tage in l.* Natürlich waren alle bei ihm eingeladen.

Typisch DDR: Sein Hellersdorfer Wohnblock stand zwar seit mehr als einem Jahr, aber die Bürgersteige waren noch nicht fertig. Also wateten seine West- und Ostberliner Freunde durch den Matsch, um die Sendung mit ihm zusammen zu hören. Zum ersten Mal lernten Menschen sich kennen, die bisher nur vom Hörensagen voneinander wussten. Man fremdelte ein wenig, konnte sich aber ohne Worte darauf verständigen, für den Menschen Ronald Partei zu ergreifen. Die Radiosendung war zwar nur ein kleiner Triumph im großen Desaster, aber immerhin hatte die DDR sein Buch in letzter Minute honoriert. Ronald gab sich charmant, witzig, aufgeregt und aufgedreht. So hatte es eigentlich sein sollen: Schernikau in seinem Land, im Kreis seiner Freunde, und dazu ein Künstler, der öffentlich wahrgenommen wird.

***

Spätestens seit dem 1. März 1990 war selbst für den beinharten Optimisten klar, dass eine sozialistische DDR der Vergangenheit angehörte. Sämtliche volkseigenen Betriebe wurden in Kapitalgesellschaften umgewandelt. Es war nur noch eine letzte Bestätigung, als am 18. März die Allianz für Deutschland, bestehend aus Ost-CDU, DSU und DA, mit 47,8 % die Wahlen gewann. »wir sollten beide nicht zu deprimiert sein über die konterrevolutionäre scheiße, die dieses land sich selber in die straßen schaufelt. mit welcher freude die ddr verschenkt wird, das ist wirklich unfassbar«, schrieb Schernikau an seine Mutter. Doch er war deprimiert, sehr sogar. Körperlich fand die große Enttäuschung ihren Ausdruck in einer bösen Lungenentzündung, die ihn für Wochen schachmatt setzte. Alles, wofür er stand, war verloren. Nicht nur hatte der Westen ihn wieder eingeholt, er musste auch schmerzlich mitansehen, wie seine Leute sich hoffnungsfroh einem System an den Hals warfen, das er verabscheute.

Trotzig verkündete er, man könne ein Land auch lieben, wenn es nicht mehr existierte. Verbal konnte er dem Lauf der

Geschichte noch die Stirn bieten, emotional gelang ihm das nicht mehr. Trauer und Schmerz hielten ihn im Griff, er fühlte sich kraftlos und ausgebrannt. »ich habe es an einer kleinigkeit gemerkt, einer mich tief erschreckenden kleinigkeit«, schrieb er an seine Schriftstellerfreundin Gisela Elsner. »wenn ein brief im briefkasten ist, denke ich: bestimmt eine schlechte nachricht. das habe ich nie, in meinem ganzen leben nicht gedacht. ich habe mir immer die fähigkeit erhalten, mich zu freuen. ich hoffe, sie geht mir nicht endgültig verloren.«

Woraus aber hätte er Hoffnung destillieren können, wenn selbst seine Partei sich ein neues Etikett aufklebte? PDS – in seinen Ohren klang das eklig nach verkappter Sozialdemokratie. Verletzt verschanzte er sich hinter Bitterkeit, wurde böse und zynisch. Immer häufiger begegnete er seiner Umwelt mit schneidender Kälte. Einer Freundin, die ihn versetzt hatte, gab er brieflich den Laufpass: »die verantwortung, mich vom schreiben abzuhalten, die kannst du gar nicht übernehmen. es war, im rahmen, nett, dich gekannt zu haben.«

Die wegen des fehlenden Telefons schwierigen Verabredungen sorgten immer wieder für Streit. Auch Stefan Ripplinger bekam das zu spüren, als er nach einer durchzechten Nacht ein Treffen versäumt hatte. Ronald tobte und wurde so ausfällig, dass der sonst so treue Freund ihm postalisch eine Retourkutsche verpasste. Mit chirurgischer Präzision legte er Ronalds Schwachstelle frei, indem er über »jenes grobschlächtige volk« schrieb, »das du erst besungen hast und dann blöd fandest«. Volltreffer. Hatte Ronald nicht noch vor wenigen Monaten in jedes Mikro gezwitschert, die Bürger der DDR seien klüger, gebildeter, schöner? Eine eklatante Fehleinschätzung, die auch nicht durch eine Gehirnwäsche per Westmedien zu erklären war. Letztlich führte kein Weg daran vorbei: Das Volk, dem man vierzig Jahre lang seine Herrschaft angedichtet hatte, erhob seine Stimme – und die sprach deutlich andere Worte, als Schernikau es sich erhofft hatte.

Den neuen, härteren und auf eine beklemmende Art auch lustigeren Schernikau konnte man in diesem Frühjahr in der Zeitschrift Konkret besichtigen. Das große Interview, geführt vom Redakteur der DDR-Zeitschrift Temperamente, ist mit einem Schernikau-Spruch überschrieben: »Das Konkrete ist natürlich böh.« Im Vorspann heißt es: »Schweres Schicksal oder Curiosité? Das Gespräch, das Thomas Blume mit Schernikau führte, verlief im heitersten Tone.« Der wackere Interviewer hatte seine liebe Mühe, Schernikau auf den angemessenen Ernst zu verpflichten:

»In deinem Buch steht, du hättest täglich versucht, in Westberlin den Kommunismus einzuführen. Und das ist ja nun gescheitert. Oder gestehst du das nicht ein?«

»Ach, es gibt ja doch Kriterien der objektiven Wahrnehmung von Welt, und wir kommen wohl nicht daran vorbei, dass wir nach diesen Kriterien in Westberlin keinen Kommunismus haben. Ich bin also doch offenbar gescheitert.«

»Und dieses Scheitern ist der Anlass gewesen, hierherzukommen? Weil du dich der Aufgabe nicht zu stellen brauchtest?«

»Ja, das ist wichtig. Nicht so sehr das Scheitern, also Scheitern, mein Gott, es ist immer die Frage, was ist Scheitern, gibt es überhaupt ein Nicht-Scheitern. In die DDR zu gehen, das ist der Versuch, sich die Welt auszusuchen. Ich hatte zum Westen keine Lust.«

»Also Bequemlichkeit.«

»Ja, jeder macht es sich so bequem wie möglich.«

»Wo bleibt denn da der Anspruch?«

»Ah, du denkst, die lohnendste Aufgabe ist die, die keine Aussicht auf Erfolg hat! Das glaube ich nicht!«

»Welche Aufgabe hast du hier?«

»Den Kommunismus einzuführen, natürlich.«

Blume versucht es mit Literatur, vielleicht ist der kratzbürstige Schriftsteller ja hier zu packen:

»Was reizt dich denn an der DDR?«

»Es ist wirklich ein ganz egoistischer Grund: In der DDR werden die besseren Bücher geschrieben. Und natürlich mache ich den idealistischen Umkehrschluss: Wenn man in der DDR lebt, schreibt man die besseren Bücher. Das ist logisch nicht haltbar.«

»Und das hast du so als Entscheidung gedacht, oder…«

»Natürlich.«

»Oder ist das jetzt deine nachträgliche Reflektion drauf?«

»Ja, das kann unsereins ja nicht trennen. Weil, wir sind ja Leute, die immer im Bett liegen und denken. Das geht ja dann so Hand in Hand, Reflektion und Tat.«

»Also ist die DDR für dich auch homogen.«

»Jaja, sehr homogen, ungeheuer homogen, jaja.«

»Vielleicht hätten wir uns von vornherein für ein Nonsensinterview entscheiden sollen.«

»Neinnein, ich finde das sehr gut, wie du das machst, ganz hervorragend.«

So ganz kann Schernikau die Pose der genialen Diva nicht durchhalten. Zuletzt landet er doch beim Ernst der Lage:

»Ich sehe, dass mit dem, was die DDR einbringen könnte – es wird mit jedem Tag weniger –, dass damit der Kapitalismus bloß perfekter gemacht wird. Der Kapitalismus ist ungeheuer stark, welthistorisch gesehen sehr viel stärker, als unsere Klassiker dachten, und die Grünen und alles im Umfeld, die Kulturtheorie, die Schwulen, die Subkulturen, der Großteil der Künste und große Teile der Phantasie, sie alle tragen nur dazu bei, dass der Kapitalismus immer noch besser wird. (…) Noch am vierten November, auf dieser riesigen Demo, hätte ich meine rechte Hand darauf verwettet, dass es keine einzige Person in der Deutschen Demokratischen Republik gibt, die die Wiedervereinigung will. Du hättest mir meine rechte Hand abhacken können. Ich fürchte, man kann dem Volk alles einreden.«

»Und nun bist du dem DDR-Volk böse, dass es dir diese Situation, die du dir ausgesucht hattest, beseitigt hat.«

»Ja, es war eine konzertierte Aktion gegen den Weltgeist. Aber da ich unsterblich bin, nimmt mir das meinen Historischen Optimismus noch lange nicht.«

80.

»Tja, dann ist es wohl soweit«, flüsterte mein Ex-Freund Michael und versuchte ein Lächeln. Seine Stimme war matt, und wenn er atmete, hörte man die Lunge rasseln. Ich nahm seine Hand, und wir saßen schweigend da. Alle Sätze würden unweigerlich beim Thema Tod enden.

Von seiner HIV-Infektion hatte ich nichts geahnt, aber als man bei ihm das Vollbild AIDS diagnostizierte, hatte er mich angerufen. Auguste-Victoria-Krankenhaus, Haus 30, Station C – die AIDS-Station, die man bald wegen Überfüllung um eine Etage erweitern würde. Michael litt unter der bei AIDS-Kranken typischen Pneumocystis Carinii Pneumonie, der brutalsten Variante einer Lungenentzündung. Wer sie entwickelte, wusste, dass seine Tage gezählt waren. Doch niemand konnte die entscheidende Frage beantworten: Wie lange noch? Vier Wochen, vier Monate, ein Jahr – alles hing von den Reserven des Immunsystems ab, Medikamente gegen die Infektion gab es immer noch nicht.

Wenigstens die öffentliche Hysterie war abgeklungen und einer fragilen Besonnenheit gewichen. Paradox, aber wahr: Erst die Gewöhnung an die schreckliche Epidemie förderte den sachlicheren Umgang mit ihren Konsequenzen. Zum ersten Mal waren im Bundestag die Wörter »Kondome« und »Schwule« gefallen, die AIDS-Hilfen wurden zu einem Modellfall für Selbsthilfe, und die schwule Emanzipation erhielt über die Seuche einen kräftigen Schub.

In der Berliner Szene war der Tod zum ständigen Begleiter geworden. Jeder hatte mindestens einen Freund, der erkrankt oder verstorben war. Es gab Zeiten, wo ich jede Woche auf eine Beerdigung ging. In wenigen Jahren war die Hälfte meines Bekanntenkreises gestorben. Ständig sammelten wir Geld für Beerdigungen und Todesanzeigen, lösten Wohnungen auf und überredeten Lautsprecherfirmen, ihre Ausrüstung für Trauerfeiern umsonst zur Verfügung zu stellen. Im Krankenhaus waren wir schon glücklich, wenn das Namensschild des Freundes noch an der Zimmertür klebte.

Michael war ein Kämpfer. Er hatte sich vorgenommen, die Lungenentzündung zu überstehen. Es brach mir das Herz, den schönen, starken Mann so hinfällig zu sehen. In langen Nächten plagten mich Schuldgefühle. Hätte er mich nicht kennengelernt, wäre er vielleicht gar nicht erst in die Schwulenszene geraten und so vom Virus verschont geblieben. Ein alberner Gedanke, ich wusste es, aber dennoch …

Michael überstand die Lungenentzündung und konnte noch einige Monate zu Hause verbringen. Mit imponierender Haltung regelte er die letzten Dinge. Manchmal sah er so frisch aus, dass man versucht war, eine Spontanheilung herbeizuphantasieren. Dann wieder brachte ihn die simple Entzündung einer Haarwurzel an den Rand des Todes. Ihm zur Seite stand ein neuer Freund, sein Krankenpfleger. Die beiden hatten sich auf der AIDS-Station ineinander verliebt, und der Pfleger war bei ihm eingezogen. Eine Erleichterung, so wusste man ihn in guten Händen. Der Krankenpfleger war ein tief religiöser Mensch, und doch haute es mich vom Sockel, als Michael in die katholische Kirche eintrat. Das kommunistische Fotomodell findet in seinen letzten Monaten zu Gott – das hätte kein Drehbuchschreiber durchbekommen, zu billig, zu kitschig. Aber sein neu gefundener Glaube half ihm, und das war alles, was zählte.

»Ich will nicht mehr«, röchelte Michael. Ein Blick genügte, um zu sehen, wie bitter ernst es ihm war. Wieder lag er mit einer doppelten Lungenentzündung im Krankenhaus. Er hätte noch einmal die Therapie mit ihren peinigenden Nebenwirkungen auf sich nehmen können, aber es war fraglich, ob sein ausgemergelter Körper das verkraften würde. Die Wahl, an einer Lungenentzündung zu sterben oder an ihrer Behandlung, war keine. In den letzten Jahren hatte ich gelernt, mit AIDS-Kranken eine offene Sprache zu führen, sie hassten den Alles-wird-gut-Schmäh. »Du willst Schluss machen«, sagte ich. Es war keine Frage. Michael schaute mich reglos an, dann blinzelte er bestätigend. Ich fragte nicht nach den genauen Umständen, sein Freund würde sich auskennen. Jäh begriff ich, dass ich ihn zum letzten Mal sah. Tränen schossen mir in die Augen. Michael griff nach meiner Hand und drückte sie. »Entschuldigung, bin halt eine sentimentale Kuh«, sagte ich und wischte meine Tränen weg.

»Gottes Zeit ist die allerbeste Zeit« stand über seiner Todesanzeige.

***

Es war wohl menschlich, konnte aber tödlich enden: In den ausgehenden Achtzigern wollte viele Schwule von AIDS nichts mehr wissen. Ignoranz hin, Überforderung her – viele hielten dem Druck nicht mehr stand und zogen sich ins Private zurück. Im stillen Kämmerlein bastelte jeder sich seine Überlebensstrategie zum Thema Safer Sex, halbherzig oft und halb informiert.

Auf einer Veranstaltung zum Stand der Forschung hatte ich erschrocken die gähnende Leere registriert, nur einige AIDS-Profis waren gekommen. Dieses Bild verfolgte mich. Prävention würde nur gelingen, wenn die Schwulen miteinander im Gespräch blieben, aber danach sah es nicht aus. Vielleicht war die Zeit der Podiumsdiskussionen vorbei, vielleicht brauchte man neue Formen, die näher am Alltag waren. Ich dachte mir eine monatliche Talkshow für das SchwuZ aus und holte zur finanziellen Unterstützung die Berliner AIDS-Hilfe ins Boot. HIV und AIDS sollten zwar immer zur Sprache kommen, aber ich wollte dem Publikum durch spannende Gäste, breit gefächerte Themen und Unterhaltungselemente das Thema regelrecht unterjubeln. Wenn man mit Vernunft nicht weiter kommt, muss man mit Verführung arbeiten.

Es gelang besser, als gedacht. »TalkschwuZ« wurde ein Renner. Die Fabriketage platzte aus allen Nähten, wenn Ralf König mit Ronald Schernikau stritt oder die Senatorin Jutta Limbach mit dem Transvestiten Charlotte von Mahlsdorf so rührend komisch plauderte, als konkurrierten sie um die Rolle der Miss Marple. Zwischen den Gesprächen gab es schräge Performances und Musik; ein schriftstellernder AIDS-Kranker mit Namen Napoleon demonstrierte die Feinheiten des Faustficks und die hauseigenen Tunten zertrümmerten nach bestem Vermögen die Stimmung. Auch ein blutjunges Musikduo hatte einen seiner ersten Auftritte und wurde gnadenlos ausgebuht. Sein Name war Rosenstolz.

Zum Thema »AIDS und die Medien« war soviel Hochkarat eingeladen, dass wir uns für eine Show auf der Open-Air-Bühne des Tempodrom entschieden. Zweitausend Zuschauer waren gekommen, um ein Programm von mehr als vier Stunden Länge zu sehen. Die riesige Schlange vor der Kasse schnürte mir so die Kehle zu, dass ich nicht einmal kotzen konnte. Geschüttelt von Lampenfieber, fand ich mich katastrophal, aber der Menge schien es zu gefallen. Georg Uecker trat auf und Thomas Hermanns, Lea Rosh, Georgette Dee, Sandra Maischberger und viele, viele mehr. Schweißgebadet und mit einem steifen Gin Tonic zum Festhalten ging ich hinterher durch die Reihen. Alle waren da, auch Ronald und Thomas.

Die Art, wie Ronald ein paar sehr knappe Bemerkungen zum Abend machte, versetzte mir einen Stich. Mag sein, man ist nach einem solchen Marathon zu dünnhäutig, vielleicht missbilligte er auch gar nicht meine immer häufigeren Ausflüge in die Unterhaltung, aber ich hatte das Gefühl, dem neuen, sehr ernsthaften Ronald wäre der alte, etwas ernsthaftere Matthias deutlich lieber gewesen.

81.

Am 1. März 1990 hält Ronald Schernikau die Rede seines Lebens. Zwei Monate lang hat er an dem Text gefeilt, den er als neues Mitglied auf dem außerordentlichen Schriftstellerkongress der DDR vortragen will. Die Aufnahme in den Verband und die Jungfernrede sollen die Krönung seiner Einbürgerung werden, doch die Zeitläufte machen ihm einen Strich durch die Rechnung. Drei Tage lang trifft sich die Hälfte aller Verbandsmitglieder, darunter ehemals Verleumdete und Ausgebürgerte. Die Zeichen stehen auf Sturm. In teilweise hysterischen Diskussionen wird über eine Selbstauflösung oder radikal basisdemokratische Modelle gestritten. Manche fordern aber auch die Erhaltung von Bewährtem in neuen Strukturen. Siebenhundert Schriftsteller sitzen im Saal, alles Menschen, die Sprache nicht nur im gedruckten Zustand einzusetzen wissen. Es summt wie im Bienenkorb, ein Gemisch aus Aufbruch, Aggression und Eitelkeit. Dann tritt der blasse junge Mann ans Mikrofon:

»Der eine weiß das Eine und der andere das Andere. Ich bin Ronald M. Schernikau, ich komme aus Westberlin, ich bin seit dem 1. September 1989 DDR-Bürger, ich habe drei Bücher veröffentlicht, und ich bin Kommunist.«

Verblüffung, höhnisches Gelächter, gelangweiltes Abwinken – doch das neue Mitglied fährt ruhig und unbeeindruckt fort:

»Die Dummheit der Kommunisten ist kein Argument gegen den Kommunismus. Honeckers Versuch, ein guter König zu sein, so klein und mickrig er auch ausfiel, er war der Versuch zu Konsens. Das Faszinierende an dem Terror der Geistlosigkeit unter Honecker war für mich immer das deutliche Gefühl: Wenn die dürften, wie sie wollten, wäre das die Versammlung der Klügsten. Nein, mehr: Es ist, durch den Terror hindurch, schon jetzt diese Versammlung.«

Ein Teil des Publikums stutzt, andere pöbeln. Immer wieder hat Schernikau diese Situation im Kopf durchgespielt. Ein hoher Ton setzt sich durch, hatte er sich eingehämmert, Handwerk funktioniert auch denen gegenüber, die es beherrschen. Worten und Handwerk vertrauend, spricht er über die Qualität der DDR-Literatur, um auf das Wort zu kommen, das sämtliche Diskussionen der letzten Monate geprägt hat: Moral.

»Der Westen hat, und das ist ein so alter Trick, die Moral eingeführt, um über Politik nicht reden zu müssen. Moral, weil sie unter allen möglichen Standpunkten ausgerechnet den herzzerreißenden wählt, macht sich selber handlungsunfähig; deshalb ist sie so beliebt. Einen Vorgang moralisieren heißt, ihm seinen Inhalt nehmen. Das ist mit Erich Honecker geschehen. Mühsam verkneifen sich die Westzeitungen ein Grinsen, wenn sie die piffigen Sofas von Wandlitz präsentieren.«

Schernikau kann nicht ausmachen, aus welcher Ecke er kommt, aber zum ersten Mal brandet Beifall auf. Erleichtert und mit erstarkender Stimme brandmarkt er die Wehrlosigkeit, mit der dem Westen Einlass gewährt wird:

»Die DDR hat sich wehrlos gemacht, systematisch, mit offenen Augen. Endlich können wir auch die Erfahrungen der Linken im Westen verwerten!, das heißt: Wir werden sie bitter nötig haben. Wer die Gewerkschaft fordert, wird den Unternehmerverband kriegen. Wer den Videorecorder will, wird die Videofilme kriegen. Wer die Buntheit des Westens will, wird die Verzweiflung des Westens kriegen.«

Der Beifall wird kräftiger. Schernikau macht eine Kunstpause und greift zur schärfsten Waffe: Seiner Vertrautheit mit den Strukturen des Kapitalismus:

»Meine Damen und Herren, Sie wissen noch nichts von dem Maß an Unterwerfung, die der Westen jedem einzelnen seiner Bewohner abverlangt. Was Sie vorerst begriffen haben: Der Westen ist stark. Sie haben, statt das gute Geschäft ihrer schlechten Regierung zu fördern, die Feinde der Regierung ins Land geholt.«

Einige Kollegen jaulen getroffen auf, andere klatschen demonstrativ. Zum ersten Mal seit Beginn der Rede hört der Saal wirklich zu. Da liegt etwas in der Haltung des jungen Mannes, das eigenartig berührt. Jahre später wird mancher sich an diese Passage erinnern, als habe eine männliche Kassandra ihnen einen Blick in die Zukunft erlaubt. Schernikau strafft sich und holt zum Finale aus:

»Wir werden uns wieder mit den ganz uninteressanten Fragen auseinanderzusetzen haben, etwa: Wie kommt die Scheiße in die Köpfe? Die Künstler werden alleine sein, langsam begreifen sie es. Das Einzige, das mich interessiert bei der Arbeit, ist: Etwas loben können. Ich hasse Negation. Am 9. November 1989 hat in Deutschland die Konterrevolution gesiegt. Ich glaube nicht, dass man ohne diese Erkenntnis in der Zukunft wird Bücher schreiben können.«

Starker Beifall auf der einen Seite, Buhrufe auf der anderen. Zufrieden mit sich, aber nicht mit der Welt, verlässt Schernikau das Podium seines ersten und letzten Schriftstellerkongresses in der DDR.

Das Konkret-Interview und besonders seine Rede machen ihn schlagartig wieder bekannt. Mehrere Zeitungen drucken die Rede in voller Länge. Die taz bringt eine Seite pro und contra Schernikau. In der FAZ wird der widerspenstige Dichter gleich zweimal besprochen. Süffisant merkt Frank Schirrmacher an, dass kaum jemand Schernikaus Bücher kenne, wohl aber sein »selbstgewähltes Schicksal«. Weil der Marxist in der Konkret so dadaistisch geklungen hatte, schimpft er ihn einen Opportunisten. Sein Nonsens als Argumentationsform sei die letzte und zynischste Stufe der marxistischen Dialektik. Werner Fuld sieht das in seinem Bericht über den Schriftstellerkongress anders: Für ihn ist die Rede ein »literarisch interessanter Beitrag«, denn »hier sprach einer nicht vom drohenden Verlust seiner Privilegien, sondern von seinen Träumen«.

82.

Die großen Veränderungen schlugen sich auch im Kleinen nieder. Von einem Tag auf den anderen hatten die Berliner je eine Stadthälfte dazu gewonnen. So wie die Ostler das vermeintliche Konsumparadies stürmten, gingen wir Westler auf Safari in den wilden Osten. Bei meinem ausgeprägten Hang zur Subtilität war es nicht verwunderlich, dass meine Expeditionen in den noch existierenden Sozialismus Märsche durch Fettnäpfchen waren. Mit Ostberliner Freunden besuchte ich das Restaurant Moskau, früher den Bonzen vorbehalten. Als der Kellner fragte, was ich zum Essen trinken möchte, bestellte ich harmlos einen trockenen Rotwein und erntete großes Gepruste. Erstens, wurde ich aufgeklärt, sei das typisch Westler, denn, zweitens, frage man zuerst danach, was vorhanden ist, und drittens gebe es nie trockenen Rotwein, immer nur den süßen aus Bulgarien.

Auch in weniger feinen Lokalen hatte ich Mühe mit der Etikette. Am Prenzlauer Berg interessiert, entdeckte ich erste improvisierte Kneipen, die von jungen Ostberlinern eröffnet worden waren. Ein oller Tresen, Bier aus der Flasche, Möbel vom Sperrmüll – fertig war die Trinkhalle. Ich fühlte mich gleich heimisch, es sah nach dem Kreuzberg der frühen Jahre aus. Nur die Umgangsformen waren etwas anders: Gaben sich die Kreuzberger ruppig, waren die bärtigen Jungmänner regelrecht abweisend, elegischer Gesichtsausdruck, hängende Mundwinkel. Höflichkeit oder eine zu schicke Jacke wurden sofort unter »Westarschloch« verbucht. Die Verbrüderung der ersten Tage war erstaunlich schnell einem gegenseitigen Misstrauen gewichen. Die Westler warfen abschätzige Blicke auf die graumäusigen Ostklamotten unter besonderer Berücksichtigung der Schuhe, die Ostler ihrerseits waren empfindlich bei jedem englischen Wort, nannten ihren Apfelsaft aber »Juice«. Ständig hatte ich das Gefühl, gegen Regeln zu verstoßen, ich wusste nur nicht, welche. Konnten wir nicht erst einmal unsere jeweiligen Eigenarten registrieren, ohne gleich eine Grundsatzfrage daraus zu machen? Wohl nicht, waren halt Deutsche, hüben wie drüben.

Ich machte die erstaunliche Entdeckung, dass ausgerechnet die staatsfernen jungen Leute, die jahrelang über die DDR gemaunzt hatten, sie gegenüber uns Westlern zu verteidigen begannen. Eine böse Ahnung beschlich mich: Konnte es sein, dass das Lamento zu einem ostdeutschen Wesenszug geraten war, ganz gleich, worüber und wogegen?

»Ihr im Westen seid doch seelisch alle kaputt!«, schleuderte mir ein Rauschebart an den Kopf. Bei den Westberlinern, die in »seinen« Kiez einfielen, vermisste er Wärme. Für Wärme waren wir gewiss nicht berühmt, aber mir war ein frischer Wind deutlich lieber als die Muffigkeit, der ich im Osten so häufig begegnete.

***

Das Tempo, mit dem die DDR zerfiel, ließ keine Hoffnung für die nähere Zukunft. Schernikau wurde immer stiller und nahm Exil in seiner Arbeit. Ständig kränkelte er. Während er eine Lungenentzündung auskurierte, entschloss er sich nach langem Zögern, einen Atari-Computer zu kaufen. Die Massen von Papier waren anders nicht zu bewältigen. Außerdem wollte er die *legende* zweispaltig setzen, und das ging nur am Textcomputer. Zur Erholung fuhr er mit Thomas nach Wien ins Gartenhaus von dessen Eltern. Hier hatte er sich immer wohl gefühlt. Den kleinen Urlaub nutzte er dazu, endlich Elfriede Jelinek zu treffen. Zu *tage in l.* hatte sie ihm geschrieben: »Das Buch hat mich sehr interessiert und mir sehr gefallen, es ist, als läse ich etwas über die Lebensgewohnheiten von Südseeinsulanern, die noch gar nicht entdeckt sind, so fremd ist mir das alles, und das Deutsche an sich.«

Keck wie immer, klingelte er an ihrer Haustür. Sie war kurz davor, ihn rauszuschmeißen. Unangemeldet vor ihrem

Haus zu stehen war so ziemlich das Schlimmste, was man der scheuen Dichterin antun konnte. Trotzdem bat sie ihn herein. Schernikau becircte sie, erklärte, wie sehr er sie und ihre Arbeit verehre. Jelinek sagte, dass sie, ganz Gegensatz zu ihm, nur aus dem Negativen schreibe.

»Aber Sie müssen doch an etwas glauben«, protestierte Schernikau.

»Ja, ich glaube an den Satz: Alle Menschen sind Ratten.«

Zehn Jahre später erinnerte sie sich an diesen Nachmittag: »Ich konnte ihn und was er geschrieben hat nicht in Übereinstimmung bringen – diesen dünnen, schüchternen, aber sozialistisch überzeugten Menschen mit dieser heiteren, schwerelosen Prosa.«

Zurück in Berlin, schickte ihn der Henschel-Verlag im Juni 1990 nach Frankfurt am Main zum Verlag der Autoren. Längst war klar, dass die DDR keinen eigenen Weg finden, sondern im Kapitalismus aufgehen würde. Ausgerechnet Schernikau sollte nun der Kundschafter sein, die Tricks und Kniffe eines kapitalistischen Betriebs zu recherchieren. Das konnte nicht gutgehen. In Frankfurt traf er sich mit einer Kollegin, die das Gleiche machte wie er bei Henschel. Von ihrer Professionalität tief beeindruckt, hielt er jedoch in einer Aktennotiz fest:

»Sie hat die Texte, die sie verkauft, nicht gelesen, und die Produktionen, die sie ermöglicht, nicht gehört. Sie ist, wie alle Angestellten des Verlages, eine reizende Person, mit der eine Einigung auf ein Wort wie Sozialismus sofort herzustellen wäre. Aber natürlich setzt sich die Ökonomie durch. Die Ökonomie setzt sich durch, und das heißt, die literarische Seite seiner Arbeit wird auch Henschel auf ein Minimum reduzieren müssen.«

Und dann nahm die schlichte Aktennotiz eine frappierende Wendung:

»Meine Lebenszeit ist zu kurz, mich mit Schadensbegrenzung zu beschäftigen. Ich hatte vor, in einem sozialistischen

Betrieb zu arbeiten, und ich werde meine Kraft einem kapitalistischen nicht zur Verfügung stellen – und wenn, dann für sehr viel mehr Geld, als Henschel für mich übrig hat. Wenn Westen, dann doch wohl nicht die Türkei, sondern New York. Mit anderen Worten: Ich kündige hiermit.«

Henschel nahm die Kündigung nicht an.

83.

»Was ist passiert? Du siehst aus wie ein Kaninchen auf LSD!« Ronalds linkes Auge war so mit Blut gefüllt, dass man kein Weiß mehr sah.

»Keine Ahnung, ist eine Bindehautentzündung, aber die Antibiotika helfen nicht. Und dann habe ich seit Wochen ein unspezifisches Fieber, nichts Halbes und nichts Ganzes.«

Wir standen auf einer belebten Straße, doch ich hörte das Rauschen des Berufsverkehrs nicht mehr, sah keine Passanten. Im Innersten eine Reglosigkeit, die mich schreckte. Es war einer dieser Momente, wo die einbrechende Wahrheit so brutal ist, dass man ihr nur mit perverser Ruhe begegnen kann. Kein Fühlen, Denken, kristallklar nur vor Augen: Ende.

»Ich weiß, was das ist, und du weißt es auch«, hörte ich mich sagen. »Du rufst jetzt Uli an, er ist der Fachmann und kann dich beraten, wer ein guter Arzt ist oder ob du besser in eine Klinik gehst.«

»Ja«, sagte Ronald. Wir standen auf dieser Straße, schauten uns an. Es gab nicht mehr zu sagen.

Ronald sprach mit Uli, und der riet zu den Spezialisten des Auguste-Viktoria-Krankenhauses. Ohne mit dem Schicksal zu hadern, ließ er sich einweisen. Die üblichen Untersuchungen, unter ihnen der HIV-Test, gegen den Ronald sich nicht länger wehrte. Zwar existierte immer noch keine Therapie, die den Namen verdiente, aber es gab einen Punkt, in dem man Klarheit haben musste. Der Test war positiv.

Die Untersuchungen dauerten zwei Wochen. Ronald brauchte nur auf den Flur zu treten, um seine Zukunft vor Augen zu haben. Die Station war voll mit Männern, denen man ihre Jugend nicht mehr ansah. Sie schoben mit kleinen Schritten ihren Tropf vor sich her und sahen aus wie früh vergreiste Säuglinge. Und dennoch wurde gelacht, und dennoch sah man Tunten in der Sitzecke, die mit Zigarette in tanzender Hand verkündeten, dass man jetzt wenigstens nach Herzenslust quarzen könne.

Von der eigenen Infektion überzeugt zu sein oder die akribisch gezählten Viren schwarz auf weiß zu sehen, dazwischen liegen Welten. Eine Vermutung lässt sich ins Ungefähre abschieben, den wenigen verbliebenen Helferzellen muss man sich stellen. Mit einem Schlag hatte sich die Zukunft auf pure Gegenwart verengt. Ronald reagierte gefasst, kein Schock, keine Panik, keine Hysterie. Bei Freunden und Bekannten hatte er gesehen, was ihm bevorstand. Den Schrecken zu kennen, macht ihn nicht erträglicher, aber er verliert das Dämonische. Leise besprach er mit Thomas die Lage, und auch der versuchte, Fassung zu bewahren, so gut es ging. Faszinierend, wie schnell sich die Gewichte angesichts des Todes verschieben. Der Kleinkram des Alltags, Ärger, Streit, weicht der letzten Wahrheit. Was zählt, sind die Sonnenstrahlen, die am späten Nachmittag das Zimmer erreichen, der Trost, Thomas an der Seite zu wissen.

Wenn keine Untersuchungen anliegen, macht Ronald Spaziergänge rund ums Krankenhaus. Er will Dinge tun, die auf das Leben gerichtet sind. Mit allen Sinnen genießt er den Sommer, von dem eine eigenartige Frische ausgeht. Viele Stunden verbringt er in umliegenden Antiquariaten, erfreut sich an schönen Ledereinbänden, am Geruch der alten Bücher, der eine Ahnung von Ewigkeit und Verfall mit sich führt. Aber auch die nächstliegenden Dinge müssen geregelt werden. Er nimmt Thomas ins Gebet, den Freunden nichts über seine Infektion zu verraten. Das ist ihm unendlich wichtig, nichts hasst er mehr als Mitleid. »man soll den schmerz nicht teilen. der mitgeteilte schmerz schmerzt nur noch mehr. jedes plappern lässt mich mehr verschwinden.«

Bei Angehörigen von Freunden hat er die hilflosen, teilweise hysterischen Reaktionen gesehen. Vollkommen unangemessen, befindet er kühl. Unter keinen Umständen wird er sich zum Opfer machen lassen. Als ein Vertreter der AIDS-Hilfe seine Dienste anbietet, schmeißt er ihn hochkant aus dem Zimmer.

Bleibt noch Ellen. »Bloß nicht!«, sagt Ronald. Sie würde auf der Stelle nach Berlin reisen, ihn mit Fürsorge ersticken und nie wieder abreisen. Er könnte ihre Aufmunterung nicht ertragen, und erst recht nicht ihre Trauer, die sie sich tapfer verkneifen würde, was das Schlimmste wäre.

84.

Ich hatte ihm abgeraten, aber Ronald blieb unbeirrt dabei: Sämtliche unveröffentlichten Texte, die *Variante*, *Irene Binz*, *so schön* und *die schönheit*, sollten in *legende* mit aufgenommen werden.

»Man kann sie als Einlagen sehen«, sagte er. »Das ist die einzige Chance, dass sie doch noch in der Welt sind. Und außerdem sind tausend Seiten Schernikau besser als hundert!«

Er wusste, dass die *legende* nicht nur eine Veröffentlichung, sondern sein Vermächtnis sein würde. Der Blick ging auf den Nachruhm, und deshalb sollte im letzten Buch alles vorhanden sein, was er für gültig hielt. Wohl wissend, dass die Einlagen nicht zwingend dazu gehörten, führte er sie mit tiefschwarzem Humor ein: »die einlagen sind einlagen und können, ohne dass der fortgang der handlung berührt wird, bei nichtgefallen herausgeschnitten und an den autor zurückgesandt werden.«

Wieder zu Hause, ließ sich die Infektion nicht lange verdrängen. Zu Anfang war es nur Herpes und ein Zahnfleischbluten, das nicht mehr aufhörte, dann wurde er immer wieder durch Fieber und heftige Durchfälle geschwächt. Manchmal war es so schlimm, dass er bei wildfremden Menschen klingeln musste, weil er sich sonst in die Hose gemacht hätte. Früher als schlank oder dünn bezeichnet, war er nun hager. Besonders schmerzlich, dass sein Erkennungszeichen, die schönen, langen Haare, ihren Glanz verloren. Wie in den klassischen Erzählungen standen sie für Kraft und Sexualität, jetzt wurden sie dünn und brüchig. Im verzweifelten Bemühen, ihre Pracht zu erhalten, ließ er sich eine leichte Dauerwelle machen, doch nun sahen sie noch mitgenommener aus.

Gute Freunde wie Stefan vermuteten eine AIDS-Erkrankung, hüteten sich aber, ihn darauf anzusprechen. Andere schienen vollkommen blind zu sein. Die Angst vor der Wahrheit triumphierte über den Augenschein. Und sah es nicht so aus, als habe er aus seiner Verbitterung über den Zusammenbruch der DDR herausgefunden? Er war weniger zynisch, konnte sogar immer häufiger über sein Berserkertum in Politik und Literatur lachen.

Dabei gab es gute Gründe, zu verzweifeln: Mit Tschingderassabum und Fahnenschwingen hatten sich die beiden Deutschland vereinigt, und Ostdeutschland marschierte selig in die Arbeitslosigkeit. Die Treuhand verschleuderte den letzten Rest, die Arbeitslosenzahl im Osten würde innerhalb von zwei Jahren von 0,24 Millionen auf 1,17 Millionen steigen. Auch Ronald wurde von den neuen, alten Zeiten eingeholt. Im Oktober 90 stieg seine Miete von 96,80 Mark auf 407,75 DM. Dafür veranstaltete die Wohnungsbaugesellschaft, der nun das Neubauviertel gehörte, den »1. Hellersdorfer Balkonwettbewerb«. Der Westen blieb seinem Erfolgsrezept treu: Wenigstens die Fassade muss strahlen.

Trotzig lud Ronald vier Tage nach der Wiedervereinigung zum 41. Geburtstag der nicht mehr existierenden DDR zu »Trauer und Kuchen« ein. Es wurde gespielt und gescherzt wie eh, nur ich sperrte mich zwischendurch auf der Toilette ein, um mir die Tränen aus den Augen zu wischen. Bei kleineren Untersuchungen musste er nur kurz in die Klinik, doch zum Jahreswechsel 90/91 behielten sie ihn für zehn Tage da. Seine Werte hatten sich verschlechtert. Man führte eine Rückenmarkspunktion durch, und die Ärzte entschlossen sich, mit der Gabe von AZT zu beginnen. Das war zwar nur ein Tropfen auf den heißen Stein, aber Ronald vertrug das Medikament gut, fühlte sich nur leicht benebelt.

Den Sozialismus würde er nicht mehr einführen, damit hatte er sich abgefunden, nun galt es nur, die *legende* abzuschließen. Er würde es sich nie verzeihen, vor Beendigung des »Romans« zu sterben. Es war ein Wettlauf mit unbekannter Frist, aber auf eine magische Art saugte er Kraft aus dieser letzten Prüfung.

85.

Schernikaus *legende* ist ein Monolith. Es ist ein buchstäblich einmaliges Buch, es hat nie ein solches gegeben und es wird nie wieder eines geben. Nur er besitzt den Größenwahn, die Exzentrik und die komische Phantasie, bis in die kleinsten Verästelungen hinein Weltsicht und politische Praxis der beiden Systeme Kapitalismus und Kommunismus gültig fassen zu wollen. Der Titel ist gut gewählt, denn »Legende« ist ein anderes Wort für »große Erzählung«. Ein Werk von dieser Wucht lässt sich nicht durch die Handlungsebene beschreiben, aber es passiert einiges auf diesen eng gedruckten 837 Seiten. Schauplatz ist die Insel in der Mitte des Landes, unschwer als

Westberlin und DDR zu erkennen. Die Insel ist die Vergangenheit im Meer der Zukunft. Über ihr schweben die Götter der Insel – fifi, kavau, stino und tete. Sie sind Menschen, die zu Göttern wurden: die Terroristin Ulrike Meinhof, die Schauspielerin Therese Giehse, der Kommunist Max Reimann und der Schriftsteller Klaus Mann. Irgendetwas scheint mit der Insel nicht zu stimmen, denn von ihr kommen keine neuen Götter mehr. Also steigen die vier hinab, um bei der »errichtung des glücks« zu helfen.

»weshalb eigentlich die insel? weil wir die götter der insel sind leider. ein ausflug also. der rückweg wird hart, wissen die götter, aber was tut man nicht, um sich zu verschaffen, dass man plötzlich lachen muss.«

Dummerweise sind die Götter auch nur Menschen, also mit Fehlern behaftet. Nicht gerade praktisch, dass sie unsichtbar sind und ihre Flugblätter weiß bleiben. Die Menschen, nach denen sie rufen, hören nicht auf sie, denn sie sind vollauf damit beschäftigt, sich ablenken zu lassen. Es könnte also nicht besser kommen für den Schokoladenfabrikanten und »sozialen kanzler« anton tattergreis und seinen designierten Nachfolger janfilip geldsack. Die Verhältnisse sind so dekadent, dass beide hart – und recht erfolglos – an ihrem eigenen Untergang arbeiten. Mit herrn lange, dem Vertreter der Zukunft, fädeln sie ein Ostgeschäft ein, dass alle in den Abgrund stürzen wird. Doch wen interessiert schon Politik, die Menschen sind zu sehr mit sich selbst beschäftigt: »es gibt keine götter, es gibt keine welt, es gibt überhaupt nichts anderes als mich.« Dennoch sind da ein paar Menschen, die von sich absehen können, man nennt sie Kommunisten. Als Helden taugen auch sie nicht recht, sie verzetteln sich in ihrer politischen Arbeit, ihren Kämpfen für Kindergärten und den Erhalt des Krankenhauses.

Jede Menge Personal marschiert auf, viele alte Bekannte darunter. Da sind der neffe von ulla, Mitarbeiter der kommunistischen Tageszeitung (Schernikau), marianne komenski,

Stewardess und Schlagersängerin (Rosenberg), *Irene Binz*, die Schwester von ulla (Ellen). Außerdem begegnen wir Eros Ramazzotti und natürlich dem schönsten Mann der Welt. »die welt ist einfach, das ist furchtbar und schön.« Und weil das so ist, geht die Errichtung des Glücks nicht problemlos vonstatten. Der Himmel wird sich erheben und Feuer durch die Wolken zucken.

Auch wenn Schernikau gern von seinem »Epochenroman« sprach, ein Roman ist es nicht. Die *legende* platzt vor Gattungsreichtum. Sie ist Erzählung, Dialog, Reflexion, es gibt Verse, Parodien, Zitate, innere Monologe und jede Menge grotesk-komischer Gedankenausflüge. Man hat den Eindruck, er wolle der Sprunghaftigkeit des Denkens auf die Schliche kommen. Seine Überzeugung »alles hat mit allem zu tun« führt er bis ins kleinste Detail aus. In der FAZ wird man später lesen, die *legende* vermähle den magischen Realismus der Südamerikaner mit dem sozialistischen Realismus. Der scheinbaren Anarchie liegt jedoch ein strenger Konstruktionsplan zugrunde. Das Werk ist gegliedert in Teile, Bücher, Kapitel, Zwischentitel und Verse. Die Vorbilder liegen auf der Hand: Sage, Parabel und vor allem die Bibel. Deshalb der zweispaltige Satz, deshalb die Numerierung. Die Bibel gibt den Takt vor, den das lachende Kind Schernikau allerdings weder durchhalten kann noch will. Ständig fährt er sich selbst in die Parade, bricht mutwillig und mit entblößender Komik den hohen Ton.

Als ich das kiloschwere Manuskript zum ersten Mal las, war ich perplex, verstört, erschlagen. Diesen Ton kannte ich von Schernikau nicht, einen Ton, der sich vor allem aus Wiederholungen ergab:

»/11/ lachend nehmen wir abschied von der vergangenheit, in der wir leben. lachend winken wir nach rückwärts, wo wir selber sind, heiter auf dem weg, wenns auch noch so beschissen war.

/12/ angestrengt kuckt die insel über das land hinweg. angestrengt kuckt das land an der insel vorbei. niemand besucht wen es nicht gibt. niemand vermisst was er niemals kennt.

/13/ aber die sehnsucht! die sehnsucht ist immer da.«

Am Ende des Buches deriliert er sich fast religiös in eine gewaltige Apotheose:

»/4/ ein feiner regen fällt. er kann das feuer nicht löschen. die menschen stehen auf dem eis und sehen von der kälte in die hitze.

/5/ das feuer am himmel fliegt in streifen dahin und schüttet einen roten heißen funkenregen aus. der wind peitscht das wasser, bis es schäumt, es rollt von weither heran, steigt hoch in die luft und schmettert gegen die mauern der häuser. die vögel über den dächern fliegen von uns fort.«

Da schreitet jemand einen mächtigen epischen Bogen ab, doch wenn ihm danach ist, tritt er mit kecker Selbstverständlichkeit aus den Kulissen seines Welttheaters heraus und richtet das Wort an seine Leser:

»ankündigung der rückblende / schon an dieser stelle die erste rückblende, um den leser auf die übergroße komplitesse des erzählwerks vorsichtig vorzubereiten.«

Wie ein Springteufel taucht er immer wieder auf, um uns an der Nase herumzuführen, auszulachen, ein paar Witze zu erzählen oder eine Liste der Dinge aufzustellen, die er hasst: Leute, die Sächsisch imitieren und es nicht können, Komparsen, die in die Kamera schauen, sozialkritische Krimis. Die *legende* lässt sich auch als Autobiographie lesen. Wer Schernikau kennt, entdeckt zahlreiche Szenen, die unverstellt von seinem Leben berichten. Schon Buch 1 beginnt mit einem Absatz, der mich schaudern ließ:

»1 / irgendwer hat den leuten eingeredet, wir alle müssen sterben. das ist natürlich völliger humbug.«

»/2/ keiner stirbt, wenn er nicht will, und jeder lebt, solange er weitermacht. das problem ist: die leute machen nicht.«

Der große Showdown, an den er sich erst ganz am Ende gewagt hatte, beschreibt nicht nur den Untergang der Insel, sondern nimmt auch Schernikaus Tod vorweg. Man hat das Gefühl, dass dieser junge Mann, der schon der Geschichte getrotzt hatte, sich nun daran macht, selbst dem Tod nicht das letzte Wort zu überlassen:

»/3/ kein gefühl von verschontsein. auch ich werde in einem bett liegen, eine krankenschwester wird da sein und mir zu essen geben, und ich werde mich zurücklehnen. keineswegs, dass ich mich danach sehne, auch seit stephan stirbt will ich immer noch hundert jahre alt werden, jedes jahr weniger wäre ein verlust. und trotzdem die gewissheit: alles lässt sich überstehen, alles lässt sich würdevoll leben, alles lässt sich leben, auch der eigene tod.«

Wovon er im persönlichen Miteinander nicht spricht, findet sich hier. Der Dichter Schernikau erklärt sich in seinem Medium. Die *legende* ist ein Buch für Fortgeschrittene. In seiner anspruchsvollen Verdichtung oft mühsam zu lesen, braucht es seine Zeit, bis man die vielen hundert Seiten bewältigt hat. Von der Fülle des Materials und der Themen erschlagen, benötigte ich lange, um eine Meinung über dieses Monstrum zu probieren. Die vielen Wiederholungen nervten, und ich empfand sprechende Namen wie janfilip geldsack als reichlich blöd. Natürlich hatte er das bedacht und sich gerade deshalb für das Klischee entschieden. Ich fand es trotzdem flach. Wieder zeigte sich, dass das Geschichtenerzählen nicht zu seinen Stärken gehörte. Irgendwie brachte er es fertig, dass man sich trotz der Schlichtheit der Parabel in ihr verlor. Irritiert durch heftige Brüche und bewusst fehlende Psychologisierung, verlor ich häufig den Faden.

Schernikaus Metier war die Meinung, die allerdings so knallhart, verblüffend und oft witzig präsentiert wurde, dass sie lange nachwirkte. Noch Wochen später tauchten ganze Passagen vor meinem geistigen Auge auf. Das eigenartige Werk schien sich in meinem Inneren fortzuschreiben. Immer häufiger schlug ich die *legende* an einer beliebigen Stelle auf und las ein paar Absätze. Ohne es groß zu merken, hatte ich meine Art gefunden, das Buch zu lesen. Ich nutzte es als Steinbruch, manchmal auch wie ein Orakel. Als das Werk Jahre später gedruckt vorlag, stellte sich heraus, dass fast alle Leser genau so verfuhren. Wenn es nicht so pudrig klänge, müsste man die *legende* als Schatzkästlein bezeichnen, zudem eins, das nie leer wird.

86.

»Schwarzer Nagellack«, kreischt Sabine. »Wir nehmen schwarzen Nagellack!«

Ronald ist entzückt, und weil ihnen danach ist, schmieren sie sich noch etwas Glitzerschminke ins Gesicht. *Sweet transvestite from Transylvania.* Sabine steht wie immer unter Strom. Klein und knuffig, ist niemand vor ihrem Temperament sicher. Schon Studentin und vier Jahre älter als Ronald, hat sie sich gegen jede Vernunft in ihn verliebt. Er ist schwul, hatte es ihr gleich gesagt, doch anfangs hatte sie das nicht ernst genommen. Jetzt ist sie eine klassische Schwulenmutti. In einer Hannoveraner Theatergruppe hatten sie sich kennengelernt. Theater machen jetzt alle, wollen nicht ewig nur Theorie kauen, sondern etwas tun und Spaß haben dabei. Italien ist das Vorbild, Leute wie Dario Fo, lachende Linke. Sabine hilft Ronald beim Anmalen der rechten Hand und denkt für sich: »Na ja, wir sind eher Liza Minnelli und Rocky Horror als Marx und Engels.«

Anfangs war er ihr fremd gewesen, kein Mann, sondern ein Wesen. Sein Alter sah man ihm nicht an, und man wusste nie, ob er nun nett war oder ulkig oder altklug. Er polarisiert: Die Fleischersfrau kann ihn augenblicklich ins Herz schließen und der Intellektuelle ihn mit Karacho hassen. Aber dann ist da sein Lachen. Sie haben viel Spaß miteinander, und wenn sie mal wieder unsicher ist oder betrübt über ihr Gewicht, hilft er ihr auf die Beine. »Beste Freundinnen« nennt er das. Er behauptet, Lust auf etwas Handfestes zu haben, da sei ihm das Theater gerade recht gekommen. Doch bald vertraut er ihr an, dass er eigentlich auf Materialsuche für ein Buch sei. Wie alt ist der? Siebzehneinhalb und arbeitet an einem Buch? Der traut sich was.

Ronald wedelt aufgeregt mit den halbtrockenen Nagellackfingern, eine balinesische Tempeltänzerin made in Lehrte. Er ist so überkandidelt, weil er versprochen hat, die ersten Seiten seiner Geschichte vorzulesen. Es ist eine große Ehre, niemand sonst weiß von dem Projekt. Nach langem Geziere setzt er sich hin, legt das Manuskript auf seinen Schoß und räuspert sich. Dann wirft er die Haare nach vorne. Und nach hinten. Und zur Seite. »Nein«, kreischt er immer wieder. »Ich kann nicht!« Großes Theater. Bestimmt zehn Mal geht das so, bis er mit kieksender Stimme zu lesen beginnt.

Das Material für seine *Kleinstadtnovelle* hatte er doch nicht in der Theatergruppe gefunden, sondern dort, wo er die meiste Zeit zubringt: in der Schule. Romanfiguren gibt es da genug, bigotte Lehrer und die bemüht Progressiven. Dann die Jungs: graue und rauhe und die hübschen, sportlichen, die er so mag. Dazu die Mädchen, die ihm von ihren Gefühlen erzählen. Und: b, der Held, unübersehbar Ronald, frühreif, sensibel, politisch, schwul.

Sabine ist sprachlos. »Einzigartig«, sagt sie nur und findet keine weiteren Worte für ihre Verblüffung. Als erste hat sie die Geburt eines Schriftstellers miterlebt. Ellen weiß von nichts. Er schreibt Tagebuch, glaubt sie, hat eben eine blühende Phantasie und viel zu erzählen. Erst ein Jahr später, als das Manuskript fertig ist und er einen Verlag sucht, erzählt er ihr davon. Doch obwohl sie vor Neugierde fast platzt, liest er ihr nichts vor. Dann die große Überraschung: Gleich der erste Verlag beißt an. Er fährt nach Berlin zu Rotbuch und unterzeichnet seinen ersten Vertrag. Er ist in der zwölften Klasse, er ist neunzehn.

Erst als das Buch ausgeliefert wird, darf Ellen es lesen. Sie liegt auf dem Sofa, und ihre Blase ist zum Überlaufen voll, aber sie geht nicht zur Toilette, sie kann nicht. Sie muss das Buch in einem Rutsch durchlesen. Welcher Mutter ist schon erlaubt, so tief in die Gedankenwelt ihres Kindes einzutauchen? Ellen ist ganz außer Atem. Mein Gott, was macht der Junge da, denkt sie voller Bewunderung. Natürlich hält sie ihn für klug und begabt, aber das hier ist mehr, die Arbeit eines Schriftstellers. Es ist ein Buch, das bleiben wird. Anfangs hatte sie einen riesigen Schreck bekommen. Schon auf Seite eins tritt sie auf. Ronald hat ihr den Namen Lea verpasst, ihren echten zweiten Namen:

»keine hoffnung heute auf nen guten tag, scheißaufstehn scheißschule scheißleben. was ihn gewohnheitsmäßig nervt ist seine mutter, die ihn versucht zu wecken, seit jahren die gleichen worte, sätze, diese stimmlage. es gibt kein entrinnen vor ihrer liebe, die sie auch dazu treibt, ihn so zart zu wecken, dass das aufwachen fast unerträglich in die länge gezogen wird. sein zurückkommen, sein sammeln, sein muffigsein ist nur die reaktion auf ihr hinauszögern der wirklichkeit.«

O Gott, das stimmt, so behandle ich ihn! Furchtbar! Doch dann, gegen Ende, wird Lea zur positiven Figur, steht ihrem Sohn tapfer bei. Ellen ist selig, Ronald hat ihr ein kleines Denkmal gesetzt.

Vier Wochen vor dem Abitur geht der Jungdichter durch das Klassenzimmer und legt ein Exemplar der *Kleinstadtnovelle* auf jedes Pult. Natürlich hat er sein Personal verfremdet, aber jeder erkennt sich problemlos wieder. Die Lehrer lesen es alle, jeder guckt nach, ob er gut wegkommt. Auch die Mädchen lesen begeistert. Die Jungs sind nicht interessiert.

87.

Je schwächer Ronald wurde, desto lauter tickte die Uhr. Nicht nur wollte er die *legende* fertigstellen, auch der Nachlass musste geregelt werden. Er verfasste ein neues Testament, nach dem sämtliche Tantiemen an seine Mutter fließen sollten. Dann sichtete und ordnete er seine Papiere, veröffentlichte und unveröffentlichte Manuskripte, diverse Fassungen seiner Bücher, Briefe, Artikel, Interviews und alles, was über ihn geschrieben worden war. Ganz sachlich blieb er dabei, den Blick starr auf den Nachruhm gerichtet.

Seine Biographie war gewiss nicht arm an Kapriolen, aber was im Frühjahr 1991 geschah, bildete den bizarren Höhepunkt seiner Wirkungsgeschichte. Die Rote Armee Fraktion hatte am 1. April den Treuhandchef Detlev Rohwedder ermordet und wie üblich ein Bekennerschreiben veröffentlicht. In dem langatmigen Text wurde ausgerechnet Schernikau als Kronzeuge aufgefahren:

»Das System der ›freien Marktwirtschaft‹ gaukelt allen eine vermeintliche Chance vor, sich im Wohlstandsland Großdeutschland einen sicheren Platz ergattern zu können und im Kaufrausch glücklich zu werden – in Wirklichkeit sollen die Menschen im Geiern nach Konsum dumm und stumpf gemacht werden. Der Schriftsteller R. Schernikau drückt die Einsamkeit und Leere im Leben von Millionen Menschen in den reichen kapitalistischen Ländern treffend aus: ›Ich weiß nicht, was Verelendung sonst sein soll! Eine Maus in einem Rad, die läuft und hat Jeans und Kopfhörer.‹«

Das Zitat stammte aus *die tage in l.*. Immerhin war nun das Rätsel gelöst, was Terroristen in ihren konspirativen Wohnungen trieben: Sie lasen Schernikau!

Aber selbst der war nicht eitel genug, diese zweifelhafte Prominenz zu goutieren. Zwar hatte er spaßeshalber wenige Wochen zuvor mit Stefan den berühmten Proustschen Fragebogen ausgefüllt und als hervorstechendes Persönlichkeitsmerkmal »Terror« angegeben, aber Theorie und Praxis der RAF waren ihm immer unpolitisch vorgekommen.

»Es ist ungeheuer naiv und dumm, zu denken, man müsse nur den Präsidenten umbringen, damit der Staat sich ändert. Darüber kann man doch kein Wort verlieren!«, sagte er. Trotzdem beschäftigte ihn das Bekennerschreiben. Wie konnte man seine Kritik des Kapitalismus als Begründung für einen Mord nehmen? Hatte er etwas falsch gemacht? Und wenn ja: was?

Zu Ostern hatte er genügend Zeit, über dieses Missverständnis nachzudenken. Nicht gern auf Reisen, liebte er jedoch die Aufenthalte in Wien. Das Gartenhaus von Thomas' Eltern lag sonnig in Grinzing, mitten in einem Weinberg. Er hatte sich nach dieser Idylle gesehnt, nach der Zweisamkeit mit Thomas, nach dem Grün, das in Wien früher spross als in Berlin. Aber kaum waren sie angekommen, plagten ihn starke Schmerzen im Unterleib. Das konnte nur der Blinddarm sein. Sie fuhren ins Krankenhaus, wo man den Ausländer aber nur mit Tabletten abspeiste. Doch die Schmerzen ließen sich nicht betäuben, sie wurden unerträglich. Als Ronald sich nur noch wimmernd krümmte, raste Thomas erneut mit ihm ins Krankenhaus. Dieses Mal war die Diagnose klar: Blinddarmdurchbruch. Drei Wochen lag er im Krankenhaus, die beiden letzten mutterseelenallein, weil Thomas in Berlin seine Schauspielkurse geben musste. Als er einigermaßen reisefähig war, wollte er nur noch nach Hause.

Sein Körper, ohnehin von der Infektion geschwächt, regenerierte sich quälend langsam. Weil er spindeldürr war und keine Kraftreserven mehr hatte, päppelte Thomas ihn mit sogenannter Astronautenkost auf. Die hochkalorische Flüssigkeit wirkte Wunder. Nach ein paar Wochen ging es ihm so gut, dass er sogar an der Schwulenparade teilnehmen konnte. Am Straßenrand stand er, winkte und lachte.

***

Nachdem die Käseglocke über der westlichen Halbstadt gelüpft worden war, pfiff ein frischer Wind durch die Biotope. Jeder Tag fühlte sich wie eine Premiere an. Alles war neu, aufregend, besorgniserregend auch. Als Journalisten waren wir im Schlaraffenland. Man musste Themen nicht mehr suchen, nur noch entscheiden, worüber man *nicht* berichtete. Ich hatte viel zu tun und vernachlässigte darüber meine Freunde, auch Ronald. Mag sein, es war mir nicht ganz unrecht. Mein Problem war nicht Ronalds Krankheit, sondern die Art, wie er damit umging. Fragte ich ihn, was die Viren machten, antwortete er mit »Gut!«. Tonfall und Gesichtsausdruck drohten bei eventueller Nachfrage mit sofortiger Enthauptung. Nachvollziehbar, dass er sein Sterben nicht zum Gegenstand von Klatsch und Mitleidsbekundungen machen wollte, aber ich wusste nun mal davon und fand es absurd, selbst die medizinischen Aspekte mit einem Tabu zu belegen. Wenn ich ihn traf, stand ein mächtiger Elefant im Raum, und es fiel mir schwer, nonchalant darüber hinwegzusehen.

Bei anderen klappte die Verdrängung wie am Schnürchen. Sabine, seine alte Freundin aus Hannoveraner Tagen, war eine der letzten, die ihn besuchte. Schwer gezeichnet von der Krankheit, saß er in der Küche, aber sie merkte nichts. Als sie zehn Tage später die Todesnachricht erhielt, rastete sie aus und schrie: »Warum hat mir niemand etwas gesagt?!« Sie war blind gewesen, weil sie es sein wollte.

Selbst Ellen hatte nichts bemerkt. Zum letzten Mal sah sie ihn im Sommer 1991. Als Krankenschwester war ihr seine Hinfälligkeit nicht entgangen, doch der Blinddarmdurchbruch reichte als Erklärung. Selbst robustere Naturen hätten einen so gravierenden Vorfall nicht einfach weggesteckt. Sie gab ihm Tipps zur Ernährung, beschwor ihn wieder einmal, gesünder zu leben und Sport zu treiben, aber übergroße Sorgen machte sie sich nicht. Ronald verschwieg ihr auch weiterhin seine Infektion. Er fühlte sich zu schwach für ihre Liebe. Aus heiterem Himmel würde sie ein paar Monate später einen Anruf von Thomas erhalten: Dein Sohn ist tot. Er hatte ihr noch nicht einmal einen Brief hinterlassen.

88.

Klinikum Prenzlauer Berg, 13. 10. 91, Kleiderverzeichnis Patient Schernikau, Ronald:

1 Hose, schwarz
1 Pullover, schwarz
1 Sakko, schwarz
1 Paar Slipper, schwarz
1 Mantel, schwarz

Die Ärzte sehen sofort, wie ernst es ist. Nur Haut und Knochen, kann er sich kaum noch auf den Beinen halten. Nach den üblichen Untersuchungen der Befund: Das Immunsystem ist nahezu komplett ausgeschaltet. Letzter Beweis ist das Kaposi-Sarkom, das man in seinem Hals entdeckt hat.

Mit letzter Kraft hatte er die *legende* abgeschlossen. Diesen Moment liebt jeder Schriftsteller: Ausdrucken, kopieren, binden, verschicken. Acht Jahre Arbeit, und nun ist es vollbracht! Die letzten Wochen waren hart gewesen. Den schweren Herpesinfektionen hatte sein Körper nichts mehr entgegenzusetzen, manchmal war sein Gesicht komplett zugeschwollen. Dazu die Durchfälle und ein Fieber, das außer Kontrolle geriet. Er wohnt jetzt bei Thomas, man kann ihn nicht mehr alleine lassen. Kaum ist die *legende* in der Welt, verschlechtert sich sein Zustand dramatisch. Das Fieber wütet und lässt sich nicht mehr senken. Höchste Zeit, ins Krankenhaus zu gehen. Thomas bestellt ein Taxi, und weil Ronald die vier Etagen nicht mehr schafft, nimmt er ihn auf den Arm und trägt ihn.

Ohne große Hoffnung fahren die Ärzte die Dosis mit AZT hoch. Er reagiert mit einem lebensbedrohlichen allergischen Schock. Alle Medikamente müssen sofort abgesetzt werden. Der Versuch, ihm einen Katheter in die Halsvene zu legen, endet in einem zweiten allergischen Schock und dem kompletten Ausfall der Nierenfunktion. Es ist ein Donnerstag, als der Chefarzt Thomas in sein Sprechzimmer bittet: »Wir können nichts mehr tun, Herr Keck. Sie müssen sich darauf einstellen, dass es zu Ende geht.«

Ronalds Beine sind zu lang für die Standardbetten. Seine Füße schauen heraus, und wenn man daran stößt, tut es höllisch weh. Vorsichtig geht Thomas um das Bettgestell und setzt sich auf die Kante. Er schält einen Apfel, schneidet zwei, drei dünne Schnitze ab und steckt sie Ronald in den Mund.

»Ist genug!« Ronald schiebt die Hand mit den Apfelstücken beiseite.

Am Freitag geht es ihm besser. Der Arzt steht am Fußende seines Betts und findet die einzig richtigen Worte für einen sterbenden Dichter. Er spricht über *die tage in l.*: »Manche Passagen sind ganz schön frech und unverschämt!«, sagt er. Ronald lächelt. Abends öffnet Thomas eine Flasche Asti Spumante. Kein Drama, keine tränenseligen Geständnisse, nur dieses winzige Fest. Ronald will es genau so, auch wenn er die paar Schlucke gleich wieder unter Schmerzen von sich gibt. Schwer atmend liegt er in den Kissen, die Haut straff am Schädel, die Augen riesengroß.

In den kleinsten Dingen liegt aller Reichtum. Am Samstag sehnt er sich nach Kaffee. Als die Krankenschwester mit der Kanne kommt, hellt sein Gesicht sich auf. »Wie schön der Geruch ist!« Das Aroma, der Genuss, nichts kann sich mit dieser letzten Tasse Kaffee messen.

Thomas geht eine Etage tiefer, um eine Zigarette zu rauchen. Nur hier gestattet er sich, den Tränen freien Lauf zu lassen. Lange hatten sie das eine, das unvermeidliche Gespräch aufgeschoben. Vor ein paar Wochen dann hatte Thomas sich ein Herz gefasst: »Wir müssen mal über die Zukunft sprechen.«

Ronald wollte davon nichts hören, demonstrativ wandte er den Kopf ab.

»Ich muss doch wissen wo das … stattfinden soll und wie, also … Sarg oder Urne?«

Ein Schluchzen, dann schwamm Ronald in Tränen. Das Gesicht in den Händen, konnte er sich lange nicht beruhigen. Schließlich, zu erschöpft, um weiter zu trauern, sagte er: »Versuch doch mal, ob es auf dem Friedhof geht, wo Brecht liegt.«

Thomas versuchte es. Nur noch eine Grabstätte war frei, und die, ließ man durchblicken, sei für Heiner Müller reserviert.

Samstagabend werden die Schmerzen so unerträglich, dass Ronald nach Morphium ruft.

»Willst du das wirklich?«, fragt Thomas mehrmals. Eine schwerwiegende Entscheidung, je nach Dosierung kann sie das Leben verkürzen.

»Ja«, sagt Ronald. »Ja!«

Nachdem die Schwester ihm eine Spritze gesetzt hat, ist er schmerzfrei, aber sie können kaum noch miteinander reden.

In dieser Nacht weicht Thomas nicht von seiner Seite. Er tränkt ein Wattestäbchen in Zitronensaft und streicht damit vorsichtig über Ronalds Zahnfleisch. Er mag das, aber beim dritten Mal dreht er den Kopf weg und haucht: »Hat doch keinen Sinn mehr.«

Am Morgen des 20. Oktober 1991 um 11 Uhr 22 stirbt Ronald M. Schernikau. Es ist ein Sonntag. Über die *legende* hatte er gesetzt:

»sie müssen sich bei eitelkeiten immer klarmachen, dass ich zehn jahre lang fast vollkommen erfolglos war, als ich das hier schrieb. sie müssen bedenken, dass ich gezwungen war, mein spätwerk schon in meinen dreißigern zu liefern. wenn sie dieses buch lesen, bin ich berühmt, kunststück. aber jetzt! wenn sie dieses buch lesen, bin ich schon lange tot. hoffentlich! die vergangenen zeiten! der heitere abschied! komisch ist, was über die mühe erhebt.«

89.

Ein Jahr nach Ronald Schernikaus Tod erschien sein Briefwechsel mit Peter Hacks mit einem ersten Auszug aus der *legende*. Im Jahr 2002 wurde die *Kleinstadtnovelle* neu aufgelegt. Jahrelang versuchten Ellen Schernikau und Thomas Keck, einen Verlag für sein letztes Buch zu interessieren. Stets hörten sie Ablehnungen, die nicht von Literatur sprachen, sondern vom Markt. Das konnte man beklagen oder nutzen: Wenn die Literatur nicht zum Geld kommt, muss man den Spieß umdrehen. So entstand mit dem kleinen Dresdner Verlag goldenbogen die Idee, das Werk über Vorbestellungen zu finanzieren. Würden 500 Personen je ein Exemplar zu 135 DM bestellen, könnte die *legende* in Druck gehen. Eine Einladung zur Subskription wurde hergestellt und verteilt. Neben anderen baten Elfriede Jelinek und Peter Hacks um Unterstützung. Hacks, der Schernikau den »letzten normalen Menschen in diesem Jahrtausend« nennt, wendet sich direkt an die Kollegen.

»Verehrte Kollegen, ein sehr schöner, sehr junger, sehr kluger Freund fordert Ihre Solidarität. Der Beitritt zur Subskription, den ich von Ihnen erwarte, ist ein kleiner Dank für die große Wohltat, die er Ihnen würde erwiesen haben, wenn Sie in der Stimmung gewesen wären, sie entgegenzunehmen.«

Und es funktionierte. Die *legende* erschien ein Jahr vor der Jahrtausendwende.

Nachwort

Plötzlich war der Weltklasseathlet Andreas Wecker nass. Tränen fielen auf das blaues Sportlertrikot, unter dem sich sein virtuoser Turnerkörper abzeichnete. Es waren meine Tränen.

Wie so oft in den letzten Wochen hockte ich in dem Kabuff, in dem Ronald Schernikaus Nachlass aufbewahrt wurde. Die zahlreichen Ablehnungen der Verlage, die Krankenhausunterlagen, noch nicht einmal die Todesanzeige hatten mich so aus der Fassung gebracht. Aber der kleine Turner mit den großen Bizeps öffnete alle meine Schleusen. Die Vorstellung, wie Ronald ihn liebevoll aus einer DDR-Sportzeitschrift ausgeschnitten und das Foto ganz bewusst in seinem Nachlass archiviert hatte, machte ihn so lebendig, als stehe er neben mir. Tausende Blatt Papier mit literarischen, journalistischen und politischen Texten kamen nicht gegen die Macht dieses schlecht gedruckten Sportlerfotos an.

Das hier war Ronald in Essenz: ein Januskopf, so beschlagen, so belesen, so fordernd gegenüber dem eigenen Intellekt – und dann diese Kinderseele, die verehren wollte und sich weder Vergnügen noch Begehren abkaufen ließ. So eindringlich, wie er den jungen Sportler begehrte, verlangte es ihn nach Literatur und Kommunismus.

Drei Mal schon hatte ich den gesamten Nachlass durchgeforstet und jede Sekunde davon gehasst. Tage bevor ich eine neuerliche Spurensuche plante, war meine Laune bewölkt. Jeder Brief, jede handgeschriebene Notiz, jedes Parteiabzeichen sprach von der empörenden Ungerechtigkeit des Todes. Einunddreißig Jahre – das war doch kein Alter! Und warum er, warum jemand, der noch soviel geben konnte und wollte? Merkwürdig, wie selbstverständlich man das Außergewöhnliche nimmt, wenn es einem begegnet. Erst jetzt, mehr als ein Jahrzehnt nach seinem Tod, wurde mir klar, welche Ausnahmeerscheinung dieser Mann gewesen war. Sein Talent, seinen Witz, seine Originalität hatte ich recht leger genommen. Nun erst, zwischen den staubigen Papierbergen seines Nachlasses, überwältigte mich der Verlust.

Weitsichtig wie immer hatte Schernikau seinen literarischen Nachlass in die Obhut des alten Freundes und Genossen Rainer Bohn gegeben. Ein Büchernarr war der, penibel und verlässlich; er würde sich kümmern. Bohn lagert den Nachlass in seinem kleinen Verlag, der hauptsächlich durch den Druck von Dissertationen überlebt. Vorbei an funktionalen Regalen mit Hunderten von Manuskripten findet sich gleich neben Küche und Toilette ein Abstellraum. Ein altersschwaches Holzregal hat darin Platz, zwei Böcke mit Schreibplatte obenauf und ein greiser Bürostuhl, der sämtliche Funktionen außer Rollen schon vor Jahren aufgegeben hat. Im unteren Teil des Regals stehen zwei prall gefüllte Umzugskartons. Darüber stapeln sich unzählige Sammelmappen und kleinere Pappkartons. Mit Aufschriften wie »Westberlin«, »Leipzig-Konvolut« und »Hellersdorf« sind die Stationen von Schernikaus Leben nur grob geordnet.

Schon ein kurzer Blick in einen der Kartons war Entmutigung pur. Alles Kraut und Rüben: literarische Texte, Notizen, Flugblätter, Zeitungsartikel, Briefe, Ansichtskarten, Fotos. Zentnerweise. Das war keine Recherche, das waren Bergbauarbeiten. Um mich zu motivieren, pfiff ich das einzige FDJ-Lied vor mich hin, das ich kannte: »Berlin, Berlin, das Herz der Republik ist unserer Liebe wert, und machtvoll weisen wir zurück, wer unseren Frieden stört!«

Dann tief durchatmen, Ärmel hochkrempeln, und Blatt für Blatt in die Tiefe vorstoßen. Einmal dabei, packten mich Neugierde und Entdeckerlust. Doch am Ende eines solchen Tages kehrte unweigerlich die Trauer zurück und ein banges Gefühl der eigenen Unzulänglichkeit. Dann ging ich nach Hause, duschte den Staub vom Leib und wünschte mir inständig, Ronald möge von meinen Schultern steigen und mich für immer in Ruhe lassen.

Die Lebensgeschichte des Ronald Schernikau schrie danach, aufgeschrieben zu werden, davon war ich immer überzeugt gewesen. Nicht nur als Künstler faszinierend, spiegelt auch seine Lebensgeschichte einen bedeutsamen historischen Abschnitt wider, die Existenz zweier Deutschland. Aber musste gerade ich dieses Leben aufarbeiten? In seinem Umkreis gab es jede Menge Schriftsteller – warum griffen die nicht zur Feder? Schernikaus Wanderschaft zwischen den Systemen bot soviel Überraschung, Erkenntnis und Absurdität, dass es für einen Schriftsteller von Format eine wahre Freude sein musste, diesen Stoff zu formen. Ich hatte mich nie als Schriftsteller gesehen, immer nur als Autor, und auch das war schon zehn Jahre her. In der Zwischenzeit war ich beim Fernsehen gelandet, hatte die zwiespältigen Früchte einer obskuren Prominenz genossen und mich flugs von der immer hysterischer flimmernden Mattscheibe gestohlen.

»Nun nimm dich selbst beim Wort, und trau dich!«, sagte mein literarischer Freund Helmut Ziegler. Als Redakteur der Zeitschrift Die Woche hatte er bei mir ein großes Schernikau-Porträt in Auftrag gegeben. Anlass war die Aufforderung zur Subskription von *legende*. Mehr als erstaunt registrierte er, wie sein stellvertretender Chefredakteur nach der Lektüre des Textes Tränen in den Augen hatte. In dieser Vita liegt ein ungehobener Schatz, fand Ziegler. Er hatte recht. Aber ich traute mich nicht, traute es mir nicht zu. Und ich war zu faul. Dann zupfte die Literaturagentin Petra Hermanns an meinem Ärmel: »Diese Schernikau-Geschichte geht mir nicht mehr aus dem Kopf! Schreib das auf!«

Im ersten Impuls dem Nein zugewandter als dem Ja, zeigte ich auch ihr die kalte Schulter. Aber die Falle war schon zugeschnappt. Wenn ich diese Biografie schreiben *würde*, dürfte man neben dem literarischen und politischen Ronald diese wunderbare Kitsch- und Kinderseele nicht unterschlagen. Und – nur als Gedankenspiel natürlich – gehörte auch Ellens Geschichte mit hinein. Außerdem könnte man …

Irgendwie war es Ronald gelungen, seinem efeuberankten Grab zu entsteigen und sich in mir festzukrallen. Ich machte eine Bestandsaufnahme: Die Materiallage war exzellent. Außerdem hatte ich allerbesten Zugang. Ellen Schernikau und Thomas Keck kannten mich seit 1980, und ich zweifelte keine Sekunde daran, dass sie mich in jeder Hinsicht unterstützen würden.

Die Recherche zu einem potentiellen Stoff kann ganz eigenen Schwung entfalten: Erst ist es Interesse, dann Neugierde, schließlich gesteigerter sportlicher Ehrgeiz. Ich führte zahlreiche Interviews mit Freunden und Feinden, Kollegen, Genossen, Kommilitonen, Lektoren und Liebhabern. »Wer war Ronald Schernikau?« Diese scheinbar schlichte Frage erfuhr extrem unterschiedliches Echo. Manche hatten ein bezauberndes Fabelwesen getroffen, anderen einen Gecken. Freundlich und hilfsbereit hieß es hier, schroff und selbstbezogen dort. Scharfsinniger politischer Kopf – stalinistischer Naivling, hochbegabter Künstler – gescheiterter Literat, Westler – Ostler, Schöngeist – arrogante Schwuchtel. Konnte dies ein und derselbe Mensch sein? Manche rührte die Erinnerung so, dass sie einen Kloß im Hals hatten, andere verweigerten jeden Kommentar und knallten harsch den Hörer auf. Viele der westlichen Bekannten waren gerne zum Gespräch bereit, wussten aber nicht viel über ihn. Bei den Interviewpartnern aus dem Osten überwog kaum verhohlenes Misstrauen. Kurz angebunden bis zur Verstocktheit blieben die Einschätzungen, möglicherweise ausgelöst durch die häufig vorurteilsbeladene Medienberichterstattung über die DDR. Und überhaupt: Was würde dieser Westler, schlimmer noch: diese Fernsehnase, aus Schernikau machen? Meinte der es ernst, oder hatte er eine der üblichen DDR-Kolportagen im Sinn?

Was den Nachlass betraf, war Schernikaus Eitelkeit ein Geschenk. Fast alle Briefe hatte er aufgehoben, auch die selbstverfassten im Durchschlag. Sogar ein Tagebuch hatte er geführt, leider nur über wenige Monate. Zahlreiche Selbstauskünfte in Interviewform lagen vor. Besonders die 60-seitige Abschrift eines Gesprächs, das er zur geplanten Veröffentlichung von *so schön* mit Stefan Ripplinger geführt hatte. erwies sich als Geschenk. Schernikau sprach offen über sein gesamtes bisheriges Schaffen, seine Arbeitsweise, seine Poetik, über Politik, Moral und Erfolglosigkeit. Selbstredend sind Interviews mit Vorsicht zu genießen. Schriftsteller, gewohnt, ganze Welten zu kreieren, arbeiten immer auch an der eigenen Legende. Sie inszenieren sich, tricksen und verschweigen. Aber das lange Ripplinger-Interview wurde unter Freunden geführt und war weit authentischer als viele seiner Selbstauskünfte in Fernsehen, Radio und Zeitschriften.

Ein Glücksfall auch, dass er in journalistischen Texten einen subjektiven Stil bevorzugte. Meinungsstark verkündet er seine Einstellungen zu Planwirtschaft und AIDS, Bertolt Brecht und Romy Schneider, Freejazz und den Frisuren von Friedensbewegten. Aber das Leben eines Schriftstellers ist nicht nur Werk, Wort, Meinung. Durch die Kisten und Kästen flogen Rechnungen von Kopierläden, Leihscheine aus Bibliotheken und bunte Anstecknadeln von Lenin bis Superman. Zugtickets gaben Auskunft, wohin er gereist war, Eintrittskarten, was er sich in Kino und Theater, auf Kleinkunstbühnen und literarischen Veranstaltungen angeschaut hatte.

Erfreulicherweise hatte er auch in seinen Texten nah am eigenen Leben entlang geschrieben. *die variante, Irene Binz, so schön, die tage in l., legende* – sie alle strotzten vor biographischen Motiven. Nimmt man sie zu wörtlich, können sie allerdings zur Falle werden. In erster Linie handelt es sich um Literatur, interpretierte Realität. Dazu kommt Schernikaus Tendenz, eine reale Situation keck bis an ein Ende zu phantasieren, »die Dinge schön zu machen«, wie er gern sagte.

Zum Ende der Recherche hatte sich ein riesiger Materialberg aufgetürmt. Die Hauptarbeit bestand darin, zu entscheiden, was *nicht* berücksichtig werden sollte. Spätestens hier stellte sich die Frage, was das eigentlich ist, eine Biographie? Der Schernikauschen Maxime folgend, zuallererst »sein Ideal zu besingen«, müsste mein Lebensbericht wahr sein, ein Anspruch, bei dem der Füller sogleich bleischwer wird. »Das Leben ist die Guillotine der Wahrheit«, sagt der Philosoph Nicolás Gómez Dávila. Ein Leben ist Wirbel, Bruch und Widerspruch, ein Gemenge sich gegenseitig kommentierender Abseitigkeiten. Wie kann man es anders auf einen Nenner bringen, als das sich scheinbar Ausschließende auszuhalten?

Am vertrauenswürdigsten scheint, wer über die besten Informationen verfügt. Also müsste eine Autobiographie der Wahrheit am nächsten kommen. Doch die Erfahrung lehrt, dass gerade sie häufig am wenigsten verlässlich ist – eben weil der Autor soviel weiß. Und weil das so ist, stehen ihm wirksamste Mittel zur Verfügung, Ereignisse und deren Interpretation zu manipulieren. Nicht zufällig hat der Fuchs Goethe seinen Lebensbericht *Dichtung und Wahrheit* genannt.

Bietet der naturgemäß distanziertere Blick des Biographen einen Ausweg? Leider wirft er nur neue Fragen auf: Wer schreibt hier: Mann oder Frau, Freund oder Feind, Zeitzeuge oder Historiker? Alles entscheidende Setzungen. In Schernikaus Fall gehört dringend noch hinzu: Ostdeutscher oder Westdeutscher, Homo oder Hetero? Dann die Auswahl der Zeitzeugen: Wer wird befragt, wer nicht? Würden diejenigen, die ein Interview verweigern, Substantielles zu sagen haben? Andere wichtige Personen sind verstorben. Hätte Peter Hacks anders über Schernikau geredet, als er geschrieben hat?

Geschmacks- und Einstellungsfragen spielen eine wesentliche Rolle: Wer den jungen Dichter sympathisch fand, sieht ihn anders als jemand, den seine Selbstinszenierungen nervten. »*die tage in l.* haben die Qualität eines Montaigne«, sagte mir jemand. »Abgestandene, getrocknete Scheiße« befand ein anderer.

Oft gilt es als Vorteil, dem Protagonisten nahe gewesen zu sein. Wie mühsam etwa muss eine Biographie über Heinrich von Kleist sein, sich nicht nur mit fehlenden Quellen und ausgedehnten biographischen Leerstellen plagen zu müssen, sondern nie erlebt zu haben, wie er sprach, aß, lachte? Ich hatte in Fülle Gelegenheit, Schernikau zu beobachten, vom öffentlichen Auftritt bis zu intimsten Momenten. Doch wenn man etwas ganz nah anschaut, verwischen die Konturen.

Was bleibt, ist ein Spiel aus Distanz und Nähe; sich seiner Vorannahmen bewusst sein und immer wieder versuchen, drei Schritt zurückzutreten, um das Bild in Breite zu erfassen. Ein furchtbarer Gemeinplatz und dennoch zutreffend: Die Wahrheit gibt es nicht. Wie man es auch dreht und wendet, letztlich bleibt die Sichtweise auf ein Leben subjektiv. Immerhin ist es ein Schritt auf dem Weg zur Wahrhaftigkeit, diese Subjektivität dem Leser kenntlich zu machen und damit kritisierbar. Deshalb die unverzeihliche Frechheit des Autors, die Biographie Schernikaus mit einem »ich« zu beginnen. Er ist »mein« Schernikau, andere müssen sich einen anderen herbeischreiben. Ihm hätte das gefallen. Wenn ich in Formulierungen oder Beurteilungen unsicher war, pflegte er zu sagen: »Das ist dein Buch! Du kannst darin machen, was du willst!«

An einem gleißenden Tag – ich arbeitete auf dem Balkon und war wehrlos sommerlich gestimmt – machte der Füller sich selbständig und schrieb eine Szene mit Dialog und allem Drum und Dran. Mir gefiel seine Arbeit und ich beschloss, ihn gewähren zu lassen. Der Wechsel von auktorialem zu szenischem Erzählen veränderte die gesamte Herangehensweise.

Weil nicht nur Inhalt die Form, sondern auch Form den Inhalt bestimmt, explodierten in meinem Kopf unzählige Erinnerungsblasen. Es war ein wenig wie Psychoanalyse: Erstaunlich, wie viel noch vorhanden ist, wenn man erst einmal in die Tiefen der Vergangenheit steigt. Gesten tauchten auf, typische Redewendungen, Manierismen. Bald standen ganze Akte vor meinem inneren Auge, Momente von Freundschaft, der Auseinandersetzung, der Trauer. Und wenn mir manchmal mulmig wurde, tröstete ich mich mit Ronalds Worten: »ich glaube nicht an literatur, die wahr ist. literatur soll literatur sein. ist sie es, ist sie wahr.«

Unschätzbar hilfreich bei meiner Arbeit waren die Erinnerungen der Menschen, die ihm am nächsten standen: Ellen Schernikau und Thomas Keck. Ohne ihr Vertrauen, ihren Mut, ihre Offenheit wären diese Seiten nur Papier. Ihnen verdanke ich dieses Buch.

Voller Bewunderung registrierte ich, wie differenziert sie sich bemühten, die Vergangenheit lebendig zu machen. Über Jahre hinweg haben sie sich nicht enden wollenden indiskreten Fragen gestellt und selbst dann geduldig Auskunft gegeben, wenn ich in alten Wunden stocherte. Ich ziehe den Hut vor soviel Haltung.

Stets habe ich mich an Ronalds Satz gerieben: »keiner stirbt, wenn er nicht will.« Blödsinn, dachte ich, tot ist tot. Doch manchmal, wenn ich auf die Straße gehe, kommt Ronald vorbei, lacht, wirft die Haare in den Nacken und sagt: »Na, du Schlampe?«

Ronald M. Schernikaus Veröffentlichungen

kleinstadtnovelle. Berlin 1980: Rotbuch-Verlag, Neuauflage: Hamburg: Konkret Literatur Verlag 2002.

die heftige variante des lockerseins. ein festspiel. Berlin: Selbstverlag 1981

petra. ein märchen. Mit Grafiken von Uliane Borchert. Berlin: Mariannenpresse 1984.

die schönheit. Uraufführung Berlin 4.12.1987.

die tage in l. – darüber, daß die ddr und die brd sich niemals verständigen können, geschweige mittels ihrer literatur. Hamburg: Konkret Literatur Verlag 1989, Neuauflage: ebd. 2001

das märchen von der blume. Mit Grafiken von Uliane Borchert. Berlin: Selbstverlag 1990.

Dann hätten wir noch eine Chance – Briefwechsel mit Peter Hacks; Texte aus dem Nachlass. Hamburg: Konkret 1992 (Konkret Texte 1).

legende. Dresden: ddp goldenbogen 1999.

die heftige variante des lockerseins, und als der prinz mit dem kutscher tanzte, waren sie so schön, dass der ganze hof in ohnmacht fiel, Irene Binz. – die frau im kofferraum und *die schönheit* finden sich als »Einlage« in *legende.*

Das Personal, in: Matthias Frings (Hg.), Aids – Dimensionen einer Krankheit. Reinbek: Rowohlt Verlag 1986.

Buch Inke Kermann, in: DVZ, Düsseldorf, 11.10.1985

Texte, Töne und Fotos zu Schernikau: www.schernikau.net

Unveröffentliches Material

Unerlässlich für die vorliegende Arbeit war der Zugriff auf das unveröffentlichte Material, welches im von Rainer Bohn verwalteten Nachlass Ronald M. Schernikaus vorliegt. Insbesondere aus den hier aufbewahrten Briefen, Notizbüchern, Tagebüchern, Tonbändern, Interviews, Prosa- und Lyrikarbeiten oder -fragmenten sowie vom Autor aufbewahrten Zeitungsartikeln wurde direkt oder indirekt zitiert. Das betrifft vor allem die Briefstellen auf S. 315/316 [Brief an den DVZ-Chefredakteur], S. 352 [Brief an Thomas Keck], die Notate auf S. 85, 97, 178, 378 sowie die Zitate aus *fritz. ein liebesfilm* (S. 43 ff). Auf S. 442 wird ein unveröffentlichtes Interview wiedergegeben. In den seltenen Fällen, wo ohne Quellenangabe zitieren wird, wurde zumeist auf *legende* zurückgegriffen.

THOMAS KOCHAN
Blauer Würger
So trank die DDR
336 Seiten. Broschur
ISBN 978-3-351-02730-8

Prost! Von Rotkäppchen bis Goldbrand

In den Witzen über die DDR spielt Alkohol häufig eine Rolle: Süffeln an der Werkbank, rauschhafte Brigadefeiern, das dünne Kneipennetz. Die SED sorgte ab 1960 für die Ausweitung der Produktion, mit Goldbrand, Timms Saurer und Sambalita ließ sich Kaufkraft abschöpfen und der Export steigern. Rotkäppchen-Sekt aber tauchte nur kurz vor Silvester in den Läden auf, und trübes Bier wurde mit Kennerblick schon in der Kaufhalle aussortiert. Verrenkungen waren nötig, um an einen Karton Rosenthaler Kadarka zu gelangen, und der 40-prozentige Kristall-Wodka wurde vom Volksmund liebevoll-schaurig »Blauer Würger« getauft. Die höchst amüsanten und aufschlussreichen Geschichten beleuchten das Alltagsleben in der DDR.

Mehr Informationen erhalten Sie unter www.aufbau-verlag.de oder in Ihrer Buchhandlung

aufbau